FANTASY

Buch

Sario kehrt im Körper des Wandermalers und Botschafters Dioniso ins Königreich Tira Virte zurück. Er will immer noch Oberster Hofmaler werden, aber Dioniso ist zu alt. Daher plant er, den jungen und begabten Rafeyo Grijalva als Wirt heranzuziehen. Im Andenken an Saavedra ist es zu einem festen Brauch geworden, daß der künftige Herzog eine Mätresse aus der Familie Grijalva nimmt. Rafeyo ist der Sohn der derzeitigen Mätresse Tazia, die um ihre Macht bangt, da Arrigo, der Sohn und Erbe des Herzogs, die junge Prinzessin Mechella heiraten soll. Tazia ist fest entschlossen, Arrigo weiter an sich zu binden und ihrem Sohn die Position des Obersten Hofmalers zu verschaffen. Im Hintergrund zieht Dioniso die diplomatischen Fäden. Während dessen ist Saavedra immer noch im Gemälde gefangen …

Autorinnen

Melanie Rawn, geboren 1953, lebt in Los Angeles und ist eine der beliebtesten und erfolgreichsten Fantasy-Autorinnen der letzten Jahre. Die sechsbändige »Drachenprinz-Saga« (Goldmann Verlag) war ihr erster großer Publikumshit.

Jennifer Roberson, geboren 1953, zählt seit längerem zu den beliebtesten Fantasy-Autorinnen. Sie wurde vor allem durch ihren Welterfolg »Herrin der Wälder« (Goldmann Verlag) bekannt.

Kate Elliott, geboren 1958, begann unter ihrem richtigen Namen Alis A. Rasmussen als Science-fiction-Autorin. Sie gilt als eine der neuen großen Hoffnungen auf dem Gebiet der Fantasy. Ihr erster epischer Fantasy-Zyklus befindet sich in Vorbereitung.

Von der Chronik des Goldenen Schlüssels sind bereits erschienen:

Die Chronik des Goldenen Schlüssels 1: Das Bildnis der Unsterblichkeit. Roman (24649)

Die Chronik des Goldenen Schlüssels 2: Die Farben der Unendlichkeit. Roman (24792)

In Kürze erscheint:

Die Chronik des Goldenen Schlüssels 3: Zeit der Wiederkunft. Roman (24793)

Melanie Rawn
Jennifer Roberson · Kate Elliott

DIE CHRONIK DES GOLDENEN SCHLÜSSELS 2

DIE FARBEN DER UNENDLICHKEIT

Roman

Aus dem Amerikanischen
von Regina Winter

GOLDMANN

Die amerikanische Originalausgabe erschien 1996
unter dem Titel »The Golden Key« (Part two)
bei Daw Books, New York

Umwelthinweis:
Alle bedruckten Materialien dieses Taschenbuches
sind chlorfrei und umweltschonend.
Das Papier enthält Recycling-Anteile.

Der Goldmann Verlag
ist ein Unternehmen der Verlagsgruppe Bertelsmann.

Deutsche Erstveröffentlichung 1/98

Published by arrangement with Baror International, Inc.,
Bedford Hills, New York, USA

Umschlaggestaltung: Design Team München
Umschlagmotiv: Agt. Schlück/Maitz
Satz: deutsch-türkischer fotosatz, Berlin
Druck: Elsnerdruck, Berlin
Verlagsnummer: 24792
Redaktion: Cornelia Köhler
V.B. · Herstellung: Heidrun Nawrot
Printed in Germany
ISBN 3-442-24792-6

1 3 5 7 9 10 8 6 4 2

Seit dem 18. Jahrhundert waren viele Maler besessen von der Idee eines Goldenen Schlüssels – einer Formel oder eines technischen Verfahrens, das die Geheimnisse der Malkunst enthüllen könnte … Die Antwort lautet selbstverständlich, daß es so etwas nicht gibt.

– Jonathan Stephenson
The Materials and Techniques of Painting

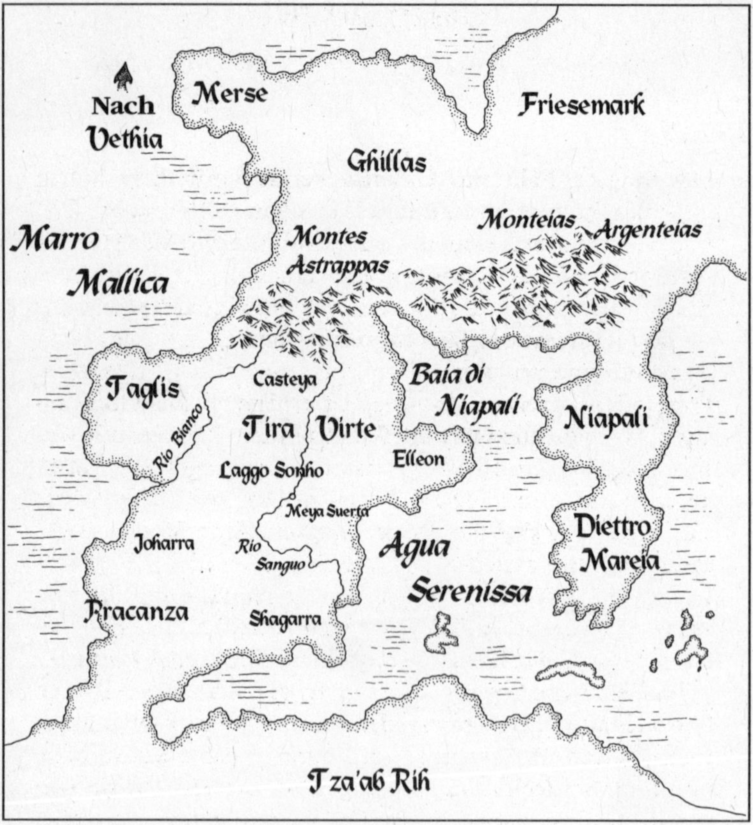

Nach
Vethia
Merse
Friesemark
Ghillas
Marro
Mallica
Montes
Astrappas
Monteias
Argenteias
Taglis
Casteya
Baia di
Niapali
Niapali
Rio Blanco
Tira
Virte
Elleon
Laggo Sonho
Meya Suerta
Johàrra
Rio
Sanguo
Agua
Serenissa
Diettro
Mareia
Fracanza
Shagarra
Tza'ab Rih

Galerria 1261

Die Eingangshalle zur Galerria Verrada mit ihrer hohen Gewölbedecke war so kühl, wie er sie in Erinnerung hatte, und beruhigend in ihrer frühmorgendlichen Stille. Aber sie roch anders. Die derzeitige Großherzogin, Gizella do'Granidia, hatte aus ihrer drückend heißen Heimat eine neue Mode mitgebracht: glasierte weiße Porzellansäulen, hoch wie ein Mann und schlank wie die geschnürte Taille einer Frau, mit geometrischen Mustern im Tza'ab-Stil durchbrochen, wurden jeden dritten Tag mit neuen Jasmin- und Rosenblüten gefüllt. In jeder Fensternische aufgestellt, gaben sie jetzt nur wenig Duft ab, aber im Lauf des Tages würde die Hitze den Wohlgeruch verstärken. Eine Modetorheit, aber er mußte zugeben, daß sie ihren Zweck erfüllten. Je heißer der Tag, desto heftiger der Schweiß – und der Gestank – der geehrten Besucher. Und je heißer es wurde, desto intensiver wurde auch der dies überdeckende Geruch.

Eine elegante Lösung, aber er fand sie dennoch weibisch. Die Gemälde hier waren alle – bis auf ein paar Mittelmäßigkeiten der Serranos – inmitten der scharfen Gerüche von Blut, Schweiß und Samen gemalt worden, erdiger Gerüche, die Leinwand und Farben durchdrangen. Sie waren selbstverständlich längst vergangen, davongetragen von regnerischen Wintern und glühenden Sommern, von Reinigungsmitteln, vom Blick derjenigen, die hier standen, versunken in die Bewunderung des Genies der Grijalvas. Es war schade – die Präsenz der Kraft sollte auch in den Gerüchen der Gemälde wiederzuerkennen sein. Dann mußte er über seine eigenen Ideen lächeln. Außer den regierenden Großherzögen hatte niemand je erfahren, woher die Magie rührte, und selbst sie verstanden nicht ihr gesamtes Ausmaß. Und so mußte es auch sein. Dafür hatte er schon vor langer Zeit gesorgt.

Alles in allem zog er jedoch den durchdringenden Geruch der Farben vor – das war wenig überraschend, hatte er doch vor kurzem erst welche gemischt. Die mit Wachs und Oscurra versiegelten Tiegel ruhten sicher in einer verschlossenen Truhe in seinem Atelier über dem Weinladen, fertig zum Gebrauch. Nie wieder würde er warten, bis er seinen nächsten Wirt gefunden hatte. Einmal war er nach dem Bluten körperlich so schwach gewesen, daß der Übergang beinahe verdorben worden wäre. (Obwohl sich, nachdem der Bann erst einmal gebrochen war, die Schwäche zu seinen Gunsten ausgewirkt hatte; den ausgemergelten alten Körper zu fesseln, war einfach gewesen.) Seitdem war er jedesmal vorbereitet nach Hause zurückgekehrt.

Er hatte auch gelernt, nicht zu warten, bis sein derzeitiger Wirt zu altern begann. Diesen Fehler hatte er zwei Leben zuvor gemacht. Er war mit Oaquinos Stellung am eleganten Hof von Ghillas so zufrieden gewesen, daß die Jahre beinahe unbemerkt vorübergezogen waren. Dann hatte er an einem Morgen im Vorfrühling einen derart stechenden Schmerz in der Hüfte verspürt, daß er sich kaum aus dem seidenen Bettzeug erheben konnte. Oaquino war erst zweiundvierzig gewesen, und das plötzliche Einsetzen des Alterungsprozesses hatte ihn überrascht. Die Reise zurück nach Tira Virte war von körperlichen Schmerzen und seelischer Pein geprägt gewesen, der Umzug in einen gesunden Achtzehnjährigen Quell tiefster Erleichterung.

Oaquino und nach ihm Ettoro, der schon im lächerlich jungen Alter von fünfunddreißig vom Knochenfieber befallen worden war – hatten ihn auch gelehrt, sich die Blutlinien auf frühen Tod und Inzucht hin anzusehen. Dioniso, sein gegenwärtiger Wirt, entstammte einer exzellenten Linie und wirkte mit einundvierzig um zehn Jahre jünger. Diesmal hatte er vor, sich noch Jahre Zeit zu lassen, um den genau richtigen Mann mit den richtigen Fähigkeiten zu finden. Im Lauf der Jahrhunderte waren seine Anforderungen sehr klar geworden.

Zuallererst mußte der Junge gute Vorfahren haben und von bester Gesundheit sein. Sein Talent mußte bereits allgemein anerkannt sein, so daß die langsame Enthüllung seines Genies kein Aufsehen erregte. Er wollte auch einen gutaussehenden Jungen – er zog eine Grimasse, als er sich an diesen ungeschickten Tölpel von Renzio erinnerte, eine Wahl, die ihm leider durch seine fortgeschrittenen Jahre vorgeschrieben worden war. Keine Renzios mehr; er hatte nicht vor, noch einmal zwanzig lange Jahre in einem häßlichen Körper zu stecken.

In der letzten Zeit hatte er auch mehr Wert auf die Beziehungen der Familie gelegt. Seine ersten Wirte hatten meist den niederen Ästen des ausgedehnten Grijalva-Stammbaums entstammt. Er war davon ausgegangen, daß es gut war, Jungen von vergleichbarer Anonymität auszuwählen; er fiel auf diese Weise fast nicht auf, während er sich an seine neuen Leben gewöhnte. Und je weniger Leute seine neue Inkarnation kannten, desto weniger mußten getäuscht werden, wenn er die graduellen Veränderungen der Persönlichkeit vollzog, um das Verhalten seinem eigenen Charakter anzupassen. Zum Glück erwartete man von Jungen in diesem Alter, daß sie launisch waren, ganz besonders von jugendlichen Künstlern.

Aber Familienbeziehungen waren für ihn wichtig geworden. Dioniso entstammte einer einflußreichen Linie, die in den letzten fünfzig Jahren zwei Oberste Hofmaler und eine herzogliche Mätresse hervorgebracht hatte. Die Vorteile einer solchen Position waren eindeutig und die zusätzliche Anstrengung bei der Suche und der Täuschung von Familie und Freunden wert. Dioniso war ein Wunschkandidat für jeden erstrebenswerten Posten; als er den Wunsch geäußert hatte, in Niapali zu arbeiten, war die Genehmigung innerhalb von Tagen erfolgt. Und als er wieder nach

Hause zurückkehrte, hatte man ihn herzlich willkommen geheißen und gefeiert und ihm die allerbesten Räume zur Verfügung gestellt.

Obwohl er bei seiner Wahl auch immer auf eine Persönlichkeit hoffte, die seiner ähnlich war, spielte das keine allzu große Rolle. Er hatte gelernt, die Veränderungen subtil vorzunehmen. Und wenn die Anstrengung des Schauspielens einmal zu groß wurde oder sich Freunde über die Veränderungen wunderten, gab es zwei praktische Lösungen. Erstens konnte er sich ein paar Jahre auf Wanderschaft begeben, was jedem geringer begabten Grijalva ohnehin drohte. So aufreibend es sein mochte, es hatte ihm ein paarmal als Schlupfloch gedient. Die Zeit, die man als Wandermaler verbrachte, wurde einem im Dienst der Familie hoch angerechnet, und sie diente auch als Puffer von Jahren zwischen Erinnerungen daran, wer »Zandor« oder »Timirrin« gewesen waren, und wie er den Freunden nun vorkam.

Die andere Möglichkeit bestand selbstverständlich darin, ein bedeutungsvolles oder gar tödliches Gemälde oder zwei Gemälde im Atelier über der Weinhandlung zu malen. Aber es war immer so mühsam, sich die nötigen Mittel zu beschaffen – bestenfalls widerwärtig, und mitunter auch gefährlich.

Er blieb zwischen den großen Bronzetüren der Galerria stehen, während ein Hilfskurator auf einem unordentlichen Schreibtisch nach einer Kopie des neuesten Ausstellungsführers suchte. Nachdem er nun zwölf Jahre nicht in Meya Suerta gewesen war, wollte er wissen, wessen Werke derzeit in Mode waren, wie man die Bilder umgehängt hatte – und was die Historiker derzeit über sein Porträt von Saavedra schrieben. Ein anerkanntes Meisterwerk, ein unschätzbarer Beweis von Genie, das Entzücken eines jeden, der das Glück hatte, es sehen zu dürfen –, und, wie er sich grinsend versicherte, eine Qual für jeden angehenden Maler, der nie darauf hoffen konnte, auch nur den winzigsten seiner Pinselstriche nachahmen zu können.

Endlich wurde ihm ein Blatt schweren Papiers ausgehändigt. Gute Arbeit, bemerkte er unwillkürlich, und stellte mit kundigen Fingern den Haderngehalt fest, ebenso wie sein Künstlerauge den Schrifttyp bemerkte. Er hatte sich seit … oh, einem Jahrhundert oder so nicht mehr fortgebildet, was die Papierherstellung anging. Vielleicht sollte er es wieder als Freizeitbeschäftigung aufgreifen.

Das Führungsblatt zeigte das herzogliche Siegel am oberen Rand und war auf beiden Seiten eng bedruckt. Es begann mit einer kurzen Verneigung vor den Regenten von Tira Virte und den Hofmalern, die ihnen gedient hatten. Er nickte dem Kurator dankend zu und dachte mit einem lautlosen Kichern daran, wie entsetzt dieser junge Mann wäre, wenn er wüßte, daß der größte Hofmaler von allen und ebenso der Schöpfer der wichtigsten und besten Gemälde der Galerria gerade dazu ansetzte, sich seine eigenen Werke wieder einmal anzusehen.

Langsam schlenderte er über den gefliesten Boden, blieb vor Gemälden stehen, mit denen er seit langer Zeit vertraut war, und tat so, als ob er sie sich ausführlich ansähe, um eine Gruppe schweigender Sanctas zu täuschen, die ihm ein Stück voraus waren. Hin und wieder blieb er auch aus echtem Interesse vor einem *Vertrag* oder einer *Hochzeit* stehen, die von einem Maler stammten, den er gekannt hatte. Der alte Bennidito hatte sich wirklich auf Farben verstanden; er hatte ganz vergessen, daß Tazioni Bäume so malen konnte, als könnte ein Atemzug die Blätter sichtbar und sogar hörbar bewegen; keiner, nicht einmal er, hatte Adalberto je übertroffen, wenn es um die Wiedergabe des Faltenwurfs einer Stola am Arm einer Frau ging. Er zollte seinen längst verstorbenen Kollegen schweigend Tribut, großzügig in seinem eigenen Genie und bereit, das ihre anzuerkennen.

Er grüßte die Sanctas mit einem Nicken. Sie sahen wie eine Herde vertrockneter graubrauner Kühe aus: knochig, großäugig, braungebrannt von intensiver Gartenarbeit, die nur einen winzigen Teil der Armen ernährte – aber immerhin Rosen für die Duftsäulen von Großherzogin Gizella lieferte. Sie nahmen den Gruß entgegen, indem sie die weißbetuchten Köpfe senkten und beim Anblick der Chieva do'Orro, die um seinen Hals hing, die Lippen zusammenkniffen.

Wie alle Meistermaler, die den Goldenen Schlüssel trugen, war er für die Angehörigen der Ecclesia Gegenstand der Verachtung. Sterilität war unnatürlich, eine Abscheulichkeit für einen Glauben, in dessen Mittelpunkt die fruchtbare Mutter und ihr Sohn standen, und daher ein Zeichen göttlicher Mißbilligung. Er hatte sich immer gefragt, wie die Ecclesia dabei über die eindeutige Fruchtbarkeit der Grijalva-Frauen und die bewiesene Zeugungsfähigkeit der Grijalva-Männer, die die Gabe nicht hatten, hinwegsehen konnte. Vielleicht war diese Haltung nur noch ein letztes, heftig verteidigtes Überbleibsel aus den Jahren der Nerro Lingua, als die Grijalvas unter der Seuche mehr gelitten hatten als jede andere Familie in Meya Suerta; dies war als göttliche Strafe dafür angesehen worden, daß sie die Chi'patros aufgenommen hatten. Er verlor sich einen Augenblick lang in Erinnerungen an sein erstes Leben, dachte an die damalige Premia Sancta, Caterin Serrano, und daran, daß sie alle Grijalvas aus den Kapellen und Sanctias der Stadt verbannt hatte. Dem hatte Alejandro ein Ende gemacht, aber die Feindseligkeit war geblieben. Für die Sanctas und Sanctos von Tira Virte stellten die Grijalvas eine Beleidigung dar, und das hatten die Jahrhunderte, in denen die Grijalvas ihrem Land treu gedient hatten, nicht ändern können. Gegen sie stand ihr Chi'patro-Ursprung, der sie zu Bastarden ungläubiger Gesetzloser machte, ihre angeblichen magischen Fähigkeiten, ihre Macht bei Hof, ihr skandalöses Privatleben – und vor allem die Mätressen. Die Familie war verdorben bis in die Wurzeln, und diese Ansicht hatte die Ecclesia beibehalten, seit Herzog Renayo und Herzogin Jesminia mit vierzehn Hofdamen nach Meya Suerta zurückgekehrt waren, die von Tza'ab-Gesetzlosen geschwängert worden waren, und dazu noch zwanzig weitere Chi'patro-Kinder dieser Tza'ab mitbrachten und die Leiche von Verro Grijalva.

Als er an den schweigenden Sanctas vorüberging, fragte er sich, was wohl die offizielle Ansicht über die Wahrheit der Grijalva-Kunst wäre – von seiner Art, sie anzuwenden, überhaupt nicht zu reden. Der Gedanke ließ ihn lächeln, und die Frauen wandten sich in erneuter Verachtung von einem ab, der es auch noch wagte, freundlich zu jenen zu sein, die ihn und all die Seinen haßten.

Er verdrängte die Sanctas aus seinen Gedanken und blieb vor einer *Geburt* von Guilbarro Grijalva stehen – oder besser gesagt, einem Gemälde, das Guilbarro zugeschrieben wurde, denn in Wahrheit handelte es sich um eines seiner Werke. Unwillkürlich stieß er einen Seufzer aus. Ein einzigartiges Meisterwerk, selbst für ihn. Die einzige Tochter Cossimios I. war zweifellos das entzückendste Baby der Welt. Sie und ihre schöne Mutter zu malen, war eine der größten Freuden seines Lebens gewesen. Er erinnerte sich so deutlich daran: Musik erklang leise in der schattigen Laube, gekühlte Getränke wurden serviert, wann immer er danach verlangte, Großherzogin Carmilla glühte vor Glück, ihre kleine Tochter lachte die ganze Zeit. Und dort war die kleine Cossima nun, so süß und lebhaft wie an jenem Tag, als er die letzte Rose in der Vase neben dem Ellbogen ihrer Mutter vollendet hatte. Das Kind saß auf Carmillas Knien, und Mutter und Tochter waren in weißes Leinen und einen Regenbogen bunter Bänder gekleidet. Ein goldener Käfig stand auf einer Säule neben ihnen; als ihm aufgefallen war, wie entzückt Cossima von den Vögeln war, hatte er den Käfig geöffnet und sie in der Laube fliegen lassen. Er konnte das Kichern der Kleinen immer noch hören. Die Freude darüber hatte ihn beinahe davon abgelenkt, ihr begeistertes kleines Gesicht zu skizzieren und das Lächeln auf den Lippen ihrer Mutter. Beide schauten ihn nun an, ihre Züge waren vollendet wiedergegeben, und sie sahen aus, als hätte er sie erst gestern gemalt. Eine wunderbare Arbeit. Die entzückende kleine Cossima – wie gern hätte er ihre *Hochzeit* gemalt.

Aber sie war noch vor ihrem vierten Geburtstag an einem Fieber gestorben. Und nur ein Jahr nach der Vollendung des Bildes war Guilbarro selbst gestorben. Cossimas *Geburt* war sein einziges Werk in der Galerria – und eine Bemerkung auf dem Führungsblatt wies darauf hin, wie traurig es war, daß ein so vielversprechendes Talent so früh verlorengegangen war.

Er preßte die Lippen zusammen. Er hätte als Guilbarro so viel tun können! Ein kluger, gutaussehender Mann mit genau den richtigen Beziehungen, der bereits die ersten Schritte unternommen hatte, um Oberster Hofmaler zu werden. Die *Geburt der Cossima* war sein Bewerbungsgemälde gewesen.

Szenen aus der Vergangenheit warfen dunkle Schatten über das Porträt des lachenden Kindes und seiner strahlenden Mutter. Ein Jagdunfall; ein Beinbruch, von dem sich Guilbarro gut erholte – und dann die Katastrophe. Eine dumme Sancta hatte das Schmerzmittel ungenau gemischt. Es wurde zwar innerhalb von zwei Wochen entdeckt, aber da war der Schaden bereits geschehen. Er war süchtig geworden.

Sie hatten versucht, ihn zu heilen. Aber selbst, wenn es funktioniert hätte, hätten seine ehrgeizigen Pläne damit ein Ende gehabt. Kein Oberster Hofmaler durfte durch eine Abhängigkeit von Alkohol, Spiel, sexuellen Gewohnheiten oder Drogen verwundbar sein. Die Gefahr, daß er dadurch korrumpiert würde, war einfach zu groß. Selbst wenn die Ärzte ihn offiziell für geheilt erklärt hätten, hätte immer die Gefahr eines Rückfalls bestanden. Weder die do'Verradas noch die Grijalvas konnten sich einen Obersten Hofmaler leisten, der einmal drogensüchtig gewesen war.

Der Schmerz darüber, dieses Leben vernichtet zu wissen, war beinahe so groß gewesen wie der, nie genug von der Droge bekommen zu können. In einer solchen Verfassung hatte er weder denken noch arbeiten können. Aber er verstand nur zu genau, welche Wahl er hatte: er konnte unter großen Leiden den Entzug überstehen und überleben und niemals Oberster Hofmaler werden, oder er konnte sein Leben verlassen und ein anderes annehmen.

Guilbarros jüngerer Bruder Matteyo rettete ihn – und verdammte sich dadurch selbst. Er konnte es nicht ertragen, sich daran zu erinnern, aber dennoch stiegen erdrükkende Bilder aus der Vergangenheit vor ihm auf. Verzweiflung hatte Matteyo dazu gebracht, sich genügend Drogen zu verschaffen, um die Dosierung zu erhöhen, die doch eigentlich jeden Tag geringer sein sollte. Die Liebe zu seinem Bruder veranlaßte ihn, Guilbarro seine Farben, eine Leinwand und einen Spiegel zu bringen. Und das Schlimmste daran war, daß das Selbstporträt Matteyos Idee gewesen war. »*Mal dich selbst wieder gesund*«, hatte der Junge gesagt. »*Du kannst es, 'Barro, ich weiß es. Ich weiß es einfach.*«

O ja, er hatte es gekonnt, und er hatte es getan. Trotz zitternder Hände, trotz der Betäubung durch die Drogen, hatte er Guilbarro gemalt. Und als das Werk vollendet und die Zeit gekommen war, hatte er tatsächlich den gesamten Prozeß erklärt. *Und Matteyo hatte sich einverstanden erklärt.* Indem er Guilbarro ins Leben gemalt hatte, hatte er Matteyos Tod gemalt.

»*Ich bin nur mittelmäßig – das sagen alle Moualimos. Aber du bist ein wahres Genie, 'Barro. Du verdienst es, Oberster Hofmaler zu werden. Die Welt verdient es, deine Bilder zu sehen. Ich bin unwichtig.* Du *nicht.*«

Und so war es geschehen. Er hatte die Farben mit Matteyos Hilfe mit Blut verbunden und Matteyo mit einem raschen, gnädigen Stoß mit Saavedras goldener Nadel in Guilbarros gemaltes Herz getötet. Es war einfach gewesen, es als Selbstmord auszugeben: Verzweiflung angesichts tragischer Umstände, die Qual des Entzugs, und so weiter. Und es war noch einfacher gewesen zu weinen, als man Guilbarros Leiche entdeckt hatte, während Matteyo verschwunden war. Der selbstlose, großzügige, liebevolle Matteyo: der einzige, den er je bedauert hatte.

Zwei Tage später, nachdem die Leiche sicher begraben war, hatte er Guilbarros Porträt weinend in Fetzen gerissen. Einen Monat später, im Körper eines fünfzehnjährigen Jungen und bereit, den Willen des Jungen, Oberster Hofmaler zu werden, nicht nur um seiner selbst, sondern auch um Matteyos Willen, zu ehren, fand er sich unter Arrest gestellt. Jemand hatte Matteyos illegale Drogenkäufe bemerkt; und der Junge wurde angeklagt, Guilbarro beim Selbstmord behilflich gewesen zu sein. Die Ironie war ihm damals entgangen und bewirkte nun nur noch eine bittere Grimasse. Es tat immer noch zu weh, an Matteyo zu denken.

Er wurde wegen geringerer Vergehen verurteilt – Matteyos Zweig der Familie war zwar einflußreich, aber der Skandal mußte an einem Einzelnen festgemacht werden – und verbannt. Die abgelegene und kaum als zivilisiert zu bezeichnende Baronie von Esquita war eine elende Gegend voll leerer Hügel und noch leererer Hirne, deren Regent aber umschmeichelt werden mußte, weil sein Land über einen einzigen Vorzug verfügte: Eisenerz. Sechzehn Jahre lang kehrte er nicht nach Meya Suerta zurück, nicht bevor er Nachricht erhielt, daß Matteyos Mutter im Sterben lag. Die Grijalvas wandten sich an Herzog Cossimio I., der ihm gestattete, an ihr Totenbett nach Hause zu kommen: die Bindung zwischen Mutter und Sohn war ihrem Glauben nach die heiligste. Während sie im Sterben lag, fand er Timirrin und begann das nächste Gemälde – ebenso wie die Zurschaustellung schmerzlicher Trauer, die Matteyos Selbstmord kurz nach dem Tod seiner Mutter erklärt hatte.

Er blinzelte den Schleier vor seinen Augen weg, immer

noch in Gedanken an Matteyo, und hatte wieder Cossimas entzückendes Gesicht vor sich. Es war nun fast zweihundert Jahre her, daß er ihre dicken kleinen Fäuste gemalt hatte, die sich nach den buntgefiederten Vögeln ausstreckten. Obwohl die Besucher der Galerria von ihrer Tragödie erfuhren, erinnerten sie sich vor allem an ihre lachenden dunklen Augen und an die Freude ihrer Mutter. Das war die Macht der Kunst – mit Magie hatte es nichts zu tun.

Im Palasso Grijalva hing kein Bild von Matteyo, das die Familie an ihn erinnert hätte. Es gab ein Porträt, aber das würde niemand je zu sehen bekommen. Er durfte nicht vergessen, in den Bereich des *Peintraddo Memorrio*, der seinem lieben, verlorenen Matteyo gewidmet war, zur Erinnerung einen weiteren Rosmarinzweig zu malen, wenn er das nächste Mal in sein Atelier über der Weinhandlung kam.

Er kam an mehreren weiteren Generationen vorüber, bevor er vor einem riesigen Gemälde stehenblieb, das von dem größten Obersten Hofmaler stammte, der Tira Virte je gedient hatte: Riobaro Grijalva. Nicht weniger als elf der hier versammelten Gemälde waren Riobaros Werke. Als er sich die *Hochzeit von Benetto I. und Rosira della Marei* ansah – die Braut war die Tochter einer mächtigen Bankiersfamilie –, kehrte das Lächeln auf seine Lippen zurück. Nicht, weil das Bild ein Meisterwerk gewesen wäre (was zutraf), sondern weil jede Minute von Riobaros Leben ein Meisterwerk gewesen war.

Timirrin hatte ein ruhiges Leben geführt. Er hatte gelernt, gelehrt, kopiert, was man ihn zu kopieren angewiesen hatte, und sich achtzehn ruhige, ereignislose Jahre lang zurückgehalten. Die letzten fünf davon hatte er allerdings damit verbracht zu beobachten, wie Riobaro von einem talentierten Vierzehnjährigen zu einem ungemein fähigen Malermeister von beinahe Zwanzig heranwuchs. Riobaro war vom Tag seiner offiziellen Bestätigung an perfekt gewesen. Nach dem unbedeutenden Leben als Timirrin rief nun wieder die Macht. Und Riobaro war tatsächlich vollkommen: groß, schlank, herzerweichend schön mit glühenden dunklen Augen und vollen Lippen und wilden schwarzen Locken, die nicht vor seinem fünfundvierzigsten Jahr zu ergrauen begannen. Alle in seiner Linie waren (für Männer mit der Gabe) recht langlebig gewesen, und er hatte hervorragende Beziehungen zum Hof. Der Halbbruder seiner Mutter war Oberster Hofmaler. Und das Beste von allem war, daß er ein leidenschaftlicher Bewunderer der Werke Sario Grijalvas war. Sein Stil war dem des verehrten ehemaligen Hofmalers so ähnlich, wie er nur sein konnte; schon als kleiner Junge hatte er alle Gemälde Sarios immer und immer wieder kopiert. Zum Glück war er in eine Zeit geboren worden, in der sklavische Imitation längstverstorbener Meister gebilligt wurde. Niemand versuchte, ihn von seinem Ehrgeiz abzubringen, der nächste Sario zu werden.

Und sein Wunsch wurde wahr.

Als Riobaros Onkel im Jahr 1115 starb, war Riobaro der einzig mögliche Kandidat, ihn zu ersetzen. Die verwitwete Herzogin Enricia vertraute ihm und war erfreut, daß dem Regentschaftsrat ihres Sohnes nun ein Mann angehörte, der ihr eigenes Hauptziel teilte: die goldgefüllten Truhen des Principio della Diettro Mareia. Sowohl Enricia als auch Riobaro waren entschlossen, Benetto mit der Erbin des Principio zu verheiraten.

Es wurden Handelsverträge abgeschlossen, wegen derer Riobaro persönlich zum Malen nach Diettro Mareia reiste. Er nahm Zeichnungen von Benetto mit und brachte ähnliche Zeichnungen von Rosira zurück. Die beiden waren seit dem Kindesalter ineinander verliebt – und dazu hatte er nicht einmal Magie gebraucht. Und während alle darauf warteten, daß die jungen Leute ins heiratsfähige Alter kamen, nutzte Riobaro seine Kunst und seine Fähigkeiten, um die herzogliche Macht in den Provinzen zu verfestigen. Tira Virte erblühte. Und als Benetto im Jahr 1122 volljährig wurde und die Regierung nun tatsächlich antrat, sorgte der Oberste Hofmaler dafür, daß die Grijalva, die für ihn als Mätresse ausgewählt wurde, eine enge Verwandte von ihm war. Als sich der Termin der Hochzeit mit Rosira della Marei näherte, sorgte er auch dafür, daß Riobaros Cousine Diega ihren Liebhaber mit einem Lächeln und vielen wunderbaren Erinnerungen auf den Weg schickte – wobei sie die Besitzurkunde für ein Herrenhaus und für ein großes Stück casteyanischen Waldes als Abschiedsgeschenk erhielt.

Riobaro starb, allgemein beweint, mit dreiundfünfzig und im fünfundzwanzigsten Jahr seines Wirkens als Oberster Hofmaler. Er hatte Tira Virte nicht nur zu größerer Wichtigkeit, sondern zu echter Größe geführt; seine Begabung als Maler war von einer Art, wie man sie bestenfalls alle fünf Generationen antraf; er war von allen do'Verradas und von seinen Mitbürgern geliebt worden (mit Ausnahme der Provinzbarone, die er an die Kandare genommen hatte, aber die behielten ihr Gemurmel für sich). Von allen Hofmalern war Riobaro der einzige, dessen offizielles Porträt in der Galerria Verrada hing.

Als er nun darauf zutrat, um es sich anzusehen, entfuhr dem Mann, der einmal Riobaro gewesen war, ein weiterer Seufzer um dieses vollkommene Leben. Schade, daß es ihm nicht gelungen war, gleich ein ähnliches hinterherzusetzen, aber er hatte nicht mit der sexuellen Energie von Domaos' Körper und dessen hilfloser körperlicher Leidenschaft für Benecitta do'Verrada gerechnet.

Die Tochter von Benetto und Rosira war ein wandelnder Skandal gewesen, von dem Tag an, als sie zum ersten Mal auf eigenen Beinen stand. Der Schrecken der Dienstboten, die Verzweiflung ihrer Mutter, Quälerin ihres jüngeren Bruders, war sie auch der unvergleichliche Schatz ihres nachgiebigen Vaters. Als er zu ihrer *Hochzeit* aufblickte – einem Bild, das er nicht selbst gemalt hatte und in dem niemand je ihren Ehemann bemerkte –, fiel ihm wieder einmal auf, daß er gegen sie nie eine Chance gehabt hatte.

Gleich zu Beginn seiner nächsten brillanten Karriere als Oberster Hofmaler war er von Benecitta völlig aus der Fassung gebracht worden. Lebhaft und schön und erst neunzehn Jahre alt, hatte sie entschieden, wenn ihr Bruder schon eine Mätresse aus der Familie Grijalva hatte, könne sie dort ebensogut ihren Liebhaber auswählen. Der Mann, der mit Sicherheit zum Obersten Hofmaler ernannt werden würde, wenn Riobaros Nachfolger starb, war ihrer Ansicht nach die perfekte Wahl. Domaos – dreißig Jahre alt und nicht so ungemein gutaussehend wie Riobaro, aber auch keine Qual für die Augen – ging ihr sofort in die Falle und mit ihr ins Bett. Er wußte, er hätte es eigentlich besser wissen müssen, und er war vollkommen verblüfft, daß Sex eine so mächtige eigene Magie haben konnte, aber er unterhielt trotzdem über zwei Jahre ein geheimes Verhältnis mit ihr. Seit Saavedra hatte ihn keine Frau mehr so fasziniert. Die Gefahr, entdeckt zu werden, machte es nur noch reizvoller. Benecitta erfuhr nie von den kleinen und großen Verbrechen, die er beging, um die Geheimhaltung zu gewährleisten, obwohl er sich für seine eigene Unvorsichtigkeit immer wieder verfluchte.

Dann kündigte ihr Vater ihre Verlobung mit einem äußerst stolzen Baron an, dessen Attraktivität vor allem in Quadratmeilen von Weinbergen bestand. Benecitta hatte nichts gegen die Hochzeit einzuwenden – solange Domaos ihr in ihrem neuen Heim als Residenzmaler zur Verfügung stand. Zwischen Leidenschaft und Vorsicht hin- und hergerissen, fand er schließlich den Mut, die Ehre abzulehnen. Er konnte nicht weiterhin Menschen verzaubern oder töten, die gesehen hatten, was sie nicht sehen sollten – und Benecittas Verlobter hatte schärfere Augen als viele andere. Aber es war Baron Filippi do'Gebattas große Erfahrung mit Frauen – erheblich größer, als sie selbst nach drei Ehefrauen zu erwarten war –, die Domaos in Gefahr brachte. Der Baron bevorzugte Jungfrauen, und er erkannte, ob er eine im Bett hatte – Benecitta war es eindeutig nicht. Am Morgen nach der Hochzeit stürmte er durch den Palasso Verrada in die großherzoglichen Räume und riß das Gemälde der *Hochzeit* in viele winzige Stücke, bevor es auch nur trocken war.

Die Verbindung wurde annulliert. Benecitta wurde in die strengste und abgelegenste Sanctia in Tira Virte geschickt – »Ich hoffe, daß sie dort endlich Demut lernen wird!« rief ihre erboste Mutter ihr hinterher. Domaos lebte tagelang in Angst – während er hektisch an einem Selbstporträt arbeitete –, bis der Großherzog endlich das Ausmaß der »Freundschaft« seiner Tochter mit dem Obersten Hofmaler erkannte. Domaos wurde um Mitternacht ergriffen, in Ketten zur Grenze gebracht, und man verbot ihm, jemals wieder einen Fuß nach Tira Virte zu setzen.

Schon der Gedanke an diese Jahre ließ ihn schaudern. Es war eine Sache, von Hof zu Hof zu reisen, von Stadt zu Stadt, und *Hochzeiten, Geburten, Schenkungen* und *Vermächtnisse* zu malen. Als Wandermaler war er ein geehrter Gast gewesen, ein kostbares Geschenk aus Tira Virte, und darüber hinaus bestens entlohnt. Aber ein reisender Maler ohne Zeugnisse wurde verachtet. Domaos fristete ein mageres Leben in ghillasischen und niapalesischen Städten, wo jedermann, der mit Hilfe eines Lineals eine gerade Linie zeichnen konnte, schon zum Ortsarchivar wurde – und dann die Ankunft eines Grijalva-Malers, sei er nun in Ungnade oder nicht, nicht sonderlich begrüßte. Der Wettbewerb um jeden Auftrag war ungeheuer, die Bezahlung miserabel, Domaos wurde in Gegenwart junger Damen (was ohnehin selten vorkam, denn der Skandal war allgemein bekannt) streng überwacht, und die Arbeit war erniedrigend für einen Mann, der zweimal den Höhepunkt seiner Zunft erreicht hatte.

In einundzwanzig Jahren bekam er nicht einmal einen anderen Grijalva zu sehen. Weil sie kostbare Waren darstellten, reisten sie nicht ohne bewaffnete Eskorte. Er konnte sich nicht einfach an einer Straße in den Hinterhalt legen. Er war nicht nur von seinem Land, sondern auch von einem anderen Leben abgeschnitten, mit dem er dieses Elend hätte ersetzen können.

Als er schließlich bereits das erstaunliche Alter von dreiundfünfzig Jahren erreicht hatte, seine Gesundheit nachließ und seine Verzweiflung immer größer wurde, schrieb er an Benettos Sohn, den Großherzog Benetto II. Die Antwort kam in Begleitung von zwei Grijalvas und einer Sancta, die eine fähige Medizinerin war: Domaos durfte zum Sterben nach Hause zurückkehren.

Was Benecitta anging – ihr hatte man schon Jahre zuvor vergeben. Ihr Vater hatte sie zu sehr geliebt, um ihr *nicht* zu verzeihen, obwohl er sie auf Drängen der Großherzogin neun lange Jahre in der Sanctia ließ. Aber 1162 war Benetto in großzügiger Stimmung – sein Erbe hatte gerade die ungeheuer reiche Verradia da'Taglisi geheiratet – und daher stimmte er schließlich dem Flehen des Grafen Dolmo do'Alva zu, Benecitta zu befreien. Der Graf, der ihren Verlockungen ebensowenig widerstehen konnte, wie es Domaos einst gekonnt hatte, hatte sie seit ihrer Jugend geliebt. Es war ihre *Hochzeit,* von der sie nun hinabflirtete, mit dreißig ebenso faszinierend, wie sie mit neunzehn gewesen war.

Matra e Filho, dachte er kopfschüttelnd. Das Gemälde war beinahe ein Jahrhundert alt, er hatte sie seit ihrer letzten leidenschaftlichen Nacht nicht mehr gesehen, und sie war seit über vierzig Jahren tot – und immer noch spürte er hilflos, wie sich seine Begierde regte. Eine erstaunliche Frau.

Nein, er *hatte* sie wiedergesehen. Sie hatte Domaos im Palasso Grijalva besucht, als er dort im Sterben lag – ausgerechnet, um ihm mitzuteilen, daß sie ihm vergeben hatte. Soviel zum Thema Demut.

Seltsam, daß er sich erst jetzt wieder an ihren Besuch erinnerte. Aber er war damals so schwach gewesen, daß er kaum die Kraft gehabt hatte, die Farben für das Porträt vorzubereiten, das ihm Renzio Grijalva gegeben hatte: einen sechzehn Jahre alten, ausgesprochen mittelmäßigen Jungen, in dessen schlaksigem, anmutslosem Körper er segensreich ruhige zwanzig Jahre verbracht hatte.

Nein, keine Renzios mehr. Seine Anforderungen waren klar, und diesmal würde er sich Zeit für die perfekte Wahl lassen. Es war an der Zeit, daß er wieder einmal Oberster Hofmaler wurde – besonders, wenn man die neuesten Gemälde in der Galerria als einen Hinweis auf die Entwicklung der Kunst betrachten konnte. Schreckliches Zeug, erbärmlich sentimental, technisch unerträglich, mit einer derartigen Anhäufung von Pfefferminzgrün und Kirschrosa-Tönen, daß ihm die Zähne wehtaten. Er mußte Oberster Hofmaler werden, bevor der künstlerische Standard unrettbar tief gesunken war.

Er ging weiter, gelangweilt von dem, was er sah, verärgert von dem, was auf ihn zukam. Es war so lästig, ein Bedürfnis gegen das andere abzuwägen. Der Kandidat mußte jung genug sein, um ihm noch lange Zeit in seinem Körper zu lassen, aber alt genug für die Bestätigung. Er mußte begabt und weit genug in seiner Ausbildung sein, damit man darauf schließen konnte, daß sich hier ein Meister entwickelte, aber nicht so individuell in seinem Stil oder seinem Verhalten, daß die unvermeidliche Veränderung zu absolutem Genie unglaubwürdig wäre. So viele Anpassungen waren jedesmal vorzunehmen ... soviel Brillanz mußte verborgen werden, manchmal jahrelang, bis man sie mit der nötigen Reife begründen konnte ... so viele Unterrichtsstunden waren wieder und wieder zu ertragen, geführt von Moualimos, von Narren, die Purpur kaum von Flohfarben unterscheiden konnten oder eine Rose von einem Rhododendron ... soviel Täuschung und Betrug und Hinterhältigkeit. Nommo Chieva do'Orro, manchmal war es wirklich schwierig!

Und manchmal vergaß er für einige Zeit vollkommen, wieso es eigentlich notwendig war.

Selbstverständlich für Saavedra. Für den Tag, an dem er sie befreien und sie endlich die Seine sein würde. War ihr ihr Fehler bereits klar? Nun, er konnte warten. Weil er noch einen anderen Grund hatte, und bei den Gelegenheiten, wenn er sich selbst gegenüber von brutalster Ehrlichkeit war, wußte er, daß dieser Grund noch viel reiner war als selbst die Liebe.

Er hatte fünftausend Bilder gemalt, zehntausend. Und er hatte noch Tausende mehr in sich. Seine Gabe durfte nicht verlorengehen, nicht bevor er sie erfüllt hatte. Er würde es *wissen*, wenn er die absolute, ultimative Perfektion erreicht hätte, das eine Meisterwerk, das alles rechtfertigte, was er im Namen seines Malerbluts getan hatte – und durch es.

Dies war noch nicht erreicht. Noch nicht. Trotz all der Unannehmlichkeiten beim Aufbau eines neuen Lebens, trotz des unvermeidlichen Abstiegs ins Alter, der Angst, keinen angemessenen Wirt zu finden – *dieses* Gemälde wartete immer noch auf ihn. Es würde der Höhepunkt so vieler Leben werden, seine wahre Unsterblichkeit.

Und auch Saavedra wartete auf ihn, in einem Gemälde, das er in seiner Jugend für das beste gehalten hatte, was ihm je gelingen würde. Wie dumm er gewesen war! Man mußte sich nur ansehen, was er in den letzten dreihundert Jahren gemalt hatte! Wie sie staunen würde, und vor reiner Freude weinen, wenn er ihr jenes letzte Meisterwerk zeigen würde – und sie würde endlich wissen, daß Liebe nichts war im Vergleich mit dem Glanz seines Genies, seiner Gabe.

Die Jahrhunderte hatten ihn das gelehrt. Er hatte sich selbst besser kennengelernt und die Eifersucht verstanden, die zu all dem geführt hatte. Er hatte ganz vergessen, wie Alejandro ausgesehen hatte, aber er sah immer noch Saavedras Gesicht vor sich, als sie seine Werke ansah, diese Liebe in ihrem Blick für die Schönheit des Bildes und für seinen Schöpfer. Er hatte den Blick, den sie Alejandro geschenkt hatte, für etwas gehalten, das dieser Liebe vergleichbar war. Aber das war nicht dasselbe. Absolut nicht. Ihre Gefühle für Alejandro waren mehr fleischliches Bedürfnis, nicht die unendliche Überhöhung, die nur seine Kunst in ihr hervorrufen konnte. Der Do'Verrada-Herzog hatte ihren Körper für kurze Zeit in den Armen gehalten – aber *er* besaß ihre Seele, für immer.

Als er langsam an den goldgerahmten Mittelmäßigkeiten und wenigen besseren Werken vorbeiging, fragte er sich, wann er sie wohl freilassen sollte. Bald? Noch während dieses Lebens? Im nächsten, wenn er wieder jung war? O nein. Nicht, ehe er nicht jene Perfektion erreicht hatte, die seine Morgengabe an sie sein würde, mit der er endlich Besitz von ihrem Geist nehmen würde.

Aber zumindest konnte er jetzt zu ihr gehen und ihr versprechen, daß es eines Tages soweit sein würde. Er ignorierte das Blatt in seiner Hand und ging gleich zum abgelegenen Ende der Galerria, auf den Platz zu, den ihr Porträt immer eingenommen hatte. Es stimmte, er hatte es sich seit hundert Jahren nicht mehr angesehen – hatte nicht gewagt, ihr Gesicht zu betrachten. Aber nun war er älter, nun verstand er alles. Er war es ihr schuldig, es ihr zu sagen, selbst dann, wenn sie ihn nicht hören konnte.

Verschwunden.

Sie war weg!

An ihrem Platz hing ein dümmliches Bild von Renata do'Pracanza in späten Jahren, vor dem Hintergrund der bleichen Trockenheit jenes Landes, aus dem Alejandro sie ausgegraben hatte, um sie zu seiner Herzogin zu machen.

Er drehte sich auf dem Absatz um, bereit, der Kassettendecke seine Wut entgegenzuschreien. Wie konnten sie es wagen, ihr Bild zu entfernen?

Im nächsten Augenblick mahnte er sich zur Ruhe. Es war sicher nur in einem Arbeitsraum, um gereinigt oder neu gerahmt zu werden, oder man hatte es zum Palasso Grijalva gebracht, wo es als das Meisterwerk, das es war, von jungen Malern studiert wurde, die nie hoffen konnten, etwas auch nur annähernd Ähnliches zu schaffen.

Er nahm sich vor, am Eingang – wenn auch diskret – nachzufragen. Nun wandte er sich erst einmal dem *Herzog Alejandro* zu. Dieses Bild hatte in seinen eigenen Gemächern im Palasso Verrado gehangen. Nacht um Nacht hatte er immer wieder daran gedacht, in diese stolze Brust zu stechen. Diese schlanken Finger zu verbrennen, an denen ein grauer Mondschein prangte, zur Erinnerung an Saavedras Augen. Dieses hübsche Gesicht mit Säure zu verunstalten, diesen ein wenig schiefen Schneidezahn zu schwärzen, alles, was man von seiner Haut sehen konnte, mit den Symptomen der Syphilis zu überziehen.

Ihn umzubringen, wie er es nur zu sehr verdiente.

Alejandro. Er stand da, in der Blüte seiner Jahre, ein einfacher mattschwarzer Samtvorhang hinter ihm, der seine Schönheit nur noch mehr hervorhob. Neben ihm erschien jeder andere do'Verrada entweder als Barbar oder als bändergeschmückter Angeber. Er verfügte sowohl über die Schönheit des Kriegers als auch über die des Dichters. Seine Würde – um die er so hart gerungen hatte! – verband sich so deutlich mit echter Bescheidenheit, daß selbst der ungeschickteste Maler sein Porträt hätte malen können und danach als Genie gefeiert worden wäre. Aber in seinen grüngefleckten Augen und um seinen Mund lag auch ein Zug von Traurigkeit, den niemand anderer als Sario hatte einfangen können – und den niemand anderer als Sario verursacht hatte.

»Du warst, was ich aus dir gemacht habe«, flüsterte der ehemalige Hofmaler seinem Herzog zu. »Wegen mir hast du all die Weisheit erlangt, die sie an dir lobten. Mit mir an deiner Seite hast du allen widerstanden, die dich dir entgegenstellten, gekämpft, wenn es sein mußte, Frieden geschlossen, wenn es möglich war, und alles getan, was getan werden mußte für dieses Land, das wir beide liebten. Aber ich war es, der dich gemacht hat. Ohne mich hättest du dich wegen ihr ruiniert. Davor habe ich dich bewahrt. Wegen mir bist du zur Legende geworden.«

Und Alejandro hatte das gewußt. Er unterdrückte ein Lächeln bei der Erinnerung an das, was alle für sein Sterbebett hielten, die welke Hand umfaßt von einer, die noch stark und gelenkig war. Er und sein Herzog waren beide gerade erst vierunddreißig Jahre alt.

»*Lebt wohl, alter Freund!*« hatte Alejandro gemurmelt, Tränen in seinen schönen Augen. »*Alles, was wir erreicht haben – das wäre mir ohne Euch nie gelungen.*«

Nett von ihm, hatte Sario damals gedacht, das zuzugeben.

Ein paar Tage später war der ausgemergelte Körper Sarios gestorben, und Ignaddio hatte mit großen, angestrengt ehrfürchtig blickenden Augen zugesehen, als der Herzog kam, um ihm die letzte Ehre zu erweisen.

»Das Gemälde, über das wir heute früh sprechen werden, ist ein Werk Oaquino Grijalvas, den man auch den Haarkünstler nannte. Kann mir einer von euch sagen, wie er zu dieser Bezeichnung gekommen ist?«

Den man WIE *nannte?*

Er riß den Kopf herum. Sieben Grijalva-Jungen, noch keiner von ihnen bestätigt, ließen sich vor einem Gemälde auf dem Boden nieder. Sario konnte sich nicht daran erinnern, dieses Bild gemalt zu haben – weder als Oaquino noch als ein anderer. Er trat näher, sah sich das Werk an: es war tatsächlich eines der seinen; jetzt fiel ihm plötzlich ein, wie viele Stunden er damit zugebracht hatte, die exakte Farbe für diese unglaubliche Perücke zu mischen, die Pepennar II. von Ghillas getragen hatte, einen Rotton, wie er in der Natur niemals vorkam.

»Nun?« bellte die Moualimo. »Wieso der Haarkünstler?«

Wann haben sie sich das *denn ausgedacht*? Er verschränkte die Arme und strengte sich an, nicht so wütend dreinzuschauen.

»Dirado? Weißt du die Antwort?«

Eine Jungenstimme ertönte. »Weil die Leute in all seinen Bildern so seltsame Frisuren haben, Moualimo Temirro.«

Er zog eine Grimasse. Die Mode in Aute-Ghillas im Jahr 1210 war tatsächlich von einzigartiger Absurdität gewesen.

»Falsch«, fauchte Temirro – der Sario immer mehr an Otavio erinnerte. »Sonst jemand? Cansalvio?«

»Es lag daran, was er mit dem Haar gemacht hat«, sagte ein anderer Junge in sehr selbstzufriedenem Ton.

»Ach ja? Er hat also all diese Perücken selbst geflochten? Arriano, vielleicht kannst du es etwas genauer ausdrücken.«

Der jüngste unter ihnen, kaum neun Jahre alt, schluckte. »Er – er hat das Haar so gut *gemalt,* Moualimo. Auf der Leinwand, meine ich. Es sieht so echt aus – man glaubt, man könnte es sich um den Finger wickeln.«

»Der Haarkünstler!« Dennoch, er sollte sich wohl geschmeichelt fühlen, daß ein Effekt hier anerkannt wurde, an dem er so schwer gearbeitet hatte. Und Ghillas hatte in jener Zeit vor fünfzig Jahren wahrhaftig genügend Möglichkeiten geliefert, dies zu perfektionieren: all diese aufgetürmten Locken und komplizierten Zöpfe, gebrannten Wellen und Kaskadenperücken …

»Hmpf«, brummte Temirro. Das war das einzige an Anerkennung, was er je an Anerkennung von sich gab, da war Sario sicher. Er wird Otavio immer ähnlicher, dachte er, und verbiß sich ein Grinsen.

»Also haben wir festgestellt, worauf sich Oaquinos Berühmtheit gründet – den *einzigen* Grund, um dies einmal anzumerken. Euch ist zweifellos aufgefallen, wie ausgesprochen ungeschickt, um nicht zu sagen lächerlich, die Personen bei diesem *Vertrag* plaziert sind.«

Ich möchte einmal sehen, wie irgendwer *siebenundzwanzig Personen auf ein Bild bekommen soll, wenn nicht zwei von ihnen sich einverstanden erklären, sich auch nur im selben Zimmer mit einer dritten aufzuhalten, und vier von ihnen ermordet wurden, noch bevor ich das verdammte Ding beendet hatte!*

Aber es schien, daß sich jemand zu seiner Verteidigung berufen fühlte. Er hörte gerade noch das Ende einer Frage Cansalvios, wie schwierig es wohl sein mochte, all diese Personen dazu zu bringen, lange genug stillzustehen.

»Du Dummkopf! Glaubst du denn, sie wurden alle zur selben Zeit gemalt? Erinnert euch, um welchen *Vertrag* es hier geht.«

Sie schwiegen. Er mußte selbst scharf nachdenken, bis es ihm wieder einfiel. Immerhin hatte er es gemalt, er sollte eigentlich – o ja. Pepennar hatte seine zerstrittenen Vasallen zusammengetrieben – einige von ihnen waren beinahe selbst so etwas wie Könige – und sie gezwungen, einen Vertrag immerwährender Freundschaft und gegenseitigen Handels mit Tira Virte zu unterschreiben. Die Freundschaft war zwölf Jahre später mit Pepennar ins Grab gesunken, der Handel hatte überlebt. So war es immer.

Aber nun wußte er, wieso die Jungen ausgerechnet dieses Bild studierten. Es hieß, Ghillas habe Absichten, seine Prinzessin mit dem derzeitigen Erben zu verheiraten. Es war vollkommen neu, daß Tira Virtes riesiges und mächtiges nördliches Nachbarland aktiv eine solche Verbindung betrieb, statt in königlicher Herablassung darauf zu warten, daß Tira Virte bettelte. Es hieß auch, daß Don Arrigo sich dieser Ehre mit aller Kraft widersetzte, da er seine Mätresse wahrhaft liebte, selbst nach zwölf Jahren noch. *O ja, die Leidenschaft der do'Verradas,* dachte er boshaft, *und die Schönheiten der Grijalvas – immer eine gefährliche Kombination.*

Die Jungen hatten ihre Skizzenblöcke aus den Ranzen geholt und sich brav in einer Reihe aufgestellt, um einen kurzen, aber intensiven Blick auf das Gemälde zu werfen. Er kannte diese Übungen gut; er hatte sie oft genug mitgemacht und würde sich wohl abermals damit langweilen müssen. Jeder Junge würde sich etwas Besonderes auswählen, um es zu reproduzieren. Für die Älteren bestand die Lektion darin, sich einer Einzelheit zu widmen, die sie noch nicht beherrschten: dem Fall eines Stoffes, den Schatten, die von den gewaltigen Kerzenmassen auf den Kronleuchtern geworfen wurden, den Positionen der Hintergrundfiguren, die nicht von direktem Licht berührt wurden. Die Jüngeren würden einfach Dinge wiederholen, die man ihnen schon im Palasso beigebracht hatte, indem sie etwas von diesem anerkannten Meister kopierten – selbst wenn es einer war, den man den Haarkünstler nannte, weil seine einzige Begabung darin bestand, Haar zu malen.

Einer der Jungen warf nur einen flüchtigen Blick auf das Gemälde, als er an der Reihe war. Er setzte sich wieder auf den Boden, beugte sich über sein Skizzenbuch und umriß mit atemberaubend schnellen Strichen die gesamte Komposition. Sario zog die Brauen hoch. *Arroganter kleiner Mistkerl,* dachte er und mußte unwillkürlich lachen. Er verbrachte die nächsten Minuten damit, sich angeblich eine *Hochzeit* von Grigarro – einem Rivalen Oaquinos – anzusehen, dann ging er zu Temirro und stellte sich vor.

»Dioniso?« Ein zögerndes Lächeln breitete sich auf den Zügen des Mannes aus – einem faltigen alten Gesicht, obwohl er nicht einmal fünfzig sein konnte. »Der Sohn von Giaberta?«

Er nickte – das war gefährlich; er hatte keine Ahnung, wie der Name »seiner« Mutter lautete. »Geht es ihr gut?«

»Gesund wie ein zweijähriges Fohlen, dabei ist sie schon sechzig!«

Das war keine gute Nachricht. »Was für ein Glück!« verkündete er herzlich. »Wohnt sie immer noch im Palasso?« fragte er und betete im Stillen, daß dies nicht der Fall sein möge.

»Nein, und das ist wirklich schade. Sie hat einen zweimal verwitweten kleinen Adligen geheiratet, der ungefähr hundert Kinder hat und tausend Quadratmeilen joharrischer Wüste. Sie fehlt mir. Sie ist schon zehn Jahre weg, und wir schreiben uns regelmäßig, aber sie fehlt mir. Geh und besuche sie, sie wird sich – *Rafeyo!*« brüllte er plötzlich. »Chieva do'Orro, was tust du denn da?«

Der ehrgeizige Zögling blickte von seiner Arbeit auf, aber ohne Angst. Es lag Trotz in diesem Blick, aber auch noch etwas Tieferes, etwas, was er einmal in seinem eigenen Blick gesehen hatte – *in seinen eigenen Augen* – vor Hunderten von Jahren. Er hatte immer gewisse Schuldgefühle, wenn er einen Jungen auswählte, dessen Blick derart brannte. Wer wußte schon, ob er der Welt nicht ein Genie stahl, das dem seinen gleichkommen mochte? Dennoch, diese Gefühle vergingen auch wieder. Seine Gabe war größer. Er mußte seiner Gabe dienen. Wenn der Junge tatsächlich das Feuer eines Neosso Irrado besaß, dann war es besser, es zu ersticken, bevor er Sario wirklich gefährlich werden konnte.

Und es war erheblich einfacher, sich an jemanden zu halten, dessen Feuer bereits aufgeflackert war. Dann brauchte er sich nicht so sehr zu verstellen.

Rafeyo erhob sich von seinem Platz neben Arriano und zeigte dabei eine für sein Alter ungewöhnliche Anmut. Die meisten Jungen von dreizehn befanden sich unaufhörlich im Kampf mit Ellbogen und Knien und Füßen, die ihnen nie zu gehorchen schienen. Aber Rafeyos Bewegungen waren geschmeidig und fließend, als er auf Temirro zukam.

»Was ist das?« fragte der Moualimo barsch. »Was soll das darstellen?«

»Den *Vertrag von Aute-Ghillas.*«

»Das gesamte Gemälde?«

Rafeyo nickte.

»War das deine Aufgabe, das gesamte Gemälde zu skizzieren?«

»Nein, Moualimo Temirro.«

Ein langsames, kontrolliertes Luftholen. »Würdest du dann bitte die außerordentliche Freundlichkeit haben zu erklären, wieso du genau das getan hast?«

Rafeyos Gesicht war immer noch ein Gewirr kindlicher Weichheit um die schärfste aller Grijalvanasen. Aber Sario, der in diesen Dingen geübt war, erkannte die Anzeichen guten Aussehens. Und mehr, er erkannte das sichere Feuer in der hastigen Skizze. Er hörte sogar bereits die Stimme des erwachsenen Mannes, als Rafeyo schließlich antwortete.

»Ein Gemälde muß als Ganzes betrachtet werden, nicht als Ansammlung von Einzelheiten. Ich kann nicht ein Stück aus der Komposition herausnehmen wie eine Magd, die Weißkäse schöpft.« Er hielt inne, war sich bewußt, wie beleidigend er gesprochen hatte, als er noch ein »– Moualimo« anhängte.

Sario konnte sich kaum das Grinsen verbeißen, aber bei den nächsten Worten hätte er den Jungen gern selbst erwürgt.

»Obwohl das meiste tatsächlich reiner Käse ist. Wenn Ihr genau hinseht, werdet Ihr erkennen, daß ich einige Änderungen vorgenommen habe. Es ist nun viel besser.«

Temirro griff nach dem Skizzenblock, riß das betreffende Blatt ab und hielt es neben den *Vertrag*. Es war kaum genug Zeit zu bemerken, daß mehrere Personen bewegt worden waren, und die meisten Gobelins des Thronsaals fehlten, als Temirro Rafeyos Skizze auch schon mit einem Schnauben in der Mitte durchriß. »Setz dich«, knurrte er, »und tu, was man dir gesagt hat.«

Widerstand flackerte in tza'ab-schwarzen Augen auf, und reine Wut, als der Junge sein Werk – *sein Werk*! – zerstört sah, aber Rafeyo war immer noch ein Kind, und seine Zukunft lag bis zur Bestätigung in Temirros verkrümmten Händen. Er verbeugte sich nicht, er gab nicht nach, aber er setzte sich wieder hin und tat, was man ihm gesagt hatte.

»Elender kleiner Bengel«, murmelte Temirro. »Daran ist nur seine Mutter schuld. Aber ganz unter uns, Dioniso, er ist einer der Besten, die ich je unterrichtet habe.«

»Ja, aber das sollte man ihm noch ein paar Jahre verschweigen, nicht wahr?« Er war immer noch erzürnt über die Kritik an Oaquinos Werk – von einem Dreizehnjährigen! –, aber er wußte, er mußte sich mit dem alten Mann gut stellen.

»Wenn es nach mir ginge, würde er es *nie* erfahren. Ich habe Bilder von ihm gesehen, bei denen du schwören würdest, sie stammten von einem Aguo oder Seminno oder Sanguo!«

»Tatsächlich?« Sein Interesse an dem Jungen wuchs. »Einer der Unseren?«

Das war mehr als eine Frage nach der Begabung. Temirro verstand und zuckte die Achseln. »Noch nicht bestätigt. Sollte das geschehen, so hoffe ich, daß er lernen wird, Falsch von Richtig zu unterscheiden, bevor er zu viel lernt.«

Sario nickte zu diesem verdeckten Hinweis auf die Macht der Magie. Ein paar Minuten später entschuldigte er sich und ging zurück zu den Bronzetoren, wobei er immer noch über den jungen Rafeyo nachdachte. Das Sonnenlicht erwärmte jetzt den Jasmin und die Rosen in den Duftsäulen, und er war sicher, daß der Geruch bereits in seine Kleidung gedrungen war. Er unterdrückte ein Niesen und reichte das Blatt mit der Gemäldeliste wieder an den Hilfskurator zurück. Erst nach ein paar weiteren Schritten fiel es ihm wieder ein, nach Saavedras Porträt zu fragen.

»Oh, Ihr meint die *Erste Mätresse*? Auf Dauer ins Lager zurückgebracht. Großherzog Cossimios Mutter mochte es nicht sonderlich – oder vielleicht war es seine Großmutter, das habe ich vergessen. Aber es ist schon seit Jahren nicht mehr ausgestellt worden.«

»Ach nein?«

»Ich glaube nicht einmal, daß es seit der letzten Reinigung wieder ausgepackt wurde, aber vielleicht doch, bei der Inventur im Jahr 1216, die von Nazha Coronna angeordnet wurde.« Als Sario immer noch auf die jungfräuliche Leinwand starrte, erklärte der Kurator: »Tazita. Die Mätresse von Großherzog Arrigo II. Was sie befahl, geschah, und zwar sofort.« Obwohl er viel zu jung war, um sie noch gekannt zu haben, schwang in seiner Stimme echte Hochachtung für diese Frau mit.

»Ich erinnere mich«, erwiderte Sario, obwohl dies unmöglich war; er hatte sich während des größten Teils der Regierungszeit der »Ungekrönten Großherzogin« nicht in Tira Virte aufgehalten.

»Aber was das Gemälde angeht, wenn Ihr es sehen wollt, könnte ich vielleicht ...«

»Nein«, meinte er. »Nein, ich war nur neugierig. Es ist – so etwas wie eine Legende.« Er hätte beinahe gesagt *Es war mein Lieblingsbild*. Was unmöglich war, wenn es so lange nicht mehr ausgestellt gewesen war.

»Ebenso wie die Dame selbst«, seufzte der Kurator. »Eine traurige Geschichte. Sehr traurig. Ich glaube, deshalb ist es auch entfernt worden. Ja, jetzt bin ich sogar sicher. Es war Cossimios Mutter, die Großherzogin Verradia – sie kam als junge Braut hierher, weinte, als sie die Geschichte hörte, und das Bild wurde abgenommen.«

»Wie ... einfühlsam«, knirschte Sario mühsam beherrscht. »Einen angenehmen Nachmittag, Kurator.«

Er tobte innerlich, den ganzen Weg bis zu den Stufen der Portalla Granda. Eine dumme sentimentale Kuh hatte ein paar Tränen über Saavedras »traurige Geschichte« vergossen, und *das* war der Grund dafür, daß seit Jahrzehnten keiner mehr sein Meisterwerk gesehen hatte? Die Krönung seiner jugendlichen Kunst und Magie, das Werkzeug seiner Rache in Öl und Blut auf Eichenholz, war von keinem mehr erblickt worden?

Er hätte es wissen sollen. Für einen Künstler seines Kalibers war er ausgesprochen blind gewesen. Der Beweis dafür hatte direkt vor ihm gestanden, und er hatte es nicht bemerkt. Die *Erste Mätresse* war höher und breiter als die *Herzogin Renata*, die jetzt ihren Platz einnahm – aber keine vielsagenden Schatten um das Ersatzbild zeigten an, daß hier einmal ein größeres Gemälde gehangen hatte. Es war schon so lange nicht mehr Bestandteil der Galerria, daß man inzwischen die Tapete erneuert hatte. Abgehängt und vergessen, es sei denn, ein Großherzog starb und es wurde ein komplettes Inventar seines Besitzes angefertigt …

Plötzlicher Sonnenschein blendete ihn tatsächlich, und das Niesen, das Jasmin und Rosen hervorkitzeln wollten, kam endlich durch. Er wischte sich Augen und Nase mit einem Seidentuch und wurde auf diese prosaische Art von seiner trancehaften Wut abgelenkt.

Ach, was machte es schon, wer dieses Bild sah oder nicht? *Er* wußte, daß es nicht seinesgleichen hatte. *Er* kannte den süßen Geschmack seiner Rache. Und andere waren unwichtig.

Inzwischen hatten sich seine Augen dem grellen Mittagslicht angepaßt, und Sario überquerte den Zocalo Palasso und macht sich auf den Heimweg – wobei er sich vornahm, den Weg des jungen Rafeyo weiterhin zu verfolgen.

Chieva do' Sihirro
1262–1286

1

»... und dann – und *dann* – was glaubt ihr wohl, ist dann passiert?«

Ein Dutzend Kinder hockte gespannt auf Decken, die sie auf dem Rasen ausgebreitet hatten. »Erzähl, erzähl!« sang eines. »Hat er gewonnen?« rief ein anderes. »Was war mit der Prinzessin?« wollte ein drittes wissen. »Bitte erzähl weiter, 'Chella, bitte!«

Sie saß in ihrer Mitte, schön wie der Frühlingsmorgen, in denselben Farben prangend: irisblaue Augen, sonnengoldenes Haar, die Haut so weiß und weich wie frische Rosenblüten, in einem Kleid im hellen Grün von Frühlingsblättern. Als sie weitererzählte und der Ritter gegen die Verzauberung ankämpfte, während die Prinzessin mit ihrer bösen Stiefmutter rang, focht die Dienerin, die sie von der Tür aus beobachtete, ihren eigenen Kampf gegen die Tränen. Agnetta hatte das Mädchen aufgezogen und betrachtete es jetzt mit einer Liebe, die ihr bis ins Herz hinein wehtat. Mechella war so jung, so schön, so unschuldig und vertrauensselig – und bald sollte sie einen Mann heiraten, den sie seit ihrer Kindheit abgöttisch geliebt hatte, einen Mann, von dem Agnetta befürchtete, er werde ihr das Herz brechen.

Wäre Königin Mirisse noch am Leben gewesen, hätte sie mit jemandem über ihre Befürchtungen sprechen können, aber die gute Königin war schon seit fünfzehn Jahren tot und hatte einen königlichen Gatten zurückgelassen, der sie immer noch betrauerte, eine kleine Tochter, der danach eine Dienerin zur Mutter geworden war, und einen Sohn, der solche milden Einflüsse überhaupt nicht kannte. König

Enrei, der zweite dieses Namens in Ghillas, war ein liebevoller Vater, aber zu sehr belastet mit den Staatsangelegenheiten; nach dem Tod seiner Frau hatte er dem Vorschlag seiner Minister zugestimmt, daß der sechsjährige Kronprinz in einem rein maskulinen Haushalt auf seine zukünftige Position vorbereitet werden sollte. Die Schwester des Königs hatte fünfzehn Jahre lang diese Männer regiert, ebenso wie die Damen, die sich um Mechella kümmerten – kein Problem, zu erkennen, wer das Vorbild für die böse Stiefmutter in der Geschichte geliefert hatte! Man hatte die Prinzessin Permilla nur allzuoft im den Kindern gewidmeten Flügel des Palastes mit schriller Stimme erklären hören, daß »hier ein *König* gemacht wird!« – als wäre ein kleiner Junge Teig, den man zurechtknetet und in eine Backform drückt, auf der *Enrei III.* stand. Mit Mechella ging Permilla auf andere Art ebenso rigoros um: sie versuchte, die Nichte nach ihrem eigenen starren Bild zu formen. Zum Glück hatte sie versagt. Zum Glück hatte man auch im vergangenen Jahr, als Mechella volljährig geworden war, Permilla die Autorität über das Mädchen entzogen.

Die Liebe einer Mutter durch die Günstlingswirtschaft und Förmlichkeit Prinzessin Permillas zu ersetzen, war nicht die weiseste Entscheidung, die der König je getroffen hatte, aber beide Kinder hatten überlebt, vermutlich dank ihres ererbten Starrsinns, der dem der Tante in nichts nachgestanden hatte. Nach ihrer eigenen Ansicht hatte Permilla bei beiden versagt, und das war selbstverständlich die Schuld der Kinder. Agnetta hätte ihr – hätte sich eine Prinzessin von Ghillas denn zu einem Gespräch mit einer Dienerin herabgelassen – sagen können, daß die Kinder alles getan hätten, um sie zufriedenzustellen, hätte sie ihnen nur eine Winzigkeit der Mutterliebe gezeigt, die sie verloren hatten.

Nun, im Alter von einundzwanzig, dachte Kronprinz Enrei vor allem an sich selbst. Er hatte die Kammerzofen nicht mehr in Ruhe gelassen, seit er vierzehn gewesen war (trotz eindringlicher Warnungen, denn Ghillas hatte eine leidige Tradition königlicher Bastarde) und lebte und starb ansonsten für die Jagd und den Sport. Seit er vor drei Jahren dem Einfluß Permillas endgültig entronnen war, gab er sich ungezügelt all den Vergnügungen hin, die sich einem jungen Mann bieten, der gut aussieht, Geld hat, von königlicher Herkunft ist und allgemein bewundert wird – zumindest von denen, die ihm gegenüberstanden. Dennoch, er besaß Verstand und ein gutes Herz, und alle hofften darauf, daß er irgendwann ruhiger werden, sich seinen Pflichten widmen und heiraten würde. Irgendwann.

Mechella auf der anderen Seite war ganz versessen auf die Heirat. Sie war alles, was sich ein Vater wünschen konnte – mochte er nun König sein oder nicht. Nur Agnetta wußte, wie verzweifelt unglücklich sie seit dem Tod ihrer Mutter gewesen war, daß sie es verborgen hatte, und wie sehr sie sich nach Liebe sehnte. Mit besorgtem Blick beobachtete Agnetta nun ihre Prinzessin und fragte sich, ob im nächsten Frühjahr das Lächeln ihres geliebten Mädchens noch genauso strahlend sein würde, ihr Lachen immer noch so leicht und sorglos. Sie hatte Dinge über dieses Land jenseits der Montes Astrappas gehört und fürchtete, daß der Blitz, nach dem sie benannt waren, sie für immer von ihrem Liebling trennen würde. Tira Virte war ein Ort, der nach den Maßstäben von Ghillas kaum als zivilisiert zu betrachten war, trotz seiner Allüren und seines Hochmuts und der stolzen Anpreisung der Kunst der Grijalva-Maler. Es waren die Grijalvas, die Agnetta Sorgen machten – aber nicht jene, die Maler waren.

Mechella beendete den triumphierenden Schluß der Geschichte unter allgemeinem Beifall und gerade noch rechtzeitig: der Lehrer, der die Kinder der Dienstboten unterrichtete, hatte endlich seine abspenstigen Zöglinge gefunden und scheuchte sie zurück zum Unterricht. Selbstverständlich schalt er Mechella nicht – wer hätte dies je fertiggebracht (wenn man einmal von der säuerlichen Permilla absah)? Im Gegenteil, als Mechella die Schönheit des Tages als Entschuldigung dafür angab, ihm seine Schüler gestohlen zu haben, milderte sich die strenge Miene des Lehrers zu einem Lächeln. Bei diesem Anblick ließ Agnettas Unruhe ein wenig nach. Wer konnte diesem Menschen widerstehen?

Die Antwort kam aus einem unglücklichen Erlebnis ihrer längst vergangenen Jugend: Schönheit und Charme und Unschuld waren sinnlos, wenn ein Mann, der seine Braut abgöttisch lieben sollte, statt dessen seiner Mätresse verfallen war.

Nun wieder allein, reckte Mechella die langen Beine und streckte die Arme weit über den Kopf aus, als wollte sie die schwache Frühlingssonne umarmen. Agnetta wußte, daß kaum mehr Zeit blieb, alles zu schaffen, was sie vor Mittag erledigen mußten – einen vollständigen Kleidungswechsel in das, was Mechella lachend als Hofstaat Zweiter Klasse bezeichnete –, aber obwohl die Zeit so knapp war, ließ Agnetta sie verweilen. Dies waren die letzten Tage ihrer Mädchenzeit; bald würde der erwachsene Wirbel von Feierlichkeiten, Vorbereitungen und Abschieden beginnen.

Sie war so jung. Zu jung.

Schließlich beugte sich die Dienerin dem Notwendigen. Sie ging auf Mechella zu, rief sie beim Namen und verspürte erneuten Schmerz, als sie die brennende Aufregung in dem reizenden Gesicht bemerkte.

»Gibt es Neuigkeiten?«

Agnetta hielt ihren Unmut nicht zurück. »Der Grijalva ist aus Tira Virte zurück – und dein Vater ist so glücklich wie ein junges Hündchen.«

Im nächsten Augenblick fand sich Agnetta über den samtig manikürten Rasen gewirbelt, und Mechella sang und lachte.

»'Chella! Hör auf, mir wird schwindlig!«

»Mir auch! Ist das nicht wunderbar! Ich werde Arrigo

do'Verrada heiraten!« Sie küßte Agnettas faltige Wangen, und ihre eigene glatte Haut rötete sich vor Freude. »Wir werden heiraten und ein Dutzend Kinder haben und das glücklichste Paar der Welt sein.«

Matreia è Filei, ich hoffe, du hast recht, mein Liebling. Sie löste sich aus dem Freudentanz und packte Mechellas Hände. »'Chella, hör mir zu. Willst du das wirklich? Willst du *ihn* wirklich?«

Wieder lachte die Prinzessin. »Agnetta! Ich bin seit seinem Staatsbesuch in ihn verliebt! All diese fünf langen Jahre habe ich von nichts anderem geträumt! Aber Papa ist so störrisch – ich habe ihm, als ich achtzehn wurde, gesagt, daß ich bereit sei zu heiraten, aber er hat es immer wieder verschoben ...« Sie hielt inne. Plötzlich war ihr Agnettas Gesichtsausdruck aufgefallen, und da sie die alte Dienerin nur zu gut kannte, fragte sie: »Was ist los? Sag mir, was du denkst!«

Das würde sie ganz bestimmt nicht tun. Sie wußte, was Mechella verborgen war: daß Arrigos Eltern der Allianz vor zwei Jahren zwar gern zugestimmt hatten, aber Arrigo selbst sich gesperrt hatte. Nicht einmal das Porträt Mechellas, angefertigt vom Obersten Hofmaler Mequel, hatte ihn zu einer Verlobung bewegen können. Wieso hatte er nun seine Ansicht geändert? Oder vielleicht war die richtige Frage: *hatte* sie sich überhaupt geändert?

Und wen interessiert sein Verstand? Was ist mit seinem Herzen?

Mechella zog ein Gesicht, das Agnettas säuerliche Miene verspottete. »Du denkst an diese Grijalva-Frau, nicht wahr? Mach dir keine Gedanken, Enrei hat mir alles er klärt.«

»Hat er?« keuchte Agnetta und nahm sich vor, den Kronprinzen persönlich zu verprügeln, sollte er etwas gesagt haben, das seine Schwester verletzt hatte.

»O ja.« Nun ahmte sie die weltgewandte Haltung einer viel älteren nach: »Alle do'Verradas nehmen sich eine solche Frau als ihre offizielle Mätresse. Das ist eine Tradition, ein Abkommen mit der Malerfamilie.« Ein Kleinmädchenkichern entschlüpfte ihr. »Enrei findet die Idee einer offiziellen Mätresse sehr interessant!«

»Darauf würde ich wetten. Was hat er noch gesagt?«

»Daß sich die Mätresse, sobald der Erbe sich verlobt, mit vielen Geschenken, Landeigentum und Juwelen, vom Hof zurückzieht.« Sie entließ die Grijalva mit einer abschätzigen Geste aus ihren Gedanken. »Die do'Verradas sind sehr großzügig. Außerdem sind die Mätressen immer unfruchtbar, also besteht nicht die Gefahr, daß ein Bastard Anspruch auf den Thron erheben könnte. Und wir wissen ja, was für Schwierigkeiten so etwas machen kann! Drittens – und ich nehme an, Enrei wird das Papa gegenüber anführen – ist es viel besser, wenn der Erbe sich an eine einzige Frau hält, statt Skandale zu verursachen, indem er die Edelfräulein am Hof jagt oder Schankmädchen, die vielleicht nicht sonderlich sauber sind.« Ein vages Stirnrunzeln zeigte Agnetta, daß ihr unschuldiger Liebling keine Ahnung hatte, daß sich diese »Sauberkeit« weder auf Kleidung noch auf die Badegewohnheiten bezog.

Mechellas Miene wurde boshaft. »Und schließlich meinte Enrei, daß die Ehefrauen der Erben eigentlich Glück haben, weil sie auf diese Weise wissen, daß ihre Männer alles darüber wissen, wie sie sie im Bett erfreuen können.«

»'Chella!« Aber der Tadel war automatisch erfolgt, und sie konnte sich ein Lächeln nicht verkneifen. So sehr einen der Kronprinz manchmal ärgern konnte, er konnte auch sehr vernünftig sein. Dennoch ... »Ich wäre gern dabei, wenn dein Bruder dem König diese Idee einer offiziellen Mätresse unterbreitet. Ein Geburtstagsfeuerwerk wäre vermutlich nichts dagegen.«

Lachend gingen sie zusammen auf den Pallasio Millia Luminnai zu, wo an diesem Abend tatsächlich jede einzelne der tausend Kerzen im großen Ballsaal brennen würde, wenn die Neuigkeiten offiziell verkündet würden. Mechella schwatzte den ganzen Weg zu ihren Gemächern weiter; wie gut Arrigo aussah, wie charmant er war, wie gut er sich mit Musik und der Jagd und dem Schachspiel auskannte (das Mechella nach seinem Besuch angestrengt erlernt hatte), was für ein weiser Herrscher er sein würde, wie sehr sie sich danach sehnte, ihm bei seinen Pflichten helfen zu können, und seine Kinder zu bekommen, und von seinem Volk akzeptiert zu werden ... weiter und weiter, alles mit jener süßen Arglosigkeit, die Agnetta das Herz zerriß.

Sie hörte schweigend zu und sagte sich, wenn Mechella diese Heirat denn tatsächlich wollte, dann sollte es eben sein. Sie sagte nicht, daß die Freundlichkeit eines erwachsenen Mannes gegenüber der fünfzehnjährigen Tochter seines königlichen Gastgebers nichts damit zu tun hatte, was zwischen ihnen geschehen würde, wenn sie Mann und Frau waren. Agnetta wußte, daß sie voller Vorurteile war, aber in diesem Augenblick, da ihre Prinzessin sogar die Frühlingssonne überstrahlte, konnte sie sich vorstellen, daß auch diese Geschichte zu einem glücklichen Ende kommen würde. Gegenüber solcher Güte und Entschlossenheit zur Liebe und der Bereitschaft, geliebt zu werden – wie konnte Arrigo do'Verrada ihr widerstehen, einer so jungen und schönen Frau, so sanft und liebevoll, so unschuldig und vertrauensselig ...

» ... und so fad, das man es sich kaum vorstellen kann. Und sie erwarten tatsächlich von mir, daß ich dieses Kind heirate!«

Tazia Grijalva warf einen raschen Blick auf den hochgewachsenen, uniformierten Mann, der im Morgenzimmer ihrer kleinen Villa im besten Viertel Meya Suertas auf- und abtigerte. Jede andere Frau hätte ihm gesagt, er solle sich hinsetzen und aufhören, ihre Teppiche mit seinen Sporen zu zerfetzen. Aber Tazia war ihr ganzes Leben lang nicht wie andere Frauen gewesen – nicht einmal wie andere Grijalva-Frauen.

»Sie ist sehr hübsch«, sagte sie. »Ich habe das Porträt gesehen.«

»Kann schon sein.« Arrigo zuckte mit den Schultern, was die goldenen Schnüre seiner Epauletten tanzen und glitzern ließ. Er war ein gutaussehender Mann, und das kam bestens zur Geltung in der grünen Tunika, der schwarzen Hose und den hohen schwarzen Stiefeln der Shagarras – eines Regiments, das im vergangenen Jahrhundert kaum anstrengenderen Dienst als den in der Palastwache geleistet hatte. Das Grün der Tunika ließ die goldenen Flecken in seinen braunen Augen glitzern, und die Epauletten machten seine Schultern noch breiter. Aber obwohl er erst dreißig war, war das lockige braune Haar eine Spur zu dünn, und seine Vorliebe, viel Zeit im Freien zu verbringen, hatte zu kleinen Fältchen in der gebräunten Haut um seine Augen geführt. Schwerwiegender waren die beiden dünnen, mißmutigen Linien, die seine Lippen einrahmten. Tazia wußte, woher sie rührten. Er war in einer einzigartig unangenehmen Situation: ein intelligenter, fähiger, entschlossener Mann, der nichts anderes zu tun hatte, als auf den Tod seines Vaters zu warten. Das hatte, mehr noch als die Jahre, sein Gesicht gezeichnet, dieses schreckliche Wissen, daß er vollkommen bereit war, seinem Volk zu dienen, während andererseits vollkommen klar war, daß er diesen Dienst erst antreten konnte, wenn der Vater, den er liebte, tot war.

In den vergangenen zwölf Jahren war es Tazias Aufgabe gewesen, ihn dies so oft wie möglich vergessen zu lassen, damit diese Linien sich nicht noch tiefer eingruben, ihn aufzuheitern, wenn er bedrückt war, ihm Beifall zu spenden bei jenen Pflichten, die sein Vater ihm zugestand – ihn zu lieben. Genau das hatte sie getan, und nicht ungern. Aber bald würde das einer anderen Frau zufallen. Einem bleichen, hübschen, unschuldigen Mädchen aus einem fremden Land, das Arrigo weder kannte noch ihn verstand. Und wenn die Prinzessin bei ihrer Aufgabe versagte …

»Sie ist so *blond*«, fuhr er fort und ging weiter auf und ab, als wäre er immer noch auf dem Paradeplatz. »Es ist beinahe unnatürlich.«

»Arrigo!« Tazia lachte und legte ihre Stickerei beiseite. »Du willst doch nicht etwa behaupten, daß sie sich das Haar färbt! Liebster, sei doch nicht albern. Jede Familie hat ihre charakteristischen Züge. Wir Grijalvas haben unsere ausgeprägten Nasen – einige ein bißchen ausgeprägter als die anderen! Keine do'Verrada-Tochter wird größer als fünf Fuß. Und die Mitglieder der ghillasischen Königsfamilie sind eben sehr blaß. Was mich daran erinnert, daß du sie vor der heftigen Sonne hier warnen solltest.«

»Ich mag blonde Frauen nicht. Und sie ist langweilig – sie hat keinerlei Bildung und …«

»Ich habe gehört, daß sie unsere Sprache gelernt hat, und das Schachspiel«, fügte sie spitz hinzu.

Er schnaubte höhnisch.

»Jetzt bist du aber wirklich albern. Sie ist schon sehr in dich verliebt, und erst zwanzig.« *Achtzehn Jahre jünger als ich – Matra ei Filho, jung genug, um meine Tochter zu sein!* Sie verbannte diesen Gedanken schnell wieder und sagte: »Sie will dir doch nur gefallen.«

»*Du* gefällst mir.«

Er ging auf sie zu, riß ihr die Stickerei aus den Händen und nahm sie auf diese seltsame Weise mit Blicken in Besitz, wie es alle do'Verrada-Männer konnten. Es hatte ihr von Anfang an den Atem geraubt – ihr, die so darauf versessen gewesen war, seine Mätresse zu werden, daß sie nicht einen Augenblick darüber nachgedacht hatte, wie es sein würde, ihn zu lieben.

»Du, und keine andere«, sagte er leise.

Sie ließ sich in seine Arme sinken und wußte doch, sie sollte es nicht tun. Es war an der Zeit, sich ihm so sanft wie möglich zu entziehen. Aber die Prinzessin würde ihn noch früh genug bekommen. Tazia würde ihn aufgeben, weil ihr nichts anderes übrigblieb, aber bis dahin würde sie nehmen und genießen, was immer noch ihr allein gehörte.

Und dennoch ...

Später, als er eingeschlafen war, den Kopf an ihre Brust gebettet, fragte sie sich, ob sie ihn denn wirklich für immer aufgeben mußte. Einige ihrer Vorgängerinnen, vor allem die Großmutter, nach der man sie benannt hatte – hatten die Marria do'Fantome nach dem Tod der Ehefrauen ihrer Großherzöge wieder aufgenommen. Nicht, daß sie Mechella Unheil wünschte – Matra Dolcha, nein! Aber konnten sie sich nicht sein Leben teilen, seine Liebe – und seine Macht?

Großmutter Tazita hatte das getan. Sie hatte ein beneidenswertes Leben geführt. Das vollkommene Mätressenleben. Nachdem sie der Familie ein Kind geschenkt hatte – eine Tochter, Zara, die Tazias Mutter geworden war –, war Tazita Mätresse von Arrigo II. geworden, vor seiner Heirat mit Nadalia do'Johara. Nach dem Tod der Großherzogin hatte Tazita ihre Stellung wieder eingenommen und sie bis zum Tod des Großherzogs zweiundzwanzig Jahre später behalten. In Grijalvakreisen war Tazita als Nazha Coronna bekannt: die Ungekrönte. Selbst während seiner Ehe hatte Arrigo II., obwohl er seiner Frau die Treue hielt, keine politische Entscheidung getroffen, ohne sie zu konsultieren. Nachdem Nadalia gestorben war, hätte er Tazita auch geheiratet, wenn dies erlaubt gewesen wäre. Nun, nur einunddreißig Jahre nach ihrem Tod, war sie zur Legende geworden.

Ihr Porträt in der Galerria Grijalva zeigte eine lächelnde junge Frau, das schwarze Haar gelockt und geflochten in der komplizierten Mode der Zeit, die üppige Figur in einem Samtkleid im Saphirblau der Verradas, so tief ausgeschnitten, daß man beinahe ihre Brustwarzen sehen konnte, und einen blutroten Rubin an einer Goldkette am cremeweißen Hals. Aber Tazia hatte ihre Großmutter so in Erinnerung, wie sie mit sechzig ausgesehen hatte: mit silbrigem Haar, die weichen Kurven ausgemergelt von der Krankheit, die sie schließlich dahinraffen würde, der Rubin versteckt in wogender Spitze, die ihren mageren Hals verbarg. Es war nur noch das strahlende Lächeln geblieben, das sie ihrer sechsjährigen Namensvetterin schenkte, als sie sagte: »Wenn du sehr brav bist und sehr klug, wirst du eines Tages deinen eigenen do'Verrada bekommen. Immerhin«, hatte die alte Dame mit einem Blinzeln der schwarzen Augen hinzugefügt, »heißt du eigentlich Tazita, genau wie ich, und der neugeborene Erbe ist wieder ein Arrigo, oder?«

Was die Großmutter ihr nicht erzählt und was sie selbst erst im Lauf der Jahre herausgefunden hatte war, daß Gehorsam zwar gut und schön war, es aber im wesentlichen darauf ankam, klug zu sein. Die Wiederholung der Namen war ein Vorzeichen, aber das Schicksal spielte nicht immer mit, wenn man ihm nicht hin und wieder einen Schubs verpaßte.

Matra ei Filho, wie klug konnte sie wohl sein, wenn sie wirklich vorhatte, die Karriere ihrer Großmutter zu wiederholen! Als sie zum ersten und letzten Mal die Wiederholung der Namen erwähnt hatte, hatte Arrigo nur die Braue hochgezogen und bemerkt, es wäre schön, wenigstens *etwas* für sich allein zu haben. Erzogen von den Lehrern seines Vaters, war er diesem als Hauptmann des Shagarra-Regiments gefolgt, war Schirmherr der Wohlfahrtsorganisationen, die seine Mutter ins Leben gerufen hatte, besaß seit dem achtzehnten Geburtstag die Juwelen des Erben und die entsprechenden Gemächer im Palasso und im Jagdschloß in Chasseriallo, und so weiter und so weiter – kein Wunder, daß er *etwas* für sich allein haben wollte. Tazia hatte nie wieder davon gesprochen, die Geschichte von Arrigo und Tazita zu wiederholen. Statt dessen hatte sie sich angestrengt, ihm das Gefühl zu geben, in der Geschichte von Tira Virte einzigartig zu sein. Damit hatte sie seit zwölf Jahren Erfolg gehabt.

Aber jetzt würde er heiraten. Wenn auch nicht der erste do'Verrada, der eine Königstochter heiratete, so war er doch der erste, der eine ghillasische Prinzessin ehelichen würde. Tira Virte hatte seit zwei Jahrhunderten eine Verbindung mit dem mächtigen nördlichen Königreich angestrebt. Die Pläne des verstorbenen Obersten Hofmalers Pedranno und seines Nachfolgers Mequel hatten schließlich die gewünschte Frucht getragen. Mechella war nicht nur eine ghillasische Prinzessin, sie war *die* Prinzessin von Ghillas, die einzige weibliche Angehörige des Königshauses in heiratsfähigem Alter, und sie verfügte über eine blendende Mitgift. Die Geldsumme war ohne Zweifel beträchtlich, aber am wichtigsten war der freie Zugang zu ghillasischen Häfen, verringerte Steuern und günstige Preise – und das würde zweifellos noch besser werden, sollte Mechella König Enrei zum Großvater machen. Noch wichtiger (obwohl außer dem Großherzog und den Viehos Fratos kaum einer daran dachte) war jedoch, daß ein Meistermaler auf Dauer im Pallasio Luminnai in Aute-Ghillas eingestellt würde, zusammen mit einer Gruppe von Kopisten. Was ein Grijalva sah, konnte er malen, und was er malen konnte, konnte man nutzen.

Tazia wußte ungefähr, wie wichtig ein Hofmaler in Aute-Ghillas war, weil ihr Sohn ihr alles mitgeteilt hatte, was er im Verborgenen über die Geheimnisse der Grijalvas herausgefunden hatte. Rafeyo war gerade erst vierzehn, sollte gerade jetzt bestätigt werden, und obwohl seine Sterilität noch nicht ganz zweifelsfrei bewiesen war, war er sich seiner immer ausgesprochen sicher. Tazia war stolz auf ihn und bereit, noch stolzer zu werden, aber in Wahrheit war Rafeyos Geburt ein Fehler gewesen.

Bei vier Bestätigungen war sie nicht schwanger geworden. Dann hatte sie im Jahr 1247 der Mangel an passenden Mädchen dazu gezwungen – im Alter von vierundzwanzig! – noch einmal diesen Dienst über sich ergehen zu lassen. Sie war erzürnt, als ihr entfernter Cousin Renallo sie schwängerte, und hatte ihren Sohn mit bitterer Ablehnung zur Welt gebracht. Aber seine Geburt machte eines sicher: sie würde nie wieder empfangen. Dafür zumindest war sie dem Jungen dankbar, denn immerhin hatte er ihr den Prozeß erspart, dem sie sich sonst hätte unterziehen müssen, eine mysteriöse Prozedur, die verhindern sollte, daß die Mätressen den do'Verradas Bastarde gebaren.

Tazia hatte mit Ablehnung begonnen, war von dort zu unpersönlicher Dankbarkeit übergegangen und hatte schließlich ein vages Interesse an ihrem Sohn entwickelt, aber ansonsten hatte sie ihn ihrer eigenen Mutter, Zara, überlassen. Sie selbst war zu sehr damit beschäftigt gewesen, ihre gute Figur wiederzuerlangen und Arrigo zu verzaubern, als sich mit einem Kind abzugeben. Wenn sie in den ersten zehn Jahren seines Lebens überhaupt an Rafeyo gedacht hatte, dann mit der vagen Neugier einer erheblich älteren Schwester, die sich fragte, wie es wohl ihrem kleinen Bruder erging.

Erst vor kurzem hatten sie begonnen, mehr Zeit miteinander zu verbringen. Er war ein hübscher Junge, sein Talent schmeichelte ihr, und Arrigo hatte nicht nur nichts gegen die Besuche des Jungen einzuwenden, er mochte ihn sogar. Arrigo würde ein guter Vater werden, dachte sie, streifte mit den Lippen sein schütter werdendes Haar und stellte sich vor, wie sie so vertraut mit seinen Kindern umging wie er mit der früheren Mätresse seines Vaters, Lissina.

Einmal in der Woche kam Rafeyo in Tazias Villa und erzählte ihr alles, was er im Kopf hatte. Wenn er irgend etwas entdeckte oder zufällig etwas mithörte, wußte sie es kurz darauf. Sie ermutigte ihn bei seinen Nachforschungen, warnte ihn aber auch, sich nicht erwischen zu lassen, damit ihn niemand für einen Neosso Irrado hielt, und sie freute sich auf den Tag seiner Bestätigung – wenn ihr Wert für die Familie dadurch erhöht würde, daß sie ihr einen Meistermaler geschenkt hatte. Es würde jetzt nicht mehr lange dauern – von drei Mädchen, mit denen er in diesem Winter geschlafen hatte, war keine schwanger geworden. Noch eine, und Rafeyo Grijalva, einziger Sohn der Mätresse des Erben, würde bestätigt sein.

Manchmal verliebten sich Paare nach dieser erzwungenen Intimität ineinander und heirateten später, besonders, wenn die Frau schwanger wurde. Renallo hatte kurz versucht, Tazia zu umwerben, nachdem sie schwanger geworden war; aber das hatte nur so lange gedauert, wie sie brauchte, um fünf Worte auszusprechen: »Ich werde Arrigos Mätresse sein.« Rafeyo würde nie so dumm sein, sich in eine seiner Bettgenossinnen zu verlieben. Er kannte seine Pflicht gegenüber seiner Mutter und seiner Begabung. Kein Oberster Hofmaler hatte je geheiratet; Tazia konnte sich nicht vorstellen, daß Rafeyo so etwas wollte. Er gehörte ihr, und sie lächelte voller Vorfreude darauf, die Mutter des Obersten Hofmalers zu sein ...

Nazha Coronna, Mutter des Obersten Hofmalers.

Sie nahm an, sie sollte über soviel Ehrgeiz wohl schokkiert sein. Aber als sie über die Muskeln an Arrigos Rücken strich, konnte sie nur im Geist die Schultern zucken. Wieso sollte es nicht so sein? Es war ausgesprochen praktisch und würde alle glücklich machen. Arrigo würde ein guter Großherzog sein. Tazia war die perfekte Mätresse und verstand die Politik bei Hofe wie keine andere. Rafeyo hatte die Gabe und das Talent, sie zu nutzen. Zu dritt würden sie wahre Wunder wirken.

Und was Mechella de Ghillas anging – alles, was Tazia über sie gehört hatte, wies darauf hin, daß sie ziemlich dumm war und vom Regieren keine Ahnung hatte. Das Hofleben würde ihr gefallen, aber nicht die Politik. Wenn sie genügend Kinder bekam, um etwas zu tun zu haben, würde ihr Arrigos Abwesenheit kaum auffallen. Tazia hatte nichts dagegen, Arrigo zu teilen, damit der Schein gewahrt blieb. Mit Arrigos Herz in der einen und Arrigos Macht in der anderen Hand, und ihrem Sohn als Oberstem

Hofmaler, um ihr bei allem zu helfen, konnte sie es sich leisten, großzügig zu sein.

Die Zukunft breitete sich glanzvoll vor ihr aus. Rafeyo würde bestätigt werden, alles lernen, was man über Malerei lernen mußte – und Tazia jede Einzelheit mitteilen; Mechella würde viele Kinder haben; Arrigo würde seine Pflicht tun, indem er diese Kinder zeugte, während Tazia ihm so schrecklich fehlte, daß er selbst ihre Rückkehr vorschlagen und sie zu seiner Nazha Coronna machen würde; und sie selbst … hmm. Vielleicht sollte sie ebenfalls heiraten. Nichts war besser als ein reicher, zufriedener Ehemann, um dem Klatsch entgegenzutreten, während Mechella sich erst einmal der Wirklichkeit stellte und Tazia ihre Stellung so festigte, daß niemand mehr zu klatschen wagte. Ja, ein Ehemann. Sie hatte sogar schon einen im Kopf.

Alles würde so geschehen, wie sie sich das wünschte, mit einem Minimum an Anstrengungen und Aufwand. Innerhalb von fünf Jahren würde alles zu ihrer Zufriedenheit und zum Nutzen von Tira Virte in die Wege geleitet sein.

Denn am Ende war es gleich, wie hübsch Mechella war und wie viele Kinder sie Arrigo schenkte; es war Tazia, die er liebte. Welche Frau, wie nett und fruchtbar auch immer, konnte ihr da noch gefährlich werden?

2

Die ghillasische Hauptstadt Aute-Ghillas erwartete begierig die Ankunft von Don Arrigo do'Verrada, der seinerseits seiner Heirat überhaupt nicht eifrig entgegenstrebte und sich ein wenig verspäten würde. Diese Nachricht – vorsichtig und in diplomatischen Worten überbracht – entlockte Prinzessin Mechella einen Aufschrei.

»Aber wann? *Wann?*«

König Enrei runzelte die Stirn, verärgert über die Unruhe seiner Tochter. Zum Glück für das Mädchen waren nur Familienmitglieder anwesend. Sie wurden allerdings ihrerseits vom geschulten Auge des Grijalva-Malers betrachtet, der sich sagte, daß ein Gemälde dieses Augenblicks alles andere als schmeichelhaft wäre.

Der König, der vom zu intensiven Studieren von Dokumenten ein wenig schielte, war nicht sonderlich attraktiv, wenn er sich ärgerte. Röte stieg vom Spitzenkragen zu bleichen Wangen auf, über eine gebogene Nase bis hinauf zu der von Sommersprossen überzogenen Halbglatze, die das spärliche goldene Haar enthüllte. Nach Ansicht des Malers hätte er aus der Vorliebe seines Vorgängers für Perücken nur Nutzen ziehen können. Der Kronprinz, der in elegant-demonstrativer Langeweile an einem Fenster lehnte, war für die Jagd gekleidet und sah aus, als wäre er im Leben zu nichts anderem fähig, als täglich das hilflose Getier der Wälder abzuschlachten. Eine ältere Prinzessin saß in einer Ecke, zog ein verkniffenes Gesicht und schaffte es, gleichzeitig selbstzufrieden und säuerlich auszusehen. Und die reizende Mechella wirkte einfach elend. Und störrisch. Wer hätte einen solchen Ausdruck auf diesem süßen Gesicht erwartet? Ihr Vater warf ihr einen Blick zu, der ihr befahl, das zu ändern; der Maler verbarg ein Grinsen, denn er wußte, daß der König befürchtete, er würde Arrigo eine Warnung malen.

»Liebes«, sagte der König zu seiner einzigen Tochter, »ich weiß ja, daß du enttäuscht bist. Aber ich bin sicher, daß er uns nicht mehr lange warten läßt.« Der Ton und die gerunzelte Stirn deuteten an, daß Erben von Großherzogtümern Könige besser überhaupt nicht warten ließen.

Der Maler vollzog eine weitere tiefe Verbeugung und zog abermals die weiche Künstlermütze: Grijalva-Grau mit drei Federn im Blau der Verradas. Die Anzahl und Farben der Federn sagten allen, daß er ein Wandermaler war, ebenso wie die Chieva do'Orro an ihrer langen Kette seinen

Status als Meistermaler bezeugte. Nur ein Grijalva hätte erkannt, daß die Länge der Federn – jede maß einen ganzen Fuß, und es war manchmal verflixt schwierig, mit ihnen zurechtzukommen – darauf hinwies, daß er auch zu den Viehos Fratos zählte.

»Gnädigste Majestät«, sagte er in dem Bewußtsein, daß er für einen Ausländer die ghillasische Sprache hervorragend beherrschte, »Don Arrigo hat mir aufgetragen, mich an seiner Stelle demütigst bei seiner Braut zu entschuldigen. Es ist ein Unglück, daß selbst die wichtigsten persönlichsten Dinge manchmal hinter Staatsangelegenheiten zurückstehen müssen.« Er griff in die Jacke und holte einen blauen Lederbeutel hervor, an dem das großherzogliche Siegel glitzerte. »Seine Gnaden hat mich gebeten, der Prinzessin dies als Zeichen seines Bedauerns, seiner Zuneigung und seiner Hoffnungen für die Zukunft zu übergeben.«

König Enrei tat durch ein Nicken kund, daß der Maler über den rosafarbenen Marmorboden des Thronsaals näherkommen dürfe. Mit einer weiteren Verbeugung sagte er zu Mechella: »Dies sind Don Arrigos eigene Worte: ›Bitte nehmt diese armselige Kleinigkeit entgegen, und wenn Ihr mir meine Verspätung verzeiht, so tragt es, wenn ich zu Euch komme, so daß ich sofort weiß, wie Ihr empfindet.‹«

Er zog die Schnur auf. Eine klirrende Kette aus gehämmerten Silberovalen mit Saphiren fiel in ihre Hand – ein Schmuckstück, dessen Wert der Maler auf über zweitausend Mareias schätzte.

Der König hatte gegen Schmuck nichts einzuwenden. »Kleinigkeit? Seine Gnaden hat eine kostspielige Art, sich zu entschuldigen«, meinte er trocken.

Der Kronprinz grinste seine verblüffte Schwester an. »Sorg dafür, daß er sich oft genug schuldig fühlt, 'Chella. Du wirst am Ende mehr Schmuck besitzen als die Kaiserin von Tza'ab Rih.«

Der Maler nahm sich die Freiheit, dem jungen Mann zuzublinzeln, und sagte: »Tatsächlich, Euer Hoheit, gehörte dies einmal der Kaiserin Nooria al'Assadda, die nach der Schlacht auf der Shagarra-Ebene dieses Schmucks, nun, sagen wir einmal, erleichtert wurde.« Er wandte sich noch einmal dem Mädchen zu und erklärte: »Es wäre mir eine Ehre und eine große Freude, Euer Hoheit im Schmuck dieser Juwelen malen zu dürfen, bevor Seine Gnaden eintreffen.«

Sie sah ihn forschend an, und ihre blauen Augen überstrahlten die Edelsteine, als er das Eintreffen Arrigos ankündigte. »Bald, Meister Dioniso? Wird er bald da sein?«

Er machte eine anmutige Geste mit der Hand. »Welcher Mann, der weiß, daß eine solche Frau auf ihn wartet, würde sich auch nur einen Augenblick länger als notwendig verspäten?«

Sie errötete liebreizend, und die Juwelen zitterten ein wenig in ihrer Hand. Ihre säuerliche Tante warf ihr einen Blick zu, der besagte, daß ihre eigenen Hände diese »Kleinigkeit« gern umklammern würden, bis die Knöchel weiß hervortraten. Er nahm sich vor, der Alten ein paar Glitzersteine zu schenken, um sie zu erweichen. Er wußte bereits, daß sein anthalussischer Wallach auf dem Weg in die Ställe des Kronprinzen war, um dort die Launen des Ghillasiers zu beschwichtigen. Dann blieb nur noch das Problem, welchen Honig man dem König selbst ums Maul schmieren sollte, um ihn über Arrigos Verspätung hinwegzutrösten. Verdammt sollte dieser Narr sein, daß er die Hochzeit immer wieder hinausschob und Tira Virte so viel an Bestechungsgeldern kostete, um diese zu Recht beleidigte königliche Familie zu beschwichtigen.

Dann hatte er eine Idee. Aute-Ghillas hatte seit dem Tod des alten Bartollo Grijalva vor nunmehr zwölf Jahren keinen Maler mehr gehabt. Eine Bedingung des Ehevertrags war, daß dem Adel ausreichend Künstler zur Verfügung gestellt würden, inklusive eines Hofmalers – und nur die Grijalvas und Großherzog Cossimio wußten, worin der Unterschied bestehen würde. Arrigo würde noch mindestens eine Woche lang unterwegs sein; diese Zeit konnte man mit dem Malen eines Porträts verbringen. Mit mehreren Porträts, sagte er sich finster und betrachtete noch einmal die ausgesprochen unattraktive Tante, für den Fall, daß sich Arrigo nicht bald in den Sattel schwang. Mechella zu malen, würde ein Vergnügen sein. So war es mit hübschen Mädchen immer. Ein Reiterbildnis des Kronprinzen selbstverständlich. Und was den König anging ... nun ja, es gab Möglichkeiten, Kahlheit zu verbergen.

Wenn die königliche Familie wieder zufrieden war – und dies zu erreichen war die Pflicht eines Grijalva im Dienst des Großherzogs von Tira Virte – würde man Arrigo vielleicht sogar willkommen heißen, als sei sein Eintreffen nie zu einem anderen Zeitpunkt geplant gewesen. Es gab Tausende von Ausreden, eine Hochzeit zu verschieben: Näharbeiten, das Bankett, Dekorationen, Gäste, eine schüchterne Braut (das kam hier wohl nicht in Frage) – er hatte sie im Lauf seiner langen Laufbahn alle schon erlebt. Die Ghillasier mußten zufriedengestellt werden, damit sie Arrigo glücklich machten, was wiederum Großherzog Cossimio und den Obersten Hofmaler Mequel glücklich machen würde – und das wäre zweifellos nicht der Fall, wenn man Arrigo mit Tadeln wegen seiner Verspätung noch dazu bringen würde, die ganze Angelegenheit abzusagen. Wenn die Gerüchte stimmten, war er ohnehin nahe daran.

Was ich für die do'Verradas alles auf mich nehme, seufzte Sario – nun Dioniso – lautlos und setzte zur Einleitung jener umständlichen Verhandlungen an, die schließlich dazu führen würden, daß er Stunden und Aberstunden damit verbringen würde, das säuerliche Gesicht der alten Prinzessin zu malen.

Der Junge und das Mädchen standen nebeneinander und horchten. Hinter ihnen fiel die Tür zu. Der Riegel kratzte über das Holz. Das Schloß klickte. Schritte gingen weiter zum nächsten Zimmer. Reglos starrten sie beide auf das Bett, dann warteten sie, bis das letzte Geräusch von Holz und Metall ankündigte, daß auch die letzte Tür verschlossen war, und die Schritte auf dem Flur verklangen.

Das Mädchen sprach als erste. »Du weißt, was du tun mußt?«

»Ja«, fauchte der Junge. »Du bist immerhin schon meine vierte.«

»Das sagt noch gar nichts«, meinte sie und ging zum Bett. In einer Nische darüber befand sich ein Heiligenbild mit einer Kerze auf jeder Seite. Sie griff in die Nische und entzündete beide Dochte. »Eine für dich, eine für mich«, murmelte sie. »Und Mutter und Sohn sehen zu, als wären wir Novizen in der Zelle einer Sanctia. Ich frage mich, ob sie wirklich einverstanden sind.«

»Interessiert dich das?«

»Würde es etwas ändern?« Sie begann, ihr Mieder aufzuschnüren. Ihre Haut schimmerte im Zwielicht, dunkle Haut selbst für eine Grijalva, die auf mehr als den üblichen Anteil an Tza'ab-Blut hinwies. »Ich hatte nicht gerade vor, Monate meines Lebens auf diese Weise zu verbringen. Ich tue meine Pflicht gegenüber der Familie, aber wage es bloß nicht, mich zu schwängern.« Sie warf das Mieder in eine Ecke und fügte hinzu: »Und ich mache keine seltsamen Sachen, ja?«

Er knöpfte seine Weste auf und hängte sie an den Haken an der Tür. »Schon gut. Bringen wir es hinter uns.«

»Welche Begeisterung.« Nackt bis zur Taille, warf sie jetzt die Bluse hinter dem Mieder her und nestelte die Bänder ihres Rockes auf. »Aber Ehrlichkeit ist wohl ein recht guter Anfang für zwei Leute, die die nächsten drei Nächte hier zusammengesperrt sein werden.«

Die Kammer erinnerte tatsächlich an die Zelle einer

Sanctia: ein Bett, ein Waschtisch, kein Teppich und nicht einmal ein Gemälde, obwohl man sich im Palasso Grijalva befand, bis auf das wachsame Heiligenbild. Wenigstens war es hier trotz der für den Frühling ungewöhnlichen Hitze kühl. Gekalkte Wände, sechs Fuß dick, hatten acht Fuß hohe Fenster nach Norden und Süden, was dazu führte, daß es durch die seidigen Netzschirme an den Fenstern ein wenig zog. Ein sachter Luftzug wirbelte sein Haar auf, als er sich nach dem Ausziehen von Hose und Sandalen wieder aufrichtete.

»Du brauchst dir keine Sorgen zu machen. Ich werde dir kein Balg anhängen«, sagte er. »Ich weiß, was ich bin.«

»Kluger Junge, du weißt also, was die Viehos Fratos noch nicht wissen.«

»Ich bin kein Junge mehr«, erwiderte er scharf, als er das Hemd auszog.

»Um das zu beweisen, bin ich hier. Aber viele Beweise habe ich noch nicht gesehen.« Sie sagte das mit harter Stimme und bewußt verletzend. Aber er war selbst mit vierzehn Manns genug, um herauszuhören, daß ihr Zorn und ihre Bitterkeit nichts mit ihm zu tun hatten, also ließ er sich nicht beleidigen.

Ein einfacher grauer Rock und ein weißer Unterrock fielen ihr um die Füße. Sie trat sie in die Richtung, in der schon Bluse und Mieder lagen, streckte sich auf dem Bett aus und stützte sich auf die Ellbogen. Sie hatte einen schönen Körper: hohe Brüste, eine schlanke Taille, wohlgeformte Hüften. Aber die meisten Grijalva-Frauen waren ihr gleichzusetzen oder gar schöner, es war nichts Besonderes an ihr. Den Kopf ein wenig schräg gelegt, brachte sie ihren schlanken Hals, ihren besten Zug, zur Geltung, und fragte: »Bist du dir wirklich so sicher?«

»Ich hab' es schon mein ganzes Leben lang gewußt.«

»Wenn du meinst.« Achselzuckend lehnte sie sich zurück. »Dann komm. Sie untersuchen die Laken jeden Morgen. In deinem Alter sollte man erwarten, daß du es zumindest zweimal in einer Nacht tust. Das soll angeblich das Beste für uns Mädchen sein.«

Während aus den umliegenden Fenstern die verschiedensten Geräusche der Leidenschaft drangen und im Flur draußen widerhallten, machte er sich unter absolutem Schweigen daran, sich zu beweisen.

Danach erhob er sich, ging zum Waschtisch und tauchte ein Handtuch ins Becken. Während sie sich den Schweiß abwischte, gab sie zu: »Du bist kein Anfänger. Aber du genießt es auch nicht sonderlich. Ich bin eigentlich nicht *so* häßlich.«

»Ich halte dich für sehr hübsch.« Er drehte sich auf die Seite, um sie anzusehen, den Kopf auf die Hand gestützt.

Ironisch lächelte sie ihm über die Schulter zu. »Ich gebe dir einen Rat, mein Freund. Ein Maler muß die Häßlichen ebenso wie die Schönen malen, also solltest du lernen, wie man schmeichelt – besonders den Frauen. Fang mit dem an, worauf sie stolz sind – mit einer gewissen Übung kann man das immer herausfinden. Dann wendest du dich dem zu, was sie für einen Makel halten – das wirst du auch bald wissen, wenn du klug bist –, und dann lügst du, was das Zeug hält.«

Er grinste über die Herausforderung. »Du hast einen wunderschönen Hals.«

Sie fuhr herum. »Woher weißt d...«

»Daraus, wie du den Kopf hältst, und diese kleine Goldkette ist gerade lang genug, um ihn zu betonen.« Er lachte. »Und was den ›Makel‹ angeht – da muß ich nicht lügen. Deine Brüste sind vollkommen.«

Erbost gab sie zurück: »Du hast ja schon viel Erfahrung mit Brüsten, oder?«

»Die der ersten waren wie überreife Melonen. Und die letzte hatte gar keine.«

»Nicht übel«, mußte sie zugeben. »Aber vergiß nicht, daß Vergleiche gefährlich sind, solange du nicht die Einzelheiten privater Rivalitäten genau kennst.« Nachdem sie das Handtuch ausgespült hatte, brachte sie es ihm. »Hier – das tut gut bei dieser Hitze.« Eine Stimme erklang den Flur entlang, ein männlicher Bariton, der zum Knabensopran brach. »Aber nicht so gut wie *das* da, denke ich. Cansalvio hat seinen Spaß. Ich erkenne das Kreischen.«

Er rieb sich über Brust und Unterarme. »Was für eine Tragödie, wenn *er* bestätigt würde! Ich habe mehr Talent im Daumen als er im ganzen Körper.«

»Matra Dolcha, das weißt du also auch ganz sicher? Woher nur?«

»Du wohnst nicht im Palasso.«

Sie runzelte die Stirn. »Nein, ich wohne mit meiner Mutter und meinem Stiefvater draußen in der Stadt. Was hat denn das mit ...«

»Wenn du hier wohnen würdest, hättest du schon von mir gehört.«

Sie riß die dunklen Augen spöttisch auf. »Es muß anstrengend sein, so ein Genie zu sein.«

Er errötete, aber aus Ärger, nicht aus Scham über seine Arroganz. Sie würde es schon noch erfahren – alle würden es erfahren –, wenn diese dumme Bestätigung ein Ende hatte und er sich den Rängen der Meistermaler zugesellte, den einzig wahren Grijalvas.

Sie warf das Handtuch auf den Boden, neben das Überlaken, das die Diener morgen zum Waschen bringen würden. Sie hockte sich ans Fußende des Betts, zog die Knie an die Brust und sagte: »Noch ein guter Rat. Halte soviel von dir, wie du willst – wer weiß, vielleicht hast du ja recht – aber zeig es den Fratos nicht. Sie sind eine neidische Bande. Wenn sie auf wahres Talent stoßen, sind sie gleichzeitig aufgeregt und wütend.«

»Das weiß ich«, gab er zu, »aber woher willst du das wissen?«

»Mein Bruder. Eigentlich mein Halbbruder. Wir sind beide Kinder der Bestätigung. Mutter war erst sechzehn, als sie Cabral bekam, und bei meiner Geburt war sie zwanzig. Danach hat sie Jonino geheiratet – ihm gehören die Kupferminen in Elleon – und uns mitgenommen. Ich habe mein ganzes Leben außerhalb des Palasso verbracht, und ich nehme an, sie hatten mich ganz vergessen. Aber mein Bruder ist zurückgekehrt, um sich ausbilden zu lassen. Er hat die Gabe nicht – ich habe hier irgendwo eine Nichte –, aber er ist trotzdem ein großer Künstler.«

»Da bin ich sicher«, sagte er höflich.

Sie ließ sich nicht narren. »Du glaubst, nur die Sterilen haben Talent? Jedenfalls dachte ich, daß sein Beitrag zur Familie eigentlich ausreichte, aber in diesem Jahr gab es wenig Mädchen, und jemand hat sich an mich erinnert, also bin ich hier – Pech gehabt.«

Er nickte, denn wieder wußte er, daß dies keine persönliche Beleidigung darstellen sollte. »Sie haben vier Mädchen gebraucht, aber nur drei gehabt. Trinias Mutter, Großmutter und Tante sind im Kindbett gestorben, also sollte sie nicht dazu eingesetzt werden. Filipias Linie hat seit drei Generationen keinen Mann mit der Gabe mehr hervorgebracht. Und Pollia ... sagen wir mal, sie malt mit einem Pinsel, den sie sich nur einbildet.«

»Man sieht, wie zartfühlend und taktvoll du sein kannst«, neckte sie.

»Tausend Dank«, erwiderte er im gleichen Tonfall, und plötzlich mochte er sie ganz gern. »Also bist du hergekommen, um deine Pflicht gegenüber der Familie zu erfüllen.«

»Das war ihre Idee, nicht meine.« Sie schüttelte den Kopf, und das dunkle Haar fiel ihr in einem dichten Mantel über die Schultern. »Wenn du deiner wirklich so sicher bist, dann bin ich noch einmal davongekommen. Ich will nur Kinder von dem Mann haben, den ich liebe und heiraten werde.«

Er zog in übertriebenem Entsetzen die Brauen hoch. »Sich verlieben, heiraten und *dann* Kinder kriegen? Ich hab' noch nie von einer Grijalva mit Kleinkrämer-Moral gehört.«

»Verhöhne mich nur«, meinte sie. »Mit vier von euch dummen kleinen Künstlern mußte ich ins Bett gehen, habe vier Monate meines Lebens verschwendet, indem ich mich entweder mit einem von euch gewälzt habe oder darauf wartete, daß es wieder angeordnet würde – und die ganze Zeit halten sie den Atem an, ob ich nicht vielleicht schwanger bin. Und wenn, dann hätte es noch fast ein Jahr gedauert bis zur Geburt!«

Er zuckte die Achseln. »So ist es mit Grijalva-Frauen nun mal.«

»Nicht mit *dieser* Grijalva«, gab sie grimmig zurück. »Wenn du meine Seite schon nicht verstehen kannst, dann denk an dich selbst. Du weißt, wer deine Mutter ist, aber dein Vater – die Fratos wissen es selbstverständlich, aber in Wirklichkeit könntest du ebensogut einer der echten Chi'patros sein. Was im Palasso selbst nichts zu bedeuten hat, aber warte, bis du draußen in der Welt bist. Sanctas und Sanctos werfen dir Seitenblicke zu, als hättest du lila Haut und fünf Augen.«

»Wen kümmern die schon?« schnaubte er.

»Uns nicht, aber der Rest der Welt gibt einiges auf sie. Sie ahmen diese Seitenblicke nach, damit jeder weiß, daß sie sich der Ablehnung anschließen, die die Ecclesia unserer widerwärtigen, unmoralischen, unnatürlichen Existenz entgegenbringt.«

»Ich verstehe schon, was du meinst. Aber Malern ist das gleichgültig. Wir sind zu wertvoll.«

»Hast du diesen Palasso eigentlich nie verlassen? Die Maler sind dem am meisten ausgesetzt! Du solltest dieser Tage einmal mit meinem Bruder Cabral reden – du könntest einc Menge von ihm lernen, selbst wenn er *nicht* zu eurer erlesenen Bruderschaft gehört.«

»Tue ich dir etwa leid?« Die Vorstellung amüsierte ihn.

»Ja«, erwiderte sie ganz offen. »Ihr alle. Cabral und ich hatten wenigstens eine Familie. *Eine* Mutter, *einen* Vater, ohne tausend Halbgeschwister und Vettern und Unmengen anderer Verwandter – von denen keiner auch nur das geringste auf dich gibt, solange sich nicht erweist, daß du die Gabe hast. Was hattest du denn außer einer Wiege in der Crechetta, während du dir mit anderen Babys die Milch einer fremden Frau geteilt hast? Und dann diese sogenannte Ausbildung«, fuhr sie fort, jeden Augenblick zorniger. »Kunst, Kunst, Kunst – und vergeßt alles andere. Was weißt du zum Beispiel von Naturwissenschaften?«

Ungerührt erwiderte er: »Genug, um Lösungsmittel mischen zu können, ohne daß etwas explodiert.«

»Das sollte kein Witz sein! Sie bringen euch gerade so eben genug bei, und keinen kümmert es, ob ihr es wirklich versteht oder nicht. Genug Geschichte, damit ihr keine Ausländer mit eurer Unkenntnis beleidigt. Genug Literatur, um ein paar Gedichte herunterleiern zu können, um die Adligen zu unterhalten, die euch Modell sitzen. Genug über Pferde, damit ihr nicht aus dem Sattel fallt – hör auf zu lachen! Siehst du denn nicht, daß du in einem Gefängnis lebst?«

»Entschuldige«, sagte er, denn er mochte sie trotz ihrer albernen Vorstellungen. »Ich mußte nur gerade an meine Reitstunden denken.«

»Ja, aber du hältst dich für einen der Glücklichen, wenigstens bildest du dir das ein. Du hast die Gabe – aber die Mutter möge jenen gnädig sein, die sie nicht haben! Ein ganzes Leben damit zu verbringen, schlechte Kopien von anderer Leute Meisterwerken zu malen ...«

»Das reicht jetzt«, sagte er. »Alles, was du sagst, stimmt, und nichts bringt mich dazu, auch nur im geringsten zu bedauern, was ich bin. Und ich werde dir sagen, wieso mir nie jemand Seitenblicke zuwerfen wird und ich nie im Raum der Kopisten hocken werde.« Er lächelte und genoß den Augenblick. »Ich bin Tazias Sohn.«

»Tazia!« Sie blinzelte und sagte dann mit vollkommen veränderter Stimme: »Arrigos Mätresse! Matra ei Filho!« Sein Stolz zerfiel unter ihrem Gelächter: scharf, höhnisch, kehlig in seinem Spott. »Du glaubst also wirklich, daß dein Ehrgeiz diese ghillasische Hochzeit überstehen wird?«

Getroffen von dieser Beleidigung Tazias sagte er: »Arrigo betet meine Mutter geradezu an. Er schickt sie vielleicht weg, um seine Frau zu beruhigen, bis sie ein paar Kinder hat. Aber Tazia wird wiederkehren. Und ich werde an ihrer Seite sein.«

»Etwa zwanzig Jahre alt, vollständig ausgebildet und bereit, daß Hofmaler Mequel dir die Pinsel übergibt?« Sie betrachtete ihn mit halb zusammengekniffenen Augen und sah jetzt alles andere als hübsch aus. »Was, wenn Arrigo statt dessen seine Frau zu lieben beginnt?«

Er zuckte die Achseln. »Lissina ist immer am Hof. Sie und die Großherzogin sind gute Freundinnen.«

»Wer könnte auch Lissina nicht gern haben? Sie ist ein Juwel, und das wissen alle.«

»Was nicht verhindert hat, daß alle schockiert waren, als Gizella ihre Tochter nach der ehemaligen Mätresse ihres Mannes benannte – und Lissina selbst zu einer von Lizias Patinnen machte.«

»Du glaubst also, daß eines Tages in Mechellas Kinderzimmer eine kleine Tazitia schreien wird?« Sie wartete auf eine Antwort. »Ja, ich weiß, sie sind wirklich sehr freundlich miteinander bei Hof. Aber das ist eine recht ungewöhnliche Regelung, und Gizella ist eine ungewöhnliche Frau. Ich habe sie einmal kennengelernt. Sie ist sehr freundlich, und sie mag Lissina wirklich. Was, wenn Prinzessin Mechella Tazia nicht leiden kann?«

Er schwieg; er hatte ohnehin schon zuviel gesagt. Was die Prinzessin mochte oder nicht, war vollkommen gleichgültig. Ehrlich gesagt fragte er sich, nachdem er ihr Porträt gesehen hatte, ob sie tatsächlich ein vollständig funktionierendes Hirn besaß und ihre Situation verstand. In ihren leeren blauen Augen fand sich keine Spur von Intelligenz, die der Tazias das Wasser hätte reichen können. Gut, sie war hübsch – wenn man diese ausgewaschenen Farben mochte – aber keine Bedrohung für Tazias lebhafte dunkle Grijalva-Schönheit.

»Die Zukunft«, sagte seine Gefährtin schließlich, »wird sicherlich faszinierend sein. Aber nun, werter Oberster Hofmaler, würde ich gern ein wenig schlafen, wenn es Euch nichts ausmacht.«

»Einverstanden.« Er verbarg, wie erleichtert er war, weil er sie nicht verletzen wollte. Wenn sie die Großherzogin kennengelernt hatte, könnte sie Beziehungen zum Hof haben, die sich vielleicht eines Tages als nützlich erweisen könnten. Außerdem war sie die erste, die ihn mit »Oberster Hofmaler« angesprochen hatte. Er würde sich daran erinnern – vielleicht würde er es eines Tages malen, als Erinnerungsstück für sie. Der Gedanke ließ ihn grinsen.

»Ich muß unbedingt schlafen«, sagte sie, »ich habe gestern abend noch lange studiert, und –« Sie hielt inne, als weiteres Stöhnen, Grunzen und Schreien anzeigte, daß ein paar Zimmer weiter die Pflicht erfüllt wurde. »– und ich bezweifle, daß diese Nacht sehr ruhig sein wird. Warum müssen einige Leute es so laut herausposaunen?«

»Trompeten wie der Herold des Großherzogs«, meinte er, und dann lachten sie beide.

Sie lag neben ihm, ohne ihn zu berühren. Die Brise war abgeklungen, und es war zu warm, um so dicht nebeneinander zu schlafen, besonders, wenn man sich gerade erst vor drei Stunden kennengelernt hatte.

»Was studierst du denn?« fragte er plötzlich und fragte sich, ob sie zu diesen Grijalva-Mädchen gehörte, die sich selbst für künstlerisch begabt hielten.

»Hmm? Ach – Pflanzen.«

»Für Heilmittel?«

»Nein. Parfum.«

»Ach ja?« Er beschloß, ihr wegen dieser langweiligen kleinen Beschäftigung zu schmeicheln. Sie könnte nützlich sein, sie war gut im Bett gewesen, und er mochte sie. Und dann war da noch ihr Bruder, Cabral. Man konnte nie genug Verbündete unter den Grijalvas haben, selbst wenn es solche ohne Gabe waren, wenn man Oberster Hofmaler werden wollte. »Das hört sich schwierig und kompliziert an.«

»Ich mische Düfte, so wie du Farben mischst. So habe ich auch die Großherzogin kennengelernt. Ich habe nur für sie einen bestimmten Duft entworfen.«

»Aus Rosen, wette ich. Es heißt, sie liebt sie.«

»Ich habe auf dieser Grundlage gearbeitet, ja. Immer nur weiße Rosen, sie will keine anderen. Dazu ein paar Gräser, Baldrian, ein paar andere Dinge.«

In seinem Malerhirn übersetzte er die Pflanzen in das, was sie symbolisierten: Ich Bin Deiner Wert; Unterwürfigkeit, Freundliche Neigung. Nach allem, was er je gehört hatte, paßte das zu Gizella.

»Du solltest ein Parfum für die Prinzessin machen«, sagte er plötzlich.

»Als Hochzeitsgeschenk? Das ist eine wunderbare Idee! Vielleicht möchte deine Mutter ja eines Tages auch etwas ganz Besonderes haben.«

Er ignorierte die Andeutung und sagte nur: »Ja, das könnte ihr gefallen«, und dachte, daß Tazia nicht Tazia wäre, würde sie nicht nach der Eleganz gelben Jasmins riechen, gemischt mit der Fröhlichkeit von Myrrhe und der süßen Versuchung von Äpfeln. Er drehte sich auf die Seite und tat so, als schliefe er ein. Aber dann fiel ihm ein – und er mußte wieder lächeln –, daß das Parfum der Prinzessin vor allem aus Mandelöl bestehen sollte, wegen ihrer Dummheit, einen Mann zu heiraten, der Tazia Grijalva gehörte: Nazha Coronna, der Mutter des nächsten Obersten Hofmalers.

3

Zu Dionisos nichtendenwollendem Erstaunen befahl ihm Prinzessin Mechella, sie in ihrem Hochzeitskleid zu malen – und neben ihr noch genug Platz für Arrigo zu lassen.

»Ihr werdet dieses Bild ohnehin malen müssen«, sagte sie, »und je eher es fertig ist, desto schneller kommen wir alle heim nach Meya Suerta.«

Es war erstaunlich genug, ihn so einfach zu sich zu befehlen (ihn, einen Meistermaler aus der Grijalva-Familie, man hätte auch sagen können, *den* Grijalvameister); sie hatte auch alle Einzelheiten bereits bedacht. Sie kannte jede symbolische Pflanze, die eingefügt werden sollte, sie wußte, wie sie stehen und Kopf und Hände halten wollte, wie der Hintergrund auszusehen hatte, selbst die Tageszeit. Offensichtlich hatte sie dies alles schon seit Jahren geplant. So zeigte sich einmal mehr der Stahl unter der harmlosen, rosenduftenden Oberfläche. Dioniso verbeugte sich ehrerbietig, verbarg ein Grinsen, wenn er an den Schock dachte, der Arrigo erwartete, und sagte sich, daß es in seinem nächsten Leben als Oberster Hofmaler mit Großherzogin Mechella sicher sehr interessant werden würde.

In ihrer schneeweißen Brautrobe war sie atemberaubend, vom Diamantendiadem bis zu den perlenbestickten Schuhen. Meilen dünner, luftiger, weißer Seide fielen von ihrer zierlichen Taille wie die Blütenblätter einer Rose, jedes einzelne davon in Spitze eingefaßt. Ein gestärkter Unterrock stützte das zarte Material. Das Mieder ahmte eine Rosenknospe nach: an der Taille noch übereinanderfliegende Stoffschichten bogen sich nach oben, um überraschend üppige Brüste zu umfassen, ehe sie sich zu den Schultern hin zu kurzen, perlengesäumten Ärmeln verbreiterten. Dort, wo sich die Blütenblätter über ihrem Brustbein teilten, waren die Initialien A und M in Gold eingestickt, eng miteinander verwoben.

Sie hatte auch das Kleid schon seit Jahren geplant.

Gewöhnt an jede Art von Luxus, Zeuge von drei Jahrhunderten aristokratischer Zurschaustellung in sechs verschiedenen Ländern, war er dennoch fasziniert vom Anblick dieser hochgewachsenen Prinzessin mit dem goldenen Haar in ihrem Hochzeitskleid. Als er sich vor ihr verbeugte, geschah dies mit jener echten Demut, die ein Künstler im Angesicht solcher Schönheit empfindet, wenn er das Privileg hat, sie auf die Leinwand bannen zu dürfen.

Die langen Stunden, die er für die ersten Skizzen und danach für die Einzelheiten brauchte, waren in jeder Hinsicht denen vorzuziehen, die er mit Prinzessin Permilla verbracht hatte.

Sie hatte sich als sehr unentschieden erwiesen, was ihre Position auf dem Gemälde anbetraf. Jeder ihrer Vorschläge war eine Katastrophe gewesen. In den Roben des Ordens von Ghillas, an einem offenen Fenster, hinter dem sich Gärten bis zum Horizont ausbreiteten, hatte sie wie eine Fremdenführerin ausgesehen. In den Gewändern einer Schirmherrin der Universität, in ihrem Salon, umgeben von Büchern, Heiligenbildern und drei lächerlichen kläffenden Hunden, wirkte sie wie eine Mischung aus gelehrter Sancta und Hundezüchterin. In ihrer eigenen Abwandlung der bunten ghillasischen Nationaltracht (sie hatte Leinen und Wolle durch Seide und Samt ersetzt) am Rand eines aufwendigen Brunnens sah sie aus wie eine vertrocknete Topfpflanze, die ein besorgter Gärtner zum Wässern abgestellt hatte.

Schließlich brauchte es auch seine letzten Reste an diplomatischen Fähigkeiten, sie zu überzeugen, daß kein Hintergrund ihrer überwältigenden Präsenz gerecht wurde, keine Pose ihre unwillkürliche Anmut einfangen konnte, kein symbolisches Kostüm ihren Intellekt angemessen symbolisierte. Er bat sie, ein einfaches weißes Kleid zu tragen, stellte sie vor eine weiße Gipswand und beschenkte sie mit einem kleinen Vermögen in Form sehr alter, sehr seltener blauer Tza'ab-Glasperlen. Die Ohrringe, die Halskette, die Haarnadeln und Armbänder waren eigentlich für Mechella bestimmt gewesen. Das sagte er der alten Ziege auch ganz offen und fügte hinzu, ungeachtet der Schwierigkeiten, die ihm das einbringen werde, er könne es als Künstler nicht ertragen, diese kleinen kristallinen Wunder an einer Frau zu sehen, der es an der Charaktertiefe fehlte, die er in Permillas Blick lese.

»Nur eine Frau wie Ihr ist dieses Schmuckes würdig«, schloß er. »Nichts anderes *verdient* es, mit abgebildet zu werden.«

Sie biß nicht nur an, sie schluckte den Köder samt dem Haken. Er brauchte nur eine halbe Stunde für die Skizze. Permilla kehrte – vor Selbstzufriedenheit schier berstend – in ihre Gemächer zurück.

Dann war es Zeit für den Kronprinzen.

Er hatte zwei Möglichkeiten: *Kronprinz mit Pferd* oder *Pferd mit Kronprinz.* Als der junge Enrei auf dem Hof mit dem größten Hengst auftauchte, den er je gesehen hatte, wußte er, auf was es hinauslaufen würde. Der junge Mann war begeistert von der Skizze und noch beeindruckter, als Dioniso ihm schon nach einer weiteren Viertelstunde das Modellstehen erließ, so daß er Zeit hatte, auf diesem monströsen Tier auszureiten. Während er ihm nachsah, überlegte Dioniso, daß es keine Frage war, *ob* er sich irgendwann den königlichen Hals brechen würde, sondern nur *wann.*

Schließlich blieb nur noch der König selbst, und da es noch kein förmliches Porträt von Enrei II. mit allen Attributen seiner Macht gab – im Jahr seiner Krönung war kein Maler in Aute-Ghillas gewesen –, erwies sich dieses Porträt als das einfachste von allen. König, Thron, Staatsrobe, Krone, Reichsapfel, Zepter; er hatte Unmengen dieser Herrscherbilder gemalt und hätte die Kobalt- und Krapptöne im Schlaf mischen können. Schon am Ende des Nachmittags signierte er am unteren Bildrand: *Dioniso Grijalva.*

Und Wunder über Wunder, Arrigo erschien am folgenden Morgen, mit nur fünfzehn Tagen Verspätung und gerade rechtzeitig, um sich in dem Wohlwollen, das Dionisos Arbeit ausgelöst hatte, angemessen sonnen zu können. Mechella wurde es selbstverständlich nicht gestattet, ihn zusammen mit dem Rest der Familie zu begrüßen. Ihre erste offizielle Begegnung als künftiges Ehepaar würde vor dem versammeltem Hofstaat am nächsten Morgen stattfinden. Aber als Dioniso einen späten Spaziergang machte, um die letzten Pinselstriche an der säuerlichen Ziege aus dem Kopf zu bekommen, wurde er Zeuge einer rührenden Szene im mondbeschienenen königlichen Garten.

Mechellas schimmerndes Haar war unverwechselbar. Ebenso die Goldschnüre an Arrigos Shagarra-Uniform. Die Prinzessin rannte auf ihn zu und hielt sich gerade noch davor zurück, sich ihm in die Arme zu werfen. Er blieb stehen und verbeugte sich. Sie wechselten ein paar ungeschickte Phrasen, die Dioniso nicht verstehen konnte. Dann gab es eine kurze, unsichere Pause – und Arrigo bot ihr seine Hand. Wie schüchterne junge Liebende wanderten sie davon und verschwanden hinter einer Hecke aus seinem Blickfeld.

So hatte Tazia sich das sicher nicht vorgestellt.

»Meister«, erklang eine zitternde Stimme hinter ihm, und er fuhr herum. Eine ältere Dienerin stand dort und rang im silbrigen Licht des abnehmenden Mondes die abgearbeiteten Hände. Mit dem Akzent des einfachen Volkes und ganz langsam – als glaubte sie nicht, daß ein Tira Virtiner wirklich das Ghillasisch des Königs verstand – sagte sie: »Meister, ich flehe Euch an – sagt mir, daß er gut zu ihr sein wird!«

»Aber selbstverständlich wird er das«, begann er.

Sie schüttelte den Kopf. »Nein! Sprecht nicht zu mir als einer, der einem Fürsten dient, sondern als ein Mann, der andere Männer kennt – und seine eigenen Verwandten. Wird die Grijalva ihn gehen lassen? Wird mein kleines

Mädchen eine Möglichkeit haben, ihn für sich zu gewinnen?«

Dioniso war gerührt von der Ergebenheit der Frau. »Ich glaube schon«, erwiderte er, und das entsprach, so weit er wußte, der Wahrheit. »Don Arrigo ist bereit zu heiraten und Söhne zu haben. Er kennt seine Pflichten, und sie ist eine entzückende Verkörperung derselben.« Mit einem Lächeln für die alte Frau endete er: »Seht sie doch nur an. Sie ist von seltener Schönheit, charmant, jung – und die Grijalva ist beinahe vierzig, alt genug, die Mutter Ihrer Hoheit zu sein.«

Das war offenbar nicht sonderlich tröstlich. »Paßt auf sie auf«, drängte die Frau. »Ihr habt sie mit seltenem Verständnis gemalt, Ihr müßt ihr in die Seele geblickt und von ihr berührt worden sein. Ratet ihr, helft ihr. Sie *ist* jung, im Vergleich mit Frauen wie Eurer Verwandter.«

»Ihr werdet doch sicher dort sein, um all dies selbst zu tun.«

»Nein.« Tränen liefen über ihre faltigen Wangen wie Tauwasser im Frühling durch die Bachbetten. »Man hat es mir verboten.«

»Die Zie… Prinzessin Permilla?« korrigierte er sich, und als sie bestätigend nickte, fuhr er ehrlich entsetzt fort: »Wird das arme Mädchen denn keinen seiner eigenen Leute mitnehmen dürfen?«

Es entsprach der Tradition, daß Bräute in ihrem eigenen Land heirateten und bis zur Grenze von einem Regiment ihrer eigenen Armee eskortiert wurden. An diesem Punkt übernahmen die Offiziere und Mannschaften ihrer Ehemänner den Schutz. Aber immer reiste die Braut mit ihren eigenen Zofen, Dienern und so weiter.

»Ich habe es noch nicht über mich gebracht, es ihr zu sagen. Man hat erklärt, daß sie in dem Augenblick, in dem sie ihn heiratet, Tira Virtinerin ist und sich mit – mit Fremden umgeben muß, die sie nicht kennen und nicht lieben, mit Höflingen, die nur an ihrem eigenen Aufstieg interessiert sind, mit Barbaren …«

»Wir sind in meinem Land nicht ganz so unzivilisiert«, bemerkte er trocken. »Aber beruhigt Euch, Mütterchen. Wenn sie allein ist, wird Don Arrigo noch zärtlicher darauf bedacht sein, sie zu beschützen. Es gibt nichts Besseres als ein hübsches Mädchen, das verwundbar ist, damit ein Mann sich stark und mächtig fühlt. Und bald wird sie wahre Freunde gefunden haben, darauf könnt Ihr zählen. Niemand könnte ihrem Charme und ihrer Unschuld lange widerstehen.«

Wieder rang sie die Hände. »Das ist wahr, das ist wahr«, sagte sie. »Aber versprecht, daß Ihr Euch um sie kümmert. Bitte, Meister, ich flehe Euch an, im Namen Eurer eigenen lieben Mutter, die Euch geliebt hat wie ich meine 'Chella.«

Er versuchte, sich an das Gesicht seiner Mutter zu erinnern. Unmöglich, und das war nach mehr als dreihundert Jahren auch keine Überraschung. Immerhin erinnerte er sich an ihren Namen – Felippia – und an einen vagen Duft nach Zitrustee. Das war alles.

»Seid unbesorgt«, wiederholte er. »Prinzessin Mechella ist alles, was Don Arrigo sich wünschen kann. Er ist nicht so dumm, die Vollkommenheit abzuweisen, wenn alles, auf das die meisten adligen Ehemänner hoffen können, eine möglichst kurze Liste der Makel sein kann.«

»Versprecht es mir!« verlangte die Dienerin wieder.

Er glaubte nicht, daß es schaden könnte zu versprechen, tatsächlich auf Mechella aufzupassen. Für jemanden in seiner derzeitigen Stellung war dies nur angemessen, und wenn er erst einmal wieder Oberster Hofmaler war … Er schickte die alte Frau wieder ins Haus, und selbst wenn sie denn nicht glücklich war, so hatte sie doch aufgehört zu weinen. Aber ihre Sorge hatten ihn neugierig genug gemacht, um noch eine Stunde umherzuwandern. Am Ende wurde er durch den Anblick Arrigos belohnt, der Mechella im Arm hielt, und sie hatte ihm das Gesicht hingerissen zugewandt, um seinen Kuß entgegenzunehmen.

Fehle ich ihnen? Fragen sie sich, wo ich hingegangen bin? Meine Freunde, meine Familie, die Moualimos – Alejandro? Was denkt er wohl? Daß ich weggelaufen bin, ihn verlassen, ihn verraten habe – nein, das würde er niemals glauben – aber Sario könnte ihn dazu bringen –, Matra ei Filho, ich könnte es nicht ertragen, wenn Alejandro mich für eine Schwindlerin hielte!

Wenn ich wieder frei bin, werde ich es ihm sagen – aber erst, wenn ich mit Sario fertig bin, der behauptet, mich zu lieben, und mir doch so Schreckliches angetan hat – und meinem Kind – armes Kind, armes Kleines –

Dein Papa wartet auf uns, mein Herz, mein Liebling, er wartet draußen in der Welt auf uns …

Ebenso wie Sario …

»Und jetzt bist du also bestätigt! Ich bin so stolz auf dich, Rafeyo!«

Tazia umarmte ihren Sohn nicht; er konnte sich nicht daran erinnern, daß sie dies jemals getan hätte, und wenn sie jetzt damit angefangen hätte, hätte ihn das vermutlich nur vor Schreck erstarren lassen. Aber sie schenkte ihm ihr Lachen und ihren Beifall, und er sonnte sich errötend in ihrem Lob.

»*Du* wirst die Grijalva-Magie lernen – und die anderen werden Väter«, fuhr sie fort und goß den Wein ein, den Arrigo ihr aus Ghillas geschickt hatte. Sie reichte Rafeyo ein Glas und sagte: »Den wirst du vielleicht ein wenig trocken finden, aber es wird Zeit, daß du deinen Geschmack auch anderweitig bildest.«

Er grinste und fuhr an der Kristallflöte entlang, um die Temperatur zu überprüfen. »Ist er denn kalt genug? Ich bin gerade erst angekommen.«

»Mein Lieber, glaubst du denn, ich hätte die Tage nicht gezählt, bis das letzte Mädchen ihre Blutungen bekam? Dieser Wein lag seit gestern abend auf Eis.«

»Du hast wirklich nie an mir gezweifelt.«

»Und nun wird auch kein anderer mehr zweifeln.« Sie trank ihm zu. »Auf deine Gesundheit!«

»Sihirro ei Sanguo«, erwiderte er, und sie tranken.

»›Magie und Blut‹?« fragte sie und zog eine Braue hoch.

»So trinken die Meistermaler einander zu. Ich habe es gestern abend zum erstenmal gehört.« Bedauernd rieb er sich den Nacken. »Ich habe es ziemlich *oft* gehört. Alle Meister haben sich versammelt, um mich willkommen zu heißen, und alle haben mir zugetrunken, entsprechend ihrem Rang, also ...«

»Du mußt ganze Fässer leergetrunken haben! Ich bin überrascht, daß du heute früh schon wieder laufen kannst. Ach ja, die Jugend erholt sich schnell. Und nun sag mir, Rafeyo«, sie beugte sich vor, »wann wird es beginnen? Wann ist es zu Ende?«

»Ich werde bei ...« Er hielt inne. »Tazia, verzeih, aber ist es wirklich sicher, hier darüber zu sprechen?«

Sie sah sich in dem kleinen, fensterlosen Zimmer um. »Ich habe diese Kammer vor Monaten von oben bis unten renovieren lassen, damit wir einen sicheren Ort haben, an dem wir sprechen können. Ich habe schon viel länger an dich geglaubt, als es brauchte, den Wein zu kühlen.«

Er riß die dunklen Augen auf – die Augen seines Vaters, mit dichten, langen Wimpern; es war seltsam, je älter er wurde, desto weniger von sich selbst und um so mehr von Renallo erkannte sie in ihrem Sohn, aber jetzt wurde er ein Mann, und vielleicht war das zu erwarten gewesen. Aber wem immer der Junge körperlich ähnlich sehen mochte, Tazia wußte, daß sein Herz ihr gehörte. Und das bewies er, indem er ihr ein strahlendes Lächeln schenkte. *Ihr* Lächeln, sagte sie sich stolz, ihr Anteil an der Gabe, die ihn zum Meistermaler gemacht hatte.

»Du hast das alles für mich getan? Für uns? Tausend Dank, Mama!«

Sie hätte an ihren Fingern abzählen können, wie oft er sie so genannt hatte. Und plötzlich wußte sie, daß sie so etwas ermutigen mußte. Das heilige Band zwischen Mutter und Sohn, das heiligste in ihrem Glauben, wiederholte sich in ihr und Rafeyo. Sie schenkte ihm ihr warmherzigstes Lächeln, eines, das sie wieder und wieder vor dem Spiegel geübt hatte, in den Wochen, bevor sie Arrigo vorgestellt wurde, und Rafeyo erwiderte es entzückt. Ein Vierzehnjähriger konnte ihr nicht mehr standhalten, als es der Achtzehnjährige damals gekonnt hatte.

»Nur du konntest an so etwas denken«, sagte er und ließ den Blick durch das Zimmer wandern. Es war eine jener engen, unbequemen Kammern, wie sie sich in den älteren Häusern von Meya Suerta fanden und meist benutzt wurden, um Wein und Essen dort aufzubewahren. Aus diesem Raum hatte man die Schränke und Regale entfernt, was seine Größe fast verdoppelt hatte. Lüftungsschlitze waren in die Decke gebrochen worden, die sich bis zur anderen Seite des Hauses durchzogen, damit Lauscher sie nicht benutzen konnten. Schwere brokatene Wandbehänge und ein dicker Teppich sorgten dafür, daß kein Laut nach draußen drang. Die Möblierung war karg, aber gut: ein Sofa und ein Sessel in saphirblauer Seide, ein geschnitzter Holztisch mit einer grünen Marmorplatte, in einer Ecke ein großer silberner Kerzenständer. Die Tür hatte ein doppeltes Schloß.

Nunmehr sicher, daß ihnen niemand zuhörte, berichtete Rafeyo ihr über die Einzelheiten seines Lebens in den kommenden fünf Jahren. Er würde Monate mit den Meistern zubringen, die sich auf Wasserfarben, Tusche, Bleistift, Kreide oder Kohle spezialisiert hatten. Gleichzeitig würde er von anderen lernen, wie man Papier, Pergament, Seide, Leinen, Gips und Holz vorbereitete und benutzte, und erst danach würde man ihn unterrichten, mit Öl auf Leinwand zu malen, und erst dann würden ihn die wahrhaft Großen ihres Faches lehren.

»Weißt du, wie sie genannt werden?« fragte er und hüpfte vor Aufregung beinahe in seinem Sessel auf und ab. »Aguo, Seminno und Sanguo!«

»Die Begriffe hat jeder schon gehört«, erinnerte sie ihn. »Ich muß allerdings sagen, daß sie mir immer schon ziemlich bizarr vorkamen.«

»Du verstehst nicht! Aguo steht für Tränen, Speichel und Schweiß. Seminno ist ...«

»Samen«, unterbrach sie. »Und?«

»Daher kommt die Magie, Tazia! Sie mischen die Farben damit, und mit Blut, und weil es alles Teile vom Körper des Malers sind und die Meistermaler die Gabe haben und die richtigen Worte und Sätze und die besondere geistige Disziplin kennen«, er hielt inne und holte tief Luft, »fließt Magie in die Gemälde.«

Verblüfft lehnte sie sich zurück. Selbstverständlich hatte es immer Gerüchte gegeben, vor allem im Palasso, denn alle fürchteten die Macht der Grijalvas zu sehr, um offen von Magie zu sprechen. Selbst die von der Ecclesia hielten den Mund, obwohl ihre Blicke Bände sprachen. Aber Tazia, die ihren Ehrgeiz auf den einzigen Weg konzentriert hatte, der einer Grijalva offenstand, hatte bisher alles ignoriert, was mit dem Malen zu tun hatte.

Bis jetzt, als ihr Sohn, der Meistermaler, es ihr erklärte.

»Öl muß das Mächtigste sein, wenn sie es einem zuletzt beibringen. Denk nur – Farben, gemischt mit dem Blut des Malers, auf einer Leinwand, die mit seinem Schweiß und den Tränen und Worten der Macht vorbereitet wurde ...«

»Weißt du das auch ganz genau, Rafeyo?« fragte sie beharrlich. »Oder spekulierst du nur?«

»Ich weiß es so genau, wie ich immer gewußt habe, daß ich die Gabe habe«, erwiderte er ernst. »Ein bißchen davon habe ich schon in diesem Frühjahr erfahren. Ich konnte wegen der Bestätigung nicht mehr vorbeikommen und es dir sagen. Weißt du noch, wie im vergangenen Jahr der Neffe von Baron do'Brendizia im Gefängnis starb, bevor ihm der Prozeß gemacht werden konnte?«

Sie nickte. »Er hat sich umgebracht, um der Familie diese Schande zu ersparen.«

»Es war kein Selbstmord. Ein Grijalva hat ihn umgebracht. Vielleicht war es der Oberste Hofmaler Mequel selbst.«

Unwillkürlich sah sie sich im Zimmer um, wie es Rafeyo vor einer Weile selbst getan hatte. Schweres Holz und dicker Brokat beruhigten sie. »Weiter.«

»Brendizia war angeblich verhaftet worden, weil er betrunken gewesen war und Unruhe gestiftet hatte. Aber das war nur eine Ausrede. Wieviele Höflinge enden schon im Gefängnis, weil sie in der Taverne Lärm machen? Er hatte versucht, die Corteis zu versammeln.«

»Ich habe ein Gerücht gehört«, sagte Tazia, was Rafeyo erstaunte, genau, wie sie es geplant hatte. Tatsächlich hatte sie nichts gehört, aber sie hatte nicht vor, das ihrem Sohn gegenüber zuzugeben, und der Schrecken über das, was sie nun wußte, ließ ihr das Herz bis zum Hals schlagen. Sie mußte mehr darauf achten, was an Gerüchten umging, sonst würde sie Arrigo nicht nützen können. Sie mußte mehr von diesen langweiligen alten Kühen zum Tee einladen und ihre Kontakte mit dem Adel pflegen – und dazu mußte sie sehr bald den Adligen heiraten, den sie sich ausgesucht hatte.

»Nun«, meinte Rafeyo, »jemand hat herausgefunden, was er vorhatte. Es gab Beweise gegen ihn. Nachdem man ihn verhaftet hat, haben sie seine Zimmer in der Stadt durchsucht und Papiere gefunden, Briefe, alles, was für einen Prozeß notwendig gewesen wäre.«

»Namen anderer Verschwörer?«

»Nein, leider nicht. Er war nicht sonderlich klug, aber auch nicht *so* dumm. Sie hätten ihn allerdings foltern können.«

»Einen Adligen?« keuchte sie. »Einen Brendizia?«

Er zuckte die Achseln. »Ein Verräter ist ein Verräter. Jedenfalls hätten sie ihn verurteilen können und ihn eine Weile einsperren, aber er hätte den Prozeß sicher zu seinen Zwecken benutzt und gegen Großherzog Cossimio gehetzt und nach Freiheit und Versammlungsgesetzen gerufen und so weiter.«

»Der Baron wäre vor Scham gestorben«, erklärte Tazia mit einer Sicherheit, die sich auf eine zehnjährige Bekanntschaft mit jenem reizbaren Adligen gründete. »Wenn er nicht vorher vor Wut geplatzt wäre«, fügte sie nachdenklich hinzu. »Was für ein Skandal. Ein Brendizia! Sicher hätten sie diesen dummen Jungen hinrichten müssen.«

»In aller Stille. Und es benutzt, um jeden zu warnen, der dieselben Ideen hegt«, schloß Rafeyo nickend.

»Ja, aber wie?«

»Jemand hat ihn totgemalt.«

Diesmal sackte Tazia tatsächlich in die Sofakissen, zu erschrocken, um noch Worte zu finden.

»So etwas ist möglich«, erklärte ihr Sohn ihr. »Man fand, daß er eines natürlichen Todes gestorben ist, aber in Wahrheit war es eine Hinrichtung. Ich weiß noch nicht, wie es genau gemacht wird, aber ich bin sicher, daß dies der Grund war.« Er sah sie an, mit blitzenden Augen. »Verstehst du, was das bedeutet, Tazia? Verstehst du, was *wir* damit anfangen könnten?«

Innerlich wich sie vor dem fiebrigen Glanz seiner Augen zurück; nach außen nickte sie nur, aber weil er ihr Sohn war, obwohl sie ihn nicht großgezogen hatte, reagierte etwas in ihm auf das, was sie nicht hatte enthüllen wollen. Er trank sein Glas hastig leer und sprach rasch weiter.

»Ich will ja niemanden wirklich *tot*malen, aber es gibt sicher Dinge, die wir erreichen könnten, Zauber, die sie denken lassen, was wir wollen oder so ...«

»Ja, selbstverständlich«, erwiderte sie beinahe mechanisch.

»Verstehst du denn nicht? Diese jämmerliche Prinzessin von Arrigo hätte keine Chance gegen dich, Mama.«

Das Wort löste etwas in ihr aus, setzte ihr Hirn wieder in Gang. Das war kein Mutterinstinkt, nein, aber als er sie als

Mutter angesprochen hatte, hatte er ihr deutlich gemacht, daß sie untrennbar miteinander verbunden waren. »Rafeyo! Versprich mir, versprich mir, daß du *nichts* unternimmst, bis du einer der Viehos Fratos bist!«

Auf seinem jungen Gesicht spiegelte sich so etwas wie Enttäuschung – er kam sich verraten vor. »Aber das wird noch so lange dauern!«

»Du kannst warten. Rafeyo! Gehorche mir in dieser Sache! Du mußt alles wissen, soviel wie möglich über diese Grijalva-Magie erfahren, bevor du sie zu unserem Vorteil nutzen kannst. Was, wenn man dich erwischen würde? Oder noch schlimmer, was, wenn du dir selbst mit einer Magie schaden würdest, die du nicht vollkommen verstehst? Ich könnte es nicht ertragen, wenn dir etwas geschieht. Du *wirst* eines Tages Oberster Hofmaler sein, Rafeyo, sei nicht ungeduldig, sorge nicht dafür, daß sie dich im Palasso für einen Neosso Irrado halten. Mit der Zeit wirst du alles erreichen, was du willst, das schwöre ich dir.«

Er biß sich auf die Lippe, kein ehrgeiziger junger Mann mehr, der sich nach Macht sehnt, sondern ein Junge, dem es nur auf die Liebe seiner Mutter ankommt. »Du glaubst wirklich so sehr an mich?« fragte er leise, beinahe schüchtern.

Sie fühlte sich ausgesprochen unbehaglich, so, wie sie sich damals gefühlt hatte, nachdem Arrigo ihr dieses Haus geschenkt und Zara Rafeyo hergebracht hatte und der Kleine auf wackligen Beinen auf sie zugerannt war und »Mama!« gerufen hatte. Nach einer ungelenken Umarmung hatte sie ihn mit einer Dienerin in die Küche geschickt – und ihre Mutter angewiesen, sie in Zukunft mit solchen Zurschaustellungen zu verschonen.

Jetzt streckte sie die Hand aus und berührte sein Handgelenk. »Ich habe *immer* an dich gedacht.« Sie strich über seine Finger, streichelte sie leicht. »Als du geboren wurdest, habe ich mir diese Hände angesehen – sie waren so winzig damals, so zerbrechlich, aber die Finger waren schon so lang und schön! – und ich *wußte*, daß ich einen Obersten Hofmaler zur Welt gebracht hatte, größer als Mequel oder Sario oder selbst Riobaro!«

»Das hast du!« erwiderte er eindringlich. »Das wissen wir beide. Ich werde dafür sorgen, daß du auf mich total stolz sein kannst.«

»Das bin ich schon. Aber du mußt es mir versprechen, Rafeyo. Unternimm nichts, bevor du nicht ganz genau weißt, um was es geht.«

»Ich verspreche es dir.«

Nachdem er gegangen war, blieb sie noch einige Zeit sitzen, die Augen geschlossen, in ihrem sicheren, aber erdrückenden kleinen Zimmer. *Ich muß eine Möglichkeit finden, hier ein wenig Luft hereinzubekommen; im Sommer wird es schrecklich sein.* Sie sagte sich, daß sie frische Luft brauchte, verschloß die Tür hinter sich und ging nach oben in ihr Schlafzimmer und gab auf dem Weg Anweisung, man möge ihr noch eine Flasche Wein bringen.

Während sie darauf wartete, zog sie sich aus, ging auf und ab und dachte an die andere Nachricht, die sie an diesem Morgen erhalten hatte: Mechellas erster Auftritt in Meya Suerta würde sich verspäten. Der Brauch verlangte es, daß ein do'Verrada seine Braut abholte, nach Hause brachte und sie der Stadt vorstellte und dann nach Norden reiste, in die Burg von Caterrine, wohin sich die beiden einige Zeit zurückzogen, bis die junge Frau schwanger war. Aber Arrigo hatte sich bei seinen Eltern durch Meister Dioniso entschuldigen lassen und das Mädchen direkt nach Caterrine gebracht. Der offizielle Klatsch verkündete, er habe ihr die sommerliche Hitze und den Gestank der Hauptstadt ersparen wollen. Die inoffizielle Version – immer viel verläßlicher – behauptete, daß er seine Kindsbraut so lange wie möglich für sich behalten wollte und in der Tat kaum die Finger von ihr lassen konnte.

»Diese jämmerliche Prinzessin von Arrigo hätte keine Chance gegen dich …«

Tazia schlüpfte in ein weißes Seidennachthemd und band den Gürtel locker um die Taille. Eine Dienerin brachte den Wein und wurde wieder entlassen. Tazia streckte sich auf der Couch vor den mit Jalousien versehenen Fenstern aus, trank den Wein, den Arrigo geschickt hatte, und fragte sich, wen von ihren Grijalva-Vettern sie dazu bewegen konnte, Dioniso unbemerkt auszuhorchen. Vielleicht auch eine ihrer Schwestern, obwohl sie einander seit ihrer Kinderzeit nicht hatten ausstehen können. Aber sie mußte herausfinden, ob Arrigo sich wirklich in das Mädchen verliebt hatte.

Nun, man erwartete von ihr, daß sie das ebenso wollte wie alle anderen, oder? Eine glückliche Ehe für ihn, ein vorteilhaftes Bündnis, Cossimio und Gizella zufrieden, die Menschen im Land froh, die Händler voller Aussichten auf Reichtum, die Grijalvas fest in Aute-Ghillas etabliert, viele kleine do'Verradas im herzoglichen Kinderzimmer, die Thronfolge geregelt. Es war ihre patriotische Pflicht, sich zu wünschen, daß Arrigo seine neue Frau liebte.

Seine blonde, hübsche, unschuldige, liebende, *zweiundzwanzigjährige* Frau …

Sie lag dort in der kühlen Brise hoch oberhalb der Straße im beliebtesten Viertel Meya Suertas, trank Wein und dachte an den do'Brendizia-Neffen, totgemalt in seiner Gefängniszelle.

4

Arrigo brachte seine Braut erst im Herbst nach Meya Suerta. Die Wochen dazwischen wurden für Tazia von Besuchern unterbrochen, wenn auch nicht von so vielen wie in ihren Jahren als offizieller Mätresse.

Es gab drei Arten von Besuchern. Erstens solche, die dafür sorgten, daß sie die neuesten Nachrichten aus dem

Liebesnest in Caterrine erfuhr. Einige hinterbrachten ihr den Klatsch, um ihr zwölf Jahre der Überlegenheit heimzuzahlen. Andere kamen aus Neugier auf ihre Reaktion. Ein paar Unschuldige, die annahmen, ihre Zuneigung zu Arrigo sei so großzügig wie die Lissinas für seinen Vater Cossimio, nahmen an, sie wolle wissen, wie glücklich ihr ehemaliger Geliebter war. Die Klatschsüchtigen, die auf Rache Bedachten und die Neugierigen kamen voller Erwartungen und gingen enttäuscht wieder weg. Die Unschuldigen jedoch bekamen, was sie erwarteten: Sie war voller Lächeln und guter Worte für Arrigo und die Freude, die er offenbar gefunden hatte.

Die zweite Gruppe waren Bewunderer, die glaubten, nun, da Arrigo endlich verheiratet war, sie nun wieder für sich zu haben – und sie wollten ihren Zauber persönlich genießen, sei es ganz für sich allein, oder um später damit anzugeben. Diese verließen ihr Haus ebenfalls enttäuscht, nicht, weil Tazia sie offen abgelehnt hätte, sondern weil sie bei ihr auf einen beinahe ständigen Besucher stießen, der eine Kategorie für sich darstellte: Graf Garlo do'Alva.

Er kam als Freier, und zwei Tage vor der öffentlichen Ankündigung, daß Arrigo und Mechella an Providenssia nach Hause kommen würden, heirateten Garlo und Tazia in aller Stille.

Er war ein hochgewachsener, sympathischer Mann, mit siebenundvierzig in den besten Jahren, kräftig gebaut und von untadeligem Benehmen. Sein schwarzes Haar war schon stark von Silber durchzogen und bildete einen verblüffenden Kontrast zu seiner dunklen Haut – die, wie es hieß, mehr als nur ein paar Tropfen Tza'ab-Blut zu verdanken war. Er hatte ein halbes Leben zuvor die reiche Erbin Ela do'Shaarria geheiratet, drei Kinder mit ihr gehabt und sie im Jahr 1620 begraben. Da er weder Erben noch Geld brauchte, suchte er bei seiner zweiten Frau vor allem nach Schönheit, Bildung, Vertrautheit und Einfluß in Sachen höfischer Politik – und sexueller Gewandtheit. Kurz, nach allem, was er in seiner ersten Ehe nicht gefunden hatte. Bei Tazia Grijalva fand er all dies und noch mehr.

Die frisch Vermählten reisten rechtzeitig zu Providenssia nach Norden, in das väterliche Castello do'Alvas. Sie verpaßten Don Arrigo und Doña Mechella nur um Stunden. Ob Garlo geplant hatte, seiner Braut den Anblick ihrer Nachfolgerin zu ersparen, oder ob Tazia vorgehabt hatte, Arrigos Braut nicht unter die Augen zu kommen – alle waren der Ansicht, dies sei eine gelungene Lösung.

Obwohl auch alle glaubten, daß Arrigo selbst es nicht einmal bemerkt hätte, wenn Tazia nackt auf der Straße erschienen wäre.

Arrigo selbst hatte seinen Zeitplan ebenfalls gut gewählt. Er führte seine Braut am ersten Tag von Providenssia vor, inmitten der Erntefeiern. Mit gutem Sinn für Dramatik und der Erlaubnis der Premia Sancta schmuggelte er seine Frau durch ein Seitentor in die Kathedrale Imagos Brillantes, kurz vor dem offiziellen Erscheinen seiner Eltern. Mechella vollzog so ihren ersten Auftritt auf Tira Virtischer Erde gegenüber der Verkörperung der Mutter als Spenderin des Getreides und des Sohnes als Traubenstampfer: Großherzogin Gizella in glitzerndem reifem Gold und Großherzog Cossimio in glänzendem Weinrot mit dem dunkel blitzenden Rubinring seiner Vorfahren am Finger. Stellte das ältere Paar solcherart die herbstliche Üppigkeit dar, waren Arrigo und Mechella das Versprechen des nächsten Frühlings, in lebhaftem do'Verrada-Blau, bestickt mit Weinblättern (er) und frischem Weizen (sie).

Jene, die das Glück hatten, Zeugen dieser Szene zu werden, waren begeistert. Selbst die übertriebensten Berichte über Mechellas Schönheit hatten sich noch als zu zurückhaltend erwiesen, und in einer Gesellschaft, die der Kunst huldigte, wurde sie als lebendiges Meisterwerk betrachtet. Der Chordirigent, dankbar für die rechtzeitige Vorwarnung durch die Premia Sancta, gab seinen hundert Knaben das Zeichen, »Gesegnet von Deinem Lächeln« anzustimmen, eine Dankeshymne, die besser zum Thema der Hochzeit paßte als das eigentlich jahreszeitlich angemessenere »Deine Gabe von Goldenem Korn«. Der Refrain hallte von den Deckengewölben wider, und die versammelte Menge fiel in den Gesang ein, was schließlich die gesamte Stadt mit Musik erfüllte.

Nach der Feier schritten beide Paare durch das Kirchenschiff und traten auf den Balkon hinaus. Auf dem Zocalo Grando drängten sich die Menschen, einige waren sogar auf die Statue von Don Alesso do'Verrada oben auf dem großen Brunnen geklettert. Seine Nachkommen und ihre Frauen lächelten und winkten, bedankten sich für den Beifall und den Gesang, dann prosteten sie einander und den Bürgern mit Wein zu, während Diener im Verrada-Blau und Novizen in braunen Kutten kleine Brote verteilten, die aus dem ersten Getreide dieses Jahres gebacken waren.

Zu Fuß ging es dann zurück in den Palasso Verrada. Die Straße wurde – auf Cossimios Befehl hin so sanft wie möglich – vom Shagarra-Regiment geräumt. Girlanden und Kaskaden von Blättern waren überall: sie hingen von Laternenpfählen, von Erkern, von Simsen und Ladenschildern und außerdem um den Hals eines jeden auf den Straßen. Jene, die nahe genug an Mechella herankamen, staunten über ihre seltene, helle, nordische Schönheit, aber es fiel ihnen auch auf, daß sie zwar lächelte und sich aufgeregt umsah, aber auch ein wenig bleich wirkte und sich fest an Arrigos Arm klammerte.

Alle waren der Ansicht, sie müsse schwanger sein. Und dies erwies sich als wahr, obwohl die offizielle Ankündigung erst am Abend erfolgte, als die Fackeln entzündet wurden und eine zweite, lebhaftere Prozession durch die Straßen zog, singend und tanzend und beschwingt von tausend Flaschen vom Wein des letzten Jahres.

Arrigo hatte es als erstes seinen Eltern gesagt, wie es angemessen war. Mechella errötete, als er, sobald die vier in den großherzoglichen Gemächern allein waren, verkündete: »Papa, Mama, ich möchte euch Mechella vorstellen – die Mutter eures Enkels.«

»So bald schon?« Cossimio lachte herzlich. »Schnelle Arbeit, mein Junge.«

»So sind die Männer.« Gizella schüttelte den Kopf und trat vor, um das Mädchen zu umarmen. »Sie glauben, daß sie die ganze Arbeit geleistet haben, obwohl sie doch nur ein paar Minuten daran beteiligt sind.«

Der Großherzog lachte wiederum, diesmal so laut, daß es fast die Dachbalken zum Zittern brachte. »'Zella! Arrigo ist ein starker junger Mann – es hat mindestens eine halbe Stunde gedauert! Und ich weiß, daß du kaum aus eigener Erfahrung sprechen kannst!«

»Ich wäre froh, wenn du dich ein wenig anständiger ausdrücken könntest.« Und zu Mechella gewandt, die inzwischen dunkelrot geworden war, fügte sie hinzu: »Männer! Nun, meine Liebe, ich werde dich nicht lange von deiner wohlverdienten Ruhe abhalten.« Sie ließen sich auf dem samtüberzogenen Sofa nieder, und Gizella ergriff Mechellas Hände. »Arrigo muß verrückt sein, dich all diesen Menschen zu präsentieren, die dich bloß anstarren wollten. Du mußt dich halb zu Tode gefürchtet haben.«

»Überhaupt nicht, Euer Gnaden«, erwiderte Mechella tapfer, aber nicht so recht überzeugend. »Ich war froh, sie zu sehen, und habe mich gefreut, daß sie mich sehen wollten. Ich hoffe, daß sie mich mögen werden.«

»Ganz bestimmt«, sagte Cossimio, »darüber solltest du dir deinen hübschen Kopf nicht zerbrechen.« Er warf sich in einen Sessel und knöpfte seine schwere rote Weste auf. »Matra ei Filho, diese Hitze! Arrigo, laß kalte Getränke bringen.« Als sein Sohn zum Klingelzug ging, fuhr er fort: »Sei nur ganz natürlich, mein Kätzchen, und sie werden dir zu Füßen liegen. Sie wollen nicht mehr als ein Lächeln und ein bißchen Freundlichkeit – 'Zella kann dir alles darüber sagen, was eine Großherzogin tun muß, denn sie tut es vollendet.«

Mechella, die in ihrem Leben nie »Kätzchen« genannt worden war, lächelte den Vater ihres Mannes an. Zu ihrer Überraschung kniff er die Augen ein wenig zusammen und betrachtete sie forschend und eindringlich.

»Ich muß sagen«, verkündete er schließlich, »was das Lächeln angeht, fehlt es dir an nichts. Dein Porträt wird dir kein bißchen gerecht – Mequel wird nicht begeistert sein, wenn ich ihm das sage.« Das verursachte einen neuen Lachanfall, nachdem er Arrigo mit demselben forschenden, abschätzenden Blick bedacht hatte. »Hast du einen Grijalva in Aute-Ghillas zurückgelassen?«

»Meister Dioniso, der noch ein paar Porträts vollenden wollte. Er wird bald zurück sein, glaube ich.« Er wurde vom Eintritt eines Dieners unterbrochen, der ein Tablett voller eisgekühlter Getränke und Gebäck brachte. Als die Familie wieder unter sich war und Gizella sich mit dem Einschenken und Verteilen beschäftigte, fuhr er fort: »Ich glaube, Candalio wäre dort in einer Dauerstellung angemessen. Er ist etwa in meinem Alter und sehr fähig.«

»Wer? Ach, hat er nicht die *Schenkung* in diesem Frühjahr gemalt, als wir Caza Reccolto an …«

»Möchtest du Mandel- oder Nußkuchen, Mechella?« fragte die Großherzogin.

»Ich habe Mandeln am liebsten«, erwiderte sie. »Grassia – nein, das ist nicht die richtige Art, ›danke‹ zu sagen, oder?«

»Das wirst du sehr schnell lernen«, meinte Gizella. »Unser ›grazzo‹ dient gleichzeitig dazu, Dank und Bitte auszusprechen – wahrscheinlich, weil wir so schnell und so viel reden, daß wir mit einem Wort mit dieser Bedeutung besser dran sind.«

Mechella lachte. »Die meisten Tira Virtiner sprechen wirklich sehr schnell, wie Feuerwerk. Und mir ist aufgefallen, daß man hier Silben wegläßt – oder sie werden in Ghillas hinzugefügt, ich weiß es nicht genau. Weißt du es, Arrigo?«

»Wahrscheinlich von beidem ein bißchen, 'Chella«, antwortete er lächelnd.

»'Chella! Was für eine entzückende Abkürzung!« sagte die Großherzogin. »Ich habe mich schon gefragt, wie ich dich nennen soll.«

»Meine Mutter hat mich so genannt.«

»Du hast sie vor so langer Zeit verloren, ich weiß, und das ist sehr traurig. Aber ich hoffe, du gestattest mir, daß ich dir gegenüber ein bißchen mütterlich bin, 'Chella. Ich habe immer viele Töchter haben wollen, aber nur eine bekommen.«

»Eine hat auch genügt«, bemerkte Cossimio. »Seit den Tagen von Benecitta gab es keine do'Verrada mehr, die eine Sechs-Fuß-Persönlichkeit in einem Fünf-Fuß-Körper hatte.«

»Von Benecitta habe ich dir erzählt«, sagte Arrigo zu seiner Frau. »Der große Familienskandal. Ich werde dir morgen ihr Bild in der Galerria zeigen.«

»Die meisten do'Verrada-Frauen sind ziemlich klein«, erklärte Gizella weiter. »Unsere Lizia ist kaum größer als fünf Fuß, und Cossis Tante war sogar noch kleiner. Ich weiß nicht, woran es liegt, denn die Männer sind recht groß. Du wirst viele Frauen hier überragen, Liebste, und ich hoffe, deine Töchter werden dir nachschlagen.«

»Es könnte so sein wie mit der Gabe der Grijalvas«, meinte der Großherzog mit einem Achselzucken. »Die Männer haben sie, die Frauen nicht. Und wenn ich es mir genau überlege, ist Candalio vielleicht nicht die richtige Wahl für Aute-Ghillas, Arrigo. Er hat einen schrecklichen Ruf wegen seiner Frauengeschichten.«

»Es war nur ein Vorschlag«, meinte Arrigo ziemlich steif.

»Ein enger Verwandter von – äh, Zara Grijalva, nicht wahr?«

»Ja.« Seine Stimme klang jetzt hölzern. »Von Zara Grijalva.«

Gizella erhob sich in einem Wirbel goldfarbener Seide. »Wenn ihr uns mit Politik langweilen wollt, gehen wir lieber. Komm, 'Chella. Ich zeige dir deine Zimmer, und du kannst dich noch ausruhen, bevor du dich zum Essen umziehst. Hat Arrigo dir erklärt, worin unsere Pflichten heute abend bestehen? Ich fürchte, es wird ziemlich spät werden.«

Sie leitete Mechella unter vergnügtem Schwatzen aus dem Zimmer. Eine Treppe, drei Flure und ein Dutzend Shagarra-Wachtposten weiter erreichten sie die Privatgemächer des Erben.

»Ich habe alles erneuern lassen«, sagte Gizella. »Ich hoffe, es gefällt dir. Hier ist dein Schlafzimmer, mit dem Bad und dem Ankleidezimmer zwischen diesem Raum und Arrigos. Dann gibt es für jeden von euch ein privates Wohnzimmer und ein Arbeitszimmer ...«

»Ein Arbeitszimmer?« Mechella setzte sich auf das riesige Bett, das Vorhänge in Blau- und Grüntönen mit Silberstickerei hatte und vor weißer Spitze geradezu überquoll.

»Du wirst einen Sekretär haben, der sich um deine Verpflichtungen kümmert, die offizielle Auftritte, Wohltätigkeitsorganisationen und diverse gesellschaftliche Verpflichtungen einschließen. Aber du brauchst dir um das fürs erste keine Sorgen zu machen – jedenfalls nicht, bis dein Kind geboren ist. Alle werden es verstehen, wenn du dich bis dahin zurückziehst.«

»Aber ich *möchte* ja alles tun! Ich bin jetzt Arrigos Frau, ich weiß, daß ich Verantwortung habe, und ich freue mich darauf.«

»Das glaube ich dir, und ich bin sicher, daß du dafür hervorragend ausgebildet wurdest. Aber hier in Tira Virte entschuldigt dich deine Schwangerschaft von all dem. Es ist eine sehr wichtige Zeit, eine heilige Zeit im Leben einer Frau, 'Chella. Wie bei der Gesegneten Mutter geht alle Kraft in die Fürsorge für ihr Kind.«

»Ja – ja, selbstverständlich. Ich wollte nur sagen ...«

»Ich weiß, meine Süße.« Gizella tätschelte ihr die Hand. »Aber du solltest dir darum keine Sorgen machen. Keiner wird von dir erwarten, daß du dich in der nächsten Zeit oft sehen läßt.«

»Ich hoffe, mein Baby wird ein Junge«, erklärte Mechella leidenschaftlich. »Ich wünsche mir so sehr, alles sein zu können, was Arrigo will – und alles, was du und der Großherzog und all die Leute erwarten …«

»Liebe Kleine! Du hast je gehört, was Cossi gesagt hat. Sei einfach du selbst. Er und ich, wir lieben dich bereits, und es ist ganz deutlich, daß Arrigo dich anbetet! Ich mußte ihn nur ansehen und wußte es sofort. Ich habe in der Kathedrale beinahe geweint, als ich dich so glücklich sah, und ich habe dir dafür zu danken.«

»Euer Gnaden …«

»Gizella, oder noch besser 'Zella« Sie kicherte plötzlich wie ein kleines Mädchen. »'Zella und 'Chella! Klingt fürchterlich.«

Das Lachen der Großherzogin war ansteckend. »Wenigstens ist es ein Zufall! In Südghillas gibt es eine Familie deLosia, und sie haben ihre drei Töchter Rosia, Tamosia und …«

»Zosia genannt!« rief Gizella und gackerte weiter, als Mechella nickte. »Hoffen wir, daß die armen Dinger so schnell wir möglich heiraten können!«

»Rosia hat geheiratet, kurz vor meiner Abreise …« Sie mußte so lachen, daß sie den Satz kaum beenden konnte, »den Baron deProssia!«

Als beide Frauen wieder zu Atem gekommen waren, sagte Gizella: »Warum tun die Leute unschuldigen Kindern so etwas an? Es ist schon schlimm genug, so etwas wie abstehende Ohren oder Schielen zu vererben, aber – also wirklich!«

»Was vererben die Grijalvas ihren Kindern? Was hat der Großherzog vorhin gemeint?«

»Nichts sonderlich Wichtiges oder Interessantes. Sie

sind kluge Maler, einige besser als die anderen. Zum Beispiel der, den du in Aute-Ghillas kennengelernt hast, Dioniso – es heißt, er sei brillant bei Porträts, könne aber keine Landschaften malen. Der Oberste Hofmaler, Mequel – du wirst ihn bald kennenlernen, er ist ein wunderbarer Mann, und er wird die *Geburt* deines Kindes malen –, er kann eine Rose mit dem Bleistift auf einem alten Fetzen Papier skizzieren, und du würdest schwören, daß du den Duft riechst! Beinahe alle Grijalvas sind begabt, aber jeder hat eine besondere Gabe, wie wir anderen auch.«

»Aha. Ich dachte, es ginge vielleicht um Tazia Grijalva, Arrigos Mätresse.«

Gizella blinzelte mehrmals. »Was? Um sie? Du machst dir doch hoffentlich keine Sorgen um etwas, das schon lange vorbei ist?«

»Danke, daß du nicht leugnest, daß er – etwas mit ihr hatte«, erwiderte Mechella würdevoll. »Nein, ich mache mir keine Sorgen. Ich bin nur neugierig. Wird – wird sie bei Hofe erscheinen?«

Gizella zuckte die Achseln. »Die Grijalvas und die do'Verradas haben ein Arrangement, das schon seit Hunderten von Jahren besteht. Vor langer Zeit gab es einmal eine Familie namens Serrano, die mit den Grijalvas rivalisierte. Aber die Grijalvas sind so offensichtlich die besseren Künstler, daß die Serranos vollkommen in den Hintergrund traten. Und überhaupt ist dieses Arrangement politischer Art, und die Grijalvas stellen nicht nur die Obersten Hofmaler für Tira Virte, sondern auch eine nette, liebenswerte, hübsche junge Frau, die …«

»Ich weiß«, sagte Mechella. »Mein Bruder Enrei hat mir alles erklärt. Und es klingt sehr vernünftig.«

»Ja, und es hat sich bisher für alle als sehr vorteilhaft erwiesen. Cossis ehemalige Mätresse, Lissina, ist sogar eine gute Freundin von mir. Eine reizende Frau; du wirst sie mögen. Bist du müde? Sollen wir lieber später weiterreden?«

»Wenn du Zeit hast, möchte ich es gern jetzt hören.«

»Nun, wenn du willst ...« Sie legte den Kopf ein wenig schräg und lächelte. »Als ich damals aus Granidia hierher kam, eine junge Braut wie du, hat Lissina mir durch das Labyrinth dieses Hofs geholfen wie eine Schwester. Du bist jung und hübsch, Arrigo hat dich zur Frau genommen, und du trägst sein Kind. Damit kann keine Mätresse konkurrieren, das kann ich dir aus persönlicher Erfahrung sagen.«

Mechella starrte ihre Hände an. »Aber – aber wenn sie ihn immer noch will ...«

»Mätressen wissen, daß ihre Zeit vorüber ist, nachdem der Erbe erst einmal geheiratet hat«, erklärte Gizella entschlossen. »Und um ihrer eigenen Stellung in der Welt willen machen sie darum kein Aufhebens. Und jeder do'Verrada nimmt Rücksicht auf die Gefühle seiner Braut. Cossimio hat gesagt, er werde Lissina vom Hof wegschicken, aber ich sagte nur, er solle nicht so dumm sein, wir seien bereits Freundinnen und sie wolle den Baron do'Dregez heiraten, also würde sie ohnehin wieder herkommen, wozu also das Theater? Ich wußte, daß er mich liebt.«

»Gizella ... ich glaube nicht, daß ich ein so guter und freundlicher Mensch bin wie du. Ich möchte nicht, daß diese Frau in meine Nähe kommt – oder in Arrigos.«

»Das ist vollkommen verständlich, aber ich glaube, du wirst schon merken, daß du dich umsonst sorgst. Tazia kennt ihre Pflicht und ihren Platz. Und jetzt mach dir keine Gedanken mehr, mein Liebes, und laß mich deine Zofe herschicken, damit sie dir aus diesen erdrückenden Kleidern helfen kann. Ich lasse dich rechtzeitig zum Essen wecken. Danach zeigen wir uns auf dem Balkon, während die Prozession durch die Straßen geht. Es ist sehr hübsch – Fackeln brennen, die Leute singen und tanzen –« Sie kicherte wieder. »An meinem ersten Providenssia hier haben Lissina und ich uns die Kleider unserer Zofen geborgt und uns davongestohlen, um uns unter die Menge zu mischen. Wie wir getanzt haben, und mit so gutaussehenden jungen Männern! Und stell dir vor, einer von ihnen war Cossi.«

»Wirklich?« Mechella lachte.

»Wirklich. Wir waren beide sehr jung, und nach Monaten ununterbrochenen Hoflebens sehnten wir uns beide nach einer Flucht. Wir hatten uns einander nicht anvertraut, weil wir einander nicht enttäuschen wollten. Schon am nächsten Tag brachte er mich nach Chasseriallo, in unser Jagdschloß, mit nur einer einzigen Dienerin! Du bist an einem viel größeren Hof erzogen worden, also bist du an all die Pflichten und den Druck gewöhnt, aber es mag eine Zeit kommen, in der du Chasseriallo brauchst. Es gehört jetzt Arrigo, und er liebt es und nutzt jede Gelegenheit, dorthin zu reisen. Vergiß es also nicht, meine Liebe.« Sie stand auf, strich ihre Röcke glatt und begann, die Nadeln aus dem aufgesteckten Haar zu ziehen. »Ich schicke dir jetzt deine Zofe.«

»Ich – ich habe keine.«

»Wie bitte?«

»Tante Permilla sagte, ich müsse ganz Tira Virtinerin werden, in allem. Und ich stimme ihr zu«, meinte sie entschlossen. »Ich wäre dir dankbar, wenn du mir bei der Auswahl meiner Dienstboten helfen würdest – und mir bei meiner Kleidung helfen könntest, und meinen Akzent korrigieren und ...«

Gizella seufzte. »Das alles hat Lissina damals für mich getan. Bis auf den Akzent selbstverständlich – ich bin in Castello Granidia geboren! Aber Lissina ist einzigartig, und ich nehme an, wir dürfen nicht dasselbe von Tazia erwarten. Ich hätte ihr nie gestattet, Arrigos Mätresse zu werden, wenn etwas mit ihrem Charakter nicht stimmte, aber sie ist keine Lissina.«

Die Zofe hieß Otonna. Sie war ein fröhliches Mädchen, liebenswert und ausgesprochen fähig. Nachdem sie ihrer neuen Herrin das Mieder aufgeschnürt und sie in einen seidenen Morgenmantel gehüllt hatte, verschwand sie wieder, und Mechella lehnte sich auf dem Bett zurück und dachte über ihre neue Familie nach, ihr neues Zuhause, ihr

Volk. Wenn auch über allem ein Hauch von Freude und Staunen lag dank ihrer Liebe zu Arrigo und der Aussicht, ihm einen Sohn zu gebären, gab es dennoch einen Schatten: Tazia Grijalva. Sie war keine Lissina, die die Braut ihres ehemaligen Geliebten warmherzig willkommen hieß, und Mechella war keine Gizella, die diesem Land selbst entstammte und an seine Traditionen gewöhnt war.

Dennoch … sie war jung, Arrigio liebte sie, und sie trug sein Kind. Welche unfruchtbare, alternde, abgedankte Mätresse konnte schon dagegen ankommen?«

5

»Das ist nicht möglich«, sagte Großherzog Cossimio zum Obersten Hofmaler Mequel über den großen Besprechungstisch hinweg. »Arrigo wird es tun müssen.«

Der Grijalva runzelte die Stirn. »Euer Gnaden, mit allem Respekt …«

»Ja, ja«, unterbrach Cassimio ihn. »Er ist frisch verheiratet, seine Frau ist schwanger, er hat gerade erst sein neues Leben begonnen. Aber ich kann nicht selbst gehen, keiner der Höflinge wird genügen, und ich kann auch nicht einfach einen Grijalva schicken, er wird nicht den nötigen Zugang erlangen. Arrigo kann den Maler überall hin mitnehmen, bis auf die ganz vertraulichen Gespräche. Und es wird eine gute Übung für den Jungen sein. Ich werde schließlich nicht ewig leben.«

»Ich auch nicht«, meinte Mequel, »und meine Zeit wird lange vor der Euren zu Ende gehen. Also schlage ich vor, daß einige unserer vielversprechendsten jungen Maler Don Arrigo nach Diettro Mareia begleiten sollten. Es wird auch für sie eine gute Erfahrung sein.«

Der Großherzog schnaubte. »'Quellito, Ihr wißt, daß ich

wirklich nicht gern daran erinnert werde, daß Ihr nicht für immer hier sein und mir helfen werdet.«

»Wir haben zusammen gute Arbeit geleistet«, sagte der Oberste Hofmaler lächelnd. »Diese ghillasische Heirat, die Schwierigkeiten mit Taglis und Friesemark abgewandt hat ...«

»Gar nicht zu erwähnen dieser dumme Neffe von do'Brendizia«, fügte Cossimio hinzu. »Ist eigentlich einer seiner Mitverschwörer erwischt worden?«

»Ein paar. Man hat sich um sie gekümmert. Nichts, was Euch beunruhigen sollte.«

»Die Corteis zusammenzurufen – was für ein Unsinn! Alles von Steuern bis zu Verträgen von dieser Versammlung festlegen zu lassen! Sind wir nicht gut zu den Leuten, Mequel? Haben wir ihnen nicht Frieden und Reichtum verschafft? Was wollen sie noch?«

»Es sieht so aus, als ob genau diese Bedingungen, die wir ihnen geschaffen haben, nur Undankbarkeit hervorrufen.«

»Ja, ein Mann, der den ganzen Tag hart arbeitet, um für seine Familie zu sorgen, hat keine Zeit und keine Kraft mehr für die Politik.«

»Genau, Euer Gnaden. Aber wenn einer wohlgenährt ist, warm angezogen, einen festen Boden unter den Füßen und ein dichtes Dach über dem Kopf hat ...«

»Mach sie reich, und sie wollen immer reicher werden«, schloß Cossimio angewidert.

»Aber ich bezweifle, daß sie diesen Wohlstand – oder das Dach über dem Kopf – für eine Versammlung der Corteis aufs Spiel setzen würden. Sie geben lieber das Geld eines Edelmanns aus, als ihr eigenes. Das Erbe des jungen do'Brendizia ist auf diese Weise verschwunden, das wißt Ihr ja.«

»Nein, ich hatte keine Ahnung. Was für ein Narr! Haltet ein Auge auf diese junge Generation, Mequel. Sie wollen nicht nur Geld, sondern auch Einfluß und Macht. Kein Tira Virtiner, der sich selbst ernst nimmt, würde einem

Händler auch nur einen einzigen Schritt weit folgen.« Entschlossen stapelte er die Papiere aufeinander, dann fügte er hinzu: »Ich werde Arrigo heute abend sagen, daß er nach Diettro Mareia reisen muß. Und Ihr wählt ein paar Maler aus, die ihn begleiten sollen, und einen Experten, der sich um die Gemälde kümmert.«

»Ich habe schon darüber nachgedacht«, gestand Mequel. »Nicht, wen ich schicken sollte, obwohl ich da schon ein paar Ideen habe, sondern was gemalt werden soll.«

»Wenn Arrigo Erfolg hat, nur die üblichen Szenen, um ein Auge auf unseren lieben Principio Felisso zu haben. Wenn er Schwierigkeiten macht, werden wir etwas Ausführlicheres brauchen.«

Lässig und ruhig merkte Mequel an: »Der Principio ist ein sehr frommer Mann.«

Cossimios dunkle Augen blitzten auf. »Genau, das ist er. Nachdem ich ihm dieses Heiligenbild geschickt habe, hat er mir fünfzig Kisten seines besten Weins zugesandt. Ein Heiligenbild, das nicht ganz erreicht hat, was es sollte«, erinnerte er Mequel gereizt. »Oder wir wären jetzt nicht in dieser Lage.«

»Zugegeben. Aber Pedranno war am Ende seines Lebens und seiner Kraft, und vielleicht hat er nicht alle Fähigkeiten einsetzen können, die ihn einmal zum Obersten Hofmaler gemacht haben.«

Der Großherzog runzelte die Stirn. »Ist es das, was Ihr fürchtet? Daß Ihr alt werdet und nicht mehr arbeiten könnt?«

»Ich habe schon öfter daran gedacht. Wenn ich an Pedrannos Beispiel denke ...«

»Ihr seid erst zweiundvierzig!«

»Er war nur ein Jahr älter, als er dieses Bild gemalt hat.«

»Ich will davon nichts hören. Ihr seid kräftiger als je, 'Quellito.«

»Euer Vertrauen ehrt mich«, sagte er leise. »Aber bald – o nein, nicht dieses Jahr oder auch nur im nächsten – aber *bald* werden meine Kräfte nachlassen. Und wenn, dann werde ich es Euch sagen. Und lange vorher habe ich schon einen neuen Obersten Hofmaler für Euch.«

»Ich werde Euch nicht erlauben, in den Ruhestand zu gehen«, warnte ihn der Großherzog. »Und ich werde Euer verdammtes Porträt nicht anfassen und Euch auch nicht erlauben, es zu berühren! Wagt nie, mich zu bitten, daß ich Nadeln in Euer Bild steche oder was immer es war, das mein verachtenswerter Vorfahr Cossimio getan hat, um seinen Obersten Hofmaler Timius umzubringen.«

»Das hat er auf Timius' Bitte hin getan. Der Oberste Hofmaler hatte Angst, alt und gebrechlich zu werden.«

»*Ich* sage, es war Mord!«

»Ein gnädiger Tod von der Hand eines Freundes.«

Cossimio runzelte gewaltig die Stirn; die dichten schwarzen Brauen verbargen die Augen beinahe. »Mequel, Ihr wißt, wie gern ich Euch habe. Ich hoffe, daß Ihr dieses Gefühl erwidert. Aber ich sage immer noch, es war Mord, und ich will nichts mehr davon hören – oder etwas auch nur Annäherndes.«

»Ich werde nie von Euch verlangen, was Timius von Cossimio verlangt hat. Damals waren andere Zeiten ...« Er hielt inne, dann schüttelte er sich. »Diese Frage um die Bilder in Diettro Mareia ist immer noch ungelöst. Ich denke da an ein weiteres Heiligenbild, eines, das der Principio ständig um sich hat, vor dem er jeden Abend in seinem eigenen Schlafzimmer auf den Knien liegt.«

»Und durch das er uns ebenso treu bleibt wie dem Glauben«, meinte Cassimio und nickte. »Aber seid vorsichtig. Erinnert Ihr Euch daran, daß ihr Onkel sich mit den Tza'ab verschworen hat?« Er grinste plötzlich, und seine Zähne blitzten auf. »Eine Eurer besten Arbeiten, mein Freund! Dem alten Knaben syphilitische Geschwüre aufzumalen, bis er schließlich unserem Botschafter alles gestand, um dann auf geheimnisvolle Weise ›geheilt‹ zu werden.«

»Aber diese Technik können wir beim Principio nicht

noch einmal anwenden. Die Ähnlichkeiten könnten seiner Frau auffallen. Schade.«

Cossimio dachte noch einmal darüber nach, dann nickte er. »Ein *Peintraddo Sonho*. Für einen so frommen Mann wird das genau das Richtige sein. Also kümmert Euch darum, Mequel.« Er erhob sich, packte die Dokumente in eine eisenbeschlagene Schatulle und verschloß sie. »Und ich mache mich auf, meinen Sohn aus dem Bett seiner Frau zu ziehen. Ich muß zugeben, Arrigo hat wirklich verdammtes Glück. Sie ist ein reizendes Mädchen und hinreißend schön – wenn ihr nicht gerade übel ist. Habt Ihr gehört, wie Tazia die ganze Geschichte aufnimmt?«

»Sie ist immer noch auf dem do'Alva-Besitz und schweigt sich aus. Aber ich kann nachfragen lassen, wenn Ihr wollt.«

»Nein, nein. Laßt der Frau ihre Würde – und ihren neuen reichen Ehemann! Arrigo hat sie offensichtlich vollkommen vergessen. Ich weiß noch, daß ich genauso herzlos war, nachdem ich 'Zella geheiratet hatte.«

Mequel lächelte. »Nicht herzlos. Nur verliebt.«

»Und das bin ich immer noch!« Der Großherzog lachte. »Arrigo scheint meinem Beispiel zu folgen. Es würde mich freuen, wenn Mechella und Tazia Freundinnen werden könnten, aber das hängt wohl von ihnen ab. Glaubt Ihr übrigens, daß wir Mechella benutzen könnten, um die Frauen und Schwestern möglicher Verräter innerhalb des Adels auszuhorchen?«

»Sie ist an einem Königshof aufgewachsen, deshalb sollte sie sich darauf verstehen, wie man gesellschaftliche Ereignisse für politische Zwecke nutzt. Aber ich glaube, wir sollten sie nicht darum bitten, ehe das Kind auf der Welt ist.«

Cossimio nickte nachdrücklich. »Erst dann können wir ihrer vollkommen sicher sein. Ich will keine Neuauflage von Herzogin Elseva – sie hat den do'Elleons immer die Treue gehalten und war während der ersten Jahre ihrer Ehe die Spionin ihres Vaters. Eine schreckliche Person.«

»Aber nach der Geburt ihrer Söhne hat sie es sich anders überlegt.«

»Genau. Nichts bindet eine Frau so an die Zukunft eines Landes wie die Tatsache, daß der Erbe von ihrem eigenen Fleisch und Blut ist. Und da wir gerade von der Zukunft sprechen – betrachtet es als großherzoglichen Befehl, noch mindestens zwanzig Jahre zu leben.« Er legte die Hand auf Mequels Schulter. »Ich brauche Euch, mein Freund.«

Der Oberste Hofmaler senkte gehorsam den Kopf, und ein Lächeln umspielte seine Lippen. »Ich werde mich anstrengen, Euer Gnaden. Aber wie wollt Ihr mich bestrafen, wenn ich versage?«

»Das ist nicht komisch, 'Quellito.«

Hat Sario seine Kenntnisse mit anderen geteilt? Wissen die Viehos Fratos, zu was er imstande ist? Sie würde den Grijalvas solche Macht verleihen, diese Fähigkeit zu wahrer Magie – die Serranos würden weit zurückbleiben, Tira Virte könnte alle besiegen, die es wagten, uns herauszufordern – aber er wäre vorsichtig mit dem, was er sagt, und sie vermutlich noch vorsichtiger bei der Anwendung – Matra – solche Macht – wir Grijalvas könnten Herzöge werden, wenn wir wollten …

Nein, nicht mit unserem Chi'patro-Blut. Nicht, wenn die Ecclesia gegen uns steht. Sie tolerieren bestenfalls, daß es uns überhaupt gibt. Wenn wir tatsächlich versuchen, uns in die Politik einzumischen …

Und er würde die wichtigsten Geheimnisse nie preisgeben. Nie. Und selbst, wenn andere es wüßten, könnte mich einer von ihnen aus diesem Gefängnis befreien? Würden sie es tun, wenn sie wüßten, daß ich durch Sarios Hand hier bin? Wie sehr fürchten sie ihn?

Gnadenreiche Mutter, die Du selbst ein Kind geboren hast, wer außer Dir könnte es wagen, Mitleid mit mir zu haben?

»Mußt du wirklich gehen?«

»Mein Vater braucht mich.« Arrigo fügte kein »*Endlich!*« hinzu, das war nichts, was er der Frau gegenüber zugeben wollte, mit der er kaum ein halbes Jahr verheiratet war. Er fuhr fort, die Kleidungsstücke durchzusehen, die sein Diener zu diesem Zweck herausgelegt hatte, und warf, was er nicht mitnehmen wollte, auf einen Stuhl. Die Uniform des Shagarra-Regiments, ja; die Uniform der Seewächter, nein – die Seeleute von Diettro Mareia würden sich dumm und krumm lachen über Tira Virtes albernen Versuch einer Marine. Aber die Uniform erinnerte ihn an einen der Gründe, wieso diese Reise unbedingt jetzt erfolgen mußte. »Ich lasse dich wirklich nur ungern allein, 'Chella, aber ich muß reisen, bevor die See zu rauh wird.«

Die Augen ängstlich weit aufgerissen, hob Mechella beide Hände an den Mund. »Die See – oh, Arrigo, daran habe ich noch gar nicht gedacht –, könntest du nicht über Land reisen?«

»Damit es fünf Wochen dauert statt nur einer?« Er lächelte ihr über die Schulter zu. Sie hatte sich auf einem bequemen Sessel zusammengerollt; ein Morgenmantel aus Seide und Spitze umschäumte sie und rahmte ihr bleiches Gesicht ein. »Die Seereise ist vollkommen sicher, ehe die Nov'via-Stürme beginnen, und bis dahin bin ich längst wieder zu Hause.«

»Zu Hause«, sagte sie finster, »bei einer lächerlich aufgeschwemmten Kuh.«

Er ging zu ihr, umfaßte ihre beiden Fäuste mit den Händen und küßte die weißen Knöchel. »Zu Hause bei meiner wunderschönen, anbetungswürdigen Frau.« Er kniete sich neben sie und legte ihr eine Hand auf den Bauch. »Ich bilde mir ein, daß ich ihn spüren kann. Er wird jeden Tag größer, und du wirst immer schöner. Wenn ich zurückkomme, wirst du so hinreißend sein, daß dich keiner mehr ansehen kann, ohne ...«

»Ohne sich zu fragen, wie jemand so Dickes überhaupt

noch laufen kann.« Kichernd beugte sie sich vor, um ihn zu küssen. Sie waren in seiner Hälfte der Gemächer, und diese Nacht würde sie in seinem Bett verbringen – voller Leidenschaft, denn wenn er zurückkäme, würde ihre Schwangerschaft für so etwas zu fortgeschritten sein. Ihre Küsse begannen, seine Begierde zu erwecken, und wieder einmal staunte er darüber, daß er seit ihrer Hochzeit keine einzige Nacht ohne sie verbracht hatte. Er hätte nie geglaubt, daß er so bezaubert von diesem Mädchen sein würde, von ihrem schlanken Körper und ihrem goldenen Haar – so ganz anders als Tazia! Plötzlich fragte er sich, wie es sein würde, Mechella nicht bei sich zu haben in all diesen Nächten im schönen, romantischen Diettro Mareia. Und obwohl dieser vorweggenommene Verlust ihn erneut entflammte, stand er widerstrebend auf, weil er weiter packen mußte.

»Versprich, daß du auch noch lieb zu mir sein wirst, Arrigo, wenn ich aussehe wie eine Kuh, die Zwillinge bekommen wird.«

»Selbst wenn es nach Drillingen aussieht«, neckte er, und sie lachte abermals. »Die letzte, die von mir erwartet hat, ›lieb‹ zu sein, war meine Mutter, und da war ich ungefähr fünf Jahre alt.«

»Oh, aber morgens siehst du immer wie ein kleiner Junge aus, wenn dein Haar so durcheinander ist und deine Augen noch so müde.«

»Das liegt daran, daß ich nicht genug Schlaf bekomme! Und wessen Schuld ist das?«

»Ich kann doch nichts dafür, daß ich dich so sehr liebe« ihr argloser Blick wurde plötzlich berechnend, »oder du so ein wunderbarer Liebhaber bist. Wessen Schuld ist *das*?«

»Deine. Du inspirierst mich. Was meinst du, soll ich den grauen Mantel nehmen oder den braunen?«

»Den braunen, denn davon leuchten deine Augen golden – oder ist das auch meine Schuld?«

»Hör auf, mich so anzusehen, oder ich werde nie fertig. Und morgen früh muß alles gepackt sein. Ich reise morgen abend.«

Das spielerische Glitzern verschwand aus ihren blauen Augen. »So bald schon? Oh, Arrigo!«

»Du wirst so viel zu tun haben, daß ich dir kaum fehlen werde.«

»Du wirst mir schrecklich fehlen! Sei nicht böse mit mir, aber ich habe Angst, ohne dich hier zu sein. All diese Leute – deine Mutter war so nett zu mir, und ich bin ihr sehr dankbar, aber ich fühle mich so alleine, weil ich hier niemanden habe, der mich anleitet.«

»Alle haben dich gern, 'Chella. Erinnerst du dich an das, was mein Vater gesagt hat? Sei einfach du selbst, und niemand wird dir widerstehen können.«

»Aber es wird nicht mehr so sein wie an deiner Seite. Was soll ich tun, wenn sie mich ignorieren, sobald du weg bist? Ich bin immer noch so unsicher, was das Protokoll angeht und die Sitten. Ich spreche alle möglichen Wörter falsch aus, ganz gleich, wie sehr ich mich anstrenge. Was, wenn ich etwas falsch mache?«

»Reg dich nicht auf, Liebes, das schadet nur dem Baby. Du bist Prinzessin Mechella von Ghillas. Niemand wird dich ignorieren. Und was immer du tust, *kann* gar kein Fehler sein.«

»Ich bin jetzt Doña Mechella von Tira Virte«, verkündete sic stolz. Und dann, mit leiserer Stimme: »Ghillas ist so weit entfernt.«

Arrigo wendete das übliche Mittel gegen ihre Traurigkeit an. Er hob sie aus dem Sessel, trug sie zum Bett und liebte sie inmitten eines Meeres von Seidenlaken, welche die Farbe ihrer Augen hatten.

Stunden später, als sie fest schlafend in seinen Armen lag, dachte er darüber nach, daß doch vieles für eine junge, schöne, liebende Ehefrau sprach. Mechellas schüchterne und unschuldige Sinnlichkeit, ihre begierige Aufmerksamkeit für seinen Unterricht in der Liebeskunst, ihre Dankbarkeit – das war neu für ihn und beinahe berauschend. Dennoch, als er ihr über den Rücken strich, empfand er schmerzliche Sehnsucht nach Tazias Bett. Er vermißte ihren vertrauten Geruch und ihre Wärme, ihre Sicherheit, die Vertrautheit ihrer Haut an seiner. Zwölf Jahre ...

Seine Hand glitt zwischen Mechellas Bauch und seine Hüfte, um die Rundung zu streicheln, die sein Kind beherbergte, den ersten von vielen kräftigen Söhnen. Und Töchtern – hübscher kleiner Mädchen mit Mechellas goldenem Haar und ihrem entzückenden Kichern. Seine Frau, seine Großherzogin, die Mutter seiner Kinder. Er schlief lächelnd ein, überzeugt, daß er auch fern von zu Hause von Mechella träumen würde.

6

Die Bevölkerung von Diettro Mereia war zahlreich erschienen, um Arrigo willkommen zu heißen. Vom Hafen bis zur Ressidensa Principeia säumten Menschenmengen die Straßen, winkten mit saphirblauen Wimpeln und jubelten den Reitern zu. Er war gerührt und erfreut, bis ihm klar wurde, daß die Leute nicht nach »Don Arrigo« schrien, sondern nach »Doña Arriga«, womit sie seine Frau meinten.

Er lachte und rief Dioniso Grijalva, der neben ihm ritt, zu: »Ich fürchte, ich enttäusche sie.«

»Es gab ein Gerücht, daß Euer Gnaden sie mitbringen würden.«

Und das erwies sich als wahr. Principio Felisso della Marei trat ihm oben auf den Stufen der Ressidenza entgegen, und sie hatten kaum die formellen Begrüßungsküsse ausgetauscht, als er auch schon fragte: »Aber wo ist Eure faszinierende Gattin?«

»Es tut mir leid, Hoheit, sie konnte mich nicht begleiten. Sie hat es sich so sehr gewünscht, aber mein Vater sorgt sich zu sehr um seinen Enkel.«

»Ha!« bellte Felisso und strahlte über das ganze breite, wunderbar häßliche Gesicht. »Hört ihr das?« schrie er der Menge zu. »Noch kein halbes Jahr verheiratet, und er hat ihr schon ein Kind gemacht! Applaus für Doña Arriga und ihren Sohn!«

Dioniso trat einen Schritt näher und riet Seiner Gnaden leise, das Porträt zu zeigen. Arrigo nickte. Dioniso schnippte mit den Fingern einer Gruppe von Grijalvas zu, die ein riesiges, mit Samt verhängtes Gemälde trugen. Seine Enthüllung brachte eine weitere Flutwelle begeisterter Aufschreie. Felisso saugte die Luft durch die Zähne ein – so äußerte man hier seine Bewunderung, was Arrigo ausgesprochen gewöhnlich fand. Einen Augenblick später schnappte er selbst nach Luft, denn Felisso hatte ihm einen mächtigen Schlag in die Rippen versetzt – so äußerte man hier seine Glückwünsche, was Arrigo ausgesprochen schmerzhaft fand.

»Madreia ei Filhio, Vetter, ich frage mich, ob du ihr Bett in all den Wochen je verlassen hast.«

Des Atems und der Sprache beraubt, gelang Arrigo ein mühsames Lächeln.

Dioniso, der, da er nicht offiziell vorgestellt worden war, für den Principio nicht existierte, brach das Protokoll, erwies sich damit aber der Botschaftermütze, die Cossimio ihm vor der Abreise gegeben hatte, als durchaus würdig. Er verbeugte sich tief zwischen den Adligen und rief dem Principio zu: »Don Arrigo hatte zwar nur allzu gute Gründe, in Meya Suerta zu bleiben …« wieder wurde viel Luft eingesogen, als alle noch einmal Mechellas Porträt ihren Tribut erwiesen, »seine Freundschaft zu Eurer Hoheit verlangte aber, daß er die erste Gelegenheit nutzt, Euch die Möglichkeit zu geben, seine Frau zu bewundern.«

»Freundschaft?« Wieder ein Schlag, diesmal auf Arrigos

Schulter. »Er will mich quälen, das ist alles! Ein Bild anstelle der Wirklichkeit! Was für eine Schönheit!«

Nachdem er wieder zu Atem gekommen war, fand Arrigo schließlich auch zu seinen Manieren zurück. »Vetter, ich möchte Euch Botschafter Dioniso Grijalva vorstellen, meinen Sekretär.«

Nun, da Dioniso offiziell existierte, konnte er freier sprechen. »Ich bin froh, daß das Gemälde Eurer Hoheit gefällt. Da drüben steht ein sehr nervöser junger Maler, der krampfhaft versucht, seine Unruhe zu verbergen. Cabral!« Ein Grijalva trat vor, verbeugte sich und richtete sich nicht wieder auf, ehe Dioniso ihn vorgestellt hatte. »Der junge Mann, der dieses Meisterwerk geschaffen hat – obwohl man zugeben muß, daß es unmöglich wäre, ein Bild von Doña Mechella zu malen, das nicht hinreißend ist. Er heißt Cabral, Euer Hoheit, und diese anderen sind unsere Verwandten Zevierin und Rafeyo, alle Grijalvas.«

»Gute Arbeit!« sagte Felisso zu Cabral. »Willkommen in Diettro Mareia. So, und jetzt tragt das Bild rings um die Terrasse, so daß alle es einmal sehen können, aber daß nur niemand es anfaßt! Mein Hofmeister wird euch erklären, wo es hängen soll.« Er hielt inne, um das Bild noch einmal zu bewundern und ein letztes Mal zu zischen. »Was für eine Schönheit! Du willst mich wirklich quälen, Vetter!«

Drinnen, nach einem kurzen Flur und einer hohen Treppe, fand sich Arrigo Principia Felissa gegenüber. Sie gestattete ihm, sie auf die Stirn zu küssen, und reagierte mit dem alten Lippen-und-Herz-Gruß, der in Meya Suerta inzwischen nur noch an hohen Feiertagen benutzt wurde. Dann bat sie ihn, sie bei ihrem Vornamen, Rosilan, zu nennen.

»Verwandte sollten nicht so förmlich sein, oder?« sagte sie mit einem Zwinkern. »Aber ich will Euch nicht aufhalten, Ihr müßt müde sein von der Reise. Wir werden heute abend zusammen essen, nur wir drei, und dann könnt Ihr mir vom Eheleben erzählen.«

»Ich habe gehofft, daß Ihr mir dazu einige Ratschläge geben könnt, Base«, erwiderte Arrigo mit einem Lächeln. »Ihr führt eine glückliche Ehe – und habt so viele Kinder! Obwohl man das, wenn man Euch sieht, nicht annehmen würde – kein einziges Kind, geschweige denn acht.«

»Neun«, korrigierte Felisso. »Aber du hast einen guten Anfang gemacht, Arrigo. Sieh einfach zu, daß sie immer wieder schwanger wird.« Und mit diesen Worten verpaßte er seiner Frau einen kräftigen Schlag auf den Hintern. Sie lachte und boxte ihren Gatten in den umfangreichen Bauch, und somit war Arrigo also den Herrschern von Diettro Mareia vorgestellt.

Rosilan war so schön wie Felisso häßlich: sie hatte honigfarbene Haut, er Sommersprossen; sie war zierlich, er wie ein Weinfaß auf kurzen Beinen, mit einer Nase, die den größten Teil seines Gesichts einnahm. Aber ihre Augen waren vom selben Braungrün, ihr Haar vom selben lockigen Rotbraun, und ihre Hände waren sich ähnlich, weil beider Daumen seltsam verlängert zu sein schienen. Diese Ähnlichkeiten waren wenig überraschend, denn ihre Mütter waren Schwestern gewesen, und die Väter ihrer Väter Brüder. Die Präsentation ihrer Brut – vier Söhne, fünf Töchter, alle mit rotbraunem Haar, alle unansehnlich und alle ohne das geringste Anzeichen von Intelligenz in den grünbraunen Augen – war für Arrigo eine Warnung vor den Gefahren der Inzucht.

Als er später alleine mit Dioniso in einem der erstickend ausgeschmückten Gemächer der Ressidensa saß, sagte er: »Ich mag ja ein Vetter des Principio sein, aber der Mutter sei Dank, daß diese Verwandtschaft schon vier Generationen zurückliegt! Habt Ihr ihren Wurf gesehen?«

»Wahrhaftig ein Wurf, Euer Gnaden – man hätte sie bei der Geburt ersäufen sollen.«

Arrigo lehnte sich auf einem vergoldeten Sessel zurück. »Sagt mir, wenn ich so neugierig sein darf, wie die Grijalvas die Gefahren der Inzucht umgehen?«

»Wir haben hervorragende Akten, Euer Gnaden«, war die lakonische Antwort.

»Ja, aber nach all diesen Jahrhunderten, in denen Grijalvas sich nur mit Grijalvas gepaart haben …«

»Es gibt hin und wieder unglückliche Ergebnisse«, gab Dioniso zu. »Aber da die Gabe sich über die weibliche Linie fortpflanzt, ist es möglich, außerhalb der Familie zu heiraten und dennoch einen begabten Maler hervorzubringen.«

»Also gibt es hin und wieder doch neues Blut? Sehr klug. Das mit den Frauen habe ich nicht gewußt.«

»Auf dieser Reise werde ich Euch einiges verraten, was Ihr noch nicht über die Grijalvas wußtet.«

Etwas in der Stimme des Malers ließ Arrigo aufblicken. »Dinge, die mein Vater schon weiß?«

»Dinge, die nur Großherzöge und Viehos Fratos wissen.«

»Und die wären?«

Dioniso zögerte, als hätte er bereits zuviel gesagt, dann zuckte er die Achseln: »Als erstes darf ich vielleicht sagen, daß es günstig wäre, wenn der Principio und Ihr persönliche Zeichen der Freundschaft austauschtet. Eine Haarlocke vielleicht.«

»Eine …« Abrupt erinnerte er sich daran, daß Tazia immer darauf bestanden hatte, sein Haar selbst zu schneiden, und das abgeschnittene Haar dann sofort verbrannt hatte. Sein Lachen kam selbst ihm ein wenig nervös vor, als er sagte: »Ihr hängt doch sicher nicht diesem alten Aberglauben nach?«

»Tatsachen, Euer Gnaden. Mit einem Pinsel, der aus dem Haar des Principio gemacht ist, wäre es möglich, ein Heiligenbild zu malen, das ihm hilft, sowohl an uns als auch an Mutter und Sohn zu glauben. Der Großherzog hat bereits angeordnet, daß es meine Aufgabe sein soll, hier ein solches Bild entsprechend dem Geschmack des Principio zu malen.«

»Ja, aber …«

»Normalerweise fiele die Sammlung solch ... persönlicher Gegenstände ... einem Grijalva zu, und Ihr würdet überhaupt nichts davon erfahren. Aber ich glaube, Ihr verdient es, diese Dinge zu wissen.«

»Bevor ich Großherzog werde?« Arrigo richtete sich auf. »Dioniso – ist mein Vater denn krank? Hat er nur noch wenig Zeit? Wollt Ihr deshalb ...«

»Euer Vater ist bei bester Gesundheit, dank der Mutter, und mit ihrem Segen wird er noch viele Jahre leben.«

Arrigo seufzte erleichtert. »Warum sagt Ihr mir dann diese Dinge?«

»Ich bin nicht der Ansicht der Viehos Fratos, daß die Erben erst dann alles erfahren sollen, nachdem sie den Thron bestiegen haben. Ihr könnt viel mehr Gutes für Tira Virte tun, wenn Ihr es wißt.« Wieder hielt er inne. »Ich habe dadurch einige Eide gebrochen. Ich hoffe, Ihr glaubt nicht, daß es mir ebenso leicht fiele, Eide zu brechen, die ich *Euch* gebe.«

»Nein, überhaupt nicht«, sagte Arrigo zerstreut. »Ihr tut das, um mir und Eurem Land zu helfen, und dafür bin ich dankbar. Ich werde es nicht vergessen.«

»Mit Eurer Erlaubnis werde ich dann gehen und dafür sorgen, daß das Porträt angemessen aufgehängt wird. Diese Leute hier sind dafür bekannt, wie ungeschickt sie sind.« Er wies mit der Hand auf ihre protzige Umgebung, und Arrigo lachte.

Dioniso verbeugte sich und blieb im Flur einen Augenblick lang stehen, um in sich hineinzulachen. Dann eilte er in die Galerie, nicht nur, um den Dienstboten zu erklären, wie man ein Gemälde aufhängt, sondern auch, um mit der Erziehung Rafeyos fortzufahren.

Was Rafeyo an diesem Nachmittag über die Hochachtung lernte, die man der Grijalvakunst entgegenbrachte, wurde noch verstärkt durch eine Lektion über die Verpflichtungen eines Grijalva-Künstlers.

Da Don Arrigo im kleinen Kreis mit dem Principio und der Principia aß, konnte sich der Rest der kleinen Delegation in eines der besten Gasthäuser der Stadt zurückziehen. Dioniso empfahl – aufgrund der Erfahrung aus einem anderen Leben – das Fructio di Marei und erklärte seinen Verwandten, man könne anderswo vielleicht bessere Gerüchte hören, aber an diesem Abend seien sie auf gutes Essen und nicht auf Klatsch aus.

»Und das Essen soll hier sogar besser sein als in den Quattrei Astreia«, sagte er ihnen, als sie das Etablissement betraten, eine kleine Höhle von einem Raum, in dem glitzernde Messingleuchter Kerzenlicht auf die feinen Gläser warfen, die auf dem Dutzend Tische gedeckt waren. Der Wirt, der hörte, wie sein Essen höher gepriesen wurde als das des gefeiertsten Gasthauses in Aute-Ghillas, strahlte und führte seine Gäste an den besten Tisch – genau, wie Dioniso sich das vorgestellt hatte.

Der Wirt verteilte große schneeweiße Leintücher an die Gäste. Dann beugte er sich dicht an Dionisos Ohr und flüsterte in sehr schlechtem Tira Virtinisch: »Quattrei Astreia nicht mehr so gut?«

»So gut wie immer – ich war dieses Jahr schon einmal dort.«

Ein tiefer, zufriedener Seufzer. »Guter Geschmack, mein Freund.«

Und es war tatsächlich gutes Essen, was man ihnen vorsetzte. Die Mahlzeit bestand aus sieben exquisiten Gängen, alle vom Wirt persönlich serviert, während seine Frau und der Weinkellner über Jahrgänge debattierten und ein Gambenspieler ihnen Lieder aus Tira Virte spielte. Cabral, der außerhalb des Palasso aufgewachsen war bei einem Stiefvater, der gern außer Haus aß, war beeindruckt; Zevierin und Rafeyo waren überwältigt. Einer einfachen Vorspeise aus Brot mit Oliven und Pilzen folgten Schalen sahnigen Kräutereises, mit Mandeln gefüllter Fisch und grüner Salat mit Früchten in leichter Soße. Danach kam das

Rindfleisch, Medaillons mit dünn geschnittenen Kartoffeln und roten Zwiebeln in einer würzig-süßen Soße. Nach Apfeltörtchen, Käse und Gebäck und winzigen Tassen starken schwarzen Kaffees endete das Festmahl schließlich damit, daß die Wirtsfrau kleine Gläser mit klarem Schnaps brachte, jedes in einer Silberschale voller Eis.

Die drei Männer gaben sich Mühe, Rafeyos Kenntnisse über Speise und Trank zu erweitern. Dioniso dozierte über Weine, Cabral über Fleisch und Käse, und Zevierin über die Feinheiten von Soßen. Die Neigung eines jeden Jungen im Wachstum, sein Essen einfach herunterzuschlingen, wurde heftig getadelt, und Rafeyo erhielt die Anweisung, jeden einzelnen Bissen zu genießen, sonst werde er den Wirt nur beleidigen. Aber was den Jungen am meisten beeindruckte, waren nicht die Speisen und Weine, sondern die ehrerbietige Behandlung und die achtungsvollen Gesten der anderen Gäste, welche die Grijalvas an ihren grauen Mützen mit den Federn erkannten.

»Zu Hause«, vertraute Rafeyo den anderen flüsternd an, »werden nur die Fratos so behandelt. Ich komme mir vor wie ein Oberster Hofmaler.«

Und er versuchte, sich auch so zu benehmen. Aber schließlich fiel seine Würde dem klaren Getränk am Ende des Mahles zum Opfer. Täuschend mild beim ersten Schluck, bemerkte er die Schärfe nicht, bis sie ihm den Hals zuschnürte. Als er endlich aufhören konnte zu husten, wischte er sich dic Augen und trank auf Cabrals Drängen ein Glas Wasser in einem einzigen Zug.

Dioniso lehnte sich zurück und lächelte. »Schau nicht so niedergeschlagen drein. Du hast niemanden entehrt – dich selbst nicht, und auch nicht uns oder die Grijalvas oder Tira Virte. Es ist tatsächlich ein großes Kompliment an dieses Haus, daß du an ihrem Selbstgebrannten beinahe erstickt bist. Vielleicht schenken sie dir daraufhin sogar eine Flasche.«

Rafeyo sah erst erschrocken aus, dann grinste er. »Ich

werde sie mit aller Höflichkeit entgegennehmen – und dann an einem Feind weiterschenken.«

»Dann sollte ich mich lieber gut mit dir stellen«, lachte Cabral. Dann nickte er nach links und fügte leiser hinzu: »Diese Frau dort trägt einen interessanten Turban.«

»Eine Tza'ab?« Rafeyo riß die Augen auf. »Hier?«

»Selbstverständlich nicht.« Dioniso gönnte der Frau nicht einmal einen Blick. »Turbane sind hier gerade in Mode. Aber ich muß dir zustimmen, Cabral, dieser ist interessant. Er ist mir schon zuvor aufgefallen.«

»Wieso?« wollte Rafeyo wissen. »Ich finde sie häßlich.«

»Du bist alles andere als schüchtern, wie?« grinste Zevierin, ein Meister etwa in Cabrals Alter. »Diese Kopfbedeckungen zeigen, daß sich die Leute immer mehr für Tza'ab-Waren interessieren, mit denen Tira Virte sie ebenso beliefert wie mit Malern – durch ein strenges Monopol. Und diese Kontrolle über Tza'ab-Güter würde unsere Händler nur noch reicher machen – wenn Principio Felisso nicht geheime Verhandlungen mit der Kaiserin der Tza'ab begonnen hätte.«

»Um unser Monopol zu umgehen«, schloß Cabral, »und einen Vertrag zu brechen, der schon seit hundert Jahren besteht. Wir sind hier, um den Principio zum Umdenken zu bewegen.«

»Aber das ist ziemlich langweilig, oder?« fragte der Junge. »Ich meine, einen Vertrag zu malen, der einen Krieg beendet, ist eine Sache, aber ...«

»Du hast offenbar nicht vor, deine Energien für etwas anderes als wirklich große Leinwände zu verschwenden, wie?« meinte Dioniso. »Hast du eine Ahnung, wieviel Tira Virte an Importsteuern für Tza-ab-Teppiche, Stoffe, Schmuck, Glas und Pech verdient?«

Selbstverständlich nicht.

Cabral zuckte die Achseln. »Viele Arbeiten der Grijalvas drehen sich um solch ›langweilige‹ Dinge. Du malst nicht, um deiner eigenen Begabung zu dienen, Rafeyo, du malst, um deinem Land und deinen Großherzögen zu dienen.« Und dann gab er Zevierin einen Stoß. »Hör auf, diese Frau da drüben anzustarren, oder ich sage es meiner Schwester.«

Zevierin wurde dunkelrot und starrte ihn finster an. Cabral grinste.

»Welche meint Ihr denn? Ist die wenigstens schön?«

»Sehr. Zwei Tische entfernt. Dreh dich nicht um und glotze, Rafeyo, das ist unhöflich. Außerdem ist ihr Mann dabei, und er betet sie an.«

Dioniso wischte Krümel vom Tischtuch. »Der Gambenspieler hat sich nur ihnen gewidmet, wenn er nicht für uns gespielt hat – und er wollte auch kein Geld von ihnen. Also, Rafeyo, was kannst du mir über sie sagen? Nur einen raschen Blick.«

Er schaute ein paarmal schnell über die Schulter. Zögernd begann er. »Sie sind verheiratet, aber noch nicht lange, weil sie noch so verliebt sind.«

»Ein kleiner Zyniker! Was noch?«

»Sie kommen nicht oft in ein so teures Gasthaus. Sie sind gut gekleidet, aber sie trägt keinen Schmuck, und er fühlt sich unbehaglich – als hätte er Angst, etwas zu verschütten, was sich nicht mehr auswaschen läßt. Könnte sein, daß sie etwas feiern – vielleicht ihren ersten Hochzeitstag?«

»Nicht schlecht«, meinte Zevierin anerkennend.

»Aber auch nicht korrekt«, wandte Dioniso ein. »Es ist nicht der erste Hochzeitstag, weil sie ihre Brautkrone nicht trägt. Das ist hier der Brauch. So, wie er dreinschaut, haben sie gerade herausgefunden, daß sie ein Kind bekommen wird.«

Cabral schnaubte. »Da hast du recht. Dieses dümmliche Grinsen ist unverwechselbar.«

»Genau wie Don Arrigo«, murmelte Rafeyo.

»Du urteilst scharf über die do'Verradas«, meinte Zevierin. »Tazia hatte ihre zwölf Jahre mit ihm. Es wurde Zeit, daß er geheiratet und einen Großherzog gezeugt hat.«

»Aber er hatte wirklich denselben dümmlichen Gesichtsausdruck«, beharrte der Junge, und die anderen drei tauschten Blicke aus, die besagten, daß dies wohl der Wirkung des Weines zuzuschreiben sei.

»Cabral hat ganz recht, werdende Väter sehen oft so aus«, meinte Dioniso. »Als hätten sie ein gewaltiges Wunder vollbracht, indem sie die Frau schwängerten! Nun, wenn du es gewesen wärst, oder ich, oder Zevierin, dann wäre es allerdings bemerkenswert.«

Rafeyo kicherte; Cabral lächelte, weil es ihn nicht störte, daß er nicht bestätigt war; Zevierins Miene wurde hölzern, bevor er den Blick abwandte.

Dioniso fuhr fort. »Sie sind also nicht reich genug, um hier Stammgäste zu sein, sie sind verliebt, und sie ist schwanger. Wie würdest du sie malen?«

Bevor Rafeyo antworten konnte, griff der junge Mann nach der bis dahin ignorierten Rechnung – und erbleichte.

»Oh-oh«, murmelte Cabral. »Er kann die Rechnung nicht bezahlen.«

Der junge Mann mobilisierte sichtlich seinen gesamten Mut und rief nach dem Weinkellner. Daraufhin erfolgte ein Disput, wie man ihn selten in einem solch eleganten Haus sah. Obwohl das Gespräch in Schnellfeuer-Diettro-Mareisch stattfand, konnten die Grijalvas erfassen, um was es ging. Die Flasche Wein, die er bestellt hatte, war *nicht* jener ungemein teure Jahrgang, der sich auf der Rechnung fand. Der Weinkellner zeigte auf das Etikett; der junge Mann sah ein wenig krank aus.

»Selbstverständlich der Fehler des Kellners«, meinte Cabral. »Seht euch sein Gesicht an. So etwas wird oft versucht, um die Kosten eines Essens zu erhöhen, aber dieser Mann muß sehr unerfahren sein, sich ausgerechnet die beiden auszusuchen.«

»Und?« fragte Rafeyo, wobei seine Augen neugierig blitzten.

»Nun«, meinte Cabral, »irgendwer wird für den Wein bezahlen müssen, und wenn es der Junge nicht kann, dann der Kellner. Und der läßt sich offenbar nicht von den jungen Liebenden beeindrucken.«

»Der Gambenspieler schon«, warf Zevierin ein.

»Sie reden zu schnell. Ich verstehe bestenfalls sechs Worte von zehn«, beschwerte sich Rafeyo.

Cabral kam ihm zur Hilfe. »Der Gambenspieler hat dem Weinkellner gesagt, er soll selbst zahlen. Der weigert sich. Er bietet seine Trinkgelder an, um für den Wein zu zahlen – aber unser junger Freund ist zu stolz, um das anzunehmen. Und hier kommt nun der Wirt, um nachzusehen.«

Die hübsche junge Frau war vor unterdrückten Tränen rot angelaufen; ihr ebenso beschämter Ehemann erklärte grimmig entschlossen dem Wirt, was geschehen war. Cabral setzte seinen Bericht fort.

»Wir hatten recht. Sie haben seit ihrer Hochzeit für diesen Anlaß gespart, um ihr erstes Baby zu feiern. Der Weinkellner leugnet wieder, einen Fehler gemacht zu haben. Er lügt.« Cabral blinzelte. »Matra Dolcha! Achtundsechzig Mareias für eine Flasche Wein? Das ist mehr, als ihr ganzes Essen gekostet hat. Was meinst du, Dioniso?«

»Ich glaube, ich bin ein sehr glücklicher Mann.« Er suchte in seinen Taschen herum, dann fluchte er. »Verdammt! Der Kasten mit den Stiften ist in meinem anderen Mantel. Cabral? Zevierin?«

Rafeyo steckte die Hand in die Tasche und holte außer einem Skizzenblock auch zwei Stückchen Kohle heraus. »Reicht das? Werden wir ihre Rechnung bezahlen?«

»Sozusagen. Dieses Vergnügen hatte ich seit Jahren nicht mehr. Cabral, räum den Tisch ab.«

Zevierin erhob sich. »Den bestickten Kissen nach zu schließen, wird es oben einen Stickrahmen oder zwei geben. Ich frage mal.«

»Gut«, sagte Dioniso zerstreut und sah sich um.

»Aber was hast du denn vor?« fragte Rafeyo kläglich.

»Scht«, mahnte Cabral, den Blick neugierig auf den Kohlestift in Dionisos Hand gerichtet. »Paß auf.«

»Auf was?«

»Scht!«

Dioniso wischte die letzten Krümel weg, nickte und begann, die Kohle mit sicheren Bewegungen über das Tischtuch zu führen. Tische, Stühle, Deckenbalken, polierte Leuchter, der Torbogen zur Küche – alles nahm mit atemberaubender Geschwindigkeit Gestalt an. Er bezog sogar die Flecken auf dem Tuch in die Komposition ein. Ein Rotweinfleck wurde zu den Blumen auf der Theke, ein Soßenfleck die Zinnschlüssel an der gegenüberliegenden Wand.

Die Menschen zeichnete er ebenso schnell, ihre Gesichter ebenso akkurat wie die Astlöcher in den Dielen auf dem Boden. Der Wirt, seine Frau, der Gambenspieler, die hochnäsige Dame mit dem Tza'ab-Turban, eine lebhafte, laute sechsköpfige Familie am Ecktisch, Paare, die schüchtern umeinander warben, und solche, die schon lange verheiratet waren, eine Gruppe reicher Händler, die einen Abend fern von ihren Frauen genossen (ihre teuren Mätressen zeichnete er diplomatisch an einen anderen Tisch). Und selbstverständlich das junge Paar in all seiner erwartungsvollen Freude. Nur der Weinkellner fehlte. Cabral begann zu kichern und lachte schließlich laut mit Rafeyo und Zevierin, der mit einem Stickrahmen zurückgekehrt war.

»Still!« fauchte Dioniso in gekünsteltem Zorn und grinste über das ganze Gesicht. »Wie soll ein Mann bei diesem Durcheinander arbeiten?«

Die Grijalvas waren die einzigen, die noch Geräusche von sich gaben. Alle anderen reckten schweigend die Hälse, um sehen zu können, was der Maler tat. Jene, die nahe genug waren, um erkennen zu können, wie ein weißes Tischtuch in ein Kunstwerk verwandelt wurde, flüsterten mit denen, die weiter entfernt saßen.

Schließlich trat Dioniso zurück. Er betrachtete seine Arbeit einen Augenblick lang, fügte hier noch eine Linie hinzu, einen Schatten dort, und signierte schließlich. Er zog das Tuch vom Tisch und hielt es hoch, damit es betrachtet werden konnte. Die Gäste erkannten sich unter erstaunten Ausrufen wieder, und bald wurde applaudiert. Mit einem Minimum an Aufwand hatte Dioniso den Raum und die Menschen darin erfaßt, wie es nur ein Grijalva-Meister konnte.

Cabral verbeugte sich vor dem Wirt. »Ich nehme an, dies wird alles decken?« fragte er, und Zevierin stöhnte über das Wortspiel.

Völlig verwirrt vor Glück, ein echtes Grijalvabild sein eigen nennen zu dürfen, in seinem eigenen Gasthaus auf seine eigene Tischdecke gezeichnet – und wohl wissend, daß es mindestens zwei Kisten des fraglichen Weins wert war – sprudelte der Wirt seinen Dank hervor. Dann wies er den Weinkellner an, eine Flasche des fraglichen Jahrgangs an den Tisch der Grijalvas zu bringen.

Zevierin hielt den Strickrahmen an das Tuch. Er bedeckte weniger als ein Viertel der Zeichnung. »Ein Sprungrahmen aus dem Bett würde es eher tun«, beschwerte er sich. »Mußtest du denn auch *alle* zeichnen, Dioniso?«

»Dioniso?« Der Wirt sah sich die Signatur an. »Hier heißt es aber ...«

»Ja, ich weiß.« Dioniso reichte ihm das Tuch und trat zu dem jungen Paar. Der Mann stotterte, versuchte abzulehnen; die Frau nahm wortlos Dionisos Hände in die ihren, ließ ihre braunen Augen den Dank stumm ausdrücken. Der Maler lächelte auf sie herab und sagte: »Ihr habt mir heute abend einen großen Dienst erwiesen, den ich gern zurückzahlen würde.«

Er befreite seine Hände und zog eine saubere Serviette von einem nahen Tisch. Er breitete das Tuch aus und begann mit einer Porträtskizze des verblüfften Paars, wie es den größten Teil des Abends ausgesehen hatte: einander hingerissen anstarrend, überwältigt vor Freude.

»Werdet Ihr mir die Ehre erweisen, dies entgegenzunehmen?« fragte er, nachdem er die Skizze beendet hatte. »Ich bedaure, daß ich nicht in Diettro Mareia sein werde, wenn

Euer Kind geboren wird, denn sicher wäre es ein Vergnügen, das Kind solch gutaussehender Eltern zu malen. Bitte erlaubt mir, Euch dies als Zeichen meiner Hoffnung auf eine weiterhin gute Ehe und einen schönen, gesunden Sohn zu übergeben.«

Zevierin griff nach der Serviette. »*Das* paßt nun wenigstens.« Er zog das Tuch über den inneren Holzring, paßte den äußeren darum an, drehte die Messingschraube fest und legte das Ganze in die zitternden Hände der jungen Frau. »Und es ist mit ›Dioniso Grijalva‹ signiert, was bedeutet, daß es sich um ein persönliches Geschenk handelt. Das könnt Ihr wirklich nicht verweigern«, schloß er vergnügt. »Er würde vor Scham sterben, wenn Ihr es abwieset.«

Der junge Ehemann erholte sich als erster und erklärte würdevoll: »Meister Dioniso, wenn das Kind tatsächlich ein Junge wird, wird er Euren Namen tragen. Wir stehen in Eurer Schuld.«

»Nein, tut Ihr nicht«, sagte Cabral. »Darum geht es ja gerade.« Und dann erklärte er allen Anwesenden: »Ihr wurdet gerade Zeugen der Fortsetzung einer Grijalva-Tradition. Eines Abends im Jahr 1123 aß der Oberste Hofmaler Riobaro in einem Gasthaus, das beinahe so vornehm war wie dieses hier. Es stellte sich heraus, daß ein paar Studenten am Nebentisch aus Versehen den Braten einer anderen Partei erhalten hatten –« Er warf dem Weinkellner einen vielsagenden Blick zu, »– und nicht dafür zahlen konnten. Statt die Studenten zu beleidigen, indem er für sie zahlte, zeichnete Riobaro ein Bild auf das Tischtuch und schenkte es dem Wirt. Das Bild schmückt heute noch eine Wand in Castello Joharra.«

»Castello Granidia«, verbesserte Dioniso, der dies ganz genau wußte.

»Ah«, meinte Cabral mit einer Verbeugung. »Seitdem jedenfalls zollt jeder von uns, der das Glück hat, sich in einer solchen Situation zu befinden, dem großen Obersten Hofmaler Tribut, indem er ihn nachahmt, und er signiert das Bild mit Riobaros Namen.«

Dioniso verbeugte sich vor der errötenden jungen Frau. »Ihr seht also, es war mir eine Freude und eine Ehre. Ich danke Euch für die Gelegenheit. Es ist tatsächlich so, daß ich mich in Eurer Schuld befinde.«

Als sie später auf dem Rückweg zur Ressidensa waren, erwies sich Rafeyo als ein ausgesprochen sentimentaler Betrunkener. »Das war einfach *wunderschön*«, sagte er immer wieder und lehnte sich an Zevierins Schulter. »Einfach wunderschön.«

»Wir wissen es«, sagte Cabral geduldig. »Du hast es uns schon mehrmals mitgeteilt.«

»So war es aber«, beharrte der Junge. »Und es hat sogar ausgesehen, als wäre es von R'baro gemalt.«

»Wir alle«, meinte Dioniso, »haben gelernt, seinen Stil zu kopieren.«

Rafeyo nickte. »Aber es war *genau* sein Stil.«

»Es war wirklich nahe dran«, stimmte Cabral ihm zu. »Vielleicht nicht unbedingt, was die Schatten angeht, aber die Signatur war perfekt.«

Der Mann, der einmal Riobaro gewesen war, zog eine Braue hoch.

Rafeyo machte sich auf, ihn zu verteidigen. »Es war genau wie Ri-o-bar-*oooh!*«

Zevierin schob den Jungen weg, aber es war schon zu spät. Teile eines siebengängigen Essens und eine Menge Wein und selbstgebrannter Schnaps landeten auf seinen brandneuen Stiefeln. »Verdammt!«

Dioniso und Cabral lachten, als Rafeyo in Zevierins Arme fiel und langsam an ihm herab auf das Kopfsteinpflaster glitt. Sie weigerten sich, auch noch ihre Sachen zu ruinieren, indem sie ihrem Vetter halfen, und ließen ihn den Jungen allein tragen, und dann lachten sie noch lauter, als der Maler ihn wie einen Lumpensack über die Schultern warf – und der vollkommen bewußtlose Rafeyo seine

Vorstellung über Zevierins Rücken noch alle sechs Querstraßen bis zur Ressidensa fortsetzte.

Dioniso dachte bedauernd daran, daß er seine Trinkgewohnheiten mäßigen mußte; Rafeyo konnte offensichtlich überhaupt nichts vertragen.

7

Als Principia Rosilan zum allwöchentlichen Gottesdienst in der gigantischen Ecclesialla della Corrasson Sangua mit einem Tza'ab-Turban erschien, wußte Arrigo, daß Schwierigkeiten bevorstanden, und er war sich ganz sicher, als Principio Felisso eine Bemerkung darüber machte, wie gut ihr die Kopfbedeckung stand.

Sie warf kokett den Kopf zurück, damit die goldene Quaste nach hinten flog. »Ich nehme an, in Tira Virte hat man diese Tza'ab-Mode schon lange hinter sich. Aber für uns in Diettro Mareia ist es etwas ganz neues.«

Was natürlich heißen sollte, daß die Nachfrage nach Tza'ab-Gütern immer mehr wuchs und man das Monopol, das Tira Virte darauf erhob, schlichtweg ablehnte. Auch die Lesung dieses Tages bestätigte das. Ein Sancto mit einer tiefen, wohlklingenden Stimme las die Geschichte eines Bauern, dem der einzige Bulle des Landstrichs gehörte und der ungeheuerliche Preise für die Dienste des Tieres nahm. In der Nacht zu Fuega Vesperra, der Empfängnisfeier im Frühling, träumte der geldgierige Bauer von einer Kuh, die weinte, weil sie kein Kalb bekommen konnte. Die braunen Augen dieser Kuh waren genauso wie die der Mutter auf dem Heiligenbild in der Sanctia des Dorfes, und das bewegte den Bauern schließlich, seinen Bullen zu den Kühen zu schicken, ohne etwas dafür verlangen.

Es war die übliche Lesung, mit der man eine wichtige Schwangerschaft feierte – der königliche Bulle erfüllte seine Pflicht gegenüber der Nation, indem er die nächste Generation zeugte –, und man hätte es als Tribut an Arrigo und Mechella auslegen können. Aber das Monopol des Bauern und die überhöhten Summen, die er vor seiner Wandlung verlangt hatte, unterstützten Felissos Argumente. Arrigo hörte zu und kochte vor Wut.

Nur um sicherzugehen, daß er die Botschaft auch wirklich verstanden hatte, wurde das Abendessen dieses Tages von sämtlichen neun häßlichen kleinen della Mareis serviert, ganz so, wie die Kinder der Tza'ab wichtige Gäste ehrten. Sie trugen Gewänder aus schwarzrot gestreiftem Tza'ab-Stoff, und die langgezogenen Spitzen ihrer Tza'ab-Pantoffeln waren mit winzigen Silberglöckchen geschmückt. Und so aufdringlich diese Zurschaustellung auch war, der Begriff »Tza'ab« fiel während des gesamten Essens nicht.

Arrigo kehrte spät in sein Zimmer zurück, der Kopf klirrte ihm von all diesen lästigen kleinen Glöckchen, und er rief Dioniso zu sich.

»Malt das Heiligenbild«, befahl er. »Es ist mir vollkommen gleich, wie Ihr es macht. Holt Euch selbst eine seiner Locken – und auch eine von der Principia. Steckt Nadeln in sie, damit sie bluten, wenn es sein muß. Ich will, daß dieses Heiligenbild *jetzt* entsteht, Maler.«

Dioniso beugte sich der Ungeduld des Erben. Am nächsten Morgen »verlief« sich Rafeyo in der Nähe des Badezimmers des Principio. Am Nachmittag schenkte Zevierin der Zofe der Principia ein Fläschchen Parfum (aus der Werkstatt von Cabrals Schwester Leilias), nachdem er schon seit Tagen mit ihr geschäkert hatte. Am Abend dieses Tages überreichte Rafeyo Dioniso eine Phiole mit dem Urin des Principio, und Zevierin gab ihm zwanzig lange Haare aus der Bürste der Principia.

Am fünfzehnten und letzten Tag von Arrigos Besuch – nachdem das Wohlwollen überall wie Rosen aufgeblüht war und niemand je die Worte »Tza'ab« und »Handel« im selben Satz erwähnt hatte – verabschiedete sich Arrigo und überreichte Vetter und Base zwei Heiligenbilder.

Das erste war für Rosilan und zeigte in sanften Farben und mit zartem Pinselstrich die lächelnde Mutter in den ersten Tagen ihrer Schwangerschaft, umgeben von neun Kindern. (Es bestand keine Ähnlichkeit mit einem der neun häßlichen della Mareias; das wäre sowohl blasphemisch als auch eine künstlerische Katastrophe gewesen.) Die Mutter saß auf einer Frühlingswiese, im Hintergrund war ein Obstgarten und ein Kiefernhain zu sehen, und sie trug einen Kranz von blauen Rosmarinblüten. In ihrem Schoß hielt sie einen Korb Pflaumen, der die Fruchtbarkeit ihres Leibes symbolisierte. Sie betrachtete lächelnd einen kleinen Jungen, der eine Pf'aume in der Hand hielt, was bedeutete, daß das erwartete Kind männlichen Geschlechts sein würde.

Das Bild, das Felisso erhielt, war vollkommen anderer Art. Der jugendliche Sohn wurde als Gelehrter dargestellt, in einfachem, dunklem Gewand, an einem Schreibtisch in einer kerzenbeleuchteten Sanctiazelle. Er hatte den Kopf über ein Buch gebeugt, den Blick jedoch erhoben, um dem Betrachter direkt in die Augen zu sehen. Seine Miene verkündete eindeutig: »*Du bist nur da, weil ich dich ansehe*« – ein etwas unheimlicher Kunstgriff des Malers. Auf dem Tisch befanden sich zwei weiße Vasen mit Blumen und ein reifer roter Apfel. Vor dem efeuumrankten Fenster hinter ihm waren in einer mondbeschienenen Landschaft eine Reihe Pappeln zu sehen, und dahinter erschreckende Wüstendünen. Der Kontrast des goldenen Kerzenschimmers und des Mondlichts allein ließ dieses Bild schon zum Meisterwerk werden. Aber es hatte noch eine höhere Bedeutung, wie Dioniso dem Principio erklärte – der seinerseits fast den Schmelz von den Zähnen saugte vor lauter Bewunderung.

»Euer Hoheit, in dieser Sanctia, treu beschützt vom Efeu am Fenster, brennt das stetige Licht der Zivilisation. Draußen wird die öde Nacht der Dummheit nur vom unbeständigen Mond erhellt. Die Pappeln und die Wüste dahinter stehen für die Zeit – obwohl sie außerhalb der Sanctia grausam und unausweichlich weiterfließt, kann sie den Sohn oder seine Wahrheiten nicht berühren, wie sie vom Apfel der Weisheit symbolisiert werden.«

Dioniso sagte nichts über die anderen Bedeutungen dieser Symbole und über weitere Zeichen, die in die Bilder eingebunden waren.

Felisso erklärte, er werde das Bild in sein Schlafzimmer hängen, wo er es jeden Morgen beim Aufwachen sehen und sich an die Pflicht eines zivilisierten Herrschers erinnern würde, sein Volk nicht von Zeit und Ignoranz verderben zu lassen. Arrigo lächelte, Dioniso verbeugte sich, und die Tira Virtiner verabschiedeten sich – nachdem der Principio Arrigo das Versprechen abgenommen hatte, beim nächsten Besuch seine reizende Frau mitzubringen.

»Ich wünschte, wir hätten sie schon diesmal mitgebracht«, sagte Zevierin, als sie in einer Kutsche zum Hafen fuhren. »Sie hätte nur irgend etwas anziehen müssen, das nicht Tza'ab war, und damit eine neue Mode auslösen, und –« Er zuckte zusammen, als ihr Gefährt, nicht so gut gefedert wie die goldene Kutsche, in denen Arrigo vor ihnen herfuhr, über ein Schlagloch rumpelte – »das ganze Problem wäre gelöst.«

»Frauen haben schon ihren Nutzen«, meinte Rafeyo leichthin; der Versuch eines Jungen, weltoffen zu erscheinen, der aber seine Begleiter im Verborgenen lächeln ließ.

Cabral war besorgt, weil kein Vertrag abgeschlossen worden war, und er sprach diese Sorge an, als sie Dionisos Gepäck in seiner Privatkabine auspackten. Ein steifer Nachmittagswind blies, und obwohl die See schon ziemlich bewegt war, war der Kapitän des Schiffes überzeugt, sie könnten noch vor dem drohenden Sturm segeln. Sie waren kaum eine Stunde unterwegs, und schon grub sich die Brigg in gewaltige Wellen, und das Rollen des Schiffes ließ jede Bewegung schwierig werden. Aber junge Muskeln und eine vollkommene Immunität gegenüber Seekrankheit hielt die drei jüngeren Grijalvas aufrecht, während Dioniso, in seiner Koje ausgestreckt, die Augen gequält geschlossen hatte.

»Cossimio wird nicht erfreut sein«, sagte Zevierin, als Cabral seine Unruhe kundtat. »Er erwartet ein großes *Vertrags*gemälde in der Galerria Verrada.«

Rafeyo schnaubte. »Das Ergebnis ist doch dasselbe. Kein illegaler Handel mehr mit den Tza'ab.«

»Aber es gibt kein Bild«, erinnerte ihn Cabral. »Und daher keine öffentliche Aufzeichnung.«

»Und ich sage Euch noch etwas, was ihm nicht gefallen wird«, meinte Zevierin und legte ein paar saubere Hemden in eine Schublade. »Diettro Mareia hat jetzt nicht nur ein, sondern zwei wunderschöne neue Grijalva-Heiligenbilder. Und Cossimio ist sehr besitzergreifend, was uns angeht.«

Dioniso wälzte sich herum – nicht ganz freiwillig – und öffnete die Augen. »Zum Glück wird Arrigo ihm das erklären müssen und nicht ich. Verschwindet und laßt mich in Frieden leiden. Los, raus mit Euch.«

Cabral grinste und stellte eine Schüssel auf den Boden, in Reichweite der Koje.

Eine Stunde später schlich sich Rafeyo in die abgedunkelte Kabine, einen Krug in einer und eine Kerze unter Glas in der anderen Hand. Das Licht tat Dionisos Augen weh.

»Ich habe dir etwas Heißes zu trinken gebracht«, flüsterte der Junge. »Angeblich beruhigt das den Magen.«

Er überlegte, ob er Rafeyo wegschicken sollte. Aber er hoffte, daß sich zwischen ihnen eine Verbindung gebildet hatte, die ihm in der Zukunft dienlich sein konnte, und hier war eine Gelegenheit, das weiter zu fördern. Dasselbe traf auch auf Arrigo zu; wenn Mequel in den Ruhestand trat oder starb und Rafeyo im passenden Alter war, Oberster Hofmaler zu werden, würde sich Arrigo erinnern, daß der Grijalva, den er gemocht und dem er vertraut hatte und der ihm so viele interessante Dinge erzählt hatte, seinerseits Rafeyo vertraut hatte.

Also trank er eine Tasse des süßen, nach Minze schmeckenden Gebräus, während Rafeyo die Schüssel ausleerte, und nach einer Weile ging es ihm ein wenig besser.

»Danke.« Er lehnte sich wieder in die Kissen zurück, die warme Tasse noch in der Hand. Nur eine winzige Spur von Knochenfieber, und nur, weil er sich allgemein so elend fühlte. Er war gerade erst zweiundvierzig geworden; Dionisos Linie war stark und für ihre Langlebigkeit bekannt – jedenfalls, was Meistermaler anging –, er brauchte sich also nicht zu sorgen. »Setz dich und rede mit mir. In deinen Augen stehen hundert Fragen.«

Ein Lächeln blitzte auf – schon in diesem Kindergesicht liebenswert, und es würde bei dem erwachsenen Mann noch gewinnender sein. Dioniso war Tazia nie begegnet, aber wenn ihr Lächeln diesem vergleichbar war, war es kein Wunder, daß Arrigo so vor der Heirat zurückgeschreckt war.

»Ich sterbe vor Neugier, seit ich diese Phiole aus dem Nachttopf des Principio gefüllt habe. Ekelhaft!«

»Den Jüngsten fallen immer die unangenehmsten Arbeiten zu. Aber du hast keine Erklärung verlangt, was in dieser fremden Umgebung sehr klug war. Setz dich, Rafeyo, und ich werde deine Fragen beantworten.« Wie er einige, aber nicht alle der Fragen Arrigos beantwortet hatte. Er nahm noch einen Schluck und seufzte, als der Dampf ihm ins Gesicht stieg. »Laß uns mit dem Bild von Principia Rosilan anfangen. Öl auf Holz, nichts davon an sich wirksam, aber weil es mit Pinseln aus ihrem Haar gemalt wurde, hat das Bild eine gewisse Kraft – es legt nur Ideen nahe, aber das mag genügen. Du wirst lernen, daß es verschiedene Grade der Macht gibt, und wie du deine eigene Magie heraufbeschwören kannst. Aber jetzt erzähl mir etwas über die Symbole.«

Rafeyo hockte auf der Stuhlkante, schwankte instinktiv mit dem Rollen des Schiffes mit, die verschränkten Hände zwischen den knochigen Knien. Dioniso prägte sich die

Haltung für später ein, während der Junge antwortete. »Die Mutter sitzt auf Gras, was für Unterwerfung steht. Aber ich glaube nicht, daß die Principia ein sehr gehorsamer Mensch ist.«

»Kein bißchen; deshalb habe ich die Pflaumen hinzugefügt.«

Ein Stirnrunzeln, dann ein Grinsen. »Treue! Und ein ganzer Garten mit Pflaumenbäumen, nicht nur die Früchte im Korb – das wird sogar bei ihr funktionieren.«

»Das hoffen wir jedenfalls. Was noch?«

»Rosmarin zur Erinnerung, aber an was soll sie sich denn erinnern?«

Dionisio rang einen weiteren Anfall von Seekrankheit nieder, trank mehr Tee und erwiderte: »Die Mutter trug die Tracht einer Bäuerin aus Diettro Mareia. Ich möchte, daß die Principia sich daran erinnert, daß sie diesen Stil – selbstverständlich erheblich großartiger – in ihrer patriotischen Jugendzeit getragen hat. Ihre augenblickliche Vorliebe für Tza'ab-Gewänder …«

»Wird verschwinden!« unterbrach Rafeyo.

»Nein. Aber ihre frühere Vorliebe wird wieder erwachen. Und wenn sie beschließt, daß sie die einheimische Tracht lieber hat, wird ihre Freude nichts mit dem Bild zu tun haben. Nichts gefällt einer hübschen Frau mehr, als eine neue Mode auszulösen.« Er nickte dankend, als Rafeyo ihm eine neue Tasse Tee eingoß. »Erzähl mir von den Kiefern im Hintergrund.«

»Kiefern?«

»Ja. Vielleicht bist du im Unterricht noch nicht bis dahin gekommen. Kiefern stehen für magische Energie – vergiß bitte nicht, daß ich auch davon einen ganzen Wald gemalt habe. Weil ich nur einen Pinsel aus ihrem Haar hatte, mußte das Bild besonders gelungen sein.«

Rafeyo verstand es nicht, aber er stellte trotzdem die richtige Frage. »Warum hast du nichts Stärkeres benutzt?«

»Sie kennt sich mit solchen Arbeiten aus. Nicht persönlich, aber durch einen Verwandten. Wir mußten zurückhaltend vorgehen. Nun, ich erwarte nicht von dir, daß du das Bild des Principio verstehst, also werde ich es dir erläutern.«

»Ich weiß, daß die Glockenblumen für Stetigkeit stehen, und Efeu für Glauben.«

»Aber nicht für den Glauben an den Sohn. Du willst mich schon wieder unterbrechen und mir sagen, daß Löwenzahn für Potenz steht. Das stimmt. Felisso wird die Kraft des männlichen Geistes und Körpers vor Augen haben – und die Tatsache, daß er neun Kinder gezeugt hat. Übrigens darf ich nicht vergessen, Mequel drauf hinzuweisen, er soll Cossimio ausrichten, keine do'Verrada-Tochter mit einem dieser Affen zu verheiraten. Ich werde nicht zulassen, daß das Aussehen der Familie ruiniert wird.«

Rafeyo lachte. »Waren sie nicht schrecklich? Kannst du dir vorstellen, dort Hofmaler zu sein und neun *Hochzeiten* malen zu müssen?«

»Verschone mich«, erwiderte Dioniso schaudernd. »Mir dreht sich ohnehin schon der Magen um. Aber wir sprachen vom demütigen Löwenzahn – der auch für seherische Fähigkeiten steht. Felisso ist ein frommer Mann. In seinen Träumen wird er Tza'ab-Wüsten sehen, die nicht in den zivilisierten Bereich der Sanctia gehören.«

Rafeyo hatte die dunklen Augen weit aufgerissen und flüsterte erstaunt: »Du meinst – das Bild wird bewirken, daß er bestimmte Dinge *träumt*? Warum? Was an diesem Bild bewirkt ...«

»Auch das wirst du mit der Zeit lernen. Der Apfel wird einen Traum hervorrufen. Der Principio wird ihn für eine Vision halten und nichts mehr mit den Tza'ab zu tun haben wollen. So etwas nennt man *Peintraddo Sonho*, ein Traumgemälde.«

Der Junge dachte darüber nach. »Beide Bilder rochen seltsam. Nicht nach Ölfarbe oder Holz, sondern nach etwas anderem.«

Dioniso lächelte erfreut. »Du hast eine gute Nase. Das war Verbene, der Geruch der Verzauberung.«

Wieder schwieg Rafeyo lange. Schließlich sagte er sehr demütig: »Das ist viel komplizierter, als ich mir je vorgestellt hätte.«

»Aber du *hast* es dir immerhin vorgestellt. Grijalvas, die nicht schon vor der Bestätigung ein wenig darüber herausfinden, sind eigentlich nicht der Rede wert.«

»Wieviel mehr gibt es herauszufinden?«

»Viel mehr, an Wahrheit und an Macht, und mehr Magie, als jeder von uns jemals geglaubt hätte.«

Ehrfürchtig meinte Rafeyo: »Wir Grijalvas sind mächtiger als jeder andere auf der Welt!«

Das hatte er erwartet – er hatte den Jungen darauf hingeführt. Alle jungen Maler sagten dasselbe, nachdem sie einen ersten Blick auf die Magie geworfen hatten. Im Lauf der Jahre hatte Dioniso gelernt, daß die übliche Antwort auf diese Bemerkung der Wahrheit entsprach. Jetzt setzte er sein ernstestes Gesicht auf und ließ Rafeyo wissen, was er wissen mußte.

»Wir nutzen diese Macht im Dienst der do'Verradas, welche die Chi'patros beschützt haben, als wir ansonsten ausgestoßen worden wären. Sie haben unser Leben gerettet, als die Bevölkerung, wahnsinnig vor Angst vor der Seuche, uns alle umbringen wollte.«

»Aber wenn wir wollten, könnten wir ...«

»Nein«, wandte er entschieden ein. »Nie.« Er schob die Erinnerung an Raimon und Il-Adib von sich, und ebenso die an jene Nachtstunden, in denen er selbst nicht nur daran gedacht, sondern auf dieses Ziel hingearbeitet hatte – als er es noch nicht besser wußte.

»Aber warum?« wollte Rafeyo wissen.

»Wir sind von Tza'ab-Blut. Die Chi'patros waren weniger wert als der einfachste Bauernknecht auf dem ärmlichsten Hof von Tira Virte. Und von diesem Blut können wir, laut der Ecclesia, nie gereinigt werden.«

»Das glaubst du doch nicht, oder?«

»Selbstverständlich nicht. Aber andere glauben es, und wenn wir je versuchen sollten, die Macht zu übernehmen, wird man uns vernichten. Selbst hundert Viehos Fratos, die tausend Bilder malen, könnten nicht alle beeinflussen, die sich gegen uns stellen. Also nutzen wir die Macht, die wir haben, und greifen nicht nach solcher, die nie unser sein wird.«

»Aber …«

»Wir sind ein Teil Tira Virtes, aber wir sind auch immer anders.«

Rafeyo biß sich auf die Lippen, dann platzte er heraus: »Alles nur wegen dieser selbstgerechten …«

»Alles, weil es dumm wäre, auch nur den Versuch zu wagen.«

Während seiner Zeiten als Moualimo im Palasso Grijalva hatte er das seinen jungen Schülern immer wieder eingetrichtert. Und es handelte sich nicht nur um kluge Politik und schlichte Tatsachen, sondern er fürchtete tatsächlich, daß eines Tages irgendein Neosso Irrado noch mehr Regeln ignorieren könnte, als er selbst es getan hatte, und damit die Grijalvas ins Verderben stürzen würde.

Schließlich fuhr er fort: »Und vergiß nicht den Großherzog, der direkte Macht über ganz Tira Virte hat. Selbst mit einer Armee von Beratern muß er sich selbst die Kassenbücher immer wieder ansehen, um sich zu überzeugen, daß ihn niemand betrügt. In seinem Zuhause wimmelt es von intrigierenden Höflingen, die er ständig im Auge behalten muß. Er sorgt sich darum, Macht und Reichtum zu behalten – und beides, wenn möglich, zu vergrößern. Er heiratet, wen er heiraten muß, und führt ein Leben, das von den strengsten Regeln geprägt ist.«

Er hielt inne und verkniff sich ein Lächeln, denn er wußte, daß Rafeyo sich gerade als Großherzog von Tira Virte sah. Seiner Miene nach zu schließen war er an ein gewaltiges Hauptbuch gekettet und hatte zwanzig messerwerfende Barone im Nacken – und eine der della-Marei-Töchter zur Frau.

Rafeyo hatte die Augen entsetzt aufgerissen. »Aber – dann würde ich nie mehr zum Malen kommen!«

»Nicht oft.«

»So ist es viel besser.«

»Das dachte ich auch immer«, meinte Dioniso trocken. »Ein Grijalva-Maler wird vom Großherzog mehr geehrt als der gesamte Adel. Die Familie kümmert sich um das Geld, und was immer man braucht, bekommt man. Der Palasso Grijalva ist unsere Zuflucht. Du kannst heiraten, wen du willst – oder überhaupt nicht, ganz wie du magst. Unsere Verhaltensregeln sind nicht jener degenerierte Spott auf gute Manieren, die man von der Gesellschaft kennt, bei der es nur noch darum geht, zu verbergen, wie vulgär und lasterhaft man ist, sondern es geht um den Kern davon: um das Ehrgefühl. Und was die Macht angeht …« Er lächelte. »Wir sind frei zu tun, was unser Blut von uns fordert: zu malen.«

»Und das ist die größte Macht von allen«, sagte Rafeyo. »Aber – stört es dich nicht, daß du malen mußt, was Don Arrigo dir vorschreibt?«

»Das gehört zu dem Dienst, den wir ihnen schulden. Du wirst noch lernen, es zu verstehen, und die Möglichkeiten zu schätzen, die es dir gibt. Man hat mir zwar befohlen, die Heiligenbilder zu malen, und es gab bestimmte Anforderungen daran, aber alles andere war meine Sache. Das ist das Schöne an unserer Arbeit, Rafeyo – wir fügen unsere Vision und unsere Begabung und unsere Gabe in eine vorgegebene Form und machen so ein Meisterwerk aus der unwesentlichsten *Geburt* oder *Hochzeit*.«

Bald darauf verabschiedete sich Rafeyo nachdenklich. Dioniso trank seinen Tee aus, lehnte sich in die Koje zurück, die zu einer gnädig schaukelnden Wiege geworden war, und schlief lächelnd ein.

8

Das Jahr 1263 wurde mit den üblichen Festen begonnen, bei denen Mechella sich gern entschuldigen ließ. Während des Winters war sie so krank und bedrückt gewesen, daß Arrigo schon um das Kind gefürchtet hatte. Berühmte Ärzte waren gekommen, hatten wie tratschende Hühner gegluckt und behauptet, ihr fehle nichts, es sei nur eine schwierige Schwangerschaft oder vielleicht das Wetter – und reichten die Rechnungen ein.

Als der Frühling näherkam, ging es Mechella besser, je dicker sie wurde – und sie war so dick, daß man sogar Zwillinge für möglich hielt. Sie hatte wieder soviel Energie, daß sie sich freiwillig dazu meldete, sich um die Vorbereitung des Kinderfestes zu Astraventa zu kümmern, ihres Lieblingsfeiertages.

Mechellas erster Beitrag zum religiösen und gesellschaftlichen Leben von Tira Virte – wenn man von den wenigen öffentlichen Auftritten seit ihrer Hochzeit einmal absah – bestand darin, eine kleine ghillasische Note hinzuzufügen. Statt nur die Spiegel entgegenzunehmen, mit denen sie an Astraventa die Sternschnuppen »fingen«, durften die Kinder auf dem Palastgelände danach suchen. Der Haushofmeister nickte begeistert, als er Mechella gegenüberstand, und stöhnte, sobald er die Tür hinter sich geschlossen hatte, denn nun würden nicht nur die Spiegel, sondern auch noch Ausbesserungsarbeiten in den Gärten von ihm bezahlt werden müssen.

Mechellas Idee war ein großer Erfolg. Im letzten rötlichen Licht des Sonnenuntergangs, während den Eltern drinnen Apfelwein und sternförmiges Gebäck serviert wurde, tollten Hunderte von kleinen Jungen und Mädchen durch die Beete und Hecken, um Hunderte kleiner Spiegel mit Holzgriffen und bunten Bändern daran zu suchen. Wenn sie sie gefunden hatten, rannten sie damit zum Brunnen im Hof, wo Mechella ihnen die Bänder an die Handgelenke band. Süßigkeiten wurden verteilt, während alle gespannt auf den »Sternenwind« warteten.

Es wurde dunkel, und die alljährlichen Sternschnuppen zeigten sich, und alle Spiegel wurden dem Himmel zugewandt, um ein Lichtblitzen aufzufangen. Die Wände des Palasso hallten vor begeistertem Geschrei wider. Eltern traten heraus, um ihre Brut einzusammeln, die inzwischen ganz betört war von zu vielen Süßigkeiten und dem Glück, einen Stern gefangen zu haben. Mechella stand oben auf der Treppe und lächelte, als die Bürger von Meya Suerta sich dankbar vor ihr verbeugten.

Dann sah sie ein kleines Mädchen vorbeistapfen, dessen Mutter vergeblich versuchte, es zu beruhigen. Mechella kam die Treppe herunter, kniete sich ungeschickt nieder und griff nach der klebrigen Hand, die den Spiegel hielt.

»Was ist denn, Kleines?«

»Hab' kein' erwischt«, schluchzte das Kind. Die Mutter, erschrocken, Mechellas Aufmerksamkeit erregt zu haben, versuchte, ihre Tochter wegzuziehen. Mechella schüttelte lächelnd den Kopf.

»Vielleicht hast du nur geblinzelt«, sagte sie, »und es daher nicht gesehen. Laß uns mal versuchen, deinen Stern zu finden.« Sie drehte den Spiegel hin und her und riß sich mit der freien Hand eine winzige Tza'ab-Glasperle von ihrem bestickten Gewand.

Das Kind spähte mit ernstem Blick in den Spiegel. »Keiner da!« jammerte es.

»Vielleicht, wenn wir ihn so drehen – oh! Hier ist er!« Und sie tat so, als pflückte sie die Glasperle aus dem Haar des Mädchens. »Kein Wunder, daß du ihn nicht gesehen hast.«

»Mama! Mama! Mein Stern!«

»Weißt du, was ich glaube?« Mechella legte dem Kind die Perle in die Hand. »Er hat sich da oben am dunklen Nachthimmel einsam gefühlt, und als er deine hübschen schwarzen Locken gesehen hat, hat er beschlossen, daß er dort lieber wäre – und sich nicht in einem dummen Spiegel fangen lassen wollte.«

Fest umklammerte die Kleine ihren »Stern« und rannte zu ihren Freundinnen. Mechella erhob sich mühsam und schwer atmend und lächelte, als die junge Mutter flüsterte: »Tausend Dank, Doña.« Sie knickste eilig, dann lief sie ihrer Tochter hinterher.

Nachdem Kinder und Eltern gegangen waren, war es Zeit für den Ball. Auch anderswo in Tira Virte wurde der Feiertag mit Tanz begangen. Astraventa war ein Fest der Fortpflanzung, der Sternenwind stand für die Gabe des Lebens. Bald würde es viele Hochzeiten geben, denn in dieser Nacht war es auch unverheirateten Paaren erlaubt, in Hecken und Wiesen nach »gefallenen Sternen« zu suchen, und ein Kind, das an Astraventa gezeugt wurde, wurde als Segen betrachtet. Mechellas Bruder Enrei hatte ihr einmal erzählt, der Feiertag sei nichts als eine Ausrede für diese ansonsten unerlaubten Liebesspiele. Aber Mechella zog es vor, der Überlieferung zu glauben: In jener Nacht fanden Sterne Zuflucht im Leib der Frauen, und Kinder, die an Astraventa gezeugt wurden, hatten ganz besondere Seelen.

Was immer die Höflinge nach dem Ball tun mochten, an jenem Abend waren die ländlicheren Aspekte des Feiertags im Palasso nicht zu bemerken. Elegante Adlige trugen in Imitation des Nachthimmels so viele Kristalle und Brillanten und Pailletten und Diamanten auf ihren schwarzen Gewändern, daß es aussah, als wären alle Sternbilder zum Tanz herabgestiegen.

Mechella, die so gern tanzte, schämte sich wegen ihrer Schwerfälligkeit. Sie hatte vor, den Abend auf dem Sofa zu verbringen, bis um Mitternacht das Feuerwerk die Sterne wieder zum Himmel zurückschicken würde. Aber Arrigo bestand darauf, daß sie die Tanzfläche an seiner Seite betrat. Sie war überzeugt, vollkommen absurd auszusehen, aber als sie ihm das sagte, lachte er nur. Und als er sie vorsichtig durch den Ballsaal drehte, bemerkte sie plötzlich, daß sie sich leicht wie eine Feder fühlte. Also tanzte sie mit ihm, und mit seinem Vater, und mit mehreren der wichtigeren Adligen und dem Kommandanten des Shagarra-Regiments. Schließlich sank sie angenehm ermüdet auf das Sofa, um wieder zu Atem zu kommen. Arrigo, der gegenüber den anderen Damen seine Pflicht erfüllt hatte, brachte ihr ein kühles Getränk und beugte sich zu ihr, um ihr ins Ohr zu flüstern.

»Hast du die Diamanten von Dirada do'Palenssia gesehen? Fälschungen.«

»Nein!« rief sie schockiert aus.

»Ich schwöre es dir. Und ich schwöre außerdem, daß der Atem der Gräfin do'Brazzina ein Pferd umwerfen würde. Und am schlimmsten war die Schwester von Baron do'Esqita. Sie ist mir viermal auf die Füße getreten. So ungelenk du sein magst, meine Liebe, wenigstens hast du mir nicht die Zehen gebrochen.«

Sie begann zu kichern. »Arrigo! Du bist eine Klatschtante.«

»Ha, das Beste habe ich mir noch bis zum Schluß aufgehoben. Dir ist doch sicherlich Zandara do'Najerras spektakuläre Figur aufgefallen? Nun, ihre Taille verdankt sie den Korsettstangen, und die beeindruckende Büste gewaltigen Baumwollpolstern.«

»Das kann dir auch kaum entgangen sein. Sie hat sich bei jeder Gelegenheit an dich gedrückt.«

»Mechella!« tadelte er und ahmte ihren Tonfall nach, dann brach auch er in Lachen aus.

In diesem Augenblick ging ein Murmeln durch die Menge. Aus dem Augenwinkel sah Mechella, wie der Dirigent seinen Stab voller Hektik hochriß und seine Musiker zu einem lauten, lebhaften Stück drängte. Paare kehrten auf die Tanzfläche zurück, aber alle Hälse reckten sich, als sie sich anstrengten, etwas zu beobachten, was nahe den Türen zum Ballsaal stattfand.

Zwischen den Tänzern hindurch erhaschte Mechella einen Blick auf einen hochgewachsenen, distinguiert aussehenden Mann, der eine schlanke Frau auf Cossimio und Gizella zuführte. Das nüchterne schwarze Gewand des Mannes war an den Schultern mit Brillanten besetzt, als wäre er versehentlich in eine Sternschnuppe geraten. Die Frau glitzerte geradezu und trug ihre Sterne in Form eines Diamantenhalsbands. Weiß blitzende Juwelen, die keinen Zweifel an ihrer Echtheit ließen, ergossen sich über einen nackten Hals und die Schultern bis zu schwellenden Brüsten, die nicht der Schneiderkunst zu verdanken waren. Ebensowenig wie ihre schlanke Taille feste Schnürung verlangte. Ihr hoch aufgestecktes schwarzes Haar blieb ungeschmückt, auf rosigen Lippen lag ein zurückhaltendes Lächeln, das durch die gebogenen Brauen etwas Herausforderndes erhielt. Dunkle Augen ignorierten alles zugunsten des großherzoglichen Paares, wie es sich gehörte – aber irgendwie wußte Mechella, daß die Frau jedes Gesicht im Saal genau gesehen hatte, ihr eigenes eingeschlossen.

Sie blickte zu Arrigo auf, weil sie nach dem Namen der Frau fragen wollte. Aber dann wußte sie ihn. Es lag an seinem Blick – verblüfft, bewundernd, erzürnt, und kurz von Begehren durchzuckt. Mechella spürte, wie ihr die Tränen in die Augen stiegen. Wie *konnte* er dieser Frau nur die Rückkehr an den Hof gestatten? Aber als er sie ansah und sie bemerkte, wie er nach Worten rang – er, der immer etwas zu sagen wußte –, schmolz seine Qual ihr Herz. Es war nicht seine Schuld. Er hatte es nicht gewußt. Ihr Schmerz wandelte sich in Zorn über die Arroganz dieser Grijalva und ihre schlechten Manieren.

Ihre Stimme war leise und gefaßt, als sie sagte: »Ich sehe, Graf und Gräfin do'Alva sind eingetroffen.«

Dankbarkeit für ihre Ruhe erhellte Arrigos Züge – und Bewunderung. »Spät genug, daß es beinahe eine Beleidigung darstellt. Mein Vater kann Zuspätkommen nicht ausstehen, besonders, wenn er zum Fest lädt.« Und beinahe ohne innezuhalten fügte er hinzu: »Möchtest du tanzen, 'Chella?«

Sie wußte, das war ein Angebot zur Flucht, und sie liebte ihn dafür. Sich sanft in seinen Armen zu drehen, die Blicke der Höflinge zu vergessen, die unvermeidliche Begegnung hinauszuschieben ...

Nein. Sie würde hier sitzenbleiben und darauf warten, daß die Frau ihre schlechten Manieren der ganzen Welt demonstriere und ihr eine durchsichtige Entschuldigung für das verspätete Eintreffen gab. Sie ließ die kristallbestickte Stola von den Schultern sinken, enthüllte den Ansatz ihrer eigenen vollen Brüste und den Kranz blitzender Diamanten an ihrem Hals, und lächelte ihren Mann an. »Nur, wenn du mich trägst.«

Er grinste. »Vater ließ Lizia auf seinen Stiefeln stehen, als er ihr das Tanzen beigebracht hat. Ich könnte dasselbe mit dir machen, aber ...«

»Aber die Zehen, die do'Esquitas Schwester schon gebrochen hat, würden endgültig zerquetscht!«

Und so lachten sie, als Tazia, Gräfin do'Alba, kam, um ihnen vor dem gesamten Hof die Ehre zu erweisen. Es gab nur wenig zu sehen. Ein Knicks, ein paar gemurmelte Worte, die keiner der Umstehenden verstehen konnte, eine huldvoll lächelnde Mechella, ein vollkommen gefaßter Arrigo und eine kühle, schöne Tazia. Nicht mehr.

Dennoch, Großherzogin Gizella wurde beobachtet, wie sie leise seufzte und die Augen zu etwas schloß, was als lautloses Dankgebet interpretiert wurde. Lissina, Baronin do'Dregez und Cossimios ehemalige Mätresse, glitt unauffällig an die Seite ihres Vetters Mequel, und Augenblikke später tanzte der Oberste Hofmaler mit Tazia. Dem Großherzog entging das alles, weil er sich im Gespräch mit do'Alva befand.

Es war eine schreckliche Enttäuschung. Die gierig erwartete Begegnung war vorüber, und das einzige Feuerwerk dieses Abends ereignete sich um Mitternacht.

Der nächste Tag war da schon eine andere Geschichte.

In der Villa der do'Alvas, im neuesten und modischsten Viertel von Meya Suerta, wurde Tazia von Besuchern geradezu belagert. Die meisten dachten noch daran, ihr zur Hochzeit zu gratulieren, bevor sie das Gespräch begierig auf den Ball brachten. Graf Garlo ließ sich pflichtschuldigst eine Stunde lang im Empfangsraum seiner Frau blicken. Lissina, die dasselbe vor vielen Jahren erlebt hatte, war freundlicherweise früh erschienen und blieb lange, um Tazia zu helfen, die schlimmsten verbalen Spitzen abzuwehren. Sie ließ auch wissen, daß die Gräfin hinfort das Privileg haben würde, zum Vorstand diverser Wohltätigkeitsorganisationen zu gehören, deren Schirmherrinnen sie und die Großherzogin waren. Nichts half so gut wie Gizellas Name, um jeglichen Tratsch im Keim zu ersticken.

Aber Tazia brauchte keine Hilfe dabei, wieder einmal jene zu frustrieren, die sich an ihrem Unbehagen weiden wollten. Am Abend hatte halb Meya Suerta den erleichterten Seufzer der Großherzogin nachvollzogen; die andere Hälfte seufzte vor Enttäuschung.

In der Öffentlichkeit war Tazia ein Ausbund an guten Manieren, gab sich ganz der eleganten Kunst korrekten Verhaltens hin. Privat – an jenem Abend, allein in dem schalldichten Raum ihrer eigenen und nun leeren Villa – tigerte sie auf und ab und weinte und verfluchte sowohl Arrigo als auch seine blasse, schwangere Frau.

»Canna!« tobte sie. »Hirnloser Idiot! Wie kann es diese dumme Kuh wagen, mich anzulächeln?« Sie warf eine Silberschachtel mit Süßigkeiten an die Wand, aber das gedämpfte Geräusch war ausgesprochen unbefriedigend. »Und dieses herablassende Schwein Arrigo!« Ein goldener Weinkühler folgte der Schachtel, mit ähnlich unbefriedigendem Ergebnis. »Ich werde ihm dieses selbstzufriedene Grinsen mit dem Schlachtmesser aus dem Gesicht schneiden!«

Schließlich brach sie auf dem Sofa zusammen, erschöpft,

mit triefender Nase und brennenden Augen; ihr Kopf fühlte sich an, als würde er gleich explodieren wie das Feuerwerk des Vorabends. Sie erhob sich und ging nach oben, um ein paar Dinge zu holen, ihre Ausrede für den Besuch in ihrem alten Haus. Der Spiegel zeigte, wie die Tränen ihrem Aussehen geschadet hatten; das und der Schaden, den die Jahre angerichtet hatten, wich der Kosmetik auf dem Frisiertisch.

»Eine echte Grijalva!« erklärte sie verbittert ihrem Spiegelbild. »In unseren kundigen Händen wirkt Farbe Wunder.«

Aber es würde noch lange dauern, bis Rafeyo genug Grijalvamagie gelernt hatte, um ihr nützen zu können. Bis dahin würde sie sich selbst helfen müssen.

Eine schwere Kristallflasche mit Parfum krachte in den Spiegel, und endlich fühlte Tazia sich besser.

Ein paar Tage nach Fuega Vesperra kam Doña Teressa do'Verrada zur Welt. Nach der schwierigen Schwangerschaft erwiesen sich die Wehen als überraschend leicht, als hätte sich das Baby zur Entschuldigung ganz schnell in die Welt gedrängt.

Arrigo bedauerte zwar, daß das Kind kein Junge war, aber er war dennoch bezaubert von seiner kleinen blonden Tochter. Am Abend stand er allein auf dem Balkon, um die Geburt zu verkünden, und der Beifall der Bevölkerung klang süß in seinen Ohren. Als zehn Tage später Mutter und Kind zum ersten Mal die Kathedrale Imagos Brillantos zusammen betraten, waren die Bewohner von Meya Suerta in noch größerer und lautstärkerer Anzahl zugegen.

Der Palasso Verrada wurde mit Geschenken überschwemmt. Ganze Gewächshäuser voller Blumen, Obstgärten von Früchten, genug Babykleidung, um eine ganze Provinz zu versorgen, Berge von Spielsachen, Bibliotheken von Büchern – ein Zimmer, dann zwei und schließlich vier wurden abgeteilt, um die Geschenke fremder Herrscher vorzuführen, die des Hofes, des niederen Adels, von Händlern, Botschaftern, Gilden und einfachen Leuten aus ganz Tira Virte. Nur ein Ereignis warf einen Schatten auf Teressas Geburt: der Oberste Hofmaler Mequel war krank geworden und konnte ihre *Geburt* nicht malen. Diese Aufgabe fiel dadurch auf Arrigos besondere Bitte hin Dioniso Grijalva zu, und das Porträt, das so entstand, war eines der schönsten, das je gemalt wurde. Nachdem es vollendet war, machte sich eine kleine Armee von Kopisten an die Arbeit, reproduzierten jeden Pinselstrich und fertigten Kopien für die Herrscherhäuser der Nachbarländer und für den Hochadel an.

Mechellas erster Weg nach der offiziellen Zeremonie in der Kathedrale führte sie zu Mequel in den Palasso Grijalva. Dies rief eine Sensation hervor, denn seit Herzog Alejandro dort nach dem Tod des Obersten Hofmalers Sario diesem die letzte Ehre erwiesen hatte, hatte kein do'Verrada mehr den Fuß in den Palasso gesetzt. Mechellas Sorge um Mequel wurde als weiterer Beweis ihres mitleidigen Herzens betrachtet, und ihr Besuch führte zu einer sofortigen Besserung seines Zustands.

Sie rief noch mehr Erstaunen hervor, als sie bat, in den Werkstätten und Ateliers herumgeführt zu werden. Dioniso führte sie von den Klassenzimmern zum Saal der Kopisten – wo sie achtzehn Porträts ihrer Tochter, alle aufgereiht und fertig zum Versand, in Kichern ausbrechen ließen.

»Entschuldigt«, keuchte sie schließlich. »Sie sind wunderschön, und ich wollte niemanden beleidigen. Ich dachte nur gerade daran, wie Teressa es wohl aufnehmen würde, all diese Babys zu erblicken, die alle wie sie selbst aussehen!«

Der Maler lächelte höflich. »Vielleicht möchtet Ihr unsere Galerria sehen?«

»Sehr gerne, aber wenn ich zu lange wegbleibe, wird Teressa mich vermissen.« Nach einem kurzen Zögern fuhr sie fort. »Ich weiß, daß Euer Original in unserer Galerria hängen wird und ich es mir jederzeit ansehen kann. Aber Babys wachsen so schnell, und ...«

Er deutete ihren Blick richtig und fragte: »Möchtet Ihr eine dieser Kopien für Eure privaten Gemächer, Euer Gnaden?«

»Könnte ich eine haben? Oh, aber dann wird jemand noch eine weitere malen müssen.«

»Das ist unwichtig. Es ist eine gute Übung für die jungen Leute.«

Sie ging langsam an den Staffeleien vorbei, blieb hier und da stehen, um sich ein Bild näher anzusehen. Schließlich kehrte sie zu einer bestimmten Kopie zurück. »Sie sind alle wunderbar, aber diese hier ist dem Original am nächsten.«

»Der Künstler wird sich geehrt fühlen, Euer Gnaden.«

»Ich hätte gern, daß er es persönlich abliefert, damit ich ihm danken kann.«

»Cabral wird Euch gern zur Verfügung stehen.«

Dioniso führte sie aus dem Arbeitsraum einen langen, zugigen Flur entlang, den er als einen der ältesten Teile des Palasso beschrieb, noch vor Herzog Renayos Schenkung vor vierhundert Jahren gebaut. »Man kann das Alter dieses Teils an den Gewölben und den blinden Arkaden ablesen – man nennt sie so, weil die Steinmauern zwischen jeder Gruppe von Säulen den Blick versperren. Es sind immer zwei Säulen, zu Ehren der Mutter und des Sohnes ...« Er hielt inne. »Aber ich will Euer Gnaden nicht langweilen.«

»Ihr langweilt mich nicht«, log sie. »Wer sind all die Leute auf den Porträts hier zwischen den – wie habt Ihr sie genannt – Arkaden? Sollten die Bilder nicht in der Galerria hängen?«

Er zuckte die Achseln. »Das sind recht unwichtige Leute, oder die Gemälde selbt genügen unseren Maßstäben nicht.«

»Unwichtig für wen, Dioniso?« fragte sie gereizt. »Sicher nicht für jene, die sie geliebt haben. Und wessen Maßstäbe? Die Maler haben sicherlich ihr Bestes gegeben.«

Er verbeugte sich. »Es ist die einzigartige Gabe, Euer Gnaden, die Menschen zu sehen, nicht die Politik und die Farbe. Ich wußte schon in Aute-Ghillas, daß Ihr Geschenke nach Tira Virte bringen würdet, die nichts mit Eurem hübschen Gesicht, Eurer Mitgift oder Euren Kindern zu tun haben.«

»Es ist freundlich von Euch, das zu sagen«, meinte Mechella, überrascht darüber, wie er sie sah. »Aber ich wünschte, ich verstünde mehr von anderen Dingen. Ich weiß zum Beispiel nichts über Eure Kunst. Ihr Grijalvas seid für unser Land so wichtig, und ich möchte so viel wie möglich über Euch erfahren.«

»Wenn Cabral das Gemälde bringt, könnt Ihr vielleicht ein wenig Zeit erübrigen, mit ihm durch die Galerria Verrada zu gehen. Er kennt sich recht gut aus, und er ist ein viel besserer Redner als ich.«

Und so wurde mehrere Tage später Cabral Grijalva mit seiner Kopie der *Geburt der Teressa* im Palasso Verrada vorstellig. Nachdem er das Aufhängen des Bildes in Mechellas Wohnzimmer beaufsichtigt hatte, gingen sie zu ihrer ersten Lektion über Kunst in die Galerria.

» ... und hier seht Ihr ein weiteres Beispiel von Chiaroscuro im Spiel von Sonnenlicht und Schatten auf Herzogin Enricias Hochzeitskleid.«

»Chiaro? Ich hätte ein Notizbuch mitbringen sollen«, seufzte Mechella. »Ich fürchte, ich stelle mich sehr dumm dabei an, mir dies alles zu merken.«

»Überhaupt nicht, Euer Gnaden«, erwiderte Cabral sofort. »Ich bin derjenige, der einen Fehler macht, weil ich versuche, Euch alles auf einmal zu sagen. Kein Wunder, daß die Viehos Fratos meine Bitte, mich unterrichten zu lassen, immer wieder ablehnen.«

Sie lächelte. »Wenn Ihr mich unterrichten könnt, dann könnt Ihr alle unterrichten, und das werde ich ihnen auch sagen, wenn Ihr wollt. Aber wieso wollen sie es nicht zulassen?«

»Weil ich die Gabe nicht habe«, erklärte er.

»Wie könnt Ihr das sagen? Dumm wie ich bin, wußte ich doch sofort, daß Eure Kopie von Dionisos Gemälde die beste von allen war.«

»Euer Gnaden Lob ist mehr, als ich verdiene. Ich sollte erklären, daß es zwei Arten von Grijalvas gibt. Die ersten sind wie ich – ein gewisses Maß an Fähigkeiten und genügend Handwerkskunst, um echte Begabung nachzuahmen.« Er hielt inne, dann gab er zögernd zu: »Ich hatte im vergangenen Jahr bereits die Ehre, Eure *Hochzeit* zu kopieren.«

»Ach ja? Die Kopie würde ich zu gerne sehen.«

»Sie wurde nach Merse geschickt. Wir haben keine ausgeprägten Handelsbeziehungen mit diesem Land, also war echtes Talent nicht erforderlich. Die Kopie war eine reine Höflichkeit. Seht Ihr, die echten Meister haben so etwas wie Zauber. Schaut, die Haut von Herzogin Enricia wirkt, als könntet Ihr spüren, wie warm und weich ihre Wange ist? Ich könnte so etwas nicht. Und ich könnte auch niemandem beibringen, wie man es macht.«

»Habt Ihr es je versucht?«

Er schien überrascht. »Das ist nicht erlaubt. Ich bin nur ein Kopist. Oh, ich male meine eigenen Bilder, in meiner Freizeit, wenn ich nicht anderswo gebraucht werde, aber ich bin nicht gut genug, um Farbe an mich zu verschwenden.«

»Ihr seid so gut wie der Rest – besser!«

Cabral schüttelte den Kopf. »Ich habe die Gabe nicht«, wiederholte er. »Mein Freund Zevierin zum Beispiel ist ein ausgesprochen fähiger Meister. Seine Kopie Eurer reizenden kleinen Teressa wird an Euer Gnaden Vater, den König, geschickt werden.« Er lächelte. »Aber *meine* werdet Ihr jeden Tag sehen, also widerfährt mir eine erheblich größere Ehre.«

Mechella breitete in hilfloser Verwirrung die Arme aus. »Ich hoffe, ihr Grijalvas habt eure Gründe, es so zu machen, aber mir kommt es vor, als würde Euer Talent verschwendet, nicht die Farbe, die Ihr benutzt. Darf ich noch eine Frage stellen, bevor Ihr geht?«

»Ich stehe Euer Gnaden so lange zur Verfügung, wie Ihr es wünscht.«

»Dann zwei Fragen. Erstens, woher weiß man, ob jemand die Gabe hat oder nicht?«

»Alle Grijalvajungen werden geprüft. Diejenigen, die bestehen, werden anders unterrichtet als jene, die versagen, nach den Vorschriften, die vor dreihundert Jahren von dem großen Obersten Hofmaler Sario festgelegt wurden.«

»Einige seiner Bilder hängen hier in der Galerria, nicht wahr?«

»Ja. Er hat für seine Zeit hervorragende Arbeit geleistet. Aber sein wichtigstes Vermächtnis liegt nicht in seinen Gemälden, sondern in dem System, das er zur Ausbildung begabter junger Maler ausgearbeitet hat.«

»Zu denen Ihr angeblich nicht gehört. Nun, Cabral, ich bin anderer Ansicht. Und meine zweite Frage wird das beweisen, denn ich werde Euch bitten, mir mehr über Malerei beizubringen. Die Großherzogin muß ständig Gäste durch die Galerria führen. Wenn ich mehr wüßte, könnte ich sie davon befreien, sich ständig wiederholen zu müssen! Sie war so reizend zu mir, ich möchte ihr helfen, wo ich nur kann.«

Cabral verbeugte sich tief. »Es wäre mir eine Ehre und ein Vergnügen, Euer Gnaden. Aber ich muß Euch warnen«, fuhr er mit leisem Lachen fort, »daß Ihr mit den Lektionen über Kunst auch eine große Dosis Geschichte abbekommen werdet. Die gesamte Vergangenheit von Tira Virte hängt an diesen Wänden.«

»Das ist ein weiterer Grund, weshalb ich mehr lernen will«, vertraute sie ihm an. »Ich könnte mir die historischen Ereignisse viel besser merken, wenn ich die Menschen auf den Gemälden dazu sehe. Wäre zweimal im Monat zu oft? Würde es Euch zu sehr von der Arbeit abhalten?«

»Ich komme jeden Tag her, wenn Ihr es wünscht.«

»Oh, öfter als einmal in der Woche, und ich werde mir nie etwas merken können! Und ich verspreche, daß ich mir beim nächsten Mal Notizen mache.«

9

In diesem Sommer erfuhr Mechella viel über die Freuden und Fallstricke des Hoflebens. Gizella und Lissina hatten ein besorgtes Auge auf sie, aber bald merkten sie, daß das Mädchen jetzt, nachdem sie Arrigo ein Kind – auch wenn es kein Sohn war – geboren hatte, sehr viel mehr Selbstvertrauen besaß und solchen Charme, daß selbst ihre seltenen Fehler sie nur beliebter machten.

Gut, ihre Bildung war nicht sonderlich ausgereift, ihr Verständnis nicht sehr groß, aber sie war so bescheiden in ihrem Bedürfnis zu lernen, daß selbst die schwerfälligsten Gelehrten ihre Ignoranz lächelnd ertrugen. Sie neigte dazu, einen etwas glasigen Blick zu bekommen, wenn über Politik gesprochen wurde, aber auf der Tanzfläche war sie eine Göttin. Sie hatte kaum eine Ahnung, wo sich die Landsitze der Adligen befanden, aber sie kannte immer die Namen ihrer Kinder und Enkel. Ihre Briefe, in denen sie dieser Gräfin oder jener Baronin für ein wunderbares Essen dankte, waren in runder Kinderhandschrift, aber mit solch unschuldiger Offenheit, daß man ihr selbst die Rechtschreibfehler verzieh. Und um ihr Gesicht, ihre Figur, ihren Schmuck und ihre Kleider wurde sie von jeder Frau in Meya Suerta beneidet.

Arrigo platzte fast vor Stolz, wann immer er sie ansah. Wenn sie Schulen besuchten, Dorffeiern, Krankenhäuser oder Gildenhäuser, riefen die Leute noch lauter nach ihr als nach ihm. Überall wurde sie mit Irisen, ihren Lieblingsblumen, überschüttet. Als es hieß, sie hätte eine Vorliebe für Mandeln, tauchten ganze Körbe davon auf, wo immer sie war. Man sah sie mit einem casteyanischen Spitzenschal, und die Bäuerin, die ihn als Hochzeitsgeschenk gefertigt hatte, erhielt viele Aufträge von reichen Adligen. Nur Tage, nachdem sie bei der Besichtigung einer Suppenküche für die Armen eine bestickte Schürze angezogen hatte, wollte jede Frau in Meya Suerta, die sich für modisch hielt, ebenfalls eine.

Nur in einem enttäuschte sie Arrigo: sie konnte Chasseriallo nicht ausstehen. Er wollte ihr eine Woche der Entspannung von ununterbrochenen Festen, Bällen und der Wohltätigkeitsarbeit verschaffen und hatte im Herbst dafür gesorgt, daß sie eine Woche in dem Jagdschlößchen verbrachten. Sie begann zu husten, kaum, daß sie angekommen waren. Am nächsten Morgen hatte sie Fieber und verbrachte die gesamte Woche im Bett. Und darüber hinaus bekam sie Alpträume: das Moos, das die Bäume überzog, wickelte sich um ihren Hals, der Fluß wurde zu einem wirbelnden Strom, der sie davontrug, die kleinen Baumfrösche nahmen die Größe von Pferden an und brachen durchs Dach. Schließlich bekam Arrigo Mitleid mit ihr und brachte sie nach Meya Suerta zurück. Aber er mußte unwillkürlich an die Zeiten denken, die er hier mit Tazia verbracht hatte – wie sie bis zur Hüfte in den Fluß gewatet war, um zusammen mit ihm zu angeln, wie sehr sie die dunklen, geheimnisvollen Wälder geliebt hatte, wie sie bei der wilden Jagd über die Hügel immer bei ihm gewesen war, und jeden Abend in der alten Badewanne …

Diese Untreue gegenüber Mechella beschämte ihn. Als sie sich im Palasso Verrada schnell erholte und wieder zu dem lebhaften, reizenden Mädchen wurde, das er geheiratet hatte, vergaß er Tazia. Beinahe.

An Providenssia war Mechella wieder schwanger, und es

ging ihr noch schlechter als beim ersten Mal. Sie legte sich ins Bett und sagte alle Verpflichtungen ab – nicht, daß ihre offiziellen Auftritte mit Arrigo von sonderlicher Bedeutung gewesen wären. Bei Erntefesten war er Preisrichter für Pferde und sie für Gebäck und Stickereien. Sie erschienen zu Segnungen für ein neues Bergwerk oder eine Mühle oder ein Krankenhaus. Sie aßen mit der Gilde der Weber, den Weinbauern, den Uhrmachern, den Leinenhändlern, den Goldschmieden. Mechella genoß all dies, selbst die langweiligen Ansprachen, denn sie freute sich immer darauf, mit den Menschen zu sprechen und sich ihre Sorgen anzuhören. Und die Leute sagten ihr alles, ob es nun um das gebrochene Handgelenk eines Kindes oder ihre Ansichten über den Handel mit Taglis ging.

Aber Arrigo war unruhig. Er hatte gehofft, daß seine Ehe einiges ändern würde. Mit einer Frau, die einen Teil der gesellschaftlichen Verpflichtungen übernehmen konnte, hatte er gehofft, freier zu sein, mit seinem Vater in Staatsangelegenheiten zusammenzuarbeiten. Er wußte, daß er gute Ideen hatte. Zum Beispiel sollte Tira Virte Wagenladungen dieser wunderschönen casteyanischen Pelze in das kalte nördliche Königreich Merse schicken. Diesen Markt zu öffnen, nahm Arrigo an, würde später auch andere erschließen. Aber Cossimio schüttelte den Kopf. Handel mit Luxusgütern half nicht, für eine Abhängigkeit Merses von Tira Virte zu sorgen; politische Zusammenarbeit wurde nur durch die Angst garantiert, den Nachschub an wichtigen Grundnahrungsmitteln oder Mineralien zu verlieren, nicht Umhänge für die Reichen. Und darüber hinaus hielten die Merseianer nichts davon, Verträge zu malen, statt sie schriftlich festzuhalten – wie sollte man also Handel mit ihnen betreiben?

Arrigo verstand das Argument um die Malerei besser, als sein Vater annahm, aber er enthüllte nichts von seinem Wissen. Die Informationen, die Dioniso ihm über die Kunst der Grijalvas gegeben hatte, erklärten nicht nur einige historische Ungereimtheiten, sie beunruhigten ihn auch. Keinem Aspekt der Regierung oder der Beziehungen zu den Nachbarstaaten konnte vertraut werden, ehe ein Meistermaler ihn dargestellt hatte – und das gab den Grijalvas entschieden zu viel Macht. Da er keine Möglichkeit sah, etwas gegen diese fest etablierte Macht zu unternehmen, beschloß Arrigo, zumindest dafür zu sorgen, daß er in Zukunft seine eigenen Grijalvas hatte.

Und so unterstützte er Mechellas Unterricht bei Cabral, traf sich mindestens einmal im Monat mit Dioniso und fragte sich, wann es an der Zeit wäre, Graf und Gräfin do'Alva zu den kleinen Festivitäten einzuladen, die er im Palasso Verrada veranstaltete. Nun, da Mechella wieder schwanger war und zu erschöpft, um daran teilzunehmen, hatte er das Gefühl, er könnte eine solche Einladung aussprechen. Und wieviel Tratsch konnte schon entstehen, wenn er ein Dutzend oder mehr Leute einlud? Es war ja nicht so, daß er Tazia zu einem vertraulichen Mitternachtsessen gebeten hätte. Und er liebte sie ohnehin nicht mehr.

Eines hatte sich seit seiner Heirat eindeutig verändert. Wenn er nun allein in der Öffentlichkeit erschien, zeichnete sich auf allen Gesichtern Enttäuschung ab. Geschenke waren immer für Mechella bestimmt; wenn es Blumen gab, dann immer Iris. Arrigo wurde langsam klar, wie sehr das Volk von Tira Virte sie liebte. *Sein* Volk. Es war zwar einerseits befriedigend, wenn sie nur ihren Namen riefen und unbedingt wissen wollten, wieso er sie nicht mitgebracht hatte, obwohl sie doch alle von der Schwangerschaft wußten.

Als es zum ersten Mal passierte, bat er mit erhobener Hand um Ruhe, und die Gilde der Edelsteinschneider fiel in ihrer mit schweren Wandbehängen geschmückten Gildenhalle in Schweigen. Lächelnd verkündete Arrigo mit einer Stimme, die bis zu den Dachbalken trug: »Es tut mir leid, aber Doña Mechella fühlte sich nicht wohl genug, um mich zu begleiten. Ich kann es allerdings nicht allzusehr bedauern, der Grund für ihre Indisponiertheit zu sein.« Es gab Beifall und Gelächter, und jemand rief: »Gut, wenn ein Mann genießt, daß er seine Arbeit getan hat!« Ein anderer schrie: »Diesmal wird es ein Sohn!« Arrigo grinste und erzählte seiner Frau am nächsten Morgen davon, als er ihr die Geschenke der Gilde übergab: Armbänder aus einem Dutzend verschiedener Steine, eines für sie und eines für Teressa. Mechella wurde rot, und dann lachten sie zusammen.

Er benutzte dieselbe kleine Ansprache noch öfter, mit demselben Ergebnis, aber eines Tages lachte keiner, und eine Stimme rief: »Wenn Ihr so leiden müßtet, um den nächsten Erben zur Welt zu bringen, wäret Ihr mit Euren Witzen darüber nicht so leichtfertig!« Die Frau wurde sofort von ihrem zu Tode beschämten Ehemann zum Schweigen gebracht, und die dunkelrot angelaufenen Oberhäupter der Zimmermannsgilde entschuldigten sich überschwenglich, aber als Arrigo das Gebäude verließ, hörte er draußen wieder die Rufe: »Mechella! Mechella!« Er erzählte seiner Frau nichts davon und unterließ hinfort seine anzüglichen Bemerkungen.

Am Tag danach kamen ein paar Adlige und ihre Frauen zu einem Nachmittag mit Musik und Gesprächen in den Palasso. Arrigo hieß seine Gäste willkommen, kümmerte sich um sie und behielt die Fassung, als Tazia alleinc eintraf.

»Garlo steckt mitten in wichtigen Besprechungen mit seinen Verwaltern – irgendwas Langweiliges über die Ernte. Aber er hat darauf bestanden, daß ich herfahre. Ich hoffe, das ist in Ordnung.«

»Es ist sehr freundlich, daß du dich zu uns gesellst«, erwiderte Arrigo und wies ihr den Weg zu Wein und Kuchen, bevor er das nächste Paar willkommen hieß. Erst als alle sich zum Konzert niederließen, fiel ihm auf, daß Tazia und er die einzigen Anwesenden ohne Ehegatten waren. Die

Stühle waren paarweise arrangiert, mit kleinen Tischchen dazwischen, und Mann und Frau saßen jeweils zusammen. Arrigo saß allein. Ebenso wie Tazia.

Die Musik wurde von der neuesten Sensation geliefert: der achtjährigen Tochter von Baron do'Varriyva. Was die kleine Clemenssia mit ihrer Gambe veranstaltete, war schon außergewöhnlich. Das Kind trat vollkommen gelassen vor die Versammelten, unterhielt sie eine Stunde lang und wurde dann von ihrer Mutter zu einem Mittagsschlaf nach Hause gebracht. Als er ihr zuhörte und beobachtete, wie die kleinen Finger über die Saiten tanzten, war Arrigo nicht nur verblüfft über ihre früh entwickelte Brillanz, sondern auch über die Unwahrscheinlichkeit, daß die Tochter eines Adligen zu irgend etwas anderem als Stickerei oder dem Arrangieren von Blumen begabt sein sollte. Clemenssia hatte echtes Talent, und ihre Eltern waren heftig zerstritten darüber, ob sie zulassen sollten, daß die Tochter dem nachging, ohne den üblichen Einschränkungen einer Tochter aus adligem Haus unterworfen zu sein, die alle darauf abzielten, sie so schnell wie möglich zu verheiraten. Arrigo fragte sich, was wohl aus ihm geworden wäre, wenn er einc Begabung zur Musik oder Literatur oder gar zur Malerei gezeigt hätte – und er dankte der Mutter innig, daß dies nicht der Fall gewesen war. Es war schrecklich, sich vorzustellen, wie man sich fühlen mochte, wenn man verzweifelt einem bestimmten Kurs folgen wollte und die Pflicht einen anderswohin rief. Es war schon schlimm genug, tun zu wollen, wofür man geboren war und zu wissen, daß man es konnte, und es nicht zu dürfen.

Nach Clemenssias Vorstellung zerstreute sich die kleine Gesellschaft in Gruppen, die sich unterhielten. Arrigo, immer der aufmerksame Gastgeber, wanderte hierhin und dorthin und schnappte den neuesten Tratsch auf. Dies hätte eigentlich Mechellas Aufgabe sein sollen, damit er selbst mehr Zeit hatte, mit den Männern über Politik zu sprechen.

Schließlich fand er sich an einem Erfrischungstisch wieder, wo ein Diener ihm Wein nachgoß. Plötzlich hörte er Tazias Stimme hinter sich.

»Das arme Kind; im Augenblick sieht es so aus, als hätte ihr Vater die Schlacht gewonnen. Obwohl meine Base Lissina und ich vorhaben, uns auf Clemenssias Seite zu schlagen.«

»So reizend sie auch spielt«, erwiderte die Gräfin do'Najerra, »so besteht ihre Pflicht doch darin zu heiraten. Wenn sie erst ein paar Kinder hat, wird sie die Gambe bald vergessen.«

»Wie könnt Ihr nur so denken!« rief Tazia aus. »Es würde ihr das Herz brechen, die Musik aufgeben zu müssen. Es ist eine Sache, zu einer Pflicht geboren zu werden, die man auch erfüllen will, und etwas anderes, zu etwas gezwungen zu werden, wenn das Herz sich nach etwas anderem sehnt.«

»Unsinn«, fauchte die andere Frau. »Sie ist acht Jahre alt. Wie kann sie wissen, was sie will? Und wieso sollte sie das Vergnügen haben, wählen zu können, was uns anderen versagt ist?« Sie hielt inne. »Aber bei Euch war das selbstverständlich anders, Tazia. Oder habt Ihr auch nur Eure Pflicht erfüllt?«

Arrigo hielt die Luft an. Hatte Tazia dies schon seit ihrer Trennung ertragen müssen? Er setzte eine ungerührte Miene auf und drehte sich um; Zandara do'Najerra war so verlegen, ihn plötzlich vor sich zu sehen, daß sie beinahe den Teller mit dem Gebäck hätte fallenlassen. Er ließ ihr so lange Zeit, wie er brauchte, bis drei zu zählen, um darüber nachzudenken, in welchem Fettnäpfchen sie gelandet war, dann sagte er: »Genau die Dame, die ich zu sehen hoffte! Zandara, meine Mutter würde sich außerordentlich freuen, wenn Ihr ihrem Krankenhauskomitee beitreten würdet. Sie planen einen neuen Flügel, in dem ausschließlich Kinder behandelt werden, und niemand hat mehr Erfahrung mit Kindern als Ihr. Wie viele jüngere Brüder habt Ihr aufgezogen?«

»Sieben, nachdem meine Mutter gestorben war, Euer Gnaden, und sechs Söhne und drei Töchter.«

»Und Ihr erwartet ein weiteres?« Er ließ einen beiläufigen Blick über ihre fest geschnürte Taille wandern. Sie wurde dunkelrot und stellte den Teller ab. »Oh, das war mein Fehler. Ich habe ein Gerücht gehört, aber Gerüchte erweisen sich so oft als falsch, nicht wahr? Darf ich meiner Mutter sagen, daß Ihr ihr die Freude machen werdet?«

Steif wie ihre Korsettstangen erwiderte sie: »Ich fühle mich geehrt, Don Arrigo. Ich betrachte es nicht als meine Pflicht, sondern als ein Vergnügen.«

»Wie schön«, murmelte Tazia, »das eine mit dem anderen verbinden zu können.«

Arrigo verriet mit keinem Wimpernzucken, wie amüsiert er war, aber Tazia kannte ihn schon lange genug, und als sie mit blitzenden dunklen Augen zu ihm aufblickte, fiel es ihm schwer, ernst zu bleiben. Die Gräfin do'Najerra, die wußte, wann sie verloren hatte, entschuldigte sich und ließ die beiden allein.

»Das war sehr ungezogen von dir«, bemerkte Tazia.

»Sie hatte es verdient, die dumme Kuh. Passiert so etwas häufig?«

»Nicht so häufig, wie ich will. Es macht mir immer Spaß, ihnen eins auszuwischen. Obwohl es mehr Spaß machen würde, wenn sie selbst geistreicher wären.« Sie lächelte und schickte sich an, davonzugehen.

»Bleib noch einen Augenblick. Wir haben uns so lange nicht mehr unterhalten.«

»Wäre das denn schicklich? Oh, hör auf, die Stirn so zu runzeln. Ich meinte nur, daß Doña Mechella davon erfahren könnte, und sie versteht vielleicht nicht, daß nichts mehr zwischen uns ist.«

»Es war einmal sehr viel zwischen uns – weshalb die Hälfte dieser Frauen hier auf der Stelle zu Mechella rennen werden, um ihr alles zu berichten, wenn sie können.«

»Ich habe gehört, daß es ihr nicht so gut geht. Ich hoffe,

sie kommt bald darüber hinweg. Es wäre schade, wenn sie eine weitere Herbst- und Wintersaison verpaßt.«

»Ich werde ihr deine guten Wünsche für ihre Gesundheit ausrichten.«

»Jetzt runzelst du mit Worten die Stirn! Ich gehe lieber, bevor die Leute denken, daß deine Ungeschicklichkeit etwas zu bedeuten hat.«

»Warum sollte ich mich nicht mit einer alten Freundin unterhalten?«

Sie lachte. »›Freundin‹, wenn es sein muß, aber erspare mir Worte wie ›alt‹.«

»Du wirst es nie sein.« Er trank einen Schluck. »Hast du es ernst gemeint, als du sagtest, du würdest dich auf die Seite der kleinen Clemenssia stellen und gegen den Ehrgeiz ihres Vaters, sie zu verheiraten?«

»Aber sicher. Du hast es selbst gehört, das Kind ist außerordentlich begabt. Warum sollte sie gezwungen werden zu heiraten, wenn sie es nicht will?«

Er zuckte die Schultern. »Sie ist erst acht. Sie weiß noch nicht, was sie will.«

»Du bist also derselben Ansicht wie Zandara?« Sie zog die eleganten Brauen hoch. »Nun, ich nehme an, es ist euch do'Verradas angeboren, die Pflicht über persönliche Bedürfnisse zu stellen.«

»Und euch Grijalvas?« Er senkte die Stimme. »Hatte Zandara recht, was dich angeht?«

Sie senkte die Wimpern, so daß sie Schatten auf ihre Wangen warfen. »Du weißt, daß das nicht stimmt, Arrigo. Du *weißt* es. Und nun laß mich bitte gehen.«

Sie bewegte sich ein wenig zu schnell, als sie zu ihrem Stuhl ging und nach ihrer Stola griff. Er wußte, daß alle sie beobachteten. Aber als sie sich der Gruppe am Fenster zugesellte, war sie wieder vollkommen ruhig. Das war jetzt ihre Pflicht, als Gräfin do'Alva.

Und ihr Vergnügen?

Liebte sie Garlo? Seltsam, daß er sich das nie zuvor gefragt hatte. Seit ihrer Heirat war beinahe ein Jahr vergangen, und er war nie neugierig gewesen. Er hatte nicht daran gedacht, was sie als ehemalige Mätresse durchmachen mochte. Sicher war Lissina so etwas nicht passiert! Aber Mechella hatte sich nicht auf dieselbe Weise mit Tazia angefreundet, wie Gizella es mit Lissina getan hatte. Das war ein Fehler, entschied er. Und auch er hatte einen Fehler gemacht, weil das Leben als Ehemann und Vater ihn so eingenommen hatte, daß er sich nicht einmal gefragt hatte, ob die Frau, die er einmal geliebt hatte, nun glücklich war.

Er trank seinen Wein aus, ließ sich nachschenken und verfluchte sich für seine Kälte und Herzlosigkeit. Er würde sie dafür entschädigen, er schwor sich, dafür zu sorgen, daß man sie mit ebensolcher Hochachtung behandelte wie Lissina.

Und dabei brauchte er Mechellas Hilfe.

Als sie an diesem Abend lustlos in ihrem Essen herumstocherte, erklärte Arrigo ihr die Probleme der Gräfin do'Alva und seinen Wunsch, daß Mechella ihm half, etwas dagegen zu tun. Dann lehnte er sich zurück und war vollkommen überzeugt, daß seine Frau ihm sofort zustimmen würde.

»Nein«, fauchte Mechella. »Das werde ich nicht tun! Wie kannst du so etwas von mir verlangen, Arrigo?«

»Du brauchst nur dem Beispiel meiner Mutter zu folgen«, meinte er geduldig. »Tazia hat es nicht leicht …«

»Sprich ihren Namen nicht in meiner Gegenwart aus!« Sie richtete sich zwischen den schneeweißen Kissen höher auf. »Und erwarte auch nicht von mir, daß sie mir leid tut.«

Die Vorstellung, daß Tazia irgendwem leid tat, traf ihn noch schwerer als Mechellas Zorn, so sehr, daß er überhaupt nicht reagieren konnte.

»Diese Frau war zwölf Jahre lang deine Mätresse! Wie kannst du auch nur glauben, daß ich mich im selben Zimmer aufhalten möchte wie sie, geschweige denn …«

»Meine Mutter ...«

»Ich bin nicht deine Mutter! Ich bin deine Frau! Was, wenn die Rollen vertauscht wären und ich einen Geliebten hätte und nun erwartete, daß du dich mit ihm anfreundest?«

Darüber mußte er lachen. »Du bist wirklich albern. Frauen haben keine Geliebten.«

»Die Grijalvafrauen schon! Und auch Frauen aus deiner eigenen Familie – Benedetta oder wie auch immer sie hieß. Cabral hat mir alles über sie erzählt, als er mir ihr Bild gezeigt hat.«

»Benecitta, und sie hat nichts damit zu tun.« Sie war vollkommen unzugänglich; er biß die Zähne zusammen und versuchte, vernünftig zu sein. »Es ist meiner Mutter nie schwer gefallen, freundlich zu Lissina zu sein.«

»Weißt du, was deine Mutter mir gesagt hat, an meinem ersten Tag hier? Daß diese Person nicht Lissina ist.«

Er erhob sich und starrte sie wütend an. »Sie hat einen Namen. Tazia do'Alva. Ich schlage vor, du fängst an, dich daran zu gewöhnen, denn du wirst ihr von nun an öfter begegnen.«

Mechella begann zu weinen. »Arrigo – bitte, *bitte* verlang das nicht von mir, nicht, wenn es mir so elend geht, weil ich deinen Sohn ...«

»Du hast schon letztes Mal gesagt, es wäre ein Sohn, und es war keiner.« Ihr entsetztes Luftholen sagte ihm, daß er zu weit gegangen war. Er beugte sich zu ihr, griff nach ihrer Hand und küßte sie. »Das habe ich nicht so gemeint, Liebes. Ich bete Teressa an. Und dich. Deshalb ist das auch alles so absurd. Wie könnte Tazia dich je bedrohen?«

»Das hat d-deine Mutter auch gesagt«, schniefte sie. »Oh, Arrigo, laß uns nicht darüber streiten. Ich kann es nicht ertragen, meine Nerven sind zu schwach.«

»Es tut mir leid, meine Liebste.« Er strich ihr über das goldene Haar, und nach einiger Zeit beruhigte sie sich wieder und rieb sich die Augen wie ein Kind.

»Dann – dann wirst du sie wegschicken?«

»Wie bitte?« Arrigo wich zurück, als hätte sie ihn geschlagen.

»Ich will nicht, daß sie hierbleibt! Nicht, wenn ich so schrecklich aussehe. Bitte, schick sie weg, Arrigo, ich werde auch nie wieder etwas von dir verlangen, das schwöre ich.«

Kalt erwiderte er: »Sie wegzuschicken würde bedeuten, öffentlich einzugestehen, daß ich immer noch etwas für sie empfinde. Hast du daran schon gedacht? Denkst du je an etwas anderes als an dich selbst?«

Sie schlug die Hände vors Gesicht und begann, bitterlich zu weinen. Aber er war bereits gegangen.

10

Der erste Herbststurm hätte für die Galerria Verrada beinahe eine Katastrophe bedeutet. Der Wind schmetterte einen Dachziegel in die Dachrinne, wodurch der Ablauf blockiert und ein Stück Teerpappe freigelegt wurde, das ebenfalls los- und weggerissen wurde. Als es dann zu regnen begann, wurden Holz und Gips von Wasser durchtränkt, das wegen der verstopften Dachrinne nicht ablaufen konnte. Tröpfchen wurden zum Rinnsal, das Rinnsal zu einem Bach, und bis zum Nachmittag ergoß sich das Wasser in einen Dachbodenraum, den alle längst vergessen hatten.

Als die Überschwemmung endlich entdeckt wurde, riskierten Handwerker ihr Leben, indem sie in den sturmgepeitschten Regen hinauskletterten, um das Dach neu zu decken, die Ziegel zu ersetzen und die Dachrinne zu säubern. Dienstboten begannen, hektisch das Wasser aufzuwischen, das die Speichertreppe hinunter in einen Lagerraum floß, in dem die weniger wichtigen Kunstschätze aufbewahrt wurden. Mehr Dienstboten eilten, die Gemälde in

Sicherheit zu bringen. Großherzog Cossimio selbst griff zum Stemmeisen, um Kisten zu öffnen, entsetzt über den möglichen Schaden am Erbe der Familie. Die Grijalvas wurden sofort herbeigerufen. Der Oberste Hofmaler Mequel, der sich wieder erholt hatte, war der erste am Schauplatz, und als er sah, wie das Wasser Yverrin Grijalvas *Verlobung von Clemenzo I. und Lissa do'Casteya* ruiniert hatte, füllten sich seine Augen mit Tränen.

Zum Glück wurde dies der einzige wirklich schwere Schaden. Alles andere beschränkte sich darauf, daß Rahmen sich durch die Feuchtigkeit verzogen und auf ein paar Flecken hier und da, die alle leicht entfernt werden konnten. Die größte Gefahr bestand jetzt im Schimmel, einem in feuchten Klima Meya Suertas vertrauten Feind, den die Grijalvas zu bekämpfen suchten. Staffeleien wurden aufgebaut, und die gefährdeten Gemälde stellte man in der Galerria zum Trocknen auf. Alle anderen wurden so lange an die Wände gelehnt, bis neue Kisten für sie gezimmert sein würden.

Auf diese Weise war nun die komplette Sammlung für Mechellas Weiterbildung zugänglich. Cabral wurde in die Galerria geschickt, bis die Rettungsarbeiten beendet waren, und sie ließ ihn oft von seiner Arbeit wegrufen, um mit ihm über Bilder zu sprechen, die seit Generationen niemand mehr gesehen hatte. *Geburten* und *Hochzeiten* von do'Verrada-Verwandten, *Überschreibungen* für diverse großherzogliche Ländereien, *Testamente,* Landschaften, Heiligenbilder, Porträts der besten Hofmaler – alles diente ihrer Erziehung und ihrem Vergnügen.

»Das ist selbstverständlich nur eine Kopie«, erklärte Cabral, als sie den *Obersten Hofmaler Timius Grijalva* bewunderten. »Das Original befindet sich bei all den anderen Porträts der Obersten Hofmaler in unserer Galerria. Und wenn Ihr gerade sagen wolltet, sie sähen einer wie der andere aus – dann habt Ihr ganz recht. Wir Grijalvas sind alle das Ergebnis von Inzucht. Heute kommt es nur noch selten vor, daß ein Kind mit grünbraunen oder grauen Augen geboren wird, oder mit heller Haut oder einer anderen als der typischen Grijalva-Nase.« Bedauernd berührte er seine eigene. »Ich bin einer von denen, die mit diesem jämmerlichen Ding gestraft sind.«

»Und auch mit grünlichen Augen! Wenigstens kann man Euch dadurch von Euren Vettern unterscheiden«, neckte sie ihn. »Wer ist denn der typischste Grijalva?«

»Mequel«, antwortete er ohne zu zögern. »Etwas über mittelgroß, schwarzes Haar, dunkelbraune Augen mit langen Wimpern, dunkle Haut, die nie einen Sonnenbrand bekommt ...«

»Das wünschte ich mir auch. Ich habe mir eine erstaunliche Sammlung von Hüten zugelegt!«

»Grijalvahaut zu goldenem Haar? Nein, die Farben Eurer Hoheit sind absolut perfekt.«

»Nun, ich bin froh, daß Teressa blond geblieben ist – wenigstens bin ich jetzt nicht mehr die einzige mit dieser Haarfarbe im Palasso. Was ist mit diesen Bildern hier drüben?«

Er drückte sich an einer Duftsäule in der überfüllten Galerria vorbei, kniete nieder und sah sich die Leinwände an, die an die Wand gelehnt waren. »Ah, einige davon erkenne ich wieder. Ein paar der ältesten Grijalva-Werke. Dies da ist die *Geburt des Renayo*, Herzog Joaos kleinem Bruder, der mit vier Jahren starb. Seht Ihr, daß der gemalte Rand fehlt? So etwas kam erst später in Mode, etwa zu der Zeit, als Sario Grijalva Oberster Hofmaler war, etwa fünfzig Jahre nach diesem Bild.«

»Er ist für viele Veränderungen im Stil der Grijalvas verantwortlich, nicht wahr?«

Cabral lächelte ihr über die Schulter zu. »Ihr seht, Euer Gnaden, es ist gar nicht nötig, sich bei meinen ununterbrochenen Lektionen so viele Notizen zu machen!«

»Soll das eine Herausforderung sein?« Sie betrachtete die *Geburt* mit kundigen Augen, nachdem sie jetzt einiges über Stil und Komposition gelernt hatte. »Es sieht beinahe primitiv aus, nicht wahr? Aber ich dachte, alle *Geburten* dieser Periode zeigten auch die Mutter. Warum ist Elseva do'Elleon ...« Sie hielt inne und schüttelte verärgert den Kopf. »Aber natürlich. Renayo war ein Junge, und ihn mit seiner Mutter zusammen abzubilden, wäre Ketzerei gewesen.«

Cabral nickte. »Szenen einer Mutter mit ihrem Sohn sind auf religiöse Gemälde beschränkt. Also sieht man hier nur den kleinen Renayo. Aber – oh, wo hatte ich es nur entdeckt?« Er ging weitere Leinwände durch und zog ein kleines Porträt einer Mutter in Blau heraus, die ein nacktes kleines Mädchen im Arm hielt. »Joaos Schwester und ihre Tochter«, stellte er vor.

Sie ging im Geist die Ahnentafel durch. »Caterin und ... Alanna?«

»Aliena«, korrigierte er. »Aber Ihr seid gut, Euer Gnaden. Niemand erinnert sich heute mehr an Caterin.«

»Wenn ihr Porträt nicht wäre, könnte man denken, sie hätte nie gelebt. Das ist traurig, Cabral. Sehr traurig.«

»Absolut nicht, Euer Gnaden. Genau *wegen* dieses Porträts wird sie ewig leben.«

»Gefangen in einem Gemälde – wie wir es alle eines Tages sein werden«, erwiderte sie mit einem Achselzucken und einem dünnen Lächeln. Sie ging von den Bildern, die vor ihr ausgebreitet waren, zu einem, das mit dem Rücken zur Galerria stand. »Was für ein Bild ist das hier? Es ist nicht beschädigt, aber man hat es beiseite gestellt, als sollte noch jemand daran arbeiten. Helft mir, es umzudrehen.«

Zusammen drehten sie das riesige gerahmte Porträt auf einem Holzpaneel um und lehnten es gegen die nächste Duftsäule. Mechella ging im Geist ihre Liste von Identifizierungsmerkmalen durch – Runen, Farben, Haltung und Plazierung der Person, Blüten- und Pflanzensymbolik, Kleidung und so weiter, aber dieses Gemälde war anders als alle, die sie bisher gesehen hatte.

Am Rand befanden sich unzählige in Gold aufgetragene Runen, denen durch einen schwarzen Schatten von links Tiefe verliehen wurde. Das Porträt selbst war kompliziert in der Komposition und auch irgendwie seltsam, denn am Rand des Tisches befanden sich weitere Runen, kaum sichtbar unter einem grünen Tuch mit goldenen Fransen. Ein Spiegel auf einer Staffelei hinter der Dargestellten, ein Gemälde im Gemälde hinter ihrer rechten Schulter, der Teil eines Samtvorhangs in einer Ecke – aber der Blick wurde von der jungen Frau gefangen, nicht von den Gegenständen, die sie umgaben.

Sie war dunkelhaarig, hatte graue Augen und die Schönheit vieler Grijalva-Frauen. Sie beugte sich über den Tisch, die Perlen an ihrem Mieder schienen in der Bewegung erstarrt. Eine schmale Hand lag neben einem dicken Buch, die andere griff nach einer kleinen Laterne, als wollte sie sie zurechtrücken. Der juwelengeschmückte, grüne Ledereinband des Buches war kaum angedeutet, nur ein Schimmern von Farben und Gold, denn das Buch lag offen vor ihr auf dem Tisch.

Zu ihrer Linken befand sich eine furchterregende Tür: eisenbeschlagen und mit eisernen Scharnieren, aber weder verschlossen noch verriegelt. Hinter ihr durchbrachen Bogenfenster die dicken Mauern, und ihre Läden waren geöffnet, um den ersten Morgensonnenschein eines schönen Frühlingstages einzulassen. Auf einem Regal befand sich eine dicke Kerze, etwa sechs Zoll hoch, die gerade erst gelöscht worden war, ein Rauchfaden zog sich noch vom Docht nach oben. Wunderbare, sehr zarte Arbeit – Mechella hatte so etwas bisher noch nirgendwo gesehen. Aber noch während sie den Blick über das Porträt wandern ließ, bemerkte sie, daß *sie* die Richtung ihrer Betrachtungen bestimmte, daß es keinen festgelegten Fluß von Form und Farbe und Winkeln in diesem Bild gab. Die Handhaltung der Frau lenkte den Blick nicht auf die anderen Bücher auf dem Tisch; das silberne Dämmerungslicht fand kein Echo in dem Krug, der vor Schwitzwasser glitzerte; die Schatten, die von der Laterne auf das aschrosa Gewand und die bleiche Wange geworfen wurden, wiederholten sich nicht in ähnlichen Schatten um die Schüssel mit dem Obst. Cabral hatte ihr einiges über die innere Geometrie von Gemälden beigebracht, aber dieses hier verfügte, so weit sie es sagen konnte, nicht darüber.

Mechella fand es schwierig, sich das Werk nur unter fachlichen Gesichtspunkten anzusehen. Tatsächlich fiel es ihr schon schwer, den Blick vom Gesicht der Frau zu lösen. Sie hatte den Kopf gehoben, als hätte sie etwas von ihren Studien abgelenkt, einen trotzigen, entschlossenen Zug um den Mund, die dunklen Locken ein wenig wirr, als hätte sie sich durchs Haar gestrichen, bevor sie nach der Laterne griff. Und sie hatte die bezwingendsten, intelligentesten, tragischsten Augen, die Mechella je gesehen hatte – bei einer lebenden oder gemalten Person.

Plötzlich hörte sie, wie Cabral nach Luft schnappte.

»Matra Dolcha! Das ist Saavedra!«

»Wer?«

Er starrte das Bild mit weit aufgerissenen Augen an, und er war blaß geworden. Mechella berührte ihn am Arm, und er zuckte erschrocken zusammen. »Oh – ich bitte Euer Gnaden um Verzeihung, ich habe nur – sie ist es *wirklich*! Kaum zu glauben. Dieses Bild hat seit hundert Jahren niemand mehr gesehen.«

»Aber wer ist sie denn?« fragte Mechella wieder, erstaunt, daß ihn dieses Gemälde so erschrecken konnte.

»Saavedra«, erwiderte er beinahe ehrfürchtig. »Das Meisterwerk Sario Grijalvas.«

Ein Werk von cinem der größten Obersten Hofmaler, und seit einem Jahrhundert nicht mehr gezeigt? »Wieso hängt es nicht in der Galerria?«

Erschüttert trat Cabral einen Schritt zurück, als könnte der bloße Anblick des Bildes seine Augen verbrennen. »Das – das weiß ich nicht.«

Sie hatte ihn als einen offenen, ehrlichen Menschen kennengelernt, und daher wußte sie, daß er jetzt log. »Selbstverständlich wißt Ihr das, Cabral. Es muß eine Geschichte zu diesem Bild geben. Es gibt zu allen Bildern Geschichten.«

»Seid Ihr nicht müde, Euer Gnaden? Wir sind schon seit Stunden hier ...«

»Meine Gnaden fühlen sich hervorragend, Cabral. Bei diesem Baby wird es mir abends schlecht, nicht morgens. Und wenn Ihr mich das nächste Mal ablenken wollt, fangt es nicht so ungeschickt an. Erzählt mir die Geschichte dieser Saavedra. Was für ein reizender Name.«

Er seufzte ergeben. »Sie war eine Grijalva – eine enge Verwandte von Sario. Es heißt, sie sei beinahe so begabt gewesen wie er – oder wie alle Männer aus unserer Familie.«

»Klingt ein wenig skandalös«, meinte Mechella lächelnd. »Eine Malerin? Was ist mit ihr passiert?«

Cabral schluckte und ließ dabei den Blick nicht von dem Bild weichen. »Saavedra hat sich in jemanden verliebt, von dem sie lieber die Finger gelassen hätte, und weil sie nicht mit ansehen wollte, wie ihr Geliebter eine andere heiratete, ist sie aus Meya Suerta verschwunden – vermutlich auch aus Tira Virte. Er hat nach ihr gesucht, aber es hat sich nie eine Spur von ihr gefunden. Sario hat dieses Bild gemalt, damit ihr Geliebter sich an sie erinnern konnte.«

Eine traurige Geschichte, aber das erklärte kaum Cabrals Verwirrung. Mechella betrachtete noch einmal Saavedras Gesicht. Etwas im Ausdruck der grauen Augen berührte sie – es war nicht die Familienähnlichkeit der Grijalvas, sondern ein Gefühl, das zu einem verwandten Gefühl sprach. Mechella spürte, daß sie selbst heftig die Stirn gerunzelt hatte. Sie hatte nichts gemeinsam mit dieser Frau mit den wunderbar traurigen Augen ...

»Chieva do'Orro, da ist sie ja!« Der Oberste Hofmaler Mequel kam auf sie zugehinkt, gestützt auf einen Stock mit Goldknauf, den Cossimio ihm geschenkt hatte. »Ich habe seit vier Tagen nach ihr gesucht.«

Mechella lächelte. »Ich freue mich, daß es Euch so viel besser geht!«

»Neue Arbeit bringt wieder Kraft in die alten Knochen, Euer Gnaden«, erwiderte er mit einer Verbeugung. »Cabral, ich brauche dich jetzt. Hol jemanden, der dir hilft, die *Erste Mätresse* nach oben zu bringen, damit sie wieder verpackt werden kann.«

»Die *Erste* ...« Mechella zog sich der Magen zusammen, auf eine Art, die nichts mit ihrer Schwangerschaft zu tun hatte. Sie sah Cabral an. Er wich ihrem Blick aus. Und kein Wunder: Saavedras verlassener Geliebter war Don Alejandro do'Verrada gewesen!

Sie schalt sich selbst eine Närrin. Es gab hier im Palasso, selbst in den Lagerräumen, kein Gemälde, das nicht etwas mit den do'Verradas zu tun hatte. Plötzlich war die Geschichte nicht mehr traurig, sondern beleidigend: eine Erinnerung an diese andere Grijalva, die sich nun Gräfin nannte.

So ungerührt sie konnte, wandte sich Mechella dem Obersten Hofmaler zu. »Warum hat sie Alejandro verlassen?«

»Das weiß man nicht.« Mequel faltete die Hände auf dem Knauf des Stocks; die langen, schlanken Finger waren noch gerade und stark, unberührt vom Knochenfieber, das langsam seine Beine und sein Rückgrat verkrüppelte. »Einige sagen, Alejandros Berater hätten sie verbannt, andere sagen, sie sei freiwillig gegangen, und es gibt sogar welche, die behaupten, man habe sie ermordet.« Er betrachtete die *Erste Mätresse* mit nachdenklichen dunklen Augen. »Es wird vieles erzählt, aber niemand weiß etwas Genaues.«

Mechella verspürte so etwas wie Mitgefühl. Das ärgerte sie – als täte ihr auch jene andere Mätresse leid, die nichts als Verachtung verdiente. Aber dann verstand sie plötzlich, wieso ihr Instinkt sie zu diesem Mitgefühl veranlaßte. Bevor sie sich bremsen konnte, hörte sie sich selbst fragen: »Gab es je Gerüchte, sie sei schwanger gewesen?«

Beide Männer hielten die Luft an – Mequel keuchte ein wenig, als er sich wieder dem Gemälde zuwandte und vor sich hinmurmelte. Cabral trat zu ihm. Mechella beobachtete nur und sagte nicht, woher sie wußte, daß sie recht hatte. Eigentlich war es ganz einfach – deshalb war Saavedra ihr so vertraut vorgekommen. Es war nicht die Form ihres Mundes oder die Nase oder ihre Haarfarbe oder etwas anderes, das sie an die Grijalva erinnerte. Trotz der Entschlossenheit um diesen Mund, trotz der Wehmut in diesen schimmernden hellen Augen gab es dieses unerklärliche Etwas in ihrem Gesicht, das Mechella auch in ihrem eigenen Spiegel schon gesehen hatte.

»Ich glaube, sie mußte gehen, weil sie von Alejandro schwanger war«, sagte Mechella. »Niemand hat gern Bastarde. Und damals waren die Grijalvas gerade dabei – wie habt Ihr es ausgedrückt, Cabral?«

»Sie waren dabei, ihre Stellung bei Hofe zu festigen«, murmelte er und warf dem Obersten Hofmaler einen nervösen Blick zu; immerhin war das die Wahrheit.

Mechella fuhr fort: »Wenn sie also schwanger war, stellte sie nicht nur für die do'Verradas, sondern auch für ihre eigene Familie eine Gefahr dar. Vielleicht ist sie aus eigenem Entschluß weggegangen, oder sie wurde mit Gewalt weggebracht – vielleicht hat man sie tatsächlich umgebracht.«

»Das würde vieles erklären«, meinte Mequel nachdenklich. »Es heißt, daß Alejandro und sie sehr verliebt waren, und er hätte sie geheiratet, wenn das möglich gewesen wäre. Wenn sie ein Kind erwartete, dann wäre die Ehre auf seiner Seite gewesen. Es wäre nur angemessen gewesen, gerecht und anständig, von einer Ehrenhaftigkeit, wie die Serranos sie nie kannten ...« Plötzlich beugte er sich dichter zum Rand hin, der das Bild einrahmte. »Cabral, sieh dir diese Sequenz an. Hast du jemals zuvor so etwas gesehen?«

Steif wie das Eichenpaneel, auf das Saavedra gemalt war, erwiderte Cabral: »Ich kenne nur wenig Oscurra, Oberster Hofmaler.«

»Ach ja, das stimmt. Du hast keine ... genug davon«, sagte er hastig und richtete sich mit schmerzverzerrtem Gesicht wieder auf. »Ich muß es studieren, bevor das Bild wieder verpackt wird. Laß sie in meine Räume über der Galerria bringen, Cabral.«

»Und deckt es zu«, sagte Mechella plötzlich.

Mequel warf ihr einen neugierigen Blick zu, der bewundernder Zustimmung wich. »Sie hat wirklich erstaunliche Augen, nicht wahr? Ich möchte nicht in mein Büro spazieren und mich vor ihrem wilden Blick erschrecken. Sario war ein Genie, ohne Zweifel, aber das hier ist ... anders.«

Mechella hatte nichts davon ansprechen wollen; sie wollte einfach nicht, daß noch jemand die *Erste Mätresse* sah und sich erinnert fühlte. Sie hörte, wie die beiden Maler darüber sprachen, daß Saavedra wieder verpackt werden sollte, und wünschte sich, es wäre so einfach, die Grijalva loszuwerden, die Saavedra nachgefolgt war.

Einige Wochen später versetzte die Ankunft von Arrigos Schwester und ihren drei Kindern den gesamten Palasso Verrada in Aufruhr. Mechella, die Lizia zum ersten Mal sah, fühlte sich ganz elend, nicht nur wegen der Schwangerschaft, sondern vor Schüchternheit; Cossimio und Gizella liebten ihre Tochter abgöttisch, Arrigo hielt seine zwei Jahre ältere Schwester für überwältigend, und tatsächlich hatte sich der gesamte Hof versammelt, um sie zu begrüßen, obwohl sie um Mitternacht ankam und während eines Gewitters. Als die Familie unter sich und die Kinder im Bett waren, wagte Mechella eine Bemerkung, wie froh sie alle seien, Lizia zu sehen.

Lizia lachte und zog sich die Schuhe aus. »Ach, die sind nur alle hier gewesen, weil sie mich so lange nicht mehr gesehen haben! Sie wollten wissen, wieviel Schaden die

Wildnis von Casteya angerichtet hat!« Sie warf den schwarzen Witwenschleier zurück und legte die dick bestrumpften Füße auf einen Hocker nahe dem Kamin.

»Und sie erwarteten, eine verhutzelte Alte von Siebzig zu sehen«, grinste Arrigo und reichte ihr einen Becher Glühwein. »Wie klug von dir, daß du gerade erst wie fünfzig wirkst.«

Sie streckte ihm die Zunge heraus. Er drohte, ihr das Getränk über den Kopf zu schütten. Ihre Mutter klatschte automatisch tadelnd in die Hände, dann brach sie in Lachen aus. »Da siehst du, 'Chella, was ich alles aushalten mußte, als die beiden noch Kinder waren.«

»Sie sind immer noch Kinder«, sagte der Großherzog und tat angewidert. »Keinen Tag älter als zehn, diese beiden da.« Plötzlich runzelte er die Stirn, seine gute Laune war vollkommen verschwunden, selbst sein Schnurrbart sackte nach unten. »Bist du sicher, daß du in diesem Castello glücklich bist, meine Kleine? Es ist so weit entfernt vom Hof.«

»Ach, Casteya ist inzwischen recht zivilisiert, Patro. Ich muß den Hühnern nicht mal mehr selbst die Hälse umdrehen. Es ist schon erstaunlich, was eine do'Verrada-Mitgift ausrichten kann, um den alten Glanz wieder aufzupolieren.« Sie trank den Wein und seufzte, wackelte mit den Zehen. »Aber es tut trotzdem gut, wieder einmal hier zu sein.«

Lizia hatte mit neunzehn Ormaldo do'Casteya geheiratet; eine Vernunftehe, die zu Liebe geworden war. Sie hatte Arrigo einmal erzählt, da es sonst nichts Interessantes in Casteyo gab, hätte sie sich aus reiner Langeweile in ihren Mann verliebt. Als Arrigo Mechella das erzählte, hatte er trocken hinzugefügt, daß Ormaldo nicht nur ein lächerlich liebenswerter Mann gewesen sei, seine Schwester habe auch keinen Tag der Langeweile mehr gesehen, seit der Graf sie mit auf sein heruntergekommenes Castello genommen hatte.

»Sie hatte nie viel für Feste und Bälle übrig. Sie hat Mutter selbstverständlich bei der Wohltätigkeitsarbeit geholfen, aber als sie Ormaldo heiratete, entdeckte sie schließlich, was sie sein wollte: ein Marchalo Grando, der die Armee kommandiert, die Castello Casteya vom Verfall freikämpft.«

Sie hatten drei Kinder bekommen – Grezella, Maldonno und Riobira –, bevor Ormaldo an einer schweren Krankheit gestorben war, mit nur dreiundvierzig Jahren. Lizia, elf Jahre jünger als er, hatte sich und ihre Kinder seit dem Tod ihres Mannes vor drei Jahren in ihrem restaurierten Castello eingeschlossen. Aber nun war Maldonno, Graf do'-Casteya, alt genug, um am Hof seines Großvaters Page zu werden. Also waren sie nach Meya Suerta gereist.

Am nächsten Morgen brachte Lizia ihre Kinder – noch in Nachthemden und Morgenmänteln –, um sich ihre kleine Base anzusehen. Sie erklärten pflichtschuldig, wie hübsch Teressa sei, dann beschäftigten sie sich mit erheblich größerer Begeisterung im Spielzimmer.

»Und jetzt, nachdem die Kinder aus dem Weg sind«, sagte Lizia und setzte sich auf Mechellas Bettkante, »können sich ihre Mütter mal in Ruhe unterhalten. Ich bin so froh, daß ich dich endlich kennenlerne! Du bist genau, wie Arrigo dich in seinen Briefen beschrieben hat.«

»Und du bist genau, wie alle hier dich beschreiben«, erwiderte Mechella und versuchte zu lächeln. Sie fühlte sich an diesem Morgen sehr schwach, nachdem sie am Vorabend noch so lange wach gewesen war, und da ein neuer Feiertag – Illuminarres – bevorstand, wußte sie, daß sie alle Ruhe brauchte, die sie bekommen konnte.

»Das einzige, was ich über mich weiß«, sagte Lizia mit einem Zwinkern, »ist, daß mein Geduldsfaden nicht länger ist als ich selbst. Ihr langbeinigen Geschöpfe wißt nicht, wie es ist, das ganze Leben lang immer zu jemandem aufblicken zu müssen – mir tut ständig der Hals weh. Der einzige Grund, wieso ich nicht lauter blaue Flecken habe, weil alle auf mich treten, besteht darin, daß ich so viel Krach mache, daß die Leute mich einfach bemerken müssen. Und jetzt erzähl mir den neuesten Tratsch.«

Mechella wußte, daß es dieser Tage nur ein allgemeines Gesprächsthema gab: die Grijalva. Arrigo hatte sie seit Wochen nicht mehr erwähnt, und niemand sprach in Mechellas Gegenwart über sie, aber sie war nicht dumm. Die Frau war immer noch am Hof, obwohl es eine stillschweigende Übereinkunft zwischen Mechella und Arrigo gab: wenn die Gräfin do'Alva sich bei irgendeiner offiziellen Gelegenheit einfand, war Mechella nicht anwesend. Arrigo konnte bei seinen Einladungen entweder mit seiner Frau oder seiner ehemaligen Mätresse rechnen, aber nicht mit beiden.

»Oh, was für ein mißmutiges Gesicht!« rief Lizia, und Mechella zuckte zusammen. Die Gräfin nahm sich einen Apfel vom Frühstückstablett und biß hinein, bevor sie fortfuhr: »Ich habe Informanten – die hat jeder –, aber sie kennen sich nicht so genau aus, wie es eine do'Verrada muß. Ich nehme an, du hast dein eigenes System zum Sammeln von Informationen?«

Mechella schüttelte den Kopf.

Lizia war entsetzt. »Aber du mußt! Schnell! Wie willst du sonst erfahren, was wirklich los ist? Ich leihe dir ein paar meiner eigenen Leute, bis du selbst welche finden kannst.«

»Nein, lieber nicht«, meinte Mechella zurückhaltend. »Ich interessiere mich nicht für Tratsch, und da kommt es mir vor, als ob ich …«

»Spionierte? Du wirst einmal Großherzogin sein, du mußt wissen, was hier vorgeht. Meine Mutter hat selbstverständlich Lissina …« Sie hielt inne, warf Mechella einen forschenden Blick zu, schluckte ein Stück Apfel herunter und warf das dunkle Haar zurück. »Das ist es also.«

»Wie bitte?«

»Die Grijalva. Ach, schau doch nicht so steif und förmlich und ghillasisch drein! Wir sind hier ein wenig freier, und ich habe immer gesagt, was ich denke, und werde in meinem Alter auch nicht mehr damit aufhören. Du magst mich für unhöflich und plump halten, aber wir werden jetzt machen, was du schon mit Mutter getan hast, wie sie mir erzählte, nämlich über Tazia reden.«

Vor einem Jahr wäre Mechella so überwältigt gewesen, daß sie sich schweigend gefügt hätte. Jetzt starrte sie Lizia kühl an. »Ich halte sie für ein recht langweiliges Gesprächsthema.«

»Das sieht man. Deshalb wird dein Blick auch eisig, wenn man nur ihren Namen erwähnt. Ich werde dir erzählen, was Mutter dir wahrscheinlich nicht gesagt hat. Arrigo war achtzehn, als Tazia begann, Jagd auf ihn zu machen. Ein Jahr später hat sie ihn dann erwischt. Männer sind in diesem Alter immer noch kleine Jungen, und ...«

»Es interessiert mich nicht, ob ...«

»Und ein Junge kann gegenüber einer klugen Frau nie bestehen«, fuhr Lizia unbeirrt fort. »Sie hat ihn glauben lassen, er könnte nicht ohne sie leben. Aber jetzt weiß er, daß er es kann, und zwar sehr glücklich, also stellt sie keine Gefahr mehr dar. Aber es gibt etwas, das du verstehen mußt, Mechella. Vater gibt Arrigo nicht viel zu tun. Er ist zu gern Großherzog, um viel von seinem Vergnügen aufzugeben, auch nicht an seinen Erben. Ich hoffe, daß ich, wenn Maldonno volljährig wird und bereit ist, Casteya zu übernehmen, es großzügiger mit ihm teilen werde! Aber Tazia wußte von diesem Problem und hat es ausgenutzt. Sie hat Arrigo das Gefühl gegeben, daß er wichtig ist, daß selbst die banalsten seiner öffentlichen Verpflichtungen von hoher Bedeutung sind. Und selbstverständlich war sie damals wirklich reizend und erfahren im Bett, was einen jungen Mann immer anzieht. Sie gab ihm das Gefühl, der faszinierendste Mann und großartigste Liebhaber in Tira Virte zu sein.«

Mechella rief: »Und nun sagst du mir, ich hätte von einer solchen Frau nichts zu befürchten?«

»Ich sage dir, daß mein Bruder dich sehr liebt, viel mehr, als er Tazia jemals geliebt hat. Das weiß ich aus seinen Briefen.«

»Welcher Bruder schreibt seiner Schwester schon über seine Mätresse?«

»Arrigo hat mir immer alles gesagt.«

»Dann sag es *mir*, damit ich diese Frau wegschicken kann! Ich habe ihn angefleht, es zu tun, aber ...«

»Das ist, als würdest du ihn bitten, seine Jugend zu verbannen. Niemand würde so etwas tun. Und ich glaube, daß es einem Mann schmeichelt zu hören, wie sich seine junge, schöne Frau über eine andere beschwert, die er nicht mehr liebt.«

»Aber warum denn?«

»Weil Männer eben so sind«, erwiderte Lizia mit einem Achselzucken.

Mechella zupfte an der Scheibe Brot auf ihrem Teller. »Ich hasse es, wenn sie hier ist; ich weiß, daß ich zum Teil davon so krank werde. Aber Arrigo will sie nicht wegschicken, er lädt sie immer wieder ein – was kann ich tun?«

Die Gräfin seufzte. »Da gibt es mehrere Möglichkeiten. Du könntest sie einfach akzeptieren. Natürlich nicht so, wie meine Mutter es mit Lissina getan hat. Tazia ist ...«

»Keine Lissina, ja, das hat man mir gesagt«, warf Mechella ungeduldig ein. »Ich kann nicht so tun, als würde ich sie mögen, ich kann es einfach nicht.«

»Du könntest Arrigo schwören lassen, sich nie allein mit ihr zu treffen, und ihm glauben – ganz gleich, was geschieht.«

»Ich – ich würde ihm glauben *müssen*, nicht wahr?« flüsterte Mechella.

»Oder vor Eifersucht sterben.« Ein grimmiger Unterton schwang in Lizias Stimme mit. »Aber es gibt noch eine andere Möglichkeit. Übersieh sie einfach und kümmere dich um dein eigenes Leben und deine Macht.«

»W-wie meinst du das?«

»Tazia ist eine sehr gierige Person. Ich hab' sie nie sonderlich leiden können, obwohl ich das Arrigo nie gesagt habe. Nach allem, was ich gehört habe – und du würdest es auch erfahren, wenn du tun würdest, was ich dir gesagt habe –, wartet sie nur, bis sie ihn wieder jagen kann. Ihrem Mann wird das nichts ausmachen. Garlo interessiert sich nur für Macht; was zweifellos der Grund dafür ist, daß sie ihn geheiratet hat.«

Mechella starrte sie an. »Du meinst – wenn sie und Arrigo – würde Graf do'Alva ...«

»Du unschuldiges Kind«, seufzte Lizia, »die Hälfte der Frauen bei Hofe haben Liebhaber. Und mit einer Grijalva verheiratet zu sein, deren Geliebter der nächste Großherzog ist, würde sich auf do'Alvas Zukunft sehr günstig auswirken.«

»Das ist widerwärtig!«

»So ist das Leben nun mal.« Wieder antwortete Lizia mit einem Zucken der schmalen Schultern. »Was immer du beschließt, ich rate dir, Leute um dich zu sammeln, Menschen, denen du vertrauen kannst und die dir nützlich sein werden. Verschaff dir selbst Macht. Das mußte ich auch tun, als Ormaldo krank wurde, oder seine Vettern hätten das Erbe meines Sohns gestohlen und alles zerstört, was wir auf Castello Casteya geleistet hatten.«

»Mir Macht verschaffen? Wie denn?«

»Siehst du nicht, daß du das in mancher Hinsicht schon tust? Das Volk betet dich an. Unterschätze nie – Liebes, geht es dir gut?«

Mechella sprang aus dem Bett, stieß das Frühstückstablett um und schaffte es gerade noch ins Badezimmer.

Als sie wieder auftauchte, war das Zimmer leer, Lizia war verschwunden, und ihre Zofe wartete, um ihr in die Kleider zu helfen. Mechella fluchte leise und wünschte sich, sie hätte die Entschlossenheit des Obersten Hofmalers zu arbeiten, ganz gleich, was ihr weh tat. Aber Mequels Probleme waren anderer Art als die einer Schwangerschaft.

Sie schämte sich, das Leiden des Mannes so gering zu schätzen. Und als sie sich an Lizias Bericht erinnerte, wie die Grijalva Agirro für sich eingenommen hatte, wurde ihr klar, daß sie ebensoviel Mut zeigen mußte wie Mequel, wenn sie ihren Mann nicht verlieren wollte. *Sie* mußte diejenige sein, die ihm das Gefühl gab, für Tira Virte wichtig zu sein; *sie* mußte ihm sagen, daß er der vollkommene Liebhaber war; *sie* mußte diejenige sein, ohne die er nicht leben konnte.

Sie war sich erbärmlich sicher, daß sie ohne ihn nicht leben konnte.

Ihre Zofe stand neben ihr und sah sie nervös an.

»Was ist denn, Otonna?«

»Werden Euer Gnaden einen Boten zum Palasso Grijalva schicken, daß der Unterricht heute ausfällt?«

Cabral – sie hatte Cabral vollkommen vergessen. »*Meine Mutter hat selbstverständlich Lissina* ...« Cabral könnte ein Anfang sein. Aber erst mußte sie sich fassen.

»Nein, ich werde mich jetzt anziehen, es geht mir viel besser.« Sie hielt inne und betrachtete Otonna mit ganz anderen Augen. »Hast du eigentlich Geschwister, Otonna? Die ebenfalls hier im Dienst sind?«

Ohne das geringste Anzeichen von Erstaunen – tatsächlich blitzten ihre Augen sogar auf, als hätte sie nur auf eine solche Frage gewartet – erwiderte Otonna: »Meine Mutter hatte vier Töchter, Euer Gnaden. Primavarra ist Erste Zofe der Großherzogin. Yberria hält die Privaträume des Großherzogs sauber. Varra macht dasselbe mit den hiesigen Arbeitszimmern von vier Beratern.«

Frühling, Winter, Sommer – und ihr Herbst; alle Jahreszeiten waren vorhanden und auf die wichtigen Räume des Palasso verteilt. Eines Tages würde sie das vielleicht sogar komisch finden können.

»Du hast an der Tür gelauscht.«

»Das habe ich, Euer Gnaden, und ich kann nicht sagen, daß es mir leid tut.« Sie kniff die weichen Lippen zusammen und hob das rundliche Kinn; sie hatte ein Bäuerinnengesicht, schlicht und direkt wie die Erde selbst und ebenso weise. »Ihr könnt mich ja wegschicken, aber ich habe das ganze Jahr auf diesen Augenblick gewartet. Primavarra, meine Zwillingsschwester – als sie gehört hat, daß diese Person zurückkommt, sagte sie zu mir: ›Sag Ihrer Gnaden, wenn sie uns braucht, sind wir bereit.‹ Ich habe all meinen Schwestern erzählt, wie gut und freundlich Ihr seid, so unschuldig und unwissend und ahnungslos über die üblen Methoden der Grijalvas.«

Mechella war vollkommen verdutzt – zunächst über den Wortstrom – so gesprächig hatte sie Otonna noch nie erlebt – und vor allem von der Bedeutung dieser Worte. »Du traust den Grijalvas nicht?«

»Kein bißchen.« Otonna verschränkte die Arme über einem prallen Mieder in do'Verrada-Blau. »Es gehört sich einfach nicht, einen jungen Mann einer älteren Frau zu überlassen, die dann mit ihm ... tut, was sie eben getan hat, um den Malern am Hof mehr Macht zu verschaffen. Ich glaube, der Gesegnete Alesso, der starb, als er uns von den Tza'ab-Heiden befreite, hätte dem ein Ende gemacht, wenn er noch lebte, ganz bestimmt. Es war dieser hinterhältige Sario, der die do'Verradas Generation für Generation in diesem Skandal gefangen hat, und er hat Saavedra nur benutzt, um das zu tun.«

»Ja?«

»Aber sicher! Er hat sie absichtlich zu Herzog Alejandro geschickt, damit er auf die Seite der Grijalvas und nicht auf die der Serranos gezogen wurde – damit Sario Oberster Hofmaler werden konnte! Und nachdem sie verschwunden war, hat er dieses Bild gemalt, damit der arme Alejandro immer ihr Grijalvagesicht vor sich haben würde, und als Alejandros Sohn volljährig wurde, hat man ihm eine Grijalva als Mätresse gegeben, als Zeichen des Handels, der sie einen nach dem anderen zum Obersten Hofmaler machte, und die Serranos hatten ausgespielt.«

»Ich verstehe«, sagte Mechella leise.

»Die Sanctas und Sanctos wissen, was mit den Grijalvas los ist«, fuhr Otonna fort, »aber selbst sie wagen nicht, sie herauszufordern – und das ist schlimm, Euer Gnaden, wenn selbst jene, die für Mutter und Sohn sprechen, schweigen müssen. Und was *die* da angeht – Varras Mann ist Don Arrigos oberster Stallknecht, er war oft mit in Chasseriallo, also weiß er genau über sie Bescheid.«

Mechella nickte, verblüfft über diese neuen Einsichten in die Malerfamilie. »Aber bisher hast du mir nichts davon gesagt.«

»Ach, Euer Gnaden müssen es schon selbst erfahren, hat Primavarra zu mir gesagt, und da hat sie auch recht gehabt. Sie war immer die Schlaueste – ist vor mir geboren worden, war als erste von uns Vieren im herzoglichen Dienst und ist bis in die Gunst der Großherzogin aufgestiegen.«

Mechella zwang sich aus dem Bett, erinnerte sich an Mequels schmerzerfülltes Gesicht und wünschte sich nur die Hälfte seiner Tapferkeit. Sie fragte: »Und was ist mit Cabral Grijalva?«

»Als Augen und Ohren Euer Gnaden in ihrem Palasso?«

Mechella war beinahe erschrocken darüber, wie rasch die Zofe ihren Gedanken folgte. »Daran hatte ich gedacht, ja.« Wie entsetzt Tante Permilla wäre, wenn sie hören könnte, wie sie eine Dienerin nach ihrer Meinung fragte. Und wie weit entfernt und unwichtig Tante Permilla nun war!

»Nun ja, es gibt Grijalvas und Grijalvas, nicht wahr? Dafür sind die Schwestern Larissa und Margatta Beweise genug, die so treue Freundinnen unserer gesegneten Herzogin Jesminia waren. Und die Baronin do'Dregez, Lissina Grijalva meine ich, sie ist eine reizende Dame, die nichts als Güte kennt. Und Mequel ist auch nicht so übel, obwohl er einer von den Seltsamen ist.«

»Seltsam?«

»Wie ich sagte, es gibt Grijalvas und Grijalvas. Yberrias Mann, er ist Koch bei ihnen, sagte, als ich ihn gefragt habe, daß Cabral keiner von den Unnatürlichen ist – von den Malern, die keine Kinder zeugen können und seltsame magische Zeichen in ihre Bilder malen, und die Frauen, die ein Kind nach dem anderen bekommen in der Hoffnung, daß einer ihrer Söhne ein großer Maler wird, so wie man Jagdpferde züchtet.«

Seit sie mit Arrigo verheiratet war, hatte sie keinerlei Gedanken daran verschwendet, was die Ecclesia oder die einfachen Leute oder andere von den Grijalvas hielten. Maler gehörten in Tira Virte einfach zum Leben. Sicher konnten die unfruchtbaren Maler nichts dafür – und Mequel war einer der liebenswertesten Männer, die sie je kennengelernt hatte. Und auch all die anderen arbeiteten nicht für sich selbst, sondern für Tira Virte. Aber sie stimmte Otonna zu, was die Grijalvafrauen anging, obwohl sie als Frau aus dem Hochadel im Grunde in einer ganz ähnlichen Situation war. Auch für sie war es die höchste Pflicht, einen Sohn zu bekommen. Das machte sie den Grijalva-Zuchtstuten sehr ähnlich, und das gefiel ihr überhaupt nicht. Sie mußte doch mehr wert sein – oder?

Otonna sagte: »Aber Cabral steht auf Eurer Seite, das glaube ich schon, und er würde sich auch gegen seine Sippschaft stellen, wenn es nötig wäre. Und wißt Ihr, woher ich das weiß?« Sie lächelte. »Er hat einmal eine Kopie von Euer Gnaden *Hochzeit* gemalt – und seitdem ist er in Euch verliebt.«

Mechella ließ sich aufs Bett sinken. »*Cabral?*«

»Ganz bestimmt, und jede, die nicht so unschuldig ist wie Euer Gnaden, hätte das schon vor Wochen bemerkt. Aber laßt ihn nie wissen, daß Ihr es wißt. Oh, jetzt schlägt es die volle Stunde, und ich muß gehen und die Jungen mit dem Badewasser schicken. Werden Euer Gnaden heute das Lavendelfarbene oder das Rosane tragen?«

11

Vier Tage später hießen Arrigo und seine Schwester ihre Gäste – zweiundzwanzig adlige Eltern und vierzig ihrer Kinder im Alter von zehn bis dreizehn – zu einem Spielenachmittag willkommen, dessen Gastgeber offiziell Graf Maldonno do'Casteya war. Diese Versammlung, die Cossimio angeordnet und hastig organisiert hatte, sollte dazu dienen, den Enkel des Großherzogs mit einigen Gleichaltrigen bekannt zu machen. Unter diesen Jungen würde er seine Freunde finden, und eines der Mädchen würde vielleicht einmal seine Frau werden. Alle hofften, daß Maldonno, der in einem verfallenen Castello aufgewachsen war und ebensowenig von Eleganz wie von der guten Gesellschaft wußte, bald einsehen würde, daß er eine Stellung zu wahren hatte. Er konnte nicht einfach bedenkenlos im Palasso umherrennen, und er mußte seine Rolle in der Gesellschaft verstehen – wie der unselige Zwischenfall mit dem Pony in der Galerria bewies (obwohl Mequel laut gelacht hatte, als er davon hörte, war Cossimio alles andere als amüsiert).

Lizia, die ebenso an lässige Umgangsformen gewöhnt war, fühlte sich bei dieser Feierlichkeit selbst ausgesprochen unbehaglich. »Ich sehe nicht ein, wozu das gut sein soll«, beschwerte sie sich bei Arrigo. »Er hat immer tun dürfen, was er wollte, ohne von all diesen Formalitäten erdrückt zu werden – anders als diese wohlbehüteten Töchter und Söhne! Matra ei Filho, es ist genau wie damals, als wir Kinder waren und Mutter diese schrecklichen Feste für uns veranstaltete, die du ebenso gehaßt hast wie ich, wage ja nicht, das zu leugnen.«

»Es mußte sein, und es muß auch jetzt sein«, meinte Arrigo, nicht ohne Mitgefühl. »Beruhige dich, Lizi, ich habe ein paar eingeladen, die nicht so wohlbehütet aufgewachsen sind. Tazia bringt einige ihrer Vettern mit.«

»Wie bitte? Bist du wahnsinnig? Grijalvas neben do'Brazinas und do'Varriyvas? Das endet wahrscheinlich mit blauen Augen! Wir werden Glück haben, wenn nicht alle sofort wieder gehen.«

»Niemand wird gehen.« Er drehte sich um, um eine Baronin und ihren schwitzenden, in einen Spitzenkragen gezwängten zwölfjährigen Sohn zu begrüßen. Nachdem Lizia die angemessenen Bemerkungen von sich gegeben hatte und das Paar weitergegangen war, fuhr er fort: »Sie sind nicht dumm. Einer dieser Grijalvajungen könnte eines Tages Oberster Hofmaler sein.«

»Wie schön für sie«, fauchte seine Schwester. »Und da wir gerade von Grijalvas reden, ich wollte sowieso mit dir über Tazia sprechen. Weißt du eigentlich, wie unglücklich du Mechella machst?«

»Misch dich nicht in meine Ehe ein«, erwiderte Arrigo scharf.

»Und wie sieht es mit deiner ehemaligen Mätresse aus? Sollte man sich auch in ihre Ehe nicht einmischen?«

Er schnaubte und erwiderte: »Halt dich raus, Lizia.« Dann entdeckte er einen vertrauten schwarzen Haarschopf und sagte: »Da ist ja die Gräfin.« Mit einem ihrer Stiefsöhne und sechs anderen Jungen. Darunter, wie er mit Schrecken sah, ihr eigener Sohn, Rafeyo.

Verradio do'Alva, ein magerer mürrischer Junge in einer silberfarbenen Seidenjacke, wurde von den kräftigen, einfach gekleideten Grijalvas leicht in den Schatten gestellt. Nachdem sie die Jugend zu Spielen und Erfrischungen dirigiert hatten, lächelte Arrigo Rafeyo an und sagte, er freue sich, ihn wiederzusehen.

»Sag ihm bloß nicht, daß er gewachsen ist!« Tazia zwinkerte ihrem Sohn zu, der errötete und eine Grimasse zog. »Oder daß er jetzt alt genug ist, sich einen dieser albernen Halbbärte wachsen zu lassen, die derzeit unter den jungen Männern so in Mode sind. Solche Reden geben mir immer das Gefühl, seine Urgroßmutter zu sein. Und der Anblick der Gräfin hilft überhaupt nicht. Ihr seht aus wie zweiundzwanzig, es ist einfach niederschmetternd.«

Arrigo kicherte. »Du hast sie in ihrer Eitelkeit getroffen, Tazia –«

»Nein, sie mich in meiner!« Tazia lachte. »Das da drüben muß Euer Sohn sein, Gräfin. Er hat das gute casteyanische Aussehen seines Vaters.«

»Das hoffen wir alle«, erwiderte Lizia und taute ein wenig auf.

Arrigo sagte: »Rafeyo, du mußt inzwischen mitten in der Ausbildung stecken. Wie gefällt dir das Leben als Maler?«

»Sehr gut, Euer Gnaden. Es ist eine ziemliche Herausforderung.«

»Ich nehme an, du bist mitgekommen, um auf deine jüngeren Vettern aufzupassen?« Der Junge antwortete mit einer weiteren Grimasse.

»Und auf Vorschlag von Dioniso«, fuhr seine Mutter fort. »Er soll ein paar Übungsskizzen machen und ein Erinnerungsbild malen.«

»Eine reizende Idee«, sagte Lizia. »Ich hätte auch gerne eine dieser Skizzen, wenn Euch das nichts ausmacht, Rafeyo.«

»Ich fühle mich geehrt, Gräfin.« Er verbeugte sich.

»Lizi«, meinte Arrigo, »ich glaube, es sind alle da, und selbst wenn nicht, ich sterbe vor Durst. Soll ich euch beiden etwas zu trinken bringen?«

So entkam er mit Tazia zum Erfrischungstisch. Die Platten mit Obst waren unberührt, wie man hatte annehmen können, und die Süßigkeiten waren ebenso vorhersehbar geplündert. Es gab mehrere Kristallschüsseln mit Limonaden in diversen Geschmacksrichtungen und unwahrscheinlichen Färbungen, und Tazia zeigte zögernd auf eine lila Mischung. Arrigo lachte, während der Diener ihr grinsend einen Becher voll einschenkte.

»Das ist nur Pflaumensaft«, meinte Arrigo, »schmeckt gar nicht übel.«

»Ich sage schreckliche Experimente in den Küchen Meya Suertas voraus. All diese Kinder werden unbedingt etwas Grünes trinken wollen, wie im Palasso!« Sie trank einen Schluck, nickte und fuhr fort. »Und kein Wein, nicht einmal für die Erwachsenen. Sehr klug. Ich nehme an, du hast dich daran erinnert, was an Mirraflores passierte, als du vierzehn warst?«

Er stöhnte.

»Ganz Meya Suerta hat dich gehört, wie du oben auf dem Balkon standest, sturzbetrunken und lauthals grölend.«

»Wie wenig zartfühlend von dir, mich an etwas zu erinnern, wovon ich seit Jahren geschworen habe, daß ich mich überhaupt nicht erinnern kann! Probier' einen von diesen Kuchen, der Koch hat ein neues Rezept ausprobiert.«

»Nein, danke – und wir sollten uns wirklich nicht mehr auf diese Weise treffen, immer an Tischen, die mit Süßigkeiten beladen sind, Arrigo, das ist schlecht für meine Linie.«

»Hör auf zu schwätzen«, meinte er leichthin. »So etwas hast du früher nie getan, Tazia.«

»Dasselbe könnte ich auch von dir sagen«, erwiderte sie ebenso leise, weil sie, ebenso wie er, die wachsamen Dienstboten nicht ignorieren konnte. »Arrigo ...«

»Wird es langsam besser?«

»Wenn du meinst, ob ich immer noch von spitzzüngigen Gräfinnen und Baroninnen umlagert bin – nicht mehr so sehr. Danke. Und wenn du darauf anspielst ...« Sie hielt inne und wandte den Blick ab.

»Sag es mir.« Als sie den Kopf schüttelte, drängte er weiter. »Tazia, sag es mir!«

»Wenn – wenn du fragen wolltest, ob es mir leichter fällt, ohne dich zu leben, dann lautet die Antwort *nein.*« Sie hob den Kopf, um ihm in die Augen zu sehen, und setzte ein strahlendes, falsches Lächeln auf. »Es ist sehr nett von dir, Rafeyo soviel Beachtung zu schenken. Ich danke dir. Ich sollte gehen und mir seine Skizzen ansehen. Würdest du mich bitte entschuldigen?«

»Nein, ich werde dich nicht entschuldigen. Ich …«

Ein Keuchen von Seiten des Dieners brachte Arrigo dazu, sich umzudrehen. Seine Frau eilte ins Zimmer, direkt auf ihn und Tazia zu, mit besorgter und ängstlicher Miene.

»Arrigo!« Mechella hatte Tazia nicht einmal bemerkt. »Es gibt schreckliche Nachrichten«, flüsterte sie. »Lizia und du, ihr müßt sofort kommen.«

»Was ist? Teressa? Meine Eltern?«

»Nein, sie sind wohlauf. Es ist …«

Sie sah Tazia. Ihre Wangen färbten sich, und sie wurde ganz starr vor Abneigung. Tazia begegnete ihrem Blick, und etwas Undefinierbares blitzte in ihren Augen auf, dann wandte sie sich ab.

Besorgt und verärgert sagte Arrigo: »Die Leute beobachten uns, Mechella. Du hast alle durcheinandergebracht. Warum hast du keinen Diener geschickt? Sag mir, was los ist, damit ich die Leute wieder beruhigen kann.«

Mit einem letzten haßerfüllten Blick auf Tazia sagte sie: »In Casteya hat es ein schreckliches Erdbeben gegeben, in den Ausläufern der Montes Astrappas. Hunderte sind tot, vielleicht sogar Tausende …«

»Und mein Vater hat nach mir geschickt, damit ich ihm helfe.« Endlich.

»Das weiß ich nicht, ich habe noch nicht einmal mit ihm gesprochen. Ich habe es nur zufällig erfahren, als ich auf dem Weg in die Galerria war. Ein paar Dienstboten haben darüber gesprochen, einer von ihnen hatte den Kurier zu deinem Vater geführt. Ich bin so schnell zu dir gekommen, wie ich konnte, um es dir und Lizia zu sagen.«

Arrigo schluckte seinen Zorn herunter. Die Dienstboten hatten es vor ihm erfahren! Sein Vater plante bereits Rettungsmaßnahmen, befahl, daß Lebensmittel und Arbeiter und Ärzte in die betroffene Gegend geschickt wurden, während er, der Erbe, der nächste Großherzog von Tira Virte, hier in einem Zimmer voller Kinder stand.

Er sah sich nach Lizia um. Der Mann, der ihr gerade etwas ins Ohr flüsterte, war der Sekretär seines Vaters. Lizia blieb äußerlich ruhig, als sie die Nachricht hörte, nur ein kurzes Zucken an der Wange, und sie ballte eine Hand zur Faust. So heißblütig sie war, wußte sie auch, wie sie vor anderen ihre Gedanken und Gefühle unter Kontrolle halten konnte. Sein Blick wanderte zu Tazia – ihr Gesicht war so glatt wie das seiner Schwester – und dann zu Mechella.

»Geh zu deinem Vater«, murmelte Tazia. »Er wird dir helfen.«

Arrigo konnte sich einen bitteren Seitenhieb nicht verkneifen. »Ach ja?«

Da überraschte ihn Mechella. »Aber selbstverständlich! Ich habe bereits verlauten lassen, daß du auf dem Weg bist. Und – Arrigo, ich hoffe, ich habe das richtig gemacht – ich habe befohlen, daß unsere Kutschen bereitgestellt werden. Sie werden eine Menge Lebensmittel und Decken und Medizin transportieren können, und sie sind viel schneller als Ochsenkarren.«

»Gut gemacht, Euer Gnaden«, sagte Tazia mit einem anerkennenden Nicken. Mechella ließ nicht erkennen, daß sie das überhaupt bemerkt hatte.

»Im Morgengrauen sollte alles fertig sein, Arrigo. Wir fahren …«

Lizia berichtete, was geschehen war, ernst, aber ruhig: ein geringfügiges Erdbeben, geringer Schaden, kein Grund, das Fest abzubrechen, aber die Anwesenden verstanden sicher, daß sie jetzt gehen mußten und die Gäste ihrer Unterhaltung überließen.

Arrigo starrte seine Frau an. »Wir?« wiederholte er ungläubig. »*Wir* fahren?«

Sie sah ihm gerade in die Augen – kein Aufblicken wie bei Tazia. »Wir müssen unsere Hilfe anbieten, und wie können wir wissen, was wirklich gebraucht wird, wenn wir nicht dort sind?«

»Euer Gnaden.« Tazia runzelte die Stirn. »Mir ist bewußt, daß Ihr Euch mit solchen Dingen nicht auskennt, aber auf ein Erdbeben folgt für gewöhnlich ein weiteres. In Eurem Zustand solltet Ihr an eine solche Reise nicht einmal denken.«

Mechella fuhr zu ihr herum, ihre blauen Augen blitzten. »Wie könnt Ihr es wagen, mir vorschreiben zu wollen, was ich tun soll und was nicht? Es geht um unser Volk, und wir fahren.«

»Euer Gnaden!« Tazia wich entsetzt zurück.

Bevor noch jemand etwas sagen konnte, kam Lizia eilig auf sie zu. »Worauf wartet ihr?« fauchte sie. »Arrigo, Patro will uns sofort sehen.«

Er nahm an, daß es nur Lizia, Gräfin do'Casteyo, war, deren Anwesenheit verlangt worden war. Er nickte Tazia zu, nahm den Arm seiner Frau und den seiner Schwester, und gemeinsam verließen sie den Saal. Aber er warf noch einen Blick über die Schulter zurück zu Tazia – verlassen, allein, mit Sorge um seine Sicherheit in ihrem Blick und Schmerz über Mechellas Tadel. Arrigo fand sich plötzlich mächtigen und widersprüchlichen Gefühlen ausgesetzt.

Tazia wußte um die Gefahren der Reise für Mechella und das Kind, um die Gefahr weiterer Beben, und sie hatte Angst um sie – um *ihn*. Mechella sorgte sich mehr um die Menschen als um ihren eigenen ungeborenen Sohn. Aber sie hatte auch recht. Es war *ihr* Volk, und sie hatten die Pflicht, ihnen zu helfen. Das verstand sie mit dem Instinkt einer Prinzessin von Ghillas. Tazia nicht. Und dennoch war es Tazia gewesen, die als erste ausgesprochen hatte, daß sein Vater ihn brauchen würde, obwohl Mechella bereits die Reise organisiert hatte, bevor sie zu ihm geeilt war, um ihm von der Katastrophe zu berichten und damit eine Geistesgegenwart und einen Sinn fürs Praktische gezeigt hatte, die er bisher bei ihr nicht vermutet hätte. Dennoch, ihre wütende Antwort auf Tazias berechtigte Sorge war nicht zu entschuldigen.

Am Ende, sagte er sich, als er seiner schwangeren Frau die Treppe hinaufhalf, hatte Mechella sich als die Angehörige eines Herrscherhauses verhalten, die sie war: sie hatte die Pflicht zuvorderst gesetzt, ihre eigenen Sorgen zurückgestellt, nur an die Not ihres Volkes gedacht. Aber Tazia …

Tazias Gedanken galten ihm als Mann, als Arrigo – seinem persönlichen Bedürfnis, sich nützlich machen zu können, und seiner Sicherheit …

»Ich kann es dir nicht ersparen«, brummte Cossimio ihm über einen Besprechungstisch zu, der voll mit Landkarten und Listen war. »Ich brauche dich hier, du mußt meine anderen Pflichten übernehmen, bis diese Krise sich gelöst hat.«

»Aber …«

»Keine Widerrede! Davon hatte ich schon genug von meinen Beratern. Es genügt nicht, dieses und jenes nach Casteya zu schicken – wir müssen uns selbst darum kümmern! Ich bin der Großherzog, und wenn ich will, daß etwas getan wird, Nommo Matra ei Filho, dann geschieht das auch!«

Gizella sagte beruhigend: »Deshalb braucht dein Vater dich hier, Arrigo. Er muß selbst zu den Lagerhäusern gehen, sonst …«

Arrigo konnte nicht so einfach aufgeben. »Das könnte ich auf dem Weg nach Casteya erledigen. Es liegen Lagerhäuser an der Strecke, und das würde Zeit sparen.«

Sein Vater runzelte gewaltig die Stirn. »Und ich sage, du bleibst hier. Lizia muß gehen, Casteya gehört ihr, aber du nicht. Du übernimmst meine üblichen Pflichten, und damit Schluß.«

Arrigo fing einen mitleidigen Blick seiner Schwester auf, tat aber so, als hätte er ihn nicht bemerkt. Mechella starrte schweigend auf die verschränkten Hände in ihrem Schoß –

ihr Mut schien sie vollkommen verlassen zu haben. Sie wollte nicht für etwas kämpfen, was sie als die Pflicht des Erben erkannte. Nicht, daß ihn das überrascht hätte – sie mußte im vergangenen Jahr gelernt haben, wie vergeblich es war, mit Großherzog Cossimio II. zu streiten, wenn dieser sich erst einmal entschieden hatte.

Am nächsten Morgen schickte sie nicht nach ihrer Zofe, um das Bad und die Kleider für sie vorzubereiten. Arrigo, der Otonna fragte, ob seine Frau vorhatte, wieder einmal den ganzen Tag im Bett zu verbringen, bekam nur zu hören, die Zofe wisse nichts über die Pläne Ihrer Gnaden. Also war Arrigo überrascht, als gegen Mittag ein Kurier mit einer Botschaft von Lizia kam: die Karawane, die seine Schwester und Vorräte nach Casteya brachte, hatte auch Mechella mitgenommen.

Cossimio fluchte eine geschlagene halbe Stunde, bis Gizella ihn mit der Bemerkung zum Lachen brachte, wie sehr sie die schüchterne, bescheidene 'Chella unterschätzt hatten. Von Otonna erhielten sie die Versicherung, die Doña sei bei guter Gesundheit gewesen, und sie waren beeindruckt von ihrer Entschlossenheit und nahmen sie als Beweis, daß sie jetzt das Volk von Tira Virte als ihr eigenes betrachtete. Cossimio entschied, den Kurier trotzdem mit Botschaften zurückzuschicken, die sie zur Rückkehr aufforderten. Er plante dies allerdings nur noch als Geste, denn Meya Suerta spendete Mechella an jeder Ecke und auf jedem Zocalo Beifall und trank in jeder Taverne auf ihren Namen. Also enthielt die Botschaft keinen offiziellen großherzoglichen Befehl, dem sie hätte gehorchen müssen – oder der ihn gezwungen hätte, sie zu bestrafen, wenn sie sich nicht fügte.

Kurz danach verließ eine weitere Botschaft den Palasso. Spät in dieser Nacht schlich sich Arrigo, immer noch halb blind vor Zorn, aus einem Gartentor und ging allein und unbeobachtet zu Tazias alter Villa. Sie kam ihm im leeren Flur entgegen, eine Lampe in der Hand. Er saß bis fast zur

Morgendämmerung mit ihr auf der Treppe, dann kehrte er resigniert in den Palast zurück – wenn schon nicht zu dieser spektakulären Zurschaustellung von Ungehorsam, die seine Frau veranstaltet hatte, so doch zu seiner Pflicht, für seinen Vater einzuspringen, während Cossimio sich auf die Krise konzentrierte.

»Zeig, daß du willig bist zuzuhören und zu helfen, selbst wenn andere das nicht tun. Bei den anderen Sachen geht es um sehr laute und offensichtliche Angelegenheiten. Dir hat man den schwierigen Teil überlassen. Dein Vater hat jetzt keine Zeit für die Alltagsangelegenheiten. Du hast sie, und darauf vertraut er. Die Leute werden sich daran erinnern. Sie mögen sie ins Herz schließen, wie freundliche Menschen es mit einer Fremden tun, aber du bist Teil ihrer Seelen. Du bist derjenige, der Tira Virte in dieser Katastrophe weiterführt. Du wirst zeigen, daß du dich um *alle* Menschen hier sorgst. Und jetzt geh nach Hause und schlaf noch ein wenig, Arrigo. Du wirst deine Kraft brauchen.«

Mechella betrachtete es nicht als Ungehorsam. Immerhin hatte der Großherzog nur gesagt, *Arrigo* müsse in Meya Suerte bleiben. *Ihren* Namen hatte er nicht einmal ausgesprochen.

Und Arrigo irrte sich, was ihre Herrscherhaus-Instinkte anging. Wenn Mechella genauer darüber nachgedacht hätte, was sie zu dieser Reise veranlaßt hatte, hätte sie es als logischen nächsten Schritt auf einem Weg erkannt, der sich bereits in ihrer Kindheit abgezeichnet hatte. Der Mutter beraubt, hatte sie selbst die Mutterrolle gegenüber den Dienstbotenkindern des Pallaiso Millioa Luminnai übernommen, indem sie ihnen Geschichten erzählte. Ihr Mann hatte ihr eine eigene Tochter geschenkt, aber auch ein ganzes Volk, um das sie sich kümmern mußte, und bisher hatte sie ihre Zeit damit verbracht, mehr über dieses Volk und seine Bedürfnisse zu erfahren, ohne sich dieses Lernens auch nur bewußt zu sein. Die Reise, auf der sie sich befand, würde einmal darin enden, daß sie als Großherzogin in jeden Aspekt des Lebens in Tira Virte verwickelt war. Und Tira würde ihr ihre Liebe tausendfach zurückerstatten.

Im Augenblick wußte sie nur, daß sie nach Casteya fahren und tun mußte, was sie konnte, um den Menschen dort zu helfen. Sie fühlte sich gesund genug für ein solches Unternehmen. Sie sorgte sich um ihr Baby, aber Arrigos Kutsche war die neueste und bequemste in ganz Tira Virte, und die Fahrt verlief erstaunlich ruhig. Es waren Ärzte im Troß, die sich um sie kümmern konnten, und auch Lizia würde gut auf sie aufpassen, und sie *konnte* einfach nicht in Meya Suerta bleiben, wenn ihr Volk sie brauchte.

Sie verbrachte die langen Reisetage gemeinsam mit Lizia über hastig zusammengekritzelten Inventarlisten, empfing die ihnen aus Casteya entgegengeschickten Botschaften und begann zu planen. Sie und Lizia glaubten, auf alles vorbereitet zu sein, was sie erwarten könnte.

Sie hatten sich geirrt.

Ihre Ankunft in dem ersten Bergdorf, das von dem Beben dem Erdboden gleichgemacht worden war, ließ bei beiden Frauen bittere Tränen aufsteigen, die sie sich aber verbissen. Wo einmal Häuser, Läden, eine Schmiede, eine Mühle und eine kleine Sanctia gestanden hatten, gab es jetzt nur noch Trümmer. Ziegeldächer waren bis in die Keller gestürzt, Strohdächer hatten beim Fallen Feuer gefangen und die kerzenbeleuchteten Heime darunter in Flammenmeere verwandelt. Das erste Lebenszeichen, das Mechella und Lizia entdeckten, waren ein paar Leute, die sich auf dem Friedhof neben den Ruinen der Sanctia zusammenkauerten. Retter hatten schon seit Tagen in den Trümmern nach Überlebenden gesucht, aber nur Leichen gefunden. Sie hatten auch Gräber ausgehoben, aber weder Zeit noch Anstrengung auf Särge verschwendet; selbst in der Kälte des Spätherbstes bestand die Gefahr von Seuchen. Die Toten wurden ohne auch nur ein Leichentuch begraben, denn jedes Stück Stoff wurde für Verbände benötigt, und jede Decke zum Schutz gegen die Kälte der Nacht. Es gab keine Zuflucht vor der Kälte, nicht einmal in der Sanctia, die bis auf die Grundmauern niedergebrannt war. Arrigos Verwalter hatte für Gräfin Lizia ein geräumiges Zelt eingepackt, aber als sie erfuhren, daß es für die Menschen im Dorf keinen Unterschlupf gab, beschlossen die Frauen, es den Verwundeten zu überlassen. Sie würden in der Kutsche schlafen, wie schon zuvor auf der Reise.

»Wir haben gehört, Gräfin«, sagte der erschöpfte Sancto, der wie durch ein Wunder die Zerstörung seiner Sanctia überlebt hatte, »daß Castello Casteya nur wenig erschüttert wurde. Dank sei der Mutter.«

Finster fragte Lizia: »Dank wofür?« und warf einen vielsagenden Blick auf das Desaster ringsum.

Mechella folgte Lizia schweigend, beschämt über ihre Unkenntnis. Lizia kannte sich genügend mit Heilkunde aus, genug, um Wunden säubern und verbinden und entscheiden zu können, welcher Verletzungen sich die Ärzte annehmen mußten, die mit ihnen gekommen waren. Mechella hatte keine Ahnung von solchen Dingen. Lizia, die zusammen mit ihrem Mann ein verfallenes Castello wieder aufgebaut hatte, wußte, welche der Gebäude noch zu retten waren und welche nicht; sie konnte sich einen Haufen zerbrochener Steine ansehen und wußte, ob es sicher war, ihn abzutragen, oder zu gefährlich. Mechella hatte auch darüber nicht die geringsten Kenntnisse. Sie sah nur Zerstörung, die ihr das Herz zerriß. Aber Lizia zeigte wenig Gefühle und gab statt dessen knappe Befehle, die sofort befolgt wurden. Mechella fühlte sich nutzlos und wußte, wie sinnlos ihre Anwesenheit hier war.

Aber als sie am Abend in ihrer Kutsche saßen und vollkommen erschöpft ihre Mahlzeit in Arrigos silbernem und vergoldeten Reiseservice ansahen, lächelte Lizia Mechella an und sagte: »Du bist eine größere Hilfe, als ich gedacht hätte.«

»Ich bin hoffnungslos, das wissen wir doch beide.«

»Was die praktischen Dinge angeht, ja. Du kannst keinen Verband wickeln, ohne ihn durcheinanderzubringen, und für dich sieht ein Steinhaufen wie der andere aus. Aber hast du ihre Gesichter gesehen? Du mußt nicht einmal etwas sagen. Du schaust sie nur an, berührst ihre Hände – es ist, als wären ihr Schmerz und ihre Angst lebende Wesen, die du in deinen Armen wiegst. Verständnis und Mitgefühl – das sind Vorzüge, die ich nicht habe.«

»Ich kann gar nichts tun. Es war dumm von mir, mitzukommen.«

»Das ist es doch gerade, mein Liebes. Du hast keinen Grund, hierzusein, und das wissen sie, aber du bist trotzdem gekommen.« Lizia lehnte sich in die weichen Wildlederpolster zurück. »Matra Dolcha, bin ich müde! Und wir werden auf unserem weiteren Weg noch Schlimmeres sehen.«

Mechella beugte sich vor, sah die Schwägerin im Kerzenschein drängend an. »Lizia, sag mir, was ich tun kann. Ich kenne mich mit den Dingen, von denen du so viel weißt, nicht aus. Es *muß* doch etwas geben, was ich tun kann, außer mit ihnen zu sprechen und ihre Hände zu halten.«

»Das ist das einzige, was sie brauchen, was *ich* ihnen nicht geben kann. Mutter könnte es, aber ich bin mehr die Tochter meines Vaters, wie dir zweifellos aufgefallen ist. Ich bin jetzt zu müde, um nachzudenken, Mechella. Versuchen wir lieber zu schlafen.«

Am zweiten Tag entdeckte Mechella selbst, wie sie helfen konnte. Lizia verlor sie schon am Morgen aus den Augen und hatte bis zum späten Nachmittag keine Zeit mehr, sich um sie zu kümmern. Sie fand Mechella in der ausgeräumten Ruine einer Schuhmacherwerkstatt, umringt von Kindern, denen sie eine Geschichte erzählte.

Lizia störte sie ungern, aber es war beinahe Essenszeit, und Mechella mußte essen, damit sie bei Kräften blieb. Arrigo hatte gesagt, sie habe sich bei der ersten Schwangerschaft nicht wohl gefühlt und ihre Gesundheit sei zart, aber davon war nur wenig zu bemerken. Lizias eigene Schwangerschaften hatten bei ihr vor allem gewaltigen Appetit hervorgerufen, und selbst wenn das bei Mechella anders war, mußte sie doch essen.

Auf dem Weg zurück zur Kutsche erzählte Mechella Lizia, was sie erfahren hatte. Die meisten Kinder hatten entweder Mutter oder Vater verloren. Einige hatten überhaupt keine Eltern mehr. Ein kleiner Junge war zwei Tage eingeklemmt gewesen, geschützt von seiner langsam sterbenden Mutter. Ein anderer hatte sich den Arm gebrochen, als er aus einem Heuschober fiel, in dem er und seine fünf Geschwister gespielt hatten; er allein hatte das Erdbeben überlebt. Kaum vierjährige Zwillingsmädchen waren auf der Straße vor einem Haus gefunden worden; ihr Vater lag drinnen im Haus, erschlagen von einem Dachbalken, und niemand wußte, wie die beiden entkommen waren. Ein Geschwisterpaar war nur am Leben, weil ihr Onkel sie in Sicherheit gebracht hatte. Als er zurückgegangen war, um seine Schwester und ihren Mann zu holen, war eine Wand eingestürzt und hatte alle drei unter sich begraben.

»Zuerst dachte ich, ich wollte sie nur aus dem Weg halten und aufpassen, daß sie nicht an gefährlichen Stellen spielten. Aber dann haben sie angefangen, mit mir zu reden, Lizi. Beinahe jedes Kind in diesem Dorf hat eine Tragödie hinter sich. Ein paar haben überhaupt keine lebenden Verwandten mehr. Glaubst du – meinst du, es wäre richtig, wenn ich versuchte, ihnen ein neues Heim zu finden?«

»Herzogin Jesminia«, murmelte Lizia. »'Chella, ich glaube, das wäre wirklich eine gute Idee.«

Also sammelte Mechella in diesem Dorf und in einem Dutzend mehr im Lauf der nächsten zwanzig Tage die Kinder. Sie sprach mit ihnen, hielt sie im Arm, wenn sie weinten, erzählte ihnen Geschichten, entlockte ihnen sanft ihre Namen und was mit ihnen geschehen war. Und während die Gemeinden sich langsam zu erholen und an die Zukunft zu denken begannen, suchte sie mit großer Sorgfalt für jede Waise eine neue Familie.

Lizias Hinweis auf Jesminia hatte Mechella daran erinnert, daß die Herzogin sich damals um die Chi'patro-Kinder gekümmert hatte, aber das war eine völlig andere Situation. Dennoch, als sie daran dachte, wer sich ebenfalls dieser Kinder angenommen hatte, bekam sie eine Idee. Eines Abends, als sie in ihrer dunklen Kutsche saßen, gegen die Kälte in den Bergen in Pelze gewickelt, fragte sie Lizia danach.

»Ein wunderbarer Gedanke«, war die nachdenkliche Antwort der Schwägerin. »Obwohl ich noch nie von einem solchen Dokument gehört habe. Normalerweise werden Waisen von Vettern aufgenommen, ganz gleich, wie weit entfernt. Aber diesmal sind ganze Familien ausgelöscht worden.«

»Wäre es dann nicht besser, die Adoptionen legal zu machen?«

»Ich glaube schon. Und gleichzeitig können wir ihr Eigentum schützen, wenn sie welches haben. Diese Kinder sind immer noch die Erben ihrer Eltern. Wir sollten uns so bald wie möglich über die Besitzverhältnisse informieren, ehe es Streitigkeiten darüber geben kann.«

»Lizi! Es würde doch sicher niemand versuchen, etwas zu stehlen, wenn ...«

»Du unschuldiges Kind hast wirklich keine Ahnung.«

»Dann werden wir die Dokumente in den Sanctias hinterlegen.«

»Hervorragend! Und wenn jemand das Land kaufen will oder ein Haus wieder aufbauen – was immer noch besser wäre als ein Loch an der Straße –, können die Sanctas und Sanctos entscheiden, ob es ein gutes Angebot ist.«

»Und das Geld für die Zukunft des Kindes aufbewahren«, unterbrach Mechella sie aufgeregt, »so, wie ein Teil meiner Mitgift für Teressa aufbewahrt wird.«

»Das ist schon besser!« Lizia lachte. »Und du hast dich für nutzlos gehalten! Du solltest gleich morgen an meinen Vater schreiben.«

»Ich – ich glaube nicht.«

»Machst du dir immer noch Sorgen wegen dieses albernen Briefes, den er geschickt hat? 'Chella, wenn er wirklich wütend wäre und wollte, daß du zurückkommst, dann hätte er das gesagt, das kannst du mir glauben. Ich kenne meinen Vater. Aber vielleicht solltest du statt dessen an Arrigo schreiben. Dann wird er etwas zu tun haben.«

Mechella war froh, daß Lizia ihr Gesicht nicht sehen konnte. »Das – das wage ich nicht, Lizi. Er ist wirklich wütend auf mich. Ich habe nichts von ihm gehört, seit wir Meya Suerta verlassen haben.«

»Du hast ihm ja auch einen bösen Streich gespielt, aber inzwischen weiß er, wieviel Gutes du hier tust.« Sie hielt inne. »Er und Patro machen sich Gedanken wegen des Babys, aber deine Schwangerschaft ist noch nicht so weit fortgeschritten, und du scheinst stark wie ein Pferd zu sein.«

»Es geht mir viel besser als damals, als ich mit Teressa schwanger war.«

»Meiner Ansicht nach sollten Schwangere nicht so sehr verwöhnt werden«, erklärte Lizia offen. »Man schließt sie in den Häusern ein, sie dürfen bestenfalls noch im Garten spazierengehen und stricken und sich Sorgen machen – sich nützlich zu machen und etwas zu tun ist viel besser, sowohl für den Körper als auch für den Geist. Aber ich sorge mich wirklich, dich in eine *solche* Situation gebracht zu haben, 'Chella.«

Sie lächelte im Dunkeln. »Tu das nicht. Ich habe es warm, trocken und bequem, und alle kümmern sich um mich. Die meiste Zeit denke ich nicht einmal dran, daß ich schwanger bin.«

»Nun gut, dann werde ich dich ganz bestimmt nicht zurückschicken, selbst wenn Patro es wirklich befehlen würde. Du bist mir hier eine große Hilfe, und Arrigo wird sich freuen, wenn er davon erfährt. Und diese neue Idee von dir – du solltest ihm sofort schreiben.«

Mechella rutschte unruhig in ihrem Pelzkokon herum. »Ich habe ihm überhaupt noch nicht geschrieben. Ich weiß nicht, wie er reagieren wird, wenn …«

»Du hast ihm die ganze Zeit nicht geschrieben? 'Chella!« Decken raschelten, und dann erklang das Reiben eines Zündholzes, und eine Kerze wurde entfacht. »Du wirst sofort damit anfangen!«

Der Brief, den Mechella unter Lizias strengem Blick verfaßte, war gleichzeitig steif, wehmütig und verzagt. Sie vertrauten ihn am nächsten Morgen einem Boten an. Mechella erwartete ängstlich Arrigos Antwort. Sie traf mehrere Tage später ein, in Form einer Kutsche mit dem großherzoglichen Wappen, die durch die Trümmerlandschaft rollte, die einmal eine blühende Stadt gewesen war. Aus der Kutsche stieg Cabral Grijalva mit vier jungen Malern und – zuständig für die Verteilung von Farben und Leinwänden – Cabrals jüngerer Schwester Leilias.

Es gab keinen Brief von Arrigo oder Cossimio. Die Nachricht, die Cabral Mechella überreichte, war von Gizella unterschrieben. Die Großherzogin segnete sie und Lizia mit herzlichen Worten, bat sie, ihre eigene Sicherheit nicht zu vernachlässigen, meldete die Zustimmung des neu berufenen Premio Frato Dioniso für ihren Plan und versicherte ihnen, daß es den Kindern gut gehe, obwohl ihre Mütter ihnen sehr fehlten.

Mechella las, reichte das Blatt an Lizia weiter und sagte ruhig: »Ich bin froh, daß Ihr gekommen seid, Cabral. Ich habe schon eine Liste dessen angefertigt, was wir brauchen. Ihr solltet sofort anfangen.«

12

Dioniso bezog die Gemächer des Premio Frato mit gemischten Gefühlen. So hoch war er unter den Grijalvas schon lange nicht mehr aufgestiegen, aber in seinem nächsten Leben hatte er vor, den Aufstieg fortzusetzen. Außerdem hatte er seinen Vorgänger Agusto recht gern gemocht: ein guter Maler, ein strenger Lehrer und ein Mann von sardonischem Geist, der sich immer über seine eigenen Schwächen lustig gemacht hatte, so daß niemand wußte, wie krank er wirklich war, bis zum Tag seines Todes.

Als Künstler war Dioniso genau, wo er sein wollte. Als Premio würde er alles beeinflussen können – besonders, was den Unterricht der Jüngeren anging. Der Verfall der Malerei würde ein Ende haben. Das hatte er sich geschworen. Er würde die Kunst wieder seinem Genie anpassen, so daß man ihn, wenn er in ein paar Jahren Rafeyo übernahm, als den größten Künstler seit Riobaro begrüßen würde.

Auch politisch war seine neue Position ausgesprochen vorteilhaft. Es war nicht so gut wie Oberster Hofmaler zu sein, aber das konnte warten. Und als Premio hatte er trotzdem Zugang zum Großherzog, wann immer er das wünschte, und zu Arrigo und Mechella. Was er auf seiner Reise nach Diettro Marei begonnen hatte, hatte er mit dem Malen von Teressas *Geburt* fortsetzen können; er würde so weitermachen, Arrigo die eine oder andere Information liefern und sich durch seine Kunst bei Mechella beliebt machen. Ihre Idee, die Erbschaften der casteyanischen Waisen zu malen, hatte ihm gefallen, und er hatte persönlich jene Maler ausgesucht, die dafür zuständig sein würden. Selbstverständlich befand sich auch Rafeyo unter ihnen – der nicht glücklich war über diese angebliche Verschwendung seines Talents. Aber wenn er sich auf diese Weise Mechellas Dankbarkeit sicher sein konnte, würde sich das in der Zukunft als äußerst günstig erweisen.

Dioniso sorgte sich wegen der unbeugsamen Loyalität des Jungen gegenüber seiner Mutter, der ehemaligen Mätresse – aber so gern er Rafeyo auch dazu gemalt hätte, Mechella zu mögen, mußte er sich das doch versagen. Eine solche Veränderung des Verhaltens würde auffallen. Und was konnte der Junge in den paar Jahren schon ausrichten, die er ohnehin meist im Palasso Grijalva mit seinen Studien zubringen würde?

Die Zeremonie, mit der Dioniso als Premio Frato eingesetzt wurde, war zurückhaltend, aus Achtung für die Erdbebenopfer im Norden. Nach einem strengen Ritual in der Crechetta, währenddessen man ihm die edelsteingeschmückte Kette seines neuen Amtes verlieh und er die Ergebenheitsschwüre der anderen Maler entgegennahm, ging er hinaus in den fackelbeleuchteten Garten, um allen anderen im Palasso offiziell vorgestellt zu werden und ihre Gratulationen zu empfangen. Normalerweise hätte es noch ein großes Festessen gegeben, aber es war ihm ganz recht, nicht die halbe Nacht mit Essen und Trinken zu verbringen. Er hatte noch etwas anderes vor.

Bald war in dem ausgedehnten Labyrinth des Palasso alles wieder ruhig, und Dioniso schlüpfte durch eine Hintertür nach draußen und machte sich auf den Weg zu seinem geheimen Atelier. Es dauerte nicht lange, bis er die Farben gemischt hatte, und er brauchte auch nur eine Einzelheit an der Gestalt des Dioniso im *Peintraddo Memorrio* hinzuzufügen: die Amtskette des Premio Frato.

Es dauerte nur eine Stunde. Danach mischte er andere Farben und malte einen weiteren Rosmarinzweig für Matteyo, wobei er flüsterte: »Es war nicht umsonst, Bruder. Ich *werde* wieder Oberster Hofmaler sein.«

Dann setzte er sich an den Tisch, fuhr mit den Fingern über den dicken Tza'ab-Teppich, der darauf lag, und betrachtete den bleichen Knochen seines eigenen Schädels.

Fünfzig oder sechzig Jahre nach Sarios »Tod« – er hatte ganz vergessen, wann er es getan hatte, und es war auch nicht sonderlich wichtig – hatte er des Nachts das Grab geöffnet. Das Fleisch war beinahe völlig verwest, also hatte er nicht in sein eigenes halb aufgelöstes Gesicht sehen müssen. Er hatte den Schädel von der Wirbelsäule gelöst, alles andere im Grab gelassen und den Schädel mit ins Atelier genommen, wo er ihn mit Säuren von letzten Hautfetzen reinigte. Dort lag er nun auf dem Tisch, eine Erinnerung an das, was er einmal gewesen war, was er getan hatte und wieder tun würde – und welches Schicksal ihn *nicht* erwartete.

Er nahm den Schädel in beide Hände, starrte in die leeren Augenhöhlen und lächelte. Für andere war dies das Ende aller Dinge: ein Schädel mit einer Höhle, wo einmal das Hirn gewesen war, grinsende Zähne ohne weiche Lippen, die sie bedeckten, kalte Knochen, nicht mehr erwärmt von Fleisch und Haut und dichtem schwarzen Haar. Er allein war diesem Schicksal entgangen.

Er und Saavedra.

Im letzten Jahrhundert war es in Mode gekommen, einen Schädel in *Hochzeiten* zu malen, in denen das junge Paar im Vordergrund stand, stolz und wohlhabend, das ganze Leben noch vor sich. Der Schädel war zur Erinnerung daran gedacht, daß Jugend vergänglich war, Stolz nicht mehr als Eitelkeit, und daß Reichtum einen nicht von diesem unvermeidlichen Schicksal freikaufen konnte.

Er hatte sich davon befreit. Sich und Saavedra.

Er wiegte seinen eigenen Schädel in den Händen und dachte Gedanken, die einmal in dieser nun leeren Knochenhöhle aufgeblitzt waren, er starrte in Leere, wo einmal lebendige, erschrockene Augen gewesen waren, die nichts mehr von Sario an sich gehabt hatten, sondern von Martian – nein, *Ignaddio*; er war der erste gewesen. Er schaute zum *Memorrio* hinüber, und ein paar Sekunden lang konnte er nicht erkennen, welcher von ihnen Ignaddio war. Ah – dort, man konnte es an der Kleidung erkennen, am jahrhundertealten Stil.

Er wandte sich wieder seinem eigenen Schädel zu und erkannte ihn als das, was er war, eine Erinnerung an das Leben.

Sein Leben. Saavedras Leben.

Bald. Das Ziehen in den Fingern, von der Kälte des Ateliers herrührend, erinnerte ihn daran, daß er nur noch wenige Jahre in diesem Körper hatte. Aber dann würde Rafeyo kommen – stark, gutaussehend, klug, mit ungemein guten Verbindungen – und wenn *er* dem *Memorrio* hinzugefügt würde, dann in den beeindruckenden Gewändern und Juwelen des Obersten Hofmalers.

Und dann würde er Saavedra vielleicht aus ihrem gemalten Gefängnis befreien und ...

Und mit ihr zusammen ein Leben verbringen und dann sterben? Als geistloses Fleisch in getrennten Gräbern enden, alle Gedanken und Gefühle, alle Brillanz und Magie für immer verschwunden?

Schaudernd legte er Sarios Schädel hin und verließ das Atelier.

»Sie ist ganz anders, als du erzählt hast«, sagte Leilias Grijalva zu ihrem Bruder, als sie durch ein Trümmerfeld gingen, das einmal eine blühende Marktstadt gewesen war. »Hast du ihr Gesicht gesehen, als sie Gizellas Brief las? Und sie hat nicht einmal nach Arrigo gefragt.«

»Warum sollte sie, wenn sein Schweigen ihr alles sagt, was sie wissen muß?«

Leilias zuckte die Achseln. »Du sagtest, er sei verärgert, aber sie tut ihm hier nur Gutes. Sie werden eines Tages regieren. Die Leute werden sich an ihre Arbeit erinnern, und das wird gut für sie beide sein.«

»An *ihre* Arbeit. Nicht an seine.« Cabral trat einen Stein weg, die Hände tief in die Taschen seiner schweren grauen Wolljacke vergraben. »Er sitzt auf dem Stuhl seines Vaters, hört sich Streitereien über Erzlieferungen an und den Preis von Saatkorn und hundert anderen nutzlosen Dinge, die ebensogut einer der Ratgeber erledigen könnte, während *sie* ...« Er hielt abrupt inne.

Leilias schwieg eine Weile. Er sah sie an und runzelte die Stirn. Sie hatte diese unangenehm wissende Miene aufgesetzt, die sie schon als Kind gehabt hatte, wenn sie an Schlüssellöchern gelauscht hatte. Knurrend fragte er sie: »Hast du eine Liste der Pinsel oder so etwas?«

»Du weißt genau, daß das nur eine Ausrede war, damit ich euch begleiten konnte. Und, wenn ich das hinzufügen darf, auf *deinen* Vorschlag hin. Aber sie kommt offenbar sehr gut ohne uns zurecht. Ich muß sagen, ich bin erstaunt, daß sie sich mit etwas anderem als dem Kinderkriegen auskennt.«

Er sah sie wütend an. »Paß auf, was du sagst.«

Leilias lächelte nur. »Es weiß doch jeder, daß ich eine spitze Zunge habe. Ich wollte damit auch nur andeuten, daß sie unsere Hilfe nicht hier, sondern in Meya Suerta braucht. Besonders jetzt, nachdem Arrigo wieder angefangen hat, sich mit Tazia zu treffen – allein, und wie er glaubt, insgeheim.«

»Was?« Cabral packte sie am Arm. »Was hast du gehört?«

»Ich weiß es von jemandem im Palasso Grijalva, der es von jemandem in Arrigos Diensten erfahren hat, und ich werde dir nichts weiter erzählen, solange du dich nicht ein bißchen beruhigst.« Sie entzog ihm ihren Arm. »Wie willst du Mechella nützen, wenn du dich nicht mal fünf Minuten zusammennehmen kannst und deine eigene Schwester so durchschüttelst, daß ihr fast die Zähne aus dem Kopf fallen?«

Cabral biß die Zähne so fest zusammen, daß sie sehen konnte, wie sich seine Kiefermuskeln anspannten. Einen Augenblick später sagte er: »Hat Arrigo das Verhältnis mit Tazia wieder aufgenommen?«

»Das ist nur eine Frage der Zeit. Es wird ihm nicht gefallen, wenn Mechella als Heldin nach Hause zurückkehrt.

Und du kennst doch Tazia – purer Honig und Balsam auf seinen Wunden.«

Cabral schüttelte den Kopf. »Wenn das mit Tazia wieder losgeht – Matra ei Filho, das wird sie umbringen«, flüsterte er.

»Wir müssen einfach dafür sorgen, daß das nicht geschieht. Das ist doch dein Plan, oder? Sie gegen Tazia und ihren kleinen Welpen Rafeyo zu beschützen?« Sie zuckte die Achseln, zog ihren Umhang zurecht. »Was mich daran erinnert – mußten wir ihn unbedingt mitnehmen? Ich gebe zu, er ist begabt, aber er macht mich nervös.«

»Das war die Idee von Premio Frato Dioniso. Wenn wir ihn zu Hause gelassen hätten, hätte vielleicht jemand Verdacht geschöpft.«

»Und so fängt alles an«, murmelte Leilias. »Verdächtigungen, Gerüchte, Leugnen – was man glaubt, denkt, fühlt, rät, weiß, nicht weiß – und wer auf wessen Seite steht. Es wird die Familie spalten. Einige werden sich auf Arrigos Seite stellen, andere auf Mechellas, wieder andere werden sich nicht einmischen wollen. Armer Mequel. Wir sollten uns lieber um seine Gesundheit sorgen.«

»Vom ›armen Dioniso‹ sprichst du nicht?«

»Es steht dir frei zu schließen, auf wessen Seite er steht.«

»Auf seiner eigenen.« Wieder trat Cabral einen Stein weg.

Leilias blieb vor der Sanctia stehen, die gestern geschleift worden war, nachdem Lizia entschieden hatte, daß nichts außer dem Glockenturm zu retten war. »Was für eine Ruine! Erinnert mich an Tavials *Belagerung des Tza'ab-Castello*.«

»Das stammt nicht von Tavial«, erwiderte ihr Bruder zerstreut. »Das hat Sario gemalt, noch bevor die Belagerung tatsächlich stattfand.«

»Noch ein kluger Grijalva. Wünschst du dir nicht, wir wären klug genug, diese Dörfer wieder unzerstört zu malen? Das wäre *echte* Magie, nicht diese ›Macht des künstlerischen Genies‹, die uns die Leute nachsagen.«

Cabral schwieg, aber Leilias kannte ihren Bruder, vielleicht besser als jeden anderen. Diesmal war sie es, die ihn an den Schultern packte und mit leiser, angespannter Stimme fragte: »Was ist es? Sag's mir!«

»Ich *weiß* nichts Genaues, aber ...« Er begegnete ihrem Blick, dunklen, grünbraunen Augen wie den seinen, und sie hielt den Atem an.

»Sind die Gerüchte wahr? Was sie flüstern?«

Er schüttelte sie ab. »Du meinst, dieses Geflüster, das sofort abbricht, wenn eine Frau wie du oder ein Maler ohne die Gabe das Zimmer betritt? Ich bin nicht sicher, Leilias. Aber seit ich im Palasso wohne ...« Er hielt inne und fuhr dann scheinbar unzusammenhängend fort: »Rafeyo macht dich auch nervös, und das nicht nur, weil er Tazias Sohn ist. Er hat etwas in den Augen ...«

»Er war immer ein arroganter kleiner Bursche«, meinte sie.

»Immer?« fragte er. »Woher weißt du das?«

Leilias sah ihn direkt an. Sie sagte kein Wort mehr. Das brauchte sie nicht.

»Matra Dolcha!« Cabral knirschte mit den Zähnen. »Er ist letztes Jahr bestätigt worden.«

»Wir haben uns ein wenig unterhalten, und eine Zeitlang hatte ich ihn beinahe gern – irgendwie. Das lag daran, daß er vorgeschlagen hatte, ich sollte ein Parfum für Mechella machen, als Hochzeitsgeschenk. Aber nun, nachdem er einer der Meister ist – er *hat* etwas Seltsames im Blick, da hast du recht. Als wüßte er genau, was er wollte, und würde nur abwarten und hinter vorgehaltener Hand lachen.«

»Genau wie seine Mutter.«

»Ich nehme an, sie haben im Grunde dasselbe Ziel.«

»Halt dich von ihm fern«, warnte er plötzlich.

»Das brauchst du mir nicht zweimal zu sagen! Nach der Bestätigung ist Cansalvio immer rot geworden und hat angefangen zu stottern, wenn er mich im Palasso sah, und die beiden anderen haben wenigstens ziemlich verlegen dreingeschaut, aber Rafeyo hat mir in die Augen gesehen und *gezwinkert!*«

»Wenn er dich je anfaßt, werde ich ihm alle Knochen brechen.«

Leilias tätschelte seinen Arm und lächelte. »Danke, Bruder, aber ich kann selbst auf mich aufpassen. Heb dir deinen Zorn für Mechella auf. Sie braucht mehr Schutz als ich.«

Drei Tage später traf eine Wagenkarawane aus Meya Suerta ein. Mechella kämpfte mit dem Gewicht einer schweren Kiste hinten auf einem der Wagen, als zwei Hände die Kiste übernahmen.

»Wenn Ihr gestattet, Euer Gnaden«, sagte Cabral und hob die schwere Kiste herunter.

»Danke, Cabral – und schimpft nicht mit mir«, sagte sie und zog die Nase kraus. »Helft mir einfach mit dem Rest.«

Die Wagen hatten Lebensmittel, Kleidung, Decken und Zelte geladen – eine Leihgabe des Shagarra-Regiments –, außerdem sechs Kisten, auf denen »Von den Kindern des Palasso Grijalva« geschrieben stand. In den Kisten befand sich Spielzeug, und Mechella stieß einen entzückten Schrei aus, als sie die Puppen und Spiele, Holztiere und -ritter sah. In einer Kiste befand sich ein Brief an sie, unterschrieben vom Premio Frato Dioniso.

Mit Euch, Doña, hat die Mutter Tira Virte mehr gesegnet, als wir es verdienen. Die Kinder hier hoffen, daß diese kleinen Gaben diejenigen zum Lächeln bringen werden, die das dringend brauchen.

Euer ergebenster Diener,
Dioniso.

»Wie reizend von Euren kleinen Verwandten, ein paar von ihren Spielzeugen herzugeben!« Sie hielt zwei Porzellanpuppen mit Zöpfen aus Seidenfäden hoch. »Das ist genau das, was ich brauche, um die Kinder ein wenig zu beschäftigen. Mir fallen bald keine Geschichten mehr ein.«

Während Cabral die Kisten stapelte, rief sie ein paar Dorfleute herüber und schickte sich an, Decken und Essen zu verteilen. Plötzlich begann der Boden unter ihren Füßen zu zittern. Mechella verlor das Gleichgewicht – eher aus Schrecken und nicht, weil die Bewegung so heftig gewesen wäre – und wäre gefallen, wenn Cabral sie nicht aufgefangen hätte.

»Schon gut«, sagte er. »Es wird gleich wieder aufhören.«

Sie hatte sich auf die Lippen gebissen, war kreidebleich geworden, hatte die blauen Augen weit aufgerissen, und sie war starr vor Angst, aber sie hatte nicht geschrien. Als das Beben zu Ende war, legte sie den Kopf an seine Schulter und seufzte tief. Sie trug ein Kopftuch, um ihr Haar vor Staub und Schmutz zu schützen, und er lehnte die Wange daran und wünschte sich, daß das Tuch verschwinden möge, damit er die goldene Seide ihres Haares spüren konnte.

Er ließ sie wieder los. Sie hielt sich an der Seite des Wagens fest. Am liebsten hätte er dasselbe getan. Sie war nicht besser gekleidet als eine Bäuerin, und sie roch nach Schweiß und Knoblauch und war schwanger mit dem Kind eines anderen – und als sie ihre Angst herunterschluckte und ihn anlächelte, glaubte er, er müsse vor ihr auf die Knie sinken.

»Man – man hat mir ja schon gesagt, daß so etwas passieren könnte«, sagte sie leise. »Aber es war nicht so schlimm, oder?«

»Nichts im Vergleich mit dem Beben, das dieses Dorf hier zerstört hat. Geht es Euch wieder besser, Euer Gnaden?«

»Ja. Ich werde das nächste Mal nicht mehr so albern sein, nachdem ich jetzt weiß, was ich erwarten muß. Ich …«

»'Chella? Ach, hier bist du!« Lizia kam herangeeilt, eine

lange Liste in der Hand. »So, jetzt bist du eine richtige Casteyanerin – du hast ein Erdbeben erlebt! Kein großes, aber ich denke, es genügt. Und jetzt komm mit. Rafeyo hat eine Idee.«

Diese Idee lieferte die Lösung, wie man die Adoptionen malen und gleichzeitig die Eigentumsrechte der Waisen sichern konnte. Der Junge breitete eine Skizze auf einem Steinblock aus und erklärte seinen Einfall.

»Ich hatte ein paar Schwierigkeiten, was die Komposition angeht – es werden sehr ungelenke Bilder sein, was mich ärgert –, aber das stört die Leute nicht, solange die Dokumente legal sind. Früher haben wir *Testamente* als eine Reihe von Szenen innerhalb eines Efeurahmens gemacht, der sie verbindet und für Treue steht. Ich schlage dasselbe Muster vor. Wir malen das Kind in der Mitte. Der alte Name wird zur Rechten symbolisch dargestellt, in diesem Fall ein Bausch Wolle, weil die Eltern des Kindes Schäfer waren.« Er sah Mechella forschend und ein wenig herablassend an – hatte sie das auch verstanden?

»Fahrt fort«, sagte sie ruhig.

»Der neue Name steht links – in diesem Fall ein Stein, weil seine neue Familie seit Generationen Steinmetze waren und entsprechend heißen. Für den Teil des Obstgartens, den der Junge von seinem toten Vater erbt – der ist rechts hinter ihm dargestellt, wie man ihn von der Hauptstraße aus sieht, und alle Grenzsteine sind deutlich zu sehen. Das Haus im Dorf war schwieriger. Es *gibt* ja kein Haus mehr. Aber als ich mir das Grundstück angesehen habe, habe ich festgestellt, daß es direkt von der Sanctia aus zu sehen ist. Die Sanctia ist das einzige Gebäude im Dorf, das noch steht.« Er lehnte sich zurück. »Also haben wir vier Elemente: Kind, alter Name, neuer Name und Erbe.«

Cabral runzelte die Stirn: »Was, wenn du keine passenden Symbole findest?«

»Ich habe mir die Namenslisten angesehen. Ein solches

Problem wird nicht auftauchen.« Er zuckte die Achseln. »Alle hier heißen nach ihren Berufen oder nach charakteristischen Zügen, wie Leute, die von außerhalb zugezogen sind, nach ihrem Herkunftsort benannt wurden.«

»Ihr habt das Problem ausgesprochen klug gelöst, Rafeyo«, sagte Mechella. »Ich danke Euch.«

»Das war nicht sonderlich schwierig – wenn Euch meine ungeschickte Zeichnung nicht stört.«

Kein Hauch von Ehrerbietung, und er verzichtete darauf, sie als Ihre Gnaden anzusprechen. Aber Mechella lächelte nur, und Cabral wand sich innerlich, als er sah, wie sie dieses wunderbare Lächeln an einen Jungen verschwendete, der sie haßte.

»Ich bin gar nicht dieser Meinung, Rafeyo«, sagte sie. »Seht nur, wie Ihr den Jungen gezeichnet habt – er hält die Wolle in liebevoller Erinnerung an seine toten Eltern und berührt den Stein, als hätte man ihm einen Diamanten geschenkt. Das hier ist viel mehr als ein Dokument, Rafeyo. Es ist das Werk eines begabten Malers.«

Cabral betrachtete die Skizze noch einmal. Mechella hatte recht. Trotz Rafeyos Verachtung für die einfachen Leute, die er jetzt malen mußte – keine großen Leinwände hier, dachte er, als er sich an die ehrgeizigen Worte des Jungen in Diettro Mareia erinnerte –, war die Zeichnung mit großer Empfindsamkeit ausgeführt worden. Cabral empfand Stolz auf eine Familie, die solche Kunst beinahe instinktiv hervorbrachte, selbst mit den geringsten Mitteln – und er empfand noch größere Zuneigung zu Mechella, weil sie so viel von seinen Lektionen über Kunst behalten hatte.

Rafeyo reagierte ungewöhnlich: er sah Mechella einen langen, abschätzenden Moment lang direkt in die Augen, dann senkte er den Blick und murmelte: »Tausend Dank, Doña Mechella.«

So wurden die Waisen also gemalt, alle völlig verblüfft, daß echte Grijalvas ihre Porträts malten, und die fertigen Bilder wurden den örtlichen Sanctias zur Aufbewahrung übergeben. Mechella traf sich mit jeder überlebenden Sancta und jedem Sancto und umriß die Pflichten, die sie gegenüber Kindern und Familien haben würden. Sie schloß jedesmal mit: »Ich erwarte jeweils zu Penitenssia und Sancterria einen Bericht – und häufiger, wenn Ihr wollt oder es für nötig haltet. Ich sorge mich sehr um das Wohlergehen dieser Kinder und Eures Dorfes. Ich hoffe, Ihr erweist mir die Ehre, diese Spende für den Wiederaufbau Eurer schönen Sanctia entgegenzunehmen – es ist nicht viel, aber es wird den Grundstein Eurer Aufbaukasse bilden.«

Der Winter kam näher, und als sich Schneewolken drohend über die Montes Astrappas schoben, verkündete Lizia, sie hätten jetzt so viel getan, wie sie konnten. Die Verwundeten erholten sich, die Toten waren begraben, die Waisen hatten neue Familien gefunden, die Bilder waren vollendet und es gab genügend Mauern mit sicheren Dächern, um der verbliebenen Bevölkerung bis zum Frühjahr Schutz zu bieten. Straßen, die gerade erst von Trümmern freigeräumt worden waren, würden nicht mehr lange passierbar bleiben.

»Und außerdem«, schloß Lizia, »wirst du stündlich dikker. Kalte Füße, kein Bett und unaussprechliche sanitäre Verhältnisse kann ich – gerade noch – ertragen, aber nicht den Anblick meiner Schwägerin, die mit nacktem Rücken im Wind steht, weil sie zu schwanger ist, um sich das Gewand zu schnüren.«

Ihr Heimweg führte sie über Corasson, einen Landsitz, der schon lange den Grijalvas gehörte. Auf dem Weg dorthin hörte Mechella von Lizia die Geschichte dazu, und was sie hörte, gefiel ihr nicht sonderlich.

Im Jahr 1045 wurde Clemenzo III. im Alter von achtzehn Jahren Herzog von Tira Virte. Ein Jahr darauf verliebte er sich heftig in Saalendra Grijalva – sehr zum Verdruß seiner Familie, die ein anderes Mädchen für ihn im Sinn hatte. Aber er wollte nur Saalendra, und ihre Affäre spielte sich hauptsächlich auf dem Landsitz zwischen Meya Suerta und Castello Casteya ab.

»Das damals berühmt für seinen Glanz war«, seufzte Lizia. »Clemenzos Großmutter war eine do'Casteya, also hatte er Verwandte im Castello, die ihn willkommen hießen, wann immer es ihn und Saalendra nach frischer Bergluft gelüstete. Aber er war wirklich ein recht seltsamer Mensch.«

Seltsam, weil er darüber nachdachte, den niederen Adel und selbst die Händler an der Regierung mitwirken zu lassen. Wie sein Urgroßvater Alejandro betrachtete er sie als Gegengewicht gegen die Grafen und Barone und tat seinen Wunsch kund, die Corteis zu versammeln. Er beschloß auch, Pracanza den Krieg zu erklären, statt noch weitere Grenzscharmützel hinzunehmen – oder die Prinzessin zu heiraten, die ihm angeboten wurde, um den Frieden zu sichern, wie damals Renata do'Pracanza Alejandro angeboten und von ihm akzeptiert worden war. Als Clemenzo im Jahr 1047 einem Attentat zum Opfer fiel, nahmen einige an, der Hochadel sei dafür verantwortlich, andere gaben Pracanza die Schuld. Aber es hieß auch, Clemenzo sei ermordet worden – und Saalendra mit ihm –, weil jemand ein von ihm abgewiesenes Grijalva-Mädchen rächen wollte.

Was auch immer richtig sein mochte, Clemenzos Bruder wurde Herzog Cossimio I., und im Jahr 1049 wurde die schöne Corasson Grijalva seine Mätresse. Sie verbrachten ebenfalls viel Zeit auf dem Landsitz, auf dem sein Bruder und ihre Base so glücklich gewesen waren. 1052 schenkte Cossimio ihr Land und Haus, und sie wohnten das ganze Jahr über dort. Niemand mehr sprach davon, die Regierung zu verändern oder Krieg mit Pracanza anzufangen. Staatsangelegenheiten langweilten Cossimio, und er überließ alles seinen Räten – unter denen sich zum Glück auch der äußerst fähige Timius Grijalva befand, Corassons Halbbruder, der später Oberster Hofmaler werden sollte.

Im Jahr 1058 starb Corasson bei einem Reitunfall. Erschüttert kehrte Cossimio in die Hauptstadt zurück und vergrub sich in Arbeit. Kurz darauf heiratete er Carmillia do'Pracanza – die jüngere Schwester der Prinzessin, die die Braut seines Bruders hatte werden sollen – und regierte noch siebenunddreißig Jahre. Er hielt sich fürderhin von dem Landsitz fern, den die Grijalvas, denen er nun angehörte, in Corasson umbenannten, und bevor Cossimio starb, legte er fest, daß sein Herz bei seiner toten Mätresse begraben werden solle. Herzogin Carmillia, der gegenüber nie jemand Corassons Namen erwähnt und die nie gearg-wöhnt hatte, wie sehr ihr Mann einer anderen ergeben gewesen war, ordnete an, daß man sein Herz tatsächlich aus dem Leichnam entfernte, wie er es bestimmt hatte. Dann warf sie es mit eigenen Händen in den tiefsten Sumpf von Loggo Sonho.

»Was für eine entsetzliche Geschichte!« rief Mechella.

»Sie hat ein paar unangenehme Aspekte«, gestand Lizia ein.

»Ich wünschte, du hättest es mir nicht erzählt. Ich bin sicher, ich werde an einem solch schrecklichen Ort keinen Schlaf finden.«

»Du kannst es doch dem Haus nicht übelnehmen, 'Chella. Corasson selbst ist sehr schön, obwohl wir es nicht zur besten Jahreszeit sehen werden. Und es ist recht bequem für ein so altes Haus. Ein Haus für Liebende ...« Sie seufzte und fuhr einen Augenblick später leiser fort. »Ormaldo und ich haben dort ein paar Nächte verbracht, gleich nach unserer Hochzeit, auf dem Weg nach Castello Casteya. Ich glaube, damals habe ich angefangen, mich in ihn zu verlieben.«

Und beim ersten Anblick von Corasson verliebte sich Mechella ebenfalls, ganz entgegen ihren Erwartungen. Alle unangenehmen Gedankenverbindungen mit dem Haus entfielen ihr sofort. Jeder schmale, hochaufragende Turm, jedes ausgefallene Zinnenmuster, jede winterlich kahle Kletterrose, jede uralte Eiche, jedes Bogenfenster entzückte sie. Es war wie die Burgen ihrer Kindheit in Ghillas, obwohl Burggraben und Zugbrücke fehlten, weil niemand hier je mit einem Angriff gerechnet hatte.

»Ich kann mich nicht an den ursprünglichen Namen erinnern, oder den des Baumeisters«, sagte Lizia, als die Kutsche die Einfahrt entlangratterte. »Man sollte glauben, es würde mit all diesen Türmchen lächerlich aussehen – wie ein Herrenhaus, das versucht, sich als Burg zu geben. Aber statt dessen ist es einfach nur schön.«

Cabral half ihnen beim Aussteigen. »Es ist mir eine große Freude, Euch auf dem schönsten Besitz meiner Familie willkommen zu heißen«, sagte er lächelnd. »Aber leider ist keine Zeit, sich das Gelände näher anzusehen – ich fürchte, es wird jeden Augenblick zu regnen beginnen.«

Es begann zu regnen und hörte drei Tage lang nicht mehr auf, verwandelte die Straßen in Schlammfelder. Mechella verbrachte die Zeit damit, zusammen mit Leilias, deren scharfe Zunge sie gleichzeitig schockierte und amüsierte, die entzückende alte Villa zu erforschen.

»Selbst wenn man von der Geschichte des Hauses absieht, ist es irgendwie ein skandalöser Ort«, sagte Leilias, als sie die gemalte Decke des Eßzimmers bewunderten – auf der sich Unmengen nur spärlich bekleideter junger Frauen und Männer in lässigen und mitunter anzüglichen Posen auf einer Waldlichtung tummelten. »Cabral sagt, das Paar in der Mitte soll Clemenzo und Saalendra darstellen. Ich kann hier kein Zimmer betreten, ohne mich zu fragen, ob Cossimio und Corasson hier miteinander geschlafen haben.«

»Im *Eßzimmer?*«

»Der Tisch ist ziemlich groß«, meinte Leilias, und Mechella mußte unwillkürlich kichern. »Und staubig«, fuhr sie fort und malte ein Muster aufs Holz. »Derzeit wohnt hier niemand – nur ein Verwalter und die Landarbeiter. Ihre Häuser stehen unten an der Straße. Armes, vernachlässigtes Haus.«

Mechella ging an der Reihe hochlehniger Stühle entlang und betrachtete die Blumen, die auf die Sitzkissen gestickt waren. Diese Kissen unterschieden sich alle in Einzelheiten. »Es ist traurig, daß ein Haus, das einmal solche Freude kannte, jetzt leer steht. Kommt niemand hierher zu Besuch? Ich dachte, die Grijalvas nutzen es vielleicht ähnlich, wie die do'Verradas Caterrine nutzen.«

»Das ist eine andere seltsame Geschichte an diesem Gebäude. Nie wurde hier ein Kind empfangen.«

»Jetzt macht Ihr Witze! Ich weiß doch, daß alle Mätressen unfruchtbar sind.«

»Nein, Euer Gnaden, ich meine es ernst. Dienerinnen werden doch ununterbrochen schwanger, oder? Aber nie unter diesem Dach. Alle sind ausführlich zu diesem Thema befragt worden, das könnt Ihr mir glauben. Jedesmal erklärten sie, es sei in einer der Scheunen passiert oder im Wald oder einem der kleineren Häuser, aber nie hier. Man sollte beinahe meinen, es gäbe eine Art Bann, der es verhindert.«

Mechella lachte. »Man könnte eine Geschichte darüber erfinden – die erste Hausherrin war eine böse Frau, die beschloß, daß jede Frau, die unter ihrem Dach schwanger wurde, getötet werden sollte. Sie schloß einen Pakt mit einer alten Hexe oder einem Zauberer, um dafür zu sorgen.«

»Weil ihr Mann ihr untreu war und überall Skandale mit den Dienstmädchen verursachte«, leistete Leilias ihren Beitrag.

»Sehr gut. Das wäre mir nicht eingefallen.« Mechella stand am Kopf des Tisches, die Hände auf dem herzförmig geschnitzten Abschluß einer Stuhllehne. »Also gut, sie sagt den Dienerinnen, welches Schicksal sie erwartet. Aber selbstverständlich läßt sich Liebe nicht verleugnen, und als die erste mit dickem Bauch auftaucht, läßt die Hausherrin sie hinrichten.«

»Als Hexe«, fügte Leilias hinzu, »denn nur eine andere Hexe könnte den Bann auf dem Haus brechen.«

»Aber im Lauf der Zeit fand die Frau heraus, daß sie einen schrecklichen Fehler gemacht hatte. Sie hatte den Bann falsch ausgesprochen, und nun bezog er sich nicht nur auf die Dienerinnen, sondern auf *alle* Frauen. Also bekam sie selbst auch nie Kinder, als Strafe für ihre Bosheit.«

»Und daher kommt es, daß bis zum heutigen Tag alle Frauen auf Corasson, die ein Kind haben wollen, dazu unter einem anderen Dach mit ihren Männern schlafen müssen«, schloß Leilias und applaudierte.

Sie setzten ihre Besichtigung fort. Mechella hätte nur zu gern gefragt, ob Arrigo je Tazia hergebracht hatte, aber sie brachte es nicht über sich. So gern sie Leilias auch hatte – sowohl um ihrer selbst willen als auch, weil sie Cabrals Schwester war –, über solch intime Dinge konnte sie mit ihr nicht sprechen.

Als sie einen dunklen Flur zum Musikzimmer entlanggingen, meinte Leilias leichthin: »Der letzte Besuch eines do'Verradas hier endete fast mit einer Katastrophe. In den Ställen brach ein Feuer aus, und Großherzog Cossimios Vater wäre beinahe umgekommen, als er sein liebstes Jagdpferd retten wollte. Danach haßte er Corasson und erwarb Chasseriallo, und seitdem hat kein do'Verrada mehr einen Fuß hierher gesetzt.«

So wurde Mechellas Frage beantwortet, ohne daß sie sie hatte stellen müssen. Arrigo war nie hier gewesen. Daß es zumindest einen Ort in Tira Virte gab, den er nie gesehen hatte, freute Mechella; sie würde ihm etwas Neues über sein eigenes Land sagen können. Den restlichen Morgen achtete sie sehr auf die Einzelheiten, damit sie Corasson auch gut beschreiben konnte, wenn sie nach Hause kam.

Das Problem war, je mehr sie von Corasson sah, desto mehr fühlte sie sich hier zu Hause. Sie liebte die Architektur, die sie so an die großen Burgen von Ghillas erinnerte. Sie liebte die Anmut der Inneneinrichtung, so vernachlässigt hier auch alles sein mochte. Hier waren die Räume, sowohl private als auch öffentliche, zum Leben gedacht und nicht zur Entfaltung von zeremoniellem Glanz. Sie sah die Versprechen in den Pflanzen des Blumen- und Kräutergartens und den winzigen Beeten, die sich in die unregelmäßigen Nischen der Außenmauern schmiegten. Aber am meisten liebte sie eines: sobald sie Corasson gesehen, sobald sie das Haus betreten hatte, hatte sie sich vorstellen können, hier zu leben. Zusammen mit Arrigo und den Kindern.

Corasson war nicht für den Krieg gebaut, und trotz Lizias Eindruck auch nicht für Liebende gedacht, die sich Einsamkeit wünschten. Man mußte sich nur die sechzehn Schlafzimmer im ersten Stock ansehen, um zu wissen, daß diese Räume auf ein Ehepaar mit einer großen, fröhlichen Kinderschar warteten.

Es war eine Schande, daß die Grijalvas – die doch wirklich eine große Familie waren – Corasson nie dieser Bestimmung zugeführt hatten. Mechella schien es, als schreie das Haus geradezu nach einem liebenden Paar und vielen Kindern mit Kinderfrauen und Hauslehrern, Spielzeug auf den Treppen, Ponys in den Ställen, Hunden, die einem im Weg waren, Lachen und Spielen und selbst Wutausbrüchen – all dem fröhlichen Durcheinander eines Landhauses. Mechella hatte so etwas selbst nie gekannt oder in anderer Leute Häusern gesehen. Sie stellte sich vor, daß Lizia mit Graf Ormaldo so auf Castello Casteyo gewohnt hatte, und sie stellte sich den Palasso Grijalva ein bißchen ähnlich vor (wie konnte es anders sein, mit all diesen Kindern!). Aber Corasson, gebaut für eine Familie, verharrte in einsamer Leere.

»Cabral«, sagte sie eines Abends, als sie im Eßzimmer auf Lizia warteten, »glaubt Ihr, daß Eure Familie daran denken würde, Corasson zu verkaufen?«

Er zog verblüfft die Brauen hoch. »Verkaufen?«

Weiter unten am Tisch lachte Leilias leise auf. »Verzeiht mir, Euer Gnaden. Es ist nur, daß die Grijalvas nun schon seit zwei Generationen versuchen, es loszuwerden.«

»Jetzt hast du es verraten!« schimpfte Cabral grinsend.

»Was hat sie verraten?« fragte Lizia, die gerade eingetreten war und zu ihrem Stuhl ging. »Fang gleich an, die Teller herumzureichen. Ich sterbe vor Hunger, und ich werde nicht warten, bis die Jungen sich zu uns gesellt haben.«

»Ich möchte Corasson kaufen«, erklärte Mechella.

Cabral ergänzte: »Und meine dumme Schwester hat ihr gesagt, daß wir schon seit fünfzig Jahren keinen Käufer dafür finden.«

Lizia krähte vor Lachen. »Dann wirst du ein gutes Geschäft machen, 'Chella! Die Viehos Fratos werden gar nicht glücklich sein.«

Seufzend sagte Leilias zu ihrem Bruder: »Die Gräfin hat uns Grijalvas nie verziehen.«

»Das habe ich nie verstanden«, murmelte er unschuldig. »Es war nicht Aldios Schuld, daß die kleine Doña Grezella das Schloß seines Farbenkastens knackte …«

»Und meinte, daß meine Kleider mit einem roten Blumenmuster darauf viel besser aussähen!« beschwerte sich Lizia, und ihre dunklen Augen blitzten. »Aldio besaß hinterher sogar die Unverschämtheit zu behaupten, meine Tochter hätte ein gutes Auge für Farben.«

»Aldio«, erklärte Cabral ernsthaft, »war immer ein kundiger Kritiker.«

Mit einem Schnauben wandte sich Lizia Mechella zu. »Hör zu, meine Liebe, wenn du das wirklich ernst meinst, dann werde ich meinen Verwalter im nächsten Monat auf seinem Weg nach Meya Suerta hier vorbeischicken. Er kann sich den Bauernhof ansehen und dir sagen, ob es möglich wäre, daß das Land etwas abwirft. Du mußt auch noch weitere Nachforschungen anstellen.«

Lizia plante den Ankauf von Corasson so konzentriert, wie ein Marchalo Grando eine Schlacht plant. Sie machte Listen und schätzte Preise ab und diskutierte über Umbauten und Reparaturen. Mechella fiel, mit einem Blick auf das regenüberströmte Fenster, nur noch ein zu sagen:

»Wenigstens können wir sicher sein, daß das Dach noch dicht ist.«

Aber obwohl sie zunächst verblüfft über Lizias Begeisterung war, erinnerte sie sich später am Abend daran, was ihre Schwägerin darüber gesagt hatte, sich eigene Macht zu verschaffen, und ihre Freude ließ ein klein wenig nach.

Zwei Tage später verließen sie Corasson. Nach langen Stunden, in denen sie in der Kutsche umhergeworfen worden waren, während die Räder Wasserfontänen aus jeder Pfütze aufspritzen ließen, war Mechella zutiefst dankbar, als die Sanctia in Sicht kam, in der sie die Nacht verbringen würden. Als sie in der Halle auf- und abging, um ihre verspannten Muskeln zu lockern, kam Cabral auf sie zu, ein großes Blatt Papier in der Hand – mit einer detaillierten Zeichnung von Corasson.

»Eine Arbeit von Rafeyo«, erklärte er. »Er hat sich gelangweilt, als es nicht aufhörte zu regnen, also ist er rausgegangen und hat gezeichnet. Ich dachte, Ihr möchtet es vielleicht gerne sehen.«

»Er ist wirklich sehr begabt, nicht wahr? Ich muß mich für das Geschenk bedanken.«

»Es … es ist nicht unbedingt ein Geschenk«, meinte Cabral verlegen. »Er hat uns seine Mappe gezeigt. Er hat sich dazu herabgelassen, mit mir über die Probleme von Architekturmalerei zu sprechen.«

»Aha.« Sie ging zu einer Lampe, die an einer Säule angebracht war, und sah sich das Bild noch genauer an. »Er ist wirklich sehr gut. Ich sehe fast, wie sich die Rosen bereits auf das Knospen vorbereiten. Würde er mir die Skizze leihen, wenn ich verspreche, sie zurückzugeben, sobald Don Arrigo sie gesehen hat?«

»Davon bin ich überzeugt, Euer Gnaden.«

Sie zögerte. »Glaubt Ihr … daß Rafeyo mich immer noch haßt?«

Das Lampenlicht brachte seine grüngefleckten Augen zum Blitzen. Cabral sagte leise: »Niemand, der auch nur zwei Minuten in Eurer Gegenwart verbracht hat, könnte etwas anderes tun, als Euch anzubeten.«

Sie suchte Zuflucht in einem raschen Lächeln. »Das ist reizend von Euch, Cabral. Aber es würde mir schon genügen, wenn er mich nicht verabscheute.«

»Euer Gnaden – Mechella ...«

Was immer er hatte sagen wollen, ging im Läuten der Glocken unter, die alle in Hörweite einluden, die Gastfreundschaft der Sanctia zu genießen: ein einfaches Mahl, dem ein kurzes Dankritual voranging. Der ältere Sancto, der hier lebte, kam hereingeschlurft, gefolgt von ein paar Novizen, den Grijalvas und schließlich von Lizia – wie immer ein wenig zu spät. Als alle versammelt waren, begann der Sancto mit der Zeremonie. Cabral hatte sich von Mechellas Seite weggestohlen, und sie hatte ihre Ruhe – fast – wiedergefunden.

Sie hatte immer noch die Zeichnung von Corasson in der Hand, und sie warf einen Blick zu Rafeyo hinüber. Ihr war aufgefallen, daß die Grijalvas zwar während der Zeremonien in Sanctias alle angemessen Gesten mitvollzogen, aber die meisten lehnten den Glauben ab, der sie seinerseits als sündige Geschöpfe betrachtete, nur einen Schritt von der Ketzerei entfernt. Die meisten verbargen es, aber Rafeyo trug seine Verachtung offen zur Schau. Als der kleine Erste Laib herumgereicht wurde, von dem jeder einen kleinen Bissen nehmen sollte, trat Rafeyo einen Schritt zurück und verschränkte die Arme vor der Brust. Der alte Sancto war zunächst verwirrt, dann reichte er den Laib von dem jungen Maler zu Rafeyos Linken an Leilias weiter, die rechts von ihm stand.

Mechella hatte versucht, seine Mißachtung ihrer eigenen Person zu ignorieren – er hatte seinen Groll ebenso wie sie den ihren, und sie nahm an, daß sie sich beide in nichts nachstanden. Aber über seine kalte Zurückweisung dieses symbolischen Teilens der Gaben des Lebens – Gaben, die auch sein außergewöhnliches Talent einschlossen – konnte sie nicht hinwegsehen. Sie erinnerte sich daran, daß Leilias vom Ehrgeiz des Jungen gesprochen hatte und daß es für jemanden mit seinen Fähigkeiten nicht unmöglich sei, dieses Ziel zu erreichen. Als Mechella nun die strenge Ablehnung auf der Miene des alten Sancto sah und die eisige Herausforderung in Rafeyos Blick, schwor sie sich, daß dieser selbstgerechte Grijalva nur über ihre Leiche Oberster Hofmaler werden würde. Sie weigerte sich einfach, jemanden wie Rafeyo in die Nähe ihrer Familie zu lassen.

Mechella lauschte der Danklitanei an Mutter und Sohn, ließ das Bröckchen Brot auf der Zunge zergehen und flüsterte ein Gebet für die Gesundheit und das lange Leben des Obersten Hofmalers Mequel.

13

Als Mechella und Lizia an einem trüben, wolkenverhangenen Nachmittag in Meya Suerta eintrafen, bereitete man sich in der Stadt gerade auf Penitenssia vor. Aber alle unterbrachen ihre Arbeit, um zu jubeln, als die von müden, schlammbespritzten Pferden gezogene Kutsche vorbeikam. Die Leute standen auf Leitern, weil sie gerade Fahnen aufgehängt hatten, sie klammerten sich an die Pfosten der Straßenlampen, an denen sie Girlanden anbrachten, sie kamen aus Bäckereien und Metzgereien herausgerannt – die Schürzen weiß von Mehl oder rot von Blut –, um zu winken und zu rufen und Preislieder auf die beiden Frauen zu singen.

Vollkommen erschlagen vor Müdigkeit und gerade erst durch das unerklärliche Geschrei aus einem unbehaglichen Halbschlaf aufgeschreckt, begann Mechella zu zittern. »Was ist denn los?«

»Sie rufen nach uns.« Lizia stieß sie mit dem Ellbogen an. »Bring dein Haar in Ordnung, Liebes, ich werde jetzt die Vorhänge aufziehen.«

Mechella fuhr sich mit den Fingern durch die wirren Locken und gab dann auf. »Ich bin ein Wrack, Lizi. Muß ich mich denn unbedingt so sehen lassen?«

»Ja.«

Lizia zog die schweren Gobelinvorhänge zurück. Mechella mußte sich zusammennehmen, um nicht vor dem schrecklichen Ausblick zurückzuweichen. Hinter den lebenden Gesichtern dicht an der Kutsche waren Totenschädel zu sehen, Hunderte von Totenschädeln. Geschmückt mit schwarzen Bändern grinsten sie von jeder Lampe, jedem Sims, jedem Erker. Vollständige Skelette tanzten hoch über der Straße an Drähten, die von einem Dach zum anderen gezogen waren. Alle Fenster waren schwarz verhangen, und man schien ganze Friedhöfe ausgegraben zu haben, um die Stadt damit zu schmücken.

Penitenssia, sagte sie sich, klammerte sich an Lizias Hand und versuchte, ihre Angst zu verbergen. *Es ist nur Penitenssia; sie bereiten die Stadt auf den Feiertag vor ...*

Aber die Pferde waren nicht weniger nervös als sie, erschrocken von dem Totentanz über ihren Köpfen. Die Kutsche ruckte vorwärts. Mechella stieß einen Schrei aus.

»Sie ist verletzt ...«

»Unsere Mechella ist verletzt!«

»Matra ei Filho, rettet sie!«

»Holt einen Arzt, sonst verliert sie das Kind!«

Mit Lizias Hilfe richtete sich Mechella wieder auf und versuchte, die Menge zu beruhigen. Sie lächelte und winkte und rief nach draußen, daß alles in bester Ordnung sei. Aber das Gerücht verbreitete sich sofort, und ein Aufstöhnen ging durch die Straßen.

»Matra Muita Dolcha, hab' Mitleid mit unserer Mechella!«

»Ich schwöre bei meinen Ahnen, daß ich den Profit dieses Monats den Armen gebe, wenn nur Doña Mechella und ihr Kind verschont bleiben ...«

»Ich werde der Sanctia einen Silberbecher spenden ...«

»Schnell! Ruft einen Arzt!«

Inmitten des Jammers und der Schwüre an Mutter und Sohn rief ein Mann mit lauter Stimme: »Macht Platz!«

»Cabral!« Mechella erkannte sein unrasiertes Gesicht, als er sich zur Kutsche durchkämpfte. Als er ans Fenster kam, klammerte sie sich an seine Hand. »Cabral, sagt ihnen, daß alles in Ordnung ist, sagt ihnen ...«

»Ihr müßt Euch ihnen zeigen!« rief er über den Lärm hinweg.

Sie wich zurück. »Das kann ich nicht.«

»Wenn Ihr es nicht tut, werden die Leute noch den Verstand verlieren und die Pferde gehen durch, und dann werdet Ihr wirklich in Gefahr sein! Schnell, Mechella! Wollt Ihr, daß alle niedergetrampelt werden?«

»Los!« befahl Lizia. »Ich bin zu klein, mich werden sie überhaupt nicht sehen. Mach die Tür auf und steh auf. Ich hänge mich an deine Röcke, und Cabral wird dich stützen. Beeil dich, 'Chella!«

Und so stand sie in der offenen Tür der Kutsche, gestützt von Cabrals starker Hand, und bei ihrem Anblick brachen die Menschen wieder in Jubel aus. Sie hob die Hand, um zu winken, und zu ihrer Verblüffung fielen alle in Schweigen. Sie warf Cabral einen erschrockenen Blick zu, und der Maler nickte ermutigend, mit leuchtenden Augen.

»Meine Lieben«, begann sie. Und dann sah sie ihre Gesichter, die einzelnen Gesichter ihres Volkes, die sich auf sie zureckten, besorgt und erfreut und liebevoll.

»Meine Lieben«, setzte sie noch einmal an. Und der erfreute Aufschrei, mit dem sie antworteten, hallte bis hin zum Palasso Verrada ...

... wo Arrigo mitten in einem Satz innehielt, den er gerade an die Gilde der Schmiede richtete, und beunruhigt lauschte, was wohl diesen Aufruhr verursacht haben könne. Der Schrei wurde zu einem Sprechchor, einem, den er schon öfter gehört hatte, und gerade, als er erkannte, was die Leute da riefen, schrie der Gildemeister auf: »Doña Mechella ist wieder da! Dank sei Mutter und Sohn, endlich ist unsere Mechella wieder bei uns!«

»Verdammt, du hättest sie sehen sollen – sie stolzierte vor der Kutsche durch die Straße, und Lizia saß auf dem Bock und hatte die Zügel in der Hand!«

»Nun ja, Lizia kann besser mit Pferden umgehen als mit ihren eigenen Kindern«, murmelte Tazia, weil sie wußte, daß Arrigo sie nicht hören würde. Sonst war niemand da, der ihre Worte hätte vernehmen können – ihre Villa war verlassen wie ein Friedhof bei einem Armenbegräbnis. Und ebenso kalt.

»Sie ist den ganzen Weg zum Palasso zu Fuß gegangen, und die Leute haben gesungen und ihre Kinder hochgehalten, als könnte schon ihr Anblick sie segnen!« Steif stakste er auf und ab, von der Haustür zur Treppe, auf der sie saß, von der Treppe zur Wand, wieder zur Haustür. »Meine ghillasische Prinzessin, in einem schmutzigen, drei Größen zu kleinen Kleid, und mit dem verlausten Umhang eines Bauern um die Schultern, das Haar verfilzt, und Cabral Grijalva an ihrer Seite, der grinste wie ein Verrückter ...«

Tazia rutschte auf der Treppe hin und her und ballte die Fäuste. Sie hatte die ganze Geschichte selbstverständlich schon am Nachmittag von Rafeyo gehört – dessen angewiderte Bemerkungen Lobeshymnen gewesen waren, verglichen mit Arrigos Tirade.

»Und ich mußte mit Vater und Mutter und sämtlichen Ratgebern auf der Treppe des Palasso stehen und mir diese Vorstellung ansehen, als wäre ich damit einverstanden! Als sie schließlich ankam – verdammt, wie ein Marchallo an der Spitze einer Lumpenarmee! – mußte ich sie küssen und ein Theater veranstalten und eine halbe Stunde dastehen, während sich alle weiterhin nach ihr heiser schrien. Erst schleicht sie sich davon wie eine Diebin, und dann kommt sie *so* zurück.«

Tazia griff nach der kleinen Lampe, die neben ihr auf dem Boden stand, erhob sich und sah ihn an. Sein Haar war grauer geworden; kein Wunder, wo die Last des ganzen Landes auf seinen Schultern lag, während seine Frau sich so zur Schau stellte.

»Mir ist kalt, Arrigo.«

Abrupt blieb er stehen. »Hast du mir eigentlich zugehört? Verstehst du überhaupt, was sie getan hat?«

»Selbstverständlich. Sie ist zu dir zurückgekommen.«

Er starrte sie wütend an. »Etwas anderes fällt dir nicht ein?«

»Sie ist zu dir zurückgekommen«, wiederholte Tazia. »Und du zu mir.«

Sie griff nach seiner Hand und führte ihn zu dem kleinen Zimmer hinter der Treppe. Sie zündete die Kerzen hinter dem Sofa an und verschloß die Tür.

Penitenssia war gleichzeitig der ernsteste und der wildeste Feiertag im Kirchenkalender: man säuberte sich vom alten Jahr und hieß das neue willkommen. Das Datum änderte sich jedes Jahr ein wenig, denn der dritte Tag mußte immer mit dem ersten Tag von Luna Oscurra, dem Neumond, zusammenfallen.

Dia Sola war, wie der Name schon sagte, dafür gedacht, in Einsamkeit die eigenen Sünden zu überdenken. Nur im Notfall ging man auf die Straße. Die schwarzverhüllte Stadt lag leer und schweigend da, nur über den Straßen zuckten die Skelette in ihrem Totentanz und klapperten im Winterwind.

Der zweite Tag, Dia Memorria, gehörte den Ahnen. Kleine Opfergaben von Wasser und Weizen wurden auf frisch bepflanzte Gräber gelegt. Jene Toten, die keine lebenden Nachkommen hatten, wurden mit Papierfetzen mit Bildern von Mutter und Sohn bedacht, die mit Steinen beschwert auf die Grabsteine gelegt wurden. Ganz Meya Suerta blieb bis Mitternacht auf und hielt Wache gegen umherziehende Geister, die an diesem Tag aus irgendeinem Grund nicht geehrt worden waren.

An Herva ei Ferra blieben die Frauen zu Hause und woben aus Gräsern, die man auf Gräbern gepflückt hatte, Muster zwischen Eisennägel. Die komplizierten Muster – jede Familie hatte andere, die seit Generationen von Müttern an Töchter weitergegeben worden waren – bildeten Knoten, die den Schutz symbolisierten, den die Toten den Lebenden gaben, aus Dankbarkeit dafür, daß man sich an sie erinnert hatte. Während die Frauen so Muster um Muster flochten, bauten die Männer Figuren aus Holz und Stroh und Eisennägeln. Gestalten von Menschen und Tieren wurden in schwarzes Tuch gehüllt, auf das man in Weiß die Knochen malte, dann fügte man Schädelmasken hinzu, die für Sünden und Unglück standen. In der Abenddämmerung zog man diese Puppen durch die Straßen, angeführt von der Premia Sancta und dem Premio Sancto, die laut Gebete rezitierten. Bei Einbruch der Nacht versammelten sich schließlich alle auf dem Platz vor der Kathedrale, wo man die Puppen an Pfähle band, die in Strohballen steckten. In vollkommenem Schweigen, in einer Dunkelheit, die weder von Fackeln noch vom Mond erhellt wurde, stellten sich die Menschen den grinsenden Gesichtern von Gier, Eifersucht, Zorn, Krankheit, Ehebruch und einem Dutzend anderer Laster. Es wurde eine besondere weiße Farbe verwendet, die im Dunkeln leuchtete; die meisten Kinder hatten danach für Wochen Alpträume und blieben ungewöhnlich still bis weit in den Frühling hinein.

An Dia Fuega kamen vom Morgen bis zum Nachmittag die Erwachsenen, um kleine Papierfetzen an die Strohpuppen zu stecken. Darauf hatten sie die Sorgen des vergangenen Jahres notiert, gezeichnet – von schweren Krankheiten oder geschäftlichen Problemen bis zu unglücklichen Liebesaffären oder dem Diebstahl einer Kuh. Am Nachmittag bewarfen Kinder, welche die Grasknoten trugen, die ihre Mütter geflochten hatten, die Puppen mit Steinen und Abfall.

Dann, wenn mit dem ersten Teil des Mondes das Zwielicht aufkam, standen Premia Sancta und Premio Sancto einsam mit dem Großherzog auf den Stufen der Kathedrale und erklärten das alte Jahr für beendet. Die Puppen wurden in Brand gesteckt. Auf den Friedhöfen wurden die Papierfetzen angezündet und die Steine, mit denen man sie beschwert hatte, wieder eingesammelt, um daraus die Zukunft zu lesen, während die flackernden Strohpuppen das alte Jahr verbrannten und die Welt für ein neues reinigten. Wieder zu Hause angekommen, tauschten die Menschen Geschenke aus und stürzten sich auf ein Festmahl. Und wenn die Feierlichkeiten später auf die Straße hinausdrangen und bis zum Morgengrauen dauerten, war das nach all der Einsamkeit und dem Nachdenken über die Sünden und der Angst vor diesen unheimlichen glühenden Skeletten nur natürlich.

An diesem Abend versammelten sich auch die Gilden, um zu verkünden, wer den Preis für die beste Arbeit des Jahres gewonnen hatte. Holzschnitzer und Zimmerleute, Töpfer, Gerber, Schuhmacher und Sattler, Goldschmiede und Steinmetze, Böttcher, Wagenbauer und insbesondere Grijalva-Maler – Meister eines jeden Handwerks warteten nervös darauf, daß das Ergebnis dieses Wettbewerbs bekanntgegeben würde. Nachdem man die Sieger verkündet hatte, wurden die Namen der Gesellen verlesen, die sich den Rang eines Meisters verdient hatten. Die Besten unter ihnen hatten die Ehre, den Gildemeister und den Gewinner des Wettbewerbs zu begleiten, wenn die Meisterstücke im Palasso Verrada präsentiert wurden.

Penitenssia war Cossimios Lieblingsfeiertag. Nicht nur, weil Gizella an Dia Fuega ein wunderbares Fest veranstaltete, sondern auch weil er die unglaublichsten Geschenke erhielt. Er genoß Tira Virtes Überlegenheit in handwerklichen Dingen in hohem Maß. Aber an jenem Abend tat Cossimio etwas vollkommen Unerwartetes und Kluges, das die Menschen nur noch mehr begeisterte: er verkündete, daß die schönsten Arbeiten dieses Jahres, die eigentlich ihm gehört hätten, statt dessen Doña Mechella geschenkt werden sollten, aus Dankbarkeit, weil sie sich so selbstlos für Tira Virte aufgeopfert hatte.

Doña Mechellas Erröten hielt während der gesamten Übergabe der Geschenke an. Don Arrigo stand neben ihr und lächelte. Wenn dieses Lächeln hin und wieder ein wenig verkrampft wirkte ... nun, er machte sich Sorgen, weil sie so lange auf den Beinen war. Vor Casteya war ihr Zustand kaum wahrnehmbar gewesen, aber nun war sie sehr schwanger – und sie glühte derart, daß alle Gerüchte, sie könne krank sein, sofort zurückgewiesen wurden. Sicher war es nichts anderes als die Sorge eines liebevollen Ehemannes, die Don Arrigo bewog, sie bei der ersten Gelegenheit zurück in ihre Gemächer zu bringen.

Mechella war vollkommen gesund. Im Nachhinein schämte sie sich, sich jemals krank gefühlt zu haben. Mequel hatte recht: man beschloß einfach, daß man zu viel zu tun hatte, und bei der Arbeit vergaß man dann, wie elend man sich fühlte. Und sie hatte gelernt, daß sie viel mehr für ihr Land tun konnte, als einfach nur den nächsten Erben zur Welt zu bringen. Ihr Leben wäre vollkommen gewesen, wenn Arrigo nur nicht so grimmig dreingeschaut hätte, immer wenn sie allein waren.

Am Morgen nach Dia Fuega saß sie im Bett und bewunderte all die wunderbaren Dinge, die man auf ihr Zimmer gebracht hatte. Arrigo trat ein, um sie zu informieren, daß er seinen Geburtstag nicht im Palasso feiern werde.

Sie sah ihn bedrückt an. »Aber ich dachte, wir würden den Tag gemeinsam verbringen – du und Teressa und ich ...«

»Ich habe diese Pläne schon gemacht, als du noch weg warst«, sagte er und griff nach einem hinreißenden Spitzenschal. »Ich konnte schließlich nicht wissen, wann du zurückkommen würdest. Es wäre unverzeihlich unhöflich, jetzt noch abzusagen. Das ist wirklich eine gute Arbeit. Jeder Sonnenstrahl von einem goldenen Faden durchzogen – und dennoch nicht zu protzig. Viel besser als dieses bunte Zeug, was sie in Niapali machen.« Er strich über den Stoff. »Was willst du mit all diesen Sachen tun?«

»Wie meinst du das?«

»Wir haben schon Unmengen Gobelins und Vasen und – was ist das Ding da, ein Salzfaß? – und die Mutter weiß, daß du mehr als genug Schmuck besitzt.« Er nickte zu einer kleinen Schachtel hin, in der sich goldene Ohrringe befanden, die wie winzige Irisblüten geformt waren, mit einem diamantenen Tautropfen auf den Blütenblättern. »Vater verbringt immer Tage damit zu entscheiden, was von diesem Zeug er wieder entbehren kann, und spendet es für die übliche Wohltätigkeitsauktion.«

»Das weiß ich«, sagte sie leise. »Daran kann ich mich vom vergangenen Jahr her noch erinnern. Ich möchte deinen Vater nicht kritisieren, aber ich glaube, die Handwerker erwarten eigentlich von uns, daß wir ihre Geschenke behalten und sie gebrauchen.«

»Du willst alles behalten?« Er benutzte ein Stück des Schals, um einen Knopf auf seiner Shagarra-Uniform zu polieren. »Das paßt kaum zu deinem neuen Ruf als Wohltäterin.«

Nach einem Augenblick heftigen Schmerzes entschied Mechella, daß sie nicht wirklich gehört hatte, wie er so etwas Grausames sagte. »Ich wollte deinen Vater fragen, wie hoch die üblichen Einnahmen von der Versteigerung sind, und dieselbe Summe den Schulen der Ecclesia stiften.«

Er zog die Brauen hoch. »Aus deiner eigenen Tasche? Wenn man dann noch die Kosten für die Reise nach Casteya hinzufügt und das, was du für Kleidung ausgibst, wird dir bald nichts mehr bleiben.«

Schärfer als beabsichtigt erwiderte sie: »Du vergißt, daß ich einen weiteren Teil meiner Mitgift erhalten werden, wenn ich einen Erben für Tira Virte zur Welt bringe.«

»Aber deine Mitgift fließt in die Truhen der do'Verradas, nicht in deine eigenen«, konterte er.

»Mein Vater wird sehr großzügig sein, wenn er einen Enkel bekommt.«

»Das werde ich *meinem* Vater mitteilen, damit er sich keine Sorgen mehr machen muß, wieviel der Wiederaufbau dieser elenden Dörfer kostet.«

»Es wird genug da sein«, erwiderte sie. »Mach dir keine Sorgen. Und es wird noch genug übrig sein für etwas anderes, was ich vorhabe …« Sie hatte es ihm nicht auf diese Weise mitteilen wollen, aber nun brach es aus ihr heraus. Sie machte eine ausholende Geste, die all die Geschenke umfaßte: Lampenschirme aus Buntglas, einen geschnitzten Schaukelstuhl, Gobelins, Messingkerzenleuchter, eine Uhr aus Rosenholz, ein Dutzend mehr Gegenstände. »All das wird nach Corasson gehen.«

»Corasson?«

»Ich werde es kaufen, Arrigo.«

»Matra Dolcha! Wie bist du denn auf diese lächerliche Idee gekommen?«

»Wir haben dort auf dem Rückweg Rast gemacht, und – ich will es haben, Arrigo. Ich möchte dort wohnen – wenn wir nicht hier im Palasso sind, meine ich.« Obwohl sie sich jetzt kaum mehr daran erinnern konnte, warum sie das gewollt hatte – nicht, nachdem Arrigo vor ihr stand und sie vollkommen verblüfft anstarrte.

»Die Grijalvas werden es nie hergeben.«

»Sie versuchen schon seit fünfzig Jahren, es loszuwerden. Wenn mein Sohn geboren ist, wird mein Vater …«

»*Dein* Sohn? Hatte ich nicht auch etwas damit zu tun? Und was, wenn es wieder ein Mädchen wird?«

»Dieses Kind ist ein Junge.«

»Das hast du das letzte Mal auch gesagt.« Die golddurchwirkte Spitze verfing sich an seinem Siegelring; er löste sie und fuhr fort: »Kennst du die Geschichte von Corasson? Es wurde von den Serranos gebaut, bevor der berühmte Oberste Hofmaler Sario sie vernichtete. Jeder Serrano, der je dort wohnte, starb eines unnatürlichen Todes auf dem Weg dorthin oder von dort weg – ein Sturz vom Pferd, ein Kutschenunfall, Mord durch Straßenräuber, Herzinfarkt, alle möglichen Arten plötzlicher Tragödien. Und du willst an einem solch schrecklichen Ort *wohnen?*«

»Sie sind nicht *in* Corasson gestorben. Es liegt nicht am Haus selbst.« Sie beugte sich zu ihm vor, schlang die Arme um die hochgezogenen Knie. »Und vielleicht sind wir genau das, was es braucht, um Corassons Glück zu wenden. Ich möchte, daß wir ein eigenes Zuhause haben ...«

»Das hätten wir, wenn du Chassierallo nicht so hassen würdest.«

»Ich hasse es nicht, ich habe nur – ach, Arrigo, es ist so ein wunderschönes Haus ...«

»Ich hab es nie gesehen«, sagte er achselzuckend, und sie spürte einen Anflug von Freude: Leilias hatte ihr die Wahrheit gesagt, die Grijalva hatte ihn nie mit dorthin genommen. Corasson würde *ihnen* gehören, ihm und ihr. Aber die Freude erstarb wieder, als er weitersprach: »Nun ja, wenn es dir Spaß macht, Pläne zu schmieden, dann tu das. Aber ich sage dir, die Grijalvas werden es nie verkaufen.«

»Du *willst* nicht, daß ich es bekomme!« rief sie. »Du willst nicht, daß wir dort wohnen! Du willst, daß ich im Palasso bleibe!«

Er schien noch überraschter, mehr von ihrem Tonfall als von ihren Worten. »Das hielt ich für offensichtlich. Du bist meine Frau, Mutter meiner Kinder. Du gehörst an meine Seite, nicht in ein abgelegenes, baufälliges ...« Plötzlich lachte er auf. »Ach, das ist es. Lizia hat dich mit diesem Fieber angesteckt, das sie dazu gebracht hat, Castello Casteya wiederaufzubauen. Sie steckt dahinter!«

»Nur indem sie vorgeschlagen hat, daß wir auf dem Rückweg in Corasson vorbeifahren! Und es ist nicht baufällig! Es ist wunderbar, und ich werde es kaufen, und du kannst gar nichts dagegen tun.«

»Ach ja?« Er machte einen einzigen Schritt auf das Bett zu, die Faust um die zarte Spitze des Schals geballt. Dann riß er sich mit sichtlicher Anstrengung zusammen und zuckte nochmals die Achseln. »Wir werden ein andermal darüber sprechen. Ich bin schon spät dran. Gib Teressa einen Kuß von mir.«

Die Tür fiel hinter ihm zu.

Neben ihr stand eine kleine Rosenholzuhr, ein entzückendes Ding aus kunstvoll geschnitztem Holz mit einem emaillierten Kupferhahn, der jede Stunde mit den Flügeln schlug und krähte. Sie schloß die Finger darum, und beinahe hätte sie die Uhr gegen die geschlossene Tür geworfen, nur um das Krachen zu hören. Aber sie brachte es nicht über sich, die Arbeit eines so geschickten Handwerkers zu zerstören – und die Uhr würde in Corasson wunderschön aussehen.

Statt dessen warf sie ein Kissen.

Einen Augenblick später kam Otonna aus dem Ankleidezimmer herein. Sie hob das Kissen auf und schüttelte es nachlässig durch. »Also kein Familientag, Euer Gnaden?«

»Hör auf, an Schlüssellöchern zu lauschen, Otonna. Das ist einfach dreist.«

»Ich fürchte, es ist meine Schuld«, sagte eine andere Stimme, und Mechella drehte sich um und sah Leilias Grijalva aus dem Ankleidezimmer kommen. »Ich wollte ein paar Dinge zurückgeben, die Ihr mir unterwegs geliehen habt, Euer Gnaden – wir hatten wirklich nicht vor zu horchen und …«

Mechella spürte, wie ihr Zorn verging. Sie tastete über die bunten Flügel des kleinen Hahns und sagte bedrückt: »Das ist auch gleich. Ganz Meya Suerta wird heute abend wissen, daß er seinen Geburtstag nicht mit mir zusammen verbringt.«

»Euer Gnaden.« Leilias trat näher. »Habt Ihr daran gedacht – verzeiht mir, aber – sicher wißt Ihr auch, mit *wem* er den Tag verbringen wird.«

Entsetzt starrte sie die beiden Frauen an. In beiden Gesichtern stand ehrliches Mitgefühl – kein Mitleid für ihre

Dummheit – obwohl sie wußte, sie hätte sofort ahnen müssen, wo Arrigo sein würde – sondern echtes Mitgefühl für sie und echter Zorn auf Arrigo.

»Wo?« fragte sie. »Sagt mir, wo sie sich treffen werden!«

14

»Er will mich wohl beleidigen?« Mechella kochte vor Wut im Dunkel ihrer Kutsche – ihrer, nicht Arrigos Kutsche, einem Geschenk von Cossimio, das die besten Sattler und Wagenbauer und Schmiede von ganz Tira Virte gemeinsam geschaffen hatten. Die Farbe auf dem großherzoglichen Wappen an der Tür war noch nicht einmal ganz trocken. »Behandelt mich von oben herab, als wäre ich ein Kind – er möchte, daß ich hier in Meya Suerta bleibe. Aber sicher will er das – damit es keinen Tratsch gibt. Als ob ich diese Beziehung billigen würde und das auch noch kundtue, indem ich mit dieser Person in derselben Stadt bleibe!«

Leilias hörte das mit Entsetzen – und mit einem gewissen geheimen Genuß. »Daran ist nicht nur Don Arrigo Schuld, Euer Gnaden«, warf sie ein. »Ihr müßt Euch darüber klar werden, was für eine kluge Frau sie ist. Und wieviel Ehrgeiz sie für sich und ihren Sohn hat.«

»Der ist genauso schlimm wie seine Mutter!« fauchte Mechella. »Beides richtig widerliche Ekel.«

Leilias blinzelte – sie hätte nicht gedacht, daß Mechella sich je so ausdrücken würde. Aber sie schluckte ihr Staunen hinunter und konzentrierte sich darauf, Mechellas Zorn von Arrigo – mit dem vielleicht immer noch eine gute Ehe möglich war – auf Tazia umzulenken.

»All das Gute, was Ihr in Casteya getan habt – damit hat sie gespielt. Es liegt daran, daß *Ihr* es wart und nicht *er*. Sie hat es ihm so dargestellt, als sei es Eure Schuld, als hättet Ihr ihn bewußt zum Narren gemacht.«

»Er hätte ja mitkommen können! Er hätte sich gegen seinen Vater wehren können!« Plötzlich ließ sie sich müde in die dunkelblauen Kissen sinken. »Nein, das war natürlich unmöglich. Er hatte wichtigere Pflichten, immerhin ist er der Erbe. Es ist eine Sache, wenn ich so etwas tue – ich bin hier fremd, alle machen Bemerkungen darüber, wie seltsam ich mich verhalte, das weiß ich genau ...«

»Das hat nie jemand getan, Euer Gnaden. Und Ihr seid längst keine Fremde mehr in Tira Virte. Die Menschen lieben Euch.«

»Tun sie das?«

»Das wißt Ihr doch! Ihr müßt nur hinhören, wenn sie Euren Namen rufen.«

»Das hat sie vermutlich auch gegen mich ausgenutzt!«

»Wie ich schon sagte, sie ist sehr klug.« Leilias stützte sich ab, weil die Kutsche gerade ein wenig wackelte, und wünschte sich, es wäre heller und sie könnte Mechellas Miene sehen und ihre Worte entsprechend wählen. »Ich müßt darauf gefaßt sein, daß sie Ränke schmiedet. Ich könnte Euch helfen, wenn ich wüßte, was Ihr vorhabt.«

»Es genügt, daß Ihr heute bei mir seid, Leilias. Dafür bin ich sehr dankbar.«

»Ich wünschte immer noch, daß Ihr mir sagtet, was Ihr tun wollt.«

Mit einer Art resigniertem Zorn erwiderte Mechella: »Ich möchte meinem Gatten selbstverständlich helfen, seinen Geburtstag zu feiern. Wieso sonst hätte ich mir von Otonna mein bestes Kleid weitermachen lassen?«

Tazias Jahre als Mätresse hatten ihr nicht nur die Villa in der Stadt eingebracht, sondern auch ein kleines Landhaus, das extra für sie gebaut worden war. Es trug den angemessenen Namen Caza Reccolto, denn es stellte die Ernte ihrer zwölf Jahre mit Arrigo dar. Sie war die offizielle Besitzerin, aber bei ihrem Tod würde es – wie Corasson und all die anderen Besitztümer, die im Lauf der Jahrhunderte den Grijalva-Mätressen überschrieben worden waren – an die

Familie fallen. Caza Reccolto war zur Hälfte ein Fachwerkgebäude, in Form eines T für Tazia – Arrigos Idee, nahm Leilias an. Den oberen Strich des Buchstabens bildete die Vorderseite des Hauses, volle dreihundert Fuß von einer Seite zur anderen; der Rest war daher nicht zu sehen. Als Mechellas Kutsche die Einfahrt entlangfuhr, sah Leilias, daß das ganze Haus hell erleuchtet war, wie eine Sanctia, die an Nov'viva die Geburt des Sohnes begrüßt. Musik von Gamben, Lauten und Flöten wurde beinahe von dem Lachen übertönt, das man aus dem Haupttor hören konnte – es stand offen, obwohl es Winter war, um frische Luft einzulassen gegen die Hitze all dieser Lampen und des Tanzes, Trinkens, die lachenden Gäste. Als Mechella und Leilias ausstiegen – sehr zur Verblüffung der Diener –, nickte Mechella dem Jungen, der herbeisprang, um ihr die Treppe hinaufzuhelfen, königlich zu. Leilias schluckte ihre bangen Erwartungen hinunter und folgte ihr.

Im Haus hätte jede andere Frau mindestens zehn Minuten dafür gebraucht, die Schäden zu beheben, die ihr bei einer einstündigen Kutschenfahrt an Frisur, Kleid und Schminke entstanden waren. Mechella, golden und strahlend schön, blieb nur kurz in der Halle vor einem Spiegel stehen und zupfte eine Locke zurecht. Sie trug ein Kleid aus Rohseide, in das in einer Richtung goldene, in der anderen silberne Fäden verwoben waren. Die Spitze des tiefen Ausschnitts war mit einer berühmten Tza'ab-Perlenbrosche geschmückt und lenkte den Blick auf vollendet schöne Schultern und volle Brüste. Kleine Falten gaben dem Rock ab der erhöhten Taille die nötige Fülle. Weiche Locken fielen ihr in den Nacken, gehalten von einem zierlichen Perlendiadem, das Mechellas Vater ihr zur Hochzeit geschenkt hatte. Das Kleid schimmerte wie eine der antiken Rüstungen, die in der Shagarra-Kaserne ausgestellt waren; Mechella war für den Krieg wohlgerüstet.

Leilias beobachtete, wie sie ruhig auf die Stelle zuschritt, an der Musik und Gelächter am lautesten erklangen. Das

Rascheln der Seidenröcke klang wie entfernter Donner, das Glitzern des Stoffs erinnerte an Blitze. Krieg, Gewitter – Leilias schüttelte den Kopf, und ihre Unruhe vergrößerte sich bei diesen Bildern, die sich ihr aufdrängten. Sie ging weiter, sagte sich, es sei ihre Pflicht, alles mitzubekommen. Obwohl es sehr gut war, daß Mechella selbst agierte und nicht alles nur hinnahm, war Leilias nicht sicher, ob sie klug genug war, das Richtige zu tun. Dem plötzlichen Schweigen und dem Stottern der Gambenbögen konnte sie entnehmen, daß man Mechella bemerkt hatte. Als sie der Ballsaaltür näherkam, konnte sie Tazias Ausruf hören.

»Euer Gnaden! Wie wunderbar!«

»Ich hoffe, ich komme nicht zu spät, um die Überraschung zu verderben«, erwiderte Mechella mit solch kühler Unverschämtheit, daß nun auch Leilias, wie schon zuvor die Bediensteten, den Mund weit aufriß vor Staunen.

Und was noch bizarrer war, Tazia spielte mit. »Ihr kommt gerade rechtzeitig – und wenn ich ihn mir so ansehe, haben wir Don Arrigo wahrhaftig überrascht!« Leilias wünschte sich mehr als alles, einen Blick auf das Gesicht des Mannes werfen zu können, als Tazia fortfuhr: »Verzeiht mir, wenn ich Ihre Gnaden einen Augenblick entführe. Sie braucht jetzt unbedingt etwas Heißes zu trinken; es ist heute abend draußen entsetzlich kalt.«

»Ich fühle mich wohl, macht Euch nur keine Sorgen.«

»Ich bestehe darauf. Zurück zur Musik! Und wenn jemand in unserer Abwesenheit etwas wirklich Interessantes sagt, wird mich das sehr ärgern.«

Die beiden Frauen kamen lächelnd aus dem Ballsaal und traten auf den schwarzweiß gekachelten Boden der Eingangshalle hinaus. Das Lächeln blieb, selbst als Tazia Mechella am Ellbogen faßte. Dann entriß ihr Mechella den Arm und befahl eisig: »Ich möchte mit Euch unter vier Augen sprechen.«

»Was ich Euch sagen werde, ist nicht für die Klatschbasen bestimmt, macht Euch keine Sorgen«, fauchte Tazia. »Hier entlang.«

Leilias folgte, lautlos wie ein Gespenst, vorbei an weiteren mit Gästen gefüllten Zimmern, in denen vergoldete Kronleuchter verdutztes Schweigen beleuchteten. Der lange Flur war wie eine Galerie, Gemälde hingen dicht an dicht – Landschaften, Stilleben, Naturstudien, selbst ein paar Landkarten, aber nur ein Porträt. Selbstverständlich von Tazia, erst vor kurzem vollendet und ausgeführt von ihrem Sohn Rafeyo, der sie in doppelter Lebensgröße gemalt hatte. Leilias blieb stehen, um dem Bildnis von Mechellas Rivalin einen verächtlichen Blick zuzuwerfen, dann eilte sie weiter.

Sie blieb an der Küchentür stehen und drückte sich an die Wand, als Köche und Küchenmädchen erschrocken flüchteten. Dann schob sie sich näher heran und reckte den Hals, um die folgende Schlacht auch richtig sehen zu können.

Mechella mochte dafür passend gekleidet sein, aber Tazia war es ebenfalls. Ein bißchen zu sehr, dachte Leilias boshaft. Das Brokatgewand war zu grell: riesige blaue Blüten, sich windende grüne Ranken, keine zwei Blüten oder Blätter gleich, als hätte ein untalentierter Grijalva sich betrunken, bevor er die Farbe aufgetragen hatte. Aber Leilias mußte zugeben, daß der Spitzenschal wunderschön war, alle Sonnenstrahlen durch eingewebte Goldfäden betont. Tazias schmale, fest geschnürte Taille ließ Mechella riesig aussehen, aber sie konnte mit der königlichen Haltung ihrer Konkurrentin nicht mithalten. Auch nicht mit deren Größe – obwohl sie durch hohe Absätze und aufgestecktes Haar ein paar Zoll gewann. Leilias fragte sich, ob kleine Frauen sich tatsächlich einbildeten, andere damit täuschen zu können.

Sie standen einander in der Küche mit den roten Backsteinwänden gegenüber, links und rechts von einem massiven Holztisch, der mit Tabletten voller Gebäck beladen war. Einen Augenblick lang sagten beide nichts. Dann beugte sich Mechella vor, stützte die Fäuste auf das von Messern vielfach eingekerbte Holz. Tazia legte den Kopf schief, die Arme verschränkt, und der kostbare Spitzenschal rutschte ein wenig von den bloßen Schultern.

»Nun? Beeilt Euch, ich habe Gäste.«

»Ich habe kein Interesse an irgend etwas, was Ihr mir sagen könntet, aber ich rate Euch, mir gut zuzuhören.«

»Und wobei?« fragte Tazia, und ein Lächeln umspielte ihre Lippen.

»Haltet Euch vom Hof fern.«

Das Lächeln wurde breiter.

»Kehrt auf Eure Ländereien zurück. Geht auf Reisen – am liebsten nach Merse, und je länger Ihr dort bleibt, desto besser. Geht, ganz gleich wohin. Aber verlaßt Meya Suerta und kommt nicht wieder.«

»Dafür seid Ihr eine Stunde lang hierher gefahren? Ihr hättet mir einen Brief schreiben können – das wäre vielleicht auch weniger beleidigend ausgefallen. Aber andererseits habe ich gehört, daß Eure Rechtschreibung für diejenigen, die Ihr mit Korrespondenz bedenkt, ein wenig verwirrend sei.«

»Ob ich Euch beleidige oder nicht, kümmert mich nicht im geringsten. Ich gebe Euch mit Sperranssia Zeit, um Eure Abreise in die Wege zu leiten.«

»Ihr gebt mir Zeit?« Tazia gab ein zwitscherndes Lachen von sich, als hätte sie nie etwas so genossen oder niemanden in ihrem ganzen Leben so hinreißend witzig gefunden.

Mechellas Wangen färbten sich. »Unterbrecht mich noch einmal, und ich befehle Euch persönlich zu packen – noch heute abend. Glaubt mir, Ihr *werdet* den Hof verlassen.«

»Und wenn ich mich weigere?«

»Ihr vergeßt Euch.«

»Im Gegenteil. Ich weiß genau, wer ich bin. Ihr nicht?«

Mechella richtete sich wieder auf. Sie verschränkte die

Finger. »Ich weiß, *was* Ihr seid. Über Frauen wie Euch gibt es in Ghillas ein Sprichwort.«

»Wir sind aber nicht in Ghillas.« Mit der liebenswertesten Miene flötete Tazia: »Sagt es mir, ich bin neugierig. Was, glaubt Ihr, könnt Ihr genau unternehmen, um mich ins Exil zu treiben?«

»Ein Gespräch mit Eurem Gatten würde wohl genügen.«

Tazia brach in Gelächter aus. »Ihr seid wirklich zu albern!«

»Wie könnt Ihr es wagen!«

»Als nächstes werdet Ihr mir sagen, daß ich dafür zahlen werde oder daß ich Euch nicht zum letzten Mal gesehen habe, oder ein anderes abgehalftertes Klischee. Kein Wunder, daß Ihr den armen Arrigo zu Tode langweilt.«

Mechella bebte vor Zorn. »Chiras!« zischte sie. »Canna!«

Da wußte Leilias, daß alles verloren war. Sie schloß die Augen und lehnte die Stirn an die Wand. Sie wollte nicht mehr hören, was nun folgte.

»Ihr könntet wenigstens die richtige Aussprache lernen.« Plötzlich wich die Erheiterung aus Tazias Stimme. »Eine Sau bin ich also? Eine Hure? Wir haben in Tira Virte noch andere Begriffe. ›Merditto alba‹ zum Beispiel. Wörtlich heißt das ›weiße Scheiße‹ – aber die eigentliche Bedeutung ist ein wenig anders. Und ganz und gar der hohen und mächtigen Prinzessin von Ghillas angemessen. Was ›merditto alba‹ eigentlich meint ist, daß Ihr nicht glaubt, daß Eure Scheiße stinkt.«

Tödliches Schweigen trat ein. Dann sagte Mechella mit eiskalter Stimme: »Wie war das noch: Merditto *Alba*?«

Leilias verstand das kurze, reißende Geräusch nicht, das sie als nächstes hörte, aber das zornige Rascheln von Seide ließ sie weiter in den Flur zurückweichen, wo sie stehenblieb, als hätte sie sich hier die ganze Zeit aufgehalten. Glühend vor Zorn stakste Mechella an ihr vorüber, ohne sie zu sehen. Leilias mußte hinter ihr herlaufen und hoffte, sie werde so vernünftig sein, jetzt keinen Streit mit Arrigo anzufangen.

Sie trat ihm tatsächlich gegenüber, aber nicht so, wie Leilias befürchtet hatte. Sie blieb kurz im Flur stehen, um sich zusammenzureißen, reckte die Schultern, strich sich den Rock glatt – und schritt ruhig auf ihren beschämten Gatten zu, legte ihm die Hand auf den Arm und küßte ihn auf die Wange.

»Bonno Natallo, mein Liebling«, sagte sie mit makellosem Akzent. Dann wandte sie sich den schockierten und insgeheim entzückten Gästen zu – die sich noch monatelang daran erfreuen würden –, und setzte ein Lächeln auf, das sogar die Kronleuchter überstrahlte. »Verzeiht mir, wenn ich nicht bleibe. Ich wollte Arrigo nur überraschen, wie wir es abgemacht hatten. Ich wünsche noch einen guten Abend – nein, Liebster, du brauchst mich nicht nach Hause zu bringen.«

Leilias wäre beinahe vor unterdrücktem Lachen erstickt. Er würde bleiben müssen, sie hatte ihm keine Wahl gelassen. Er würde bleiben und jedes höfliche Lächeln ertragen, das wild wuchernde Spekulationen verbarg, jeden insgeheim amüsierten Seitenblick. Ebenso wie Tazia – wenn sie sich erst einmal von Mechellas letztem Schlag erholt hatte.

Aber Minuten später, in der dunklen Kutsche, als sie aus der fackelbeleuchteten Einfahrt herausbogen, brach Mechella in Tränen aus.

»'Chella, bitte nicht.« Leilias strich ihr über die goldenen Locken. »Jetzt weiß sie, daß sie mit Euch rechnen muß; Ihr habt es ihr wirklich gezeigt – nicht weinen, 'Chella, bitte!«

»Ihr h-habt es gehört?«

»Jede Silbe davon – die Ihr übrigens vollendet ausgesprochen habt. Besonders, als Ihr sie ›Merditto alba‹ nanntet.«

Mechella mußte lachen. »Das war wirklich gut, nicht wahr?«

»Brillant! Und jetzt wischt Euch die Tränen ab. Wir müssen Euch wieder herrichten, bevor Ihr in den Palasso zurückkommt. Ihr müßt an ein paar Wachen vorbei, und die sind schreckliche Tratschtanten.«

Mechella schauderte. »Tratsch! Das ganze Jahr lang wird niemand mehr an etwas anderes denken. Er liebt mich nicht, er hat mich nie geliebt – sie wissen es alle, Leilias, und hinter meinem Rücken lachen sie über mich und haben Mitleid.«

Leilias hätte sie am liebsten durchgeschüttelt. »Entweder das eine oder das andere – beides gleichzeitig geht nicht. Ihr könnt Euch tatsächlich zum Gespött machen, und dann hätten sie jedes Recht zu lachen. Oder Ihr könnt jämmerlich dastehen, und dann tut Ihr ihnen leid. Oder aber ...«

»Oder was?«

»Ihr könnt allen die Frau vorführen, die Ihr Arrigo heute abend vorgeführt habt.«

»Ach, Leilias – nie ist mir etwas schwerer gefallen.«

»Unsinn. Euch zurückzuhalten, dieser Frau die Augen auszukratzen – *das* muß so gut wie unmöglich gewesen sein!« Diesmal fiel Mechella das Lachen schon leichter, also fügte Leilias hinzu: »Hattet Ihr deshalb die Hände so fest geballt? Ihr müßt Euch die Nägel in die Handflächen gebohrt haben.«

Sie trafen kurz vor Mitternacht am Palasso ein. Als sie aus der Kutsche stieg, wäre Leilias beinahe an einem Stück Spitze hängengeblieben. Im Lampenlicht sah sie das Muster: Sonnenstrahlen in Gold. Mechella bemerkte, wohin sie schaute, und raffte die Spitze mit beiden Händen zusammen, als sie die Treppe hinaufgingen.

»Er hat ihr meinen Schal geschenkt, Leilias«, flüsterte sie, so verloren wie ein Kind. »*Meinen* Schal. Er ist zerrissen, als ich ihn ihr von den Schultern gezerrt habe, aber ich konnte es einfach nicht mehr aushalten, sie tragen zu sehen, was mein Volk *mir* geschenkt hat ...«

»Ich bringe ihn zurück. Ich bin sicher, er kann wieder neu gewebt werden.«

»Oh, das ist unmöglich! Sie würde glauben, daß ich nachlässig mit ihrer wunderschönen Arbeit umgegangen bin. Ich würde mich schämen.«

Was, wie Leilias dachte, als sie Mechella überredete, ihr die Spitze zu überlassen, eine jener wichtigen Einzelheiten war, die dafür sorgen würde, daß die Berichte über diesen Abend zugunsten von Mechella ausfielen. Es erinnerte sie daran, wie ihre kleinen Grijalva-Vettern die Komposition eines Gemäldes skizzierten. Die Details waren für sich genommen kaum auffällig, aber zusammen erhöhten diese schlichten Wahrheiten den Wert eines Porträts. Als erste würde es die Spitzenmacherin erfahren, dann deren Freundinnen, und schließlich alle einfachen Leute von Meya Suerta, und sie würden über diesen Abend genau das erfahren, was Leilias ihnen sagen wollte – eine Geschichte, die ebenso sorgfältig und kreativ ausgearbeitet war wie dieser Schal. Die Leute am Hof würden Tazias Version hören – und vielleicht sogar glauben. Aber das Volk liebte Mechella.

»Ich werde mich darum kümmern«, versicherte sie Mechella und lächelte in sich hinein. »Soll ich mit Euch nach oben kommen? Nein, ich sehe schon, daß Otonna wartet. Gute Nacht, Euer Gnaden. Versucht zu schlafen. Ich verspreche, es wird alles wieder gut.« Darum würde sie sich schon kümmern.

Bis zum frühen Nachmittag hatte Dioniso bereits zwei einander widersprechende, aber gleichermaßen unterhaltsame Versionen des Skandals gehört, der sich am Vorabend in Caza Reccolto ereignet hatte. So nimmt also das Bild der Zukunft Gestalt an, dachte er, und er wußte, daß es nun an der Zeit war, seine eigenen Pinselstriche hinzuzufügen. Er wußte auch schon genau, wo er ansetzen mußte.

Der Junge war allein in dem Atelier, das denen zur Verfügung stand, die vom Aguo unterrichtet wurden. Rafeyo saß auf einem Hocker, halb abgewandt von der Tür, eine leere Staffelei vor sich, und auf dem Boden hatte er Skizzen ausgebreitet. Wasser gab es hier tatsächlich genügend: Rafeyo rieb sich in regelmäßigen Abständen Tränen des Zorns und der Enttäuschung ab. Aber kein Tropfen erreichte die Stifte, die auf dem Tisch in der Nähe unordentlich herumlagen.

Dionisos erster Impuls war, dem Jungen zu raten, seine Substanz nicht zu verschwenden. Es war lange her, daß Dioniso eigene Tränen benutzt hatte, es fiel ihm schon seit Jahrzehnten schwer, sie herauszuzwingen. Aber er blieb schweigend stehen und staunte über die Gefühle der Jugend, welche die kostbare Flüssigkeit so schnell hervorrufen konnten.

Er räusperte sich, damit Rafeyo ihn bemerkte. Der Junge drehte den dunkelgelockten Kopf, runzelte die Stirn. Seit Dioniso ihn zum ersten Mal gesehen hatte, war er erheblich gewachsen, und strengere, erwachsenere Linien hatten sich über die jungenhaften Züge gelegt. Aber die Augen, die Dioniso nun ablehnend entgegenstarrten, waren die eines enttäuschten, schmollenden Kindes.

»Jetzt sag mir bloß nicht, daß dir in deinem Alter schon die Ideen ausgegangen sind, Rafeyo.«

»Sie wollen Zeichnungen von Corasson. Es war nicht *meine* Idee.«

»Das ist das Los aller Maler … Wir malen, was man uns sagt.« Er bückte sich, hob eine Skizze auf und versuchte, sich genau daran zu erinnern, was Rafeyo bis zu dieser Phase seiner Ausbildung alles beherrschen sollte. Nach den Veränderungen, die er selbst beim Unterricht durchgesetzt hatte, würde es vielleicht genügen. Aber er würde noch mehr lernen.

Rafeyo trat gegen den Tisch, und Steingutgeschirr klirrte. »Das kenne ich schon – wir sollen jede Gelegenheit nutzen, etwas wirklich Besonderes zu malen. Aber alle anderen bekommen die Gelegenheit, zu malen, was sie wollen – sieh dir nur diese langweiligen Motive auf den Bildern an, die für den Wettbewerb des Jahresbesten eingereicht wurden! Und das Siegerbild! Die Kathedrale von Astraventa – Premio, selbst im Schlaf könnte ich das besser.«

Dionisos Lippen zuckten – das war auch seine Meinung, aber es gehörte sich nicht, es auszusprechen. Schwierig, hier das Gleichgewicht zwischen Autorität und Vertraulichkeit zu bewahren. Und als Premio Frato hatte er die entscheidende Stimme für dieses abscheuliche Bild abgegeben. Es war wichtig gewesen, die Unterstützung dieses einflußreichen Malers zu gewinnen. Und es gab noch einen weiteren Grund für diese Entscheidung: sollte der »Beste« der Grijalvas in den kommenden Jahren immer mehr nachlassen, würde das Talent von »Rafeyo« nur um so bemerkenswerter erscheinen. Also hatte er erlaubt, daß das schreckliche Ding den ersten Preis gewann.

Der Junge beschwerte sich immer noch. »Und sie lassen mich immer noch nicht auch nur in die Nähe von Ölfarben – obwohl sie doch genau wissen, daß sie nur für mich gemacht sind!«

»Dann laß uns mal sehen, was du mit den Stiften kannst.«

»Stifte!« fauchte er. »Kleine Mädchen malen mit Stiften Strichmännchenbilder ihrer Puppen.«

»Aber man bittet nicht die kleinen Mädchen, jene Zeichnungen zu machen, die den Preis für Corasson nach oben treiben werden, wenn Doña Mechella mit den Kaufverhandlungen beginnt.« Rafeyos Stirnrunzeln wurde noch heftiger, was bestätigte, daß er wußte, was am Vorabend geschehen war. Dioniso verbiß sich ein Grinsen. »Du mußt es einfach nur hübsch aussehen lassen – die Einzelheiten werden ihr ohnehin nicht auffallen.«

»Und ich soll zulassen, daß mein Name auf einer nachlässigen Arbeit steht?«

»Gerechte Empörung ist eine gute Sache, aber übertreibe

es nicht. Stifte oder nicht, es ist eine Ehre, für diese Zeichnung ausgewählt zu werden. Unser Geldbeutel liegt in deinen Händen, Rafeyo.«

»Na wunderbar«, murmelte der Junge. »Sie haben mich nur ausgewählt, weil ich gerade dort war und mich gelangweilt habe und die alte Bruchbude skizziert habe.«

Dioniso seufzte. »Wenn ich dir etwas Nützliches zeige, wirst du darüber Stillschweigen bewahren?«

Immer noch mürrisch: »Was denn?«

»Ich würde vorschlagen, daß du deinen Zorn darüber, daß du nicht zum besten Gesellen des Jahres gewählt wurdest, erst einmal herunterschluckst. Geduld. Du bist noch nicht einmal sechzehn, du hast noch Zeit.«

»Der Idiot, der gewählt wurde, ist zehn Monate älter als ich.«

»Schlimm«, erwiderte Dioniso gelassen. »Du hast bittere Tränen darüber vergossen, ohne jeden Erfolg. Weine noch ein paar, und ich zeige dir, wie du sie nutzen kannst.«

Neuerlicher Zorn und Demütigung brachten tatsächlich neue Tränen in Rafeyos Augen, wie Dioniso es beabsichtigt hatte. Er fing sie mit der Spitze eines Stiftes auf, dessen Farbe man Serrano-Braun nannte – zur ewigen Erinnerung an die Familie, die er vor so langer Zeit systematisch vernichtet hatte, im Dienst seines Herzogs, seines Landes und der Kunst – und selbstverständlich der Grijalvas. Die Magie, die diese paar Tröpfchen ermöglichen würde, würde recht geringfügig sein, aber er hatte eine Idee.

»Corasson soll doch so vorteilhaft wie möglich aussehen, nicht wahr? Also solltest du es im Frühling darstellen, nicht im Winter. Kletterrosen in voller Blüte und Bäume im Laubkleid treiben den Preis gleich ein paar hundert Mareias hoch …«

»Aber ich soll keine Farben verwenden …«

»Man kann sich über die Grenzen der Monochromie hinwegsetzen. Wenn du Braun- und Grautöne benutzt, wird alles weicher und wärmer wirken. Du kannst auch einen

Hauch von Rot und Gelb in die Rosen bringen, Grün in Bäume und Gras – die Farben sollten nur zu *ahnen*, nicht zu sehen sein. Verstehst du, was ich meine?«

»Ich – ich glaube schon.« Rafeyo sah erheblich interessierter aus. »Man muß eine gute Hand haben, um solch zarte Wirkungen zu erreichen. Zeigst du mir, wie es geht, Premio Dioniso?«

Rafeyo lernte schnell. Nachdem zwei fehlgegangene Versuche zerknittert und weggeworfen worden waren, griff der Junge nach einem frischen Blatt und begann, nach einem Blick auf die am Boden liegenden Skizzen, wieder zu zeichnen.

Dioniso sah dankbar zu, als Corasson in Grautönen Gestalt annahm. Er beobachtete die Gewohnheiten des Jungen: einen Fuß hatte er hinter ein Bein des Hockers geklemmt, den Unterkiefer vorgeschoben, und hin und wieder tippte er sich mit dem Stift an die Schneidezähne. Er bewegte sich mit beneidenswerter Anmut, wenn er sich wegen der Perspektive zurücklehnte oder nach einem anderen Stift griff – und bei diesen Gelegenheiten leckte er sich immer die Lippen.

Als er schließlich nach dem Serrano-Braun griff, hielt Dioniso ihn auf. »Warte.«

»Worauf? Du hast meinen Rhythmus unterbrochen.«

»Den wirst du schon wiederfinden. Deine Tränen sind auf diesem Stift, sind jetzt Teil seiner Substanz. Nutze ihn vorsichtig – denn was du beim Weinen empfunden hast, wird in jeder Linie und jedem Schatten bleiben.«

Rafeyo beäugte ihn mißtrauisch. »Du meinst, auch ohne daß Duftstoffe ins Papier gearbeitet werden?«

»Genau. Paß auf. Du könntest dieses Braun für alle möglichen Dinge benutzen – ein Glanzlicht umreißen, einen Schatten andeuten, eine Kontur. Aber was du bei diesen Tränen empfunden hast, wird jeder empfinden, der in Corasson an jenem Platz steht, den du damit zeichnest.«

Er erzielte die befriedigende Wirkung, den Jungen so verblüfft zu sehen, daß er beinahe das Gleichgewicht verloren hätte und vom Hocker gefallen wäre. Rafeyo brauchte einen Augenblick, um die Sprache wiederzufinden, und dann krächzte er: »Wie ist das möglich, Premio?«

»Im Augenblick brauchst du nur zu wissen, *daß* es möglich ist. Denk an Corasson, Rafeyo.« Er sprach mit leiser, einschläfernder, verlockender Stimme. »Wie wird es im Frühling aussehen, wer könnte dort durch eine Tür gehen oder an einer Mauer entlang oder unter dieser großen Eiche her ...«

Der Stift schwebte über dem Blatt, dann schoß er vorwärts wie ein Pfeil, um die Rinde der Eiche südlich des Hauses zu betonen.

»Ist es genau so, wie es war?« murmelte Dioniso. »Entspricht es nicht nur deinen Skizzen, sondern auch deiner Erinnerung? Denk an den schrägen Winkel der Frühjahrssonne. Sieht es wirklich so aus, als wäre es Frühling, als würdest du den Baum dort zeichnen?«

Rafeyo zögerte, dann fügte er eine weitere Linie, einen Schatten hinzu.

Dioniso murmelte lautlos Worte vor sich hin, die er vor Jahrhunderten gelernt hatte; sie würden nicht jene Macht erlangen, als würde er mit seiner eigenen Substanz zeichnen, aber Rafeyos Werk ein gewisses Maß an Magie hinzufügen.

»Bist du sicher, daß es so sein wird?« Er beugte sich vor, den Kopf direkt über der Schulter des Jungen, seine Wange beinahe an Rafeyos. »Was empfindest du?«

Beinahe wie in Trance – sehr dicht an dem erforderlichen Zustand, was für einen so jungen Menschen eine erstaunliche Leistung des Instinkts war – sagte Rafeyo schleppend: »Ich bin wütend ... es ist so ungerecht ... sie behandeln mich, als wäre ich noch ein Kind ... ich will tun, was ich tun muß ... Leinwand ... Ölfarben ...« Er schluchzte gequält. »Chieva do'Orro, ich will *malen*! Sie lassen mich nicht, sie geben mir keine Gelegenheit ...«

Dioniso roch seinen Atem: Kamille vom Nachmittagstee, Basilikum vom Eintopf des Mittagessens. Das würde genügen. Magische Energie und Haß. Damit und mit seiner Wut, seiner Enttäuschung und der verzweifelten Sehnsucht nach etwas, was er nicht besaß, würden sich die Begegnungen neben einer Eiche in Corasson als recht unterhaltsam erweisen.

Dioniso wich ein wenig zurück, flüsterte noch ein paar Sätze, bevor er den wehrlosen Fingern des Jungen den braunen Stift abnahm und ihn durch einem schwarzen ersetzte. »Berühre vor jedem Strich damit die Zungenspitze«, flüsterte er. »Ja, genau. Und jetzt zeichne den Baum fertig.«

Wenn man die Einschränkungen der Monochromie bedachte, war das Ergebnis erstaunlich lebensecht. Aber nun paßte die Eiche nicht mehr zum Rest des Bildes. Dioniso wartete, bis Rafeyo aus seinem Dämmerzustand auftauchte – der Junge schüttelte sich wie ein Welpe, der in den Regen geraten ist –, bevor er wieder das Wort ergriff.

»Du mußt den Rest entsprechend gut nacharbeiten, oder sie werden wissen, daß du eine bestimmte Absicht verfolgtest.«

Der Befehl ließ Rafeyo aufschrecken.

»W-was ist?«

»Sieh doch mal hin!« fauchte Dioniso. »Ein absolut überwältigender Baumstamm – und ein ganzes Blatt voll mit minderwertigem Gekrakel! Ich habe schon an Gassenmauern bessere Kritzelcicn gesehen.«

»Es ist nicht minderwertig! Ich bin einfach noch nicht fertig! Ich zeige es dir, warte nur.«

»*Ich* habe Warten gelernt – so gut wie das Malen mit Ölfarben, worin ich dich nie unterrichten werde, wenn du weiterhin so ungeduldig bist.«

Aller Trotz war aus den dunklen Augen verschwunden. »Heißt das, du *würdest* mich unterrichten, wenn ich mich zusammennehme?«

Wie sehr er diese Blicke liebte: ehrfürchtig, begierig, gleichzeitig bescheiden und stolz ... oh, es war schon so lange her ... Rafeyo hatte tatsächlich Luza do'Orro, und es war ein Vergnügen, das zu sehen.

Er richtete sich auf und erwiderte: »Wenn du genügend Talent zeigst – und eine Zeichnung ablieferst, die den Preis für Corasson merklich in die Höhe treibt!« Er entschied sich zu lächeln und wurde mit einem Strahlen belohnt. Tatsächlich, ein hübscher Junge, der alles hatte, was er brauchte. »Die Viehos Fratos langweilen mich«, fuhr er vertraulich fort, »und ich habe vor, mir ein paar Schüler zu wählen. Selbstverständlich nur die Vielversprechendsten.«

»Wer wäre das noch, außer mir?« Rafeyos angeborene Arroganz kehrte zurück und zeigte sich deutlich in der Andeutung, daß außer ihm keiner Dionisos Aufmerksamkeit verdiente.

»Vielleicht Arriano.«

»Na ja, der ist schon in Ordnung. Nur nicht Cansalvio!«

»Hältst du mich für einen Narren, daß ich meinen Unterricht an einen wie den verschwende?« Das war ihm, wenn er ehrlich sein wollte, das Liebste an jedem Leben: begabte junge Männer auszuwählen, ihnen seine Genialität zu demonstrieren, eine Gruppe von Malern zu schaffen, die er selbst unterrichtet hatte und die in seinem nächsten Leben seine Partei bei den Grijalvas bildeten – denn sein nächstes Leben führte er immer als einer dieser bevorzugten Schüler. Zu seiner Auswahl sagte er nur noch: »Ich nehme nur die Besten. Wenn du mit dieser Zeichnung fertig bist, werden wir darüber sprechen, wie du sie wirklich vollenden kannst.«

»Mit Magie.«

»Nicht viel davon, aber genug.« Er hielt inne, setzte eine strenge Miene auf. »Rafeyo, du solltest dich nicht verleiten lassen, so etwas alleine zu versuchen. Ich würde es erfahren – die Viehos Fratos erfahren früher oder später alles –, und ich würde dich nicht nur von meinem Unterricht ausschließen, sondern du würdest in deinem ganzen Leben keinen Pinsel mehr in der Hand halten können.«

Rafeyo nickte – zu schnell. »Ich weiß genug, um zu wissen, daß ich so etwas nicht allein tun sollte, Premio.«

»Dann sag mir Bescheid, wenn du glaubst, fertig zu sein. Und erzähle niemandem, was du gerade gelernt hast, nicht einmal deiner Mutter.«

Rafeyo hielt die Luft an. »Woher weißt du ...«

»Ich habe es dir doch gesagt. Wir finden früher oder später alles heraus.«

15

Gegen Ende des Frühjahrs 1264 brachte Mechella ihr zweites Kind zur Welt, einen großen, dunkelhaarigen Jungen, den sie Alessio Enrei Cossimio Mequel nannte. Daß in dieser Liste von Namen der des Vaters nicht vorkam, entging niemandem. Sie kümmerte sich nicht darum, und nannte ihn, wie es ihr gefiel, was das Privileg der Mutter war.

Die Geburt seines Enkels bedeutete für Großherzog Cossimio mehr als nur die Versicherung, daß sein Haus weiterbestehen würde – nach Alessios Geburt entdeckte er plötzlich, wie schön es war, Großvater zu sein. Lizias Kinder hatten ihre ersten Jahre auf Castello Casteya verbracht, also hatte er damals keine Gelegenheit gehabt. Und obwohl er Teressa sehr gern hatte, erschreckte sie sich doch oft vor seiner dröhnenden Stimme und dem kratzigen Bart und begriff erst langsam, daß sie sich nicht vor ihm zu fürchten brauchte. Aber der kleine Alessio gluckste, wann immer sein Großvater erschien – und darüber hinaus war er Cossimios perfektes Ebenbild (selbstverständlich vom Bart abgesehen). Arrigo und Lizia sahen dem Großherzog kaum ähnlich; Alessio war ein Abbild der *Geburt Cossimio III.*, die in der Galerria hing.

Diese Begeisterung für seinen neuen Enkel führte zu berechtigten Beschwerden der Ratgeber, daß der Großherzog seine Pflichten vernachlässigte. Tatsächlich verbrachte er einen großen Teil des Tages in den Räumen der Kinder, die jetzt einen halben Flügel im Palasso einnahmen und in denen all seine fünf Enkel wohnten. Als der Oberste Hofmaler Mequel ihm – diplomatisch, und nicht ohne Mitgefühl – nahelegte, daß dringende Regierungsangelegenheiten seine Aufmerksamkeit verlangten, schnaubte Cossimio nur verärgert, blickte aber nicht einmal auf und kitzelte weiter den nackten Bauch seines Enkels Alessio mit einer Feder.

»Soll Arrigo sich darum kümmern. Er hat nach dem Erdbeben genug Übung.« Dann erinnerte er sich daran, daß es eigentlich auch Spaß machte, Großherzog zu sein, und fügte hinzu: »Aber er soll keine Entscheidungen treffen. Ich werde mir seine Empfehlungen anhören und morgen selbst entscheiden. Seht nur, Quellito, er hat mich angelächelt!«

»Es ist schön, daß Ihr Euch so über Euren Enkel freut, Cossi, aber ...«

»Er ist wirklich eine reine Freude für mich. Ich werde auf keinen Fall Alessios erste Worte oder seine ersten Schritte versäumen, wie ich die meiner anderen Enkel versäumt habe. Es ist schade, daß Ihr das nie erfahren werdet, alter Freund. Ich sag' Euch was – Ihr werdet sein Zio Quellito sein. Da, seht Ihr, die Idee gefällt ihm – er lacht!«

Der Oberste Hofmaler sparte sich die Bemerkung, daß alle Kinder lachen, wenn sie gekitzelt werden, und erst recht wies er nicht darauf hin, daß ein Kind in Alessios Alter keine anderen Ideen verstand als feuchte Windeln, Müdigkeit und Hunger. Mequel fügte sich einfach dem Unvermeidlichen und trat zu Cossimio an die Wiege. Er zog einen neuen Pinsel aus der Tasche und fuhr mit den seidigen Borsten über die Wange des Kindes. Alessio krähte, gluckste und rülpste.

»Ein ekelhaftes Geräusch für einen künftigen Großherzog«, meinte Mequel. »Und der Geruch ist auch nicht vielversprechend – er braucht neue Windeln. Aber ich verstehe schon, was Ihr an ihm so anziehend findet. So klein und hilflos, und diese großen Augen, die einen anstarren ... ich nehme an, daß selbst in einem alten Eunuchen wie mir der Instinkt überlebt hat.«

»Eunuch!« Cossimio lachte und schlug ihm auf die Schulter – vorsichtig, denn Mequels Knochen wurden jeden Tag zerbrechlicher. »Ich bin noch nicht so vergreist, daß ich mich nicht an Dorrias erinnern würde, und an Felissina, Yberra, Ollandra und Tomassa – von diesen rothaarigen Zwillingsschwestern aus Ghillas gar nicht zu reden! Und diese Kleine aus Pracanza, die Euch beinahe tatsächlich zum Eunuchen gemacht hätte, als sie Euch mit dieser weitläufigen Verwandten erwischte!«

»Cossi!« Mequel grinste. »Solch skandalöse Themen vor einem unschuldigen Kind! Und fangt bloß nicht an, ihm noch mehr zu erzählen, wenn er älter wird. Was soll Alessio denn von seinem Zio 'Quellito denken?«

Alle Freude war aus Cossimios Miene gewichen. Er hob das Baby hoch und nahm es in die Arme, sah über den flaumigen Kopf seinen alten Freund an. »Wenn er älter wird und Ihr nicht mehr hier seid – das habt Ihr doch gemeint, nicht wahr? Ich dachte, ich hätte Euch verboten ...«

»Und ich habe erwidert, daß ich mein bestes tun würde«, bemerkte Mequel. »Das werde ich auch, Cossi, ich verspreche es Euch.«

»Hier«, sagte der Großherzog. »Nehmt ihn.«

»Ich bin nicht sehr geschickt mit ...«

»Ich sagte, *nehmt ihn!*« Cossimio drückte ihm das Kind in die Arme.

Es sah so aus, als ob der Instinkt tatsächlich in dem sterilen Maler erhalten geblieben war, der selbst nie Vater hatte werden können, denn er wiegte das Kind, als hätte er nie etwas anderes getan. Er drückte die Lippen auf die dunklen Locken und lächelte.

Mürrisch sagte Cossimio: »Bleibt so. Diesmal werde *ich* das Bild malen, Oberster Hofmaler, in meinem Kopf, so daß ich ihn und Euch sehen kann, wann immer ich die Augen schließe. Nur für den Fall, daß Ihr das Undenkbare tut und Euer Versprechen an mich nicht haltet.«

»Cossi …« Mequel war so gerührt, daß er nur stottern konnte. »Es ist doch nicht – ich weiß, was ich gesagt habe –, aber ich kann nicht selbst.« Er räusperte sich. »Ich versuche es. Das wißt Ihr.«

»Mehr verlange ich auch nicht.«

Alessio reckte Mequel die Faust ins Gesicht. Der Maler schmiegte die Wange an die winzigen Finger und gestand sich – nur dieses eine Mal – zu, darüber zu trauern, daß er tot sein würde, bevor dieses Kind seinen fünften Geburtstag feierte.

»Gut«, antwortete er leise. »Ich werde es versuchen.«

… wird es immer noch Frühling sein, wenn ich befreit werde? Wenn *ich jemals befreit werde? Er hat mir eine Lampe und eine Kerze gegen das Dunkel gegeben, und Wasser, und Bäume vor dem Fenster –, aber der Docht und das Wachs haben keinen Geruch, das Wasser keinen Geschmack, und der Wind rauscht nicht in den Bäumen. Nicht einmal* er *könnte den Wind malen …*

Wird es immer noch Frühling sein? Derselbe Frühling? In einem Jahr, zehn Jahren, zwanzig …

Warum hat er nicht einfach versucht, dieses Leben unter meinem Herzen wegzustehlen, statt mir das Leben vorzuenthalten? Er hätte mein Kind umbringen können, ohne mir die lebendige Welt des Frühlings und der Düfte und des Geschmacks und des Windes zu nehmen …

Wird er mich befreien, bevor er stirbt?

Oder hat er einen Weg gefunden, den Tod ebenso wie das Leben zu betrügen?

Im Sommer flohen alle, die es sich leisten konnten, vor der drückenden, feuchten Hitze von Meya Suerta. Sie fuhren nach Osten ans Meer, nach Norden in die Montes Astrappas, nach Granidia, das im Westen luftig auf dem Gipfel eines Hügels lag, und sogar nach Süden bis an die Küste von Shagarra, von wo aus die Dünen von Tza'ab Rih verschwommen am Horizont zu sehen waren. Wohin auch immer die Reichen sich wandten, sie hatten nur eins im Sinn: eine kühle Brise.

In diesem Sommer fand trotz Berichten über gelegentliche leichte Beben beinahe die Hälfte des Hofs eine Ausrede, nach Casteya zu fahren und unterwegs eine Nacht in Corasson zu verbringen. Einige kamen aus Freundschaft zu Mechella und brachten ihr Geschenke für ihr schönes Zuhause. Andere kamen aus Neugier, um das beinahe vergessene Denkmal des Serranostolzes zu sehen, in das sich so viele do'Verradas mit ihren Grijalva-Mätressen geflüchtet hatten. Ein paar kamen, um für Arrigo zu spionieren, denn er war nicht aufs Land gereist. Er hatte seiner Frau immer noch nicht verziehen, daß sie den Besitz gekauft hatte.

König Enrei hatte sich bei der Geburt seines ersten Enkelsohns tatsächlich als außerordentlich großzügig erwiesen. Er hatte auch sehr genau angegeben, wofür er das Geld verwendet sehen wollte. Ein Drittel der beeindruckenden Truhen voller Mareias sollte an Schulen weitergegeben werden, ein anderes Drittel finanzierte den lange geplanten Kinderflügel eines Krankenhauses in Meya Suerta, und der Rest ging an Mechella selbst. Sie nutzte den größten Teil davon, um Corasson zu kaufen. Arrigo, der im Palasso geblieben war, um sich um alles zu kümmern, was sich ergeben könnte, wurde beinahe täglich an König Enreis Großzügigkeit erinnert. Der eifrige junge Sancto, der half, die Schulen der Ecclesia zu verwalten, legte einen Plan nach dem anderen vor, um alte Gebäude zu verbessern und neue zu errichten. Die Ratgeber, die für Gesundheit und öffentliche Arbeit zuständig waren, überschütteten ihn mit

Listen und Zeitplänen und Schätzungen in Zusammenhang mit dem Krankenhausbau. Damen aus den diversen Wohltätigkeitskomitees seiner Mutter schickten Briefe über die Schulen und Briefe über das Krankenhaus und vergaßen dabei nie, König Enrei ihren Dank auszusprechen. Und keiner von ihnen – weder der Sancto, noch die Ratgeber noch die Damen – ließ eine Gelegenheit verstreichen, Arrigo zu danken, daß er diese wunderbare Frau geheiratet hatte.

»Langsam wird mir klar«, sagte er eines Abend zu Tazia, »wieso sich Frauen beschweren, wenn sie nur als Zuchtstuten betrachtet werden. Ich war nie so beliebt, bevor ich für diese Prinzessin den Hengst gespielt habe.«

Daß er begann, darüber Witze zu machen, war eine Erleichterung für Tazia – und bestätigte ihre Berechnungen. Er war tatsächlich reif gewesen, zu ihr zurückzukehren. Er brauchte sie. Ganz langsam, während sie im Winter und Frühling ihre vertraute Beziehung wiederaufgenommen hatten, besserte sich seine Stimmung, er entspannte sich ein wenig, und sie war sicher, daß die Linien seines Gesichts wieder weicher wurden.

Sie trafen sich nicht jeden Abend, wie früher, in ihren ersten zwölf Jahren. Aber täglich wurden durch vertrauenswürdige Diener Botschaften ausgetauscht, die alles mögliche betrafen, von Kommentaren über die Pflichten des Tages über Tratsch bis zu Bekundungen von Liebe und Begehren. Manchmal trafen sie sich in Tazias Stadtvilla, manchmal schlüpfte sie über eine Hintertreppe in den Palasso. Zweimal in diesem Sommer stahlen sie sich nach Chassierallo davon, und ein dutzendmal zur Caza Reccolto. Da die meisten Hofleute die Stadt verlassen hatten, gab es wenige, die sie beobachteten und sie hätten verraten können, aber sie waren trotzdem vorsichtig.

Arrigos Freunde schickten ihm Briefe über Corasson. Wolken von Staub wirbelten auf, als Zimmer um Zimmer ausgeräumt und gesäubert und neu eingerichtet wurde.

Cossimio und Gizella waren glücklich mit ihren fünf Enkeln. Teressa wurde jeden Tag hübscher. Alessio wuchs rasch. Maldonno war nun ein perfekter Reiter. Grezella wurde erwischt, als sie einen Küchenjungen küßte, und Lizia lachte sich darüber halbtot. Die kleine Riobira bestickte unter Lissinas Aufsicht Kissen für den Salon. Und Mechella war eine großzügige Gastgeberin und liebevolle Mutter und strahlte vor Entzücken über ihr neues Zuhause.

Tazia erhielt dieselben widerwärtigen Nachrichten. Eines Abends, als sie neben Arrigo im Bett lag, nahm sie ihre ganze Kraft zusammen und sagte: »Du mußt hinfahren. Das weißt du.«

»Hmm? Wohin?«

»Nach Corasson.«

Grunzend drehte er sich auf die Seite und griff nach einem Weinkelch auf dem Nachttisch.

»Nur ein paar Tage. Bring ihr ein Bild oder einen Gobelin aus der Sammlung im Palasso, spiel den ergebenen Sohn und Ehemann und Vater – und dann kommst du zu mir zurück.«

»Wieso sollte ich so spät noch diese lange, anstrengende Reise unternehmen? Der Sommer ist beinahe vorüber – und er ist so vollkommen, Tazia, daß ich keinen Augenblick davon in Corasson verschwenden möchte.«

»Aber du mußt hinfahren, oder die Leute werden reden.«

»Laß sie doch. Das ist mir inzwischen gleich.«

»Es darf dir aber nicht gleich sein, zumindest jetzt noch nicht. Hör auf mich, mein Liebster.« Sie setzte sich und entzündete eine Kerze, damit sie sein Gesicht sehen konnte. »Was du nach dem Erdbeben geleistet hast, hat deinem Vater gezeigt, daß du mit seinen Pflichten zurechtkommst. Und jetzt, wo er so begeistert von Alessio ist, wird er sich freuen, dir wirkliche Macht übergeben zu können, vor allem nach der hervorragenden Arbeit, die du in diesem Sommer geleistet hast. Er wird dieses Jahr achtundsechzig, ein

Alter, in dem ein Mann gern ein paar seiner Bürden ablegt, um die Jahre zu genießen, die noch vor ihm liegen. Du wirst ihm einen Gefallen tun, Arrigo, wenn du ihm mehr Zeit verschaffst, die er mit seinen Enkeln verbringen kann.«

»Wenn er es nur selbst so sehen würde!«

Sie holte tief Luft. »Soll ich dir sagen, wie er es sieht? Cossimio liebt seine Frau abgöttisch, und für ihn ist das ein Anzeichen echter Männlichkeit. Er hat Lissina sicher geliebt, aber deine Mutter betet er an. Bis man dir also offiziell genug Macht übertragen hat ...«

»Muß ich unser Geheimnis bewahren und den ergebenen Gatten spielen.« Er zog ein Gesicht und lehnte sich in die Kissenberge zurück. »Was bedeutet, daß ich nach Corasson fahren muß. Und wenn ich dann die Macht habe, Tazia? Was dann?«

»Im nächsten Jahr wird Rafeyo siebzehn. Er hat alle in seiner Klasse weit hinter sich gelassen, und Premio Frato Dioniso gibt ihm Privatunterricht – eine große Ehre. Mequel wird nicht mehr lange leben, aber wir brauchen ihn auch nur noch, bis Rafeyo vollständig ausgebildet ist. Bestenfalls noch zwei Jahre. Und dann ...«

»Dioniso«, meinte Arrigo nachdenklich. »Ich mag ihn. Aber er ist schon über Vierzig, zu alt, um Oberster Hofmaler zu werden, wenn Mequel ...« Er hielt inne und trank einen Schluck Wein. »Aber als Oberster der Fratos wird er großen Einfluß darauf haben, wer der nächste Oberste Hofmaler wird. Und Rafeyo ist sein Schüler. Sehr klug, Tazia.«

Sie setzte ein bescheidenes Lächeln auf. »Das dachte ich auch, und ich bin froh, daß du mir zustimmst. Mit offiziellen Befugnissen, Dionisos Freundschaft und meinem Sohn als Oberstem Hofmaler wirst du Wunder vollbringen können, Arrigo!«

»Aber erst in zwei Jahren«, erinnerte er sie. »Und wie paßt Mechella in diese Pläne?«

»Ich glaube, daß sie Corasson gekauft hat, weist darauf hin, daß sie nicht hineinpassen *will.*«

»Die Leute halten sie für die Sonne an ihrem Himmel. Sie werden es nicht gut aufnehmen, wenn ich dir wieder deinen alten Status verleihe. Und Mechella auch nicht!«

»Glaubst du denn, mir macht es Freude zu wissen, daß du mit ihr zusammen bist? Aber du mußt sie wieder schwängern. Kinder werden sie ablenken.«

»Ich hätte lieber ein Kind von dir.« Er griff hinter sich, um den Kelch abzustellen, verfehlte den Tisch und ignorierte das Klappern, als das Gefäß zu Boden fiel. »Sollen wir das heute nacht versuchen, Tazia? Sollen wir ein Kind zeugen?«

»O Arrigo – wenn das nur möglich wäre!«

»Heute nacht können wir das, Liebste«, murmelte er und zog sie in die Arme. »Wir beide sind verheiratet, wie wir es schon seit Jahren hätten sein sollen. Wir sind jung und lieben uns, und wir sind bereit, ein Dutzend Kinder zu machen – das erste davon heute nacht.«

»O Arrigo ...«

Dioniso sah sich seine wenigen Lieblingsschüler an, erfreut, daß sie selbst bei dieser Hitze solche Aufmerksamkeit an den Tag legten. Sie wußten, welche Ehre es darstellte, von ihm unterrichtet zu werden. Wieviel ehrfürchtiger wären sie gewesen, dachte er mit einem Lächeln, wenn sie wüßten, wen sie da wirklich vor sich hatten.

Rafeyo hatte alle Erwartungen erfüllt. Arriano, zwei Jahre jünger und nicht ganz so begabt, dankte Dioniso die Belehrungen mit merklich vergrößertem Selbstbewußtsein und vergleichbarem Anwachsen der Wahrnehmungsfähigkeit. Gutierrin und Tiodor waren auf ihre Art nicht dumm, aber sie waren mehr wegen ihrer familiären Beziehungen zu wichtigen Viehos Fratos in dieser Klasse als wegen ihrer künsterischen Fähigkeiten. Dioniso hätte gern einen weiteren wirklich begabten Schüler gehabt, jemanden, mit dem Rafeyo konkurrieren könnte, aber er mußte sich mit dem begnügen, was er hatte.

Dies sollte eine Vorlesung werden, keine Demonstration. Nachdem er sich überzeugt hatte, daß alles, was er brauchte, auf dem Tisch vor ihm lag, goß er sich ein Glas Limonade ein und begann.

»Male an einem Tag, was ein Jahrhundert hält – das ist die Regel des Fresko. Wir beginnen, indem wir uns mit den entsprechenden Werten vertraut machen. Begeisterung, Ehrfurcht, Gehorsam und Beständigkeit.« Er hielt inne und lächelte. »Und, um auf Praktischeres zu sprechen zu kommen, zieht nicht eure besten Sachen an, denn der erste Teil des Prozesses ist ziemlich schmutzig.«

Er fuhr fort, indem er erklärte, wie man eine Mauer benetzte und sie mit Rauhputz versah – zwei Teile Sand, ein Teil Kalk. »Die Serranos«, fügte er mit höhnischer Miene hinzu, die seine Schüler sofort nachahmten, »haben für diese Zwecke Maurer eingestellt. Der Gestank des Kalks war nichts für ihre zarten Nasen. Aber wir sind keine Weichlinge, und wir machen unsere Arbeit selbst, von Anfang bis zum Ende.«

Die Zeichnungen für das Fresko sollten bereits fertig sein, dann benutzte man eine kleine Nadel, um Löcher entlang jeder Linie zu stechen. Er hielt die goldene Nadel hoch, die ihm Saavedra für diesen Zweck einmal gegeben hatte, dann steckte er sie wieder in die Schachtel und zeigte ihnen einen locker gewebten Beutel mit Holzkohlestaub.

»Legt eine Schicht Feinputz über den Abschnitt des Tages, drückt die Zeichnung dagegen und fahrt mit diesem Beutel leicht darüber. Wenn ihr die Zeichnung abzieht, findet ihr euren Entwurf in schwarzen Punkten auf dem nassen Putz vor. Und jetzt geht es um die Zeit. Ihr müßt malen, bevor der Putz trocknet, so daß sich die Pigmente mit dem Kalk verbinden. Ihr habt etwa sechs Stunden.«

Ein Stöhnen von Arriano, der alt genug war, um zu verstehen, wie schnell Zeit vergehen konnte, trug ihm Seitenblicke von den Jüngeren ein, die sich immer noch für unermüdlich, unfehlbar und unbesiegbar hielten.

»Für die gröberen Arbeiten werdet ihr Pinsel mit den Borsten eines weißen Schweins benutzen. Für die feineren Bären- oder Zobelpinsel, obwohl die neuen Pinsel, die aus Seehundfell aus Friesemark und Vethia gemacht werden, inzwischen auch hoch im Kurs stehen.« Dioniso zeigte ein Beispiel für jede Pinselart, dann fuhr er fort. »Mineralfarben sind die besten, zum Beispiel Ocker oder Lapislazuli. Vermeidet Bleiweiß. Ein Serrano« wieder die höhnischen Grimassen, »benutzte es einmal, um Mutter und Sohn zu malen. Durch den Kalk wurde das Weiß zu Schwarz, und die Windeln des Sohns sahen aus, als hätte er sie schon einen Monat lang benutzt.«

»Das paßt zu den Serranobildern«, murmelte Rafeyo. »Sie sind ohnehin nicht mehr als Dreck.«

Dioniso grinste, als die Schüler lachten, dann klopfte er auf den Tisch, um sich wieder ihrer Aufmerksamkeit zu versichern. »Die restlichen Anweisungen – Formeln, Hinweise zur Technik und so weiter – findet ihr in den Büchern. Ich will in drei Tagen eure Skizzen für die wiederaufgebauten Sanctias in Casteya sehen. Wenn mir eine davon gefällt, kann mir derjenige, der sie angefertigt hat, bei diesem wichtigen Auftrag helfen und seine Fresken auf eine abgelegenere Wand einer unwichtigeren Sanctia malen.«

»Und später«, sagte Arriano und warf Rafeyo einen Seitenblick zu, »werden die Leute dann zu dieser Sanctia pilgern und sagen, was für ein Genie er schon mit sechzehn war.«

Rafeyo zog eine Grimasse – mehr nicht, denn die Jungen hatten sich angefreundet, obwohl sie Rivalen waren – und verkündete: »Keine Wand, die ein Grijalva-Fresko schmückt, könnte je unbedeutend sein, selbst wenn es *Arriano* Grijalva war, der sie bemalte.«

Lächelnd entließ Dioniso seine kleine Gruppe, um die Fresken zu planen. Als sie gegangen waren, ging er die Treppe zu den Räumen des Premio Frato hinauf und sagte sich, daß es lächerlich sei anzunehmen, die Stufen würden jeden Tag mehr. Er war so gelenkig wie immer, seine Knochen schmerzten nicht mehr, als das bei jedem in diesem Alter der Fall war, seine Finger waren noch gerade und kräftig, sein Geist lebhaft und seine Wahrnehmung so scharf wie immer.

Und dennoch ... und dennoch wurde dieser Körper jeden Tag älter. Jeden Tag. Er sank auf einen großen, dick gepolsterten Sessel neben einem Fenster, ließ sich die heiße Nachmittagssonne auf die müden Knochen scheinen und kämpfte gegen Erinnerungen an Panik an.

Alt werden ... Schmerz in jedem Körperteil spüren ... zu sehen, wie seine Hände zuckten und sich verbogen wie Baumwurzeln ... zu wissen, daß seine Sinne und sein Geist nachließen, daß sein Körper an Kraft und Gesundheit verlor ...

Nein. Nicht diesmal. Dioniso kam aus guter Zucht. Gesund und – für Maler – langlebig.

Und es gab noch Rafeyo. Er war hier, stand zur Verfügung, war erreichbar für Hände und Magie und Pinsel. Er würde nicht wieder die Schrecken eines Matteyo oder Domaos erleben müssen, fern von Tira Virte und ohne Hoffnung auf einen starken, jungen Grijalva in der Nähe.

Aber er erinnerte sich. Chieva do'Orro, der Schmerz, die Angst, die Einsamkeit! Er erinnerte sich voll körperlicher Pein an all diese Dinge, als würde jedes Gemälde, das er in mehr als dreihundert Jahren geblutet hatte, gleichzeitig mit Nadeln gestochen und mit Kerzenflammen verbrannt.

Lächerlich! Er erhob sich mit dem Gedanken daran, daß ihm nur die wenigen Bilder, die er als Dioniso geblutet hatte, schaden könnten. Die anderen waren tot, Farbe auf toter Leinwand, gemalt von toten Männern. Nur dieser Körper, dieses Blut hatten Macht über ihn.

Und das erinnerte ihn an etwas anderes, um das er sich bald würde kümmern müssen: eine Auflistung jedes magischen Bildes, das Rafeyo je gemalt hatte oder noch malen würde bis zu dem bewußten Tag. Kein Teil von Rafeyos Substanz, auf Papier oder Leinwand oder einer Mauer, nicht einmal eine Kritzelei auf seinem Skizzenblock, sollte ihm in Zukunft eine schmerzliche Überraschung bereiten dürfen.

Chieva, wie schwierig es doch war, ewig zu leben!

Cabral trat stirnrunzelnd von der Staffelei zurück. Mechella, die Alessio leise etwas vorgesummt hatte, damit er nicht unruhig wurde, blickte auf. Als sie die Miene des Malers sah, zog sie ein Gesicht, um ihn nachzuäffen, und fing an zu lachen.

»Was für ein schreckliches Gesicht! Lächelt, und zwar sofort, sonst erschreckt Ihr noch das Kind!«

»Ich bin nicht gut genug«, murmelte er. »Ich sollte so etwas nicht einmal planen, ich habe nicht die Fähigkeiten dazu. Ihr hättet Dioniso oder Zevierin bitten sollen, einen echten Maler ...«

»Ich will aber nicht, daß Dioniso oder Zevierin dieses Bild malen. Ich will, daß Ihr es tut.« Ein leiser Windhauch ließ die Kletterrosen über ihrem Kopf erzittern und verstreute ein paar Blütenblätter über ihr dünnes Spitzengewand. »Und jetzt hört auf damit und malt weiter!«

»Ich sagte Euch, ich bin nicht gut genug!«

»Unsinn. Mequel hat die offizielle Version gemalt. Und jetzt will ich eine für mich, und Ihr habt die Kopie der *Geburt* meiner Teressa gemalt, also ist es logisch, daß Ihr auch Alessio malen sollt.«

»Aber das hier ist keine Kopie!« rief er aus und warf den Pinsel ins Gras. »Wenn Ihr nur zulassen wolltet, daß ich mich an Mequels Porträt halte.«

»Dann wäre es nicht *Euer* Bild, nicht die Art, wie *Ihr* meinen Sohn seht. Cabral, hebt jetzt den Pinsel auf und *malt* endlich!«

»Ihr solltet ihren Befehlen lieber folgen, Cabral«, sagte eine Stimme, die Mechella nicht mehr auf Corasson zu hören erwartet hätte. Sie drehte sich um und sah, wie Arrigo auf sie zukam, ein Lächeln auf den Lippen und einen großen Strauß Wildblumen im Arm. »Ich habe es auch gelernt«, fügte er hinzu und verbeugte sich spielerisch. »Ihr habt meine Anwesenheit befohlen, Doña, und hier bin ich.«

»Arrigo! Endlich!« Sie nahm das Baby hoch, legte es auf eine Decke und stand auf. Sie lief über den Rasen, um ihren Mann zu umarmen. »Ich bin so froh, daß du hergekommen bist! Es gibt so vieles, was ich dir zeigen will ...«

»Vorsicht, Liebes, du zerdrückst die Blumen!« Aber dann neigte er den Kopf, um sie zu küssen.

Cabral entfernte sich taktvoll und rief nach seiner Schwester, sie solle das Kind zum Mittagsschlaf nach oben bringen. Als Leilias herauskam, wandte sich Mechella von Arrigo ab und lächelte: freudig, atemlos, strahlend genug, um selbst mit der Sommersonne konkurrieren zu können. Sie nahm die Blumen, während Arrigo seinen Sohn hochhob. »Siehst du, wie er gewachsen ist? Und Teressa wirst du überhaupt nicht mehr wiedererkennen, sie ist mindestens einen Fuß gewachsen und richtig braun geworden!«

Cabral war damit beschäftigt, seine Farben einzupakken und die Pinsel aufzusammeln, damit er sie reinigen konnte. Arrigo wiegte den Jungen in seinen Armen und trat zu dem Maler, um sich das unvollendete Porträt anzusehen.

»Es ist hervorragend, und sie hat ganz recht. Nehmt Euren Pinsel und malt endlich, Maler.« Arrigo lächelte.

»Ich danke Euer Gnaden, und ich werde morgen weitermachen.«

»O nein«, widersprach Mechella. »Morgen sehen wir uns das Haus an. Ich muß Arrigo soviel zeigen, und Alessio wird unruhig, wenn ich ihn den ganzen Tag allein lasse, also werde ich Euch Euer Modell entführen müssen, Cabral. Du wirst Corasson lieben, Arrigo, ich weiß es einfach.«

»Ich bin überzeugt, daß du recht hast«, erwiderte er.

Mechella lachte, vollkommen glücklich, ihn wieder an ihrer Seite zu wissen. Nun war ihr Heim vollständig. Leilias trat vor, um Arrigo das Kind abzunehmen, aber dieser schüttelte den Kopf.

»Er hat mir gefehlt. Der Mittagsschlaf kann noch warten. Aber es ist schrecklich heiß hier draußen, 'Chella, laß uns reingehen und etwas Kaltes trinken.« Gemeinsam gingen sie über den Rasen und betraten das Haus durch die Gartentür.

Leilias sah ihren Bruder forschend an. »Ist es das wert, Cabral?«

»Ich weiß nicht, wovon du sprichst.«

»Doch.«

»Und wenn?« brach es aus ihm heraus. »Willst du mir erzählen, was du in meinem Blick entdeckst, jedesmal, wenn ich sie ansehe? Ich könnte diesen verlogenen Chiros zu Wurst verarbeiten und ihn in seine eigene Vorhaut stopfen.«

Leilias blinzelte erstaunt; Cabral war selten unhöflich und nie vulgär. Aber sie mußte trotzdem kichern und sagte: »Merditto en chosetto seddo!«

Cabral schnaubte über das alte Sprichwort. »Scheiße in Seidenstrümpfen? Du schmeichelst ihm.«

»Nun ja, der verlogene Chiros hatte wenigstens eine gute Idee. Ich glaube, wir brauchen beide etwas ziemlich Starkes, um es über den letzten Rest von diesem schönen kalten weißen casteyanischen Schnee im Kühlraum zu gießen.«

»Ich würde lieber *ihn* darin vergraben.«

»Das wäre einfacher, aber nicht so kreativ. Dein erster Plan hat mir besser gefallen.«

Als der Sommer zu Ende ging, fuhr Lizia mit ihren beiden Töchtern nach Hause zum Castello Casteya. Maldonno und der Rest der Familie kehrten ins Palasso Verrada zurück, gerade rechtzeitig für Providenssia. Arrigo kam ihnen im Innenhof entgegen. Er hatte Corasson nach nur sechs Tagen wieder verlassen und sich auf wichtige Regierungsangelegenheiten berufen. Mechella hatte sich von ihm unter der riesigen Eiche südlich des Hauses verabschiedet und weinend zugesehen, wie er mit seinen Begleitern davongeritten war. Als sie jetzt sein Willkommenslächeln sah, mußte sie unwillkürlich an die wütenden, verbitterten Worte denken, die sie an jenem Tag ausgetauscht hatten.

»Du bist kaum angekommen und willst schon wieder gehen? Ich will doch nur, daß wir hier glücklich sind, und du gibst uns überhaupt keine Gelegenheit dazu!«

»Du vergißt, daß ich von Geburt an für diese Aufgabe bestimmt war – ich möchte einfach nur meinem Volk dienen.«

»Unserem Volk! Und hör auf, mich zu belügen. Ich weiß, wieso du so versessen darauf bist, nach Meya Suerta zurückzukehren! Es geht dir nicht um Macht und deine Stellung, es ist diese Frau – obwohl du doch weißt, daß du sie nie wirklich bekommen wirst.«

»Mach dich nicht lächerlich, Mechella. Laß bitte meinen Arm los, ich muß mich auf den Weg machen.«

Sie beobachtete, wie Arrigo Alessio in seinen Armen auf- und abhüpfen ließ, als sie alle nach drinnen gingen, und hätte in Tränen ausbrechen können. Gizella, die ihre Miene der Müdigkeit zuschrieb, sagte ihr, sie solle nach oben gehen und sich ausruhen. Mechella floh dankbar, verriegelte die Tür des Schlafzimmers hinter sich und warf sich auf das große Bett. Aber Tränen blieben ihr versagt, das Brennen in den Augen wollte nicht verschwinden, und so trommelte sie wütend auf ein Kissen ein, als sie daran dachte, was Arrigo ihr angetan hatte.

Dennoch – was hatte Lizia noch darüber gesagt, ihr eigenes Leben zu finden? Und Leilias, die gemeint hatte, sie solle der Welt die Frau vorführen, die Arrigo an jenem

Abend in der Caza Reccolto gesehen hatte? Sie wünschte sich, ihre Freundinnen könnten jetzt bei ihr sein.

Aber Lizia war auf Castello Casteya, und Leilias im Palasso Grijalva. Otonna würde ihr zuhören, aber so klug sie auch war, wenn es darum ging, ihren Kopf und ihre Verwandten zu benutzen, um Mechella zu helfen – Otonna war weder eine do'Verrada noch eine Grijalva. Mechella brauchte jemanden, der sich mit Macht und mit Politik auskannte. Lizia war unerreichbar, aber Leilias nicht.

Die Grijalvas waren geschmeichelt – wenn auch mißtrauisch –, als Mechella verkündete, Leilias werde zur Hofdame ernannt. Diese einzigartige Ehre, gewährt von einer Frau, deren Mann gerade seine Marria do'Fantome mit einer anderen Grijalva erneuert hatte, führte zu weiteren Vergleichen mit Herzogin Jesminia. Bewundert für ihre Schönheit und Güte, geliebt für ihre Fürsorge für verwaiste Kinder, mit einer Grijalva in ihrem Haushalt als Freundin und Vertraute, ebenso, wie Jesminia sich mit Larissa und Margatta Grijalva angefreundet hatte –, obwohl Herzog Renayo ihr bis zum Ende seines Lebens treu und ergeben geblieben war, was man von Arrigo nicht sagen konnte …

Der Oberste Hofmaler war nicht blind. Die Tradition verlangte, daß nach der Geburt eines Erben seine Mutter für die Kathedrale gemalt wurde. Mequel benutzte dieselbe Pose und denselben Hintergrund wie auf dem einzig erhaltenen Porträt Herzogin Jesminias – Liranzo Grijalvas unvollendetem *Herzogin Jesminia vor dem Ressolvo.* Derselbe Lichtschimmer aus Buntglasfenstern umgab Mechella, obwohl ihr goldenes Haar bereits als Heiligenschein genügt hätte. Am nächsten Feiertag wurde das Bild zu denen der anderen lebenden do'Verradas gehängt. Endlich war Mechella auch offiziell in Tira Virte aufgenommen.

Den ganzen Winter beschwerte sie sich Leilias gegenüber, daß ihr Bild mehr von Arrigo sah als sie selbst. Abgesehen von den beiden Abendessen im Kreis der Familie pro Woche, wonach er jeweils pflichtbewußt ihr Bett besuchte, war er ständig unterwegs, nie im Palasso. Sie wußte, daß er nicht bei der Grijalva war, die mit ihrem Mann auf Castello Alva weilte. Falls sich die Liebenden in Chassierallo trafen – Arrigo ritt immer wieder dorthin zur Jagd –, dann hörte man jedenfalls nichts davon. Die meiste Zeit brachte Arrigo auf Besprechungen zu, traf sich mit Ratgebern und erwarb sich ganz allgemein den Ruf, unermüdlich, ergeben und vollkommen in der Lage zu sein, Tira Virte allein zu regieren.

Was er aber nicht tat.

Cossimio, der sich nach einem müßigen Sommer wieder in der Hauptstadt einfand, hatte selbst wieder Lust, sich zu betätigen. Die gesamte Außenpolitik wurde von ihm gehandhabt, er beaufsichtigte die höheren Gerichte, den Handel, die Verteilung öffentlicher Gelder. Arrigo blieben nur die kleineren Streitigkeiten, die Überwachung der Steuern und des Baus des neuen Krankenhausflügels – der nach König Enrei II. von Ghillas benannt wurde. Es gab keine Gelegenheit mehr für Arrigo, seinen Vater zu Feiertagen und bei Versammlungen zu vertreten, weil Cossimio bei solchen Feierlichkeiten seine Rolle wieder eifrig selbst übernahm. Tatsächlich versäumte Arrigo sogar das größte Fest der Jahreszeit: ein Bankett, das Mechella zu Ehren von Cossimio an dessen neunundsechzigstem Geburtstag gab und bei dem Maldanno, zum ersten Mal im großherzoglichen Blaugold, seinem Großvater aufwartete. Arrigo war abwesend, war zwei Tage zuvor abgereist, um das neue Denkmal für Alesso do'Verrada in Joharra zu enthüllen.

Dies war auf Bitten seines Vaters geschehen, und Cossimio vermißte seinen Sohn nicht. Arrigos Reise sollte vor allem dazu dienen, die Gerüchte über Unruhen in den südlichen Provinzen zu überprüfen. Bei seiner Rückkehr sagte Arrigo seinem Vater kurz und bündig, daß die schnelle Antwort auf Casteyas Nöte im Süden Neid hervorgebracht habe. Warum, fragten die Joharrer, hatte der katastrophale

Sandsturm im Jahre 1260 keine so schnelle und großzügige Hilfe nach sich gezogen?

»Man schreibt den Unterschied Mechella zu«, meinte Arrigo.

Er erklärte dies in einem Tonfall, als übergebe er seinem Vater ein gerichtliches Urteil zur Revision. Und die Gefahr war nicht von der Hand zu weisen. Aller Reichtum kam von den do'Verradas, und ihnen sollten die Bürger Treue schulden. Mechella war in ihrem unschuldigen Bedürfnis zu helfen zu einer Gefahr geworden.

Zu Arrigos Ärger und Enttäuschung sah Cossimio das nicht ein.

»Mechella? Dann schicke ich sie auf die Reise, um denen im Süden zu zeigen, daß sie sich auch um sie sorgt. Organisiere alles, Arrigo, und begleite sie. Ab Fuega Vesperra werden die Straßen wieder benutzbar sein. Ihr solltet gleich danach losfahren und bis Santerria bleiben – dann verbringen wir einen weiteren schönen Sommer in Corasson. Im Herbst kannst du sie dann nach Elleon bringen, zu demselben Zweck, und alles wird sich zum Besten wenden.«

So wurde Arrigo zu dem Mann, der Doña Mechella nach Joharra begleitete. Und nach Shagarra. Und in jeden Marktflecken und jedes Bauernnest dazwischen. Mit jedem begeisterten Willkommen, das die Einwohner ihrer Dolcha 'Chellita boten – begleitet von Geschenken wie einer Lapislazuli-Halskette bis hin zu Körben von Mandeln –, wurde Arrigos Laune schlechter. In Joharra gab es eine Parade und einen Dankgottesdienst in der Sanctia Matra Serenissa. Varriyva benannte eine neue Schule nach ihr. Brazzina benannte den Platz in der Stadtmitte ihr zu Ehren um. Shaarria feierte sie mit dreitägiger Arbeitsruhe. Shagarra veranstaltete ein Bankett, das sich durch die gesamte Innenstadt zog, und ein riesiges Feuerwerk. Als sie schließlich in Granidia, der Heimatstadt seiner Mutter, eintrafen, verlor Arrigo die Nerven.

Er hatte zugesehen, wie sie lächelte und lachte und Kinder umarmte und sich mit allen unterhielt, von den einfachsten Dienstboten bis zu Baronen und Grafen, die ihr nicht oft genug versichern konnten, wie sehr sie und ihr Volk sie verehrten. Aber in Granidia kannten sie ihn. Er hatte als Kind und junger Mann so manchen Sommer hier verbracht, und die Bürger hießen ihn mit einer Wärme willkommen, die ihre Freude über Mechella noch übertraf. Die Straße den Hügel hinauf war gesäumt von jubelnden Menschen, und als sie erst innerhalb der Mauern waren, hallten die Straßen wider von Sprechchören, die seinen Namen riefen. Oben auf dem Hügel befand sich das Castello, in dem er als Kind mit seinen do'Granidia-Vettern gespielt hatte, und alle waren versammelt, um ihn wieder im Schoß der Familie willkommen zu heißen.

Als er an diesem Abend gutgelaunt Mechellas Schlafzimmer betrat, war sie immer noch dabei, sich für das Fest umzukleiden, das der Graf do'Granidia, der Onkel von Arrigos Mutter, als »ländliche Tanzerei« bezeichnet hatte. Ein wenig verärgert über ihre Unpünktlichkeit, goß sich Arrigo einen Becher Wein ein und ließ sich zum Warten nieder. Immer mußte er dieser Tage auf sie warten.

Otonna war mit den Schnüren eines bestickten Mieders beschäftigt, Leilias mit den Rüschen eines Rocks – bunte Bauernkleider, die man bei ihrer Ankunft geschenkt und die Mechella so erfreut entgegengenommen hatte, als handelte es sich um die feinsten und modischsten Seidengewänder. Als sie sich vor dem Spiegel drehte, die goldenen Locken wehend und die Röcke flatternd, um die schlanken, nackten Beine zu enthüllen, setzte Arrigo geräuschvoll den Weinbecher ab.

»Du siehst wie ein Bauernweib aus.«

Sie sah ihn erstaunt an. Früher einmal wäre sie zurückgewichen, hätte ihn um Verzeihung gebeten und sich sofort umgezogen, aber nun wandte sie sich einfach ab und sagte: »Ich finde diese Kleider reizend.«

»Ich habe nichts über die Kleider gesagt. Ich sagte, du siehst aus wie ein Bauernweib.«

Ihre Blicke trafen sich im Spiegel. Ein langer Augenblick erbosten Schweigens wurde vom Hüsteln der Zofe unterbrochen. Leilias warf Arrigo stechende Blicke zu.

»Raus hier, beide«, sagte er.

»Bleibt, wo ihr seid«, befahl Mechella.

Er erhob sich. »Es paßt zu einem Bauernweib, sich nicht darum zu kümmern, wer mithört, was eigentlich zwischen Mann und Frau bleiben sollte.«

»Mann und Frau!« Sie wirbelte herum. »Das sind wir seit einem halben Jahr nicht mehr gewesen.«

»Und was ist mit dir? Du bist nur noch die Frau, die ich geheiratet habe und mit der ich Kinder habe.«

Obwohl sie diese Bemerkung getroffen hatte – das konnte er ihr ansehen – erholte sie sich bemerkenswert schnell. »Wenn du so von mir denkst, dann nehme ich an, daß du die Grijalva als deine eigentliche Ehefrau betrachtest! Aber das heißt nur, daß du dir selbst etwas vormachst.«

»Welch überraschende Einsicht! Dir gehört der Schein, Mechella – ihr das Sein.«

Zitternd sagte sie: »Wenn es nur eine Möglichkeit gäbe, diese Lügen zu beenden ...«

»Vielleicht können wir eine Möglichkeit finden«, schlug er vor.

»Nie werde ich zulassen, daß sie meinen Platz einnimmt! Niemals!«

»Inzwischen solltest du wenigstens wissen, daß du nie den ihren einnehmen könntest.«

Wieder entstand eine schreckliche Stille, dann erklang die Rosenholzuhr, und der kleine Hahn flatterte mit den emaillierten Flügeln. Arrigo zupfte einen nichtvorhandenen Faden von seiner dunkelblauen Jacke.

»Wir kommen wieder einmal zu spät – deine Schuld.« Als er sich umdrehte, bemerkte er wieder die beiden anderen Frauen und runzelte die Stirn. »Klatscht, so viel ihr wollt. Niemand wird es glauben. Dies ist die Heimatstadt meiner Mutter, diese Leute hier sind meine Verwandten.« Er lächelte. »Und außerdem weiß doch jeder, wie ergeben ... ich meiner *Frau* bin.«

16

Leilias stand Schmiere für Zevierin. Fast alle in Granidia waren entweder bei der »ländlichen Tanzerei« oder bei ähnlichen Veranstaltungen auf den kleinen Plätzen, von denen es so viele in der Stadt gab. Wer immer ihnen begegnete, vor allem nach Mitternacht, hielt Leilias und Zevierin für Festgäste auf dem Heimweg.

»Beeil dich, es dauert zu lange«, zischte sie und sah über die Schulter. Sie befanden sich in einer leeren Gasse zwischen Ruallo Vacha und Ruallo Cordobina. Auf der einen Seite lagen die Schlachthöfe, auf der anderen Seite wurden die Tierhäute gegerbt, und die Überreste in die Mülltonnen in der dazwischenliegenden Gasse geworfen. Der Gestank war unerträglich.

»Nur noch ein paar Striche«, versprach Zevierin und wischte sich das lange, glatte, schwarze Haar aus der Stirn. »Karikaturen sind nicht sonderlich schwierig, aber es ist verflucht dunkel, und ich bin nicht daran gewöhnt, mit Kohle auf Ziegeln zu arbeiten.«

»Zu hoch aufgestiegen für diese einfachen Dinge, wie, verehrter Meister?«

Zevierin grunzte zur Antwort nur.

Ein Hund kam in die Gasse und begann knurrend, eine der Mülltonnen zu durchwühlen. Leilias zuckte wieder zusammen und drängte Zevierin, sich zu beeilen.

»Schon gut, schon gut«, murmelte er. »Ich bin fertig.«

Sie starrte ins Dunkel. »Was hast du geschrieben?«

»Nichts. Es sind nur Zeichnungen, keine Worte.«

»Also gut, was hast du *gezeichnet?*«

»Wenn man von der Ungenauigkeit absieht, die durch den Mangel an Licht, die Eile und das minderwertige Material bedingt sind ...«

»Zevierin!«

Er grinste sie an – ein Aufblitzen weißer Zähne im dunklen Gesicht. »Tazia auf dem Rücken eines Pferdes, dem sie die Sporen gibt. Das Pferd hat eine gewisse Ähnlichkeit mit Arrigo.«

Sie preßte die Hand auf den Mund, um ein Kichern zu unterdrücken, aber das gelang ihr nicht. »Zevi! Wie konntest du nur?«

»Willst du nun, daß die Leute es verstehen, oder nicht? Wo machen wir weiter?«

Sie nahm seine Hand, und sie huschten aus der Gasse, wobei sie vorsichtig die Hunde umgingen. Auf einer größeren Straße blieb sie unter einer Lampe stehen, um sich seine Hand anzusehen, die sie hielt. Er versuchte erfolglos, sie ihr zu entziehen.

»Nein, laß mich mal sehen. Wieso sind deine Finger so klebrig?«

»Was glaubst du denn?« Er zog einen Fetzen Stoff aus der Tasche. »Komm, ich will mindestens noch vier weitere malen, bevor ich vom Blutverlust ohnmächtig werde.«

»Blut?« Leilias starrte ihn erschrocken an, während er sich den Stoff um die Hand wickelte. In der stinkenden Gasse hatte sie es nicht gerochen – sie, die Parfums herstellte und ansonsten auf zwanzig Schritt Entfernung mit geschlossenen Augen eine Astrappa-Bianca-Rose von einer Pluvio-Bianco unterscheiden konnte.

»Zevi«, flüsterte sie. »Wieso denn das?«

»Ich werde dir später erklären, was Maler wirklich tun.« Er zuckte die knochigen Schultern, und ein reuevolles Lächeln ließ sein eher schlichtes, langnasiges Grijalva-Gesicht plötzlich viel interessanter wirken. »Und jetzt suchen wir eine gute Wand, wenn möglich mit glattem Verputz. Auf Ziegeln zu arbeiten ist wirklich merditto.«

Als am nächsten Morgen das Sonnenlicht in die steilen, gekrümmten Straßen und Gassen Granidias drang, konnte man empörte Aufschreie und höhnisches Gelächter hören. Überall sammelten sich die Bürger, um die witzigen und reichlich anzüglichen Zeichnungen zu betrachten, die über Nacht aufgetaucht waren.

Als Arrigo davon erfuhr, ließ er alle Grijalvas – bestätigt oder nicht – zusammenrufen, die sich derzeit in Granidia aufhielten. Von neunundzwanzig konnten elf Zeugen anführen, daß sie die ganze Nacht in ihren Betten verbracht hatten, zwölf konnten beweisen, daß sie sich auf einer der Tanzveranstaltungen aufgehalten hatten, sechs waren auf dem Ball des Grafen do'Granidia gewesen, und die verbliebenen sechs waren so gebrechlich, daß sie kaum eine Treppe hinaufklettern konnten, geschweige denn, die Nacht damit verbringen, durch diese quälend steilen Straßen zu ziehen.

Arrigo starrte Cabral und Zevierin an – die beiden Grijalvas, auf deren Begleitung Mechella bestanden hatte. Sie waren selbstverständlich seine Hauptverdächtigen. Aber er hatte Zevierin selbst mehrere Male beim Ball gesehen, wie er mit Leilias tanzte, und Cabral sah aus wie jemand, der sich die ganze Nacht lang betrunken hatte. Und einer der Dienstboten der do'Granidias hatte zuvor tatsächlich bestätigt, Cabral habe mit der Regelmäßigkeit eines Uhrwerks neuen Wein bestellt, bis zur Dämmerung.

Aber es mußte einfach das Werk eines Grijalva sein: diese – diese *Beleidigung* des Erben von Tira Virte! Selbst der fähigste Amateur hätte nicht so schnell und so treffsicher arbeiten können. Es war ein Grijalva gewesen. Und er wußte, ihre verdammten Gelübde würden sie schweigen lassen bis zum Tag ihres Todes. Nicht einmal Dioniso, der sein Freund war, nicht einmal Rafeyo, Tazias Sohn, kein einziger aus dieser verfluchten Familie hätte den Schuldigen verraten. Und Arrigo wußte das.

»Also gut«, sagte er tonlos. »Wenn ich schon nicht weiß, welcher Grijalva es getan hat, werde ich dafür sorgen, daß klar ist, welche Grijalvas dagegen vorgehen. Alle, die noch jung und gesund genug sind, sollen sich Bürsten nehmen. Schrubber und Bürsten. Und wenn ich bei Sonnenuntergang auch nur einen einzigen Kohlestrich auf einer Wand in Granidia finde ...« Er vollendete seine Drohung nicht.

»Euer Gnaden.«

Er fuhr zu einem buckligen Maler herum, der wegen seiner fiebergeplagten Knochen ins sonnige Granidia gekommen war. »Was ist?«

»Ich bitte um Verzeihung, Euer Gnaden, aber es kann nicht weggewaschen werden.«

Ein anderer nickte. »Ich habe es mir angesehen, bevor ich herkam, Euer Gnaden. Es ist – eine Art von Kohle, die nicht auf Lösungsmittel reagiert.«

Zevierin räusperte sich. »Er hat recht, Euer Gnaden. Ich habe mir ebenfalls eine dieser Zeichnungen angesehen, und ...«

»Nommo Matra ei Filho! Dann malt etwas darüber!«

Stunden später stand Cabral schwitzend in der heißen Mittagssonne und drückte sich die Daumen gegen die schmerzenden Schläfen. Zevierin blickte von dem Eimer weißer Farbe auf, die er gerade mischte. Nach diesem Tag würde Granidia leuchten wie Alabaster. Zumindest an einigen Stellen.

»Wieso ruhst du dich nicht eine Weile aus?«

Cabral warf ihm einen Blick zu. »Um dich schon wieder eine Arbeit tun zu lassen, die eigentlich mir zugefallen wäre?«

»Hast du einen Hitzschlag? Du redest Unsinn, Cabral.«

»Ach ja? Und wo hast du dir die Hand verletzt?«

»Wie ich schon Don Arrigo sagte, als er danach fragte«, entgegnete Zevierin ruhig, »ich habe sie mir auf der Treppe zum Wachturm aufgeschürft. Diese Wände sollten wirklich geglättet werden, es ist, als wären sie mit Glassplittern besetzt.«

Cabral glaubte ihm kein Wort. »Zevi, wie hast du dir die Hand verletzt?«

»Willst du es wirklich wissen?« Er grinste. »Leilias hat mich gebissen.«

Das rang Cabral ein Lachen ab. »Wunschdenken! Matra, ich dachte, ich falle um, als Arrigo dir sagte, du solltest mit deinen kostbaren Malerhänden vorsichtiger sein.«

Zevierin goß zwei weitere Becher Wasser in den Eimer. »Ich hab' mir nur die linke verletzt, das ist nicht so wichtig.«

»Du bist ein schreckliches Risiko eingegangen. War das die Idee deiner Schwester?«

»Ich weiß nicht, wovon du redest.«

»Alle bestätigten Maler wußten es in dem Augenblick, als sie den Verband sahen.«

»Ich bin *sicher,* daß ich kein Wort von dem verstehe, was du sagst.«

Cabral schüttelte den Kopf. »Du bist ein Narr, Zevi. Aber – tausend Dank.«

»Wirklich«, meinte Zevierin nachdenklich, »ich bin ganz sicher, daß ich kein Wort verstehe. Trotzdem, keine Ursache.«

Für weitere zwölf strahlende Frühlingstage begleitete Arrigo Mechella. In Dregez, der letzten größeren Stadt auf dem Heimweg nach Meya Suerta, wurden sie von Baronin Lissina und einer Delegation von Grijalvas erwartet. Beim Tod von Lissinas Ehemann waren ihr das Herrenhaus und der Gutshof zugefallen. Es wurde selbstverständlich erwartet, daß sie alles der Familie überschreiben würde, wie es jede andere Mätresse vor ihr getan hatte. Dann würde ein Grijalva mit Frau und Kindern ausgewählt werden, um sich um den Besitz zu kümmern. Man hoffte auch insgeheim, daß der Großherzog diesen Grijalva als neuen Baron do'Dregez in den Adelsstand erheben würde. Da Lissina noch bei bester Gesundheit war und einer Linie entstammte, deren weibliche Abkömmlinge alle uralt geworden waren, nahm man an, daß es sich bei diesem Großherzog dann um Arrigo handeln würde. Entsprechend waren mehrere Grijalvas aus Meya Suerta gekommen, um Lissina zu helfen, den Don und die Doña in Dregez willkommen zu heißen.

Wie in Granidia wurde Arrigo als erster begrüßt, um seiner selbst willen, und nicht nur als Begleiter seiner Frau. Dies entsprach zumindest auch den Absichten der wohlhabenderen Bürger, die einfachen Leute riefen nur nach Mechella, aber Arrigo konnte das ignorieren, weil ihm die Reichen und ein Dutzend Grijalvas entsprechend schmeichelten.

Er wurde selbstverständlich, was die letzteren wollten. Tazia hielt ihn über die Vorgänge innerhalb ihrer Familie auf dem laufenden. Er ließ sich von diesem Empfang nicht blenden und würde einmal über den Titel des Baron do'Dregez entscheiden, wie er wollte. Dennoch, wie berechnend ihre Aufmerksamkeit auch sein mochte, er sonnte sich darin.

Auch Mechella kannte den Plan der Grijalvas. Leilias und Lissina erklärten ihn ihr am ersten Abend, als sie in dem freundlichen kleinen Salon der Baronin saßen, dessen Fenster auf den kunstvoll geschmückten Brunnen hinausgingen. Dregez war im klassischen Hassiendia-Stil gebaut: ein quadratisches einstöckiges Gebäude um einen Innenhof mit einem Balkon, der im ersten Stock rund um den Hof lief. Der Zauber des Hauses bestand für Mechella darin, hier so etwas wie eine Welt innerhalb einer Welt vorzufinden, aber Leilias begeisterte sich mehr für die Unzahl aromatischer Kräuter, die auf den Blumenbeeten und in den Kübeln des Innenhofs wuchsen. Dregez war schon im Frühling für viele Blütenpflanzen zu heiß, aber die Wüstenkräuter gediehen.

Während sich die Dämmerung langsam herabsenkte und die drei Frauen den schwermütigen Klängen einer Laute lauschten, die im Hof gespielt wurde, enthüllte Lissina ihnen in strengster Vertraulichkeit, was ansonsten niemand vor ihrem Tod erfahren würde. Sie und Baron Reycarro hatten sich vor dessen Tod darauf geeinigt, Dregez Riobira do'-Casteya zu hinterlassen, der jüngeren und beinahe mitgiftlosen Tochter von Lissinas geliebter Patentocher Lizia.

Als sie das hörte, mußte Leilias lachen, bis sie beinahe keine Luft mehr bekam. »Die Viehos Fratos wird alle zusammen der Schlag treffen.«

Lissina nickte. »Gut, daß ich schon tot sein werde, wenn sie das herausfinden.«

»Base, ich verspreche dir, ich werde nicht zulassen, daß sie dich ausgraben und dich mit ihren Spachteln erstechen.«

Mechella fand das gar nicht komisch. »Aber warum Riobira? Das ist äußerst großzügig von Euch, und sie ist ein reizendes Kind und sehr vielversprechend, und selbstverständlich könnt Ihr mit Eurem Besitz tun, was Ihr wollt – aber Eure Familie ist doch sicher …«

Lissina schüttelte den Kopf. »Anders als bei Corasson, bevor Euer Gnaden es erwarben …«

»Ich dachte, wir wollten die Titel weglassen.«

Die ehemalige Mätresse lächelte ihr reizendes, liebenswertes Lächeln. »Entschuldigt, Mechella. Ich wollte sagen, daß Dregez immer viel abgeworfen hat. Ich halte es nicht für klug, daß die Grijalvas so reich werden – und auch nicht, daß sie einen Adelstitel bekommen.« Sie erhob sich und goß ihnen gekühlte Limonade nach, gemischt mit ein paar Tropfen des neuesten Imports aus Meeres, einem klaren Likör, der aus Beeren gewonnen wurde. Der Geschmack paßte gut zu dem der Zitrusfrüchte, und man konnte eine ganze Menge davon trinken, ohne allzuviel zu spüren. »Und anders als bei Corasson, dessen Besitzerin starb, ehe ihr *Testament* gemalt werden konnte, wird Dregez nicht automatisch an die Familie fallen, wenn ich es verhindern kann. Es gefällt mir – wie es meinem lieben Reycarro gefallen hätte –, Riobira mit einer Mitgift auszustatten, wie sie einer do'Verrada-Enkelin gebührt. Lizia hat die Kleine nach ihm benannt, wißt ihr – sein voller Name war Reycarro Riobiro Diegan do'Dregez. Und ich liebe dieses Kind, als wäre es mein eigenes.«

Leilias zog eine Grimasse. »Was hat es nur mit dieser geheimnisvollen Mütterlichkeit auf sich, die jede Frau außer mir zu spüren scheint?«

Mechella lächelte. »Das werdet Ihr auch eines Tages herausfinden. Ich möchte nur wissen, wie dieses Testament geheimgehalten werden kann. Ihr werdet immerhin einen Grijalva brauchen, um das Bild zu malen.«

»Deshalb habe ich es Euch erzählt«, sagte Lissina. »Ich brauche einen Grijalva, einen, dem ich vertrauen kann, der nicht mit den Viehos Fratos unter einer Decke steckt. Ich habe mich entschlossen, Cabral zu bitten.« Als die beiden anderen sie fragend ansahen, erklärte sie: »Man hört dies und das. Aber ich wollte ihn nicht ausleihen, ohne Euch vorher zu fragen, Mechella.«

»Ihr könnt Cabral jederzeit ausleihen. Soll er schon morgen mit den ersten Skizzen beginnen?«

Leilias schüttelte den Kopf. »Nicht Cabral.«

»Wieso denn nicht?« Mechella war empört. »Wollt Ihr behaupten, er sei nicht kompetent oder nicht vertrauenswürdig?«

»Selbstverständlich ist er das – und er wird über dicsen Schlag gegen den Familienehrgeiz ebenso lachen müssen wie ich. Er wird tun, um was Ihr ihn bittet, das wißt Ihr. Aber ein *Testament*, das er malt, würde nicht – nicht bindend sein.«

»Er ist ein Grijalva.«

»Aber er hat die Gabe nicht, er ist nicht bestätigt.« Sie nickte. »Man hat es mir vor kurzem erklärt. Solche wie Cabral, die nicht imstande sind, Kinder zu zeugen, können bestimmte Arten von Bildern nicht malen. Eine Fähigkeit schließt die andere aus, wenn Ihr versteht, was ich meine.«

Lissina runzelte die Stirn. »Nein, das verstehe ich nicht, und ich weiß auch nicht, ob ich das will. Das sind Angelegenheiten für Großherzöge und Meistermaler, nicht für uns.«

Mechella war nicht dieser Ansicht. »Wer hat Euch das erzählt, Leilias?«

»Zevierin.«

»Aha.« Nach einem forschenden Blick, unter dem Leilias sich am liebsten gewunden hätte, fuhr Mechella fort: »Zufällig begleitet uns Zevierin auf dieser Reise. Ich traue ihm ebenso, wie ich Cabral traue. Soll er das *Testament* malen, Lissina?«

»Wenn Ihr ihn empfehlt, selbstverständlich. Danke, 'Chella«, fügte sie hinzu, beinahe schüchtern wegen der Abkürzung des Namens. »Du hast eine große Last von mir genommen.«

Lissina zeigte ihnen das hübsche Schlafzimmer, das sie für Mechella vorgesehen hatte, und verabschiedete sich. Otonna hatte das Zimmer schon mit all den kleinen Dingen ausgestattet, die zur Erinnerung an ihr Heim im Gepäck waren: gerahmte Bleistiftzeichnungen von Teressa und Alessio, die Cabral gemacht hatte, ein Kissen, das Riobira bestickt hatte, ein paar von Mechellas Lieblingsbüchern, die Rosenholzuhr. Als die Zofe Mechellas Mieder aufschnürte, wollte Leilias sich ebenfalls zurückziehen. Mechella bat sie zu bleiben. Leilias deutete an, sie sei müde. Mechella schien das nicht zu bemerken.

»Ist das alles, Euer Gnaden?« fragte Otonna, als sie Mechellas goldenes Haar gebürstet hatte.

Leilias fragte: »Bist du mit diesem gutaussehenden Verwalter verabredet – wie heißt er noch, der, dem Lissina so vollkommen vertraut?«

Mechella lachte. »Otonna! Der Dienst für mich schließt

nicht ein, daß du dich auch noch in jemanden verlieben mußt, nur weil er Informationen für mich liefern kann.«

»Ach, Euer Gnaden, ich muß gestehen, daß mich seine Informationen kein bißchen interessieren.«

»Ich freue mich, das zu hören.« Sie hielt inne und begann, sich das Haar zu Zöpfen zu flechten. »Wo wir gerade von Informationen sprechen ... Leilias, wann hat Zevierin denn mit Euch über die Maler, die Gabe und all das gesprochen? Vor einem Tag, vor fünf Tagen – oder in der Nacht, als ihr in Granidia herumgewandert seid und die Wände bekritzelt habt?«

Diesmal wand Leilias sich wirklich. »Euer Gnaden, ich weiß nicht, wovon ...«

Mechella kicherte. »Otonna, hast du die Karikatur dieser Person als Sau gesehen, die so alt war, daß selbst der Gerber ihre Haut nicht mehr haben wollte?«

»Ein Meisterwerk, Euer Gnaden«, lachte die Zofe. »Aber mein liebstes zeigte sie als Kapitän des Schiffs *Tira Virte* – wie sie direkt in die Corrazha Morta vor der Küste von Niapali segelt. Zev – verzeiht, ich wollte sagen, wer auch immer das gemalt hat – hat ziemlich gut dargestellt, wieso der Mut der Seeleute sinkt, die sich auf diese Felsen zutreiben sehen.«

»Das habe ich gar nicht gesehen«, klagte Mechella. »Wie viele waren es denn insgesamt, Leilias?«

»Woher soll ich das so genau wissen, Euer Gnaden?«

Irisblaue Augen lachten sie aus dem Spiegel an. »Wie schade. Ich fürchte, es wird mir auch sonst niemand sagen können?«

»Ich glaube nicht, Euer Gnaden.«

»Es war nur so eine Idee ...«

Sie waren in einem staubigen Dorf, eine halbe Tagesreise von Dregez entfernt, als es passierte. Otonna war die erste, die eine allzuschnelle Bewegung in der Menge wahrnahm, aber sie war weit entfernt von Mechella und Arrigo, die auf dem kleinen Vorplatz der Sanctia standen. Leilias, weiter unten auf der Treppe bei der Grijalva-Delegation, wurde zur Seite gestoßen, als sich jemand schnell durch die Menge schob und die Bewegung sich weiterverbreitete. Cabral bemerkte die Unruhe und runzelte die Stirn. Auch Mechella bemerkte etwas aus dem Augenwinkel und ließ einen Augenblick in ihrer lächelnden Aufmerksamkeit für die Willkommensrede des Bürgermeisters nach. In diesem Augenblick hob sich ein seltsamer kugelförmiger Gegenstand in die Luft, eisengrau und eine weiße Rauchfahne nach sich ziehend.

Jemand schrie auf. Arrigo schob sich an den beiden Sanctas vorbei, warf die Arme um Mechella und zog sie stolpernd mit sich in den Eingang der Sanctia. Mechella verlor die Blumen, die sie im Arm gehalten hatte, und fiel über den Saum ihres Kleides. Arrigo war ihre einzige Stütze. Schreie erklangen, ein Krachen von Metall gegen Stein, dann drang ihr beißender Rauch in Nase und Augen. Arrigo zog sie weiter in die Sanctia. Sie wehrte sich gegen den Griff ihres Mannes und wischte sich die Tränen aus den Augen.

»Ist alles in Ordnung, Mechella? Geht es dir gut?«

»J-ja«, sagte sie zitternd. »Was ist passiert? Was war das?«

»Bleib hier, ich werde es herausfinden. Aber wenn ich recht haben sollte …« Grimmig schüttelte er den Kopf. »Bleib hier.«

Durch das offene Tor sah sie eine dünne Rauchwolke. Dahinter flohen die Menschen in alle Richtungen. Die ältere Sancta lag auf dem Vorplatz, die jüngere kniete weinend neben ihr. Würgend und hustend stolperten die Würdenträger des Dorfes die Treppe hinunter. Arrigo war nicht mehr zu sehen.

»Euer Gnaden!« Plötzlich war Cabral neben ihr, die Augen gerötet und voller Tränen. »'Chella, seid Ihr verletzt?« Als sie den Kopf schüttelte, murmelte er ein Dankgebet.

»Kommt ins Sonnenlicht und zeigt Euch allen. Die Hälfte der Panik geht drauf zurück, daß sie Euch für tot halten.«

»Tot?«

»Schnell, Euer Gnaden, bevor sie einander tottrampeln.«

Sie trat auf den Vorplatz hinaus und hustete, als ihr etwas von dem sich langsam auflösenden Rauch in die Kehle drang. Bei ihrem Anblick brach die junge Sancta in laute Dankesbekundungen an Mutter und Sohn aus. Andere trugen die Nachricht weiter, daß ihre Dolcha 'Chellita unverletzt war, und langsam beruhigten sich alle wieder. Es war wie bei ihrer Rückkehr von Casteya – ihre Gegenwart genügte.

»Wo ist Arrigo?« fragte sie Cabral.

»Ich glaube, er hilft, den Schuldigen zu fangen. Und was geschehen ist ...« Er beendete den Satz nicht, denn Leilias hatte sich zu Mechella durchgedrängt, und einen Augenblick später nahm Otonna ihre Herrin schluchzend in die Arme.

»O Euer Gnaden, ich dachte, Ihr wäret verloren!«

»Mir geht es gut – und es ginge mir noch besser, wenn du aufhören würdest, mich zu würgen.« Sie lächelte und streichelte Otonnas Wangen.

Ein paar Grijalvas kamen und überzeugten sich, daß Mechella wirklich unverletzt war. Ihre roten Augen waren voll unfreiwilliger Tränen. Schließlich kam Arrigo wieder die Treppe hinaufgerannt.

»Der Filho do'Canna ist uns entkommen«, fauchte er. »Hat jemand das Ding einschlagen sehen? Und wo ist es geblieben?«

Der Bürgermeister, zitternd von der spitzen roten Samtmütze bis zu den glänzenden grünen Lederstiefeln, kam zu ihnen getaumelt. »Euer Gnaden, jemand hat es aus dem Weg getreten, ich habe nicht gesehen, wohin – oh, Doña Mechella, verzeiht uns!«

»Was soll ich Euch verzeihen?« fragte sie erstaunt.

»Hat niemand gesehen, was aus der Eisenkugel geworden ist?« Arrigo fluchte leise. »Nun ja, sie ist vermutlich längst verschwunden. Kein Wunder bei einem Attentat. Keine Beweise.«

Leilias schnappte nach Luft. »Attentat?«

»Das war eine Tza'ab-Waffe – sie nennen sie *na'ar al'-dushanna*, ›Feuer und Rauch‹. Sie hat entweder nicht so funktioniert, wie geplant war, oder es war nur eine Warnung.« Er wischte sich mit dem Ärmel den Schweiß von der Stirn. »Sie füllen eine Kugel mit einem Docht mit Chemikalien. Wenn der Docht angezündet wird, kann der Rauch entweder nur beißen oder aber Menschen vergiften.«

Mechella wankte vor Schreck. Cabral stützte sie unauffällig. Sie bemerkte es kaum.

Leilias sagte: »Die Sancta hat das meiste davon abbekommen. Aber sie wird sich wieder erholen. Sie haben sie in ihre Zelle gebracht.«

»Ich glaube, Ihr habt recht, Euer Gnaden«, warf Cabral ein. »Die Waffe hat nicht richtig funktioniert, und es sollte nur eine Warnung sein. Es gab nur wenig Rauch, und niemand ist ernstlich verletzt worden.«

»Aber wieso sollte jemand so etwas tun?« rief Mechella. »Wer kann uns so sehr hassen?«

»Nicht hier«, sagte Arrigo grob. »Komm, wir finden einen etwas abgeschiedenen Platz in der Sancta, wo wir reden können. Cabral, Ihr begleitet uns. Leilias, besorgt ein wenig Wein, Ihre Gnaden ist zu bleich. Und Otonna – Wasser zum Waschen.«

»Euer Gnaden«, stöhnte der Bürgermeister, »das war das Werk eines Wahnsinnigen, der nichts mit unserem Dorf zu tun hat – das müßt Ihr mir glauben ...«

»Selbstverständlich«, erwiderte Mechella. »Geht und wascht Euch die Augen aus, Maesso Birnardio. Könnten wir vielleicht die Nacht hierbleiben? Ich bin viel zu durcheinander, um die Reise wie geplant fortzusetzen.«

»Bleiben ...« Er drückte die Fäuste an die tränennassen Wangen. »Aber es gibt kein Castello in der Nähe, nicht einmal ein Herrenhaus. Nichts, was passend für Euer Gnaden wäre.«

»Letztes Jahr in Casteya habe ich in meiner Kutsche übernachtet. Selbst ein Strohsack in einer Scheune wäre bequemer als das!«

»Eine Scheune – ja, das wäre möglich.« Er wollte gehen, um alles in die Wege zu leiten, faßte sich wieder, drehte sich um, verbeugte sich vor Mechella, vor Arrigo, und huschte schließlich die Treppe hinunter, wobei er sich ununterbrochen die Augen wischte.

»Bist du auch wirklich nicht verletzt?« fragte Arrigo seine Frau besorgt.

»Nein. Aber wir müssen diesen guten Leuten zeigen, daß wir ihnen keine Schuld geben und uns in ihrem Dorf sicher fühlen. Außerdem will ich, wenn man diesen Mann einfängt, selbst fragen können, was er gegen uns hat, um uns so etwas anzutun.«

Kurz darauf hatten sich alle vorsichtshalber die Augen ausgewaschen und saßen im Schulzimmer der Sanctia und tranken Wein aus Steingutbechern. Spekulationen über den Angriff hatten sie nicht weitergebracht. Nach Cabrals Ansicht waren es die Tza'ab. Arrigo wies darauf hin, daß man sie vielleicht genau das glauben machen wollte. Nicht nur Tza'ab wußten von na'ar al'dushanna, obwohl nur die Tza'ab feige genug waren, solche Waffen zu entwickeln. Und niemand konnte eine vernünftige Erklärung für den Anschlag finden.

Die Verfolger kehrten zurück und berichteten, der Schuldige sei in den Hügeln verschwunden, wo er zweifellos ein Pferd zur Flucht bereitgehalten hatte. Von der Waffe war nichts gefunden worden.

»Also hatte er Helfer«, schloß Arrigo, »jemanden, der die Kugel aufgehoben und entfernt hat.«

»Was bedeuten würde«, meinte Zevierin nachdenklich, »daß an dieser Kugel vielleicht etwas war, das uns zu dem Attentäter hätte führen können.«

»Schon möglich. Aber wir werden es nie erfahren.«

In dieser Nacht schliefen Arrigo und Mechella im besten Schlafzimmer der Sanctia – was bedeutete, daß es einen abgewetzten Teppich auf dem Steinboden gab und ein Fenster mit einem Schirm aus Seidenstoff, der die Luft hineinließ und die Insekten fernhielt, und die Leintücher in dem schmalen Bett noch relativ wenig abgenutzt waren. Mechella entließ Otonna und bürstete sich das Haar selbst, und auch Arrigo schickte seinen Diener weg und hängte seine Kleider an den Haken an der Tür. Sie beobachtete ihn vom Bett her und fragte sich, was er wohl dachte.

»Arrigo ... du hast mir das Leben gerettet.«

Ohne sie anzusehen, sagte er: »Das verdammte Ding war nicht tödlich, Mechella.«

»Aber das konntest du nicht wissen«, murmelte sie.

Er zuckte nur die Achseln.

»Du warst sehr tapfer und hast sehr schnell reagiert.«

»Kein bißchen«, fauchte er. »Glaubst du, ich hätte die Gelegenheit lieber genutzt, um dich loszuwerden?«

Fest umklammerte sie den silbernen Griff der Haarbürste. »Ich versuche nur, mich zu bedanken. Wieso mußt du so grausam sein?«

Endlich drehte er sich um, mit nacktem Oberkörper, und begegnete ihrem Blick. Etwas in seinem Blick wurde weicher, und er wurde dem Mann, den sie seit ihrer Kindheit geliebt hatte, wieder ein bißchen ähnlicher. »Verzeih mir, 'Chella. Ich glaube, diese Geschichte hat mich mehr erschüttert, als ich dachte. Daß jemand so etwas tut – und es hätte noch viel schlimmer sein können ...«

»Wir hätten beide sterben können.« Sie legte die Bürste ab und streckte die Hand aus. »Arrigo – bitte nimm mich in den Arm.«

Ein Anflug des alten trockenen Humors kehrte zurück. »Liebes, dieses Bett ist so schmal, uns wird überhaupt nichts anderes übrig bleiben, wenn wir nicht rausfallen wollen.«

»Hast du es schon gehört, Premio Dioniso? Weißt du es schon?« Rafeyo kam glühend vor Aufregung ins Atelier gestürzt.

»Wie könnte ich es nicht hören, wenn du so schreist? Aber ich nehme an, du sprichst von dem Vorfall von vor drei Tagen.«

»Du erfährst wirklich *alles,* oder?«

Aber die Bewunderung für Dionisos Informationsquellen hielt nicht lange an; Rafeyo ließ sich unermüdlich über Arrigos Mut aus, über seine schnelle Reaktion und seine eiserne Entschlossenheit, den Schuldigen zu finden. Dioniso fragte sich, wann – oder ob – Rafeyo darüber nachdenken würde, daß Arrigos Tapferkeit auch der Grund war, wieso Mechella unverletzt geblieben war. Vielleicht würde ihm auch auffallen, daß der Instinkt, der Arrigo zu seiner Tat veranlaßt hatte, viel über die Gefühle aussagte, die er der Mutter seiner Kinder immer noch entgegenbrachte, wenn schon nicht seiner Frau.

Schließlich war der Junge mit seinen Lobpreisungen fertig, und sie begannen mit dem Unterricht. Dioniso beobachtete, wie eine Reihe wichtiger Pflanzen in Rafeyos Skizzenbuch Gestalt annahm, und er zählte die Jahre. Es würde vielleicht nicht mehr lange dauern, bis er diese fünfundvierzigjährigen Knochen loswerden konnte, die trotz seiner Sorgfalt begonnen hatten zu schmerzen. Vielleicht konnte er eine Ausrede finden, sich den Sommer über in Corasson aufzuhalten; die Hitze würde ihm guttun, und er konnte vielleicht ein paar Möglichkeiten finden, Mechella in Mißkredit zu bringen.

Er strebte nicht mehr danach, ihre Gunst zu erlangen. Nachdem Tazias Stern wieder im Aufsteigen begriffen war und er ihren Sohn für sein nächstes Leben ausgewählt hatte, wäre er wirklich ein Narr, Mechella auf irgendeine Weise zu helfen, direkt oder indirekt. Sie war ganz einfach nicht mehr wichtig.

Das *na'ar al'dushanna* war ein kalkuliertes Risiko gewesen – wer hatte schon wissen können, ob Arrigo den Helden spielte? –, aber es war unmöglich, nicht auf die Karikaturen zu reagieren. Dioniso hatte zu viel in Rafeyo als nächsten Obersten Hofmaler investiert, ebenso wie in Arrigo als Großherzog und Tazia als seine Mätresse, seine Nazha Coronna. Ihre Ränke und Intrigen paßten sich seinen eigenen Plänen an wie die vier Seiten eines sorgfältig bemessenen Bilderrahmens.

Daher konnte Dioniso es sich nicht leisten, daß Arrigo von diesen Karikaturen als Idiot dargestellt wurde. Und daher der erschreckende, aber harmlose Vorfall mit »Feuer und Rauch«, ausgeführt von ein paar Bauern, die er zu Verrätern gemalt und für ihren Verrat bezahlt hatte. Die Formel stammte aus dem Kita'ab, gemischt in seinem Atelier über der Weinhandlung; er hatte ganz vergessen gehabt, wieviel Spaß es machte, andere Dinge als Farbe zu mischen. Und als er einen langen Tag gewartet hatte, bis die Mischung fest wurde, hatte er die perfekte Stelle für Rafeyo im *Peintraddo Memorrio* gefunden.

Ja, Dionisos Schicksal war unwiderruflich mit Rafeyo, Tazia und Arrigo verbunden. Er wünschte Mechella nichts Böses, aber ihm war nun klar, daß sie für ihn immer vollkommen nutzlos gewesen war und auch nutzlos bleiben würde.

17

Die Ermittlungen über den Vorfall in dem Dorf bei Dregez erwiesen sich als fruchtlos. Man konnte Großherzog Cossimio zwanzig Minuten fluchen hören, ohne daß er sich ein einziges Mal wiederholt hätte; dann verbot er die Reise im Herbst nach Elleon.

»Aber wir *müssen* reisen!« rief Mechella und ging unruhig in ihrem Wohnzimmer in Corasson auf und ab. Wie inzwischen üblich, war sie von Grijalvas umgeben. Leilias saß am Fenster und mischte kleine Phiolen mit Parfum, Cabral arbeitete an Skizzen, Zevierin stand an einer Staffelei und malte die Magie in Lissinas *Testament*. Keiner von ihnen schien auch nur auf Mechella zu achten.

»Versteht das denn außer mir niemand?« rief sie. »Wie werden sich die Menschen in Elleon denn fühlen, wenn wir sie so kränken?«

»Sie werden es schon verstehen«, meinte Cabral zerstreut und griff nach einem neuen Stift.

»Vielleicht, aber *ich* verstehe es nicht«, erklärte sie und rauschte aus dem Zimmer, um sich wieder einmal bei Gizella zu beschweren.

Als die Tür hinter ihr zufiel, legte Zevierin den Pinsel nieder. »Was *ich* deutlich sehe«, murmelte er, »ist die Hoffnung in ihrem Blick.«

Leilias nickte. »Wenn Arrigo nicht bei Tazia ist, fängt er an sich zu erinnern, wieso er Mechella einmal geliebt hat.«

»In der Tat. Ich bin überrascht, daß sie nicht wieder schwanger ist.«

»Es waren nur die letzten Nächte auf dem Rückweg nach Meya Suerta. Die Frage ist, wäre es denn gut, die beiden wieder zusammenzubringen? Würden sie glücklich werden, wenn Tazia aus ihrem Leben verschwände? Würde er sie vergessen?«

»Darauf würde ich lieber nicht wetten, jedenfalls nichts Wichtiges«, sagte Zevierin. »Man darf die Bewunderung nicht vergessen, die Mechella überall entgegengebracht wird. Das zerrt an seinen Nerven. Obwohl seine heldenhafte Tat neulich Wunder für seinen Stolz gewirkt hat – und für seine Stellung beim einfachen Volk, das ihn ununterbrochen lobt, weil er ihre Dolcha 'Chellita gerettet hat.«

»Die Reise nach Elleon könnte einen Aufenthalt in Caterrine einschließen«, überlegte Leilias, »um ihn daran zu erinnern, wie glücklich sie dort in den ersten Monaten ihrer Ehe waren.«

»Und vielleicht zu einem dritten Kind führen. Aber irgendwann werden sie nach Meya Suerta zurückkehren müssen – und dort wartet Tazia.«

»Aber wenn man sie nach Castello Alva schickte …«

Zevierin begann seine von Magie durchtränkten Farben einzupacken. »Vielleicht, aber dann ist da immer noch Rafeyo. Er ist auf dem Weg, der nächste Oberste Hofmaler zu werden – möge die Mutter Mequel noch zehn Jahre schenken! Dioniso lobt ihn in den höchsten Tönen, seine Arbeit ist wirklich hervorragend …«

Leilias verzog angewidert den Mund. »Und Rafeyo sorgt dafür, daß auch jeder das erfährt!«

»Er würde es nicht hinnehmen, wenn jemand versuchte, seine Mutter aus dem Weg zu malen. Und ihr könnt darauf wetten, wenn er erst einmal Oberster Hofmaler ist, werden er und Arrigo Tazia offiziell an den Hof zurückholen.«

»Also fängt alles wieder von vorne an.« Leilias warf ihrem Bruder einen wütenden Blick zu. »Und du hast nichts dazu zu sagen?«

»Nein.« Er malte unbeirrt weiter.

»Du bist doch angeblich so klug – Mutter hat es jedenfalls immer behauptet. Fällt dir denn kein Ausweg ein?«

Cabral sprang auf. »Du, Zevi, Mechella – ihr *seht* alle immer nur. Ihr *hört* nichts.« Mit diesen Worten packte er seine Skizze in eine Ledermappe – in ghillasischem Grün, ein Geburtstagsgeschenk von Mechella – und stürzte aus dem Zimmer.

Nach ein paar Minuten fand Leilias ihre Stimme wieder. »Was sollte denn das bedeuten?«

Zevierin gab keine Antwort. Er säuberte sorgfältig seine Pinsel, wischte vielfarbige Magie, vermischt mit seinem Blut, auf einen Lappen, den er später zusammen mit den Pinseln einweichen würde. Einmal, als er noch Schüler war, hatte er vergessen, das Wasser zuvor zu erwärmen, und der eisige Schreck in seinen Adern hatte ihn zwei Tage lang frierend im Bett verbringen lassen. Das Wasser würde in den Abfluß geschüttet werden und von dort in einen Fluß und schließlich ins Meer gelangen. Er fragte sich, wie viele winzige Teilchen Grijalvamagie schon an den Steinen und im Schlamm und an den Pflanzen auf dem Weg dorthin hängengeblieben waren, wieviel davon in den Tiefen der Agua Serenissia und des Marro Mallica trieben …

»Zevi! Antworte gefälligst!«

»Hmm? Oh.« Er wandte sich ihr zu und wünschte sich, er könnte sich tapfer genug malen, um ihr zu sagen, daß er sie liebte. Das Schlimmste war, daß eine Ehe mit ihm die beste Lösung für sie wäre, ganz gleich, was sie für ihn empfand. Er hatte die Gabe, war daher steril und würde sie nie schwängern können. Als Mechella sie in ihren Haushalt aufgenommen hatte, hatte die Familie zunächst aufgehört, Druck auf Leilias auszuüben, endlich Ehefrau und Mutter zu werden. Aber sie würden bald wieder damit anfangen. Sie war dreiundzwanzig, hatte das Alter für eine Ehe und Kinder längst überschritten, und man erwartete von jeder Grijalva, daß sie zumindest ein Kind zur Familie beisteuerte. Er wußte, wie Leilias darüber dachte, als Zuchtstute zu dienen. Aber er wollte nicht, daß sie ihn nur heiratete, um dem zu entgehen. Er wollte … was er ihr nie würde enthüllen können. Nie.

»Leilias«, sagte er, »ich glaube, Cabral spielte auf etwas an, was ich gerade gesagt habe. Darüber, Tazia aus dem Weg zu malen.«

Eine wachsversiegelte Phiole rutschte ihr aus der Hand und rollte über den Teppich. Er dachte, daß sie mit ihrer Kenntnis von Duftstoffen eine perfekte Malerfrau abgeben würde. Seltsam, daß er daran nie zuvor gedacht hatte.

»Das kannst du nicht ernst meinen«, flüsterte sie. »Cabral meint doch sicher nicht …«

»Ihr wißt jetzt beide über die Magie Bescheid. Ich habe jeden Eid gebrochen, den ein Meistermaler schwört, als ich es dir sagte. Hast du noch nie daran gedacht, daß so etwas tatsächlich möglich wäre?«

Sie schüttelte den Kopf so vehement, daß sich die Haarnadeln lockerten. »Niemand hat solche Macht, niemand.«

»Ich schon«, meinte er.

»Aber – Zevi ...«

»Sie steckt in diesem Bild da, solange ich lebe.« Er zeigte auf das *Testament,* das beinahe vollendet auf der Staffelei stand. »Ich bin fünfundzwanzig. Lissina ist einundsiebzig. Sie ...« Er hielt inne, als Leilias ungläubig die Augen aufriß. »Wußtest du nicht, daß sie schon so alt ist? Es gehört zur Ironie des Grijalvadaseins, daß unsere Frauen oft viel jünger aussehen, als sie sind, und bis zu neunzig Jahre alt werden, während die Meister mit Vierzig alt sind und im allgemeinen vor ihrem fünfzigsten Geburtstag sterben. Lissina weiß nichts von der Magie, und du sagtest, sie hat sich nicht im geringsten dafür interessiert.«

»Sie klang, als mache es ihr Angst. Sie sagte, sie *wolle* es nicht wissen.«

Er zuckte die Achseln. »Eine solche Haltung wird von den Viehos Fratos gern gesehen. Nicht alle haben deine unbändige Neugier. Der Punkt ist, man kann wohl annehmen, daß ich Lissina überlebe, und daher wird dieses Gemälde bindend sein, und niemand kann etwas dagegen tun. Aber die Lingua Oscurra – die Runen am Rand – werden die Magie erhalten, selbst wenn ich vor ihr sterben sollte. Was natürlich möglich wäre. Und das zeigt, welche Macht jeder von uns besitzt, der die Gabe hat.«

Sie sprang auf und stand zitternd am Fenster. Zevierin hätte sie gern gemalt, wie sie in diesem Augenblick aussah: das schwarze Haar fiel ihr wirr über die Schultern, die Konturen ihres schlanken Körpers schimmerten im Sonnenlicht durch den dünnen gelben Seidenstoff ihres Kleides.

Als sie sprach, schwangen Tränen in ihrer Stimme mit. »Sprich nicht über den Tod, Zevi, ich kann es nicht ertragen. Und sprich nicht darüber, daß Tazia etwas Schreckliches passieren könnte – das ist furchtbar –, niemand sollte solche Macht haben.«

»Ich werde es nicht mehr erwähnen«, versicherte er ihr. »Cabral möchte es vielleicht tun, und ich würde es ihm nicht übelnehmen. Aber wir können sicher sein, daß er es nicht tun kann, denn er hat die Gabe nicht, und dagegen kann er überhaupt nichts tun.«

»Und du auch nicht«, flüsterte sie. »Selbst wenn du Tazia so sehr haßt wie wir, könntest du nie …«

Unsicher, ob sie das gesagt hatte, weil sie daran glaubte, oder weil sie eine Bestätigung von ihm wollte, sagte er: »Ich hätte die Möglichkeit dazu, und jeden Grund, aber ich würde es nie tun.«

»Das weiß ich. Aber was ist mit Rafeyo?«

Zevierin schüttelte den Kopf. »Es gibt Gründe, warum er nie …«

»Was sollte ihn davon abhalten, Mechella alles anzutun, was er möchte, wenn er erst einmal genug darüber weiß?«

Er zögerte, dann sagte er sich, daß man genausogut für ein Gemälde wie für eine Skizze bluten konnte. »Das ist wieder etwas, worüber uns verboten ist zu sprechen, und bitte sag es nie deinem Bruder.«

Und er erzählte ihr von dem wichtigsten Geheimnis der Grijalvas: dem *Peintraddo Chieva,* jenem Selbstporträt aus Blut und Magie, das jeder, der die Gabe hatte, als sein Meisterstück malte. Sie hörte voller Angst und mit zunehmendem Verständnis und entsetzter Faszination zu, und mit einer Miene, die ihn bis ins Herz erstarren ließ.

»Rafeyo wird nicht genau wissen, was er tut, wenn er das Porträt malt«, sagte Zevierin. »Das wissen wir alle nicht. Die Demonstration der Macht ist sehr … überzeugend. Alle magischen Bilder werden von den Fratos bestellt und genehmigt.«

Sie schüttelte sich. »Oder vom Obersten Hofmaler, und das wird Rafeyo eines Tages sein.«

»Selbst Mequel muß sich den Fratos gegenüber verantworten. Das müssen alle Obersten Hofmaler. Wenn Rafeyo etwas unternimmt, werden sie es erkennen und ihn bestrafen.«

Ihre Anspannung ließ ein wenig nach. »Dann ist Mechella sicher. Rafeyo weiß noch nicht, wie man solche Dinge bewirkt, und bis er seine wahre Macht entdeckt, wird sein *Peintraddo Chieva* ihn davon abhalten, ihr weh zu tun.«

»Selbst wenn es ihm an Moral fehlt – und ich fürchte, das ist der Fall – wird die Drohung genügen.« Die Erinnerungen an die Nadelstiche, die er tief in seiner Schulter verspürt hatte, verschwand wieder. »Glaube mir, sie wird genügen.«

Leilias schlug mit der Faust auf den Tisch. »Ich wünschte wirklich, er *hätte* mich geschwängert.«

Seltsam, daß sein Hirn weiterarbeitete, obwohl das Entsetzen ihm beinahe Herz und Atem lähmte.

Selbstverständlich wußte Zevierin, daß man sie für eine Bestätigung in den Palasso Grijalva gerufen hatte. Und daß Rafeyo sich der Prüfung unterzogen hatte. Zevierin hatte nur nie zuvor über die Daten nachgedacht. Oder vielleicht doch, aber dann hatte er es bewußt wieder vergessen.

Rafeyo hatte neben Leilias gelegen. Rafeyo hatte mit ihr geschlafen – nein, sagte er sich nachdrücklich, Rafeyo hatte ihren Körper benutzt, um seine eigene Magie zu beweisen, und war blind für den viel mächtigeren Zauber ihrer Seele gewesen.

»Geschwängert?« Er zwang sich zu einem Lächeln. »Mit Tazias Enkelkind?«

Leilias schauderte. »Matra, was für eine widerwärtige Vorstellung! Ich hätte ihn einfach würgen sollen, als ich die Gelegenheit dazu hatte, dann wäre jetzt alles gut.«

»Keine schlechte Idee.«

Cossimio machte einen großherzoglichen Befehl daraus: Mechella durfte ohne seine ausdrückliche Erlaubnis keinen Fuß nach Elleon setzen. Mit diesem Erlaß konfrontiert, konnte sie sich nur noch über ihre ungeöffneten Briefe beugen und gehorchen.

Nachdem seine Zeugen – die Großherzogin und sein Oberster Hofmaler – das Frühstückszimmer von Corasson verlassen hatten, um sich ihrer eigenen Korrespondenz zu widmen, sagte Cossimio: »Es tut mir wirklich leid, Kätzchen. Aber ich kenne dich inzwischen. Und um alles andere als einen direkten Befehl würdest du dich irgendwie herumwinden. Nicht, daß ich etwas gegen deinen Unternehmungsgeist hätte! Aber sei nicht böse, daß ich mich um deine Sicherheit sorge, Liebes.«

»Es ist lieb von dir, daß du dir Sorgen machst. Vielleicht können wir ja im Frühjahr nach Elleon fahren.«

Sein dröhnendes Lachen brachte das Kristall zum Klirren. »Wenn nicht, wird es dort wohl zu offenen Aufständen kommen! Ich habe dir doch gesagt, daß Tira Virte dich lieben wird, oder? Schon am ersten Abend, als ich dich sah. Keiner von uns kommt mehr ohne dich aus. Weder ich noch 'Zella noch die Kinder oder Arrigo – habe ich dir gesagt, daß er in seinem Brief angekündigt hat, er werde in ein paar Tagen hier sein?«

»Ja? Ich habe noch gar nichts von ihm gehört.«

»Oh, jetzt habe ich wahrscheinlich eine Überraschung verdorben. Was ist das für ein Großherzog, der nicht mal ein Geheimnis bewahren kann? Sei so lieb und tu so, als wärst du angemessen erstaunt, Kätzchen.«

Mechella lächelte; man konnte Cossimio kaum etwas abschlagen. Und Gizella schien ihn immer noch unwiderstehlich zu finden – in diesem Sommer benahmen sie sich ebenso wie im vergangenen wie junge Liebende.

Nach einem angenehmen Morgen im Garten, während die Grijalvas malten, was sie wollten, und die do'Verradas nichts Anstrengenderes taten als Seiten in Büchern umzublättern, zogen sich alle zur Mittagsruhe zurück. Dann kam Otonna in Mechellas Zimmer und wedelte mit einem Brief, den sie bekommen hatte.

»Es ist nicht zu glauben, was meine Schwester da schreibt – aber es ist trotzdem die Wahrheit. Diese Person und ihr Mann und all ihre Söhne sind auf dem Weg nach Castello Alva – zusammen mit diesem merditto Rafeyo! Und Don Arrigo begleitet sie und bringt sie hierher! Nach Corasson!«

Kreidebleich vor Schreck sank Mechella auf die Kissen zurück. Er brachte diese Frau hierher! »Das kann er nicht«, flüsterte sie. »Das darf er einfach nicht!«

Wie dumm sie doch gewesen war! Sein Instinkt, sie vor Gefahr zu schützen. Diese wenigen schönen Tage – und besonders Nächte – während der Rückreise nach Meya Suerta. Sein Bedauern, daß er einige Zeit im Palasso bleiben mußte. Sein Versprechen, sich bald in Corasson zum Rest der Familie zu gesellen, Versprechen um Versprechen, den ganzen Sommer lang. Aber bald würde es Luna Qamho sein und der erste Weizen bereits geerntet. Lügen, alles nur Lügen.

Arrigo *lebte* in Lügen.

Gizella hatte ihr schon vor langer Zeit geraten, diese Frau am Hof zu akzeptieren. Aber diese Person war nicht Lissina. Lizia hatte Alternativen vorgeschlagen – und Mechellas eigene Instinkte hatten sie beinahe blind auf den Weg geführt, dem sie folgen mußte. Ihr eigenes Leben, ihr eigenes Haus, ihre eigene Macht.

»Nein«, sagte sie leise, und Otonna hielt mitten in ihrer Tirade inne. »Sie wird keinen Fuß hierher setzen. Nicht nach Corasson.«

»Euer Gnaden?«

Wunderbar, wirklich – wie einfach nun alles war, wie ruhig sie sich wieder fühlte, nachdem sie es wußte. Sie warf der Zofe, die immer noch mit offenem Mund dastand, einen Blick zu und lächelte. »Und wenn ich es Stein für Stein abreißen muß und es mit eigenen Händen anzünden, diese Frau wird nie auch nur einen Blick auf Corasson werfen.«

Otonna war sprachlos. Ein historisches Ereignis; Cabral

oder Zevierin hätten es in einem Bild festhalten sollen. Aber Mechellas Grijalvas hatten beschlossen, nach dem Mittagessen spazierenzugehen, sie suchten nach Landschaftsmotiven für das neue Wandgemälde des Wohnzimmers, und Leilias suchte Blüten für ihre Parfums. Mechella konnte es kaum erwarten, daß es Abend wurde und sie zurückkehrten, um ihr raten zu können, was sie tun sollte, um diese Frau davon abzuhalten, einen Fuß über die Schwelle ihres geliebten Hauses zu setzen.

Nein. Ihr eigenes Leben, ihr eigenes Haus, ihre eigene Macht. Corasson war der Anfang davon. Es gehörte ihr, sie liebte es, sie hatte es zu ihrem wahren Zuhause gemacht. Es war Arrigos Problem, wenn er es vorzog, mit dieser Frau zusammen eine Lüge zu leben, statt das wahre Leben mit ihr zu genießen.

Sie erinnerte sich an den hochgewachsenen, gutaussehenden, charmanten jungen Mann, in den sie sich damals verliebt hatte. Fünfzehn war sie gewesen, schlaksig und ungelenk und schmachtend. Sie konnte ihn und sich selbst so deutlich sehen, als hätte man das Porträt genau vor sie hingemalt. Und als er in den Palaisso Millia Luminnai zurückgekehrt war und sie im Mondlicht im Garten geküßt hatte – auch diese Szene sah sie vor sich, vom Glitzern seiner Epauletten bis zum Diadem der Prinzessin von Ghillas, das sie im Haar getragen hatte. In Caterrine, im Palasso Verrada, bei Dorffesten und in Gildehallen und bei Zeremonien in der Kathedrale Imagos Brillantos – so viele Bilder von ihm und ihr.

Und keines von ihnen war echt.

Es gab nur ein Gemälde, das sie beide zusammen zeigte: ein blondes Mädchen in einem weißen Brautkleid und ein dunkelhaariger Mann in einer grünen Shagarrauniform, frisch verheiratet und überzeugt, daß sie miteinander glücklich sein würden.

Wer wußte, was aus ihnen geworden wäre? Sie hatte sich zweimal in Arrigo verliebt, einmal, als sie ihm zum ersten

Mal begegnet war, und zum zweitenmal, als sie ihn heiratete. Jetzt fragte sie sich warum. Und ob er sie je geliebt hatte. Es schien verblüffend angemessen, daß sie Dioniso angewiesen hatte, sie schon für das Hochzeitsbild zu malen, bevor er selbst in Ghillas eingetroffen war: sie allein hatte sich aus ganzem Herzen verpflichtet, sie allein war begierig gewesen zu heiraten. Jetzt war diese Ehe nur noch eine Farce und vielleicht ein paar Pinselstriche auf Leinwand. Nicht einmal ein Grijalva konnte Leben in etwas bringen, das keine Substanz hatte.

Es tat weh. Das konnte sie nicht leugnen. Etwas in ihr flüsterte, wenn er diese Frau nur wegschicken und sich entschuldigen würde, würde sie ihm alles verzeihen und noch einmal versuchen, mit ihm glücklich zu werden.

Aber was immer er sagen oder tun würde, sie konnte sich nicht vorstellen, sich noch einmal in ihn zu verlieben.

»Euer Gnaden«, sagte Otanna schließlich, »wie wollt Ihr sie fernhalten? Sie reist zusammen mit ihm und ihrem Mann. Sie abzuweisen, würde sie alle beleidigen.«

»Ich weiß es noch nicht. Laß mich jetzt allein, ich muß nachdenken.«

»Es sind nur noch drei Tage, bis sie über uns hereinbrechen wird wie die Nerro Lingua …«

»Das weiß ich! Glaubst du, ich weiß das nicht? Es muß eine Möglichkeit geben, sie fernzuhalten!« Sie hörte selbst, wie laut sie sprach, und holte einige Male tief Luft, um sich zu beruhigen. »Geh, Otonna. Ich muß nachdenken.«

Arrigo und seine Begleiter wurden mehrere Tage in einer Sanctia aufgehalten, als Garlo do'Alvas mittlerer Sohn ganz plötzlich ankündigte, daß er plane, sein Leben der Ecclesia zu widmen.

Verradio, achtzehn Jahre alt und damit vor dem Gesetz berechtigt, seine eigenen Entscheidungen zu treffen, übergab seine weltlichen Güter seinen beiden Brüdern und seinen Dienern, zog das rauhe braune Gewand eines Novizen über und weigerte sich, seine Zelle zu verlassen, ganz gleich, womit sein Vater auch drohte. Erschrocken und wütend versuchte Garlo, sich sogar gewaltsam Einlaß zu verschaffen, und er hätte den Sohn entführt, wenn sich Tazia nicht für Verradio eingesetzt hätte.

Arrigo, der das alles mit einer Mischung aus Amüsement und Staunen beobachtete, war verblüfft, wie beredt sich Tazia für den jungen Mann aussprach. Als zweite Frau, die nie selbst ein Kind von Garlo haben würde und deren eigener Sohn keinen Anspruch auf das Vermögen der do'Alvas hatte, konnte sie kein persönliches Interesse daran haben, daß Verradio auf sein Erbe verzichtete. Der Sancto behandelte sie zwar so mürrisch, wie alle Angehörigen der Ecclesia mit den Grijalvas umzugehen pflegten, billigte aber ihren Einsatz für den jungen Mann.

Tazia hätte Arrigo ihr Verhalten zwar erklären können, aber darauf verzichtete sie wohlweislich. Verradio hatte sie vor eine einfache Wahl gestellt: entweder sie unterstützte ihn gegen den Zorn seines Vaters, oder er würde die Entwürfe ihrer Briefe an Arrigo in jeder Stadt, in jedem Marktflecken und in jedem Dorf in Tira Virte veröffentlichen lassen.

Am Abend, bevor er seine Pläne ankündigte, lud er sie zu einem Gespräch in dem kleinen, verwilderten Kräutergarten der Sanctia ein und führte ihr ein überzeugendes Beispiel vor Augen. Es war eine Seite, auf der sie Arrigos intimste Stellen begeistert pries, und der Entwurf des Briefes war mit unzähligen Streichungen und Überarbeitungen versehen, bis ein spontan leidenschaftlicher Ton bestens getroffen war.

»Diese Karikaturen in Granidia sind nichts dagegen. Arrigo und mein Vater werden deine Schrift erkennen, selbst wenn du öffentlich leugnest, das je geschrieben zu haben. Was wird Arrigo denken, wenn er herausfindet, daß du diese ›unüberlegten‹ Liebesbriefe üben mußt?«

Tazia setzte sich ruckartig auf eine Bank, der Garten drehte sich vor ihren Augen.

Verradio grinste. »Dir ist vollkommen gleich, was Mechella denkt – mir ebenfalls –, aber das Volk betet sie an. Wenn das hier und die anderen Briefe veröffentlicht werden …« Verradio steckte das Blatt wieder in die Jacke. »Du solltest so etwas lieber verbrennen. Man weiß nie, wer sie im Abfall findet – selbstverständlich ganz zufällig.«

»Merditto!« fauchte Tazia. »Du wühlst also im Müll wie ein Schwein?«

»Du kennst dich doch mit Abfall aus, oder, Tazia? Jeder deiner Schritte wirbelt Dreck auf, jeder deiner Atemzüge ist vergiftet.«

»Ich weiß, daß du mich haßt«, sagte sie abfällig. »Aber wie kannst du deinem Vater so etwas antun?«

»Ich hasse dich nicht nur. Ich verabscheue dich. Du widerst mich an. Ich verfluche den Tag, an dem mein Vater dich geheiratet hat –, und ich verfluche ihn, weil er den Namen der do'Alvas besudelt hat, indem er eine Hure zur Frau nahm. Ich hoffe, mich hier, im Herzen der Sanctia, von solchen Gefühlen läutern zu können, ohne daß deine tägliche Anwesenheit mich daran erinnert, wie tief ich selbst den Klang deines Namens verabscheue.«

Sie stand auf, ging über den Steinpfad, rang die Hände. »Wenn ich mich in dieser Sache auf deine Seite stelle, wird Garlo mir das nie verzeihen.«

»Kann schon sein.« Verradio lachte. »Aber denk doch daran, wieviel Gutes du dir und deiner Familie bei der Ecclesia tun wirst.«

Garlo erlaubte seinem Sohn, in die Sanctia einzutreten. Er hatte keine Wahl, aber er tat so als ob. Seine anderen Söhne, Zandor und Diegan, gaben sich ernst, als sie die Sanctia schließlich hinter sich ließen, aber innerlich jubelten sie über den Triumph ihres Bruders – und beneideten ihn, weil er entkommen war. Tazia schwieg und senkte den Blick, weil sie einen Wutausbruch vermeiden wollte.

Rafeyo, dem sie sich anvertraut hatte, fügte Garlo und Verradio der Liste von Personen hinzu, um die er sich kümmern würde, wenn er erst Oberster Hofmaler war. Arrigo hielt den ganzen Vorfall für absurd, wollte aber niemandes Gefühle verletzen und behielt sein Urteil für sich. Sie hatten vier Tage auf ihrer Reise nach Corasson verloren, und er war begierig, endlich anzukommen – begierig, Mechella und Cossimio und Gizella dazu zu zwingen, Tazia in die Familie aufzunehmen, wie man vor langer Zeit Lissina aufgenommen hatte.

Einen Tagesritt von Corasson entfernt kam ihnen ein Kurier entgegen, um sie zu informieren, daß die ganze Familie sich in Trauer befand. Mechella hatte am Vortag erfahren, daß ihr Vater gestorben war. Arrigo galoppierte sofort mit ein paar Soldaten davon, weil er Corasson so bald wie möglich erreichen wollte. Garlo und Tazia mußten selbst entscheiden, ob sie die Familie in ihrer Trauer stören wollten oder nicht. Arrigo hatte das selbstverständlich nicht so ausgedrückt, aber es war klar, daß die Gräfin auf dieser Reise nach Castello Alva nicht das Vergnügen haben würde, Mechella dazu zu zwingen, sie auf ihrem Besitz zu empfangen. Ebenso deutlich war Arrigos Enttäuschung, daß seine kleine Intrige, seine Mätresse offiziell vorzuführen, gescheitert war.

Tazia war wütend auf Verradio, weil er sie so ausgenutzt hatte, und auf Garlo, der so tat, als wäre sie nicht da, und vor allem war sie wütend auf Mechellas dummen Vater, weil er gestorben war. Nun gut, diese Gelegenheit war verstrichen, aber bald würde eine Zeit kommen, in der Mechella in Tira Virte nicht mehr zählen würde. Das einfache Volk konnte ihr so laut zujubeln wie es wollte. Am Ende zählte nur, daß Arrigo Tazia über alles liebte. Also gab sie zunächst auf und beschloß, die folgenden drei Wochen dazu zu nutzen, sich Garlos Gunst wiederzuerobern. Verradio sollte verflucht sein – und König Enrei ebenfalls!

Garlo schrieb einen förmlichen Beileidsbrief, den er von

seinem ältesten Sohn überbringen ließ, der, auf Tazias Bestreben, Rafeyo mitnahm. Die Antwort, die schließlich Castello Alva erreichte, war an den Grafen allein gerichtet und von Leilias Grijalva »im Auftrag von Doña Mechella« verfaßt und unterschrieben. Die Kränkung war beabsichtigt – Garlo war ein wichtiger Mann und ein entfernter Verwandter der do'Verradas –, und er wußte genau, wem er die Beleidigung verdankte und weshalb. Tazia kehrte bald darauf in das feuchtheiße Meya Suerta zurück, und zwar allein.

Die Lage zwischen Arrigo und Mechella war noch schlimmer. Als er eintraf, weigerte sie sich, ihn zu sehen. Sie weigerte sich auch am nächsten Tag. Schließlich befahl er Otonna, die Tür aufzuschließen und zur Seite zu treten. Das tat die Zofe mit dem Satz: »Ihr werdet Euch später daran erinnern, daß ich Euch gewarnt habe.«

Allein mit seiner Frau in ihrem Schlafzimmer, ging Arrigo ein paar Schritte auf das Sofa zu, auf dem Mechella hockte wie ein Häuflein Elend. Lissina hatte ihm schon erzählt, daß sie tagelang geweint habe. Sie sah auch danach aus. Ihr goldblondes Haar war wirr und schmutzig, und als sie aufblickte, sah er, daß ihre blauen Augen verquollen waren.

Sanft und voller Mitgefühl – er hatte Enrei gern gehabt, und er mußte daran denken, daß eines Tages auch sein eigener Vater sterben würde – sagte er: »Es tut mir sehr leid. Ich trauere mit dir. Er war ein guter Mann.«

»Erspare mir die Klischees«, flüsterte sie. »Ich will nicht mit dir sprechen.«

»'Chella ...«

Ihre Stimme war kaum zu hören, als hätte die Trauer ihr den Atem genommen. »Wie kannst du es wagen, über meinen Vater zu sprechen? Du hast ihm versprochen, seine Tochter glücklich zu machen.«

»Mechella, du bist erschöpft. Ich weiß, es ist ein schrecklicher Verlust.«

»Du hast ihn verraten, und mich. Wie konntest du auch nur daran *denken*, diese Person hierher zu bringen?«

Wieder ging er ein paar Schritte auf sie zu. »Liebes, laß mich dich umarmen.«

»Gibt es nicht genug Betten in Meya Suerta? Oder fandest du den Gedanken aufregend, sie im Haus deiner eigenen Frau zu besteigen?«

Immer noch beherrscht, sagte er: »Ich weiß, daß der Verlust dir sehr wehtut, aber ich kann nicht gestatten, daß du so von der Gräfin do'Alva sprichst.«

»Was du erlaubst oder nicht, hat in meinem Haus nichts zu bedeuten. Geh.«

»Mach dich nicht lächerlich. Ich bin dein Ehemann.«

»Nein.« Sie erhob sich mühsam, ballte die zitternden Hände zu Fäusten. »Nein, du bist nur der Mann, den ich geheiratet habe und der mir Kinder gemacht hat.«

»Mechella, ich bin gekommen, um dich zu trösten.«

»Du bist gekommen, weil du es dir nicht leisten konntest, es nicht zu tun, denn das hätte der ganzen Welt gezeigt, wie du wirklich bist!« Zorn gab ihr Atem und Haltung zurück. Sie warf sich das Haar über die Schulter und starrte ihn wütend an. »Mach, daß du rauskommst, Arrigo. Komm nie wieder nach Corasson – es sei denn, du willst, daß alle sehen, wie ich dich an der Tür abweise.«

»Das würdest du nie wagen!«

»Laß es lieber nicht darauf ankommen.«

Arrigo unternahm noch einen Versuch. »Du bist jetzt einfach zu durcheinander. Ich komme zurück, wenn ...«

»Wenn du zurückkommst, werde ich dich von der Shagarra-Wache rauswerfen lassen.«

Er lachte. »Ich bin ihr *Hauptmann*, Mechella.«

»Und *ich* bin diejenige, die sie lieben und der sie dienen.«

Jetzt gingen ihm die Nerven durch. »Und diese Liebe schließt zweifellos auch ein, daß sie dir im Bett dienen.«

Sie wich nicht zurück oder schnappte nach Luft; sie lachte nur. »Danke für den Vorschlag! Jeder von ihnen würde mir noch im Schlaf mehr nützen, als du es jemals wach tun konntest.«

Arrigo war mit drei Schritten bei ihr, streckte die Hand aus.

»Wenn du mich anfaßt, schreie ich!«

Er mußte jeden Rest von Selbstbeherrschung bemühen, den er sich je angeeignet hatte. »Ich erinnere mich an eine Nacht vor nicht allzu langer Zeit, als du mich *gebeten* hast, dich in die Arme zu nehmen. Und jetzt würde ich mich lieber in einen Trog mit dem Erbrochenen von Seuchenkranken legen.«

»Raus!«

»Gern.« Er drehte sich auf dem Absatz herum und ging zur Tür. Als er die Hand schon auf dem kristallenen Türknauf hatte, wandte er sich noch einmal um. »Ich habe dich nie geliebt, Mechella. Ich habe dich nur geheiratet, weil mein Vater es mir befohlen hat. Wenn ich mit dir geschlafen habe, habe ich mir immer vorgestellt, du wärest Tazia. Und wenn mein Vater tot ist und ich Großherzog von Tira Virte bin, wird nur eine Tür im Palasso Verrada dir offenstehen: die, durch die der Müll hinausgeschafft wird. Gute Nacht, Mechella – und ein gutes Leben in Corasson, denn den Rest deiner Tage wirst du hier allein verbringen.«

»Lieber in einem Schweinestall als mit dir. Aber nicht allein, Arrigo – nicht allein, das schwöre ich dir.«

»Ach ja?« Er lächelte. »Und was werden all die guten Leute denken, die dich so lieben, wenn sich ihre Dolcha 'Chellita wie eine Hure aufführt?«

18

Cossimio und Gizella nahmen ein paar Tage später die Kinder mit zurück zum Palasso Verrada. Lissina blieb nur noch lange genug, damit Zevierin ihr Testament fertigstellen konnte – was immer noch vor allen außer Leilias, Cabral und Mechella geheimgehalten wurde –, dann verabschiedete sie sich, nicht ohne ihrer Verwandten Ratschläge zu erteilen, wie sie sich in dieser schweren Zeit um Mechella kümmern sollte.

»In Ghillas trauern sie anders«, sagte Lissina, als sie schon auf der Treppe stand und die Handschuhe anzog, während die Kutsche vorfuhr. »König Enrei wird ein Staatsbegräbnis bekommen, sein ganzer Hof wird ein halbes Jahr lang Trauer tragen. Mechella wird noch lange danach trauern, aber jetzt ist es für sie am schlimmsten. Und hier in Tira Virte gestehen wir uns nur ein paar Tage des Schmerzes zu, so daß die Leute sagen werden, sie übertreibe es, wenn sie sich hier in Corasson einschließt, aber ich fürchte, dagegen kann man nichts tun.«

Leilias nickte höflich und fragte sich, was Lissina wohl von Trauer wissen mochte. In ihren braunen Augen lag Mitgefühl für Mechellas Schmerz, aber obwohl sie schon über Siebzig war, zeigte ihr Gesicht weniger Falten als das des Obersten Hofmalers Mequel. Sie hatte kein Gesicht, das zum Leiden gemacht war, und als sie sich an Einzelheiten von Lissinas Leben erinnerte, mußte Leilias annehmen, daß das Leid dies erkannt und sie umgangen hatte.

Aber einen Augenblick später schämte sie sich für diese Überlegung, denn Lissina seufzte und murmelte: »Ich weiß noch, als mein Reycarro starb, mußte ich sechs Tage später an einem Ball für den König von Taglis teilnehmen, obwohl ich kaum den Kopf vom Kissen heben konnte ...« Sie schluckte und schüttelte den noch kaum ergrauten Kopf. »Aber das ist lange her. Du mußt dich um Mechellas Wohlergehen kümmern, Leilias. Schreib mir, und ich werde sofort herkommen, wenn ich irgendwie helfen kann.«

Später saß Zevierin neben Leilias in Mechellas privatem Salon, und beide lauschten sie der Stille. Schließlich sagte er: »Sie beweint nicht nur den Tod ihres Vaters.«

»Einen Augenblick lang weint sie wie ein Kind, und im nächsten wie eine Frau, der das Herz gebrochen wurde. Es ist vorbei, Zevi. Für Mechella und Arrigo gibt es keine Hoffnung mehr.«

Er griff nach ihrer Hand und drückte sie an sein Herz. »Ich habe ein schlechtes Gewissen. Für uns hat es gerade erst begonnen.«

»Ich weiß. Es ist schrecklich, so glücklich zu sein, wenn sie – ich überlege dauernd, wann der richtige Zeitpunkt wäre, ihr von uns zu erzählen. Ihr etwas zu geben, worüber sie sich freuen kann. Sie versucht, sich daran zu gewöhnen, daß sie ihren Vater und ihren Mann verloren hat, während ich mich daran gewöhne, alles zu haben.«

»Bist du sicher, daß du wirklich *mich* willst?« murmelte er. »Ich kann es immer noch nicht glauben – als du in mein Zimmer kamst, am Tag, bevor wir von König Enreis Tod hörten …«

»Schwätzt nicht, Zevi«, schalt sie ihn liebevoll. »Ich bin sicher, ich wollte immer jemanden lieben können. Ich weiß nur immer noch nicht, wieso ausgerechnet du es sein würdest.«

»Bitte, mach darüber keine Witze«, drängte er sie. »Ich muß es wirklich wissen, Leilias. In zwanzig Jahren werde ich fünfundvierzig sein und alt.«

»Und? In zwanzig Jahren bin ich vielleicht Großmutter.« Sie schlang die Arme um seine Taille, lehnte sich an ihn und neckte: »Erschreckt dich der Gedanke, mit einer Großmutter zu schlafen?«

Ein paar atemlose Minuten später versagte er sich ihre Lippen, lange genug, um zu fragen: »Bist du sicher, was die Kinder angeht?«

Sie lachte. »Ich dachte, du würdest auf der Stelle tot umfallen, wenn ich dir von den Kindern erzähle. Was meinst du, bin ich schon zu alt für eine Bestätigung?«

»Leilias«, mahnte er.

Sie zog eine Grimasse. »Na gut. Im Ernst. Der Unterschied besteht darin, daß mir nicht die Viehos Fratos befehlen, Kinder zu bekommen, sondern daß es jetzt *meine* Wahl ist. Aber nur, wenn du ihr Vater sein wirst.«

»Im Herzen und im Geist und selbst im Blut werde ich unsere Kinder immer als meine eigenen betrachten.«

»Ich werde mir einen freundlichen und klugen und begabten Mann suchen, einen, der dir ähnlich sieht.« Sie streichelte seine Wange. »Mechella hat mir damals in Dregez gesagt, daß ich eines Tages verstehen werde, wieso Frauen Mutter werden wollen. Aber wer hätte geahnt, daß es dadurch bewirkt würde, daß ich mir so sehr wünsche, daß du Vater wirst?«

»Ich wünschte ...«

»Nein, denk nicht daran.« Sie legte ihm den Finger auf die Lippen. »Du hast eben die Gabe. Vielleicht werden unsere Söhne sie ebenfalls haben. Wir wollen uns lieber das wünschen, was wir auch bekommen können – zum Beispiel, für den Rest unseres Lebens glücklich zu sein.«

»Das ist ganz sicher«, sagte er und umarmte sie fester. »Wir werden vollkommen glücklich sein.«

Leilias lachte. »Wahnsinnig glücklich.«

»Ekelerregend, wenn man sich das so anhört«, bemerkte Cabral, der in die Tür getreten war. »Haltet bloß den Mund, bevor ich mein Frühstück wieder von mir gebe. Zevi, laß meine Schwester los. Leilias, hör mal einen Augenblick auf, ihn zu betatschen. Mechella will uns sprechen. Otonna sagte, sie fragte, ob nun endlich alle abgereist seien, und habe dann erklärt, sie wolle uns im Rosengarten treffen.«

Sie warteten in der Morgensonne auf sie, während die erste Herbstbrise die Blätter der Eichen rascheln ließ. Grüner Rasen breitete sich bis zu den rosenbedeckten Mauern aus, umgeben von Beeten mit weißen und gelben Rosen, die in voller Blüte standen. Der Duft war hinreißend – ebenso wie Mechella, die über das Gras auf sie zukam. Ihr einfaches graues Kleid hatte eine nach pracanzischer

Mode nach unten versetzte Taille, ihr schimmerndes Haar hing ihr in einem Zopf über die Schulter. Vor Tagen hatte sie Otonna befohlen, jedes Kleidungsstück wegzuwerfen, das auch nur eine Spur des dunklen do'Verrada-Blau zeigte.

Die Grijalvas erhoben sich, um sie zu grüßen. Sie setzte sich unter ein Spalier mit weißen Rosen, faltete die Hände im Schoß und sprach sie so förmlich an, als wären sie Berater bei einer Konferenz.

»Ich entschuldige mich, euren Morgen gestört zu haben. Ich habe ein paar Entscheidungen getroffen, die ich euch mitteilen möchte. Erstens, das Begräbnis meines Vaters fand schon wenige Tage nach seinem Tod statt, also kam es nicht in Frage, daß ich nach Aute-Ghillas reise, um daran teilzunehmen. Aber ich *werde* zur Krönung meines Bruders reisen, in einem halben Jahr, wenn die Trauerzeit vorüber ist. Großherzog Cossimio hat meiner diesbezüglichen Bitte zugestimmt. Ich werde seine einzige Vertreterin sein und allein reisen – selbstverständlich mit einer großen Shagarra-Eskorte, aber ohne Arrigo und ohne die Kinder. Ich erwarte, daß mich auch einige Grijalvas begleiten, aber das können wir später organisieren.«

Sie hielt einen Augenblick inne, holte Luft und strich sich die Röcke über den Knien glatt. »Zweitens werde ich, außer, wenn meine Anwesenheit für offizielle Zeremonien erforderlich ist, nicht mehr im Palasso Verrada wohnen. Meine Kinder werden hier bei mir bleiben, bis sie alt genug sind, um ihren Platz bei Hofe einzunehmen. Der Großherzog erlaubt dies – obwohl er annimmt, daß ich mich nur kurzfristig zurückziehe. Er und die Großherzogin sind selbstverstandlich jederzeit in Corasson willkommen –, ebenso wie die Gräfin do'Casteya und die Baronin do'Dregez. Aber wenn Don Arrigo versucht, den Besitz zu betreten, haben meine Shagarra-Wachen den Befehl, ihn nicht einzulassen.«

Die Grijalvas zuckten mit keiner Wimper. Mechellas

winziges Lächeln zeigte, daß sie das bemerkt hatte, bevor sie sich wieder sammelte und fortfuhr.

»Die Angehörigen des Adels, die hier willkommen sind, werden es wissen. Diejenigen, die es nicht sind, werden so anständig sein, sich fernzuhalten. Und das bringt mich zu euch. Ihr müßt alle entscheiden, ohne an jemand anderen als euch selbst zu denken, ob ihr hier bei mir bleiben wollt oder nicht.« Cabral sprang auf, und Mechella hob die Hand. »Nein, sagt noch nichts, hört mich erst an. Ich möchte, daß ihr hierbleibt. Aber ihr müßt auch verstehen, daß Corasson bestenfalls eine Art Schattenhof sein wird. Es wird keinerlei Macht oder Einfluß geben, bis Alessio einmal viel älter ist. Bis dahin würde ich euren Rat zu schätzen wissen, welche Lehrer ich für ihn und Teressa einstellen soll, und wer zu den Haushalten gehören soll, die ich in ein paar Jahren für sie einrichten werde, und wer mich in politischen Dingen beraten kann. Ich ...«

»Hört auf!« schrie Leilias. »Ihr müßt hier keine Rede halten ...«

»Doch«, gab Mechella zurück. »Ich habe sie gestern den ganzen Tag geübt. Anders hätte ich es nicht über mich gebracht. Laßt mich ausreden, Leilias, und dann könnt Ihr mich dafür tadeln, daß ich meine Freunde wie Fremde anspreche.«

Zevierin schüttelte den Kopf. »Wenn Ihr uns weiterhin beleidigen wollt, möchte ich den Rest überhaupt nicht hören. Als ob wir Euch je verlassen würden!«

»Ich wußte, daß ihr das sagen würdet«, meinte Mechella mit einem schwachen Lächeln. »Viel mehr gibt es auch nicht hinzuzufügen. Ich wollte nur noch sagen, daß ich euch vertraue, mir Leute auszuwählen, die mir helfen, meine Kinder und mich selbst zu erziehen. Ich möchte auch wissen, wen unter den Adligen, Ratgebern, Händlern und Grijalvas ich zu meinen Freunden zählen kann –? und vor allem möchte ich wissen, wer meine Feinde sind.« Sie hielt inne und seufzte. »Ich bin in vielen Dingen kindisch gewesen. Statt in diesen vergangenen drei Jahren – Matra, es sind schon beinahe vier! – zu lernen, wie es bei Hofe zugeht, habe ich mich darauf verlassen, daß mein Mann mich schützen und anleiten würde. Das war ein Fehler«, gab sie zu. »Ich brauche eure Hilfe.«

Leilias glitt von ihrem Stuhl und sank vor Mechella auf die Knie. »Die ist Euch sicher. Das wißt Ihr. Was immer Ihr braucht, was immer einer von uns tun kann ...«

»Steht sofort auf!« schimpfte Mechella. »Ich hoffe, Zevierin, Ihr wißt, was Ihr tut, wenn Ihr eine so leidenschaftliche Frau heiratet!« Sie starrten sie fassungslos an, und sie lachte nur. »Glaubt ihr, ich bin so in meine eigenen Probleme versunken, daß ich meinen liebsten Freunden gegenüber blind werde? Selbst wenn ihr versucht habt, es zu verbergen – also wirklich, mich betrügen zu wollen! Steht endlich auf, Leilias, und laßt mich hören, was Zevierin und Cabral zu sagen haben.«

»Ihr kennt meine Antwort«, sagte Zevierin.

»Und die meine«, knurrte Cabral, drehte sich auf dem Absatz um und ging davon.

»Ach«, seufzte Mechella, »jetzt habe ich ihn beleidigt. Ihr Grijalvas – stolzer als Könige!«

Es war Sitte, ausländischen Staatsoberhäuptern zu ihrer Thronbesteigung ein Bild zu schenken, das diesen Anlaß zeigte. Da der neue König von Ghillas Mechellas Bruder war, schlug Dioniso gleich zwei Gemälde vor – ein offizielles, ein persönliches – und die Viehos Fratos stimmten ihm zu. Das erste Bild würde vermutlich in einem offiziellen Raum gezeigt werden – zum Beispiel im Konferenzsaal der königlichen Ratgeber –, das letztere würde in den Privatgemächern des Königs hängen. Beide Gemälde würden von Symbolen, die alle Gebildeten verstanden, nur so wimmeln, und vor Magie, die nur Großherzöge und Grijalvas kannten.

Nachdem Dioniso bereits ein Porträt von Enrei III. als

Kronprinz angefertigt hatte, griff Mequel auch für das offizielle Gemälde auf seine Informationen zurück. Bleistiftstudien und Kommentare über Enreis Charakter wurden von dem Hinweis begleitet, an zentraler Stelle des Bildes müsse ein Pferd erscheinen, da der junge König das Gemälde ansonsten irgendwo vergraben würde, wo es ihn nicht beeinflussen konnte und Tira Virte nichts nützen würde.

Dioniso malte das persönliche Porträt selbst und nutzte es, Rafeyo einige Dinge beizubringen, von denen seine Mitschüler noch nichts wußten. Er hatte auch vor, den Jungen dadurch zu veranlassen, sich mehr der Porträtmalerei zuzuwenden, denn Rafeyo zeigte eine beunruhigende Tendenz zu Landschaften und Architektur. Das war alles andere als gut. Ein Oberster Hofmaler mußte Menschen malen, keine Scheunen und Kornfelder und Castellos und Wassermühlen.

Der neue Stil der Landschaftsmalerei gefiel Dioniso ohnehin nicht. Man hatte das Prinzip der niedrigen Horizonte mit riesigen Himmelslandschaften umgedreht; jetzt erstreckte sich das Land im sumpfigen Grün und Wüstengold unter dünnen Streifen kobaltblauen Himmels. Die Menschen waren nicht mehr perfekte Miniaturen, sondern nur entfernte Schatten, angedeutet von ein paar Tupfern verwischter Farbe, die den Rock einer Bäuerin andeuteten, den dunklen Mantel eines Mannes, einen breitkrempigen Strohhut. Und das Schlimmste: man hatte sich vom mathematischen Gleichgewicht abgewandt und bevorzugte nun zufällig hingestreute Formen, die kaum in Beziehung zueinander standen. Grijalvakunst verlangte nach strenger Form, weil die Funktionen ebenso streng festgelegt waren, und alles in Dioniso protestierte dagegen, die Regeln zu lockern und Experimente zu veranstalten, die die Komposition und damit die Magie schwächten.

Dennoch, selbst diese verachtenswerten Landschaften, um die derzeit ein solches Gewese gemacht wurde, waren immer noch den Stilleben vorzuziehen. »Still« waren sie tatsächlich, mit »Leben« hatten sie nichts mehr zu tun. Nie hatte die Natur solche Früchte und Blüten hervorgebracht, wie sie einige Grijalvas nun malten: makellos, vollkommen symmetrisch und ungefähr so appetitanregend wie die kalte, glasierte Keramik, der sie ähnelten. Jeder Meistermaler mußte im Verlauf seiner Ausbildung Dutzende von Stilleben malen, um zu lernen, wie man die symbolischen Blüten und Früchte, Kräuter und Bäume plazierte, an die die Magie gebunden war. Aber diese Bilder waren bedeutungslose Beispiele von Banalität, jedes einzelne von ihnen, und verwiesen auf nichts als den gekünstelten Aufbau einer Obstpyramide oder die natürliche Geometrie einer Blüte.

Als Premio Frato verfügte Dioniso über einen gewissen Einfluß. Aber er war zu beschäftigt, und seine Hände waren zu alt, als daß er noch Meisterwerke hätte produzieren können, die seine Verwandten von ihren sinnlosen Landschaften und Stilleben abbringen konnten. Wenn Rafeyo Oberster Hofmaler würde – in wenigen Jahren, denn Mequel würde nicht ewig leben –, würde er sich diese langen, schlanken Finger zur Not bis auf die Knochen abarbeiten, um die Kunst der Grijalvas zu retten.

Aber bevor diese Zeit kam, hatte er ein Porträt zu malen, und er nutzte es, um Rafeyo die Möglichkeiten seiner Kunst zu demonstrieren. Das offizielle Gemälde – Mequels erstes Reiterbild – enthielt alle notwendigen Elemente. Zedern für Kraft, gelbe Lilien für Frieden, Salbei für Weisheit und alle anderen Anzeichen königlicher Tugenden. Dioniso ließ Rafeyo die unbekannteren Symbole des *Folio* studieren – anhand seiner eigenen Ausgabe, die mit einigen Randnotizen aus dem *Kita'ab* versehen war. Nur einer von fünfhundert Meistern kannte die alten Tza'ab-Symbole. Vorsichtige Nachfragen zeigten Dioniso, daß Mequel nicht zu ihnen zählte.

Der Neid eines Spiegels mit Messinggriff, die Dummheit

der blauen Rose, die Arroganz eines Ringes mit schwarzen Diamanten – von denen es nur zwei auf der Welt gab, einen im weit entfernten Zhinna und den anderen am gichtigen Finger der Kaiserin von Tza'ab Rih. Diese Symbole und andere wurden durch einen unbehandelten Kiefernholzrahmen verstärkt, der von magischer Energie durchdrungen war. Der Wirkungskreis des Gemäldes war gewaltig; man konnte das Kiefernholz in jeder Ecke von Dionisos großem Atelier im Palasso Grijalva riechen.

Das Bild selbst war ein einzigartiges Dreifachporträt: in der Mitte war Enrei en face zu sehen, links und rechts jeweils im Dreiviertelprofil. Über eine solch ungewöhnliche Studie hatte Dioniso schon lange Zeit nachgedacht, und nun wollte er dieses Experiment endlich ausführen. Wo man das Gemälde auch immer aufhängen würde und in welche Richtung der junge Enrei auch schaute, die Magie würde ihn beeinflussen. Die linke Seite für Neid, Zorn und Kleinlichkeit, die rechte für Dummheit, Arroganz, Sturheit und Unbeständigkeit.

»Matra!« grinste Rafeyo. »Wenn er im Zimmer auf- und abgeht, wird er vor Verwirrung verrückt werden! Aber was, wenn er direkt darauf schaut?«

Dioniso lächelte nur.

Eines Morgens kam Rafeyo ins Atelier und sah, daß über Enreis Kopf ein Strauß aus Weizen und Weißdorn gemalt worden war, von oben nach unten hängend. Gebunden waren diese Symbole von Reichtum und Fruchtbarkeit mit einem weißen Band. Der Junge wandte sich dem Meister zu und zeigte anklagend auf das Bild.

»Du hast ihm gerade allen Reichtum und alle Kinder geschenkt, die er sich nur wünschen könnte!«

Dioniso lachte. »Schau dir das Band einmal genauer an, und dann sag mir, was du siehst.«

Rafeyo spähte. »Es hat oben eine Silberkante, unten eine goldene … es ist mit einem dreifachen Knoten gebunden –, aber die Glanzlichter stimmen nicht.«

»Vielleicht, weil es gar keine Glanzlichter sind«, erwiderte Dioniso trocken. »Es sind Runen, Lingua Oscurra, aber kaum als solche zu erkennen. Ich werde sie dir übersetzen – sie tauchen in keinem der üblichen Verzeichnisse auf: ›Dreifach gebunden / nie mehr gefunden / alles geschwunden.‹ Siehst du, wie das Band Enreis Kopf einrahmt und bis unter seine Schultern reicht?«

»Das heißt ...« Rafeyo runzelte die Stirn. »Wird es verhindern, daß er Reichtum und Kinder bekommt?«

»Es wird auf jeden Fall dafür sorgen, daß er bei beidem große Schwierigkeiten haben wird.«

Dioniso verschwieg, daß er, indem er Enrei so steril malte, wie es ihm ohne die wesentlichen Substanzen nur möglich war, auch dafür sorgte, daß Mechellas Kinder die einzigen Erben ihres Bruders wurden. Die Vorteile, die sich für Tira Virte durch einen do'Verrada auf dem Thron von Ghillas ergeben würden, waren mehr als deutlich. Aber Rafeyo, der Mechella haßte, würde nicht an so etwas denken. Er war viel zu jung und verstand zu wenig von Politik, um über seine Ablehnung der Frau hinwegzusehen, die versucht hatte, den Platz seiner angebeteten Mutter einzunehmen.

Die Miene des Jungen hatte sich trotzdem beträchtlich aufgehellt. »Du bist nicht nur ein Meister – du bist ein Genie!«

Wahrhaftig, der Junge würde ihm fehlen ...

»Joninos Neffe ist in der Buchhaltung für die Kupfermine wirklich verschwendet.« Leilias machte eine Notiz auf der immer länger werdenden Liste von Leuten, die in Mechellas neuen Haushalt passen könnten.

»Jonino?« fragte Zevierin. »Ach – dein Stiefvater. Was wird er überhaupt von einem Grijalva in der Familie halten?«

»Du Dummkopf, er hat immerhin selbst eine geheiratet!« Sie kaute auf dem Ende ihres Bleistifts herum und grinste ihn an. »Du bist nervös, weil du meine Eltern kennenlernen sollst, wie?«

»Überhaupt nicht.«

»Lügner. Dieser Neffe – wie *heißt* er nur? Ach, das ist erst mal gleich. Übrigens spielt er Gambe, und seine Frau ist eine recht gute Lautenspielerin, wenn ich mich recht erinnere. Also haben wir jetzt einen Mathematiklehrer und Buchhalter für den Besitz, und außerdem zwei Musiklehrer! Was fehlt noch?«

»Sprachen und Religion.« Zevierin trommelte auf der Tischplatte herum, dann sah er aus dem Fenster und mußte lächeln; er hatte Mechella und Cabral auf ihrem täglichen Spaziergang entdeckt, und sie gingen viel dichter nebeneinander als sonst. »Ich glaube, wir können beides in einer Person bekommen. Erinnerst du dich an den alten Davinio?«

»Der Gärtner im Palasso Grijalva? Du willst mir doch nicht erzählen, daß er ein Sprachenfachmann ist oder zur Ecclesia gehört?«

»Nein, aber sein Enkel ist beides. Sancto Leo ist ein recht guter Freund von mir. Wir debattieren hin und wieder darüber, ob die Grijalvas nun verdammt sind oder nicht.«

Leilias wich verblüfft zurück. »Du würdest einen dieser selbstgerechten Grijalvahasser von Sanctos nach Corasson bringen?«

»Da verstehst du mich falsch«, lachte er, »ich bin derjenige, der die hochmoralische Position einnimmt, während der junge Sancto Leo uns verachtenswerte Grijalvas verteidigt. Und das macht er gar nicht schlecht. Ich werde dich ihm vorstellen, wenn wir das nächste Mal in Meya Suerta sind – ich nehme an, an Penitenssia? Oder ist Mechella entschlossen, den ganzen Winter über hier zu bleiben?«

Das war sie, falls kein direkter Befehl von Cossimio ergehen würde. Und genau das sagte sie auch zu Cabral, als sie über die Stoppelfelder wieder zum Haus zurückkehrten. Iluminarres kam näher, der Festtag, an dem die Feuer auf den abgeernteten Feldern entzündet wurden, um den Regen herbeizurufen und damit neuerliche Fruchtbarkeit. Der Wind wurde kälter, die Tage kürzer, aber Corasson lag direkt vor ihnen auf dem Hügel. Ihr Zuhause.

»Ich hoffe, Gräfin Lizia wird auf ihrem Weg nach Süden ein paar Wochen hierbleiben«, sagte Mechella. »Und die Brendizias haben versprochen, für Imago herüberzukommen, also müssen wir etwas Besonderes planen.« Sie hielt inne, als sie an einen Zaun kamen. »Wieso lächelt Ihr?«

»Weil Ihr lächelt. Ist Euch das nicht aufgefallen?«

»Manchmal fühlt es sich so an, aber ...« Sie zuckte die Achseln. »Helft mir hinüber.«

Er hob sie auf den Zaun. Sie drehte sich zum Haus um und gewährte ihm einen kurzen Blick auf ihre Wollstrümpfe und die festen Schuhe, an denen Erdklumpen klebten. Er kletterte hinter ihr her und dachte an die zarte Seide und den üppigen Samt ihrer Hofgewänder. Dann zog er den Skizzenblock und den Stift aus der Jacke, ohne die kein Grijalva das Haus verließ, und begann, Corasson zu zeichnen, das von der untergehenden Sonne umstrahlt wurde.

Sie blieben eine Weile schweigend auf dem Zaun sitzen, und die einzigen Geräusche waren das Kratzen des Stifts auf dem Papier, das Wiehern von Pferden auf der Koppel und der Gesang der Vögel. Schließlich warf Cabral Mechella einen Seitenblick zu und grinste.

»Warum schauen Leute, die nicht zeichnen können, Künstler immer auf diese Weise an?«

»Hab' ich Euch angesehen?« fragte sie. »Auf welche Weise?«

»Als suchtet Ihr in unseren Gesichtern nach einem Hinweis darauf, wieso wir tun können, was wir tun. Als läge etwas in unseren Augen, in der Form unserer Lippen – oder in der Art, wie wir uns kämmen, was weiß ich? Als gäbe es ein geheimnisvolles äußeres Anzeichen, das unsere Begabung erklären könnte.« Er vollendete einen Schatten auf der Skizze, dann kicherte er. »Und so hören sie auch zu – selbst wenn wir über das Wetter reden oder fragen, was es zum Abendessen gibt.«

»Chieva do'Orro«, erwiderte Mechella. »Dieser goldene Schlüssel, den die Malermeister tragen. Das ist es, wonach wir Ausschau halten, worauf wir horchen.«

»Ja, aber dieses Geheimnis gibt es gar nicht. Und wenn es einer jemals ergründen könnte, würde er sicher nicht darüber sprechen! Ich weiß jedenfalls, daß ich es nicht tun würde, wenn ich die Gabe hätte.«

»Das würde keiner, nicht einmal Zevierin.« Sie zupfte einen Holzsplitter vom Zaun. »Wird Leilias wirklich – wie hat sie das ausgedrückt? – sich einen Mann suchen, der ihre Kinder zeugt?«

»Ja. Wenn sie und Zevi Kinder haben wollen, dann ist das die einzige Möglichkeit.«

»Das ist seltsam. Aber nicht seltsamer als alles andere an euch Grijalvas.« Sie lächelte. »Wenn ich immer tief in Eure Augen sähe und mir alles genau anhören würde, was Ihr die nächsten fünfzig Jahre sagt, würde ich dann vielleicht anfangen zu verstehen, wie es möglich ist, daß Ihr ein paar Striche aufs Papier zieht und es dann aussieht wie Corasson?«

»Ich fürchte, Ihr würdet Euch schon nach einer Minute langweilen, Doña Mechella. Was immer es sein mag, das mich zum Künstler macht – ich kann es Euch weder zeigen noch erklären.«

»Ihr würdet mich nie langweilen, Cabral.« Sie lächelte und fügte hinzu: »Wann würde ich auch die Zeit dazu finden, mich überhaupt zu langweilen? Mequels Rat, zu arbeiten, obwohl man sich nicht wohl fühlt, hilft auch gegen Trauer. Wenn ich mein Leben mit anderen Dingen fülle, habe ich keine Zeit, traurig zu sein.«

»Und dennoch sehe ich die Traurigkeit – hier, und hier.«

Er wagte es, ihrem Mund, ihrer Stirn mit den Fingerspitzen auf einen Zoll nahezukommen.

Sie schwieg lange. Dann sagte sie sehnsuchtsvoll: »Könnt Ihr mich nicht glücklich malen?«

»Mechella ... laß mich es versuchen. Bitte, laß mich es versuchen.«

»Cabral.« Sie nahm den Skizzenblock und den Stift und ließ beides zu Boden fallen. »Ich glaube«, murmelte sie, »das wirst du dazu nicht brauchen.«

19

Auf die Bitte des Großherzogs hin verbrachte Mechella Penitenssia in Meya Suerta. Arrigos erneuerte Marria do'Fantome mit Tazia war kein offenes Geheimnis mehr, sondern ein öffentlicher Skandal. Cossimio war wütend, Gizella grämte sich. Lissina riet zur Geduld. Lizia schickte ihrem Bruder aus Casteya einen Brief, der nur aus sechs Worten bestand: *Narr! Hast du den Verstand verloren?* Mequel, nun fünfundvierzig Jahre alt und so krank, daß er kaum mehr seine Gemächer verließ, versuchte, das ganze Desaster zu ignorieren. Die Ratgeber schwiegen. Die Klatschbasen suhlten sich in den Einzelheiten. Und alle begannen – insgeheim, nervös, zögernd – sich auf die eine oder andere Seite zu schlagen.

Auf Mechellas Seite: die einfachen Leute von Tira Virte.

Auf Arrigos: der größere Teil der Aristokraten und der Kaufleute.

Auf Mechellas: Cabral, Leilias, Zevierin, viele Grijalvas, die mit ihnen verwandt waren – und der Oberste Hofmaler Mequel.

Auf Arrigos: Premio Frato Dioniso, die Viehos Fratos und alle Grijalvas, die direkt mit Tazia verwandt waren – selbst ihre Schwestern, die sie nicht ausstehen konnten.

Mechellas fünfzehntägiger Aufenthalt während des Winters gab nicht viel an Klatsch her. Sie und Arrigo teilten sich die üblichen Räume im Palasso Verrada, gingen ihren gesellschaftlichen und religiösen Verpflichtungen nach, sprachen freundlich mit allen und wurden oft zusammen mit ihren beiden Kindern gesehen. Man hörte Bemerkungen darüber, wie strahlend sie aussah und wie aufmerksam er sich ihr gegenüber verhielt. Cossimio wagte zu hoffen. Lissina hielt sich zurück. Tazia war klug genug, eine Erkältung zu bekommen und sich in das Stadthaus ihres Gatten zurückzuziehen. Garlo, der mit seiner Frau immer noch nicht sprach, schickte dem Großherzog eine plausible, wenn auch durchsichtige Erklärung, wieso er Castello Alva nicht verlassen könne. Da er nicht an den Hof befohlen wurde wie Mechella, konnte Garlo es ohne Folgen ablehnen, an den Feierlichkeiten in Meya Suerta teilzunehmen. Das Jahr 1267 begann, Mechella kehrte nach Corasson zurück, Tazia erholte sich von ihrer Indisponiertheit, und Arrigo sagte seinen Eltern persönlich und seiner Schwester in einem Brief, sie sollten sich um ihre eigenen Angelegenheiten kümmern.

Mechella kam erst wieder im Frühjahr in die Hauptstadt. Als sie – unangekündigt und unerwartet – auf dem Fuega-Vesperra-Ball der Großherzogin erschien, hielten alle die Luft an. Selbst Arrigo, der sich umdrehte, um nachzusehen, was denn los war, schien verblüfft. Sie sah aus wie eine schlanke Säule von Sternenlicht, die an Astraventa vom Himmel herabgekommen war und sie erst jetzt mit ihrem Schimmern beehrte. Ihre goldenen Locken wurden von diamantbesetzten Nadeln gehalten. Ihr Kleid war aus silbrigem Grau, wagemutig tief ausgeschnitten, mit schokkierend engem Rock, und enthüllte frech ihre wohlgeformten Fußknöchel. Das Erstaunlichste war allerdings, daß ihre Arme und Schultern vollkommen nackt waren, keine Handschuhe, keine Ärmel, nur ein glitzernder Diamanthalsschmuck und Armbänder. Die Stola, die von ihren nackten Ellbogen hing, glitzerte matt von Goldfäden, die die Sonnenstrahlen des ungewöhnlich schönen Musters betonten.

Sie grüßte alle mit freundlichstem Lächeln und charmanten Worten, aber sie hielt schnurstracks auf ihren Mann zu. Als sie endlich neben ihm stand, legte sie ihm anmutig die Hand auf den Arm und flüsterte ihm etwas ins Ohr. Er wurde rot. Er starrte sie verblüfft an. Sie lächelte und zupfte ihn sanft am Ärmel. Er murmelte dem Grafen do'Planessia eine Entschuldigung zu und begleitete seine Frau aus dem Ballsaal an einen unbekannten Ort – und alle im Saal, vom Großherzog bis zum fünften Gambenspieler des Orchesters, begannen, sich ihren Spekulationen hinzugeben.

Tazia do'Alva, die zu diesem Zeitpunkt mit Premio Frato Dioniso getanzt hatte, geriet aus dem Takt. Dioniso verkündete später, er sei unverzeihlich ungeschickt gewesen und auf ihren Rocksaum getreten. Niemand glaubte ihm.

Mechella hatte Arrigo folgendes zugeflüstert: »Komm sofort mit, oder ich lasse dich von Zevierin malen – mit allen Symbolen der Syphilis.« Sie führte ihn in ein kleines Zimmer im zweiten Stock, das mit einem Sofa, einem Tisch, einem aufwendigen Kerzenleuchter, einem kleinen Kaminfeuer und einem Türschloß ausgestattet war.

»Bist du verrückt geworden?« fragte er, als sie die Tür hinter ihnen schloß. »Was soll dieser Unsinn über ein Bild?«

»Tu nicht so, als würdest du mich nicht verstehen. Du hast deine Grijalvas, mein Lieber, und ich habe meine. Und an dieser Stelle werden wir unser Gespräch beginnen.«

»Wir haben einander nichts zu sagen.«

»Da bin ich anderer Ansicht.« Sie rieb sich die Schläfen, als schmerzten sie die diamantbesetzten Haarnadeln, und brachte ein paar sorgfältig arrangierte Locken aus dem Gleichgewicht. »Schon besser. Setzt dich, Arrigo, und hör mir zu.« Sie warf ein paar Kissen auf den Boden, setzte sich auf das Sofa, raffte lässig den Rock zusammen und tätschelte das Polster neben sich. Er blieb starr neben der verschlossenen Tür stehen. »Sei nicht albern, Arrigo, ich möchte mit dir über die Kinder reden.«

Er verschränkte die Arme und sah sie mißtrauisch an. »Was ist mit ihnen?«

»Du bist ein Vater, und sie lieben dich – obwohl ich mir nicht erklären kann, wieso. Aber ich möchte nicht, daß sie von etwas, was zwischen uns geschieht, verletzt werden, wenn ich das verhindern kann. Also schlage ich vor, daß wir sie teilen.«

»Nein.«

Mechella schüttelte den Kopf und seufzte traurig. »Siehst du, genau das wollte ich vermeiden. Matra, ist dieses Feuer warm!« Sie ließ den Schal mit den goldenen Sonnenstrahlen zu Boden sinken. »Mach doch den Kragen auf, Arrigo, du mußt ja glühen.«

»Ich lasse mir meine Kinder nicht wegnehmen – und das wird auch mein Vater nicht zulassen.«

»Ich glaube, er wird meinen Vorschlag nur gerecht finden. Du sollst sie beide im Winter hier im Palasso haben. Sie lieben dich, und sie lieben ihre Großeltern und Lissina, und sie müssen lernen, do'Verradas zu sein. Aber von Sancterria bis Providenssia werden sie in Corasson wohnen. Deine Eltern haben sich ohnehin angewöhnt, den Sommer bei mir zu verbringen, was bedeutet, daß sie die Kinder fast das ganze Jahr lang sehen werden.«

Er lehnte sich an die Wand und öffnete den Kragen, wie sie es vorgeschlagen hatte. »Du hättest für dieses Gespräch einen bequemeren Ort wählen können. Wie es scheint, werden wir noch eine Weile hier sein. Also, wenn ich deinen Vorschlag recht verstehe, möchtest du die Kinder länger als ein halbes Jahr haben. Und das nennst du gerecht?«

»Ich bin ihre Mutter. Und die Sommer sind in Corasson viel gesünder als in Meya Suerta. Du hast Teressa und

Alessio jeden Winter und Frühling für fünf Monate, Arrigo. Ich halte das tatsächlich für gerecht.«

»Was, wenn ich nicht zustimme? Nein, laß mich raten – du läßt mir von Zevierin Warzen auf die Nase malen. Albern!«

»Wenn du nur halb so viel über Maler weißt wie ich, dann weißt du auch, daß das alles andere als albern ist.« Wieder massierte sie sich den Kopf, löste weitere Locken. Als sie wieder sprach, klang ihre Stimme wie Stahl auf Stein. »Ich sollte erwähnen, daß es für dieses Arrangement noch eine Bedingung gibt. Wenn du gestattest, daß diese Frau auch nur in die Nähe meiner Kinder kommt, werde ich die beiden wegholen und nie wieder zurückgeben. Für Teressa und Alessio existiert diese Person nicht. Das meine ich ernst, Arrigo. Wenn sie auch nur einen einzigen Augenblick in ihrer Gesellschaft verbringen ...«

Er lächelte mitleidig. »Und wie willst du das verhindern?«

»Ach, das werde ich nicht müssen. Du wirst selbst dafür sorgen. Weil du weißt, wozu ein Grijalva, der die Gabe hat, fähig ist.«

Er gab einer nervösen Angewohnheit nach und begann, auf- und abzutigern. Der kleine geschnitzte Eichentisch hatte das Pech, ihm im Weg zu stehen; er trat ihn um, trat ihn noch einmal und fuhr dann zu Mechella herum. »Du hast deine Grijalvas«, sagte er grimmig, »und ich habe meine.«

Sie lachte in sich hinein, wie über einen Witz, den nur sie verstand. »Ja, ich habe meine Grijalvas. Es sieht aus, als hätten wir ein Unentschieden erreicht – mit einer Ausnahme.« Sie erhob sich geschmeidig und umfaßte ihre Brüste mit den Händen. Er zog die Brauen hoch, als sie die Hände dann über die silbergraue Seide zu ihrem flachen Bauch gleiten ließ. Und lächelte.

»Du – du ...«

»Stottere nicht, Arrigo, das paßt nicht zu einem künftigen Großherzog. Freust du dich nicht, daß du wieder Vater wirst?«

»Chi'patro!« fauchte er.

Wieder ein Lachen, als hätte er etwas sehr Komisches gesagt. »Wenn du damit ›Bastard‹ meinst – nun, nicht in den Augen der Welt, mein Lieber. Du und ich und der Vater – wer immer er sein mag – sind die einzigen, die es wissen werden.«

»Wer ist es? Wer hat diesen Bastard erzeugt, Mechella?«

Sie strich sich über den Bauch, schürzte die Lippen und warf ihm einen Seitenblick zu. »Nein, bilde dir nicht ein, daß ich es dir erzählen werde«, meinte sie. »Stell dir das nur vor, Arrigo: du wirst keinen gutaussehenden Shagarraoffizier oder jungen Adligen mehr ansehen können, ohne dich fragen zu müssen, ob *er* es vielleicht war. Aber du wirst es nie erfahren. Und alle Welt wird glauben, daß du es warst.«

»Unmöglich! Du bist bereits schwanger ...«

»Sehe ich so aus?«

»Alle wissen, daß ich dich nicht mehr angerührt habe seit ...«

»Alle wissen, daß wir gerade jetzt zusammen sind. Wie lange sind wir schon in diesem Zimmer, Arrigo? Zehn Minuten? Eine Viertelstunde? Lange genug.«

Er konnte ihr liebenswertes Lächeln kaum ertragen. »Niemand wird glauben, daß ich ...«

»Ach nein?« Sie strich sich eine wirre Locke aus der Stirn, und diamantbesetzte Nadeln fielen auf den Boden wie Regenbogensplitter. »Der Onkel der Gräfin do'Shaarria hat mir gerade gesagt, ich sei die schönste Frau, die je den Palasso Verrada betreten hat. Du bist nur ein Mann, Arrigo – und mein Ehemann, dem das Recht zusteht, meine Schönheit zu genießen. Wer könnte es dir übelnehmen, daß du mir nicht widerstehen konntest, vor allem, nachdem wir so lange getrennt waren, vor allem, nachdem ich dir so verführerisch ins Ohr geflüstert habe?« Sie lachte.

»Wer könnte *mich* ansehen und glauben, daß du deiner Hure treu geblieben bist? Wie alt ist sie jetzt – vierzig? Zweiundvierzig?«

»Tazia wird nicht glauben ...«

»Denkst du denn, daß mich das interessiert?« Der Spott wich, und sie starrte ihn wütend an. »Was sie glaubt, ist deine Angelegenheit, nicht meine. Ich bin sechsundzwanzig, und ich werde nicht den Rest meines Lebens wie in einer Sanctia am Ende der Welt verbringen.«

»Statt dessen spielst du lieber die Hure!« Er packte sie an den nackten Schultern und schüttelte sie, bis ihr Haar sich vollkommen aus den Nadeln löste und ihr über den Rücken fiel. »Wer ist es Mechella? Wer?«

Sie entwand sich ihm keuchend, Haß und Ekel brannten in ihren Augen. »Du warst doch selbst in Corasson. Es gibt Dutzende gutaussehender junger Männer – meine Shagaraoffiziere, meine Diener, meine Stallburschen, meine Bauern – oder vielleicht ein Besucher, ein charmanter Adliger oder Kaufmann – es kann jeder gewesen sein! Du wirst es von mir nicht erfahren, und du wirst auch keinen meiner Leute zwingen können, es dir zu verraten!« Mit beiden Händen strich sie sich das Haar aus dem Gesicht und lachte wieder. »Der Einzige, bei dem du absolut sicher sein kannst, daß er es nicht war, ist Zevierin! Aber eines sage ich dir – er gehört ebenso zu mir wie all die anderen. Du wirst nie erfahren, wer der Vater meines Kindes ist, Arrigo! Niemals!«

»Ich werde mich nicht zu deinem Bastard bekennen! Ich werde es abstreiten – ich lasse mich von dir scheiden!«

»Das glaube ich nicht. Du hast einen entscheidenden Fehler gemacht. Du vergißt das Volk, dem du eigentlich dienen solltest. Sie lieben mich. Nicht dich. Nenn mich eine Hure und mein Kind einen Bastard, sie werden dir nicht glauben. Nicht, nachdem ich heute abend diesen Raum verlassen habe und so aussehe wie jetzt.«

Er starrte sie an: wirres Haar und gerötete Wangen, der

silbrige Rock zerknittert, die Abdrücke seiner Finger auf ihren nackten Schultern und Armen. Erschrocken begriff er, als er sich hektisch im Zimmer umsah: verstreute Kissen, der Tisch umgekippt, ein Spitzenschal auf dem Boden beim Sofa ...

»Sie werden mir glauben«, sagte Mechella sanft und boshaft. »Wenn die Zeit gekommen ist, wirst du dein drittes Kind ebenso aufnehmen wie die beiden anderen. Du wirst nichts abstreiten, Arrigo. Und es gibt keine Scheidung.«

»Ich werde dich *vernichten*«, flüsterte er, und seine Stimme zitterte vor Haß. »Du wirst keine ruhige Nacht mehr haben, weil du immer fürchten wirst, was ich als nächstes tun werde.«

»Versuche es doch«, sagte sie ruhig. »Du hast deine Grijalvas, aber vergiß nie, daß ich auch die meinen habe.«

Sie rauschte an ihm vorüber, ein Lächeln auf den Lippen, und schloß die Tür auf. Draußen trug ein Diener ein Tablett mit gebrauchten Gläsern vorbei, weiter hinten im Flur näherte sich eine Zofe mit einem Arm voll frischer Laken. Das würde genügen.

»Liebling, wir sind Stunden weggewesen!« rief sie über die Schulter. »Wir sind wirklich unhöflich!« Sie hielt inne, denn sie wußte, daß die Dienstboten jetzt aufmerksam lauschten. »Ist mein Kleid richtig zugehakt? Ich weiß nicht, was ich mit meinem Haar machen soll. Wirklich, Arrigo, mußtest du denn alle Nadeln herausziehen?«

Sie hörte, wie er schnaubte, und lachte fröhlich, als sie weiter auf den Flur hinaustrat. Als sie der Zofe begegnete, tat sie so, als wäre sie erschrocken. »Oh – könntet Ihr mir einen großen Gefallen tun? Wenn Ihr einen Augenblick Zeit habt, würdet Ihr mir meinen Schal holen? Er ist in diesem kleinen Zimmer da drüben. Ich muß mich beeilen und mich wieder im Ballsaal sehen lassen – bringt ihn mir einfach dorthin. Danke.«

Das Mädchen würde das Durcheinander in dem kleinen

Zimmer sehen, den erwarteten Schluß ziehen und – zusammen mit dem Diener, der ihre Geschichte unterstützen würde – allen Dienstboten im Palasso Verrada erzählen, daß Don Arrigo die Finger einfach nicht von der hinreißend schönen Doña Mechella hatte lassen können. Bis morgen mittag würde ganz Meya Suerta diese Geschichte glauben. Und das war genau das, was Mechella geplant hatte.

Mit klopfendem Herzen lief sie die Treppe hinunter. Fünfzig Fuß vor dem Ballsaal blieb sie zitternd stehen. Daß sie, Prinzessin Mechella von Ghillas, solche Dinge zu einem solchen Zweck gesagt haben sollte – und es so sehr genossen hatte! Aber sie war kein kleines Mädchen mehr. Sie war Doña Mechella von Tira Virte, die nächste Großherzogin, und sie würde alles sagen, was notwendig war, um sich zu schützen. Mehr noch, sie war schwanger von einem Mann, der sie abgöttisch liebte, und sie würde alles tun, um ihn und ihr Kind zu schützen.

Wie sehr sie sich nach Cabrals starkem Arm sehnte! Oder doch wenigstens nach Leilias' wissendem Lächeln und ihrem ermutigenden Zwinkern. Aber sie war allein, und sie mußte sich allein durchschlagen. Das Schlimmste hatte sie hinter sich gebracht – denn im Gegensatz zu all ihren Befürchtungen hatte sie nicht das geringste Mitgefühl für Arrigo verspürt. Sollte er doch seine Lügen leben, dann kam es auf eine mehr oder weniger auch nicht mehr an.

Wieder strich sie sich das Haar nach hinten, holte tief Luft und betrat den Ballsaal. Der erste Mensch, den sie sah, war Lissina, deren Blick sofort zu Mechellas nackten Schultern schoß, und dann noch einmal, als glaubte sie nicht recht, was sie dort sah. Lissina war zu taktvoll, die roten Abdrücke von Arrigos Fingern zu erwähnen, aber Mechella wußte, daß sie nur daran dachte.

Daß *alle* nur daran dachten, daß sie kaum etwas anderes denken konnten, als Arrigo zurückkehrte. Mit gerötetem

Gesicht, das Haar wirr, den Kragen falsch zugeknöpft – Mechella spürte, wie sie selbst rot wurde und froh war, daß jeder sie für verlegen hielt. In Wirklichkeit mußte sie sich anstrengen, nicht laut herauszulachen, besonders, als seine Mutter ihm den Kragen zurechtzupfte, als wäre er nicht älter als fünf. Das Auftauchen der Zofe wenige Minuten später, die ihr mit einem Lächeln den Spitzenschal in die Hand drückte, war die Krönung. Mechella dankte dem Mädchen, sah sich um wie ertappt und zog sich die Spitze um die Schultern.

Ihre Belohnung war ein Blick auf das Gesicht der Grijalva, die am anderen Ende des Ballsaals stand. Bleich vor Schreck, die Lippen fest zusammengekniffen, sah sie noch älter aus, als sie war. Arrigo wollte auf sie zugehen, was sie bemerkte – woraufhin sie ihm augenblicklich den Rücken zudrehte.

Das Lächeln, das Mechella Lissina schenkte, war betörend, und sie fügte unschuldig hinzu: »Ich hoffe, ich habe das Feuerwerk nicht verpaßt.«

Als Cossimio und Gizella für den Sommer in Corasson eintrafen, verkündete Mechella die Neuigkeiten.

»Und an Fuega Vesperra!« Der Großherzog lachte. »Ausgerechnet am Fest der Empfängnis! Wie klug du das doch arrangiert hast, 'Chella!« fügte er mit einem Zwinkern hinzu.

Sie errötete – das fiel ihr eingedenk der tatsächlichen Umstände der Empfängnis leicht – und korrigierte seinen Eindruck nicht. Nach ihrer eigenen Berechnung mußte es in der glitzernden Nacht von Astraventa passiert sein. Nicht, daß sie und Cabral den Ruf Corassons, man könne unter dem Dach des Hauses keine Kinder zeugen, zerstört hätten: sie hatten den Feiertag angemessen ländlich auf einer Waldlichtung begangen. Dieses Kind würde eine besondere Seele haben, die direkt vom Sternenhimmel gekommen war. Mechella glühte, als würde das Glitzern sie von innen her beleuchten – das Kind des Mannes, den sie liebte und der ihre Liebe erwiderte. Der einzige Makel auf ihrer Freude war, daß ihr Bruder, nachdem er von ihrem Zustand erfahren hatte, ihr sofort verboten hatte, im Herbst an seiner Krönung teilzunehmen. In seinem Gratulationsbrief teilte er ihr mit, er werde auch ohne sie gekrönt werden können, sein Grijalva werde ihr ein Dutzend Bilder der gesamten ausgedehnten Zeremonie zukommen lassen, und wenn sie glaubte, er werde es nicht fertigbringen, sie an der Grenze von seinen Soldaten zurückschicken zu lassen, dann irre sie sich.

Denn ehe ich selbst einen Erben zeuge, meine liebe 'Chella, wird das Kind, das du trägst, wenn es denn ein Junge wird, nach mir König von Ghillas werden. Also bleib gefälligst zu Hause!

»Ich hoffe nur, das Kind kommt spät und ist recht klein«, sagte Leilias ihrem Mann. Sie hatte dasselbe schon mindestens dreimal geäußert, seit Mechella ihnen von ihrer Schwangerschaft erzählt hatte.

Sie machten einen Spaziergang durch die Hügel, sammelten Kräuter für Leilias' Parfums und für Zevierins Farben. Beide waren sie – aus unterschiedlichen Gründen – erfahrene Botaniker, und sie konnten viel voneinander lernen: sie die magischen Eigenschaften der Pflanzen, er bessere Möglichkeiten, ihre Essenzen zu destillieren. Leilias war abwechselnd fasziniert und abgestoßen von seiner Beschreibung, wie bestimmte Worte, in einer bestimmten Verfassung gesprochen, Magie in einem Gemälde aktivierten und versiegelten. Eine Pflanze würde diesen und jenen magischen Einfluß aufnehmen, eine andere nicht, und eine dritte erforderte wiederum ganz andere Worte – die ein Maler mit der Gabe alle aus dem *Folio* lernte.

Als sie eine Handvoll Verbenen pflückte, sagte Leilias: »Wenn es nur eine Pflanze gäbe, die wir allen ins Essen geben könnten und die bewirkte, daß sie alle glauben, daß ein Kind, das ein paar Wochen zu früh kommt, trotzdem acht Pfund wiegen und dichtes Haar haben kann!«

»Reiß sie nicht alle mit den Wurzeln aus«, mahnte er. »Sonst wird im nächsten Jahr nichts mehr nachwachsen. Und mach dir keine Sorgen wegen Mechellas Baby, ehe es überhaupt geboren ist.«

»Irgend jemand *muß* sich Sorgen machen, denn Mechella tut das offensichtlich nicht! Und was Cabral angeht ...« Sie schnaubte. »Mein Bruder läuft mit der albernsten Miene herum, die ich je auf einem Gesicht gesehen habe. Schwöre mir, Zevi, daß du dich nicht so zum Narren machen wirst, wenn ich schwanger bin.«

Er versprach es ihr ernsthaft, dann mußte er lachen. »Tut mir leid. Erinnerst du dich, daß wir vor ein paar Jahren in Diettro Mareia waren? Mechella war damals schwanger, und Rafeyo sagte immer wieder, was für ein idiotisches Grinsen Arrigo habe. Ich wette, das hat er jetzt nicht mehr.«

Ein paar Tage vor Cossimios und Gizellas Ankunft schickte Mechella ihrem Gatten einen Brief, in dem sie ihn mit freundlichsten Worten darüber informierte, daß er Vater werde. Arrigo hatte das Pech, daß der Kurier – der strikte Anweisung hatte, den Umschlag nur persönlich zu übergeben, wann und wo immer er Arrigo finden würde – ihn mit Tazia und Rafeyo in der öffentlichen Galerie der Grijalvas antraf.

Sie planten eine Sonderausstellung – *Bei Sonne und Mond: zwei Jahrhunderte Landschaftsmalerei* – um Rafeyo für die Pflichten eines Kurators zu schulen, was ebenfalls zu den Aufgaben eines Obersten Hofmalers gehörte. Es hieß, daß Premio Dioniso über die Wahl des Themas nicht erfreut war.

Rafeyo war gerade dabei, Arrigo ein paar Bilder abzuschmeicheln, als der Kurier in die langgezogene, enge kleine Galerie geführt wurde. »Wenn Ihr uns die beiden

Sonnenaufgänge über Granidia von Yberro leiht, die im Audienzsaal hängen, haben wir diese Periode gut dokumentiert. Ich hätte gern auch etwas von Riobaro, aber er war nicht sonderlich begeistert von Landschaften.«

»Du bist so in diese Arbeit hineingewachsen«, sagte Tazia lächelnd, »daß du vermutlich selbst eine malen, mit seinem Namen signieren und alle glauben machen könntest, sie wäre echt.«

Rafeyo verdrehte die Augen, und Arrigo lachte. »Sie ist deine Mutter – es ist ihre heilige Pflicht, dich in Verlegenheit zu bringen.« Er nickte dem Kurier seinen Dank zu, warf einen Blick auf das Siegel auf dem Umschlag, runzelte die Stirn und steckte den Brief in die Tasche.

»Ich bitte um Verzeihung«, sagte der Kurier, »aber Ihre Gnaden hat mir aufgetragen, auf eine Antwort zu warten.«

»Sagt ihr ...« Er brach ab. »Also gut, dann lese ich es gleich.«

Tazia legte ihrem Sohn die Hand auf den Arm, und zusammen wandten sie sich ab und gaben vor, sich für die Selbstporträts lange verstorbener Maler zu interessieren, die gerade ausgestellt wurden. Die Galerria Picca war ein Projekt, das Gizella und Lissina dreißig Jahre zuvor ins Leben gerufen hatten. Da die Galerria Verrada dem einfachen Volk verschlossen war und die Galerie der Grijalvas überhaupt nur Angehörigen der Familie den Zutritt gestattete, wollten die beiden Damen eine Möglichkeit schaffen, allen Gelegenheit zu geben, die Kunst ihres Landes zu bewundern. Die Ausstellungen wechselten alle drei Monate, und die Kuratoren griffen auf die unerschöpflichen Schatzkammern der Familie und hin und wieder auf Bilder zurück, die den do'Verradas gehörten. Es war eine wichtige Erfahrung für junge Maler, als Kurator zu arbeiten, weil einige von ihnen an den Höfen anderer Staaten oder für Privatsammler arbeiten würden und sich mit der Kunst der Plazierung, Beleuchtung und Konservierung auskennen mußten.

Dreimal in der Woche wurden Schulkinder von unendlich geduldigen Lehrern durch die Picca geführt, die ihnen Stifte und Papier in die Hand drückten, um der Grijalva-Sammlung ihre eigenen »Meisterwerke« hinzuzufügen. Erwies sich eines dieser Kinder als begabt, wurde es eingeladen, Unterricht zu nehmen, und manchmal wurde es dann zum Maler ausgebildet. An drei Nachmittagen hatte die Öffentlichkeit Zugang. Und mindestens zweimal im Monat hielt ein Maler einen Vortrag über bestimmte Bilder oder Künstler. Kein Besuch in Meya Suerta war – sei es für einen Bürger des Landes oder einen reisenden Fremden – vollständig ohne einen Nachmittag in der Picca.

Tazia und Rafeyo betrachteten gerade Riobaros *Selbstporträt mit Achtzehn,* als Arrigo laut fluchte. Tazia drehte sich gerade noch rechtzeitig um, um zu sehen, wie er den Brief auf den Boden warf und aus der Galerie stapfte. Der Kurier bückte sich, hob den Umschlag und das einzelne Blatt wieder auf.

»Gebt es mir«, sagte Tazia.

»Ihre Gnaden ...«

»Wird nie davon erfahren, wenn Ihr es ihm nicht sagt – und das müßt Ihr ja nicht. Gebt es mir.«

»Es tut mir leid, Gräfin, das kann ich nicht.«

Leise fragte sie: »Wißt Ihr, wer ich bin?«

Obwohl er den Blick weiterhin gesenkt hielt, entlarvte er sich selbst durch ein Zusammenpressen der Lippen, als hätte er einen Schluck ungezuckerter Limonade getrunken. »Ja, Gräfin. Ich weiß, wer Ihr seid.«

Rafeyo löste das Problem, indem er ihm den Brief einfach aus der Hand riß. Eine Ecke riß ab, aber das war gleich. Das Blatt war ohnehin nur zu einem Viertel beschrieben, darunter prangte Mechellas kindlich runde Unterschrift.

»Ich danke Euch«, sagte Tazia ironisch zu dem Kurier. »Ich werde dafür sorgen, daß der Brief auf Don Arrigos Schreibtisch gelegt wird. Ihr könnt gehen.«

Rafeyo fügte noch dazu: »Am besten geht Ihr gleich

zurück nach Corasson. Ich bezweifle, daß es eine Antwort geben wird.«

Der Mann warf ihnen einen haßerfüllten Blick zu und ging.

»Dummer Bauer«, meinte Rafeyo. »Und, was hat unsere Chiras do'Orro heute zu sagen?«

»Sie möchte ihrem geliebten Gatten mitteilen, daß der Abend, den sie an Fuega Vesperra – Matra, diese dumme Kuh kann bestenfalls ihren eigenen Namen richtig schreiben! – zu einem glücklichen Ergebnis geführt hat. Sie ...«

Tazia keuchte erstickt. Rafeyo legte ihr die Hand auf den Arm. »Was ist denn?«

»Merditto! Diese dreckige Sau ist *schwanger!*« Sie zerdrückte das Blatt in der Faust. »Er hat mich *angelogen* – dieser Filho do'Canna hat mich *angelogen*! Er sagte, es wäre nichts passiert, er habe sie nur angehört, um sie zur Vernunft zu bringen ...«

Vollkommen verblüfft sagte Rafeyo: »Aber ich dachte, du wolltest, daß sie mehr Kinder bekommt, damit sie beschäftigt ist.«

»Und du glaubst, das hätte ich ernst gemeint?« fauchte sie. »Er gehört *mir*, Rafeyo – er hat geschworen, daß er sie nie wieder anrühren wird –, verdammt soll er sein! Das lasse ich mir nicht gefallen, das lasse ich mir einfach nicht gefallen!«

»Mutter, bitte, beruhige dich. Du bist es, die er liebt.«

»Verstehst du denn nicht? Er hat sie gesehen, wollte sie und hat sie sich genommen! Merditto, und das praktisch vor allen Augen! Bemerkst du denn überhaupt nichts, was nichts mit deinen dummen Farben zu tun hat? Er hat mich angelogen, hat mich betrogen – und sie lacht über mich, ich kann sie hören!«

»Sie will ihn nicht mehr. Das hast du doch selbst gesagt.«

»Ach, so etwas kann auch nur ein *Mann* sagen! Selbstverständlich will sie ihn nicht mehr! Sie hat es nur getan, um mich zu demütigen. Sie hat ihn weggelockt, und als sie zurückkam, sah sie so schamlos aus wie eine niapalesische Hure!« Sie sah sich hektisch um. »Ein Stift – ich brauche einen Stift.«

Er holte einen aus seiner Tasche. Sie griff danach, hockte sich auf den Boden, strich das Papier glatt und schrieb einen unglaublich obszönen Satz auf.

»Bring ihm das. Sofort. Finde heraus, in welchem Dreckloch er sich verkrochen hat und gib ihm das!«

»Wie du willst, aber …« Er griff nach dem Papier und versuchte, ihr wieder aufzuhelfen. Sie wehrte ihn ab, das Gesicht gerötet, die Lippen fest zusammengekniffen. »Mama!« rief er erschrocken.

»Sofort! Geh schon!« Sie starrte wütend zu ihm auf, auf Knien und Fäusten am Boden hockend, zerknitterte topasfarbene Seide und beschämter Stolz. Sie atmete ruckartig, hatte die schwarzen Augen wütend weit aufgerissen. »Du bist mein Sohn. Verteidige mich!«

Blind stolperte er aus der Galerie auf die Straße. Irgendwie fand er den Weg zum Palasso Verrada, irgendwie fand er die Worte, einem Diener zu sagen, er habe eine Botschaft der Gräfin do'Alva an Don Arrigo. Irgendwie erklomm er die Stufen zu den Privatgemächern, ohne auf die Knie zu fallen, wie es seine Mutter getan hatte.

Arrigo hatte sie belogen, betrogen. Rafeyo sah die wunderbaren Gemälde in den Fluren und Treppenhäusern, alle von treuen Grijalvas für lügnerische, verräterische do'Verradas gemalt. All diese Schönheit, dieses Genie, im Dienst eines Mannes, der Tazia so etwas antun konnte.

Seine Mutter. Auf den Knien. Seine Mutter, die ihn geboren hatte, mit der Arrigo sich vergnügt hatte, solange Rafeyo sich erinnern konnte. Arrigo war es gleich, wie sehr Tazia erniedrigt wurde. Sie bedeutete ihm nicht mehr als eines dieser Bilder an den Wänden – sie war nur Besitz.

Und Rafeyo sollte diesem Mann dienen. Eines Tages würde er ihm als Oberster Hofmaler dienen.

Und Mechella. Der Großherzogin von Tira Virte. Auch ihr würde er dienen müssen.

Es war ihre Schud. Blaue Augen, schwarzes Herz – dieses alte Sprichwort der Bauern von Casteya über die blonden Kämpfer aus dem Norden, die vor langer Zeit in ihr Land eingefallen waren, paßte hervorragend zu Mechella. Wenn sie nie nach Tira Virte gekommen wäre – wenn sie sich damit zufrieden gegeben hätte, Kinder zu bekommen und sie aufzuziehen und vernünftig zu sein – wenn sie nie geboren worden wäre ...

Wenn sie sterben würde.

Er mußte Arrigo dienen. Er hatte keine andere Wahl. Außerdem war es nicht Arrigos Schuld. Er war nur ein Mann. Mechella war an allem schuld. Wenn sie in Corasson war, war zwischen Tazia und Arrigo alles wunderbar. Mechella war an allem schuld. Und wenn sie auf immer ginge ...

Er mußte Arrigo dienen. Er hatte keine Wahl. Oberste Hofmaler dienten den Großherzögen.

Aber niemals würde er *ihr* dienen. Niemals.

Er reichte Arrigos Diener das zusammengefaltete, zerknitterte Blatt. »Das ist nur für die Augen Seiner Gnaden bestimmt«, brachte er mühsam heraus. »Von der Gräfin do'Alva.«

»Ich werde dafür sorgen, daß er es erhält.«

»Ungeöffnet.«

Gekränkt wandte sich der Mann ab und machte Rafeyo hochnäsig die Tür vor der Nase zu.

Rafeyo interessierte das nicht. Als er die Treppe hinuntersprang, drehten sich die Worte in seinem Kopf, und seine Lippen bewegten sich dazu wie bei einem Sancto, der seine Litaneien sang.

Ich werde ihr nie dienen. Sie ist schuld. Ich werde ihr nie dienen, niemals ...

Und mit den Worten und der lautlosen Litanei kam ihm auch eine Idee.

Er war wieder auf der Straße, das Sonnenlicht blendete ihn, und die Idee nahm langsam Gestalt an – eine Skizze nur, eine schnell hingezeichnete Studie für ein erheblich komplizierteres Gemälde. Aber er sah es vor sich, und nicht einmal die leeren Flächen, die auf seine Unkenntnis zurückzuführen waren, konnten ihn davon abhalten, laut aufzulachen.

Die Unkenntnis würde mit der Zeit verschwinden. Aguo, Sanguo, Seminno – alle würden sie ihn unterrichten. Premio Dioniso würde ihm noch mehr beibringen. Er würde alles davon benutzen. Er würde jetzt schon anfangen, mit Dingen, von denen er wußte, daß er sie brauchte, mit Dingen, die er jetzt schon tun konnte, und wenn er mehr erfuhr, würde er die leeren Flächen ausfüllen. Er, ein echter Grijalva, würde ein solches Wunder schaffen, wie man es noch nie zuvor gesehen hatte.

Und niemand würde es sehen außer ihm: seinem Schöpfer und Zerstörer.

20

Der Sommer des Jahres 1267 war der schlimmste in Arrigos gesamtem Leben. Nie in der Geschichte von Tira Virte – in all den vierhundertachtundvierzig Jahren seit Renayo do'Verrada zum Herzog erklärt worden war – hatte man einen Erben des Herzogtums so behandelt.

Betrogen und abgewiesen von der Frau, die ihn einmal abgöttisch geliebt hatte. Hinausgeworfen von der Frau, die er selbst über alles liebte. Von seinem Vater von jeglicher Macht ferngehalten – nicht einmal mehr die banalsten Pflichten durfte er ausführen. Verachtet von seiner Mutter. Gegeißelt von seiner Schwester. Von seinem Volk kaum mehr beachtet. Wie hatte das geschehen können, ihm, der einmal ihr Liebling gewesen war, ihr Neosso do'Orro?

Er ritt nach Chassierallo und blieb dort, trotz der drückenden Hitze, die im Sommer im Flußtal herrschte. Er verbrachte die Zeit damit, endlos in seinen Räumen und draußen auf- und abzutigern, und in den Nächten lag er allein in dem breiten, seidenbezogenen Bett – und fragte sich, wer wohl jetzt in Mechellas Bett liegen mochte.

Was Tazia anging ... sie war eine offene Wunde, die mit jedem Atemzug schmerzte. Er würde sie nicht anflehen, ihn anzuhören, er würde sie nicht darum bitten, ihm zu glauben. Aber dieser Sommer zeigte ihm mehr als alles andere, daß er sie liebte, sie begehrte, sie brauchte – und daß er sie hätte heiraten sollen.

Wie wunderbar die Welt dann gewesen wäre! Er hätte sein eigenes Leben führen, sich nützlich machen, seinen eigenen Platz finden können. Mit Tazia offen und legal an seiner Seite hätte er Wunder gewirkt. Kinder hätten keine Rolle gespielt; Lizias Sohn Maldonno hätte sein Erbe sein können.

Statt dessen hatte er getan, was man von ihm erwartet hatte. Er hatte eine Grijalva zur Mätresse genommen. Er hatte sie aufgegeben. Er hatte eine Prinzessin geheiratet. Er hatte einen Sohn gezeugt, der das Großherzogtum erben würde, und eine Tochter, die man verheiraten konnte. Er hatte Cossimio so gut wie möglich geholfen, und so weit, wie der Vater es zugelassen hatte. Er hatte sich um sein Volk gekümmert.

Und trotzdem passierte ihm so etwas.

Er war sechsunddreißig, und sein Leben lag in Trümmern.

Er fand Zuflucht in einer schon lange ausgesprochenen Einladung nach Diettro Mareia, nicht als Politiker, sondern als Freund von Principio Felisso. Er buchte die Überfahrt auf einem Handelsschiff und hatte vor, mindestens einen Monat wegzubleiben. Aber kaum hatte er zehn Tage seines Besuchs hinter sich – Felisso hatte ihn auf einer Reise durchs Land begleitet und ihm jede Weinkellerei und jedes bessere Bordell vorgeführt, an dem sie vorbeigekommen waren –, holte ihn ein Kurier ein und brachte einen Brief von Tazia.

Arrigo ritt einen Tag und eine Nacht durch zum nächsten Hafen, nahm das erste Schiff und tigerte während der Fahrt durch die Agua Serenissa ununterbrochen auf Deck auf und ab. Tazia kam ihm am Kai von Tira Virtes östlichstem Hafen entgegen. Die Gräfin do'Alva war in ihrem Gewand aus dem do'Verrada-Blau, wie es von den wichtigeren Bediensteten der Familie getragen wurde, kaum zu erkennen; sie knickste nur und zeigte auf eine wartende Kutsche. In der Kutsche zog sie trotz der Gluthitze die Vorhänge zu, und sie und Arrigo liebten sich eine halbe Stunde lang.

Tazia war nicht dumm. Selbst in ihrer Wut erkannte sie, daß Arrigo ihre einzige Möglichkeit war, an Macht zu gelangen, und deshalb nahm sie ihn wieder auf. Und er hatte ihr tatsächlich gefehlt, mehr, als sie je angenommen hätte. Sie verbrachten die letzten Wochen dieses Sommers in Chassierallo, ohne noch etwas darauf zu geben, wer sie sah oder hörte oder Briefe nach Corasson schrieb.

An einem der ersten Tage des neuen Jahres 1268 brachte Mechella in Corasson Renayo Mirisso Edoard Verro zur Welt, benannt nach dem ersten Herzog von Tira Virte, ihrer lange verstorbenen Mutter, einem ghilassischen Helden und dem mutigen Grijalva, der Herzog Renayos bester Freund gewesen war. Der kleine Renayo war von durchschnittlicher Größe, wenn auch überraschend kräftig für ein sechs Wochen zu früh geborenes Kind. Aber niemand zählte nach oder zog die Brauen hoch, denn die Ereignisse von Fuega Vesperra waren allen bekannt.

Zevierin hatte die *Geburt* gemalt. Eine Kopie ging an Mechellas Bruder Enrei. Zwei weitere Kopien wurden in den Palasso Verrada geschickt: eine für Cossimio und Gizella, eine für Arrigo. Sämtliche Kopien stammten von Cabral.

Der Großherzog enthüllte seine Kopie des Gemäldes im Rahmen einer besonderen Zeremonie. Der gesamte Hof war eingeladen, in bewundernde Ausrufe auszubrechen, bevor man sich zu einem Festmahl mit acht Gängen niedersetzte und zu Weinen, die Arrigo aus Diettro Mareia mitgebracht hatte. Man bemerkte, daß Tazia das Bild des kleinen Renayo geraume Zeit anstarrte. Das Kind war blond und hatte helle Haut wie Mechella und die kleine Teressa, aber dunkle, grünbraune Augen. Es sah Arrigo kein bißchen ähnlich.

Nach dem Bankett fand Tazia eine Gelegenheit, an Arrigo vorbeizugehen, als er an einem Fenster stand, ein großes Glas Branntwein in der Hand. Sie sagte nur: »Ich glaube dir.« Aber später, als er sich durch eine Hintertür aus dem Palasso davonstahl und sich mit ihr in dem geheimen Zimmer ihres leeren Stadthauses traf, war sie gesprächiger.

»Ich schäme mich so, Liebster. Ich schäme mich! Meine Eifersucht hat mich blind gemacht. Es war wirklich unmöglich, daß du getan hast, was sie allen eingeredet hat. Bitte verzeih mir.«

»Ich verzeihe dir.« Er setzte sich neben sie auf das Sofa und nahm ihre Hand. »Ich habe dir schon an dem Tag verziehen, als ich in Diettro Mareia deinen Brief bekam. Daß du zu mir zurückgekommen bist, obwohl du mir damals noch nicht geglaubt hast, macht es nur um so schöner.«

»Du bist ein wundervoller Mann, Arrigo. Ich wünschte, ich wäre ein halb so guter Mensch wie du.«

»Deine Güte liegt darin, mich zu lieben.«

»Das tue ich, Liebster, von ganzem Herzen.« Sie schwieg einen Augenblick und streichelte seine Finger. »Aber ich bezweifle, daß selbst du *ihr* das verzeihen könntest, was sie getan hat. Und dir auch noch ein Bild des Kindes zu schicken!«

»Dieses Fest meines Vaters war ein einziger Alptraum«, stimmte er ihr zu. »Den ganzen Abend lang haben mir alle immer wieder gesagt, wie reizend der Junge sei, und wie ähnlich er Mechella sähe ...«

»Ihr Verbrechen muß bestraft werden, Arrigo.«

Er überlegte einen Augenblick lang, sah ihr in die Augen. »Etwas fällt mir immer wieder ein. Sie sagte, sie habe ihre Grijalvas, und ich hätte meine.«

»Du hast mich und Rafeyo und Dioniso – wir sind alle auf deiner Seite, das weißt du.«

»Rafeyo hat eine Menge gelernt. Ich weiß, daß er Premio Dionisos Lieblingsschüler ist. Und ich weiß ein wenig darüber, was ein Grijalva, der die Gabe hat, ausrichten kann.«

»Ach ja?« fragte sie vorsichtig.

»Würde Rafeyo etwas für mich malen? Nichts Kompliziertes, nichts zu Ernsthaftes. Ich bin nicht einmal sicher, was möglich wäre, oder angemessen.«

»Ich – ich weiß nicht, wovon du sprichst. Ich habe mich um diese Malerangelegenheiten nie viel gekümmert.«

»Dioniso hat in ein Heiligenbild für Principo Felisso Träume gemalt. Vielleicht könnte Rafeyo ja ein paar Alpträume für Mechella malen.«

Tazia schnaubte. »Ich wäre für ein paar Karikaturen, wie sie sie in Granadia gegen uns benutzt hat.«

»Das war für das gemeine Volk. Sie würden so etwas von ihrer Dolcha 'Chellita nie glauben.« Er sprach den Kosenamen aus, als wäre er ein Fluch.

»Wenn es richtig gemacht würde, schon. Aber Rafeyos Genie sollte nicht für Kritzeleien an Mauern verschwendet werden. Und Mechella verdient Schlimmeres, als nur in Verlegenheit gebracht zu werden.«

»Ja, aber was? Welche von allen Möglichkeiten wäre die beste?«

»Gehorsamkeit wäre ein guter Anfang.« Sie zählte an den Fingern ab. »Loyalität, Keuschheit, Unterwerfung – und ein Dutzend mehr der Tugenden einer Ehefrau, die ihr so vollkommen abgehen.«

»Jede Änderung in ihrem Verhalten würde die Leute nur

mißtrauisch machen – und sie hat selbst auch Grijalvas, die ihr dienen.«

»Keiner von denen ist klug genug, etwas abzuwenden, was mein Sohn getan hat.«

»Aus dir spricht nur der mütterliche Stolz.«

»Arrigo« Sie holte tief Luft und rutschte ein Stück näher. »Rafeyo erzählt mir vieles. Dioniso hat ihm erheblich mehr beigebracht als das, was seine Mitschüler lernen. Er wird in ein paar Jahren Oberster Hofmaler sein. Aber wir müssen nicht so lange warten, um etwas gegen Mechella zu unternehmen. Rafeyo kann sie schon mit dem, was er heute weiß, unter seinen Einfluß bringen.« Sie sah ihn offen an und fügte hinzu: »Liebster, um ehrlich zu sein, er hat bereits damit angefangen.«

Der Frühling kam 1268 früh nach Corasson, und er war schöner als je zuvor. Kletterrosen belohnten zwei Jahre zärtlicher Fürsorge mit Massen von Blüten, die das Haus bis zu den Balkonen im ersten Stock bedeckten. Jeder Garten schien eifrig bestrebt, zu Mechellas Vergnügen nur das Beste hervorzubringen; Blüten brachen aus jeder Wiese, in Farben, die selbst einen Maler trunken machen konnten. Selbst die winzigen Gärten in den Nischen der Hausmauern verwandelten sich in Kissen winziger weißer Blüten auf dem Hintergrund von Moos. Es war so warm, daß schon am Tag nach Astraventa das erste Mittagessen im Freien stattfinden konnte.

Mechella und Cabral hatten den Jahrestag der Empfängnis ihres Sohnes mit einer Wiederholung der Szene auf der Lichtung begangen. Sie war immer noch ein wenig verblüfft über diese Liebe; einen Moment hatte sie das Gefühl, ihr Leben lang mit Cabral verheiratet gewesen zu sein, und schon im nächsten Augenblick flackerte eine Leidenschaft auf, die so neu und so drängend war, als hätten sie einander nie zuvor berührt. Ihr Instinkt sagte ihr, daß das Leben mit Arrigo nie so hätte sein können – daß sie ohne diese

Flucht nach Corasson und zu Cabral eine säuerliche alte Frau geworden wäre. Sie verstand selbst nicht, wieso, aber ihre Grijalvas schon: Mechella war einer jener Menschen, deren Lebenssinn darin bestand, zu lieben und geliebt zu werden. In ihren Kindern, ihrer Familie, ihren Freunden und ihrem Volk hatte sie viel von dem gefunden, was sie brauchte. Aber erst durch Cabral war sie zur Erfüllung gelangt.

An diesem Nachmittag, als Astraventa sich immer noch in ihrem Lächeln spiegelte, blieben sie lange mit Zevierin und Leilias auf Decken auf der Wiese vor dem Haus. Das Baby schlief in Mechellas Schoß, bis sein Vater ihm die Nase mit einem neuen Pinsel kitzelte. Dann erwachte Renayo, gähnte und griff mit den typisch langen, schlanken Grijalvafingern nach dem Pinsel.

Cabral lachte. »Fünfzig Mareias darauf, daß er künstlerisches Talent entwickeln wird.«

Zevierin seufzte unendlich geduldig. »Hundert, daß er nie ein Pinselende vom andern unterscheiden kann.«

»Männer!« rief Mechella. »Wie kommt es, Leilias, daß sie sich Kinder nur ansehen, um über ihre Zukunft zu entscheiden? Wir Frauen sind damit zufrieden, die Gegenwart zu genießen, dem Kind dabei zu helfen, zu wachsen und zu lernen ...«

»Das tue ich auch!« Cabral grinste. »Ich helfe ihm, etwas über sein Geburtsrecht als Grijalva zu erfahren.«

Leilias zog eine Grimasse. »Ich interessiere mich mehr für sein Geburtsrecht als de Ghillas. Das wird sich besser auszahlen.«

Mechella kicherte unwillkürlich. »Wäre das nicht unglaublich? Ein de Ghillas und Grijalva, mit Nachnamen do'Verrada, auf dem Thron meines Vaters?«

»Das ist bisher nur ein Traum«, erinnerte Zevierin sie. »König Enrei könnte noch Dutzende von Erben zeugen. Und *wer* ist jetzt dabei, Renayos Zukunft zu planen?«

Cabral versuchte, den überraschend kräftigen Fingern

des Kindes den Pinsel wieder zu entwinden. »Dein Bruder wird heiraten und selbst Kinder haben. Obwohl ich zugeben muß, daß es mir ein gewisses boshaftes Vergnügen bereitet, darüber nachzudenken – Arrigo hatte einen Anfall, als er von dem Dekret deines Bruders erfuhr. Wenn das je wahr wird, wird es ihn umbringen.«

»Aber Cossimio und Gizella sind begeistert.«

»Das sollten sie auch.« Leilias streckte die Hand aus, um nach der Windel des Babys zu fühlen – immer noch trokken. »Ich nehme an«, wandte sie sich freundlich an ihren Bruder, »daß Arrigos Anfälle dein einziger Grund sind, dir deinen Sohn als König von Ghillas vorzustellen?«

Ebenso zuckersüß im Tonfall erwiderte er: »Mein Sohn und dein Neffe, Leilias. Sei nett zu ihm, und er wird dich eines Tages zur Prinzessin machen.«

»Ich werde ihn übers Knie legen, wenn er das je versucht!« lachte sie.

Zevierin klopfte auf die Weinkiste, die als Picknicktisch diente. »Genug, Kinder. Was immer die Zukunft bringen wird, im Augenblick ist Renayo nur ein Baby, das einen Sonnenbrand bekommt.«

Sie riefen Otonna aus dem Rosengarten herüber, wo sie und der Verwalter des Bauernhofes – ein Neffe des Mannes ihrer Schwester Primaverra – gerade fertig gegessen hatten. Die Zofe brachte das Baby nach oben, und der junge Mann folgte ihr.

»Was der sich wohl gerade vorstellt?« fragte Zevierin.

»Sich selbst, Otonna und ihr gemeinsames Baby?« Mechella streckte sich aus und legte den Kopf auf Cabrals Knie. »Aber sie meint es nicht ernst. Ansonsten würde sie öfter in seinem Häuschen übernachten, statt ihn immer in ihr eigenes Bett zu nehmen – unter das Dach von Corasson.«

»Der Bann liegt immer noch über dem Haus.« Leilias kicherte und kümmerte sich nicht um die verdutzten Mienen der Männer. »Aber um noch einmal auf Renayo und den Thron von Ghillas zurückzukommen.«

»Der Anspruch kommt durch mich«, sagte Mechella. »Arrigo hat nichts damit zu tun.«

»Oder mit ihm.« Cabral zwinkerte ihr zu.

Leilias hatte sich mehr oder weniger an diese Freiheiten in Worten und Verhalten gewöhnt. Sie sagte sich immer wieder, daß keine Gefahr bestand, daß sie entdeckt würden; alle hier waren loyal. Wenn Besucher nach Corasson kamen, verhielt sich das Paar vorsichtiger. Nicht einmal die scharfäugige Lizia hatte während ihres Aufenthalts Verdacht geschöpft. Und für alle Fälle hatte der Serrano, der das Haus gebaut hatte, vier Geheimtreppen angelegt, deren eine von Cabrals Kammer im zweiten Stock zu Mechellas Gemächern in ersten Stock führte. Es bestand kein Grund zur Unruhe, sagte Leilias sich abermals. Niemand würde es je erfahren.

Und selbst wenn, dann könnte Zevierin sie wieder unwissend malen.

Ihr Mann schirmte die Augen gegen die Sonne ab und spähte zur Einfahrt hin. »Was um alles in der Welt ist das da?«

»Ein Transport aus Meya Suerta«, sagte Mechella, die sich nicht einmal umdrehte. »Ich habe ihn schon heute früh erwartet.«

»Nicht noch mehr Möbel!« rief Leilias.

»Nein«, erwiderte sie mit geheimnisvollem Lächeln.

Die Fracht bestand aus Gemälden. Zevierin und Cabral packten sie aus und bezeichneten Mechella als Diebin.

»Sie waren alle ausgelagert«, meinte sie zu ihrer Verteidigung. »Außer mir hat sie niemand haben wollen. Mequel war so freundlich, mit mir darüber zu sprechen, und Cossimio hat erlaubt, daß sie aus dem Lager der Galerria entfernt werden. Ich kann doch nicht von meinen Grijalvas verlangen, daß sie genügend Bilder für ganz Corasson liefern!«

»Das hoffe ich wirklich nicht!« sagte Leilias empört. »Ich weiß Besseres mit Zevis Zeit anzufangen.«

Kurz darauf gingen die Männer in ihr Atelier, um Werkzeuge zu holen, weil einer der Rahmen beim Transport beschädigt worden war. Mechella öffnete eine weitere Kiste, und sie und Leilias hoben das Porträt heraus.

»Oh, Mechella – beim Einpacken muß ein Fehler passiert sein! Das hier ist *Saavedra!*«

»Nein, Leilias, das war kein Fehler. Ich habe um sie gebeten.« Sie trat von dem großen Holzpaneel-Porträt zurück und seufzte leise. »Früher konnte ich dieses Bild nicht ausstehen. Aber ich habe in der letzten Zeit viel über sie nachgedacht. Sie und ich haben einiges gemeinsam.«

Leilias starrte sie an. »Und das wäre?«

Mit einem Seitenblick auf Saavedras schönes Gesicht murmelte Mechella: »Wir wollten beide einen Mann, den wir nicht haben konnten. Wir trugen beide das uneheliche Kind eines Mannes, den wir liebten – ein Kind, das unmöglich anerkannt werden konnte. Der Unterschied ist, daß wir zwar beide in einem Netz gefangen waren, das wir uns selbst nicht ausgesucht hatten, ich mich aber losreißen konnte.« Sie griff nach Leilias Hand. »Etwas, was ich ohne dich und Zevi und besonders ohne Cabral nie geschafft hätte. Jetzt sehe ich Saavedra und weiß, was für ein Glück ich hatte, fliehen zu können.«

Leilias betrachtete *Die erste Mätresse* plötzlich mit ganz anderen Augen.

»Sieh dir ihr Gesicht an«, flüsterte Mechella. »Sie ist gefangen, und sie weiß es.«

»Ja«, hörte Leilias sich selbst sagen. »Arme Frau.«

»Ich werde nie in der Lage sein, ganz offen mit Cabral zusammenzuleben oder zu enthüllen, daß Renayo sein Kind ist. Aber das bedeutet so wenig, verglichen mit dem Glück, das ich durch ihn erlebe! Saavedra war nie wieder glücklich. Was immer mit ihr geschehen ist, nachdem dieses Bild gemalt wurde – ob sie Tira Virte verlassen und ihr Kind bekommen hat oder ob man sie umbrachte – sie ist nie entkommen. Ich sehe sie für immer in diesem Bild gefangen, so, wie sie vor Jahrhunderten aussah, und sie tut mir leid.«

Nur diese Frau, dachte Leilias, würde Mitleid mit der ersten Mätresse empfinden. Nur Mechella war imstande, Saavedra nicht die Schuld an der Tradition der Grijalva-Mätressen zu geben, die der Grund für all ihren Kummer war. Nur Mechella würde Mitleid empfinden statt Haß.

»Und außerdem«, fuhr Mechella lächelnd fort, »ist es ein Meisterwerk, und niemand sonst wollte es, und etwas so Schönes sollte gesehen und bewundert werden. Du weißt doch, wie ich Waisen gegenüber empfinde.«

»Und außerdem«, fügte Leilias hinzu, »wird es Alessio und Renayo beizeiten an die Tragödien erinnern, die Saavedra bewirkt hat.«

Mechella blinzelte überrascht. »Das nehme ich an, obwohl ich daran überhaupt nicht gedacht hätte. Ich möchte nicht, daß meine Söhne ihren Frauen so weh tun, wie Arrigo mir weh getan hat. Aber wir sollten Saavedra nicht dafür verantwortlich machen. Sie hat selbst eine Tragödie erlebt.«

»Und sie hat recht«, sagte Leilias ein paar Tage später zu ihrem Mann. Sie ritten nach Süden, nach Meya Suerta, mitten im strahlendsten Frühling, nur sie beide zu Pferd mit ein paar Satteltaschen. Das dabei empfundene Gefühl der Freiheit ließ Leilias wieder an Mechellas Worte denken, und als sie Zevierin das Gespräch schilderte, nickte dieser zustimmend.

»Saavedra war nicht dafür verantwortlich, sondern Sario«, sagte er. »Die Mätressen gehörten zu seinem Plan, die Serranos zu vernichten – finanziell, künstlerisch, gesellschaftlich …«

»Ich habe mich selbst auch mit Saavedra verglichen«, gab Leilias zu. »Und dank dir bin ich tatsächlich entkommen. Habe ich dir heute schon gesagt, daß ich dich über alles liebe?«

»Kann sein, aber sag es mir ruhig noch einmal.« Er lächelte sie traurig an. »Ich werde es in den nächsten ein, zwei Monaten sehr oft hören müssen.«

»Das hat nichts mit dir und mir zu tun. Hat es schon, ich weiß, aber – ach, du weißt schon, was ich meine.« Ernster fügte sie hinzu: »Und schau nicht so sehnsüchtig drein. Was mich angeht, bist du bereits der Vater des Kindes.«

Er sah sie erstaunt an. »Ich sprach eigentlich nur davon, daß ich nervös bin, weil ich meinen Platz unter den Ratgebern einnehmen soll.«

»Lügner.«

Zevierin war von Premio Dioniso zur Frühjahrsversammlung gerufen worden. Als offizieller Maler von Corasson lag sein Status zwischen dem eines Wandermalers, und eines Botschafters, was ihm zu einem Sitz im Rat unter den höchsten Viehos Fratos verhalf. Die Fratos waren selbstverständlich begierig, alles zu erfahren, was auf Corasson geschah. Und Zevierin war ebenso entschlossen, ihnen kein Wort zu verraten.

Offiziell war die Versammlung einberufen worden, um jene zu feiern, die in diesem Frühjahr bestätigt werden würden, und außerdem um eine Liste derer zusammenzustellen, die vielleicht an Penitenssia zum Meister ernannt werden würden. Überall im Palasso Grijalva würden nervöse junge Männer auf Hinweise lauern, ob ihnen diese Ehre zuteil werden würde. Zevierin freute sich nicht sonderlich darauf, daß jedes Niesen, das er von sich gab, und jedes Stirnrunzeln Beachtung finden würde. Er konnte sich gut daran erinnern, wie er und seine Mitschüler sich im letzten halben Jahr ihrer Ausbildung gefühlt hatten. Waren sie gut genug? Hatten sie auch alles Notwendige gelernt? Hatten sie tatsächlich die Gabe? Und selbst wenn – besaßen sie genug Talent, sie auch zu nutzen?

Aber die Leute würden ihn nicht nur wegen seiner Funktion im Rat genau beobachten, sondern auch, weil er Leilias' Mann war – denn sie würde diese Gelegenheit nutzen, einen Vater für ihr erstes Kind zu finden. Ihrer beider erstes Kind. Zevierin wußte, daß auch er die Gesichter der anderen genau studieren würde: wen würde sie sich aussuchen?

Eine solche Regelung war nicht ungewöhnlich. Manchmal verliebten sich ein Junge und ein Mädchen ineinander, wenn sie noch sehr jung waren, oder in einer der Bestätigungsnächte. Wenn es sich erwies, daß er die Gabe hatte, heirateten sie, wenn seine Ausbildung beendet war, und ein fruchtbarer Grijalva zeugte ihre Kinder. Zevierin und Leilias waren nur ungewöhnlich, weil sie schon gut über zwanzig Jahre waren und alle Leilias' Abneigung zur »Zuchtstute« zu werden, kannten.

Die meisten neugierigen Blicke würden sie allerdings erhalten, weil sie so hoch in Mechellas Gunst standen. Niemand wußte, wie sich das Machtgleichgewicht im Palasso Verrada schließlich einpendeln würde. Die Grijalvas in Tazias Lager waren ausgesprochen optimistisch. Mechellas Anhänger in der Familie verhielten sich vorsichtiger. Zevierin fragte sich, was sie wohl sagen würden, wenn sie wüßten, daß Mechellas jüngerer Sohn ein Verwandter war.

Nichts davon wurde bei der Versammlung angesprochen. Die Räte berichteten über diverse Aktivitäten der Familie: die Bestätigung dieses Jahres (zwei junge Männer hatten die Gabe, drei andere nicht); die Galerria Picca (wirtschaftlich gesehen, wie üblich, eine Katastrophe, aber das Wohlwollen der Bevölkerung war unschätzbar), Finanzen (hervorragend; man hatte das Geld aus dem Verkauf von Corasson in eine ausgesprochen profitable Eisenmine investiert), der Zustand der Palasso (das Dach war stellenweise undicht), und ihre Hauptbeschäftigung: das Malen von Dokumenten (ein blühendes Geschäft, wie immer). Dann kamen die Berichte der Wandermaler, in ermüdend monotoner Stimme von ihrem Oberhaupt vorgetragen. Zum Glück gab es nur wenige Botschafter; ihre Briefe wurden von dem lebhaften, weißhaarigen und stocktauben Josippo mehr herausgebrüllt als vorgelesen – Josippo war der einzige Rat, der nicht die Gabe hatte, und er hatte die Aktivitäten der Grijalvas an den Höfen der Nachbarstaaten über die letzten fünfunddreißig Jahre koordiniert.

Sein Bericht aus Ghillas war das erste an diesem Tag, das Zevierin tatsächlich interessierte. Anderrio Grijalva war jetzt fast fünf Jahre in Aute-Ghillas und hatte viele interessante Dinge über König Enrei III. zu sagen. Als er mehr über die Angewohnheiten und das Wesen des jungen Königs vernahm (es war unmöglich, Josippos Stimme innerhalb der Chrechetta *nicht* zu hören; was für ein Glück, daß der Raum schalldicht war), nahm Zevierin an, daß es wohl keinen Enrei IV. geben würde. Mechellas Bruder schien sich nicht einmal entscheiden zu können, welches Pferd er reiten wollte, und schon gar nicht konnte er sich zwischen den adligen Jungfrauen entscheiden, die zur Heirat in Frage gekommen wären.

Nun ja, um so besser für den kleinen Renayo, dachte er und verbiß sich ein Lächeln. Die Viehos Fratos waren entzückt zu hören, daß König Enrei seinen jüngeren Neffen als Erben auserwählt hatte. Sie stellten sich – ebenso wie jeder andere in Tira Virte – bereits vor, wie günstig sich das auf den Handel auswirken würde. Zevierin stellte sich stattdessen vor, wie es sein würde, der angeheiratete Onkel eines Königs zu sein.

Es gab noch einen weiteren Verwandten Enreis, der Anspruch auf den Thron hatte, einen entfernten Vetter namens Ivo. Er hatte seine Fürsprecher, aber Mechellas Sohn hatte mehr davon. Man erinnerte sich in Ghillas noch gut an die Prinzessin. Anderrios Bericht schloß mit der Bitte, sollte Enrei um Rat suchen, solle man ihn ihm mit aller erdenklichen Großzügigkeit und Geschwindigkeit gewähren.

»Was übersetzt so viel heißt«, erklärte Zieverin Leilias am Abend im Bett, »wie ›Laßt bloß nicht zu, daß er etwas so unendlich Dummes tut, daß die Ghillasier Renayo ablehnen, nur weil Enrei ihn gewählt hat.‹«

»Und das wiederum heißt: ›Gebt mir die Erlaubnis, ein paar magische Bilder zu malen, wenn er wirklich anfangen sollte, aus der Rolle zu fallen.‹« Leilias seufzte und lehnte sich an Zevierins Brust. »Ich wünschte, du könntest eines für mich malen, was mir einen Mann bringt, der genau wie du aussieht und all deine besten Züge hat.«

»Mir fällt auf, daß du nur von meinen *besten* Zügen sprichst.«

»Alles bis auf die Nase, Liebster! Sie paßt gut zu dir, aber stell sie dir an einem armen harmlosen Kind vor!« Sie lachte und küßte ihn auf das Objekt des Anstoßes. »Wenn du doch nur einen Grijalva malen könntest, der all meinen Anforderungen entspricht, der dann dem Bild entsteigt, wenn wir ihn brauchen, und wieder verschwindet, bis wir das nächste Kind wollen.«

»Wir Grijalvas können vieles, aber Leben zu schaffen, gehört nicht dazu. Deshalb brauchen wir ja euch Frauen – und für ein paar andere Dinge«, fügte er hastig hinzu, als sie empört nach Luft schnappte.

Am zweiten Tag der Versammlung, nachdem die Viehos Fratos sich pflichtschuldigst alle Berichte angehört hatten, wurde verkündet, man werde nun über weitere Pläne diskutieren. Zevierin gähnte sich durch den größten Teil des Tages. Dann ging es um die Befragung von Einzelnen: welche auch nur im geringsten magische Bilder hatte jeder Maler im vergangenen Jahr angefertigt? Zevierin hatte seine Antwort schon in der traditionellen Form bereit: »Von der Geburt des *Renayo* abgesehen, habe ich nichts aus Aguo, Seminno oder Sanguo gemalt.« Das entsprach immerhin beinahe der Wahrheit – er hatte Lissinas *Testament* tatsächlich nicht in Corasson gemalt, sondern nur beendet. Aber Premio Dioniso fragte weder ihn noch andere über diese Dinge. Statt dessen erhob er sich von seinem reichverzierten Stuhl zwischen dem Obersten Hofmaler Mequel auf der einen und Aguo, Seminno und Sanguo auf der anderen Seite, und begann mit einer Vorlesung über die Gefahren der neuesten Entwicklungen in der Malerei.

»Ungenauigkeit!« sagte er, seine tiefe, laute Stimme drang anklagend bis zu den Dachbalken. »Schlamperei! Und das alles um eines hübschen Bildes willen!«

Er ging zu einer großen Staffelei, bewegte sich mit einem Schwung, der seine siebenundvierzig Jahre Lügen strafte, und riß das Tuch zur Seite. Enthüllt wurde ein Bild, auf dem Pferde in vollem Galopp über den Sand von Joharra stürmten. Mähnen und Schweife flatterten im Wind, Hufe gruben sich in die Dünen oder streckten sich aus, begierig nach noch größerer Geschwindigkeit, Augen so schwarz wie Kohlen blitzten vor lauter Freude an der Freiheit. Während seiner Ausbildung hatte Zevierin Skizzen gesehen, die denselben Bewegungsdrang ausstrahlten, aber hier sah er es zum ersten Mal vollständig ausgearbeitet in einem Ölgemälde.

»Und ist es nicht *hübsch*?« höhnte Dioniso mit einem verächtlichen Blick in die Runde. »Dies hier ist ein *Vertrag* über das Eigentumsrecht an diesen drei Hengsten. Seht nur, wie sich ihre Mähnen in einem Wirbel von Farben auflösen! Spürt den Wüstenwind, hört die dröhnenden Hufe! Bewegung, Klang, Gefühl – alles nur durch Farbe ins Leben gerufen!«

Dann schritt Dioniso zur anderen Seite des Zimmers, wo die Selbstporträts jedes der hier Versammelten auf ihn hinabblickten und die Gesichter der Lebenden zu einer gewaltigen Menschenmenge verdoppelten. Hier riß er das Tuch von einem weiteren Bild, einer *Hochzeit*. Zevierin saß weit entfernt davon und in keinem günstigen Winkel, und so konnte er nur die groben Umrisse erkennen. Dioniso beschrieb ihnen alles.

»Die Tochter des Fischers heiratet den Sohn des Winzers. Ihr Kleid ist mit Netzen bestickt, seine Jacke mit den Spalieren für die Weinstöcke. Reizend, und ganz angemessen. Aber wie malt dieser Grijalva das? Als *Landschafts-*

bild! Und ausgerechnet als eines des Laggo Sonho, dieses mutterverlassenen Tümpels! Wo sind die Glückwünsche für Liebe, Kinder und Reichtum? Die Brautleute sind nur noch zufällig vorhanden in diesem *hübschen* Bild eines Sumpfes in seiner Frühlingspracht!«

Jetzt kehrte Dioniso zu seinem Stuhl zurück und holte darunter ein erheblich kleineres Bild hervor. Während es von Hand zu Hand weitergereicht wurde, gab er seine beißenden Kommentare dazu ab.

»Eine *Geburt* – für einen zahlenden Kunden, eine Adelsfamilie aus Taglis! Alle wichtigen Symbole sind vorhanden – Weizen für Reichtum, weißer Flieder für jugendliche Unschuld, Lorbeeren für Ehre, Rosen für Liebe, Disteln für einen Jungen, und so weiter und so fort. Und wie *hübsch* es wieder ist! Ach ja, *irgendwo* gibt es auch noch ein Kind, das eines Tages Baron sein wird – aber man sieht es kaum vor lauter Stilleben! Hat die Baronin einen Jungen oder einen Blumenkorb zur Welt gebracht?«

Irgendwie gelang es ihm, jeden der Anwesenden mit einem absolut angewiderten Blick aufzuspießen. »Ich werde euch nicht sagten, wer diese Bilder gemalt hat. Ich will die Künstler nicht in Verlegenheit bringen – obwohl sie es verdient hätten, und ich würde gern ein paar Nadeln in ein paar von diesen gemalten Fingern da oben stechen, wenn ich nur glauben könnte, daß es hilft! Aber es kommt mir vor allem darauf an, euch zu zeigen, wohin es führen wird, wenn sich diese Tendenzen fortsetzen.

Wovon hängt unsere Magie ab? Von Präzision. Auf was beruht unser Ruf? Auf Genauigkeit. Worauf gründet jede Politik und jeder Plan in Tira Virte? Auf Verläßlichkeit. Und was haben diese drei Maler gemalt? Einen *Vertrag*, bei dem die fraglichen Gegenstände vollkommen verwischt sind! Eine *Hochzeit*, bei der Braut und Bräutigam Figuren in einer Landschaft darstellen! Eine *Geburt*, bei der Blumen und Obst und Blätter das Kind zu einer Nebensache machen!

Zugegeben, die Bilder sind tatsächlich hübsch. Ja, die Pferde springen beinahe von der Leinwand, und man kann den Wüstenwind fast spüren und schmecken. Ja, dies ist eine wundervolle Darstellung des Ortes, an dem das junge Paar ein Heim einrichten wird. Ja, es gibt ein Baby auf diesem Bild – irgendwo. Für sich genommen, erfüllen diese Bilder ihre Funktion – gerade eben noch. Aber ich möchte wissen, wer sich diesen *Vertrag* ansehen und drei Pferde danach in einer Herde wiederfinden kann!«

Er drehte ihnen den Rücken zu und ging wieder auf seinen Stuhl zu, dann drehte er sich plötzlich wieder um. »Was wird passieren, wenn ein anderer *Vertrag* gemalt wird, über das Eigentumsrecht an einem Feld oder einem Haus oder einem Obstgarten, bei dem die Grenzen verschwommen sind! Kann ein solches Dokument bestehen? Selbstverständlich nicht. Und was ist mit einem *Peintraddo Sonho*, das ein kleines Mädchen von Alpträumen heilen soll? Was, wenn statt des verängstigten Kindes in ruhigem Schlaf nur ein verwischter Farbfleck zu sehen ist – ein Nachthemd, eine Decke, eine Andeutung ihres dunklen Haars auf dem Kissen? Wird der Schutz, den das Bild gewährleisten soll, werden die Zaubersprüche für angenehme Träume noch wirken? Selbstverständlich nicht!«

Dioniso ging zu seinem Stuhl und setzte sich; wieder sah er alle Versammelten nacheinander an. »Einige von euch werden sagen, es sei doch möglich, wenigstens einiges in diesem neuen Stil zu malen. Gegenstände, die nicht sonderlich wichtig sind. Gegenstände, die unter gutwilligen Menschen nicht angezweifelt werden. Wer würde schon bezweifeln, daß diese drei Hengste da dem Grafen do'Granidia gehören, oder daß dieses Paar tatsächlich verheiratet ist, oder daß dieses Kind dem Baron und der Baronin geboren wurde?

Aber es gibt andere Gemälde, in denen Präzision und Genauigkeit und Zuverlässigkeit lebenswichtig sind. Und ich sage euch, wenn man diese Anforderungen in *einigen* Bildern ignoriert, dann werden sie bald bei *allen* mißachtet. Ohne exakte Darstellung wirkt die Magie nicht. Ohne Detailgenauigkeit funktioniert die Lingua Oscurra nicht. Ohne genaues Augenmerk für Form und Komposition haben unsere Bilder keine Macht. Und dann, Fratos ei Conselhos, werden wir Grijalvas arbeitslos sein.«

Er zog sein graues Amtsgewand um sich, und die Stickereien darauf glitzerten. Dann fuhr er in ruhigerem Tonfall fort: »Jetzt werden wir uns die Liste der Meisterkandidaten für Penitenssia ansehen. Yvennal, lies die Namen vor.«

Zevierin war den gesamten Rest des Tages verblüfft über diese Tirade. Als er und Leilias sich umzogen, um sich mit Leilias' Mutter und Stiefvater in einem Gasthaus nahe dem Zocalo Grando zu treffen, schüttelte er immer noch den Kopf über Dionisos Vehemenz.

»Man hätte glauben können, diese armen Maler hätten sich verschworen, den Untergang der Grijalvas herbeizuführen«, sagte er und knotete sich ein rotes Seidentuch um den Hals.

»Mmm.«

»Ich habe nur darauf gewartet, daß er befiehlt, ihre *Peintraddo Chievas* von der Wand zu holen, damit er Nadeln in ihre Hände stechen kann.«

»Mm-hmm«, sagte sie und steckte sich den zweiten Zopf auf.

»Nicht, daß ich seiner Schlußfolgerung nicht zustimmen würde, jedenfalls mehr oder weniger. Ein hübsches Bild ist angenehm, aber unsere Arbeit besteht in viel mehr.«

»Ja.«

»Hast du auch nur ein Wort von dem gehört, was ich in den letzten zehn Minuten gesagt habe?«

»Aber selbstverständlich. Beeil dich und zieh deine Jacke an, Zevi, sonst kommen wir zu spät.«

Vor dem Palasso, auf der abendlich überfüllten Straße, hakte sie sich bei ihm ein und murmelte: »Ich unterhalte mich nicht gern im Palasso.«

Er dachte einen Augenblick darüber nach, dann sagte er: »Soll ich einen Schutzzauber auf unser Zimmer malen?«

»Das würden sie wissen – und dann fragen sie sich, was wir zu verheimlichen haben.« Sie blieb an einem Ladenfenster stehen und tat so, als bewundere sie die Kleider, die dort ausgestellt waren. »Ich habe heute etwas über Rafeyo gehört, was mich beunruhigt.«

»Ich auch. Er wird zum Jahresende zum Meister ernannt.«

»Das wußten wir schon. Aber es gibt noch schlimmere Nachrichten.« Sie zeigte auf ein Kinderkleid. »Würde Teressa in so etwas nicht entzückend aussehen?«

»Wir kaufen es ihr morgen«, versprach er und war sich ebenso wie sie der Tatsache bewußt, daß zu viele Menschen in der Nähe waren. Sie gingen weiter, und die Menge der Passanten verringerte sich ein wenig, und schließlich fühlten sie sich sicher genug, ihr Gespräch fortzusetzen.

»Ich habe heute früh mit Arriano gesprochen«, begann Leilias, »er ist beinahe so etwas wie Rafeyos Freund.«

»Der Junge betrachtet alle anderen als Konkurrenten«, meinte Zevierin.

»Nicht Arriano, der Mutter sei Dank, und Arriano hat mir heute ein paar recht interessante Dinge erzählt. Er stellte ein paar Fragen nach Parfums und wechselte dann das Thema und begann, von Corasson zu sprechen. Die Rosen, die Pflanzen im Wald, die Kräutergärten – nur aus höflichem Interesse. Und dann hat er sich verraten. Er sei neugierig, sagte er, weil Rafeyo ihm gesagt habe, wie schön Corasson zu allen Jahreszeiten sei. Zevi – Rafeyo war nur zweimal dort: einmal auf dem Rückweg von Casteya und einmal, als er Graf Garlos Brief brachte!«

»Im Winter und im Spätsommer«, sagte Zevierin nachdenklich. »Und er konnte es nicht ausstehen.«

»Welcher der Jungen lügt nun?«

»Keiner. Nein, das nehme ich zurück. Die einzige Lüge

ist, daß Rafeyo behauptet, Corasson sei schön. Der Rest stimmt, und das wissen wir beide.«

Schweigend überquerten sie den großen Zocalo vor der Kathedrale und blieben stehen, um zur Statue von Alesso do'Verrada oben auf dem Brunnen hinaufzuspähen.

Zevierin sagte: »Also ist Rafeyo noch öfter in Corasson gewesen. Um für seine Mutter zu spionieren?«

»Tazia ist es vollkommen gleich, was Mechella tut oder sagt oder denkt. Sie hat Arrigo fest an der Kandare, der nächste Oberste Hofmaler ist ihr Sohn – wieso sollte sie sich dafür interessieren, was in Corasson passiert?«

Er tauchte die Hand ins Brunnenbecken und strich sich dann mit der kühlen, feuchten Hand das Haar zurück. »Dann spioniert er vielleicht für Arrigo? Um zu erfahren, wer Renayos Vater ist?«

Leilias zuckte die Achseln. »Was geschehen ist, ist geschehen. Arrigo hat das Kind öffentlich anerkannt. Ob er weiß, wer der Vater ist oder nicht, macht nichts mehr aus.«

»Liebste, weißt du wirklich so wenig von Männern?« Er griff nach ihrer Hand, und sie gingen zur Straße. »Es nagt an ihm. Er will sie nicht mehr, aber der Gedanke, daß ein anderer sie hat – nicht zu reden davon, daß ein anderer sie schwängert –, ist mehr, als er ertragen kann.«

Sie schwieg lange. Dann sagte sie leise: »Wird es auch an dir nagen?«

»Du vergißt, daß ich nicht so bin wie andere Männer.« Womit er sagen wollte, daß er es wohl würde ertragen müssen, wenn er als steriler Maler Kinder haben wollte.

»Du bist wirklich anders als alle anderen«, sagte sie leidenschaftlich, »und dafür danke ich der Mutter auf den Knien.« Und nach diesem Satz küßte sie ihn auf den Mund. In der Öffentlichkeit.

»Leilias!« Eine Frauenstimme, sowohl schockiert als auch voller Lachen, und darauf folgte das laute Gelächter eines Mannes und die Worte: »Ich hoffe doch, daß das da Zevierin ist!«

Zevierin wurde absurderweise rot, als seine Frau sich von ihm löste. »Mama!« rief Leilias. »Zevi, das ist meine Mutter, Filonna, und das mein Vater, Jonino.«

Der ältere Mann strahlte vor Freude. Aber Zevierin wußte, daß die Überzeugung und Wärme, mit der Leilias Jonino als ihren Vater bezeichnet hatte, eigentlich für ihn bestimmt waren.

21

Dioniso rieb sich Salbe auf die schmerzenden Fingerknöchel und schnitt bei jeder Bewegung erneut Grimassen. Frühlingsregen, Sommerschwüle, Herbstwinde, Winterkälte – es war alles dasselbe. Alles tat nur noch weh. Der Schmerz war ein Feind, der den Geist trübte. Ununterbrochen, aber nicht schlimm genug, um den Einsatz anderer Medikamente zu rechtfertigen (und außerdem erinnerte er sich noch zu gut an die Tragödie von Guilbarros Abhängigkeit), war er doch zu heftig, als daß Dioniso ihn hätte ignorieren können. Vor sehr langer Zeit (als Martain? Zandor? Als jemand, den er vollkommen vergessen hatte?) war er tatsächlich für einen Maler mit der Gabe ausgesprochen alt geworden, und der Schmerz war immer weiter fortgeschritten: von einem seltenen unwillkommenen Gast zu einem ständigen und gefürchteten Begleiter.

Vor zwei Monaten, an Fuega Vesperra, hatten die Grijalvas den siebenundvierzigsten Geburtstag ihres Premio Frato gefeiert. Ein Bankett, Musik, Botschaften von all den weitgereisten Mitgliedern der Familien, Glückwünsche des Großherzogs, Geschenke – eine Feier, der es an nichts fehlte, denn alle wußten, wenn auch niemand es erwähnte, daß er vielleicht im kommenden Jahr nicht mehr am Leben sein würde. Dionisos Mutter Giaberta – die mit dreiundsechzig aussah, als wäre sie seine kaum ältere Schwester – war so vernünftig gewesen, ihm diese Heilsalbe erst zu schenken, als sie unter vier Augen gewesen waren. Eine neue Rezeptur, hatte sie gesagt, die garantiert die schlimmsten Schmerzen lindert. Aber immer noch stachen heiße Nadeln in seine Fingerknochen, und die einzige Verbesserung gegenüber der alten Heilsalbe schien in einem angenehmeren Geruch zu bestehen.

Er schraubte den blauen Glastiegel zu, fluchte, weil er ihn, um die Feuchtigkeit zu bewahren, sehr fest zudrehen mußte, und lehnte sich wieder in die Kissen. Es war einfach ungerecht. Er hatte als Dioniso noch so viel zu tun. Als Premio Frato konnte er die Grijalvas anleiten wie kein anderer. Seit Riobaro war er nicht mehr so hoch aufgestiegen. Und er hatte noch so viel vor, worauf ihn seine unzähligen Jahre der Erfahrung vorbereitet hatten und das *er* nur tun konnte. Sagten sie nicht schon, er sei der beste Premio, den die Familie je hatte? Bedauerten sie nicht schon, daß er nicht wenigstens ein paar Jahre jünger war?

Nun, er hatte getan, was er konnte. Corasson war verkauft worden, und das Geld warf gute Profite ab. Er hatte unter den acht- oder neunjährigen Mädchen vier mögliche Kandidatinnen gefunden, die eines Tages Alessios Mätressen werden könnten, obwohl der Junge noch kaum aus den Windeln war. Er hatte die Wandermaler neu organisiert, das Preissystem für Porträts im Ausland vereinfacht. Sicher, es gab immer noch Idioten, die verschwommene und schlampige Bilder malten, aber immerhin hatte er alle auf die Gefahren hingewiesen. Rafeyo würde, wenn er erst einmal Oberster Hofmaler war, auf dem aufbauen können, was Dioniso geleistet hatte, die Regeln noch mehr verschärfen und die Grijalvas stärker werden lassen als je zuvor. Das war notwendig, im Dienste der Familie, der do'Verradas, Tira Virtes. Und wer war besser für diesen Dienst geeignet als er?

Nein, es gab keinen anderen, der es tun könnte. Er war nicht einfach irgendein Maler. Er war *der* Maler schlechthin.

Und bald würde er wieder Oberster Hofmaler sein. Er gestattete sich, ein wenig weiterzuträumen, um auf diese Weise den Schmerzen seines alternden Körpers für ein paar Minuten zu entkommen, bis ihn die Wirklichkeit wieder höhnisch angrinste. Mequel machte den Eindruck, als wolle er sechzig Jahre alt werden. Er war ebenso alt wie Dioniso und schon beinahe bucklig, aber seine Hände waren so geschmeidig wie immer, selbst wenn er ohne Stock nicht mehr gehen konnte. Aber je länger Mequel lebte, desto einfacher würde es sein, ihn nach seinem Tod durch Rafeyo zu ersetzen. Der Junge würde bald neunzehn werden. Mit jedem Jahr würden sein Ruf und sein Einfluß größer werden. Und Mequel würde nicht ewig leben.

»Premio Dioniso?«

Kaum hatte er an ihn gedacht, stand er auch schon vor der Tür. »Komm herein, Rafeyo.«

Die Tür zu den Privatgemächern ging auf, und der Junge – jetzt ein junger Mann – trat ein. Er trug ein zugedecktes Tablett, von dem verlockende Düfte aufstiegen. »Ich habe von dem Eintopf gebracht, den die Köche immer an Sancterria kochen. Die Soße ist dieses Jahr ziemlich scharf geworden, aber ich habe ihnen gesagt, sie sollten für dich eine mildere Version herstellen.«

Eine weitere Plage des Alters: Verdauungsstörungen. »Das war sehr rücksichtsvoll von dir, mein Freund. Bleib doch, während ich esse, und erzähl mir von den Vorbereitungen auf den Feiertag.«

Rafeyo servierte ihm das Essen, setzte sich und begann, draufloszuschwatzen. Dioniso tunkte die Gabel in die dickliche Mischung aus Wild, Rindfleisch und Kartoffeln. Er würde für diesen Genuß zahlen müssen, aber im Augenblick war er dankbar, daß das Essen endlich einmal wieder nach etwas schmeckte.

»Und jetzt sind wir beinahe fertig, Premio. Aber ich habe eine Frage. Wieso begehen wir so viele Feiertage mit Feuer?«

Dioniso kaute und schluckte ein Stück Paprika, bevor er antwortete. »Es heiligt und läutert. Es spiegelt das Feuer der Sterne. Es verbrennt das Alte und schafft Platz für das Neue. Es zerstört – und dennoch entsteht aus der Asche neues Leben, wie wenn die Stoppeln auf einem Feld abgebrannt werden. Feuer ist heilig.« Er zog eine Grimasse. »Und an Sancterria ist selbst das Essen feurig! Sagtest du, es sei besonders mild? Schnell, gieß mir ein Glas Wein ein.«

Als seine Augen nicht mehr tränten, reichte er die Schale zurück und fragte, woran Rafeyo in der letzten Zeit bis in die Nachtstunden gearbeitet habe.

»Ich hätte wissen müssen, daß du es herausfindest.« Rafeyo seufzte. »Ich habe für mein Selbstporträt geübt. Bisher nur Skizzen.«

»Und welcher Oberste Hofmaler wird dein Vorbild sein?«

Diesmal war Rafeyo ehrlich verblüfft. »Du wußtest, daß ich mich nach einem Vorbild umsehen würde?«

»Dein Ehrgeiz«, sagte Dioniso trocken, »ist mir nicht unbekannt. Also muß es schon mindestens die Pose eines Obersten Hofmalers sein. Welcher?«

»Das hat mich nächtelang wachgehalten. Erst dachte ich an Riccian, aber sein Mantel ist so aufwendig drapiert.«

Er kannte das Bild; er hatte Riccian beim Malen zugesehen. Eine dramatische Pose.

»Ich habe mir die aus dem letzten Jahrhundert angesehen, aber sie sind schrecklich steif. Bis auf Riobaro. Wäre es in Ordnung, wenn ich ihn benutze?«

Das hatte Dioniso erwartet. Es handelte sich nicht nur um ein sehr gutes Bild; Riobaro war auch der am höchsten geachtete Hofmaler in der Geschichte Tira Virtes.

»Es ist ein bißchen anmaßend«, sagte er, »obwohl viele, die erheblich schlechter waren als du, es ebenfalls als Vorbild verwendeten. Außerdem wirst du Schwierigkeiten mit dem Kerzenlicht haben. Das ist noch jedem passiert.«

»Ich wollte dich ohnehin danach fragen. Wenn es dir

heute nachmittag besser geht, könntest du mir ein paar Ratschläge geben?«

»Gern.« Er trank den letzten Schluck Wein. »Ich nehme doch nicht an, daß du bei deinen Skizzen Magie verwendet hast?«

Wieder wurden Rafeyos Augen größer. »Nur – nur zur Übung ...«

»Sei nicht so nervös. Ich werde dich nicht schelten. Du weißt jetzt, was du tust. Ich vertraue dir, daß du vorsichtig genug bist.«

»Das bin ich, Premio. Ich verspreche es dir.«

»Cabral!« rief Mechella vom Treppenabsatz. »Kommt und schaut Euch Tessa in ihrem neuen Kleid an!«

Er entschuldigte sich beim Hofverwalter und sprang die Treppe hinauf, immer drei Stufen auf einmal nehmend. Auf halbem Weg hielt er inne, tat so, als müsse er zurücktaumeln, geblendet vom Anblick der Vierjährigen. Er drückte eine Hand aufs Herz und verbeugte sich mehrmals dramatisch. »Was für eine Schönheit!«

Mechella kniete sich neben ihre Tochter und flüsterte ihr etwas ins Ohr. Kichernd streckte Teressa die Hand aus und äffte eine Dame bei Hofe nach. Cabral ging die letzten Stufen hinauf und verbeugte sich ein weiteres Mal über der Hand des Mädchens. Dann hob er sie hoch, um mit ihr durch den Flur zu tanzen, wobei er laut eine joharrische Ballade vor sich hinsang. Der dreijährige Alessio trottete entschlossen hinter ihnen drein, bis Mechella ihn hochhob und ebenfalls zu tanzen begann.

»Matra Dolcha, was für ein Aufruhr!« rief Otonna. »Cabral Liranzo Verro Grijalva, haltet auf der Stelle den Mund, bevor wir noch alle taub werden!«

Teressa begann zu zappeln. »Mach das lieber«, sagte sie. »Ich hab' auch viele Namen. Wenn sie sie alle sagt, meint sie es ernst.«

»Aber ganz bestimmt!« erklärte die Zofe. »Und jetzt

komm und laß dir das Kleid ausziehen, bevor es ganz zerknittert ist –« Otonna warf Cabral einen angewiderten Blick zu, »– dein Verhältnis zur Musik hat er bereits auf immer verdorben.«

»Das nennst du Musik?« neckte Mechella.

Cabral setzte das Kind ab – und dann packte er Otonna, um sie herumzuwirbeln. Sie fauchte und schlug um sich, aber als er sie schließlich losließ, lachten sie beide.

Teressa krähte vor Vergnügen. »Mama, jetzt mußt du mit Cabral tanzen!«

»Später, heute abend, auf dem Fest«, versprach Mechella. »Und jetzt tu, was Otonna sagt, Schatz. Du willst dir doch dein schönes Kleid nicht verderben.«

»Aber ich will keinen Mittagsschlaf.«

Alessio reckte störrisch das Kinn. »Nicht schlafen«, verkündete er.

»Ein großherzogliches Edikt«, murmelte Cabral. »Er fängt früh damit an.«

Otonna scheuchte die Kinder auf ihre Zimmer. Mechella und Cabral folgten ihnen, um ihren goldblonden, braungrünäugigen Sohn ein paar Minuten lang zu bewundern, dann gingen sie nach draußen, um nachzusehen, wie weit die Vorbereitungen auf das für den Abend angesetzte Sancterria-Fest gediehen waren. Mechella hatte alles so geplant, daß ihre Gäste – alle Bewohner der naheliegenden Dörfer, ihre eigenen Leute und ein paar adlige Gäste aus den Herrenhäusern der Umgebung – vollkommen überrascht sein würden. Von der Einfahrt aus würde Corasson so aussehen wie immer. Aber wenn sie um das Haus herumgingen, würden sie alle vor Staunen die Luft anhalten, weil die Gärten hell erleuchtet waren.

»Es wird eine Fackelprozession um die Felder geben«, berichtete Mechella Cabral, »und dann steigen wir auf den Hügel Piatra Astrappa, um das Freudenfeuer anzuzünden. Wir haben einen Tanzboden aufgebaut, und alle, die ein Instrument spielen können, werden da sein und musizieren.«

»Darauf wäre ich nie gekommen«, meinte er. »Der Lehrer und seine Frau haben mit dem Orchester doch nur die ganze Woche über geprobt. Heute hatte ich sogar das Gefühl, daß alle hin und wieder dasselbe Lied spielten.«

»Und das von einem Mann mit einer Stimme wie ein Kalb mit Kolik!«

Er zog ihre Hand in seine Ellbogenbeuge, als sie weitergingen. »Tessa sah wunderschön aus. Eine exakte Kopie deines Kleides, hat man mir gesagt.«

»Cabral! Das sollte eine Überraschung sein!«

Er warf ihr einen Seitenblick zu, als sie sich der großen Eiche südlich des Hauses näherten. »Du hast Geschmack an Überraschungen gefunden, nicht wahr? Ich zittere schon davor, was dir als nächstes einfallen wird.«

»Eine Frau sollte immer ein Geheimnis bleiben. Dann wird sie nie langweilig.«

»Nicht in einer Million Jahren«, versicherte er ihr. »'Chella, heute kam ein Brief von Zevi.«

»Haben sie schon den richtigen Mann gefunden? Ich wünschte, sie würden endlich heimkommen. Sie fehlen mir.«

»Sie werden bald wieder hier sein. Ihre Suche verläuft nicht gut.« Er lächelte. »Meine Schwester ist eben wählerisch.«

»Was hat Zevi denn noch geschrieben?« Sie setzte sich auf eine Steinbank unter der Eiche und blickte zu ihm auf. »Es muß noch etwas geben – das sehe ich dir an, und du hättest mich nie hierher gebracht, wo wir allein sind, wenn es nicht etwas Wichtiges wäre.«

Cabral räusperte sich. »Nun ja ... dieses Bild von Corasson, die Bleistiftzeichnung – Zevierin sagt, ich solle es vernichten.«

»Wie bitte? Aber wieso denn?«

»Weil Rafeyo es gezeichnet hat.« Er nahm den Brief aus der Tasche, entfaltete das Blatt und las es ihr vor:

Es ist gut, daß sich diese Zeichnung in unserem Besitz befindet, nicht in seinem. Dennoch, du mußt sie vernichten, und zwar wie folgt. Weiche sie in warmem Wasser ein, bis sich das Papier auflöst. Dann verdünne das Wasser ums Dreifache und gieß es in den Abfluß.

Mechella lachte nervös auf. »So etwas Albernes habe ich noch nie gehört! Dieses reizende Bild vernichten?«

»Das war noch nicht alles.«

Ich weiß nicht, ob das Bild Aguo, Seminno oder Sanguo ist. Wenn, dann wird Rafeyo vielleicht eine leichte Erwärmung verspüren, aber den Grund nicht wissen, und deshalb wird er sich nicht weiter darum kümmern. Falls nicht, wird er überhaupt nichts spüren. Aber ich flehe dich an, diese Vorsichtsmaßnahme zu ergreifen, Amico ei Frato, denn der Klatsch hier bestätigt, daß er unsere liebe Herrin und Leilias haßt, und ich glaube, er wäre zu allem fähig.«

»Zevi ist verrückt geworden«, sagte Mechella.

Cabral holte Streichhölzer aus der Tasche und steckte den Brief in Brand. Die Flamme verbrannte ihm die Fingerspitzen, bevor er den Rest zu Boden fallen ließ und unter seinem Absatz zermalmte. Dann wandte er sich wieder Mechella zu und sagte grimmig: »Nein, 'Chella, das ist todernst gemeint.«

»Aber wie könnte Rafeyo ...«

»Ich sagte, daß der Brief von Zevi kam. Ich sagte nicht, daß er gebracht wurde.«

Sie starrte ihn verständnislos an.

»Er *kam*«, sagte Cabral, »in unser Atelier oben. Grijalvas mit der Gabe können so etwas tun – solche, die wirklich begabt sind und einen bestimmten Ort gut kennen und ihn so detailgenau malen können, und dann einen Brief hineinmalen. Wir haben auf diese Weise mit unseren Verwandten an fernen Orten schon seit Jahrzehnten kommuniziert.«

»Cabral«, hauchte sie.

»Das spektakulärste Beispiel für so etwas ereignete sich, als die Tza'ab sich vor langer Zeit zu einem Angriff an der joharrischen Grenze sammelten. Herzog Alejandro erfuhr davon durch einen Grijalva-Spion, der einen solchen Brief an den Obersten Hofmaler Sario schickte. Trotz der Warnung war es nicht möglich, rechtzeitig genügend Truppen dorthin zu schicken. Also hat Sario mit allen Joharrern in Meya Suerta gesprochen und nach ihren Erinnerungen ein Bild der Hügel und Dünen gemalt – *mit einer Armee darauf.*«

»Nein – schweig! Lissina hatte recht, das sollte ich nicht hören.«

»Diese Armee«, fuhr Cabral unaufhaltsam fort, »von zweitausend Männern in vollständiger Kampfausrüstung erschien bei Sonnenaufgang auf den Dünen, genau so, wie Sario sie gemalt hatte. Die Tza'ab zogen sich daraufhin zurück. Sie versuchten nicht einmal, einen Angriff zu unternehmen oder Kundschafter auszuschicken, um die Stärke der Armee zu erfahren – sie flohen einfach. Und seitdem sind sie unseren Grenzen nie wieder so nahe gekommen. Aber der Grijalva-Spion, der sich diese Phantomkrieger später ansah, stellte fest, daß sie hohl waren. Die Rüstungen waren leer, die Helme …«

»Nein! Ich will nichts mehr davon hören!«

»Sario hatte seine Täuschung mit großer Genauigkeit durchgeführt. Die Soldaten in den ersten Reihen hatten Gesichter. Hände. Finger. Er hatte sie genauso gemalt, wie die Tza'ab sie aus der Entfernung sehen würden. Aber sie waren nicht *echt.* Und als die Tza'ab geflohen waren und der Spion das in einem anderen Brief berichtete, malte der Oberste Hofmaler diese zweitausend Soldaten wieder weg, und auf dem Gemälde blieb nur unberührter Sand zurück – ebenso wie an der joharrischen Grenze.«

Sie schauderte im Schatten der riesigen Eiche, und er wartete, bis er sich selbst wieder gefaßt hatte – er empfand dasselbe Entsetzen, dieselbe Angst vor dieser Macht, die er empfunden hatte, als Zevierin ihm diese Geschichte erzählte. Niemand hatte je wieder ein solches Bild gemalt, und es war verboten, es je auch nur wieder zu versuchen, *aber solche Dinge waren möglich, und vielleicht noch Schlimmeres.* Dies waren Kenntnisse, die nur die Viehos Fratos und die Großherzöge, denen sie dienten, besaßen, und nicht – wie Lissina bereits warnend festgestellt hatte – für die Ohren von Frauen oder einfachen Malern, wie er einer war, bestimmt.

Schließlich sagte er leise: »Ich habe die Gabe nicht – aber Zevierin, und er weiß, was Grijalvas tun können. Sario hat dieses schreckliche Bild mit seinem eigenen Blut gemalt. Wenn ein Bild Augo, Seminno oder Sanguo ist, bedeutet es, daß es Macht hat und selbst auf Entfernung wirken kann. Du hast nicht gesehen, wie Zevierin die Farben für Baronin Lissinas *Testament* mischte. Ich schon. Wieso, glaubst du, hatte er noch eine Woche danach einen Verband an der Hand? Mechella, er hat diese Farben *mit seinem eigenen Blut gemischt!*«

»Er – er sagte, er habe sich an einem Spachtel geschnitten ...«

Cabral kniete sich vor sie, nahm ihre Hände. Ihre Finger waren kalt; sie glaubte ihm, auch wenn sie das noch nicht wußte. »Erinnerst du dich, als Tessas kleiner Singvogel im vergangenen Winter starb und sie so traurig war?«

Der letzte Rest Farbe wich ihr aus den Wangen. »Bis Zevi ... bis er ihr sagte, sie werde vielleicht von ihrem kleinen Freund träumen ... und ihr eine Zeichnung des Vogels unters Kissen legte ...«

»Und sie hat tatsächlich davon geträumt, und Sancto Leo sagte ihr, das bedeute, daß ihr Vogel nun für die Mutter und den Sohn singt. Das ist sanfte Magie, Mechella. Ein Maler mit der Gabe kann viel Gutes tun. Aber es gibt auch andere Arten von Macht.« Er spürte, wie sie zitterte, und küßte sie auf die Handflächen.

»Was – was könnte Rafeyo uns antun?« hauchte sie.

»Ich weiß es nicht.« Er wußte es selbstverständlich, und seine Unfähigkeit, einen solchen Angriff abzuwenden, quälte ihn. »Liebste, wenn ich selbst die Gabe hätte, würde ich Schutzzauber auf jede Mauer von Corasson malen, mit meinem eigenen Blut. Aber ich kann es nicht. Ich habe die Gabe nicht. Ich kann dich nicht schützen. Wir müssen Zevierin vertrauen – und das tust du, sonst hättest du nicht darauf bestanden, daß er und nur er Renayos *Geburt* malt. Unser Sohn ist geschützt, so lange Zevierin lebt, so lange Blut in seinen Adern fließt.« Er schnaubte. »Ich habe mich immer gefragt, was es mit diesem Eid auf sich hat, wieso man ihn so formulierte. ›Mit treuem Glauben und voller Demut verpflichte ich mich meinem Dienst, so lange Blut in meinen Adern fließt.‹ Wir alle leisten ihn, aber für jemanden mit der Gabe bedeutet er viel mehr.«

»Und – Rafeyo?«

»Zevierin macht sich Sorgen, und er hat gute Gründe. Bevor Rafeyo nicht sein Selbstporträt gemalt hat, sein *Peintraddo Chieva,* wird es keine Möglichkeit geben, ihn zu disziplinieren. Auch in diesem Bild wird sein Blut sein, 'Chella. Und Zevi sagt, daß ein Bild, das mit dem Blut eines Malers gemalt wurde ...«

»Still. Kein Wort mehr«, flüsterte sie. »Ich will es nicht wissen, Cabral. Lissina hatte recht. Das sind Dinge für Grijalvas und Großherzöge.« Und schaudernd fügte sie hinzu: »Tu, was er dir geraten hat. Ich könnte die Zeichnung nie wieder ansehen, ohne Angst zu bekommen. Aber bitte, erzähl mir nie wieder etwas von diesen Dingen.«

»'Chella.«

»Nein!« Sie riß ihre Hände los und sprang auf.

»Zevierin wird nicht älter als fünfzig werden«, sagte er. »Du wirst eines Tages einen anderen Maler mit der Gabe brauchen. Ich werde nie sein, was du wirklich brauchst ...«

»Ich brauche dich als Ehemann, als Vater meiner Kinder – *das* ist es, was du nie sein wirst, jedenfalls nie offen, nicht vor den Augen der Welt – o Matra, wieso wollen wir immer, was wir nie bekommen können?« Sie schlug die Hände vors Gesicht, dann floh sie ins Haus zurück.

Er kniete noch lange Zeit unter der Eiche und kämpfte mit seltsam intensiven Gefühlen: Haß, Verzweiflung, Sehnsucht nach allem, was er nicht besaß. Schließlich stand er auf und ging langsam zum Haus zurück. Die Zeichnung von Corasson hing nicht mehr an ihrem Ehrenplatz an der Wand des Eßzimmers – sie war von der Wand gerissen, lag am Boden, die Schnüre, die sie gehalten hatten, waren abgerissen. Er schnitt sich in die Finger, als er den Rahmen abnahm – und starrte wütend auf sein Blut, weil es keine magische Kraft hatte. Den Rest des Tages saß er auf einem Heuballen im Stall und sah mit stiller Wut zu, wie sich die Zeichnung in einer Wanne eiskalten Wassers auflöste. Er hatte das Wasser absichtlich kalt gelassen, weil er hoffte, daß die Zeichnung tatsächlich magisch war und Rafeyo so heftig mit den Zähnen klappern würde, daß er sich die Zunge abbiß und am Blutverlust starb.

Betrachtet mich Sario, während ich in diesem gemalten Gefängnis festsitze? Lächelt er, lacht er, weil er allein die Wahrheit weiß? Und ... Alejandro? Weint er, flucht er? Oder starrt er schweigend vor sich hin und haßt mich, weil ich ihn verlassen habe?

Oder sieht er mich nie an?

Ich könnte mich selbst betrachten, wenn ich wollte – dort hängt ein Spiegel, und ich könnte mir selbst in die Augen sehen –, aber ich fürchte das, was ich in ihnen entdecken werde. Ich habe solche Angst um mich selbst, Alejandro, um das Kind – ich fürchte Sario, ich fürchte, was er getan hat und wozu er noch fähig sein könnte ...

Er hat mir eine Kopie des Folio *gemalt – sicherlich, um mich weiter zu quälen. Wußte er, daß sich das Buch ausschlagen ließe? Wußte er, daß die Seiten so klar beschrieben sind, als hätte er jedes Wort selbst eingetragen? Ein paar Randnotizen sind tatsächlich in seiner Schrift. Es muß eine gemalte Kopie seiner eigenen Ausgabe sein. Möchte er, daß ich genau herausfinde, wie er mir das angetan hat?*

Oder soll es gar keine Folter sein, sondern eine Herausforderung, um seinen Glauben zu bestätigen, daß ich ebenfalls die Gabe habe?

Könnte ich dieses Buch benutzen? Könnte ich eine meiner Adern öffnen und darin Blut finden, das aus einfacher Farbe Magie schafft?

Nun, das Buch hat er mir gegeben, aber keine Farben. Nicht einmal einen Stift, mit dem ich schreiben könnte. Wenn er das getan hätte, könnte ich auf diese Seiten schreiben, und jemand würde die Worte sehen und …

Aber sie sollten es inzwischen eigentlich bemerkt haben. Jeder, der mich in diesem gemalten Gefängnis gesehen hat, sollte doch bemerkt haben, daß ich mich bewegt *habe, daß ich am Leben bin …*

Nur Sario schaut mich an. Nur seine Blicke ruhen auf mir, während ich wahnsinnig werde.

Nein. Ich werde nicht wahnsinnig. Ich muß stark sein, im Geist und im Willen und im Herzen. Für mein Kind.

Aber ich bin so müde … zwei Nächte bin ich nun hier, zwei Nächte ohne Schlaf oder ein Ende dieses Schreckens. Niemand hat mich gesehen. Niemand außer Sario.

Matra Dolcha, wann wird er mich endlich freilassen?

An Sancterria empfing Tazia Arrigo am Nachmittag in ihrem alten Stadthaus. Er hatte zwischen einem Essen mit der Gilde der Seidenhändler und den abendlichen Festivitäten ein paar Stunden Zeit. Sie gingen in den winzigen Garten hinter dem Haus, um die Sonne zu genießen. Tazia lehnte sich behaglich an Arrigos Brust und lauschte dem Summen der Bienen. Hier waren sie sicher vor neugierigen Blicken.

Sie hatte in der letzten Zeit begonnen, ihr altes Zuhause

wieder neu einzurichten: sie brachte ihre eigenen Teppiche und Gobelins und Möbel aus Garlos Stadthaus und vom Landsitz zurück und kaufte Ersatz für die Stücke, die sie nach ihrer Hochzeit weggegeben hatte. Bald würde sie ihr altes Leben hier wieder aufnehmen, und es würde genauso sein wie in den Jahren vor Mechella, als Arrigo ihr noch ganz allein gehört hatte.

Wie oft in jenen Tagen hatten sie es so gemacht: einen faulen Nachmittag auf dem Rasen verbracht, während Bienen sich an den frischen Blüten gütlich taten und Schmetterlinge in der warmen Brise flatterten. Arrigo lehnte mit dem Rücken an einem Baumstamm, Tazia hatte sich an ihn gelehnt, er hatte die Arme um sie gelegt, ihr Kopf lehnte an seiner Schulter. Sie war nie so glücklich gewesen, und sie sagte ihm, warum.

»Rafeyo sagt, das Bild ist fertig.«

»Mmm?«

»Er wartet nur noch auf dein Wort. Wann immer es dir paßt, wird Mechella so treu und gehorsam werden, wie du es dir nur wünschen könntest.« Sie lachte. »Wie ein gut dressiertes Hündchen.«

Ein Kichern vibrierte an ihrer Wirbelsäule. »Und noch langweiliger als sonst.«

»Aber *gehorsam*. Du mußt eine Weile aufpassen, nichts von ihr zu verlangen, was ihrem bisherigen Verhalten zu sehr widerspricht, Arrigo. Fang langsam an. Wenn sie sich so plötzlich verändert ...«

»Einverstanden. Darüber haben wir auch schon früher gesprochen. Du mußt allerdings zugeben, daß es ziemlich amüsant wäre, etwas wirklich Interessantes von ihr zu verlangen. Zur Strafe. Sie könnte dir zu Ehren einen Ball geben, an deinem Geburtstag«, schlug er vor, dann lachte er laut. »Nein, noch besser, vielleicht sollte sie sich ein paar Jahre in eine Sanctia zurückziehen.«

Sie zuckte zusammen – das erinnerte sie an Garlos elenden Sohn, die Ursache all ihrer Schwierigkeiten mit ihrem

Ehemann. Garlo machte sich nichts aus ihrer Affäre mit Arrigo, aber er würde ihr nie verzeihen, Verradio an die Ecclesia verloren zu haben. Vielleicht konnte Arrigo Garlo ebenfalls gehorsamer malen. Und Verradio für immer stumm. Sie war nicht ganz sicher, was möglich war und was nicht. Rafeyo war so sehr mit seinem Bild und dem Unterricht und den Sonderstunden mit Premio Dioniso beschäftigt gewesen, daß er sie gestern zum ersten Mal seit Monaten wieder besucht hatte.

Nun, es war gleich, was sie wußte oder nicht. Nur was Rafeyo wußte, zählte – und was er damit anfing.

Außerdem hatte sie eigene Pläne. Zögernd, als wäre es ihr gerade erst eingefallen, sagte sie: »Es gibt tatsächlich eine Möglichkeit, sie zu bestrafen, wie sie es verdient hat. Du könntest noch ein Kind zeugen.«

»Nur mit dir.«

»Das ist möglich – jedenfalls beinahe. Ich habe eine junge Base ...«

Er richtete sich auf und schob sie aus dem bequemen Nest seiner Arme. Sie wandte sich ihm zu, legte ihre ganze Sehnsucht in ihren Blick.

»Arrigo, laß mich ausreden. Sie heißt Serenissa. Sie ist die Tochter meiner jüngeren Schwester, ein Jahr nach Rafeyo geboren und ein Kind der Bestätigung, ebenso wie er. Sie wird demnächst achtzehn, ist sehr klug und geistreich – und sie sieht sogar ein wenig so aus, wie ich in ihrem Alter aussah.«

»Du bist immer noch die schönste Frau, die ich je gesehen habe. Aber ich werde es nicht tun, Tazia. Nicht, wenn du es nicht selbst bist. Ich habe dir Treue geschworen. Daß du mich nicht darum gebeten hast, ist für mich nur noch mehr Grund, diesen Schwur auch zu halten. Ich könnte nicht mit einer anderen Fau schlafen, selbst wenn sie dir ähnlich sähe.«

»Nicht einmal für ein Kind, das dann unseres wäre?« flüsterte sie. »Mechellas Freundin Leilias ist mit dem Maler

Zevierin verheiratet – er ist steril, aber sie wollen Kinder. Sie ist gerade jetzt im Palasso Grijalva und sucht nach einem passenden Vater. Zevierin wird ihre Kinder behandeln, als wären es seine eigenen. So sehr liebt er sie. Und so sehr möchte er Kinder haben.«

»Tazia – meine Geliebte.« Arrigo zog sie wieder in die Arme, umschlang sie fest. »Du bist nicht nur die schönste, sondern auch die großzügigste und liebevollste Frau, die ich kenne! Wenn du es wirklich willst ...«

»Mehr als alles andere – ausgenommen deine Liebe, Arrigo. Ich schwöre es dir, ich werde dieses Kind als unseres betrachten, als deins und meins. Es war so grausam, daß ich dir nie ein Kind schenken konnte. Aber auf diese Weise – wir könnten tatsächlich tun, was wir uns so oft vorgestellt haben – zusammen ein Kind haben.«

Er schwieg einen Augenblick, das träge Summen der Bienen und das Klopfen seines Herzens waren die einzigen Geräusche, die sie hörte. Dann sagte er: »Wenn du das Kind adoptierst, würde es dann nicht Garlos Namen bekommen?«

»Nein! Ich würde ihm nie gesetzliche Rechte über einen Grijalva geben! Er – oder sie – würde ein Pflegekind werden und Grijalva bleiben. Nur du und ich und die Mutter würden wissen, daß das Kind auch ein do'Verrada ist.«

»Das muß selbstverständlich vollkommen geheim bleiben.«

»Selbstverständlich«, stimmte sie zu. Alle Beweise und Akten würden selbstverständlich streng geheim bleiben – bis die Zeit gekommen war, alles zu enthüllen. Ihre eigenen Anhänger in der Familie würden mitspielen. Mechellas Söhne würden nie eine Grijalvamätresse nehmen, da ihnen ihre Mutter Vorurteile gegen diese Tradition anerziehen würde. Und ein solcher Makel auf der Leinwand der Familienmacht konnte nicht hingenommen werden. Ein Bastard würde ihnen die Verbindung zu den do'Verradas sichern, ganz gleich, was Mechellas Söhne tun würden. Tazia war sicher, daß sie das den wichtigen Grijalvas auf ihrer Seite gut genug würde erklären können, so daß sie sich nicht darum scheren würde, daß damit das Abkommen zwischen dem Obersten Hofmaler Sario und Herzog Alejandro gebrochen würde. Selbst wenn sie sie nicht würde überzeugen können – und sie würde sehr genau darüber nachdenken, wie sie es anfangen würde, bevor sie ein Wort sagte – würde *sie* schließlich das Kind haben.

»... die nächste Bestätigung«, sagte Arrigo gerade und Tazia riß sich aus den Überlegungen über diese angenehmen Aussichten und stellte fest, daß er sich schon ein wenig an den Gedanken gewöhnt hatte. »Das Kind würde dem jungen Mann zugeschrieben werden, dessen Platz ich einnehme.«

Er hatte sich schon sehr daran gewöhnt. Es war direkt beleidigend, wie schnell das gegangen war.

»Eine perfekte Lösung«, sagte sie ihm. »Aber wie können wir sicher gehen, daß wir dem Jungen trauen können?«

»Ja, das ist ein Problem. Und was ist mit dem Mädchen? Kann man ihr trauen?«

»Da bin ich sicher.« Tazia fabrizierte ein sehr natürlich klingendes Lachen. »Serenissa hat immer bedauert, daß sie zu spät zur Welt gekommen ist, um deine Mätresse werden zu können, und zu früh für Alessio.«

Aber Serenissas Tochter – und Rafeyo würde all seine Magie benutzen, um dafür zu sorgen, daß es wirklich eine Tochter würde – würde in zwanzig Jahren im passenden Alter sein, Alessio verführen zu können. Sie lachte wieder, diesmal spontaner, weil sie an Mechellas Gesicht denken mußte, wenn die Rivalin herausfinden würde, daß ihr ältester Sohn mit seiner Halbschwester schlief.

Arrigo gab die angemessene Bemerkung darüber von sich, wie glücklich er sei, daß man Tazia damals für ihn ausgewählt hatte, dann kehrte er zu den Überlegungen zurück, wie er Serenissa schwängern könnte. Als ob Tazia darüber nicht schon genügend nachgedacht hätte – aber er mußte selbstverständlich den Eindruck bekommen, daß er sich alles selbst ausgedacht hatte.

Während sie zuhörte und ihn unbemerkt zu den Schlüssen führte, die er ziehen sollte, fiel ihr auf, wie rührend es im Grunde war, daß er nicht auf die Idee kam, das reizende, fruchtbare, gefährliche Grijalvamädchen müsse im Kindbett sterben.

22

Mehrere Stunden vor Beginn der Sancterria-Festlichkeiten stahl sich Dioniso in Rafeyos kleines Atelier und schloß hinter sich ab. Im Raum roch es nach Farbe und Lösungsmitteln und altem Urin aus dem ungeleerten Nachttopf am Fenster. Nun, selbstverständlich hatte sich keiner um das Zimmer gekümmert; Rafeyo hatte die Tür immer abgeschlossen. Und mit einem so lächerlichen Schloß, das so leicht zu knacken war.

Rafeyo war nicht da, dafür aber seine Skizzen: Dutzende davon, an die Wände gesteckt oder auf dem Tisch ausgebreitet. Dioniso war gegen seinen Willen von den Fähigkeiten des Jungen beeindruckt. An einer Wand hingen Zeichnungen verstorbener Oberster Hofmaler in chronologischer Reihenfolge. Es war, von allem anderen abgesehen, eine interessante Modenschau. Gestärkte Spitzenkragen breiteten sich zu absurder Weite, bevor sie wieder zu schmalen weißen, glatten Kragen wurden und schließlich ganz verschwanden; drapierte Umhänge wurden zu langen Jacken, bestickten Westen und schließlich zu Tuniken; Kniehosen (wie er die gehaßt hatte!) wurden zugunsten langer Hosen und Stiefel aufgegeben. Die einzigen Konstanten waren die grauen Mützen mit den Federn und die Amtskette. Es war schon so lange her, daß er dieses goldene Gewicht auf seinen Schultern gespürt hatte, das soviel befriedigender war als selbst die Chieva do'Orro auf seiner Brust.

An einer anderen Wand waren mehrere Studien des *Peintraddo Chieva* des Obersten Hofmalers Riobaro angebracht. Wie zu erwarten, hatte sich das Kerzenlicht für Rafeyo als schwierig erwiesen; Matra, er hatte damals selbst Probleme damit gehabt, als er es gemalt hatte. Aber Rafeyo tastete sich recht gut heran, so weit man das anhand der Bleistiftskizzen beurteilen konnte. Dioniso betrachtete den gutaussehenden jungen Mann längere Zeit – wie wunderbar es wäre, wieder so jung zu sein! Nun, es würde nicht mehr lange dauern. Er konnte sich noch daran erinnern, wie es gewesen war, dieses Gesicht zu haben. Wenn er selbst so ausgesehen hätte, hätte Saavedra Alejandro vielleicht nie einen Blick gegönnt.

Auf dem Tisch lag eine Vorstudie in Öl auf Leinwand von Rafeyo selbst in Riobaros Pose, mit grauer Draperie als Hintergrund und Kerzenlicht von vorn. Sie war zwar noch nicht in allen Einzelheiten ausgeführt, aber sie würde als Köder genügen – *falls* Rafeyo sie mit Magie durchtränkt hatte. Dioniso beugte sich zu einer näheren Untersuchung vor und blinzelte im Licht des Spätnachmittags, das durch die hohen Fenster fiel. Er verfluchte sein schlechter werdendes Sehvermögen und seinen Grijalvastolz, der verhinderte, daß er mehr dagegen tat, als eine Lupe in der Tasche zu tragen. Aber er entdeckte das Zeichen: einen kleinen Kratzer auf dem linken Handrücken, als hätte jemand mit dem Fingernagel über die trockene Farbe gekratzt.

So ein Dummkopf! dachte er und schüttelte den Kopf. Dieser dumme Junge hatte sogar die Magie überprüft. Aber das half Dioniso nur. Es war nicht schwer gewesen, Rafeyo einen bestimmten Weg entlangzulocken – nicht, daß es viel dazu gebraucht hätte, nur die eine oder andere Andeutung, denn er begriff rasch; Dioniso hatte ihm nur soviel gezeigt, daß er neugierig auf mehr wurde, und er war sicher gewesen, daß der Junge mit eigenen Experimenten beginnen würde. Was für eine erstaunliche Sache diese Neugier doch war. Wie vollkommen sie zum Ehrgeiz paßte, welchen zusätzlichen Glanz sie der Luza do'Orro verlieh. Er wußte das besser als alle anderen. Er hatte danach gelebt. Es würde niemanden überraschen, wenn Rafeyo auf diese Weise weiterlebte.

Er gestand sich eine gewisse Vorfreude zu. Rafeyo: jung, stark und ganz sein. Andere Männer wußten, wie es war, den Körper einer Frau für ein paar Minuten zu besitzen – er wußte, wie es sich anfühlte, wenn einem der Körper eines anderen das ganze Leben lang gehörte. Knochen und Muskeln, Haut und Sehnen zu spüren und sie sich unwiderruflich zu eigen zu machen. Nur er hatte ja so etwas empfunden. Er war einzigartig. Er war Sario.

Er lächelte, erlebte es in Gedanken weiter – ja, er konnte den klebrigen Mohnsirup beinahe auf der Zunge schmekken. Eine milde Dosierung, die kurz nach dem Austausch zu wirken begann und leichte Schläfrigkeit hervorrief. Er hatte gelernt, daß es besser war, den verlassenen Wirtskörper in diesen Zustand zu versetzen; es war riskant, sich allein auf den Überraschungseffekt zu verlassen. Man konnte nie sicher sein, welchen Widerstand jemand in einem solchen Augenblick leistete.

Wie immer, wenn er sich zu lange der Erinnerung an die Freuden hingegeben hatte, bemühte er sich auch, die dunkleren Farben der Gefahr nicht zu vernachlässigen. Seit dem letzten Mal waren achtundzwanzig Jahre vergangen – beinahe schon neunundzwanzig, wurde ihm mit einiger Verblüffung klar – aber er erinnerte sich an alles. Die Gefahren eingeschlossen.

Nur zwei Dinge konnten ihm ernstlich gefährlich werden. Das erste Problem stellte sich in dem Augenblick, in dem der Körper mit der Freisetzung des Geistes starb. Nicht der verlassene Körper war dann in Gefahr, sondern die Seele, die ihr neues Zuhause noch nicht gefunden hatte. Befreit von der vertrauten Materie, begann *etwas* –

Seele, Bewußtsein, Denken; er zog es vor, vom »Geist« zu sprechen – in wachsender Panik umherzuschweifen. Es spürte unweigerlich die Nähe der Schale, die es gerade noch belebt hatte, kämpfte gegen die Befehle der Lingua Oscurra an, versuchte verzweifelt, in sein altes Zuhause zurückzukehren. Wenn ihm das versagt wurde, suchte es das Vertraute im Gemälde, was ebenso verhindert werden mußte. Den Geist vom Blut zu trennen, das er wiedererkannte, war jedesmal ein Akt reiner Willenskraft.

Aber im nächsten Augenblick wurde die Gefahr noch größer. Nachdem man ihm seinen eigenen Körper verweigert hatte und selbst die leise Erinnerung daran in Form des Gemäldes, entwickelt der Geist *Hunger*. So oft er es auch schon erlebt haben mochte, so vorbereitet er darauf war, die Wirklichkeit erfüllte ihn jedesmal mit neuer Ehrfurcht. Vielleicht würde er eines Tages entscheiden können, ob es ganz eines war, der Geist, der nach Fleischwerdung hungerte – oder etwas vollkommen anderes, der leere Körper, der nach Erfüllung schrie.

Was immer es aber sein mochte, dieser Augenblick war der schwierigste: wenn er den Geist nicht in den vorbereiteten Körper führen konnte, bestand die Gefahr, daß er ihm entfloh. Das erforderte die wirkungsvollste Magie, die er aufbringen konnte.

Er hatte noch nie versagt. Und er würde auch bei Rafeyo nicht versagen.

Er wollte das Atelier schon verlassen, als Neugier ihn zu den Leinwänden führte, die hinter der Tür lehnten. Wenn Rafeyo wirklich gegen die Entscheidung der Viehos Fratos – von seinen eigenen Anordnungen gar nicht zu reden – verstoßen und weiterhin diese widerwärtigen Landschaften gemalt hatte, dann würde er …

Landschaft? Eigentlich nicht. Ein Bild eines Hauses – in Farben, die immer noch nach Blut rochen. Jedes schädliche Symbol aus dem *Folio* und noch einmal so viele aus dem *Kita'ab* erschienen in von Bändern umgebenen Ovalen am Rand, begleitet von solch fluchbeladenen Runen, daß selbst Dioniso erstaunt die Augen aufriß.

Sein erster Gedanke war, daß Rafeyo wirklich ein Narr sein mußte, so etwas im Palasso zu lassen. Wenn ein anderer als Dioniso es entdeckt hätte …

Aber wo sonst hätte er es verstecken sollen vor aller Augen?

Dioniso war hin- und hergerissen zwischen Zorn und Bewunderung. Kluger Junge! Und es hatte noch mehr Klugheit gebraucht, sich alles aus den Andeutungen und Hinweisen zusammenzureimen, die Dioniso gemacht und die er in den Büchern gefunden hatte. Selbst er hätte nie geglaubt, daß der Haß des Jungen einen solch fruchtbaren Boden für seine Arbeit liefern würde. Auf keinen Fall durfte Rafeyo erfahren, wie sehr er seinen Meister verblüfft hatte. Matra, selbst die Sterne waren an den richtigen Orten eingezeichnet.

Man mußte nicht raten, um zu wissen, was Rafeyo mit diesem perfekten Bild von Corasson am Abend von Sancterria bezweckte.

»Warte nicht auf mich, Arrigo«, sagte Tazia. »Ich muß noch zu Baronin Lissinas Empfang. Ich sehe dich später wieder.« Im Spätnachmittagsschatten einer Pappel stellte sie sich auf die Zehenspitzen und küßte ihn. »Ich habe schon ein schönes Plätzchen gefunden, in einer Senke am Hügel, wo wir den Sonnenaufgang beobachten können. Mein Koch packt uns ein Frühstück ein.«

»Das klingt wunderbar«, sagte er lächelnd. »Ich werde mich während der Paraddio Luminosso von meinen Eltern davonstehlen.«

»Ja, aber denk daran, zuvor andere Schuhe anzuziehen, Liebster. Wenn du in diesen Dingern die ganze Nacht unterwegs bist, wirst du bis Luna Qamho Blasen an den Füßen haben.«

Er küßte sie auf die Wange. »Ich muß mir wirklich einen

Diener suchen, der so um meine Bequemlichkeit besorgt ist wie du. Bis später, meine Liebe.«

Wenn es sie ärgerte, als seine treueste Dienerin betrachtet zu werden, ließ sie es sich nicht anmerken. Er verließ das Gelände durch eine Hintertür, die zu einer schmalen Gasse führte, denn bei Tageslicht statteten sie einander keine offiziellen Besuche ab – das war eine letzte Vorsichtsmaßnahme, die sie noch beherzigten. Als sie nach oben ging, um sich umzuziehen, schwor sie sich, daß sich auch dies bald ändern würde. Sobald Mechella gehorsam wie ein Schoßhündchen war, würde Tazia Arrigo in aller Öffentlichkeit küssen, wann immer ihr danach zumute war. Der Großherzog und die Großherzogin konnten so lange verärgert dreinschauen, wie sie wollten. Arrigo würde auf ihrer Seite stehen. Und Rafeyo. Und die meisten Grijalvas. Und irgendwann auch eine kleine do'Verrada, die ganz ihr gehörte, in einem Kinderzimmer.

Sie mußte zehn Minuten warten, bis ihr Diener mit einer Mietkutsche zurückkam, und dann weitere zehn Minuten schlechter Federung und stickiger Wärme auf der Fahrt zur Caza do'Dregez über sich ergehen lassen. Lissina veranstaltete nun seit über dreißig Jahren einen Empfang an Sancterria, nur für Damen. Es waren nur Adlige eingeladen und einige der reichsten Kaufmannsfrauen – denn der Preis dafür, zusammen mit der Baronin an diesem Tag ein Fruchteis zu sich nehmen zu dürfen, bestand in großzügigen »freiwilligen« Beiträgen zu einer von Lissinas endlosen Wohltätigkeitsaktionen. Als Tazia dem Diener die grüne Lederbörse gab, die sie zusammen mit der Einladung erhalten hatte – angemessen gefüllt mit do'Alva-Geld –, fragte sie sich bedrückt, ob man nach Lissinas Tod wohl dieselben langweiligen Dinge von ihr erwarten würde.

Dann hellte sich ihre Stimmung wieder auf. Wenn Lissina starb und die Familie Dregez erbte, würde sie vorschlagen, daß die Wohltätigkeitsaktionen und dieser alljährliche Empfang mit dem Titel und dem Besitz zusammen vergeben werden sollten. Als eine Ehrung der lieben Lissina, die sie alle so sehr verehrt hatten. Zufrieden mit sich selbst, fiel es ihr danach leicht, charmante Konversation zu machen – selbst, als sie Leilias Grijalva in der Menge entdeckte. Sie sahen einander an, und Leilias war die erste, die den Blick abwandte.

Als die Sonne langsam unterging, begannen die Festlichkeiten in Meya Suerta. Fackeln wurden beim ersten Aufblitzen des Abendsterns entzündet. Jede Gilde, jedes Wohnviertel würde eigene kleine Fackelzüge haben. Sanctas und Sanctos würden die Kathedrale umrunden, die do'Verradas mit Premia Sancta und Premio Sancto den Palasso Verrada, und alle Grijalvas, die noch gehen konnten, würden eine Prozession um ihren Palasso veranstalten. Danach würde eine riesige Prozession auf die Felder vor der Stadt hinaus folgen, wo man dann einen Bullen, einen Hengst und einen Hammel zwischen zwei Freudenfeuern hindurchtrieb, die symbolisch für alle Tiere in Tira Virte standen. Und danach folgten Musik, Tanz und Trunkenheit bis zum Morgen.

All das bedeutete, daß Tazia zum Palasso Grijalva gehen und dort ihren Sohn treffen konnte, wie sie es geplant hatten, und sich danach mit Arrigo zu der Senke am Hügel davonstehlen konnte, ohne daß jemand es bemerken würde.

Rafeyo holte das Bild von Corasson hinter der Tür hervor und stellte es auf die Staffelei. Lange Zeit starrte er es nur an, und ein Lächeln zuckte um seine Lippen.

Er hatte erst vor zwei Stunden die letzten Runen hinzugefügt; eine kleine Wunde an seinem Daumen war eine süße Erinnerung an diese letzte Anwendung von Magie. Mit den Worten war das Gemälde versiegelt, obwohl die Farbe noch nicht trocken war; und inzwischen würden sie es in Corasson deutlich spüren!

Nun ja, sie waren alle draußen, seit Sonnenuntergang, und entzündeten Fackeln für das Fest. Nur die, die im Haus geblieben waren, würden etwas bemerken.

Aber nicht lange. Heute nacht. Er würde kein weiteres Jahr warten, bis die Sterne wieder dieselbe Position hatten wie auf dem Gemälde. Wer wußte schon, wann Mechella nördlich des Hauses noch weitere Bäume pflanzen lassen würde, oder die Blumen an der Einfahrt verändern oder die Holzverkleidungen gelb statt grün streichen lassen würde. Nein, es mußte heute geschehen.

Es war lächerlich einfach gewesen. Er hatte den Fratos einfach erzählt, er werde ein paar Tage bei seiner Mutter verbringen, er hätte einen Auftrag für eine *Geburt* oder ein *Testament* von jemandem außerhalb der Stadt, sie glaubten alles, was man ihnen sagte. Selbst Mechellas dumme Waisenkinder hatten sich als nützlich erwiesen: er hatte erklärt, eines der von ihm gemalten Bilder sei beschädigt worden und er müsse in das abgelegene casteyanische Dorf reiten, um es wieder zu richten.

Es hatte keine Tage im Haus seiner Mutter gegeben, keine Aufträge, keine Reisen nach Casteya. Aber inzwischen kannte er die Straße nach Corasson so gut wie sein eigenes Gesicht.

Das erinnerte ihn an das Porträt, mit dem er bald anfangen würde. Sein eigenes Gesicht, seine Kleidung – aber Riobaros Pose, lässig und dennoch würdevoll, beleuchtet von Riobaros subtilem und geheimnisvollem Kerzenlicht, für das er so lange gebraucht hatte. Alle hatten gewußt, wessen *Peintraddo Chieva* er als Vorbild für sein eigenes benutzen würde. Das hatte er auch so gewollt – sie hatten es wissen sollen. Er warf einen Blick über die Schulter auf die Vorstudie, aber das Licht der Lampe reichte nicht so weit, und er sah nur das übliche Durcheinander von Papieren und Leinwänden.

Er stellte die Lampe auf den Boden und begann, wieder über sein wahres Meisterstück nachzudenken. Corasson war hier bis in die kleinsten Einzelheiten wiedergegeben. All die lächerlichen Türmchen und Erker, nicht zueinander passende Simse, Kletterrosen und Eichen und jeder verdammte Stein und jede Blume – alles in der genau richtigen Position. Es hatte ihn unendlich viel Zeit gekostet, alles richtig zu machen.

Dagegen war es beinahe zu einfach gewesen, Premio Dioniso die nötigen Informationen über Magie zu entlocken. Dioniso, der große Premio Frato, der sich für allwissend hielt! Der alte Narr hatte nie gemerkt, daß Rafeyo all die kleinen Fäden des Wissens gesammelt und zu einem komplizierten Gobelin verwoben hatte. Hier eine Schmeichelei, da eine demütige Bitte, eine umständliche Frage und eine scheinbar spontane Einsicht – Rafeyo grinste und machte ein paar vergnügte Tanzschritte hinüber zum Fenster.

Der Abendstern stand am Himmel, und der Mond darüber bog sich wie der schwangere Bauch der Mutter. Der Stern stand für die Segnung des Sohnes in ihrem Bauch, so wie in dieser Nacht auch alle Felder und Menschen und Tiere geläutert werden würden, mit Hilfe von Fackeln, die für das Sternenlicht standen. Überall in Tira Virte würden Paraddio Luminossos um Dörfer ziehen, um Städte und Felder, und man würde die Tiere zwischen Feuern hindurchtreiben, und alle, die für die öffentliche Sicherheit zuständig waren, würden keine Ruhe haben vor Sorge, irgend etwas könnte Feuer fangen. Und genau das würde auch passieren.

Der Himmel draußen sah beinahe so aus wie der auf dem Gemälde. Nur noch eine kleine Weile, bis der Mond noch ein wenig höher gestiegen war und der Stern ein wenig heller glitzerte. Das Bedürfnis, vor Freude zu tanzen, verließ ihn ganz plötzlich und wich einem Schauder – aber es war ein Schauder der Erregung, nicht diese seltsame Kälte, die ihn gestern überfallen hatte. Es hatte in seinen Lippen und der Zunge begonnen, und hinter den Augen, und sich dann über den ganzen Körper ausgebreitet. Er hatte sich gefragt, ob er eine Erkältung bekommen würde, und Maler fürchteten jede Art von Krankheit, dieser Ankündigung frühen

Todes. Aber nach einer Weile waren die Schauder vergangen, und heute früh hatte er sich besser gefühlt als je zuvor. Und warum auch nicht? Er hatte in Öl gemalt, in Blut, in Schweiß und Samen und Tränen und Speichel. In *Magie.* Das war es, wofür er lebte.

Er kehrte zu dem Gemälde zurück und zählte leise die Minuten. Aus der Tasche nahm er einen neuen, sauberen Pinsel, tauchte ihn in Lampenöl, entzündete ihn am Docht. Eine Miniaturfackel, um das Bild von Corasson zu läutern, um Corasson zu läutern, indem es bis auf die Grundmauern niederbrannte.

»Das kann ich wirklich nicht zulassen.«

Rafeyo spürte, wie ihm vor Schreck die Knie weich wurden, als er die Stimme des Premio hörte. Sie kam aus dem Schatten in der Ecke und sprach mit der kalten Unerbittlichkeit eines casteyanischen Winters weiter.

»Nicht, daß ich etwas für Mechella geben würde. Ich sorge mich nur um dich, Rafeyo. Du hast keine Ahnung, was mit dir geschehen wird, wenn du dieses Bild anzündest.« Er lachte trocken auf. »Du weißt nur, was ich dich wissen lassen wollte, und für wie klug hast du dich gehalten, als du dir den Rest zusammengereimt hast! Ist dir denn nicht klar, daß ich dich beobachtet habe, wie du jeden kleinen Hinweis zu seinem Ursprung verfolgtest? Du hast ein ausdrucksvolles Gesicht, mein Junge, mit bemerkenswert leidenschaftlichen Augen. Das ist etwas, was ich mir merken und wogegen ich mich wappnen muß.«

»P-premio – was – ich verstehe nicht …«

Er trat aus den Schatten, und Rafeyo konnte sehen, daß er die Vorstudie zu seinem Selbstporträt in der Hand hielt.

»Um ehrlich zu sein, sorge ich mich nicht nur um dich alleine. In Corasson gibt es ein Gemälde – ein sehr wichtiges Gemälde, das wichtigste, das ich je geschaffen habe. Ich kann nicht zulassen, daß du es zusammen mit dem Haus zerstörst. Und zusammen mit dir selbst, sollte ich hinzufügen.«

»Mit mir selbst?« stotterte Rafeyo dümmlich. »Was meinst du …«

»Begriffsstutzigkeit kann manchmal recht liebenswert sein.« Er trat näher heran, die Ölskizze des Porträts in der Hand, die andere nach Rafeyo ausgestreckt, ihn beinahe berührend. »Wenn du vorhattest, mich zu fragen, was ich mit all dem meine, dann werde ich es dir jetzt zeigen.«

Rafeyo spürte, wie der alte Mann seine Hand mit seinen verkrümmten Fingern fest umklammerte. Panik durchzuckte ihn. Er war aufgehalten worden – Corasson würde nicht brennen – Mechella würde überleben – die ganze Arbeit, all das Blut und das Hin- und Herreisen – für *nichts!*

Rafeyo sprang mit dem immer noch brennenden Pinsel auf das Bild zu. Aber der Griff des alten Mannes verhinderte, daß er es erreichte. Die Flammen streiften das Bild, kamen aber nicht nah genug. Er wand sich, es gelang ihm ein weiterer Schritt, er zerrte …

Feuer berührte die Farbe, und Rafeyo schrie auf.

Er wurde zurückgerissen, fiel aber nicht. Der alte Mann hatte ihn fest in die Arme geschlossen, besitzergreifend wie ein Liebhaber. Als der Schmerz langsam nachließ, hörte Rafeyo wieder die kalte Stimme, und wieder war es, als käme sie aus dem Schatten, denn er war von Tränen geblendet.

»Verstehst du es jetzt? Die Demonstration mit deinem *Peintraddo Chieva* wird viel erträglicher ausfallen, nur ein Nadelstich. Wenn du eine Leinwand wie diese hier beschädigst, mit all diesen Zeichen und Symbolen und Runen, mit allem, was ein Maler mit der Gabe an Magie aufbringen kann, wirst du am eigenen Körper erleiden, was mit dem Gemälde geschieht.«

Das stimmte. Feuer brannte mit jedem hektischen Herzschlag.

»Was immer die machtvollste Flüssigkeit ist, die du benutzt hast – dort wirst du es spüren. Bei Tränen werden deine Augen brennen. Bei Urin würdest du dich am liebsten selbst entmannen. Aber Blut ist vorrangig. Und in diesem Bild von Corasson ist vor allem dein Blut. Nun weißt du, Rafeyo, wie dumm du gewesen bist.«

Der Schmerz ließ langsam nach, wurde erträglich. Angst ersetzte das Feuer in seinen Adern. Er schauderte, er fürchtete sich vor diesem Mann mit den kalten, kalten Augen.

Plötzlich ließen die verkrüppelten Finger seine Hand los und berührten die Tränen, die ihm über die Wangen liefen. Bevor er auf die beinahe väterliche Geste reagieren konnte, fuhren die Finger zu dem Schweiß oberhalb seiner Lippen. Dann glitt der Daumen zwischen seine Lippen und unter seine Zunge und kam speichelfeucht wieder heraus. Die so gesammelte Feuchtigkeit streifte Dioniso auf einem Stück Leinwand ab, das er in der anderen Hand hielt.

»Danke, damit ist die Sammlung beinahe vollständig. Bis auf den Samen, versteht sich, aber ich habe herausgefunden, daß er nicht wirklich notwendig ist. Du solltest übrigens wirklich deinen Nachttopf regelmäßig entleeren, Rafeyo.«

Sein Mund war vollkommen trocken, als wäre von Dionisos Daumen jegliche Feuchtigkeit weggewischt worden.

»Du verstehst das alles nicht, nicht wahr? Armer Rafeyo. Es dauert nicht mehr lange. Hab' Geduld.«

Diese Worte hatte er schon oft gehört, aber nie begleitet von einem solchen Lächeln. Sein Blick glitt unwillkürlich zum Boden, wo ein Stiefelabsatz die absurde kleine Fackel austrat. Er hatte das Gefühl, daß sein Herz im selben Augenblick ausgelöscht wurde.

Durch wortlose, gedankenlose Verzweiflung spürte er, wie Dioniso seine Hand wieder ergriff und seine Finger durch die letzten Oscurra-Runen zog und die Farbe verschmierte. Den Zauber zerstörte.

»Trotz all deiner Anstrengungen nur Amateurarbeit. Es gibt Sätze im *Kita'ab,* die Mechella auf der Stelle tot umfallen lassen würden. Nun weißt du, was wahre Macht ist, nicht wahr? Jetzt verstehst du, was ein Grijalva mit der Gabe tun kann.«

Ein Schluchzen blieb ihm im Hals stecken, erstickte ihn beinahe, als sein Lehrer und Folterer begann, leise vor sich hinzumurmeln, wie ein Sancto, der seine Litanei singt. Plötzlich wankte Rafeyo, als wäre nicht nur sein Herz, sondern sein ganzes Wesen zerstört worden. Die Augen des alten Mannes waren zugleich glasig und glitzernd, als beobachteten sie etwas weit Entferntes und konzentrierten sich dennoch auf Rafeyos Gesicht.

Seltsam. Er schien zu schweben. Sich aufzulösen. Ein unberechenbarer Geist, der frei umhertrieb, leicht wie eine Feder, ohne Gestalt.

Nein!

In plötzlicher Angst suchte er nach Händen, um um sich zu schlagen ...

nach einer Stimme, um zu schreien,

nach Augen, um zu sehen,

Herzschlag, Atem, Haut, Knochen, Fleisch, SUBSTANZ.

Etwas rief nach ihm. Beraubt und entsetzt, griff er nach etwas, das vertraut schien, aber schwach, auf eine Art, die er nicht verstand – er versuchte, sich an seinen eigenen Schatten zu klammern. Eine Mauer schoß empor – er konnte sie nicht sehen und nicht spüren, aber er wußte, daß sie da war, daß sie in einem Rhythmus pulsierte, den er nicht erkannte. Einem Rhythmus, der wie ein Herzschlag klang ...

Corasson! Ich muß ... das Feuer ... wo sind meine Hände – ich brauche sie – das Feuer verbrennt mir die Hände!

Ich weiß. Ich weiß es. Komm hierher, Rafeyo. Komm mit. Hierher.

Diesmal hatte er Anleitung. Er stürzte sich auf sein Ziel wie zuvor auf das Bild von Corasson. Und spürte wieder die vertraute Hülle aus Muskeln und Knochen und Haut, die seine Seele umkleidete.

So gut, wieder seinen Körper zu spüren, nach dieser schrecklichen Leere. Man hatte einen unglaublich starken

Zauber gegen ihn eingesetzt, und er wollte unbedingt wissen, wie so etwas funktionierte und was man dazu brauchte. Um Mechella dasselbe anzutun!

Aber er fühlte sich seltsam. Schwindlig, ein wenig elend, und die Perspektive hatte sich verändert, als wäre er plötzlich einen Zoll oder zwei gewachsen. Und seine Hände taten weh. Sie schmerzten an jedem Fingerknöchel, als er sich an einer Stuhllehne festhielt, um das Gleichgewicht wiederzufinden. Seine Muskeln gehorchten nur widerwillig. Das konnte er nicht verstehen, vor einem Augenblick noch war er angespannt und bereit gewesen. Sein Pulsschlag war langsam, als hätte man ihn betäubt, obwohl er doch eigentlich von all der Angst rasen sollte.

Dennoch, diese entsetzliche Ziellosigkeit war verschwunden, er hatte wieder Substanz, Knochen und Fleisch und Augen. Er nutzte sie, um sich erstaunt umzusehen.

Eine Hand – seine eigene – hielt eine gerahmte Leinwand. Andere Finger, ebenfalls die seinen, griffen vorsichtig nach einer Nadel. Als das Gold vor der gemalten Brust aufblitzte, erkannte er, was für ein Bild es war, und wen es darstellte.

Aber wieso wollte dieser Mann das Herz seines eigenen *Peintraddo Chieva* durchbohren?

Er versuchte, sich zu bewegen, die Hände auszustrecken, zu verhindern, was geschehen würde. Er starrte seine eigenen ungeschickten, schmerzenden Hände an.

Das waren nicht seine Hände! Sie waren verkrümmt und fleckig … und *nicht seine Hände*!

Alle Kraft wich aus ihm, und er taumelte gegen den Stuhl. Er blickte auf und sah im Licht der Lampe ein Gesicht.

Es war sein Gesicht. Sein Mund lächelte ihn an. Aber es war nicht sein Lächeln.

»Als würde man in einen lebenden Spiegel sehen«, sagte seine Stimme.

Er hatte nicht gesprochen. Die Lungen und die Kehle und die Zunge und die Lippen, die er spürte, hatten kein Wort hervorgebracht. Und dennoch hatte er seine eigene Stimme gehört, die aus seinem eigenen Mund drang.

»Premio D-Dioniso ...« Und er zuckte zusammen, als er die tiefen Töne hörte, trocken wie altes Pergament, die aus seiner eigenen Kehle drangen. Nicht seine eigene Stimme, überhaupt nichts klang nach ihm.

»Sario.« Sein Mund lächelte ihn an. Nicht sein Lächeln. »Und Ignaddio und Martain und sogar Riobaro – ja, selbst er. Alle waren Sario. Aber ab heute – *Rafeyo.*«

»Sario!«

Er hörte die Stimme, die nicht seine war, und er betrachtete die Hände, die nicht seine waren, und das gemalte Gesicht, das nicht seines war – und das lebende Gesicht ...

das seines *gewesen* war.

Als die Nadel das gemalte Herz durchstach, verstand er endlich. Und mit diesem Verständnis und mit Schmerzen starb er.

23

Die Folgen von Rafeyos Schrecken zu überwinden – den schnellen Puls und die beschleunigte Atmung, das Zittern, all diese Reaktionen des Körpers darauf, einige Zeit ohne Geist gewesen zu sein – gelang ihm in wenigen Minuten. Es war, wie wenn man ein verängstigtes Kind beruhigte, und tatsächlich waren die Worte, die er im Kopf murmelte, als er mit seinen neuen Händen über die neuen Arme und Beine und die Brust strich, die eines liebevollen Vaters: »Ganz ruhig, ich bin ja bei dir, hab' keine Angst, mein Junge, jetzt bin ich da.«

Sario streckte sich genießerisch und spürte diesen starken jungen Körper. Er war ein wenig kleiner als Dioniso, aber er war auch erst neunzehn und würde vielleicht noch wachsen. Im Lampenlicht betrachtete er seine Hände – die kostbaren, geschmeidigen Hände – und freute sich über die langen, geraden Finger und die glatte Haut. Langsam, als würde er den Körper einer geliebten Frau erforschen, strich er über seine neue Haut. Die gerundeten Muskeln der Schultern und Oberarme; eine feste Brust, ein flacher Bauch, schlanke Oberschenkel – er lachte, als sich seine Männlichkeit rührte, und streichelte sie bis zur Härte. Das rasch aufwallende Begehren verblüffte ihn. Es war Jahre her, seit er eine so schnelle Reaktion verspürt hatte.

Aber er hatte jetzt keine Zeit, sich damit abzugeben, und nahm die Hände weg. Rafeyos sämtliche Skizzen mußten sofort aufgeweicht werden, bis sie keine Macht mehr hatten. Er wußte nicht, wie er herausfinden konnte, wie viele von ihnen mit Magie versehen waren. Die Farben mit dem Blut darin mußte er wegschließen, für die ferne Zukunft, in der er sich aus Rafeyo heraus und in einen weiteren starken jungen Mann malen würde. Aber zunächst einmal mußte das alte Wrack, das Dioniso gewesen war, ins Bett getragen werden. Morgen würde man betrübt entdecken, daß der geehrte Premio Frato im Schlaf gestorben war, vermutlich an Herzschwäche. Was in gewisser Weise ja auch stimmte.

Sario zog die goldene Nadel aus dem Porträt und entzündete ein Streichholz, um sie zu reinigen. Sancterria, dachte er amüsiert, obwohl die Nadel längst schon durch ihren Gebrauch geheiligt war. Und dadurch, daß sie einmal Saavedra gehört hatte – ein Geschenk einer ihrer Basen, in der Hoffnung, Saavedra damit zu Stickarbeiten zu ermutigen statt zum Malen. Sie hatte das Geschenk verachtet und Sario die Nadel zur Arbeit an Fresken geschenkt.

Das Herz mit einer goldenen Nadel zu durchstechen, die einmal ihr gehört hatte – das war sowohl dem Schmerz angemessen, den sie ihm vor langer Zeit bereitet hatte, und gnädig für Rafeyo. In der Vergangenheit hatte er damit herumexperimentiert, sie in den Kopf des Abgebildeten zu stechen, aber die richtige Position war schwer zu finden, und manchmal entstand dadurch nur heftiger Kopfschmerz. Einmal hatte er es mit dem Bauch versucht und schauderte jetzt noch, wenn er daran dachte. Das war Ignaddio gewesen, sein erster Wirt; damals hatte er auch noch nicht an die Nadel gedacht und einen Spachtel in den gemalten Bauch gestoßen. Das Ergebnis hatte zum Himmel gestunken, und er hatte noch stundenlang putzen müssen.

Jetzt steckte er die frisch gereinigte geläuterte Nadel wieder in eine kleine Silberschachtel. Er kniete sich neben die abkühlende Leiche und öffnete die ersten Hemdknöpfe, vorbereitet auf einen verräterischen Blutstropfen. Einmal hatte zu seinem Entsetzen das alternde Herz Blut über seine Hände versprüht. Und seitdem (wer war das nur gewesen? Vielleicht Ettoro), hatte er für diesen Fall vorsichtshalber immer ein sauberes Hemd bereitgehalten.

Er war gerade dabei, die Brust zu untersuchen, als die Tür hinter ihm aufging. Er hatte sie doch sicher verschlossen – ja, selbstverständlich, und Rafeyo ebenfalls. Aber offenbar gab es noch einen Schlüssel. Und ihm wurde elend bei dem Gedanken daran, wer das sein mußte.

»Rafeyo!«

Tazia kam ins Zimmer gerauscht, ihr weißer Seidenumhang und das gelbe Festkleid raschelten wichtigtuerisch. Sario versuchte, sich zwischen sie und Dioniso zu schieben und hoffte, daß das Lampenlicht trübe genug wäre. Als er aufblickte, Überraschung unwillkürlich – und angemessen – auf seine Züge geschrieben, fragte er sich, wie es möglich war, daß dasselbe Chi'patro-Blut, das Saavedras sehnsuchtsvolle Schönheit geschaffen hatte, auch für diese Frau verantwortlich war. Tazia war schön, ohne Zweifel, aber es war etwas so Offensichtliches an ihr, eine polierte, disziplinierte Perfektion, die einen mit der Zeit anwiderte. Sie war überzüchtet, wie einer dieser Schoßhunde, bei denen die Inzucht zu weit getrieben wurde, mit dem Ziel, nur noch das gewünschte Aussehen zu erreichen, und unter Mißachtung von Charakter und Intelligenz.

Aber an ihrer Heftigkeit bestand kein Zweifel. Und als ihr Blick auf das Gemälde von Corasson fiel und dann auf die Leiche auf dem Boden hinter ihm, bewies sie, daß auch das Hirn der Grijalvas noch nicht vollständig weggezüchtet war.

»Er hat dich erwischt«, sagte sie ganz ruhig. »Du hättest vorsichtiger sein sollen. Wie hast du ihn umgebracht?«

»Das habe ich nicht! Er – er ist einfach – er war wütend, und dann ist er umgefallen!«

Sie zog die Braue hoch, als würde sie ihm *beinahe* glauben, dann zuckte sie die Achseln. »Nun ja, er war beinahe fünfzig, und das ist ein obszön hohes Alter für einen Maler mit der Gabe. Er darf nicht hier gefunden werden. Wir müssen ihn in sein Zimmer bringen, damit es aussieht, als wäre er im Schlaf gestorben.«

»Du denkst immer an alles, Matra.« Sofort wußte er, daß dies die falsche Anrede gewesen war, obwohl ihre Überraschung sofort einem Lächeln wich.

»Aber selbstverständlich. Hier, ich werde dir helfen. Bist du fertig geworden, bevor er hereingekommen ist?«

Während sie verbogene Glieder geradestreckten, erzählte er es ihr. Er jammerte geradezu, das tat Rafeyo immer, wenn er in Bedrängnis war. »Ich weiß nicht, was passiert ist. Es hat nicht funktioniert. Ich habe alles ganz richtig gemacht, das weiß ich – aber es hat nicht funktioniert!«

Tazia warf ihm über Dionisos Leiche hinweg einen zornigen Blick zu. »Wenn du alles richtig gemacht hast, wie konnte es dann nicht funktionieren?«

»Ich weiß es nicht!«

Sie blieb auf den Fersen ihrer goldbestickten Schuhe hocken. »Ich muß sagen, ich bin ziemlich enttäuscht, Rafeyo. Aber du wirst es wieder versuchen.«

»Aber wenn ich nicht weiß, was schiefgegangen ist, wie kann ich es dann berichtigen?«

»Du wirst bald deine Ausbildung beendet haben. Dann werden sie dir nichts mehr verheimlichen. Du wirst feststellen können, wo du Fehler gemacht hast …«

»Ich habe nichts falsch gemacht, das weiß ich!«

»Du wirst feststellen, wo du Fehler gemacht hast«, wiederholte sie unbeirrbar, »und alles in Ordnung bringen. Und dann mußt du so schnell wie möglich malen, denn Arrigo hat zugestimmt zu tun, worüber wir gesprochen haben.«

»Tatsächlich?« Sario hoffte, nicht allzu dümmlich dreinzuschauen. Er hatte noch nicht die üblichen langen Stunden vor dem Spiegel zugebracht und seine Experimente zur Beherrschung des neuen Gesichts durchgeführt. Und er sorgte sich auch wegen des Körpers – die Beine und Arme waren kürzer, das Gewicht geringer, die Haltung unähnlich genug, um ihn leicht aus dem Gleichgewicht zu bringen.

»Er ist sogar ziemlich versessen darauf«, sagte Tazia ein wenig säuerlich. »Und es wird ihm nicht gefallen zu warten, bis du seine Frau gehorsam gemalt hast. Andererseits hätte ich noch ein wenig Zeit, Serenissa entsprechend zu bearbeiten. Was mich daran erinnert – könntest du sie für seinen Bastard empfänglich malen? Das wäre eine Hilfe.«

In Sarios Kopf wirbelten die Gedanken durcheinander. Einen Grijalva-Bastard? War sie wahnsinnig geworden? Die Zeit spielte plötzlich keine Rolle mehr, und er war wieder Sario, der gerade erfahren hatte, daß Saavedra schwanger war. Wütend schob er die uralten Gefühle beiseite und konzentrierte sich auf diese schreckliche Person vor ihm.

»Und?« fragte sie. »Geht das? Und kannst du dafür sorgen, daß es ein Mädchen wird?«

»Ich – ich glaube schon.« Er erhob sich, zwang seine Muskeln zu gehorchen und streckte die Hände aus, um ihr aufzuhelfen. Es war unerwartet widerwärtig, sie anzufassen. »Ich sollte hier aufräumen und das Bild verstecken. Kannst du ihn in den Flur bringen? Ich komme in einer Minute nach und helfe.«

»Du willst, daß ich ihn *rauszerre*? Na gut. Aber beeile dich.«

Beide nahmen sie je ein Bein und zogen Dioniso zur Tür. Als Sario die Tür öffnete, warf Tazia einen letzten Blick auf das Bild von Corasson.

»Sie ist gar nicht zu sehen. Wie kann die Magie funktionieren, wenn Mechella nicht auf dem Bild zu sehen ist?«

Er dachte nach. Tazia wußte offensichtlich nichts von den Brandstifterplänen ihres Sohnes. »Es ist ein besonderer Bann«, sagte er. »Er ist auf die gesamte Atmosphäre des Hauses ausgerichtet.«

Sie riß die dunklen Augen weit auf. »Willst du damit sagen, daß jeder Atemzug, den sie macht, sie gehorsamer werden läßt? Wie wunderbar!« Voller Stolz beugte sie sich vor, um ihn auf die Wange zu küssen. Er widerstand dem Impuls, sich die Haut abzuwischen. »Du hast mir nie erzählt, daß so etwas möglich ist! Du hast die größten Maler übertroffen, Rafeyo! Selbst Riobaro!«

»Ich versuche es«, sagte er und zwang ein Grinsen auf seine Lippen. »Zieh ihn, so weit du kannst. Seine Räume sind unten, am Ende des Flurs.«

»Beeile dich.«

»Du bist wunderbar, Mutter. Habe ich dir das je gesagt?«

»Ich versuche es«, erwiderte sie und zwinkerte.

»Das gefällt mir nicht«, sagte Zevierin leise. »Du hattest keinen Grund, ihr von Lissinas Empfang hierher zu folgen, nur einen vagen Verdacht.«

»Tazia sah einfach zu selbstzufrieden aus, als daß ich *mich* damit zufrieden gegeben hätte.« Leilias betrat tapfer jenen Flügel des Palasso, der für Maler mit der Gabe reserviert war und zu dem nicht einmal weibliche Dienstboten Zutritt hatten, und ging auf das nächstgelegene Treppenhaus zu. »Und ich nehme an, es war auch nicht mehr als ein ›vager Verdacht‹, der dich dazu gebracht hat, Cabral zu schreiben, er solle diese Zeichnung zerstören!«

»Nicht diese Treppe, das wird ewig dauern. Diesen Flur entlang geht es schneller.« Er wartete, bis sie wieder neben ihm war, dann faßte er sie am Arm. »Wieso bist du so sicher, daß sie hier in diesem Flügel ist?«

»Wen außer ihrem Sohn sollte sie hier besuchen? Zevi, ich habe schon eine Menge Zeit damit verschwendet, dich in dieser Menge da draußen zu suchen. Sie hat vielleicht schon erledigt, was immer sie hier tun wollte, und ist wieder gegangen. Wir müssen uns beeilen.«

»Was glaubst du denn, was sie vorhat?«

»Woher soll ich das wissen?« rief sie und zuckte zusammen, als ihre Stimme widerhallte. Leiser fuhr sie fort: »Wieso kommt sie hierher, wenn Rafeyo sie jederzeit in ihrer Villa besuchen kann? Wieso heute nacht, wenn alle weg sind und der Palasso leersteht?«

»Na gut«, stimmte er widerstrebend zu. »Die älteren Schüler wohnen einen Stock über den Viehos Fratos. Komm mit.«

Sie gingen eine Treppe hinauf und hatten die zweite gerade zur Hälfte hinter sich, als sie eine Frauenstimme hörten, die beeindruckend kreative Flüche ausstieß. Leilias erstarrte an Zevierins Seite.

»Tazia«, sagte sie beinahe lautlos.

»Du hattest recht«, flüsterte er zurück.

Sie schlichen weiter, ein Stockwerk und noch eines und beteten, daß die Dielen nicht knarren würden, als sie seltsamen, kratzenden Geräuschen zu den Räumen der Fratos folgten. Als sie um eine Ecke bogen, hielten beide unwillkürlich die Luft an, als sie die Gräfin do'Alva vor sich sahen, die eine Leiche an den Füßen gepackt hatte und auf die Treppe zuzog.

Tazia sah sich um, und im Lampenlicht sahen ihre Augen wild und seltsam aus. Ihre Frisur hatte sich gelöst, sie war erhitzt, und Zorn flackerte in ihren Augen auf, als sie die beiden erkannte. Aber sie erholte sich schnell, richtete sich auf, ließ die Füße des Mannes los und fragte mit königlicher Arroganz: »Was macht Ihr hier?«

Zevierin starrte sie verblüfft an. Immerhin war *sie* es, die eine Leiche herumzerrte. Dann erkannte er, wessen Leiche das war. »Premio Dioniso!« rief er.

»Ich habe ihn oben im Flur gefunden, tot«, sagte Tazia – zu kühl, aber auch irgendwie nicht kühl genug. »Ich habe gerufen, aber es ist niemand hier. Bringt ihn am besten in sein Zimmer und sorgt dafür, daß er ordentlich auf dem Bett liegt, und ich gehe raus und hole Hilfe.«

»Selbstverständlich«, sagte Zevierin, als glaubte er ihr jedes Wort, und trat vor, um sich neben den Kopf des Premio zu hocken, wobei er sehr genau wußte, wie verblüfft ihn seine Frau jetzt anstarrte. Der Ausdruck auf dem toten Gesicht war entsetzlich: die reine Angst, schrecklicher Schmerz. Ein Herzinfarkt? Ein Hirnschlag? Zevierin hatte nicht die Erfahrung, das bestimmen zu können.

Aber er verstand den kleinen Blutfleck. Das weiße Hemd war aus dem Gürtel gerutscht, als die Leiche über den Boden geschleift worden war, aber es war immer noch gut zu sehen, daß sich der Blutfleck genau über dem Herzen befunden hatte. Ohne nachzudenken, riß Zevierin das Hemd auf, Knöpfe flogen davon und fielen klappernd in die schattige Ecke, die das Lampenlicht nicht mehr erreichte. Da – eine verwischte Spur auf der bloßen Haut …

»Ermordet«, sagte er und erkannte seine eigene Stimme nicht mehr. »Premio Frato Dioniso ist ermordet worden.«

Tazia wich ein paar Schritte zurück. »Wie? Das ist unmöglich!«

Leilias eilte zu ihr und griff sich zwei Hände voll teuren weißen Seidenmantels. Die goldenen Verschlüsse am Hals wurden Tazia eng, sie löste sie eilig, und der glatte weiße Stoff glitt ihr von den Schultern. Leilias ließ ihn fallen und grub der Frau ihre Finger in die Arme.

»Wie kannst du es wagen! Nimm sofort die Hände weg!«

Leilias riß sie zu der Leiche zurück. »Was hast du in diesem Flügel zu suchen?«

»Dieselbe Frage könnte ich dir stellen.«

»Und wieso heute nacht?« Sie schüttelte ihre Gefangene. Tazia warf die dunklen Locken zurück und starrte sie wütend an.

»Du hast kein Recht, mich zu verhören! Laß mich los!«

Zevierin bemerkte, daß er sie gegen seinen Willen ein wenig bewunderte. Ihr Mut, die Tücke, die Arroganz und das reine Draufgängertum – es war eine beeindruckende Vorstellung. Er stand auf, überzeugt, daß das Gewicht und die Müdigkeit in seinen Knochen eine Vorausschau darauf darstellten, wie er sich in zwanzig Jahren fühlen würde, wenn er alt wäre.

»Hast du ihn umgebracht?« fragte er ruhig. »Hast du es getan, oder war es Rafeyo?«

Sie wehrte sich noch einen Augenblick gegen Leilias Griff, dann stieß sie einen Schrei aus und begann zu schluchzen. »Rafeyo! Es war Rafeyo!«

Soviel zum Thema Mut. Und diese Frau hatte Arrigo Mechella vorgezogen!

»Er hat es getan, er ist dafür verantwortlich!« stieß sie hervor. »Er sagte, ich solle heute abend hierher kommen – ich mußte gehorchen, er ist ein bestätigter Maler, ich hatte Angst, was er tun würde, wenn ich nicht kam – er hat mir von eurer Magie erzählt – schreckliche Dinge! Ich ging in sein Atelier, und da lag Premio Dioniso, tot! Ich hatte nichts damit zu tun, überhaupt nichts!«

Das mochte sogar stimmen.

»Warum bist du dann nicht davongerannt?« fragte Leilias.

Ein leichtes Zögern, vielsagend genug. Und dann: »Er ist mein Sohn. Ich habe ihn mein ganzes Leben lang geschützt – wenn du erst Mutter bist, wirst du das verstehen –, es ist deine Pflicht, ihm zu helfen, ihn zu lieben, ganz gleich, was geschieht! Er ist mein einziger Sohn, eine Mutter liebt ihren Sohn, ganz gleich, was er tut.«

Verängstigt, aber nicht genug, um endgültig ihren beträchtlichen Verstand zu verlieren. Zevierin überdachte seine Einschätzung Tazias noch einmal. Und er nahm sich vor, seiner Frau das Versprechen abzunehmen, ihre Söhne nie auf solche Weise zu lieben.

»Wo ist er jetzt?« Diesmal schüttelte Leilias Tazia so fest, daß der anderen Frau die Zähne klapperten.

»Weg, nehme ich an«, sagte Zevierin und ersparte Tazia die Anstrengung, eine weitere Lüge erfinden zu müssen. »Wir haben sicher genug Krach gemacht, um ihn zu warnen. Kannst du sie festhalten – ich gehe und suche Mequel.«

»Sicher.«

Dann tat Leilias etwas, das kein Maler je tun würde – auch kein Musiker, kein Goldschmied, niemand, dessen Lebensunterhalt von seinen Händen abhing. Zevierin sah voller Ehrfurcht zu, als seine Frau die Gräfin do'Alva mit der geballten Faust ans Kinn schlug, was die absehbaren Folgen hatte.

Er nahm sich zusätzlich vor, Leilias nie zu verärgern.

Lachen und Licht in jedem Fenster, in jeder offenen Tür. Tanzende, schwankende, taumelnde Menschen. Geruch nach Alkohol und Schweiß, Gestank nach Pech von den ausgebrannten Fackeln, von billigem Parfüm. Er schlüpfte auf seinen starken jungen Beinen durch die Straßen wie ein Schatten, wachte mit scharfen jungen Augen. Vor dem Atelier über der Weinhandlung drehten geschmeidige junge Hände den Schlüssel um und lösten die Riegel.

Und dann war er in Sicherheit.

Er brauchte kein Licht. Er kannte diesen Raum seit Hunderten von Jahren. Er wußte, wo das *Peintraddo Memorrio* an die Wand gelehnt stand, er kannte das Muster der Farbflecken auf dem Tuch, das es verhüllte. Hier ein Tisch, daneben der Stuhl, dort eine Staffelei, in einer Truhe in der

Ecke Farben und Lösungsmittel und *Folio* und *Kita'ab*, drüben am Fenster ein Stapel frischer Leinwände.

Muffige Bettücher, eine mottenzerfressene Decke – dennoch, eine Zuflucht. Er rollte sich auf dem Bett zusammen und zitterte lange Zeit. Er sagte sich, das sei nur die Reaktion dieses Körpers, dieses unvertrauten Fleisches, das er noch nicht so recht beherrschte.

Kein Sonnenstrahl warnte ihn vor dem nächsten Tag. Die Fensterläden waren zugeklappt, dicke Vorhänge dichteten den Raum zusätzlich ab, kein Luftzug drang herein. Er war an diese Stickigkeit gewöhnt, an den Staub. Sein Körper nicht. Er bekam keine Luft. Die Sonne ging auf und erwärmte die Straßen von Meya Suerta, frisch gereinigt vom Feuer, und erhitzte die Mauern und das Dach dieses Speicherzimmers ebenso wie die Luft um ihn herum, und er wußte nur deshalb, daß es früh am Morgen war, weil er keine Luft mehr bekam.

Er zwang sich aufzustehen und durch die Dunkelheit zum Tisch zu gehen und eine Flasche zu öffnen, die dort stand – wie lange schon? Der Wein war sauer geworden. Er trank ihn trotzdem. Er hustete und spuckte und trank noch mehr.

Schließlich setzte er sich hin. Der Stuhl stammte noch aus Alejandros Zeiten und war einstmals schön gewesen. Der letzte Rest der Vergoldung war vor einem Jahrhundert abgeblättert. Das Samtkissen hatte sich schon lange davor aufgelöst. Fünfmal hatte er die geflochtene Sitzfläche erneuert. Wahrscheinlich hätte er lieber den ganzen Stuhl ersetzen sollen, aber er hielt sich hier nie lange genug auf, daß es die Mühe gelohnt hätte.

Er entzündete die Kerzen, eine in Silber und eine in Gold. Sein Schädel grinste ihn an, schimmerte weiß aus den Schatten, und er wich zurück.

In den Jahrhunderten, in denen dieses Haus ihm gehört hatte, hatte er insgesamt vielleicht zwei Monate in dem schäbigen Atelier verbracht – nur, um die Porträts zu malen, die ihm zu seinem nächsten Wirt verhalfen, und die Ergänzungen zum *Peintraddo Memorrio.* Bald würde er Rafeyos Gesicht hinzufügen müssen. Ein weiteres Gesicht auf dem Bild, ein anderes Leben, an das er sich erinnern mußte. Er seufzte tief. Dioniso hatte ein gutes Leben gehabt, produktiv und nützlich – aber das Ende war ein Desaster gewesen, und das alles wegen Rafeyo.

Der Körper beruhigte sich langsam. Es war nie seine eigene Panik gewesen. Es war nur der Körper, der reagiert und ihn zu sofortiger Flucht veranlaßt hatte. Aber dafür war er dankbar. Wenn Zevierin und Leilias ihn gefunden hätten, so, wie sie Tazia gefunden hatten …

Er trank noch einen Schluck des sauren Weins. Ja, jetzt ging es ihm erheblich besser. Ein bißchen Schlaf, und dann etwas zu essen – er würde nach unten gehen und den Ladenbesitzer bitten, ihm etwas zu bringen. Hier hielten sie zu ihm; er war immerhin der Besitzer des Hauses, der *Vertrag* war vor langer Zeit gemalt worden und befand sich in der Truhe in der Ecke. Aufeinanderfolgende Generationen von Weinhändlern hatten ihr Handwerk voneinander geerbt, ebenso, wie sie glaubten, daß aufeinanderfolgende Generationen seiner Familie, deren Namen sie nicht kannten, Erben des Hauses waren. Einmal, in den frühen Jahren, war er nach längerer Abwesenheit zurückgekehrt und hatte festgestellt, daß jemand den Stuhl verrückt hatte. Zwei Tage und eine Aguo-Skizze später gestand die Schwester des Weinhändlers, daß sie sich im Atelier umgesehen hatte. Zwei Wochen und ein Sanguo-Gemälde später starb sie, als sie eine Treppe herunterstürzte. Und seitdem hatten sie ihm die Treue gehalten.

Also würde er den Sohn des Hauses bitten, eine Nachricht zum Palasso Grijalva zu bringen und …

Eine Nachricht – für wen?

Es war unmöglich, Rafeyo zu bleiben. Verdammt sollte er sein! Wenn er nur gewartet hätte, wäre ihm alles zugefallen. Es wäre *Sario* zugefallen. Wie lange war es her, seit er zum letzten Mal die Amtszeichen eines Obersten Hofmalers getragen hatte? Nicht mehr seit Riobaro. Seitdem war nichts mehr in Ordnung gewesen.

Plötzlich erkannte er, daß sein Leben als Dioniso und die Übernahme Rafeyos für all seine viele Leben und Übernahmen stand. Es hatte nie *funktioniert.* Nie war es zur rechten Zeit geschehen, oder unter den rechten Umständen. Nie hatte es so etwas wie Perfektion gegeben. Nie hatte er die richtigen Wirte gefunden, die ihn zurück an seinen angestammten Platz brachten, den Platz, den er als Sario nur viel zu kurze Zeit innegehabt hatte.

Ignaddio hatten die richtigen Blutlinien gefehlt. Zandor war in die Mühlen der Grijalvapolitik geraten. Verreio hatte vergeblich gewartet, daß der damalige Oberste Hofmaler starb. Martain hatte der Neid anderer zu einem unbedeutenden Dasein verdammt. Guilbarro war von der Unfähigkeit einer verbrecherisch dummen Sancta vernichtet worden, die ihn doch eigentlich hatte heilen sollen. Matteyo war den Anschuldigungen zum Opfer gefallen, beim »Selbstmord« seines Bruders behilflich gewesen zu sein. Timirrin war eine willkommene Erholung gewesen – aber er hatte nichts erreicht, keinen Ruhm.

Nur Riobaro. Nur dieses eine vollkommene Leben. Er sah das wunderbare Gesicht an, das er so viele brillante Jahre lang getragen hatte, und das Bedauern war bitterer auf seiner Zunge als der saure Wein.

Und nach Riobaro? Domaos und diese katastrophale Affäre mit Benecitta. Der ungeschickte, häßliche Renzio. Oaquino – später bekannt als Der Haarkünstler. Ettoro, verkrüppelt mit fünfunddreißig, dessen Mutter dummerweise ihre mächtige Halbschwester Tazita, Arrigos II. ungekrönte Großherzogin, verärgert und damit die Chancen ihres Sohnes ruiniert hatte.

Dioniso hatte eine Chance gehabt. Er war zum Premio Frato aufgestiegen und hatte die Chance gehabt, in Rafeyo Vollendung zu erlangen.

Das war nun unmöglich.

Nur Riobaro. Nur dieses eine vollkommene Leben.

Warum?

Was hatte er denn getan, das nicht zum besten seiner Familie, seiner Herzöge, seines Landes gewesen wäre? Er hatte so lange und so gut gedient, er hatte Dinge für sie getan, vor denen jeder andere zurückgewichen wäre, die nur er, Sario, *der* Grijalva-Maler schlechthin, hatte tun können – und zur Belohnung hatte er nur dieses eine vollkommene Leben gehabt.

Er würde ein anderes schaffen. Das schwor er sich. Aber erst mußte er Rafeyo loswerden. Wenn sie ihn hier fanden, bevor er einen anderen Wirt fand, wäre er verloren.

Und Saavedra ebenfalls. Er hatte sie in der vergangenen Nacht gerettet. Eines Tages würde er ihr davon erzählen, wie er ihr das Leben gerettet hatte. Und nun mußte er sie beide retten.

Aber – *wer?*

Heute würden sie Dioniso wegbringen. Es würde keine Paraddio Iluminaddio geben; er war zu plötzlich gestorben. Die Mutter, Giaberta, würde aus dem Haus ihres Mannes nach Meya Suerta kommen und ihren rituellen Abschied nehmen. Alle würden wissen, daß Dioniso ermordet worden war; Zevierin und Leilias würden es ihnen gesagt haben. Und auch Tazia – er kannte sie gut genug, um zu wissen, daß sie ihrem Sohn die Schuld geben würde, wenn es sie retten könnte. Er durfte nicht vergessen, wegen Tazia etwas zu unternehmen.

Sie konnten »Rafeyo« nichts tun, es sei denn, sie benutzten das Gemälde von Corasson. Aber was immer geschehen würde, würde auch in Corasson geschehen. Und das wußten sie. Also würden sie es nicht benutzen. Es gab kein *Peintraddo Chieva,* in das sie ihre Nadel stechen oder das sie anzünden konnten, es gab keine Gemälde an den Höfen anderer Städte oder in Tira Virtinischen Villen und Castellos, die man gegen ihn verwenden konnte. Und was die Erbschaftsbilder anging, die er für diese elenden casteyanischen Waisen gemalt hatte – das waren einfach nur Bilder, ohne jede Magie.

Sie konnten Rafeyo nichts antun.

Aber sie würden ihn jagen, bis sie ihn gefunden, vor Gericht gestellt und ihn für den Mord an Premio Frato Dioniso hingerichtet hatten. Er mußte einen Weg finden, sich Rafeyos Körper zu entledigen.

Wer könnte ihm dabei helfen?

Er starrte die Schachtel mit den Farben an. Er würde sie entsprechend seiner eigenen Formeln verstärken. Rafeyo hatte sich für so klug gehalten – er hatte keine Ahnung von wahrer Macht. Diesem Körper würde es nicht schaden, ein wenig Blut zu verlieren. Diesem starken, gutaussehenden, perfekten jungen Körper ...

Verdammt sollte er sein!

Der Oberste Hofmaler Mequel sah sich ein letztes Mal mit müdem Blick in Rafeyos kleinem Atelier um. »Ich hoffe, das war alles für heute nacht. Meine Schlafenszeit ist längst vorbei.«

»Es genügt«, erwiderte Zevierin grimmig.

»Es bleibt allerdings die Frage – was machen wir mit dem, was wir wissen? Und diese Frage müssen wir noch in dieser Nacht beantworten.«

»Gibt es irgendeinen Grund, dazu nicht nach unten zu gehen und es uns etwas bequemer zu machen? Und ich könnte etwas zu trinken gebrauchen, das mir den Geschmack dieser Sache aus dem Mund spült«, meinte Zevierin ganz offen.

»Meine alten Knochen hätten nichts gegen einen weichen Sessel, und ein Glas Wein wüßte ich zu schätzen. Vielleicht würde sich deine liebe Frau darum kümmern?«

Leilias – ausnahmsweise ganz die fügsame Grijalvatochter – verschwand augenblicklich, um sich um das Gewünschte zu kümmern. Zevierin hielt sich zurück und bot

Mequel keine Hilfe an; der Oberste Hofmaler nahm diese taktvolle Geste mit einem Lächeln an und stützte sich dennoch auf den Arm des jüngeren Mannes.

»Sie ist wirklich eine gute Frau, daran besteht kein Zweifel«, murmelte Mequel, als sie langsam die Treppe hinabstiegen. »Du hast großes Glück gehabt, sowohl als Maler als auch als Mann.«

»Ich weiß«, sagte Zevierin leise.

»Laß dir einen Rat geben, Frata meyo. Denk nie an die Jahre, die noch vor dir liegen. Sie existieren einfach nicht. Und es kann wirklich sein, daß es sie nie geben wird –, es könnte schon tödlich sein, eine belebte Straße zu überqueren. Du hast das Heute, und du hast ihre Liebe.«

»Ich – ich verstehe, Oberster Hofmaler.«

»Und du solltest auch Folgendes verstehen: Die Kinder, die sie dir schenkt, sind wirklich ihre Gaben an *dich*. Jeder Idiot kann ein Kind zeugen. Aber um Vater zu sein, braucht es einen wirklichen Mann.«

Als sie im Erdgeschoß ankamen, hatte Leilias schon alles vorbereitet. Sie führte sie in ein kleines Zimmer, goß Wein ein, sorgte dafür, daß Mequel genügend Kissen auf seinem Sessel hatte, und ließ sich nieder wie eine, die vorhat zu bleiben. Es mochte ja sein, daß die Angelegenheiten der Meistermaler Frauen nichts angingen, auch keine Grijalvafrauen, aber dies hier betraf auch Mechella.

»Also«, sagte Mequel, »wenn wir dem Großherzog Bericht erstatten, werde ich es folgendermaßen zusammenfassen: Wir haben ein Bild von Corasson gefunden, das mehr – und bösartigere – Magie enthält, als ich je gesehen habe. Wir haben einen frischen Pinsel am Boden, mit verbrannten Borsten. Wir haben die Leiche von Premio Frato Dioniso und die sehr lebendige Gräfin do'Alva. Und wir haben keine Spur von Rafeyo.«

»Das dürfte kein angenehmer Bericht werden«, murmelte Leilias.

»Das gleichzeitig Wichtigste und Unwichtigste«, fuhr

Mequel nach einem Schluck Wein fort, »ist die Gräfin. Sie wurde an einem Ort gefunden, der Frauen verboten ist, am einzigen Abend im Jahr, an dem der Palasso vollkommen leer ist. Ihre Gegenwart bedeutet nichts in bezug auf die Leiche und das Gemälde. Aber sie wurde von einem Maler gefunden, der ihr hierher gefolgt ist, und so haben wir alles entdeckt.« Er lächelte Leilias zu. »Ich glaube, wir sollten deinen Anteil an dieser Sache lieber vergessen, wenn es dich nicht stört. Ich möchte gern die ermüdenden Verhöre vermeiden, die jedem Einbruch in unser kleines Männerheiligtum folgen.«

»Ich bin nie hier gewesen«, sagte sie. »Ich habe Zevierin geraten, Tazia zu folgen, und dann wurde ich durch die Menge von ihm getrennt.«

»Gut. Also wurde Tazia dabei beobachtet, wie sie Dionisos Leiche durch den Flur zerrte. Nach allem, was wir wissen, kann sie vorgehabt haben, ihn in die nächste Klärgrube zu werfen. Dies hier ist ein sehr alter Teil des Palasso, und es besteht immer noch Zugang zu den alten Abflußsystemen. Aber wir können wohl davon ausgehen, daß sie ihn nur in sein Zimmer bringen wollte, wo man ihn dann entdeckt und angenommen hätte, daß er dort gestorben sei. Bei seinem Alter wäre das durchaus glaubwürdig gewesen.« Er trank noch einen Schluck. »Aber nun wissen wir, daß er nicht in seinem Bett gestorben ist. Wir wissen auch beinahe sicher, *wieso* er sterben mußte. Er hat entdeckt, was Rafeyo vorhatte. Und wir wissen auch, *wie* er starb.«

»Sein *Peintraddo Chieva*«, sagte Zevierin und nickte. »Es ist nicht in der Crechetta, es ist nicht in Rafeyos Atelier und auch nicht in Dionisos. Wir konnten es nirgendwo finden.«

»Hat Rafeyo es mitgenommen, als er floh?«

»Wahrscheinlich.« Mequel zuckte die Achseln. »Das ist mir ziemlich gleich. Vielleicht werden wir irgendwo noch einen leeren Rahmen finden, aus dem die Leinwand geschnitten wurde. Ich weiß es nicht. Ich möchte nur wissen, wieso er es überhaupt hatte.«

Zevierin beugte sich vor, stützte die Ellbogen auf die Knie. »Es würde bedeuten, daß er wußte, wozu diese Porträts dienen können, lange, bevor er es eigentlich hätte wissen dürfen. Es würde auch bedeuten …«

»… daß er Dioniso gezielt in sein Atelier gelockt hat, um ihn umzubringen!« rief Leilias.

»So sieht es aus«, meinte Mequel. »Ich möchte gern wissen, wie Rafeyo an den Schlüssel für die Crechetta gekommen ist, denn nur die wichtigsten Fratos haben diesen Schlüssel. Aber wenn man alles andere bedenkt, ist auch das wahrscheinlich keine Überraschung. Ein kluger junger Mann, dieser Rafeyo.« Er seufzte. »Tazias Sohn.«

»Er hat alles absichtlich getan«, flüsterte Leilias, gleichermaßen entsetzt und ehrfürchtig. »In derselben Nacht, in der er Corasson mit diesem Gemälde abbrennen wollte, wollte er auch den Premio töten, der ihm solche Dinge beigebracht hat – damit nicht nur die Beweise für das Verbrechen, sondern auch der einzige Zeuge beseitigt wären.«

Mequel sah Zevierin an und zog fragend die Braue hoch. »Weiß Mechella *auch* alles über uns? Nein, antworte mir lieber nicht. Es wäre mir eigentlich lieber, wenn sie es wüßte. Sie wäre sicherer. Schau nicht so besorgt drein, Zevierin. Es wird keine Ermittlungen geben. Ein Oberster Hofmaler muß praktisch denken, was manchmal auch bedeutet, daß er vergeßlich sein muß.«

»Danke«, war Zevierins demütige Antwort.

»Nun, unsere Geheimnisse scheinen wirklich nicht mehr so geheim zu sein, nachdem Dioniso Rafeyo so viel enthüllt hat. Und wer weiß, was Rafeyo Tazia erzählt hat?«

Mequel seufzte. »Das Problem ist, daß Leilias recht hat und der Mord nicht in einer unerwartet entstandenen Verzweiflungssituation begangen wurde, sondern sorgfältig geplant war.«

»Zumindest hat er sehr genau geplant, was er mit Corasson tun wollte!« Leilias erhob sich und goß den Männern Wein nach. »Aber wußte er, welche Wirkung es auf *ihn* haben würde?«

»Vielleicht dachte er, er könnte nur ein paar kleine Brandherde legen und sie sich dann von selbst weiterverbreiten lassen. Solche Unfälle geschehen oft bei Sancterria-Feiern, mit diesen Fackeln überall. Danke, meine Liebe«, sagte er, als sie ihm nachschenkte.

»Aber er haßt Mechella«, sagte sie. »Er wollte sicher nicht nur ein paar Bäume verbrennen, er wollte Corasson vernichten, und sie ebenfalls.«

»Er will mein Nachfolger werden«, sagte Mequel. »Würde sein Haß auf Mechella stärker sein als sein Ehrgeiz? Vielleicht dachte er, daß nur ein *Peintraddo Chieva* ihn verletzen könnte, und weil das noch nicht gemalt ist, wähnte er sich in Sicherheit.«

»Er *ist* in Sicherheit«, sagte Zevierin düster. »Der Kasten mit seinen Farben ist verschwunden, und in dem Waschbecken nahe seinem Atelier ist ein Stapel Zeichnungen eingeweicht.«

»Also werden wir ihn nicht bestrafen können.« Mequel rieb sich die Augen mit Daumen und Zeigefinger. »Nun, was immer er über Magie weiß oder nicht weiß, glaubt oder nicht glaubt, eines ist sicher: Dioniso muß sehr versessen darauf gewesen sein, als der Mann gefeiert zu werden, der den nächsten Obersten Hofmaler unterrichtete.«

»Ein Ehrgeiz, der ihm den Tod brachte«, sagte Zevierin.

»Ihr könntet das Bild von Corasson benutzen«, schlug Leilias vor. »Was immer damit geschieht, wird auch dem Haus geschehen, aber wenn wir es im voraus wüßten ...«

»... und mit Eimern zum Löschen bereitstünden?« Mequel schüttelte den Kopf. »Das Gemälde stellt das Haus in einer bestimmten Nacht dar – in *dieser* Nacht, das zeigen die Positionen von Mond und Sternen genau. Wir würden ein ganzes Jahr warten müssen, bis wir es wieder benutzen können. Aber das erinnert mich daran, daß ich das Gemälde gern in Sicherheit bringen würde, damit Rafeyo es sich auf keinen Fall wiederbeschaffen kann.«

»Oder Tazia.« Leilias zog eine Grimasse. »Sie würde es zu Asche verbrennen, selbst wenn es ihren eigenen Sohn umbrächte. Ich selbst würde es am liebsten in die Galerria Verrada hängen, wo Arrigo es jedesmal ansehen muß, wenn er vorbeikommt. Aber wir sollten es lieber mit nach Corasson nehmen.«

»Arrigo!« Zevierin hätte sich beinahe an seinem Wein verschluckt. »Den hatte ich vollkommen vergessen! Glaubt ihr, er weiß etwas von dieser Sache?«

»Oder *alles*«, fügte Leilias finster hinzu.

»Ich ziehe es vor, das nicht zu glauben«, sagte Mequel leise. »Und ich würde lieber nichts herausfinden, das mich eines Besseren belehrt. Er wird der nächste Großherzog sein, ganz gleich, wie schuldig oder unschuldig er ist.«

Leilias richtete sich kerzengerade auf. »Aber wenn er es wußte ...«

Ihr Mann schüttelte den Kopf. »So verärgert er auch über Mechella ist, er würde nie zulassen, daß ihr etwas passiert.«

»Woher sollen wir das wissen?« entgegnete sie verbittert. »Hast du vergessen, was in diesem Dorf bei Dregez passiert ist? Vielleicht hat er es selbst in die Wege geleitet – um sich selbst zum Helden zu machen!«

»Auch darüber werden wir nichts herausfinden können«, erklärte Mequel mit fester Stimme. »In dem alten Spruch über ›Pluvio en laggo‹ liegt viel Weisheit.«

»Der Regen mag in den See fallen, Oberster Hofmaler, aber es würde auch nur ein paar Tropfen brauchen, um den ganzen See zu vergiften.«

»Still, Leilias.«

»Der praktische Sinn des Obersten Hofmalers macht ihn nicht nur vergeßlich, sondern auch noch blind!« Leilias starrte beide Männer wütend an.

»Manchmal ist das so«, stimmte Mequel ihr zu. »Und das Thema Arrigo führt uns zur Gräfin do'Alva zurück. Selbstverständlich genießt sie als Adlige gewisse Vorrechte, die sie vor Gericht schützen werden. Und wir können ihr ohnehin nichts beweisen. Da sie aber eine Grijalva ist, gibt es Möglichkeiten, mit ihr fertig zu werden.«

Leilias Zorn wich einem freudigen Lächeln. »Sag es mir! Ich kann es kaum erwarten.«

»Überlaßt das mir.«

»Und Rafeyo?« warf Zevierin schnell ein, bevor seine Frau protestieren konnte.

»Auch den solltet ihr mir überlassen.« Mequel erhob sich mühsam. »Bald werden alle wieder von draußen hereinkommen, und Leilias sollte nicht hier gesehen werden. Zevierin, hilf mir nach oben. Und wenn morgen früh die traurige Nachricht verkündet wird, daß Premio Dioniso im Schlaf gestorben ist, dann versucht, überrascht auszusehen.«

Leilias schnappte nach Luft. »Soll das etwa heißen, daß Rafeyo davonkommen wird? Daß niemand die Wahrheit erfahren wird? Was ist mit dem Großherzog?«

»Cossimio wird erfahren, was er erfahren sollte, angemessen auf ihn zugeschnitten. Das hier ist eine Angelegenheit für Maler, Leilias. Das mußt du doch einsehen.«

»Nein, das sehe ich nicht ein.«

Mequels sanfte Augen wurden zu schwarzem Eis. »Und was, wenn es herauskommt und Leute vor Gericht gestellt werden und alle gezwungen werden, öffentlich auszusagen? Drei Dinge allein würden uns schon vernichten: die Bedrohung Corassons durch Magie, Dionisos Tod durch Magie, und die Frage, wer Mechellas zweiten Sohn gezeugt hat – was nichts mit Magie zu tun hat, aber viel mit dem politischen Gleichgewicht dieses Landes.«

Die beiden jüngeren Grijalvas starrten ihn verblüfft an. Er schnaubte und stieß mit dem Stock fest auf den Boden.

»Die Jahre haben meine Gelenke geschädigt, aber nicht

mein Hirn! Glaubt ihr denn, daß ich diese kleine Komödie nicht durchschaut hätte, die Mechella an Fuega Vesperra für uns aufgeführt hat? Glaubt ihr denn, daß Arrigo so etwas vor Gericht verschweigen würde – ganz gleich, wie sehr es ihn zum Narren macht oder nicht? Was macht es schon, daß er keine Beweise hat? Mechellas Beliebtheit würde das vielleicht sogar überstehen, aber allein ein Hauch von Skandal könnte dem Kind nur schaden – und das nicht nur hier, sondern auch in Ghillas, wo man Bastarde aus Adelshäusern noch mehr ablehnt als hier! Tazia und ihr Sohn werden bestraft werden, das verspreche ich euch. Aber ich werde nicht zulassen, daß dieses Land weiter gespalten wird in Mechellas Parteigänger und die ihres Mannes, und ich werde nicht dazu beitragen, von vornherein zu verhindern, daß Don Renayo *Grijalva* einmal den Thron von Ghillas besteigt.«

Er hustete, lehnte aber ab, als Zevierin ihm ein Glas Wein anbot. »Nein, nein, mich macht nur all diese elende und tragische Dummheit krank. Die Gefahr, daß ich mich zu Dioniso geselle, besteht noch nicht. Ich werde nur noch eines sagen, und dann soll über all dies geschwiegen werden. Wenn ihr beiden auf die Idee kommt, irgend etwas davon bekannt zu machen, und sei es durch so kleine Dinge wie die Karikaturen in Granidia –«, Mequel lächelte grimmig, als die beiden einander unwillkürlich ansahen, »– dann erinnert euch daran, daß ich Oberster Hofmaler bin und der erste Ratgeber des Großherzogs. In jeder Position habe ich die Macht, euch zu vernichten. Und das solltet ihr nicht so leicht abtun. Ich bewundere und schätze euch beide, aber ich versichere euch, ich werde das Nötige unternehmen – ganz so, wie ich es schon seit sechzehn Jahren zum Besten dieses Landes getan habe. Zevierin, begleite deine Frau zurück zu eurem Zimmer. Ich brauche dich nicht mehr, ich finde allein ins Bett. Gute Nacht.«

»Arriano! Du bist tatsächlich gekommen!«

Der junge Maler schlüpfte in das trübe beleuchtete Zimmer unter dem Dach. »Was machst du denn hier, Rafeyo? Was ist das für ein Ort?« Er nieste. »Matra, hier ist es so stickig wie unter einer nassen Wolldecke.«

»Bist du allein? Hast du es jemandem erzählt? Hat dich jemand gesehen?« Es war überraschend einfach, überzeugend verängstigt zu klingen – zu einfach. Sario schloß die Tür und holte mehrmals tief Luft, um sich wieder zu beruhigen. Er mußte sich zusammennehmen. Davon hing alles ab.

»Wofür hältst du mich denn?« Arriano war gekränkt. »Wenn ein Maler – selbst wenn er noch ein Schüler ist wie du und ich – eine Nachricht Nommo Chieva do'Orro schickt, dann zeigt man anderen nicht mal den Umschlag! Wußtest du, daß jeder Maler in Meya Suerta auf der Suche nach dir ist? Woher kommen diese Gerüchte, du hättest Premio Dioniso umgebracht?«

»Ich habe es nicht getan. Ich bin unschuldig.« Das stimmte in gewisser Hinsicht sogar. Rafeyo hatte Dioniso nicht umgebracht. Es war Sario gewesen. »Du mußt mir glauben – Cabral und Zevierin haben es getan, wegen meiner Mütter ...«

»Cabral ist in Corasson, und überhaupt hat er die Gabe nicht. Und glaubst du wirklich, daß Zevierin ein Mörder sein könnte?«

»Für Mechella würde er alles tun, das weißt du doch – selbst seine Schwüre brechen! *Er* hat Corasson gemalt, *er* hat es so dargestellt, daß es aussieht, als hätte ich Premio Dioniso umgebracht – Matra ei Filho, ich war Dionisos Schüler, genau wie du! Ich habe ihn geliebt, und jetzt sagen sie, ich hätte ihn umgebracht! Du mußt mir einfach glauben – und du mußt mir helfen!«

Arriano setzte sich auf den einzigen Stuhl und verschränkte die Arme auf dem Tisch. »Ich glaube dir. Aber wieso bist du weggelaufen?«

»Hättest du das nicht auch getan?«

»Vielleicht«, gab der Jüngere widerstrebend zu. »Ich muß allerdings sagen, mein Rat wäre, daß du zum Palasso zurückkehrst und die Sache den Viehos Fratos überläßt. Wenn Zevierin schuld ist, werden sie es schon herausfinden. Am Ende finden sie immer alles heraus.«

Seltsam zu hören, wie seine Worte zitiert wurden. »Zurückkehren? Was weiß ich denn, welche Lügen Zevierin schon über mich erzählt hat? Und seine Frau, Leilias – sie sind alle Mechellas Marionetten, ich sage dir, sie ...« Er stützte sich mit den Fäusten auf den Tisch und ließ den Kopf hängen. »Arriano, ich muß Meya Suerta verlassen.«

»Bist du verrückt? Hier, trink etwas, das wird dich beruhigen.«

»Das habe ich schon versucht – und mich übergeben. Du weißt doch, daß ich Alkohol nicht gut vertrage.«

Er konnte sein Glück kaum glauben, als Arriano ohne weitere Aufforderung ein paar Schluck Wein in ein schmutziges Glas goß. »Gut, aber *ich* könnte jetzt etwas vertragen.«

»Ich kann nicht in den Palasso zurückkehren«, wiederholte Sario und zählte im Geist die Sekunden ab. »Es geht ja nicht nur um die Viehos Fratos, auch der Großherzog wird wissen wollen, was geschehen ist. Er betet Mechella geradezu an, und Zevierin steht in ihrem Dienst – Cossimio wird nie gestatten, daß die Wahrheit ans Licht kommt.«

»Kein Großherzog hat sich je ... in die Belange ... der Viehos Fratos ...«

»Und die Ecclesia wird sich ebenfalls darauf stürzen, endlich eine Möglichkeit zu haben, die Grijalvas schlecht zu machen.«

»Die werden ... auch nicht ... so weit ...«

Sario hielt inne. »Arriano?«

»Mmm?« kam die schläfrige Antwort.

»Heb mal den rechten Fuß vom Boden.«

Das tat er.

»Setz ihn wieder auf und tippe die Fußspitze dreimal auf den Boden.«

Das tat er ebenfalls.

»Grazzo do Matra – ei do'Acuyib«, flüsterte Sario. Und dann, leise, aber mit entschlossenem Tonfall in der Stimme: »Arriano, ich will dir nur gut. Ich werde dich zum Obersten Hofmaler machen.«

»Aber … Mequel …« Dichte schwarze Brauen zogen sich fragend über der Grijalvanase zusammen. Er hatte nichts von Rafeyos gutem Aussehen oder Charme, und auch nicht dieses strahlende Lächeln. *Schade,* seufzte Sario lautlos.

»Selbstverständlich erst nach Mequels Tod. Du willst doch Oberster Hofmaler werden, oder?«

»O ja.« Ein dümmliches Lächeln breitete sich auf Arrianos Gesicht aus.

»Alles, was ich jetzt tun werde, wird dafür sorgen. Und du wirst mir helfen, oder?«

»Ja.«

»Selbstverständlich wirst du das.« Sario holte unter dem Tisch Tiegel mit Farben hervor, an deren Vorbreitung er den ganzen Tag gearbeitet hatte. Das Porträt, das er mit Arrianos Speichel und Schweiß und Blut malen würde, würde nicht das beste werden. Aber das war gleich. Niemand außer ihm würde es je zu sehen bekommen. Nicht einmal das Modell.

Als er mit dem lautlosen Singsang begann, der ihn geistig vorbereiten sollte, als ihm die alten Tza'ab-Worte leicht von der Zunge gingen, gestattete er sich einen letzten Augenblick des Bedauerns. Nicht für Arriano, denn Arriano war nicht Rafeyo. Große Begabung, gutes Aussehen, Familienbeziehungen, eine gesunde Blutlinie – Arriano erfüllte keine seiner Anforderungen.

Bis auf die einzige, die jetzt wirklich zählte. Arriano war *hier.*

24

Rafeyo wurde nie wieder gesehen.

Seine Mutter glaubte, daß er immer noch am Leben war. Alle anderen hielten ihn für tot. Der Oberste Hofmaler Mequel sagte nichts dazu, aber er glaubte, daß die Grijalvas und Großherzog Cossimio – und Don Arrigo – annahmen, Rafeyo sei durch seine, Mequels, Magie umgekommen, zur Strafe für die Ermordung von Premio Frato Dioniso. Mequel sorgte sich nicht weiter um Rafeyo, ob er nun lebte oder tatsächlich gestorben war, er war vernichtet, hilflos und verschwunden.

Über das Bild von Corasson wurde nicht mehr gesprochen. Zevierin und Leilias nahmen es mit auf den Landsitz und schenkten es Mechella. Sie hängte es an dieselbe Stelle, an der Rafeyos alte Zeichnung gehangen hatte. Wenn Bewunderer nach dem Namen des begabten Malers fragten, sagte sie, es sei ein anonymes Geschenk gewesen. Sie erfuhr nie, wozu es gedacht gewesen war. Sie erfuhr auch nicht, daß man beim Neudecken des Dachs im Sommer ein paar schwarz verkohlte Ziegel gefunden hatte. Cabral, Leilias und Zevierin waren der Ansicht, ein solches Wissen würde nur ihren Seelenfrieden gefährden. Sie würden sie schützen, und wenn Zevierin altern würde, wie es mit Malern mit der Gabe so schnell und unvermeidlich geschah, würden sie einen anderen loyalen Maler finden, der seinen Platz einnahm. Mit einigem Glück würde einer von Leilias' Söhnen die Gabe haben.

Während einer schrecklichen Stunde unter vier Augen mit dem Obersten Hofmaler seines Vaters erfuhr Arrigo, daß die Gräfin do'Alva mit der Zustimmung, ja, der Ermutigung ihres Gatten beschlossen hatte, es Garlos mittlerem Sohn nachzutun und in eine Sanctia einzutreten. Sie hatte die wohlhabendste dieser Einrichtungen in ganz Casteya ausgewählt und wollte sich dort guten Werken und der Religion widmen. Sie schien es durchaus ehrlich zu meinen, sagte Mequel freundlich. Arrigo, zu wütend, um zu bemerken, daß der Ausdruck in den Augen des Obersten Hofmalers nicht zu seiner Stimme paßte, sprach Drohungen aus. Mequel, der dies erwartet hatte, verriet ihm so viel von der Wahrheit, wie Cossimio wußte: Tazia und Rafeyo hatten sich verschworen, Grijalvamagie gegen Mechella zu benutzen, und um sein Ziel zu erreichen, hatte Rafeyo Premio Dioniso umgebracht. Die Sanctia war Tazias Zuflucht vor Strafe; Rafeyo hatte den Tod gewählt. Arrigo begann nach einem Augenblick der Verblüffung, währenddessen Mequel Schuldgefühle in seinem Blick las (und dann beschloß, nichts gesehen zu haben), zu widersprechen: es gab keine echten Beweise, Tazia hatte mit dem Mord nichts zu tun, sicherlich hätte sie erklären können …

»Selbstverständlich«, sagte Mequel mit einer Stimme glatt wie Seide. »Es gibt immer Erklärungen. Es gibt auch – immer – die Wahrheit. Eure besondere Wahrheit, Arrigo, besteht darin, daß Ihr Tazia nie wiedersehen werdet. Ihr werdet Eurem Vater ein guter und pflichtbewußter Sohn sein, Eurer Frau ein großzügiger und rücksichtsvoller Ehemann, und Euren drei Kindern ein liebevoller und ergebener Vater. Wen Ihr in Euer Bett holt, ist Eure eigene Angelegenheit, von zwei weiteren Wahrheiten abgesehen. Ihr werdet kein Kind mehr zeugen, und Ihr werdet mit keiner Grijalva schlafen. Das werden Eure Wahrheiten sein, Arrigo. Und für immer bleiben.«

Serenissa Grijalva, die in den Frauengemächern des Palasso seltsame Gerüchte hörte, zeigte, daß ihre Weisheit ihren Ehrgeiz überwog und heiratete den Sohn des niapalesischen Weinhändlers, der sie insgeheim schon seit zwei Jahren umworben hatte. Sie kehrte mit ihm in diesem Winter in seine Heimat zurück, gebar ihm fünf Töchter, die so schön waren wie sie selbst, und sah nie wieder einen do'Verrada an, ebensowenig, wie sie je wieder einen Fuß nach Meya Suerta setzte.

Tazia blieb anderthalb Jahre in der Sanctia. Sie verließ ihre Zelle selten, und sie hatte nur einen Besucher: den jungen Arriano Grijalva, der ein Freund ihres Sohnes gewesen war. Er kam kurz vor Fuega Vesperra im Jahr 1268 in die Sanctia.

Zu Penitenssia im selben Jahr starb sie unerwartet im Schlaf, erst vierundvierzig Jahre alt. Ihr Tod, den man natürlichen Umständen zuschrieb, wurde von kaum jemandem bemerkt – obwohl er Mequel, dessen Bild sie nur gefügig gemacht hatte, ungemein verwunderte.

Lissina Baronin do'Dregez starb im Jahr 1286 im hohen Alter von zweiundneunzig und von allen beweint. Ihr *Testament* war bindend, vor allem, da Zevierin sie überlebt hatte, und in einer feierlichen Zeremonie übergab Großherzog Alessio III. Riobara do'Casteya, der Tochter seiner Tante Lizia, Titel, Ansprüche, Verpflichtungen, Würden und Besitz von Dregez. Die Viehos Fratos kochten vor Wut und konnten das nur schwer verbergen. Es war wiederum Zevierin, der schließlich das offizielle Porträt malte.

Der Tag nach der Zeremonie war der erste in der Geschichte Meya Suertas, an dem das einfache Volk in die Galerria Verrada eingelassen wurde – nur nach Voranmeldung, bestätigt von dem jungen Mann, dem man diese Tätigkeit übertragen hatte, und nur für fünf Stunden am Nachmittag. Dennoch, es war ein Anfang, und von nun an würde es jeden Monat öffentliche Tage geben, an denen jeder, der eine Eintrittskarte hatte, die wunderbarsten Schätze Tira Virtes bewundern konnte.

Am Abend dieses Tages unternahm die verwitwete Großherzogin Mechella eine private Besichtigung. Seit Großherzog Arrigo III. zwei Jahre zuvor an Herzschwäche gestorben war, sah man sie wieder öfter in Meya Suerta; ihr Sohn hatte ihre Gemächer neu einrichten lassen, und es gefiel ihr, sie hin und wieder zu benutzen. Sie hielt sich aus seinen politischen Entscheidungen heraus – so etwas hatte sie nie interessiert – und kam nicht sonderlich oft in die

Hauptstadt. Aber auf keinen Fall hätte sie sich den ersten öffentlichen Tag der Galerria entgehen lassen. Immerhin war es ihre Idee gewesen.

Mechella lächelte, als sie eines ihrer casteyanischen Waisenkinder am Eingangsschalter sah. Der junge Mann erhob sich und begrüßte sie erfreut.

»Ein unglaublicher Erfolg, Euer Gnaden – obwohl es mit dem kleinen Sohn eines Kaufmanns und einer von Herzogin Gizellas Duftsäulen beinahe eine Katastrophe gegeben hätte. Maesso Cabral, wie schön, Euch zu sehen. Darf ich einen Kurator herbeirufen, der Euch führen wird?«

»Wir kommen schon zurecht«, versicherte ihm Mechella und warf Cabral über die Schulter einen vergnügten Blick zu. »Gefällt Euch Eure neue Arbeit, Iverrio?«

»Sehr gut, Euer Gnaden. Es war sehr freundlich von Euch, an mich zu denken.«

»Nun, Ihr habt Euch jetzt zehn Jahre lang für Graf Maldonno um Casteya gekümmert. Ich hatte das Gefühl, auch ich sollte einmal von Eurer Bildung und Euren Fertigkeiten profitieren! Geht ruhig nach Hause, wenn Ihr wollt. Ich habe einen Schlüssel.«

»Tausend Dank, Euer Gnaden – meine Frau hat mich nach diesem Durcheinander heute nicht vor Mitternacht erwartet. Habe ich schon erzählt, daß die Gemälde, die Ihr für diese Ausstellung zur Verfügung gestellt habt, am meisten beachtet wurden?«

»Schön zu hören.« Sie nahm Cabrals Arm, und als sie die Galerria betraten, flüsterte sie: »Wage es nicht, mich daran zu erinnern, wie lange es her ist, seit wir uns diese Bilder zum ersten Mal zusammen angesehen haben. Ich würde dir ohnehin nicht glauben.«

Er zwinkerte ihr zu. »Wenn ich es statt dessen wage, dir zu sagen, daß du noch schöner bist als damals, wirst du mir das glauben?«

Lachend und Arm in Arm durchschritten sie die Galerria und machten hier und da Bemerkungen über die Bilder.

»Weißt du«, sagte sie, »so oft ich diese Bilder schon gesehen habe, ich entdecke immer wieder etwas Neues darin.« Mit einem Seitenblick fügte sie hinzu: »Ich hatte allerdings auch einen sehr guten Lehrer.«

»Es ist schön zu wissen«, sagte Cabral, »daß du nichts von dem vergessen hast, was ich dir beigebracht habe.«

»Liebster, ich habe viel Wichtigeres von dir gelernt, als wie man sich Bilder ansieht. Oh, schau nur, da ist Teressas *Geburt*! Daß sie je so winzig war! Und ich finde deine Kopie immer noch besser als das Original – wer hat es noch gemalt? Ich kann mich nicht mehr erinnern.«

»Dioniso Grijalva, Euer Gnaden«, sagte eine Stimme in einiger Entfernung, und sowohl Mechella als auch Cabral zuckten zusammen. »Verzeiht mir«, sagte der Mann und trat in den Lichtkreis eines der gewaltigen Kronleuchter. »Ich bin erst vor kurzem aus Diettro Mareia zurückgekehrt und habe die Galerria seit Jahren nicht mehr gesehen. Es tut mir leid, daß ich Eure Privatbesichtigung störe.«

»Das macht nichts, Botschafter«, sagte Mechella, die seinen Rang an dem saphirblauen Aufnäher an seinem Ärmel erkannt hatte – nun, da die Mützen mit den Federn endgültig aus der Mode gekommen waren, hatte Alessio die wichtigsten Grijalvas mit seinem eigenen Siegel geehrt. »Und ich danke Euch, daß Ihr mich daran erinnert habt, daß Dioniso die *Geburt* meiner Tochter gemalt hat. Es ist schon lange her.«

»Er hat ein trauriges Ende gefunden«, fuhr der Maler fort und zupfte an der Chieva do'Orro an seiner Brust.

»Traurig?« Cabral warf ihm einen Blick zu, den Mechella nicht deuten konnte. »Er ist doch im Schlaf gestorben, oder?«

»Oh, selbstverständlich. Ich muß ihn mit jemandem verwechselt haben. « Er zuckte die Schultern. »Ich sehe, daß Euer Gnaden der Galerria *Die erste Mätresse* ausgeliehen haben. Sie ist hier lange nicht mehr gezeigt worden. Es heißt, sie fasziniert alle, die sie betrachten – ganz ähnlich wie Euer Gnaden«, fügte er mit einem Lächeln und dem altmodischem Gruß hinzu, bei dem man die Fingerspitzen erst an die Lippen, dann ans Herz führte.

»Ach ja, der Charme der Grijalvas!« Mechella lachte. »Ich bin nur eine Frau. *Saavedra* ist ein Meisterstück. Wir wollten sie gerade besuchen. Werdet Ihr uns begleiten?«

Sie gingen zum abgelegensten Ende der Galerria, wo Saavedra an ihrem Tisch stand, das Buch vor sich aufgeschlagen, die Finger ausgestreckt, um die Lampe zurechtzurücken. Nach einem Augenblick schweigender Betrachtung seufzte Mechella.

»*Sie* hat nun wirklich ein trauriges Ende gefunden, sollte man meinen. Obwohl niemand genau weiß, was aus ihr geworden ist.«

»Ein seltsames Bild, in vielerlei Hinsicht«, sagte Cabral. »Die Pose ist ein wenig ungelenk, und die Gegenstände, die sie umgeben – besonders dieses offene Buch auf dem Tisch –, sind ganz und gar ungewöhnlich. Aber es wundert mich nicht, daß alle von ihr fasziniert sind. Solche Schönheit, so empfindsam dargestellt.«

»Wißt ihr«, meinte Mechella, »es sieht beinahe aus, als setzte sie zu einem Lächeln an. Es ist nur so ein Gefühl, aber – als hätte sie in diesem Buch etwas gelesen, das sie freut.«

Der Grijalva nickte. »Ich verstehe, was Ihr meint, Euer Gnaden. Der Oberste Hofmaler Sario war so begabt, daß alle, die er malte, in ihrem Rahmen zu leben schienen.«

»Genau so ist es!« rief Mechella aus. »Jede Linie, jeder Schatten ist perfekt. Er war wirklich brillant!«

»Ich bin sicher, Sario wäre über solches Lob von Euer Gnaden ausgesprochen erfreut«, meinte Sario.

Ausgewählte Begriffe

Aguo	eigentlich »Wasser«; Grijalva-Meister; die anderen Titel sind Seminno (Samen) und Sanguo (Blut)
Al-Fansihirro	»Kunst und Magie«, ein Tza'ab-Begriff
alla prima	schnelles Malen in einer einzigen Sitzung
amaniaja	»morgen«
Borrasca	»Sturm, Unwetter«
Chi'patro	»Wer ist der Vater?«, Bastard
Chiaroscuro	das Spiel von Licht und Schatten in der Malerei
Chiros	»Schwein«
dolcho, dolcha	»süß«
Filho do'Canna	»Hurensohn«
Kita'ab	das heilige Buch der Tza'ab
Lingua Oscurra	»verborgene Sprache« in Gemälden
Luza do'Orro	»Goldenes Licht«; Vision, Genie
Moualimo	»Lehrer«
Neosso Irrado	»Zorniger Junge«
Nommo Chieva do'Orro	»Im Namen des Goldenen Schlüssels«
Nommo Matra ei Filho	»Im Namen von Mutter und Sohn«
Peintraddo Chieva	»Schlüsselgemälde«, das zur Disziplinierung verwendet werden kann
Tza'ab Rih	Land der Tza'ab
Viehos Fratos	»Alte Brüder«, der Rat der Meistermaler in der Familie Grijalva
Zocalo	»Platz«

(die Aussprache entspricht der des Spanischen)

Danksagungen

Russell (Agent Provocateur) Galen
Danny (Mr. International) Baror
Michael (Zauberfinger) Whelan

und

dem Faxgerät im Athens Gate Hotel,
Athen, Griechenland
–MR

diversen Kurierdiensten
–JR

Howard Kerr für künstlerischen Rat
–KE